U0638593

清枫聆心 著

慢春风

（上）

中国出版集团
中国民主法制出版社

全国百佳图书
出版单位

图书在版编目（CIP）数据

慢春风/清枫聆心著．—北京：中国民主法制出版社，
2018.2

ISBN 978-7-5162-1530-2

Ⅰ．①慢⋯　Ⅱ．①清⋯　Ⅲ．①长篇小说－中国－当代
Ⅳ．①I247.5

中国版本图书馆 CIP 数据核字（2017）第 142412 号

图书出品人: 刘海涛
图书策划: 谭　军
文案统筹: 高文鹏　崔　一
责任编辑: 翟琰萍

书　名/ 慢春风（上）
作　者/ 清枫聆心　著

出版·发行/ 中国民主法制出版社
地　址/ 北京市丰台区玉林里 7 号（100069）
电　话/ 010–63055259（总编室）　010–63057714（发行部）
传　真/ 010–63055259
http: //www.npcpub.com
E-mail: mzfz@ npcpub.com
经　销/ 新华书店
开　本/ 16 开　710 毫米 × 1000 毫米
印　张/ 17.5　**字数/** 234 千字
版　本/ 2018 年 2 月第 1 版　2018 年 2 月第 1 次印刷
印　刷/ 北京中兴印刷有限公司

书　号/ ISBN 978-7-5162-1530-2
定　价/ 49.80 元（全二册）

目 录

楔子

京城刘家，满朝皆知，乃钦定皇商，专为宫中采买，在珍宝业独占鳌头，内省特许采矿权。

家主刘玮，天生一双好眼，握得一支好笔，下笔有神，也是书画大家，鉴真辨假从不错，深受皇上喜爱。然，刘玮性喜渔色，妻妾成群，生有五个女儿，后收养一子。

如今，刘老爷老矣病矣，大女二女已出嫁，三女四女新长成，养子野心勃勃，偏逢妻妾妖娆，于是各为其主，各耍暧昧，明争暗斗，一潭深水越搅越浑，难以消停。

刘老爷下不了床的第二个年头，闷夏的某一深夜，刘公子出远门办事，刘府群龙无首之际，发生了一件大事——刘家四小姐，从拘禁的地屋里消失了！

虽然刘府五千金，有四位刁蛮任性得赫赫有名，这位四小姐平时却悄声无息，境遇可怜。这不，刘公子要将她嫁给宫里的大太监为妾，怕她抵触反抗，就锁进了黑暗的地屋之中，足足两个月之久。整个刘府的人都想不到，一直懦弱受欺的四小姐，在公子即将返回、婚事迫在眉睫的节骨眼上，逃了。

地屋只有一扇小窗，七八岁的孩童大概能钻，大人是绝对钻不出去的。而刘府武师个个身手了得，即便守了两个月，有些懈怠，当晚地屋内外值夜的，也有四个人。更何况，刘府如同一个富裕的小国，各位主子的地界分明，门无数，锁无数，层层进进，戒备森严，巡逻日夜不停。

四小姐纵然可以瘦到钻出窗去，可是那道道门层层墙，还有一拨拨巡逻武师，就算插翅都难飞。然而，她却飞了，且没有一双眼瞧见，就连她何时不见，也无法推断出来。

　　四小姐本是个安静的姑娘，不受嚣张跋扈的父亲兄长和姐妹们待见，自然也不被仆人们高看。被关的这段时日，刁婢们偷懒，隔三岔五才送一回饭，准备的食物都跟干粮似的，能放十天半个月。唯一可依据的就是，看守人之前曾隔铁门瞧见她侧躺在木床上，发现她不见的这晚，床上却空了。

　　虽然可能迟了一日，刘府的人却再不敢懈怠半分，由三小姐主持大局，打着父亲兄长的名号，请动朝中大官。各城门严密盯紧，设关卡，如通缉令般发放画像，加重赏金，甚至调度大小县镇捕差，兵镇还提供人力，对出城的所有要道展开密集搜索，并将范围扩至方圆百里。

　　刘家势力之大，由此可见一斑。

　　这么大阵仗，很快有了消息，有人在距城南三十里的山道上见到过刘四小姐。那一带人烟稀少，只有一座香火不盛的尼姑庵，刘三小姐当即认定那里是四妹最有可能的藏身之处，亲自率人快马赶去。

　　然而，刘三小姐扑了个空。

　　庵中姑子七八人，无一人见过刘四小姐。刘家人也搜不出半点四小姐来过的痕迹，气得刘三小姐直甩鞭子，打仆人出气。

　　他们却不知，一驾驴车刚从尼姑庵离开，自南绕西，渡过大河，恰恰出了刘家的包围圈。车上，载的正是刘四小姐。

　　老实说，刘四小姐自己都不太明白，怎么就能轻信庵主的话，莫名答应随这位车主离开，居然还睡了一路，让人唤醒。虽然她娘说过庵主是真善人，可她之前从不曾见过庵主，更不认识眼前这位车主。

　　"小夏，快到了。"车主是位中年妇人，自言夫家姓赵，娘家姓常，因庵主与她交情笃深，每半年会去庵中住几日，这才遇上藏身的刘四小姐。

　　常氏容貌端庄美丽，气质素雅，声音轻柔："从这里坐船就可南下，不过你一个姑娘家，真要自己去吗？"常氏的声音，像她娘亲。

　　刘四小姐，不，现在是夏姑娘了，慢腾腾坐直："多谢夫人相助之恩，有机会，我一定会报答您的。"信得一时，信不了一世，不管是答应保密的庵主，还是眼前这位带她逃出困境的夫人，她的防人之心都不能放下。

"你要是能等上一年半载，我们就可以一道走了。"常氏语气微憾，却实在好心，"这样吧，我让老管家去打听一下船期，你趁这几日准备些行李，总不能临到用时再买，那可要多花费不少。小夏，别怪我说实话，我瞧你不是能大手大脚的境况。"

确实不是。

从前逃跑过一回，让刘彻言捉住，所以至今，稍微值钱些的首饰都不让她戴，贵重物品皆不经她手，带进带出皆由丫鬟代劳搬运，她屋里的东西全列在清单上，少一样就要追查到底。而她为了钻地窗，就穿一件绸衣，脱身之后，找出费尽心机积攒的小包裹，立即出府，头都不敢回。小包里没有银两，只有娘亲的遗物——一些名品颜料笔砚，都是舍不得送进当铺的东西。被困京城附近，也是囊中羞涩的缘故，不能马上远走高飞。

"夫人，我……"

"娘，你回来了！"车帘一掀，一双朗星目，是个年轻男子。男子露出两排白牙，半副身板似乎就能撑满车门，见车里除了娘亲，还有一个脏兮兮的姑娘，"咦？从哪儿捡来的小东西？"

"莫要造次，这位是夏姑娘，要在咱家暂住几日，快收起顽性来，别吓坏了人。"常氏推开年轻人，搭着他的猿臂下车去，回身对傻在车里的刘四小姐道，"小夏莫怕，这是我儿赵青河，成日习武，才练出这副吓人身板，其实没多少心眼儿，直来直去的性子。"

赵青河一直举着胳膊，等夏苏借用，但见夏苏迟迟不动，撇嘴笑："我娘把我说成傻大个儿，我却看你更傻，下不下车？"

夏苏双足落地，没有借他的胳膊，冷冷挑起眉，一言不发，走去跟在常氏身旁。那一刻，她全然预料不到，和这家人的缘分，远不止几日，这才刚刚开始。

第一章　归家之主

两年后。

上夜。雨愁绵。

一顶小轿，不急不缓，穿过焦黄的梧桐林子，绕过小半个湖，停在泊船河畔不远。

一艘两层大画舫，明灯辉美，笑声低高，令寒雨再无萧索意。

有人推窗，一口饮尽杯中酒，伸手接雨，忽然大声道："有了，点圈画水推去岸，半枝荷花一朵蓬。"丝毫不自知是烂诗两句。

大雨大风，柳枝乱摇，空旷萧瑟，片刻就让人全身飕凉发毛的大晚上，偏偏这等人还有兴致游湖吟诗，真他娘吃饱了撑的。前头的轿夫想着，却不敢埋怨半个字，因全凭一身力气吃饭，这样的天气里还能有活儿接，就是老天眷顾。

他躬腰让身，抬抬斗帽，走到轿窗边上，压低了声："夏姑娘，雨恁大，咱们要不要上泊桥？"半晌没人应他，他耐着性子，"夏姑娘，到地方了。"

"咚！"轿子板震了震。一声闷哼，然后，传出窸窸窣窣的声音。

轿夫纹丝不动。

夏姑娘嗜睡，街头到街尾，都能打个盹，更别说三刻钟的路了。听这动响，大概连梦也做了好几个，不然不能撞晕了头，摸索这么半天。

片刻后，葱白似的一根纤纤手指勾起帘子，两只揉红了的睡眼珠子，冲着外头转来转去，也不说话，就那么睁大了，眯小了，反复调节着。

唉！轿夫叹一声。给这位抬三个月的轿子，老地方更是来来去去，还是防他好似防贼一样，每回一定要看清落轿的点，才会下轿。他要真是人口贩子，偷偷抬进青楼里去，她再怎么仔细，难道还能逃得了？轿夫肚里嘀咕，仍不吭声。得罪谁，也不能得罪银主，而且天地良心，他切切实实是个好人。

帘子放下了，门帘里点出一只白袜黑鞋，虽小巧，看得出是天足。

"呱！啪！咚！"一只青蛙，不知是否让画舫那边的动静吓着，在残荷上跳两下，跃进了水里，仅此而已。

鞋，却不见了。

轿夫好笑："夏姑娘不用防着，附近无人，只是青蛙嚷雨。"

过一小会儿，白袜黑鞋又点了出来，紧跟着一个细巧的女子。她弯身立直，撑起油伞，肘里挂个蓝花布包，也不急着走，小心看过周围，再望向画舫，竟往轿门里又退了半步。

轿杆上挂着一盏老油灯，灯色蜡黄，仅照得出她巴掌大的半张脸。细眉圆眼，鼻子稍翘却不挺，下弯的嘴角显得呆板，姿色很一般，倒是皮肤有几分润美，也细腻。

"夏姑娘，地上到处积着水塘子，您这鞋不好踩，还是咱送您到船边。"轿夫实在忍不住了，冷瑟瑟的密绵雨，风还大，这么个磨蹭法，岂不是要等到天亮去？

女子心道，她也想啊。但是，不行。

交易不好见光，买主和卖主见面，闲杂人等越少越好。

连伞带布包一起往怀里拢紧，女子开口说话了，那声音细细柔柔，比相貌出众些，好似能直拨心弦："我自己去，烦请阿大稍等。"话音落，人已经在一丈多外。

轿夫有点傻眼，这姑娘也是可以挺利索的嘛！

他不见，女子不但利索，还表情丰富，正咬牙切齿，布鞋没踩足三步就湿到脚底心。风愈加劲，伞必须护着货，以至于马面裙边和半只琵琶袖很快就湿答答的，寒意直袭。她也顾不上，只想那位主顾实在难伺候，对东西挑剔压价不说，交货的地点和时间更是要随他心意。

难伺候，却还要伺候。皆因那位再怎么压价，总比别家给得多。她则没得选，接下来两个月的买米买菜钱，全等这一单。

女子足尖点上艒板，无声飘行丈半，才想起要弄出动静，立刻重踩下去。有人跑来船舷问谁，她已经重新立回艒板前，还不忘转头看看柳树行的轿子。今夜有风有雨，轿夫应该没看到她露的一手。

"小女子姓夏，来给吴老板送货。"看清灯下那人，女子松口气，"兴哥儿在啊。"她听舫上那么吵，就怕还得应付不相识的人。

"夏姑娘可来了，小的等您半天啦！"兴哥儿影子长长的，让舫灯拉上泊桥，待他跑下艒板，却是瘦矮个子，十六七岁的年纪。他穿着雨蓑，肩上扛着极大一柄油伞，五官普通，唯黑白分明的眼珠子透出几分老道，"大黑的天，怎么也没挑盏灯？您请上船，小的给您照路。"

女子一愣，上去？

"不必了，兴哥儿拿了货去，我在这里等就是。"

"二爷关照，这样糟糕的天气还劳夏姑娘跑一趟，一定要请您坐坐，喝杯热茶；再说，您知道二爷的习惯，越是贵的东西，看得越仔细。今晚又不同往日，咱的买家也在。二爷从您这儿买，在里头就直接卖了，自然半点马虎不得。万一出什么岔子，也好就近找您，货毕竟是您的。"兴哥儿歪头往她身后看了看，"您不必担心轿夫，我请他上来喝好酒，保准不跟您抱怨一个字。"他说罢就招手唤人。

女子想他年纪虽不大，却真能干。

"夏姑娘？"小子耐心十足。

分明是怕她做工不精。女子暗自叹口气，心里念了三遍没得选，微微一笑："那就叨扰了。"

"不叨扰，不叨扰，是夏姑娘帮了小的一回。"兴哥儿领着她，从东面走进了一间小屋。

桌上有酒有菜，还有生着旺火的炉子，而一路过来只闻笑，不见人，也是主人的精明。女子在门口伸颈探头，看全了小屋没别人，才跟进来，慢吞吞解包袱。蓝花布铺桌，露出一只长条锦盒。

兴哥儿一直安静瞧着她小心防备的模样，也不说话，直到接过锦盒，才道："夏姑娘随意些，小的已吩咐过，无人敢乱闯。等您身上干透，吃好喝好，小的就回来了。"

女子点头，看兴哥儿关上门。这位小哥做得如此周到，无须自己多嘴一句，好是挺好，只是跟这些聪明人打交道，她实在被动到心累，要不是看在银子的分上……

女子脑中浮出那张棱角分明的莽夫脸，今夜竟想起他两回，都怪这鬼天气！同他生活了两年，不曾觉得他有一处好，如今人死了，才隔开三个多月，她居然发现他的好处。也是，那时每月能从他手里抢下几两银子的家用，她就不必被人差遣得像狗一样。

看着一桌子好菜，女子不动筷子，坐得很端正。不陌生的人，不陌生的地方，也不能全然放开胆子，更何况她和吴老板之间才成交两回，今日是第三回。

知人知面不知心。

"我的爷欸，您别乱打主意，吴老板多精明……"不满的年轻声音陡然响起。

女子立刻坐直，眼睛瞪圆，被惊吓的同时，想要去插门闩，但到底离得太远，眼睁睁看那门开了。

门外一个人，再加胳膊圈下一颗脑袋。人，很高，高她一个头的舱门，他却需要弯腰；人，很魁，两个她能并排过舱门，他一个就撑得满满当当；人，很棱——指的是长相。

脸廓像是让斧头劈出来的，有棱有角，一看就是又臭又硬的不拐弯脾气。硬棱的脸型，五官也显硬，冷刀的狭眼，绝崖的鼻梁，抿起嘴来刻薄无情。这个人，这张脸，对女子而言，熟到不能再熟。初见他时，她曾莫名心安，觉得靠山蛮稳。

谁知道，他是空长着英雄脸的石头脑袋、蠢狗熊、恬不知耻的厚皮赖子，因为他的蠢，拖累了一家子人。可是……

"鬼呀！"

"哦？有人？"那人嘴角微扬，冲胳膊下的脑袋瓜一乐，再抬头道，"这位姑娘——"

人呢？

对面墙的窗子上惊现一个大洞，半扇破木架歪晃着，哐当坠了地，风雨即时穿堂，灌得暖屋湿冷，炉火奄奄一息。屋里，已无人。

男子眨眨眼，嘴张开半天，纳闷道："我这是见鬼了？大驴，刚才咱面前有个丫头僵站着吧？"

胳膊下的脑袋没好气，却夹带一丝明显的得意："我的祖宗爷，不是您见鬼，是她见鬼。别看苏娘胆小如鼠，可聪明得紧，这会儿转不过弯，等会儿就想得明白。她既然都瞧见您了，咱不用再鬼鬼祟祟、四处混吃混喝，可以回家了吧？"

叫大驴的人，泰伯留他运棺，原本两个月前就该到家，不过，虽然延了这些时日，好歹运回活生生的爷，自觉不会挨训。

"苏娘，苏娘……"男子嘴里咀嚼着这两个字，一拍头，想起大驴平常咕哝，"是我娘庵里拣来的丫头。"

大驴脑袋向上转，翻白眼："不止，夫人认她当了干女儿，夫人临终前，您还被迫认她为义妹，发誓若有恶待，这辈子就讨不着媳妇。"

男子眉毛一耸，听听这是什么誓？除了讨媳妇，好像他就没别的志气。只是大驴有一点没说错，既然让家里丫头看到，他恐怕不能继续装死了。

"那丫头会功夫？"他已不是大驴嘴里头脑简单的武夫，一双眼精光四射。

"怎么可能？顶多就是跑起来快。您不知道，她胆子跟针尖那么……"

男子却突然回身，将大驴挤到后面，眼中精光散尽，挺身抱拳，大刺刺问："二爷，怎么连您都惊动了？"

船边，三四个小厮打着两柄大伞挡风遮雨，只为一位年轻公子。公子颜如玉，气质似风流，目光似斯儒，周身似贵似傲，淡定慵闲，就是没有半枚铜板臭味道。

是夜，狂风大作，大雨瓢泼。

一道影子快如鬼魅，蹿上赵府后头高墙。眼看可以轻松入内，人影竟硬生生打个后空翻，回到墙外，规规矩矩扣两记铜环。

深更半夜出入，当然不可惊动别人，扣环不太响，但她也不再敲，站门檐下安静等着。却不小心，瞥见头上一只破瞎白灯笼，那个褪墨大"奠"字分外刺眼，引得她冷笑连连。

浅檐难敌风雨，感觉衣料一阵一阵贴背，秋寒入骨，她将布衣拢拢紧，慢半拍发现自己在犯傻。后背能拧出一盆子水来，拢紧反而更冷，她叹气，站直。

很快，门缝里闪来亮光。门闩轻下，露出一张不苟言笑的矍瘦老脸，身着黑布长衣，卷了白袖，帽上一圈粗麻。他看到门前已成落汤鸡的人，立刻黑了脸，可是惊归惊，反应不慢，赶紧放人进来。

老头往院里喊："老婆子，苏娘回来了。"

小院真是小，没几间屋子，口字形三边廊，一会儿就把一圈逛完。

夏苏自然看得到厨房还有灯，顿觉寒意消散。心头暖了，脸上却淡淡然，看不出喜怒哀乐，她慢吞吞说话："不是让您二老别等？"

"那你又敲门？"老头立刻驳回，而且还不让她慢吞吞，催她赶紧换衣服去。看夏苏的屋子亮起光，老头才走回厨房，见老伴光顾着热饭热菜，就道，"苏娘淋了雨。"

老妇哎呦一声，忙从橱柜里拿出姜块，利索切丝，烧水，放一大勺红糖："姑娘家最不好淋雨挨冻，让她换个日子出门，就是不听。"

老头蹲一旁拉风箱催旺火，直到老伴说行了，才从腰里摸出烟斗，随便塞些烟丝，对着灶台上的油灯狠劲一吸，骂一句笨大驴。

乍听，风马牛不相及。一起生活多年的老妇却明白，且不是憨话的性子，想什么说什么："出门在外，谁能掐得准回来的日子；再说，大驴额头多宽厚，顶好的福气相，你这儿心急火燎，他说不准明早就到了门口。不过咱家是不能再少一个人了，我等会儿跟苏娘哭一哭，让她别再自己出去做买卖。这孩子其实心肠软，见不得我老太婆掉眼泪。"

"下回还是我去。"老头有些恶狠狠，却是跟自己闹意气。

老妇回眼瞧着丈夫，看他刻意抬直的佝偻背，再看看他不自然弯曲的左膝："得了吧，就你的老残腿，还学什么聪明机灵劲儿。我看，雇个实在人跑跑腿，比你和苏娘都强。你看人的眼光可是宝刀未老，多留意留意。"

老头本来被老伴说瘪了气，却让最后那话打起精神，简短答道："说得是。"

男人哪，在家还得靠女人哄，不管在外多能干多好强。老妇笑着，给夏苏送姜汤去。

老头麻利地将厨房拾掇干净,这才走到门外廊下,靠着墙角抽烟斗。边抽,边盯着红银的草丝儿蜷小了,有些怔住。他心里苦闷,想着尽管是那样一个主子,好歹也支撑着这个家,如今突然人没了,立竿见影,日子就艰难起来。

忽然,他那口子气急败坏地从夏苏屋里跑出来,以两人多年的默契,肯定是需要他帮手的事,他马上敲灭了烟斗。

"你这死老头子,看你不紧不慢,我也没当回事,"老婆子训起人来可不慈眉善目,"哪里只是淋了雨,是让水浇了一身湿透,可怜的,脸都发青了,手颤不停。你赶紧扛沐桶来,我去烧水,这寒气姜汤祛不了,今晚若不泡热汤,一定大病。"

夏苏推开窗,脸色白到透明,细声细气叫老妇:"一大碗姜汤下去,我已经好了。"

老妇回头就冲她瞪眼:"我懂医,你懂医?到里屋烤火去,受寒最怕吹风。"

老头瘦瓜瓜的脸也对夏苏板着:"我跟你老婶商量过,找个专门跑腿的人,今后你就不必常往外跑了。"撂下这句话,也不耽搁,跑去柴房搬桶。

夏苏怕很多人,防很多事,打个雷都要跳一跳,但她不怕这对老夫妻的凶。相凶,心却善,日久可见。

她合了窗,走到里屋。刚烧起的炭,一嗅鼻却已经满是木烟呛味,拿钳子一拨,劣炭不说,还夹着杂屑和细柴条。受潮了,才出呛烟。若换作普通大户,她会以为,这是要破落了,但这里是赵府,江南名门中的名门。

赵府三代之上,出过文渊阁大学士,赵老太爷的亲妹子入选为嫔,还生了皇子,皇子后封诚王爷。按大明律,赵老太爷要避政,才迁回苏州祖居,可是赵氏人脉广深,不在都城,影响力仍不弱。而今,第三代子弟无须再避嫌,两位较长的儿郎已是举人,就待明年大考。

夏苏寄住的小院子属于六房,只是那位六太太越来越抠门,生怕别人不知道六老爷是庶出,府里最穷的一个主子。或许,六太太想用这法子逼她走。可当手里的银子只够家里人吃饭,根本不可能有多余的钱搬家租屋时,她早打算装傻到底。

现在就又不一样了。办过丧礼的人活得那么好,还让她撞个正着,应该不用多久就回家来了,到时候,他的亲戚,还由他操心去。

夏苏将火盆拎出去,重回里屋,打开窗子。风自窗前横扫,呛烟纵升出去,她耐着性子,等烟散尽,才翻了一会儿床头的大箱笼。

泰婶在外屋说热水好了,夏苏回道就来,从箱子里取了一个鼓囊囊的钱袋。

"老婶,今晚出了点旁的事,没能拿回货款来。这里大概有两百文,您先买米面,对付些日子再说。"她最后的私房钱,悉数供出。

泰婶的眼里有些怜,有些歉,但不推却,接过钱袋,低道了声好。

夏苏看着泰婶往外走的背影,张了张嘴,最终没有叫住她,告诉她今晚的"鬼遇"。万一,那人不想回来,泰伯泰婶只会以为他死了——这样的骗局至少不会伤人。

没有他,她也可以担得起三人一起生活的开支。这会儿一切才起步,当然有点艰难,可她深谙一个道理,放长线钓大鱼。给吴其晗吃了三回甜头,接下来,再想要她的东西,就没那么容易了。

沐桶里的水热得正好,她慢慢蜷起身子,看每根发丝浸散开来,颇有闲情地吐着气泡。水下,无人能见的那张容颜,卸去胆怯与迟慢,是如玉如脂的雪肤,细腻无比;眼窝深,眸子邃,笑起来的模样煞是好看。

第二天一早,雨还是大,风却小了。夏苏走出屋子,看看雨势,决定还是要出趟门。她到厨房帮泰婶准备早饭,正想着怎么开口,却听到拍门声。

"这么早会是谁?"家里不富裕,早饭却不马虎,泰婶今日摊拿手的煎饼,还有酒酿铺蛋,不忘关心夏苏,"身子没哪儿不舒服吧?"

"没有。"夏苏捏了一只烫饼,慢慢吹凉,撕着吃。没有主人,没有餐桌,三人如今就在厨房里吃饭。

泰伯走进来,递张帖子给夏苏。帖面是版画墨印的,摹李延之的《鳜鱼》,里面压梨花案。吴其晗不愧是书画大商,一张名帖都别出心裁。

夏苏看过,收帖入袖,却见老夫妇俩皆盯着她瞧,就知道不说是不行的。

"让我中午去广和楼取酬金。"她说完,反瞧着二老,表情微微带了点促狭,"去,还是不去?"

泰伯看泰婶,泰婶没好气地瞥了老头子一眼,暗道就想让她当恶人:"既然是你应得的报酬,没道理不去。墨古斋赫赫有名,与你做了好几回买卖,应是可信,只要那位吴大东家别再大晚上喊人过去。"她还偏不当恶人,"坐轿?"

夏苏摇了摇头:"估摸中午雨也小了,广和楼离得近,我走着去。"说到轿子,想起抬轿的乔大,"泰伯,昨夜我走得仓促,忘给乔大工钱,他若上门取,烦您多给他十文钱。害他大雨夜里出工,结果我没说一声就先走,对不住他。"

轿夫是泰伯找来的,他道声晓得。他与老婆子昨夜里商量好,不问夏苏淋雨跑回来的缘由。相处两年,知道这姑娘不爱碎嘴道闲;而且,她很稳重,无须他们担心有的没的。

吃罢早饭,泰伯去乔大那儿,泰婶上街买米。

夏苏在自己屋里专心做事,直到被一阵急促的拍门声惊动,还有个大嗓门喊:"一群吃闲饭的穷亲戚,怎地比我还忙?有人没有?"

夏苏走出屋子,发现是对着赵府的内门在震,就不着急了。她立在原地,声音不高不低:"谁啊?"

门又震了两震,终于消停。大概来的是两人,另一人耳朵尖,听到了夏苏的声音,可是,那大嗓门毫不收敛,先冲着同伴喊:"我怎么什么也没听见?莫非他家出耗子精,应门都偷着掖着?"再吼门这边的夏苏,"你管我们是谁,总归是赵家的。"

夏苏踩着步子,脚步声啪啪响。那情形,落在墙头一双锐利的刀目之中,分明是某姑娘绕着原地转圈圈。于是,刀目变弯月,似笑非笑。

"开门!屁大的破院子,开个门要这么久?"等半晌,不见人来,门外又嚷嚷上了。

夏苏当然仍在原处,懒懒靠住墙,这回说话的声音要大一些:"门上有锁,家里没管事的人,你就直说什么事,待做主的人回来,我会转告。"

外面的妇人骂穷鬼花样多，倒也不疑："今晚老太爷摆家宴，也请府里各家亲戚，一家可去三个。管事的、主事的，都算，你们别迟了。"

赵老太爷每两三个月摆　回阖府家宴，从不忘请寄住赵府的远亲穷戚。这本身不是值得奇怪的事，只不过，夏苏不明白为何还来叫他们。这院子已没了姓赵的人，而丧事办完的第二天，六太太就各处克扣，如今家里什么都得自己买。

"……"她迟疑着，怀疑着，防备心渐渐膨大，"这位妈妈，虽然我听不出您是哪位，就怕您不知，我家少爷已过身。"对外，她喊那人少爷。

那妇人中气十足："青河少爷的事，府里谁人不知？要不怎么说管事、主事都算。"忽然一顿，笑声很凉，"去吧，没准就是你们在赵府的最后一顿好饭。我可听说，六太太娘家亲戚排队，等着住这个小院子呢！"

赵六爷是赵老太爷宠妾的儿子，小妾虽命短福薄，"很能容人"的赵老夫人难免对这点薄福有些记仇，对赵六爷一直很严厉，结果教养出一只没主见的软柿子。六太太由赵老夫人挑选，也是庶出的小姐，小家子气得厉害，娘家如今只剩三斤破烂钉，还指望她解决温饱。

夏苏听出来，来人不但不是六房里的，还敢明讽六太太，多半是老夫人直辖。可这赵府水深，她既不沾亲，又不带故，并无半点关心，打算随口敷衍过去。然而，一道朗然又骤冷的声音，如秋气直降："请转告老太爷，今晚赵青河必准时赴宴。"

夏苏几乎立刻站直了，望着那人从外墙落下，直奔内门，伸手拽下铜锁。铜锁碰手则坠，就好像它是面粉揉的。

门外立着两人，一个年纪大些，一个是小丫头。夏苏几乎不往赵府里走动，所以不认识。不过，接下来的事，她能料到几分。赵青河莽归莽，却因为花钱大手大脚，常在赵府各处混，认识他的人很多。其中，显然包括这两个，要不然，她们怎会是一副见鬼的吓傻表情？

真的，死人复活这种事，不是夏苏胆子太小，而是太匪夷所思。她垂了眼，不再看门那边，摆弄着香袋上的白穗子，想着不用再戴白，便听到两声惊叫："诈尸！"

夏苏不禁冷笑，这世上若真有诈尸，必有鬼神，可既然如此，恶人为何不遭报应？关门声之后，她抬起眼，正与他相对而视。昨晚太惊，今日天光下，看仔细了，觉得他似乎有点不同。是原本白傻的表情不白傻，还是蠢哈哈的熊身板显矫健？明明还是斧刻下颌，刀片的眼，绝崖的鼻梁——原来，他的唇型变了，嘴角微翘，下唇恢复饱满的笛叶形，笑着。

夏苏记得，那是干娘引以为傲的，唯一一处儿子像娘的遗传。

赵青河，她并不情愿认下的义兄，数月前出远门，意外摔下陡坡"身亡"。这时，死人不但复活，居然还对着她笑？要知道，赵青河对她，可不像对他心尖尖上的人儿，一向只拿鼻孔冲着，正眼不瞧，还曾指责她居心不良。

她，对他居心不良？

什么居心？揪脑袋的居心！

若非动不得恩人之子，夏苏曾想揪下赵青河的脑袋，瞧瞧里面到底装了什么东西。要说脑袋空空，他可非常会瞎折腾，让她觉得笨到恶劣，也是需要智慧的。

"苏娘，"赵青河的神情似有一丝懊恼，垂了会儿头，再抬脸，就感觉笑得有些讨好，"泰伯泰婶呢？"

"赵，青，河。"她一字一字吐名，蹙眉，不知他为何像个做错事要取得原谅的人。

赵青河渐渐收了笑意，眸光深深浅浅，观察她，低声应着。

"死了，就不要回来！"没有他人在场，也让她表达一下心灵深处的哀怨。

他挑眉，头轻歪，恰好遮去精明穿透的目光，显得无辜："我本来是这个打算，但让你瞧见了。"他和她顶嘴的时候，说话从来老实。

夏苏不再多说，转身进屋，拿了褡袋和伞出来。

"出门？"他对大驴的叫门声丝毫不理，但对夏苏充满好奇，任雨淋暗了肩衣，身体立得笔直，巍然如山。

"嗯。"她开门，往旁边一闪，正错开撞空摔趴的大驴，神情波澜不惊。

"早去早回，"他却再笑，"请你帮我带广和楼小笼包两屉，刚出炉的最好。"

"……"她一脚踏出门槛，因他这话回了头，又瞧他半晌，"好。"

她出门去，他进门去。不过，他进的，是她的屋门。

大驴喊："我的爷，那是苏娘的屋子，您的屋子在全院子唯一那扇铁门里。"但，走错门的人，完全不纠错，就在别人的屋里转悠。

倒是送完钱的泰伯僵在门外，一脸难以置信，看大驴的眼神就像对方疯魔了。他本想好要怎么罚这小子，此刻皆抛弃，一声霹雳大吼："大驴，你叫谁爷呢？"

天可怜见！天可怜见！苏娘屋里那个高大影子是……

大驴仍趴着，四肢噜噜转个圈，见到泰伯，就拿出早练习多次的眼泪汪汪，假哭："泰伯，您可不能怪我，绝对不能怪我，要不是少爷一路上磨蹭，我早回来报喜了。但是，发现少爷还有一口气的人，也是我，无功还有……"

泰伯冲进夏苏屋里——又一走错门儿的。大驴听着那声号啕，爬起来，擦干假泪，掏掏耳朵，进厨房找吃的去了。到家的感觉，不能用言语形容，就算穷陋，也舒服啊。

第二章　说片非骗

家之外，天地宽。

无风的雨，乖乖地让油伞撑挡。清澄乌瓦，洁净白墙，水滴石，檐燕鸣，一夜风雨之后，行人的表情安宁且明快。仇英的《清明上河图》，终从纸上跃活，而她若没到江南来，就不知自己笔稚。

夏苏静静地走着，左手握伞，垂在身侧的右手悄动，却似握笔。某人怎么死了又活？为何性情好似变得不同？这些疑或奇的心事，把延展于眼前的画卷一点点挤了出去。只有笔下，她可以决定好坏优劣，要或不要，都握在自己手中。

夏苏悠悠转过两条街，就见广和楼。

广和楼的东家兼主厨做的浙菜远近驰名，前后二栋小楼，戏台子和说书场揽各道的喜客，还有卖酒的美娘、懂茶的博士，是苏州城中数一不数二的大酒会。她来过几趟，坐的是偏堂茶厅，喝茶到饱，吃饭却头一回。报上吴其晗的名，掌事亲自领她去后二楼。这时，一台戏已开锣，才上来一名粉面桃腮的雅伶，台下立刻叫好连连，拍掌似雨落。

夏苏看到楼里繁忙，步子就开始踩碎，收窄了双肩，保持寸寸谨防的紧张感，但凡有人从旁过，身子必往另一边让开。同时，她低首垂面，眼珠子左右拐得忙，不时往楼梯口看，好似怕他会不见。真是顾得了后，顾不了前，等她回过神来，发现领路的人竟不知了去向。

这二楼有不看戏看街景的安静包间，也有冲着戏台、镂空雕画的屏风隔席，屏风要是下了帘，就看不见里面。夏苏不清楚吴其晗的喜好，也不慌张，贴在一根红柱下，想着有人会来找自己。

原来，那位殷勤说话的掌事见女客安静，就改为闷头走，丝毫不觉身后已无人，径直进入看戏视野最好的隔间，还能弯腰笑禀："二爷的客到了，要不要这就开席？"

正看戏台的吴其晗转过头来，表情从饶有兴致到意兴阑珊，再到似笑非笑。这般神情变化来去，看得掌事全然不得要领，然后，听吴其晗问他人呢，他就想，这不是多问了嘛，人自然在他身后。

掌事扭脸一瞧，空空如也。他顿时面红耳赤，暗骂短命鬼的，要让东家知道他连带个路都不会，这差事就不归他了。于是，慌里慌张掀帘跑出去，没瞧见人，就急忙冲往楼梯口，一脚要踏下阶，忽听细里柔气的女声："我在这儿。"

掌事生生转回身来，差点往后仰，连忙抓住了楼杆子，看清刚才经过的柱子下立着那姑娘。他一边惊自己怎能没瞧见人，一边跑回来赔不是，再为之领路。好在这回，能配合这姑娘的龟慢，她几步一让，搞得他很想擦汗，要反复默背东家明训：客人就是一切，客人的一切毛病都不是毛病。如此，他汗热又冷，二度走到目的地，花了小一刻，方才把人带到。

吴其晗吩咐上菜，看掌事慢吞吞地退出去，不禁好笑，敢情夏苏的慢还是传染症。

夏苏作个礼，打量四周，皱了两次眉。一次，见栏边无遮帘，缤彩戏台，台前堂桌，尽收眼底；另一次，见这桌隔席没有第三人。她已出深闺，入了小门户，并不在意男女独处这样的事，只是防心令她局促。

吴其晗全瞅在眼里，但不说破，就拍拍身旁的座位："来。"唤狗一样。夏苏当然不去，挑了离屏帘最近，离凭栏最远、也是离吴其晗最远的位子坐下，语气明显防备，还装无心问："兴哥儿不在啊？"

吴其晗心里欢死了，没见过这么有趣的人，逗道："昨晚夏姑娘跳了窗，兴哥儿却以为你跳了湖，急不迭跟跳下去救人，结果着了凉，这会儿在家捏鼻子喝药呢。他让我问夏姑娘好，请夏姑娘今后跳窗前记得知会一声，习惯了夏姑娘慢悠悠的，突然利落了，他有些不习惯。"

夏苏抬起头，面容不笑，微抿嘴，嘴角弯下，对他的逗趣全不领情，语气疏淡："吴老板，昨日我走得匆忙，忘取货款，烦你结算给我。"

兴哥儿说她二十四，可吴其晗看来，她报得有水分，故作老成。这张水灵灵、上好玉色的小脸瓜，算上娃娃相，撑到顶，十九岁。

"夏姑娘来得迟，吴某饿得头晕眼花，吃完饭再说。"吴其晗背过身去听戏。

夏苏瞪着他的背，瞪不穿，就只能等菜上满，催他："吴老板，菜齐了，您动筷吧。"快快吃完，快快给钱。

"莫非夏姑娘想请客？"吴其晗转过脸来，却摆一副"她没钱请"的高高姿态，又立刻转回去了，自问自答，"既是我请，客从主便。"

夏苏真想拍桌子，砸对面一句"请客就请客"。可怜的是，她身上一个铜子都没有，今日连喝茶水都请不起。

吴其晗突然往栏上趴，正好那位女伶一段高腔清唱。

夏苏瞧着，就好像一根针在心上飞快扎了个洞，鼓帆起风的豪气也罢，陡然充满的自尊也罢，漏得一点不剩。娘说过，没有实力的逞强，不过是让自己成为笑柄。

博得满堂彩的女伶，音色出众，唱腔深厚，才引众人注目，她虽无须满堂彩，但买家的评价对她十分重要。这时，买家要听戏，让她客随主便，暗示她穷不过也是实情，倒不必套上自尊这些，给自己，也给人，平白找不痛快。

夏苏想得透了，防心也放下了些，看着一桌好菜，只觉得真饿，听吴其晗一声自便，就不客气地动起筷子来。等一出戏听完，吴其晗回身，瞧见夏苏放筷，且静静将筷子摆齐整。

那动作，竟然很优雅，完全看不出只是赵氏穷亲戚家的一个丫头。她的谨慎，她的慢吞，她的小家子气，未曾令人期待，但偶尔一闪而逝的灵秀犀利却非比寻常，而她的货更是难得的珍品。

他是怎么发现她的？

那日也下着雨，夏日的大雷雨。他在广和楼茶堂的靠窗位子看画评会，她跑上台阶来，正好站在那扇窗外。若不是她要腾出双手拍身上的雨珠，他就不会留心她放到窗台上的卷轴，也不会随口问她是否也来展画。

她说不是，但好似等雨等得无聊，又听茶堂里的人把一幅临摹仇英的作品夸得天花乱坠，有些不屑，就将卷轴打开来，让他瞧了一眼。她当时不屑的表情，与胆小的性子差别甚大，像只终于可以自己捕食了的趿屈狮子。

只是那回之后，他再没见过她如此。不过，但凡看过那卷画的人就会明白，她的不屑和趿屈并非轻狂。

那画也是仇英的名作《桃花源》，却是小画样子。他再三看，笔风不但细腻，还颇具画家神髓，窃喜以为是仇英不出世的真迹，她却直言不讳是仿的。

他惊讶之余，出价二十两银。她踌躇着讨价还价，但他看她拮据，必等钱用，自然不会加价。果然，她不满意，却还是卖给他了。

雷雨停歇，人也走了，要不是手中多了一卷小画，他以为只是烟雨茫茫中的梦遇。那画他转手卖出十金，买家是爱收藏的土财主，找人鉴定，就成了《桃花源》的初稿，珍爱至极。

自古传下的名画无数，真迹难寻一二，愿意摆出供人观赏的收藏家少之又少，更别说多数进了宫廷以及权势富贵之家。大概这幅画也会锁深，传给土财主的子孙，待价百金千金。那时，他早已作古，实在不必说破真假。

后来他让兴哥儿在广和楼等了好几日，才撞上夏苏喝茶。他请她摹一幅古画，不为别的，就为探她实力，她果然没让他失望。

前些日子，偶然得一个仿唐寅画的扇面，画功虽有唐寅的笔触和狂气，布局却次一等，他就想起她来。她说可以挖补，他以十五两订购，货到付款。昨日买家到，他催她夜里来交货，一看之下，又惊又喜。仿唐寅，变成了唐寅真迹，买家鉴师的眼力根本不能分辨，再卖出高价。

"我吃饱了，多谢。"这人紧盯着她作甚？夏苏蹙眉，只好自己打破沉寂。

吴其晗就唤了外头的伙计进来撤席，夏苏见他一筷未动，眉心蹙深，暗想难道下了药？

"我刚刚吃过了。"吴其晗仿佛知她所想，"广和楼名声响亮，夏姑娘不必担心东西不干净。"

可他明明说他饿得头昏眼花！夏苏决定不与主顾计较。

"听说……"她差点咬到舌头，想想谁叫她自己答应了，"广和楼的小笼包不错。"

吴其晗扫过桌上没怎么动的菜碟，饭倒是吃得一粒不剩："夏姑娘早说，我就不点这些中看不中吃的招牌菜了。"

收拾桌子的伙计动作一滞。夏苏没在意，事到如今，只能争取到底："我爱吃小点心，尤其入秋了，午后吃两屉热小笼，就能好好干活。"

吴其晗心头大笑，脸上半点不动声色，嘱咐伙计准备两屉生小笼，等夏姑娘走时送上。随后，他从袖中掏出一张银票："劳夏姑娘久等。"

夏苏看仔细面额，确认不少，收入袋中，没说谢。请客与银货两讫不同，是吴其晗单方面给她的好处，当谢。

"货，不错。"一般来说，吴其晗不夸他的供货人，以免他们自以为是，抬高价钱。但夏苏不同。

三个月前，吴其晗不小心泄真意，道她的画如仇英再世，她眼里的欣悦不掺贪念。不过，他也不会再夸出心里话就是。

夏苏抬头浅浅笑了一下，右手又握了笔似的蜷住，轻说那就好，起身告辞。

戏台上又开演了另一出，铜锣上下摇，将大堂里幽幽明明的灯光映入珠帘。夏苏白玉的面容因此点上了彩缀，笑眼勾勒深邃，半旧不新的绿襦裙也添几分亮丽，一绺带着湿雨的乌润发丝垂在肩前，衬得细颈分外皙美优雅。颈下那片雪肤，沿漂亮的锁骨线两边铺展，又没入衣领尖下。

美人极品，不在于容貌沉鱼落雁，而在于能否惹人心怜心动。

吴其晗眸瞳顿缩，双目渐渐眯紧。之前光看着她谨慎防备的模样好玩，此时不过一个微笑屈膝辞别的婀娜之姿，竟惹他生了怜惜。

夏苏留意到吴其晗的目光，嘴角往下一弯收了笑，低头垂眼将全身化僵。即便如此，右手手背突然刺痛，她眼中恍见，一朵妖艳的刺野蔷从皮肤里扎开了出来，让她的左手狠狠往右手上一拍！

夏苏打得很用力，惊回了吴其晗的神。彩光还在她的面上轻晃，五官却拘谨呆板，惹怜触魂的清香仿佛只是他短瞬眼误，他往椅背上一靠，吁气之间心态已稳："不要急着走，我还要跟夏姑娘下订呢。"

拔干净了！都拔干净了！左手不停摩挲着右手，心惊肉跳的夏苏听到下订,强压了满心恐惧。不要紧的,已经逃出来了,离得千里远,躲得很小心,不可能被找回去。

"二爷……"心情张皇,她思路就有点乱,"吴老板这回要订什么?"

吴其晗任那声二爷在心上重敲一记,神情自若,从桌下拿出一卷画轴:"我订这幅画的仿品。"

画为《岁寒三友》,原作水墨设色,松针层叠,用笔挺拔,梅花细笔,浓墨勾瓣,墨竹撇叶,写实写意,乃南宋大家赵孟坚所画。看见画,夏苏心里再无杂念,只一眼就道:"这已是仿作,吴老板何须再订?"

吴其晗道:"一眼就能看破的仿品,卖给土财主都难。如今买家多精明,随身总带一两个识画人,我这个中间商也不能随便含混过去,多备几幅,以防遇到好眼。"

"赵子固的《岁寒三友》并非盛名之作,他笔法虽清而不凡,但相较其他大家,仍显不全,又少些天才狂气,吴老板恐怕找不到大金主,我亦不觉得此画有下蛋的必要。"下蛋即指一张名画仿几幅,卖给不同的人。

"这就是我的事了,"能有这番见解,他突觉也许她没有报老了年纪,"夏姑娘只需说接不接。"

"价钱怎么说?"她需要养家,利字当头,刀也吞。

"最好的画,最好的价,能出到三十两。"她说赵孟坚画作欠缺,连名家都让她贬了,他当然没理由高价下订仿作。这姑娘,也许有一手他人难比的摹画仿真技艺,但论谈买卖,究竟稚嫩些。嗯?他何时离她如此近?

夏苏撑着桌面,曲颈近观那卷《岁寒三友》,不觉自己在吴其晗眼中落成缤纷,轻悄悄,似自言自语一般:"这活儿我还是不接。"一回头,吴其晗的俊脸离她不过一寸,他的气息扑面,他的手似要伸出碰她的发,吓得她浑身汗毛竖起!

"二爷,我家丫头胆子小,可经不得你这般吓唬。"帘子一掀,有人当风立,宽背阔肩,不是美男子,却是真汉子,神雕鬼斧的坚棱傲相。

是赵青河。

吴其晗忙垂手直身,暗觉尴尬,神色却老道,笑得好不偶傥:"青河老弟今早离去,正好我有贵客临门,不及挽留,这会儿来得正好,你我主雇关系虽断，但一定要交个朋友。"

夏苏急步退至扶栏，面颊绯红，呼吸起伏得骤烈。那惊慌无措的模样，就算她下个动作是转身跳楼，赵青河也不惊讶。

这虽是正经女子对轻浮男子的一种反应，不过她既然敢只身前来，说明她的胆子也没那么小。听泰伯说，她与吴其晗已合作过几回，该是知道吴其晗的人品不差。今日要跳楼的反应，再加上昨晚跳船的反应，都过于激烈了。

赵青河想在心里，一边对吴其晗抱拳道好，一边大步走到夏苏身前，将她全身微颤看入眼中："怕你说话不算话，来跟你说做人要诚实，记得小笼包两屉。"

夏苏愕然，没好气抬眼瞪他："你都到这儿了，不能自己买？"

只见赵青河两道眉扭曲着，万分为难，千分难为，好似懊恼，好似无奈，最后认命般长叹一声："……我没银子。"

说到钱，夏苏很机敏，看看一旁目光复杂又带兴味盯着他们的吴其晗："你为吴老板做过事，吴老板虽精明，一定按工算酬，不至于白用你出力。"

"多谢夏姑娘夸赞。"吴其晗干咳，也有点说和的意思，毕竟刚才冒昧；同时，知道了"两屉小笼包"的出处。

"二爷让我和大驴白吃白住，送我们回苏州，我就自荐当个护师，可一路顺风顺水，耗子都没逮一只，不好意思再要工钱，昨日辞工之后就两清了。"起初听大驴哭喊少爷，以为自己是富家子弟，但身上没有值钱东西典当凑盘缠，到家一看是破烂小院，泰婶拿出一小袋子铜板当宝，居然还是夏苏的私房钱，简直穷得叮当乱响。

败家子！死了再活，还是败家子！打肿脸充胖子！光长肌肉不长脑袋！

夏苏忍住不翻白眼，心头不断数落赵青河，又默念"人不能忘恩负义"三遍，才消了心火。

"我和吴老板还没说完事，你出去吧。"她不想让他知道，自己靠卖假画赚钱。

造假自古有之，而今民间土财乡绅富有，奢靡之风极盛。皇帝大臣反而不及巨贾富有，为了换取现钱，大量名画自宫廷深宅流入民间，有钱人纷纷争抢，伪造业因此也兴盛起来。江南之富天下扬名，苏杭为首，书画收藏市场远比其他地方繁荣，仿画工艺越发精湛，伪作被称"苏州片"，让鉴赏家们头疼不已。

片，骗也。夏苏想不到，自己有朝一日会成为苏州片子之一。

"你不是说不接这单么？临摹仿画，自然一幅差过一幅，恐怕你不好意思问吴二爷要这笔银子；再说，题跋的润笔费都要五十两一百两了，你可别为区区三十两坏了自己的名气。"赵青河往桌上瞅了瞅，"这画眼熟，子朔屋里挂着。"子朔，赵家四郎，是长房嫡长子。

夏苏知道赵青河是练武之身，耳聪目明，想来将她和吴其晗的对话听去挺多，只是他的话，正说中她犹豫之处——价钱太低。

赵青河从前对书画极为不耐烦，不然也不会贱卖干娘留给他的一箱子名书古画，此时让她抬价的暗示，又是死里逃生后的性情大改？

夏苏嘴上道："我是不想接，只是六太太若跟咱们收房租，你来付吗？"赵子朔屋里挂了这幅《岁寒三友》！这让她的心思陡然反转。

赵大老爷是苏州有名的收藏大家，鉴赏名师。赵子朔为长子嫡孙，自幼有神童之称，本来已获王爷推荐，皇上欣赏，可以直拔为官，偏是不肯，非要参加明年大考。登科进士已是侮辱神童，一甲前三才是众望所归。这样的天之骄子，屋里怎可能是仿画？

"不是马上，将来……"赵青河自觉才回来，很多事糊里糊涂，需要一点适应的时间。

夏苏冷不防打断："将来的事，将来再说。"从小就有人准备着她的将来，等她明白过来，就开始痛恨，却已来不及。冠冕堂皇许将来，鲜衣下腐臭险恶，不过是为了那些人的私欲私利。

赵青河看了看她，她悲愤什么呢？纤细娇柔的身体仿佛突然长出蜇人的刺，苦大仇深似的，难道只因他是个没出息的义兄，害她抛头露面兜银子？但凭他的观察，似乎也不那么简单。

照大驴给赵青河的脑补，约莫两年前，夏苏这姑娘由他娘在都城郊外的一座小庵领回，那年她十八。一年后他娘病故，当时他想赶她走，却有娘的遗言在先，泰伯泰婶护犊子在后，夏苏又说当丫头也行，这才带上她投奔了赵府。

然而，十八岁之前的夏苏到底是谁，自哪里来，她不说，竟然谁都没问。大伙一味认定既是家人，无谓过往，就这一点，他觉得这家又穷又败，实在是情理之中。泥菩萨心肠，怎么过江？

既然他大难不死，再回到家里，就对泥菩萨不感兴趣，有机会还是会好好查一查，以免连累他。好不容易捡回来的命，他分外珍惜，不过这会儿，先一致对外。

赵青河遂转向吴其晗："二爷，我家虽是小门户，但女儿也珍贵，我俩交朋友归交朋友，对我义妹该有的礼数，还请二爷守紧。若二爷真有心娶我义妹为妻，应当按部就班，请媒人正式提亲，等我义妹点头。她进了吴家门，我这个兄长就不说教了。"

赵青河再道一句楼外等，头也不回，掀帘而出。

吴其晗沉默垂眼，半晌说道："夏姑娘这位义兄，与传闻似乎不符。"认识夏苏之后，吴其晗派人了解她的底细，不料她没什么，她义兄倒是事儿不少。

赵青河虽然一身好武艺，但霸道鲁莽，脑里装草包，十足败家子。然，护他画船的赵三郎，沉稳睿智，勇击水匪，将一船护师管得服服帖帖。昨晚赵青河来辞别，说出真名，令他吃惊不小。

"刚才吴某无心冒犯，一时想的是买卖事，故而出神，还请夏姑娘切莫放在心上。"

夏苏自然听得出吴其晗话中之意，既不失望，也无尴尬，神色平淡，眼底冷漠沉霜："吴老板消息灵通，既知我住赵府，又知赵青河之名，不会不知三个月前我们刚给他办了丧事。大概哪里弄错了，他居然又活着回来，却多半也是死里逃生。大难不死，必有后福，他能想着替我出面，是我跟着沾他的福气了。至于之前那点事，我并不在意，出门做买卖难免与人磕碰，怎能拘小节呢？"

墨古斋中，常用的画师往往会自以为是，而仗着他稍宠就得寸进尺的女子，无一例外只会贪婪，以至于他处理得太多，亦能做到毫不容情，甚至理所当然了。所以，夏苏大方，不拘小节，他该松口气，但不知为何，吴其晗觉得心情不太好。戏台那里，他新捧的优伶咿呀美腔，竟然刺耳。

夏苏这时的想法却落定:"吴老板可再加些银子?"她一个造假画的,画上不留她的名,名气一说也就是苏州片圈子里的。而她目前只接过几单,刚开始因遇到的中间商不识货,仿仇英的小画又不甘贱卖,就粗制滥造对付过去,直到认识了吴其晗才用功。

如果赵府有《岁寒三友》的原作,她有信心能仿过眼下这幅;若赵府也是仿作,她的画功又绝不会次过这幅。之前给赵青河难堪,说六太太可能要收房租,没准今晚就成真。银子,能赚一分是一分。

吴其晗的目光落在那张无瑕玉容上。怎能呢?分明无奇平淡的刻板五官,为何能骤然乱心?

"你义兄说及题跋润笔五十两起,我就加到五十两罢,前提是夏姑娘的东西可以乱真。夏姑娘亦不必担心我到时偏颇克扣,这回不似前几单,我是瞧过真迹的,也知它确实在赵子朔手中。"

"一言为定。"夏苏淡然一礼,随后就走。

"不拿着这幅画吗?莫非赵四公子的屋子夏姑娘可任意进出?"吴其晗这话就是讽刺了。

"此画甚次,与真作相去甚远,不可参照。至于我如何看得到真迹,住在同一屋檐下,总有办法。还是一个月交货?"

"十五日。半月后,吴某要去都城,所以急些。"见夏苏在门口转回头来,这是要跟他加价了?果真人心不古。

"义兄回家,我出门恐怕不似从前方便,请吴老板派人来取,最好是兴哥儿亲自跑一趟,以免他人冒充。"她不会忘记防备。

吴其晗默然,点头。一眨眼,那道细巧的身影不见了,只有竹篾帘子,有一下没一下,无精打采地拍着屏画梨木缘。他再返身听戏,身后无人,对着伶官儿抛来的媚波情眼,竟觉无趣之极,居然想到赵青河这个人。

义兄义妹,本是暧昧之称,但赵青河在苏州混棒圈里最出名的,是他对心上女子轰轰烈烈的追求,可剖心挖肺,连他老娘留下的全部家财都奉给了对方。

赵青河的心上人,不是夏苏。

第三章　往事成灰

夏苏快出广和楼的时候，伙计追送上来一个食盒。她都有点恨上这两屉小笼包了，怎么就能答应下来？

楼外，天昏沉，烟浸雨，一地黄叶。

灰袍布衣的那人，靠墙立檐下，微微仰着头，好似看雨出神。也许是雨愁染得人愁，侧面神情竟有些孤单寥落。但等他瞧见她时，就堆起笑来，十足皮厚的模样。

夏苏又想，这人也怪，说等还真等，而且别说当着外人，在赵府里又何曾提过他有个义妹。她不过是个仗他养着的家里丫头，今日却称义妹，说得竟那么顺口。

她将笼屉往他凑来的身上一推，不管他接不接得住，腾出手来撑伞。笼屉直坠，正好让他拎着。

她这点小伎俩，从前他是不会容忍的，一定要跟她吵一架，这时却笑得白牙乱闪："好险好险，妹妹你手下留情，打我两下没什么，万万不能拿美食出气。'谁知盘中餐，粒粒皆辛苦'啊！"

没听夏苏回他话，赵青河抬眼笑看，却见她原本似要冲进雨中的身姿顿在阶下。

夏苏回过头来，挤眉弄眼地问："你……摔到头了？"

赵青河突然愁苦了脸，却有"你怎么那么聪明"的表情透出，他语气夸张："对啊，摔得很厉害，出一大摊血，马上闭气止脉了。昏迷几日再醒来，看到大驴，以为陌生人要谋财害命，还打青他一只眼。不止认不出他，以前的人和事忘得七七八八，连娘的模样都记不起。大夫瞧不出所以然，只说能活就该烧高香。"那双刀目，既不凶蠧，也不空洞，细雨淅沥沉入他眼底，不起涟漪，亦不见底。

当时，泰伯说的是，雷雨时赵青河失足，从陡峭山坡滑落，命断当场。事情起因于赵青河和泰伯、大驴护送赵氏的另一房远亲出行，回途中出了事。但远亲却坚持归期不可耽搁，泰伯只好接着担负护师之责，留大驴买棺运遗体。

"什么都不记得了？"夏苏回想起昨夜，他对着她真是彬彬有礼，如同初次见面，只是疑点也不少，"既然不记得，你还能背诗？还能说出赵子朔房里有《岁寒三友》？"

赵青河不再抱着打哈哈的心态："我是摔成失忆，不是摔成傻子，虽然不记得过往人情和家里人事，反而从前读过的书都慢慢想起来了，生活仍可自理，道理还能分清。至于赵子朔房里的画，因是名家古画，属读书此类，所以记得。只是，所谓记得，也不过一个画面——赵子朔房间东墙挂着《岁寒三友》，仅此而已。"看夏苏越来越龟壳化的脸，他好心添问，"妹妹听不明白？"

"……你的意思是，你的脑袋分为两大块，摔没的是过往人情，但读书那一块，原来塞的不是草包，而是堵住，如今疏通了。"哼，胡说八道谁不会！

赵青河彻黑眸底明光一闪即逝，笑得微微仰合："看你在吴其晗面前温婉得很，对我这个哥哥反不如外人，冷言冷语外加拳打脚踢。"

"对外人客气理所应当。"一不留神将他归了自己人，不过，失忆这事若不是赵青河混说一气，倒能解释他从外到里的古怪异样，不过到底脑筋摔通没摔通，仍不可掉以轻心，银子还是要搁在自己口袋里安稳。夏苏心思似转风车，很快打定主意，随他失忆、诈尸、还魂，还是脑子开窍，从前怎么对付他，如今仍怎么对付。于是，不其在意他的"抱怨"，夏苏敷衍应付过去。

赵青河却从夏苏手里拿过伞："我帮你撑着。"夏苏没再多说，静默转身，往来时路上走。

他说，帮她撑着。看来他是真忘了从前旧事。

干娘弥留之时，让他帮她撑着家里，他嘟囔说他是一家之主，凭什么听一丫头的。干娘没听见，一旁服侍的她却听得一字不漏。只有脑里空白了，如今才能说出这样气定神闲的话，做出这样大相径庭的事。不过，她还相信一句话，叫作"无事献殷勤，非奸即盗"。再怎么丢了前尘往事，若无目的，他为何到广和楼来等她？

昨夜之前，他已经不认识她；昨夜之后，一日不到，他和她没说几句话，如同生人。而这份自来熟，不可能无缘无故。只是，她不开口，等有奸盗有缘故的人开口，又任他将油伞都给了她，冷眼看他提起笼屉，拿袖子抹脸上雨珠子。长到这个年纪，她已经明白，但凡不是她求来的，带有别样意图的好处，实在无须半点感激。

"今晚要去赵府吃饭。"赵青河开口了。

夏苏眉角轻轻一挑。

"我就两套护师的衣物替换，泰婶说不大合适，非让我来找你，问能否买一身新秋衣。"他的衣物据说都进了当铺，一套最光鲜的，代替他本尊，葬入地下。赵青河拿眼角还她的眼角睨光，"不买也没关系，我觉得不妨事，可泰婶要问起，我便答已经跟你开过口了。"

夏苏知道赵青河没说谎。在投奔赵家的亲戚当中，赵青河的待遇不错，管着一小队护院，八两的月俸也算高了。正是因为他总是衣着光鲜，出手大方，显得家里还有一些值钱物什，赵府里的人都给着面子。至于六太太刻薄他们的事，是赵青河"死"了之后。所以，泰婶紧张自家少爷今晚穿什么，在情理之中。

赵青河则从大驴口中听说，夏苏对钱两十分计较，又对他无甚好感，因此，他不过将答应了的事做到，回去能向那位慈眉善目的老婶交代。

然后，他跟着她，进了一家钱庄，看她拿出一张银票，取出铜板和银子，她的褡袋到了他肩上。接着，又进了一家成衣铺子，听她吩咐店家给他量身，置办了一整套新秋挺雅挺贵的行头，他才缓过神来——自己这是当上小白脸了吗？

为了力证不是吃软饭的，赵青河指着铺子摆列出来的一身秋裙，直夸好看、精致云云，最后说得自己都真心觉美，一句结语万分中肯："你今日要是穿它见吴二爷，他可能立马就许亲了。"

他兴奋地回头，却发现她一人打了伞，已走到街上，直接导致店家看他的眼神有点不对。这人以前得多恶劣，令这位姑娘厌烦到不肯多看一眼，多说一字，多处一刻的地步？

大驴是忠仆，泰伯泰婶也是，他活着，就够他们喜出望外，即便跟他说起从前，也多挑选好字眼好事情。但他看得出来，比起担心他的失忆，他们更似松了口气。

不了解过去，就不能解开谜底，那么对于夏苏，这个毫不掩饰厌恶他的人，他得厚着脸皮打交道。眼皮底下的捷径，以他如今的性格，是一定要抄的。

当即，赵青河兴冲冲跑进雨里，全然不介意夏苏的白眼，将伞抢了过来，提笼屉，扛购物袋，甘之如饴当着义兄，兼小厮、苦力、保镖、小白脸。

捷径，捷径，马屁最近。

赵青河和夏苏一到家，泰伯就说齐管事已坐等了一盏茶的工夫。

齐管事是赵大老爷的得力助手，他见赵青河果真活着回来了，不惊愕，也不怕诈尸，居然眼泪两行神情激动，好半晌才道赵大老爷请青河少爷尽快过去一趟，今夜原本的家宴也因此延至三日后。齐管事直催，赵青河只好带上泰伯进府。

夏苏懊恼的却是家宴延期，一拖就三日。这么一来，十五日的交货期实际就成十二日，本来就紧张的时间就会更赶。她在今晚行动和不行动之间犹豫再三，终让胆小占了上风，决定等上三日。

“你说齐管事哭个什么劲啊？”在外颠簸了四个月的大驴又黑又瘦，捏着刚蒸熟的小笼包，一口一个，烫得他口齿不清，张嘴哈气。衣服买早了，小笼包白要了。本来对这种容易烫舌头的点心无感，夏苏却有点赌气，夹了小笼包，咬破面皮，将肉汁吸得差不多，就整个放进嘴里，让腮帮子鼓鼓的。这是她宣泄心气的方式，在他人眼里却叫斯文秀气。

泰婶敲敲大驴的脑袋：“学学苏娘！每回都能烫到，这毛躁性子跟着少爷，怎让我放心？”

大驴接着吞，仍呜里哇啦扇风：“我又不是姑娘家，吃东西都得讲究模样漂亮；而且啊，兴许就是我毛躁，少爷才回魂。”

泰婶呸呸两声：“什么回魂！不过是你们误以为少爷断了气。阿弥陀佛，多亏菩萨保佑，不然真当作死了殓棺，怎么得了！"

家里人的闲聊让夏苏放松，不由插嘴："那么高的陡坡滑下去，又没有脉搏，自然当成死了。只是他如今什么都想不起来，性子也大不一样，看着很是怪异。"

大驴道："岂止是大不一样，根本就像不相干的两个人，说诈尸我也信。少爷这才回来半日，等你们看上三个月就明白了。"

泰婶对回魂和诈尸这类词突然十分敏感，狠赏大驴一个毛栗子。

几日后。

夕阳透过西窗，映入一屋子晚红，又飞快地消了暖意，渐渐昏沉。

已被噼噼啪啪声吵醒好一会儿，夏苏才知道，不起不行了。

进赵府虽容易，进赵子朔的院子却不容易，错过今晚良机，恐怕要大费周章。她起身，抹了把寒凉的水，穿上薄袄夹衣旧襦裙，随便梳几下头发，将它扎成一束了事，走出屋门。

院中，黄昏还拖曳着不肯离去，大片挥洒暮光，照得某个大汗淋漓的人如涂一层金身。吵醒她的罪魁祸首果然在练武，空气是冷的，人却是热的，雾气氤氲。暮光一照，竟生霞烟，那么近的身影有些朦胧。

他手中一柄剑，黝铁铜纹，一抖一片沉夜。他不但性格变了，大概脑袋开窍，连功夫都更上层楼，只不过剑柄上那串铃铛太吵。

夏苏不打招呼，自顾进厨房觅食。赵青河当家的时候，成天往外跑，而她足不出户。没有主人的院子，并没太多活做，她就在屋里作画，画完了烧，烧完了画，越晚越精神，作息日夜颠倒，还时常犯困。

开窍，是泰伯泰婶认为最贴切的、符合少爷变化的词，两位老人家还征引许多赵青河小时候的聪明事迹，说夫人老早就教他读了很多书，还像模像样地跟名师学过书画，深具书香门第的传承，后来因习武才荒废了文道。既然开了窍，把圣贤书都记起来了，人自然变得和从前不同。这说法，让大驴恍然大悟，而夏苏照例持着谨慎态度。她对赵青河没有高要求，只要别打她银子的主意，去填他爱得心肝疼的无底洞，他变好变坏，与她并无太大关系。

干娘过世后，夏苏是要走的，让泰伯泰婶劝着，又同样要去江南，便跟了来。不料赵青河投奔赵家之后就没少惹事，一年里居然"死"了。看老夫妻俩沮丧伤心，她不好提离开，还担起养家的责任。

如今，正主回来，倒是自立门户的时机。苏州片，桃花坞，她或可有一番小小作为。

"有吃的吗？"赵青河往自己头上狠命揉着一条大巾子，又往脖子里来回摩擦，隔着门槛，问夏苏。

夏苏从锅里拿出一碗白饭、一个糙面馒头，却没有分享的意思："等会儿就吃到山珍海味了，还搜刮家里做什么？你从前……"

她住了口。他回家才几日？那些狗熊乖张的愚蠢事，曾经让她咬牙切齿，现在她却感觉成了那种茶余饭后闲谈的话题。是她脑筋不好使，还是人本来就容易忘却？如果这样，远在千里外的人，是否会忘却她，给她一条活路走？

赵青河看出夏苏恍神，目中精光一现又瞬灭，进屋抄走她手里的馒头："从前怎地？"几日旁敲侧击，已经足够确认夏苏的从前与这家里的人完全没有交集，所以他不会对她寻根究底。

夏苏发现自己手里空空如也，立刻懊恼防功不到家。也可能是三个月里养成的陋习，毕竟他都"死"了，她还防备什么呢？

"从前你早饭中饭都不吃，就等着一顿大吃大喝，醉醺醺回家睡过一日夜，第二天的伙食都省了。"也不再到灶头取食物，她吃起白饭来。

好像在听别人的糗事，赵青河五体投地一脸拜服，笑着说："吃饱一顿过两日？果真年少时候最轻狂，我如今一日四顿都嫌少，这副体格摆着呢。"

嚼着白馒头，没味道，但吃白饭的夏苏为何滋味十足的模样？他坐到她对面，眯眼瞧那只蓝花碗，怀疑饭下藏了好料。

"容我提醒，你如今的体格比年少轻狂的时候，只有三个月差别。"必须承认泰伯夫妇的开窍论有点道理，狗熊只会嚎叫，可眼下这位却会说人话，尽管不怎么着边际，还能意会出趣调。

"毕竟死过一回，经历了风雨。"赵青河不怕晦气。

敢情没经历风雨之前，一挺胸膛跺跺脚，梁上抖落下来灰，还是没苗壮的熊孩子所为。

夏苏突然觉得有点麻烦，赵青河茁壮了，今后是不是不好过于直接地骂他了？从前，她可是拿他练胆子的，该骂就绝不嘴软。刚才看他力道掌握得不错，只不知他不打女人的原则变没变。

"白米饭有什么好吃？今晚跟我一道赴宴，吃好的去。"他怎么看，她手里就是一碗饭。

夏苏慢吞吞靠住椅背，盯了赵青河半晌："你回来后一直跟我套近乎，有何企图？"

赵青河悠然抱臂，神情磊落，眼瞳墨浓："你从小被骗大的吗？兄长对妹子好，天经地义。"

"这世上没有那么多天经地义，即便亲如骨肉，得到一样东西，必要付出另一样东西。如你来接我，是为了点心和新衣。"夏苏咬字虽慢，却无比清晰。

赵青河直视夏苏："我很想反驳你，可是我不能，因你说得一点不错。我和你套近乎，想知道自己过去是怎样一个人，因这家里只有你丝毫不掩饰对我的厌恶，也许通过你的诚实，我可以找到线索。"

夏苏本要垂进碗里去的脸，抬了起来。黄昏终于落下墙头，凉夜如蔓藤，爬过门框，她点起油灯，随熏烟升起的弱光摇曳，与夜融了，似水还寒。她怔住，心神微恍，捧起碗："什么线索？"

"谁谋害了我的线索。"他笑着，眼中漆黑平静，仿佛对他的猎物志在必得。

碗在杉板桌上打骨碌转着，米饭跳洒，夏苏只来得及捞起一筷子的米团。想来想去，不能输给会念"粒粒皆辛苦"的人，因而还是送进了嘴里，不过此时白米饭的滋味，已完全尝不出来了。她咽下最后一口饭："摔下陡坡不是雨天路滑？"

赵青河摇头，听到大驴嚷嚷少爷该走了的同时，迫人气势全然敛净，他起身边走边道："听说妹妹很聪明，闲暇时候帮我想一想，谁会比你还憎恶我。你瞧，我在外头游山玩水挺自在，本无意回来给谁添堵，却叫你撞见，不得已只好归家。找不出凶手，没准我还会死一回，只是这回有没有再活过来的运气，不好说，所以你也得负点责，是不是？"

"倒还不至于憎恶……"夏苏咕哝。不过，赵青河已走出门去，大驴那么吵，他当然没听见。

夏苏发了一会儿呆，将桌子拾掇完，仍未从震惊的心情中缓过来。赵青河是莽夫匹夫，花钱如流水，做事不动脑，说白了是蠢憨，没做过奸恶的事，谁会对他憎恶至痛下杀手？

"苏娘，"泰伯唤夏苏，"我和大驴陪少爷赴宴，老婆子今晚替人接生，家里就你一人。等我们走后，记得关好门窗，不要给生人开门。"

赵青河换了新衣出来，听个正好，不由好笑："泰伯当她小娃娃吗？"

这时天全黑了，除了内门边大驴手提的灯笼，院里再无亮光。然而，赵青河练武，夜间视力极佳，见夏苏跨过门槛，漆暗的廊下，她身形好不轻盈。

泰伯道："若是平时，我也不啰唆，不过最近城里很不太平，有好几家遭黑衣人入室窃财。官府都贴出告示了，凡提供可用线索者，赏钱十贯，还让大家小心门户。"

夏苏撞上廊柱，大概是磕了头，发出好大声响。赵青河看她蹲身揉脑袋的闷闷样，心想自己多疑了，以为她深藏武技，却那般纤细，身若流风，不具力量。

"哟，疼吧？"赵青河挖苦道。不料黑暗中那颗脑袋动了动，他居然能看到两眼白。达到目的，他这才笑哈哈叫上泰伯，拉着大驴，走了。

火上浇油的捉弄讽刺，怎么没和这家伙的记忆一起撞飞？夏苏愤愤地瞪着合上的门板，打从心底希望他今晚吃得拉肚子。不过，她眼下最担心的是，今晚会不会出现意外。城里有人穿黑衣作案，而她也要穿黑衣做事，万一把她当贼，如何是好？

夏苏摸着额头，望秋夜星空，如一条银带长河，曜曜灿灿，又无月无风。真是好天气，她在心头微叹。无论如何，今晚是必须去一趟的，她直起身，拖步回屋。

约莫半个时辰之后，夏苏屋里灯灭，漆黑的夜笔在门前勾勒出一道比夜还深的人影。纤影袅袅，紧裹一身夜衣，走路再不似爬行，点几下足尖，就跃上墙头。奇妙的是，影子的动作看起来不快不大，却优美，似起舞，飞升半空，轻落如仙。

唯一美中不足的是，影子在墙头蹲得有点久，东张西望防备重重，完全就是胆小某人的招牌动作。黑影跳下，再次施展奇妙的舞步，这回更快，似一缕清风，又仿佛足不沾地驾于云上。

如夏苏所料，今夜赵府家宴，主人们齐聚一堂，各房留守的仆从们看紧门户，平时人迹处处的花园廊道冷清无比。赵家四郎的朔今园在东，她住南边亲戚区，家宴则在北面赵老爷子的老潭院，可谓天时地利人和。

咦？一点小意外，可以忽略不计。

意外，其实只是夏苏的意料之外。她做事谨慎，虽说延了三日行动，并非在家坐等，两回夜行下来，才决定这晚要走的路线，而且还向泰婶打探得十分清楚。

赵子朔只有两名贴身小厮、一名外住的管事、几名不宿园的男仆和一些日间打理的仆妇，看园门的是个十三四岁家生小丫头。因为是三个月来的头回家宴，赵子朔很大方地带着两个小厮一道去，又给小丫头放了假。今夜，除了按时会来巡护的院师，朔今园应该就是一座空园。

应该，却出现了不应该的情形。当夏苏轻悄落进墙内，猛见两个人立在门旁说话，连忙蹲到花坛后。她离着挺远一段路，故而也听不见说什么，只看出来是两个丫头，一高一矮，高的那个腰带上垂着什么，一闪一闪发出蓝光。

第四章　梁上双君

还以为有人留园，夏苏正思忖接下来怎么办，那两人却走了出去，给园门上了锁。

丫头瞧不见行如风轻的黑衣人，而夏苏只是掐时刻早了那么一点点。所以，意外实在小得不值一提，倒是园里明灯点得铺张浪费，让她大伤脑筋。轻功再好，明光之下仍会露出形迹，而且赵子朔可不是赵青河，这位长子嫡孙的住所，园大屋大，回廊叠宇，曲桥荷塘，大概要备着成家立业、开枝散叶，只因他尚未成亲，又专心读书，才不喜欢放太多人。

夏苏从屋顶俯瞰过，头一回进来这里，又不好见光，尽管泰婶以一手医术结交了不少管事媳妇和婆子，打听朔今园里仆从人数和分布状况实属小菜一碟，但这么旷亮，无处藏身，令她心里发虚。

双手捉紧包袱布条，心虚没有影响夏苏的决意，当下拾起几枚石子往明光处打去，同时借稀落的花树山石迅速穿廊。石子啪啪作响，本似风轻的影子，在明灯照耀之下，犹如怪鸟掠过，确实难掩踪迹。好在，不起任何人声，只是惊动了几株秋早金菊，无风自摇。

夏苏缓吐一口气，既确认无人就不再顾忌，从内园走主道，明暗不拘，直直奔入赵子朔的小楼。藏书阁、读书屋、待客堂于一楼，而起居室在二楼。她推门进入起居室，一排楼檐琉璃灯盏令屋内无光自亮，格局尽呈眼前。

满目皆书，一室墨香，说是起居寝屋，却更像书房，书桌就有两大张，其中一张桌面堆砌着一摞摞写了字的纸。神童也需要努力？

顺利进入这间屋子，让夏苏有闲心，还能莞尔一笑。随即，她绕过红木屏风来到内室，笑意更深。一床一桌一卧榻，八仙案上松竹梅，正是《岁寒三友》。

夏苏跳上八仙案，将画取下铺桌，又解开身上包袱，从一堆零碎中找出一盏拳头大小的玻璃灯，点亮后罩上小瓷屏。幽幽光色冷青，且只往前走，还可以调节亮度，烟熏味极淡，像书墨香。此灯从海外来，贵比黄金，灯油更是有钱都买不到，是她离家时带走的唯一一件娘亲遗物。因为太珍贵，夏苏用起来也省，照过一遍就熄去。

这幅《岁寒三友》是纸本，并非仿作所用绢本，画风极具赵孟坚笔法神韵，问题就在于这等清涓笔触欠缺一些独我灵气，若不熟悉赵孟坚的画作，鉴定不易。不过，夏苏还有别的鉴法。她搓着冰凉的手，直至感觉指腹达到最佳敏锐度，然后伸手至画纸前，闭目，以食指中指触画，时而似蜜蜂频频振翅，时而似轻羽刷过。待睁眼，已笃定纸张为南宋年代，并非特意做旧，褪墨因保存良好而不显著，但仍有年头了。灯下不见层叠摹仿的痕迹，再加上全补笔法欠呈自然，确是赵孟坚真迹。

夏苏自幼习画，对各代名家之长短如数家珍，何况她虽未见过《岁寒三友》，却见过赵孟坚的《春兰》。想到《春兰》她立刻回想到那个家，不禁遍体生寒。虽有金山银海、瑰宝奇珍，却也污秽不堪、阴险恶毒，亲非亲，情无情，一块肮脏地。

不想，不想，夏苏甩甩头，从包袱里拿出量绳，并将几十样尺寸一一记录，又取一小幅白纱绢，铺在画上，用粉笔做好标记，再在松竹梅上洒一层银粉，盖上吸粉纸，扫下银粉……如此不厌其烦，只为反复拓下精确的外廓。

最后是印。印有两枚，"子固"和"彝斋"，是赵孟坚的字和号。她书法不强，只能用透描法摹下，但纸本画易凹，必须掌握好力道，还得描精准。看似最简单的地方，手心却一直紧张冒汗，居然还有些心浮气躁。描完后，感觉并不好，夏苏擦着手，还想着要不要再摹一遍，恍然不觉一道黑影溜过偏窗。

忽然，有笑声传进耳中，夏苏才发现自己耽搁太久，府里已经散席，赵子朔他们回来了。把画挂回去，七手八脚收了东西，她重新背起包袱往外走。声音尚远，自觉慌而不乱，却在看到外间书桌前有人时，大惊失色，还立刻收起一腿，要向后点蹬。

"别撞到屋主那一架子的宝贝收藏，不然会很难收拾。"男子手上翻着一本书，虽然背对夏苏，隔着绵纸的灯色，一身秋水云锦映得他英姿飒爽。

夏苏一眼便认出了这套衣物，更何况，还是自己头一回花钱给男子买的行头。"赵青河！"她低呼，及时住嘴，却怎么也掩不住眼中诧异。

赵青河转过身来，手里慢慢扇着一张薛涛笺。他明明是冷锋毕现的硬相，从前发花痴时显蠢，如今笑了，反而森然无情？夏苏眨眼之间，错过赵青河的敛眸。那对眸子里，其实已不森冷，却是笑入了眼，好整以暇。

"梁君不走吗？"

她不姓梁！夏苏全身毛发乍开，仿佛每个毛孔都能射出箭来，一只眼珠子盯着房门，一只眼珠子盯着赵青河，估计下来，胜算不足，还有点腿软。她肯定比他跑得快，又绝不能小觑他。从前他也就这身蛮劲拿得出手，现在还有了脑子。至于开多少窍，很有深不可测之感。

"梁君不必这么盯着我，毛骨悚然哪。"他佩服她的是，胆子那么小，却做那么胆大的事，明明此时怕得要命，偏有士可杀不可辱的神气。他又道，"如你所见，我不是这个屋子的主人，和你一样不请自入。所以跟你打个商量，你来过的事我不会告密，你也当从没见过我，如何？"

夏苏心想，对啊，赵青河与赵子朔不熟，跑进别人寝屋里乱翻，岂非有不可告人的秘密？老实说，她打扮得像个小偷，其实只来看画而已；倒是赵青河，衣冠楚楚，无声闯进来，在赵子朔书桌上翻来翻去，实在鬼祟。虽然很好奇很怀疑，夏苏仍明白轻重，马上就朝门口走。顾天顾地，先顾好自己。

"望君夕亭独坐，菊千重，寞千重；忆君青湖相随，琴铮铮，悦深深；盼君落栀明子，瑟鸣欢，心鸣欢。"

夏苏回身，瞪目，看到他是照小笺念出来的，鸡皮疙瘩立时消退。

"梁君走之前帮我个忙，这首词是什么意思？"赵青河继续摇着小笺。虽然失忆了，脑子应该比从前好用，看到诗词却立刻感觉很没辙，明明可以写清楚的句子，非要弄得又短又难懂。

夏苏本不想理会，但对他念的东西很不屑，压低声音掩不住厌气道："算不上什么词，不过是约人明晚子时私会合欢的情信罢了，如此露骨，真是……"憋半晌，骂不出"不要脸"三个字。

"地点？"赵青河连连点头，虚心受教。

"大概和栀子花有关的名或景。"夏苏说完，以为这回可以走了。

但听赵青河又问："梁君来时，可曾见过任何可疑之人？"

夏苏脑海中立时闪过那两个丫头，竟想都不想就回答他："有一个别处的丫头来过，和可能是门房的小丫头说话。我没看清脸，一高一矮，高的那个腰间系了亮蓝的佩饰。"

"多谢。"赵青河的客气也让夏苏十分不习惯，她张了张口，只是干巴巴地发不出声。

"我给梁君提个醒，这时赵子朔应该进了园子，你最好从内屋的窗子攀下去，走这扇门或会撞个正着。"赵青河这才"好心"指引。

夏苏顿悟："我若不帮你，你也不会提醒我？"

"得到，必要付出。"赵青河看那对眼珠又开始转来转去，强忍住笑，"今日刚从我义妹那里听来，现学现卖，如果今后与你有缘再会，我可同你细说。"

丝毫不知自己被看穿的夏苏，觉得赵青河的脑子不只开窍，还开了洞，跟个小偷约再会。

小偷。梁上君子。原来是这么个梁君。

她心底嗤之以鼻，另一面却不由自主地信任他，改由窗口跃出，从楼后走了。

赵青河一边捕捉着夏苏离去的轻音，一边将纸笺归了原位，又靠在窗前，长指轻拨开一条缝隙，见赵子朔已到内园。他不慌不忙，行至雕花格架下，蹲身歪头，无限贴近地板，确认夏苏的足迹已清理，而从门口到书桌那行女子大鞋印保留完好，才直起身入了内室。隐隐听到有人大呼藏书阁有亮灯，漆黑的眸子漠寒不动，一切都在他计算之中。

只不过，挂歪的画，落银粉的桌，空气中淡淡的烟墨香，完全留给他一个烂摊子收拾啊。那谁谁，摹画的水准无疑非常高，但作案的水准，绝对有待提高。

近来，夏苏发觉，和赵青河碰面的次数有点频繁了。

院里就这么几个人，都知道她白日里睡觉多，晚上精神好，无事不出家门。

穷家的好处在于人心简单统一，除了赵青河当她是个使唤丫头，泰伯泰婶和大驴皆认她义女半主的身份，虽忌讳少主而唤她苏娘，却不会差使她做活。从前赵青河挑这件事来说，夏苏大咧咧不睬，实在忍不了，就夹枪带棒骂他一顿。他笨脑袋不及她伶俐，每每败下阵去，就能安生两三个月。昼夜颠倒的作息，如此顽强地养成。

如今她当然没改变她的习惯，所以碰面的时候多是晚间，还不是一般昏暮上夜，而是人定、子夜、荒鸡这些夜半时分。

前几日，夏苏忙着作画，半夜出来透气溜达找吃的，遇上赵青河，也只当没瞧见。他亦不会打招呼，或在院子里练武，或在堂屋里喝茶，不过更多时候，却是待在那间荒废很久的书屋里——看书！

两年来，不曾看他碰过书，更不用提他对"读书"这两个字过敏，一听就会变得暴躁，就算他娘劝读也一样。他将一箱子古书画送进当铺的那日，泰婶劝他少和市井混棒们接触，多和赵府里的少爷们来往。泰婶一时劝起了兴，漏嘴说到读书考功名，他就魔怔了，扛走一箱子书画，空手回来，还赌气说虽然当了八百两银子，但都给了心上人，看今后谁还跟他提读书。泰婶为此伤了心，大病一场，待身体好了，再面对她看着出生长大的少爷，沉默居多。

不过，赵青河现在的大转变，最高兴的，就属这对老夫妻了。至于夏苏，并非她关心他做什么，皆因他到哪里都开窗开门点亮灯，小小的院子避不开视线，总落在眼里而已。

这夜就是如此。画出最满意之作的夏苏，伸展着腰臂，出屋觅食，却见西廊书房敞亮，窗子大开着。那人靠坐书柜，一手书，一手《字汇》(字典)，身旁堆着书山，身前铺着一叠纸，笔墨伺候，真像那么回事。

锋眉青山，眸深墨。他的五官面型属北人，粗棱刻显，雕高掘凹，分分明明，自然比不得南方男子谦和温玉，但却有天地男儿的气魄，加之身材高大挺拔，是另一种张狂隽美。原本被笨脑瓜子牢牢封在厚厚的愚垢之下，如今连一张脸都跟着出土放光了？

夏苏瞧着这么一个人，突然感悟绘画中神重于形的精髓意义，可见神恶则形恶，神俊则形俊，外形可随心神变化而变化。夜风吹冷身上那一点点暖，只披一件外衣的她不由哆嗦，惊觉自己看呆，连忙垂眼检讨自省，将身体慢慢缩进无形的龟壳，挪去厨房。

这人真考上状元，与她又有何干？更何况，他看的都是什么书啊，骗骗读书少的人罢了。

啪嗒啪嗒……见他扛了一卷篾席出来，铺在院中叶子快掉完的老榆树下，她立刻盯住那双光脚，这么冷的天趿拉木屐？

啪嗒啪嗒……她捧着筷碗，等饭热时无聊再瞥外面一眼，人又不知搬什么去了，但席子上多了张云榻方桌。

啪嗒啪嗒……夏苏朝天翻眼。不看就是不看，她吃她的饭，他要树下乘秋凉，那是他脑抽。

啪嗒啪嗒……怎能有那么多东西好拿？

夏苏不小心瞄到，却是一怔。不知他从哪儿找出来的元宵灯，正往树上挂，穗儿流转，图案简单精巧，灯色各异，煞是引人。桌边红陶封小炉，温出了酒香，飘到她鼻子底下，闻出是新酿桂花美酒。

一座穷院，原来只要肯花心思，也能制造一方好景出来。

夏苏耷着脑袋，很郁闷。可是，吃了几天没滋没味的饭，一旦勾出馋虫，只有美食美酒才能治，不然会死人。她不想死，所以她一边很郁闷自己没节操，一边很勤劳地炒了两盘菜，盛了两碗饭，慢吞吞靠过去。当然，到了这份上，脱鞋入席是理所应当。

"妹妹不要板着脸，横竖也坐下了，与其郁闷，不如开心些。"提起红陶酒壶，赵青河为夏苏斟酒。

夏苏想不到他会为她斟酒，缓转着温热的杯子，定睛看他一眼，将酒一口饮尽。

"原来妹妹好酒量。"赵青河笑着再斟。

夏苏看出赵青河心甘情愿，憋了好几日的话脱口而出："你……不是摔没了记忆，而是鬼上身了吧？"

赵青河手一顿，随即大笑："没错，赵青河不再是赵青河，是某个孤魂冤鬼，上了这具还存一口人气的身。我想想啊，我原本叫什么来着……"他原本希望自己早日想起过去，如今反而不想了。

这口气，却实在又是他。夏苏不笑，开始默默夹菜吃。

赵青河见自己的笑话逗不起笑，耸耸肩，也吃起菜来，却不沉默："恭喜妹妹完工了！"

夏苏抬起头，深嵌的那对漂亮眼睛如宝石璀璨。

"看你今夜出屋伸腰拉胳膊，不似前几天躬着小老太的背，若非完工，怎会一派悠闲？"还有，屋里熄了主亮的灯，她披衣而出，是吃完东西就要睡觉的感觉。以她这几日天亮才睡下的习惯，突然改变，应该是因为她完成了《岁寒三友》，大概明早还会外出。

所以，他这是给她庆祝？

夏苏张口道："我完工，跟你有什么干系？"

"当然有干系。妹妹是咱家一根大梁柱，顺利完工的话，很快就有进项；有进项，就能开支。"赵青河笑声变了，"我想买书，笔要置新，还有纸……"

夏苏眼睛睁大："赵大老爷不是让你担当府库护队，每月十五两银子？"梁很重，她细胳膊细腿，顶不起来。

"我考虑再三，还是推了。"

"推了？"那个装腔作势、不用花力气的她都能干的职位，十五两如同天上掉下来的。

"推了。轮白日的班，肯定不行；轮晚班，我就没工夫做自己的事了。赵大老爷虽是一片好心，替我安排这份差事，我却不好意思白拿银子。"他发现她的眼睛，和小耗子眼、小乌龟眼相去甚远，很美。

夏苏两眼迷瞪，再喝一杯酒，慢慢问来："白日里为何不行？"

"因为要睡觉啊。"

照她的作息标准看，这条理由算得上充足，夏苏只好接着下一问："晚上你有何事要忙？"

"先尽着你安排，你出门我出门，你作画的日子，我看书练武，也可能出去见见买家和书画商。"

"等等！什么叫先尽着我安排？"夏苏越来越糊涂，她对他改变作息毫无意见，但他跟她怎么能搅和到一起？

"泰伯跟我说，他同你说过了。"这姑娘善后的本事很次，厨艺也一般般，看来是个偏才，他不该对她的其他才艺期待过高。

赵青河再抬手，阻止夏苏开口，脸上无惊无奇，一副知道她要说什么的模样："泰伯说要给你找个跑腿送货的可靠人，我却这么想，钱财面前人心贪，等到知道不可靠，必然已损失了钱财，虽说可当买个教训，如果涉及大笔银两，还是可惜。再者，你做的事剑走偏锋，往小了说是摹画，往大了说，犯大明律，不能随意托付人，且普通老实可靠的人又难以应付刁钻买家。相较之下，吴其晗还不算真小人，都这么难打交道，今后你名气出去，找你的人一多，黑白各道都有。所以外人肯定行不通，只能是自己人。"

这回赵青河虽然说了一大段话，夏苏却很容易就听明白了。泰伯跟她说起时，她没能及时说不行，心里却直觉不行。不过，赵青河最后那句"只能是自己人"，让她心头一动。当然，动归动，她谨慎不减，冷淡道："我可以谁都不找。"

"那就只能任奸商抠门小气！你为二三十两银子叹血汗没白流，他们可是转手就翻了十倍百倍的利润，感慨赚钱太容易。"赵青河捏着白瓷杯，转啊转，目光仿佛完全倾注于流光溢彩的酒面，神情自得，"妹妹对我这兄长纵有千般无奈万般讨厌，但一家人就是一家人，已在一条船上，要沉一起沉。想想看，我若没回来，你会丢下泰伯泰婶，自己过好日子去？而今，我可以起誓，我既然回来了，该我担的，也绝不逊于你。即便是从前的我，可曾真丢下过这家的任何人？"

夏苏默答，没有。哪怕和她相看就火冒三丈，赵青河答应她可以跟来苏州，就从不曾反悔过，口头出气也没有。也许，正是他还有赤子之忱，她留了这么久。

夏苏不语，一口酒，再一口酒，动作和她平时走路一样，很慢。

赵青河虽然没有机会和夏苏说上话，但这几日经多方了解，拼拼凑凑，已能勾勒他过去的性情为人。无须赘述，就是不爱用脑，乱讲义气，鲁莽行事，却非本质恶劣。然而，一直拮据，再寄人篱下，这些不着调的毛病惹不着调的麻烦，确实会让人厌烦；而重建失去的信任，比建立全新的信任难得多。

所以，他不着急。

第五章　同一条船

　　灯花哔剥，雨珠串落成线，树下夜宵该散了，两人却仍坐着，一人喝酒，一人吃菜。雨并没有下大，一点一滴，在灯下清晰可数。

　　夏苏抿酒，感觉酒味沁了雨味，温热入口，喉头却丝丝发凉，浇冷心里一小团热乎气。那团热气，因赵青河的"自己人"论而生，她几乎立刻就点头答应。现在，浇冷了，也清醒了。

　　带小笼包，置办新衣，炒两个小菜，这些都是小得不值一提的事，而她性子软绵也好，不喜欢力争也好，即便有无比的勇气离开家，她只是更胆小，更谨慎，更慢吞。

　　"我不信你，"如今的她，更敢于说真话，"而且，就在你扛走干娘千叮万嘱要留住的字画时，你已经弄沉了这条船，事后也满不在乎。"

　　当赵青河请了几个混棒哥们吃酒，听他们绘声绘色将这件事描述成"千金散尽还复来"的大丈夫行为时，他却明白，这就是他曾做过的最蠢之事了，恐怕今后还得背负这件蠢事很久，反反复复为此洗刷。果然，这就来了。

　　"你要我怎么做？"他可以说他已不记得，虽是事实，但人们不会这么接受，尤其是眼前这位讨厌他的姑娘。

　　夏苏突然起身。赵青河看她站立的身姿一眼，就知她要去杂物房，所以安稳坐着。不一会儿，见她抱了一只小酒坛出来，他垂眼笑，听大驴说她馋酒，倒料不到如此贪杯。

　　"我来拍封。"他伸出手。

　　夏苏犹豫一下，将坛子送过去，慢声道："这酒烈，冷着喝更好。"

　　赵青河点头，大掌轻松拍开泥封，深深一嗅，赞声好酒，给夏苏倒上，不过这回用了碗盛酒。他看她喝酒如喝水，仰头半碗下去，喝到这会儿还脸色不红不白，神情淡定，目光比不喝酒时还清亮些，难免还是好奇。喝不醉的体质自有天生的，这位显然知道自己能喝，且除了那筷子菜，就一直没放下过酒杯。想至此，他将酒坛放到自己身旁，发现她的视线也跟到他身旁，墨眉冷抬，沉声道："喝完这碗差不多了。"

夏苏拿着酒碗的手竟抖了抖，与赵青河对视一眼，立刻耷拉眼皮，轻轻哦了一声，由喝改为啜饮。

赵青河又想，她这么听话，该不会已经醉了？忽而，听到一句话，只是这句话超出了说话人平时的语速，他又稍稍出神，就没能听清。

"你说什么？"他问。

"你把八百两银子讨回来，我就雇你。"她这回说慢了，啜饮已止，盯着小半碗澄黄的酒液轻荡，雨滴落开了酒花。

赵青河左手撑起下巴，同夏苏一起，瞧着她酒碗里漾起朵朵花，满眼傲气："你雇我？"

夏苏平眼望他，凉声呛道："难不成是你雇我？"

赵青河声音陡然懒了下来："这是当然的。为了公平起见，我特意放弃山珍海味，跟着妹妹走了一趟。妹妹的轻功虽然一流，但遗憾的是，考虑到这盘营生利高险也高，甚至关乎咱们的小命，妹妹今后还是听哥哥的话吧。"

平眼变惊目，夏苏一张脸白得好似透明，而后，涨红到耳，手颤抖着抓着酒碗，金液惊起一波波急漪。也就是说，那夜遇到赵青河，并非撞了巧，是他尾随她。而他要笑不笑，口口声声道梁君，还跟她叽里呱啦扯了好些，连逃路都给她指正，皆因他明知她是谁，才会那样。

"我并非羞辱你。"翻了那么些书，赵青河自觉用词可以婉转，但夏苏受打击的模样超出他想象，"你作为一个画师，我和吴其晗都肯定你的天赋和才华，我看等你交了这单，他就会同你商议，签你为长约画师。所以，你实在无须妄自菲薄，虽然除了作画，并无其他长处，但普通人做得好的地方，天才未必做得好。天才多偏执古怪……"

酒碗空了，夏苏没喝，而是把酒全泼到了赵青河脸上，她再不看对面那个男人一眼，起身走回自己屋，大声甩上门，熄灯睡觉。

赵青河静望着夏苏屋里暗下，抬手抹了把脸。烈酒和寒雨已经混入口中，一开始冷冽呛辣，渐渐却烧起一片火，烫得无比。这是无意中激出那姑娘的真性情了吗？一直慢吞吞、没朝气、灰蒙蒙的一个人，却能迸发出璀璨耀眼的火花。他捧起坛子，一口气喝干剩下的酒，再慢慢夹菜吃，吃着吃着，竟呵呵笑了起来。

灯有些明暗不定，柔化了石雕般的冷面酷颜，笑脸不羁而俊魅。

第二日早上，夏苏小心翼翼开门，谨防一簸箕石头之类的东西来堵她。门外却没人，院中老树下空无一物，后半夜她辗转噩梦之中似乎听到雨声，这时天阴，地上干着。

泰婶从厨房探出身，看到夏苏伸着脑袋东张西望，神情见怪不怪，说道："少爷和大驴出门没多久，老头子挑马车去了，家里就咱俩，快来吃早饭，趁热。"

夏苏暗自松口气。昨夜气急之下，泼赵青河一脸酒就跑了，若是从前，肯定能听到狗熊吼声。不过，除了她直做被熊追的噩梦，既没让吼叫惊醒，今日清晨也十分平常，没有熊来的征兆。泰婶应该知道赵青河的心情如何，可夏苏不好意思问，只问泰伯为何要挑马车。

"少爷说坐轿太慢，马车方便得多，不用怕坏天气，而且眼看要入冬了。"泰婶答着，给夏苏递来一大碗红豆粥，上面一层蜜糖，知她爱吃主食胜过别的。

夏苏却有点食不知味，想起昨晚赵青河傲慢的决定，以为泼酒就能让他明白过来，谁知一觉醒来，他是该干吗干吗。

"应该泼水的。"她咕哝。泼酒，真是醉了。

一抬眼，逮见泰婶的视线从她身上晃过去，夏苏摸摸脸："怎么了？"

泰婶笑呵呵道声没事，转过身去刷锅，闲聊起来："你还记得吗，咱们刚来时你问过，赵府为何会收留那些亲戚？"

夏苏轻应一声，吹着粥面，调羹从边上撇起。她曾随口问过，并不执着答案，不过泰婶忽然说起这个话，应该是在她作画的这几日里发生了什么事。

这点反应，已足够令泰婶兴致勃勃说下去："原来不是所有投奔赵府的亲戚都能得到安顿。我们没在意，其实稍加留心就知道，这些亲戚家里多有未出阁的小姐。"

夏苏囫囵吞下那勺粥，舌头被这话烫到，双颊熏成了粉色，变成水灵的俏模样："欤？就咱家没有？"

"咱家不也有一个吗？"泰婶瞧着夏苏，心里赞俏，嘴里却是同意，"你没去过赵府，加上少爷从前嘴硬，只道你是个丫头，所以确实除了咱家之外。"

女子在这方面的联想力都丰富，夏苏也不例外，虽有一点点惊讶，但她缺乏继续关心下去的动力，没有接话。

泰婶却不用听众附和，也能自得其乐地说下去："照说，赵家子孙个个优秀，而投奔来的亲戚多是没落了，或是父母不全没有依靠，在这里头找儿媳孙媳，别人不好说，六太太肯定嫌弃。"

夏苏微微一笑："您说得一点不错。"

性子开朗的老婆婆眨眨眼："赵老太爷六个儿子，十来个孙子，嫡出的其实不多，庶出的少爷们配这些亲戚小姐，倒也不寒碜；再者，亲上加亲，知根知底，一个大府里住着，还能随时了解姑娘的性情，总比外人说合的亲事好。"

感觉赵府养了一群儿媳备选，夏苏好笑之余，忽然想到自己如果是那些小姐中的一个，可一点都高兴不起来。不过，闺阁女子从来在婚事上没有自主权，不是不高兴就能摆脱的。

"眼下，自长房四郎起，算上庶出，有四位已到娶媳妇的年岁。不过，赵四和赵六是长房二房的嫡长子，绝不可能从那些姑娘中选正室。"这么说的泰婶，也有赌气的成分。她知道，那些姑娘中有一个很有嫁给赵氏嫡子的可能，但她坏心诅咒那姑娘不能心想事成。

夏苏本来专心喝粥，听到这儿，却突然想起那张写给赵四郎的情笺来，不禁开口："赵四和赵六均为人中之龙，乃赵氏骄傲。近水楼台，常见常遇，暗许芳心的女子恐怕不少。姑娘家要是主动，但凡男子稍有点轻浮，必然上钩。赵子朔上钩了？"

"哟，你怎么猜到有人主动勾引赵四郎？"泰婶终于由夏苏引导直奔至主题。

夏苏笑而不答，总不能说，她去过赵子朔的小楼，偷看一幅名画，还听赵青河念了一首恶心兮兮的情诗，现在想起那几句，她还会起鸡皮疙瘩。

泰婶怎知其中原委，继续道："大太太远房表妹胡氏，她的女儿给四公子写了情诗，竟是直接传到老太太的耳里。老太太立刻召了大太太过去一顿好骂，又气又委屈的大太太回去就叫胡氏母女搬走，那姑娘怎能不寻死？所幸救得及时，但也是闹得人尽皆知。老太爷找赵四郎亲自问，赵四郎竟不承认，说不曾收过什么情诗。最后，老太爷就叫人人噤口，不准再传此事。不过，胡氏母女还是连夜搬了，平时跟她们交情好的几家人，一个都没打招呼，不知搬去了哪里。"

夏苏对大宅里的手腕知道不少，八成还是赵老太爷的动作。传言绘声绘色，老太太的耳根又不软，所以不可能无中生有。虽然赵子朔保护胡氏女儿名节，就是不承认，精明如老爷子一定看得分明，那对母女留下也于事无补，不如送远，等风头过去再把人一嫁。

"老婶，出了咱院门，提都别提这件事。"她不喜欢高门大宅，正是因为这些明明简单却非要复杂解决的事。

"放心，只跟你说说。"泰婶慨叹，"我给胡氏看过几回病，她夫君早逝，受婆家排挤，才投奔了赵府。胡氏为人没得说，女儿也漂亮乖巧，完全不似会给男子写情诗的人。有一回我在胡家看到过四公子，他代他母亲给胡氏送燕窝补品，和胡氏女儿立一起正经说话。那可真是璧人一对儿，任何人看了，都会觉着十分相配。两人那般守礼，我实在想不到……"摇头，还是摇头，泰婶无儿无女，却有一颗慈母心，"我听有些人把好好一个姑娘说得那么不堪，就恨不得给他们下巴豆。"

夏苏放下碗，上前抱住泰婶，靠在她胖圆的肩头："咱不跟小人计较。"

泰婶捏捏夏苏的脸："好，咱不计较。我就是直脾气，不像那些装腔作势的，平时喊得亲热，出事之后，一面都不露。"

夏苏想，这才是泰婶最想说的吧。

"老婶说的那个装腔作势的人，不会正好是我们刚拜访的那个吧！"大驴笑嘻嘻蹿进来，"谁不知岑、胡二家住得最近，这几日胡家出事，岑家小姐却病得起不了身。可我从前常去岑家，怎不知道她俩交情好？"

泰婶最听不得"岑"字，过去就拎大驴耳朵："胡氏女儿和周家的二小姐关系最好，我何曾说岑家了？拜访？少爷没了记性，你好歹长着脑袋。我们烧高香拜佛祖，感激让少爷忘了糟心事，今后能好好当家，你倒好，怎么又给凑上去了？"

大驴疼得直叫唤，满厨房乱转："跟我没关系，咱爷当初那么猛追岑小姐，他那群狐朋狗友个个知道，平时就拿着这事下酒搭菜呢，哪里用得着我说。前几日爷请他们一桌，喝几坛子酒，他们就什么都招了。我就奇怪，当日没去找，隔了这几日才去。"

泰婶气得朝大驴扔菜铲："奇怪什么，你不是跟着去了吗？没耳朵，没眼睛，不会听，不会看？"

大驴跳过菜铲，还是让木勺敲到小腿肚，直叫疼："岑小姐病中，我们哪能见得到？少爷把我遣出去，单独和彭氏说话，我听个甚啊！"彭氏是岑雪敏的亲姨母，少寡，同来赵府照顾侄女。

"少爷人呢？"泰婶见门外只有麻雀吵架。

"不知道，他让我先回来。"眼看泰婶要扔菜刀，大驴连忙喊，"我和少爷离开岑家时，彭氏骂得可凶了，还追出来骂少爷癞蛤蟆想吃天鹅肉，警告他不准再上门，不然就要告诉老太爷。少爷哈哈笑，说今后请他都不来。"

赵青河屡屡捧金送银去讨好，多因这贪得无厌的彭氏教唆，拿她侄女的花容月貌当香饵。如今彭氏骂得决绝固然好，就怕跟从前一样惺惺作态，又要好处又要脸面的。可让泰婶糊涂的，是赵青河那句答。她看着长大的孩子，最知道秉性，请他都不去那句话，绝非谎话。

泰婶不像她老头子对少爷唯命是从，少爷说失忆，诊脉却正常。自己虽不是神医，可医者凭望闻问切说病，所以就对健康的少爷持一点点疑心。她思来想去，赵青河若装失忆，无非想让家里人松懈，不再阻碍他求亲，将岑雪敏快快娶进门。然而，萦绕她七八日的担心，今日让少爷亲手挥散了。

泰婶糊涂着，又欣喜着，偷瞥夏苏，见她神情恍惚，心念连忙一转，觉得自己该适时推一把，让夏苏对少爷有点好感："看来少爷这回真的明白过来，从前都是年少轻狂做的马虎事，咱也别计较了。难得他回心转意,家里人得多拉他一把,免得又飘。"

夏苏发怔,却与泰婶糊涂欣喜的缘由不同,想起自己昨晚让赵青河讨回八百两银子,今日他就跑去岑家,还被彭氏骂。可是,他当时又没应她,她还泼了他一脸的酒,以为不了了之。

不能吧?

赵青河即便不记得他对岑雪敏的热情追求,可是,送出去的东西再去讨回来,大丈夫颜面完全扫地,一般好点面子的男人都不会愿意做。更何况他变了,而且不是变蠢,是一种盛气凌人、自信自傲的变化,让她无法想象他死皮赖脸向彭氏讨银子的模样。

夏苏本来上午要出门,因为难得的好奇心,竟不自觉地留在了家里,想等某人回来说前因后果。差不多到晌午的时候,她捡着豆芽根,正有点花眼犯困,忽然听到泰伯一声吼,惊得跳了起来。

"老婆子!快,快来看!我们把什么带回来了!"

泰婶冲夏苏又眨眼,笑道:"平时不觉得,缺了才知道好,如今人平安回来,这家就好似终于开了运。现在,就等你俩喜上加喜,"怕夏苏觉得她偏心赵青河,又补充道,"我的意思是,你找个好夫婿,少爷找个好媳妇。"

夏苏对这种内容是全不上心的,淡淡一笑,起身跟着。还没跨出门,就看到院中除了兴高采烈的泰伯,还有赵青河。同时入她眼的,还有赵青河脚边一只黄梨木箱子。

泰婶惊得僵在门边,捂嘴睁目,眼睛渐红,忽然垂头抬袖点着眼角。夏苏一边扶着泰婶,一边冷眼瞧。

那只黄梨木箱,是赵青河娘亲常氏最喜欢的大物件之一,做工精良,密封隔水,因此用它来收藏珍贵的东西。箱子半年前让赵青河扛走,里面装着常氏留给儿子最后的家财——十二卷古画,五幅名书,皆大家真迹。现在,箱子回来了,书画也回来了?

赵青河大步走来,看不出曾经的一丝鲁莽,似青山出云水,苍郁峻拔。他也来扶泰婶,无意中却与夏苏的指尖相触。夏苏立刻缩手,然而,她指尖的凉意停留在他的皮肤上,令赵青河蹙眉。

"穿得太少。"他打量她一眼,一件里,一件外,均是单薄棉布,由此找出症结。

她并未因他大手的温热触感而有半分情绪波动，冷冷回他："还好。"想说不劳费心，当着泰婶的面，算了。

泰婶左看看右看看，两个让她待如亲生的孩子，一个如火，一个如冰，难以融洽，心中不禁叹息，但她不强求，一手拉了一人朝箱子走去。

"近来已添置不少东西，还要买马车，哪来的钱赎回箱子？"有生之年，能促两人成为好兄妹，在孤凉世间彼此照应，她再去九泉之下，见到夫人就不至于羞愧。

泰伯呵呵笑起，打开箱盖："岂止赎回了箱子！"

夏苏再不能冷眼旁观，目光充满惊奇，盯着箱中那些卷轴，脱口而问："怎么赎得回来？"

"当铺不就是筹急用银子与人方便的寄处吗？如今银子还上，自然就能拿回东西，有何难为？"赵青河的视线自上而下，隔着泰婶也无阻碍，落在夏苏光洁的面额上。

这眼神，要笑不笑，她是被他看成傻瓜了吗？夏苏心里油然生出一股气。

赵青河瞧着她粉澈的腮帮微鼓，呼吸深长，肩膀都起伏了，就很"好心"地大声问："要不要我给妹妹倒碗酒，你再像昨晚那样，泼我一脸来消气？不然，气太足会憋出内伤的。"

院中，打架的麻雀飞走了，静得只剩呼吸声。泰伯的，泰婶的，夏苏的。

大驴叫："欸？昨晚你俩一起喝酒？孤男寡……"让夏苏眼中一道厉光吓得闭牢嘴。

夏苏竭力维持淡然，折步往堂屋走去："将箱子抬进来，我瞧瞧有没有让当铺做了手脚。"赵青河应得干脆，双手合抱，把百来斤的箱子轻松扛上肩，随她走入。

院里三人，你看看我，我看看你，如此交换了默契，各自做各自的事，没一个跟去。这种时候，火苗子乱溅，旁观者只会引火烧身，远离得好。

然而，堂屋里，很静，很静，一点硝烟的味道也没飘出来。

第六章　穷门富戚

大门关上良久，车轱辘声和马蹄声也听不见了，好不容易露回脸的秋阳不辣。靠着门的大驴却觉得怎烧心，他问神情平静的泰伯："老人言，越是大风暴之前，越是平宁。咱家两位主儿这么平宁，莫非今晚就要拆房子了？"

泰伯斜瞪，曰一字"屁"，转身干活去。可他心里其实也焦，少爷和苏娘两人一起平静出门的样子，很好，很融洽，是他和老婆子日盼夜盼的景象，只是当真发生时，竟然有了大难临头的忧郁。怎么想都很古怪，两个水火不容的人，一下子平和并肩，肯定是有什么鬼的！

泰伯想到这儿，脚下一拐，找老婆子商量去。

新买的马是老青骢，新买的车是板条拼的，轱辘缺着口，感觉随时老马会没气，车子会散架，然而看那车夫，赶得悠哉，丝毫不介意马车拉出了牛速。车夫不一般，相貌堂堂，宽肩阔背，令不少女娘红着脸持续偷望。车篷无门板无门帘，可以望得见一名女乘客，背着街，对着车壁，似乎抱膝。车子浑身"嘎吱嘎吱"响个不停，这对人物却十分安稳，让人感觉马是千里名驹，车是贵木沉香。

出了繁华的闹市，来到偏隅穷坊，行人为生计忙活，少有目光再看老马破车。车马拐进一条长巷，幽静无人，车夫就任老马认道，钻进车里，凑近瞧一动不动的姑娘。姑娘脑袋顶着车板，闭了眼睛，呼吸轻浅，居然睡得很香。

赵青河笑露白牙，忽而对着她的脖子吹了一口气。夏苏的皮肤分外白皙，他能立刻看到脖后浮起一片极细极短的淡黄绒毛。

还是个黄毛丫头呢！他正要换上嘲笑，夏苏转了下脖子，那张巴掌大的脸就正对了赵青河，鼻尖到鼻尖，二指的距离。她的眼窝较深，闭着眼还能看出大大的眼廓，眼线很长很翘，睫毛如墨羽；她的唇饱满小巧，唇色却淡，撒了珍珠粉一般，润润地散发晕美。半边细腻透水的面颊，让赵青河禁不住想到刚出炉的大白馒头，内里却是小笼包的肉馅，多汁鲜美。

赵青河伸出双手，似要掐上大白馒头的姿势，临了，却改成两根食指，将她微翘的嘴角往下弯，心道果然，原来她用弯下嘴角的法子，让自己看起来不显眼。那张小嘴若不刻意抿老，容姿娇而楚楚，笑也惹怜，令男人最易动心。难怪风流如吴其晗者，都会被她吸引，想来她只顾画，没顾上抿嘴了吧。

赵青河想到这儿，恰见她的睫毛微颤。瞬间，那双睫羽仿佛也从他心上刷过，痒痒难耐，渐渐酥麻。他不禁蜷起点着她嘴角的长指，一时紧张不已。这没什么，只能说明他和吴其晗一样，都是普通男人。

赵青河无声钻出车去，将马车赶到另一条热闹的宽街，想着谁能在这么闹的地方继续睡？

半个时辰后，面对不曾换过姿势、睡得像死人的姑娘，他终于明白了人外有人的道理实在不虚，只好乖乖地把马车赶回原来的巷子，拍了拍车壁："到地方了。"

他以为需要多叫几声，夏苏的身体却猛地一震。因为她睡姿不好，脑袋僵僵往旁边车板撞去，发出"咚"一大声。赵青河龇牙咧嘴，"哎呀哎呀"替她疼，眉开眼笑，又分明幸灾乐祸。

夏苏怎能看不出来？她揉着头，狠狠白他一眼，左顾右盼，蹲身探脚，才慢腾腾着了地。

"你真是……"该防备时不防备，该放松时不放松，傻到他都懒得说她，以两个字代替，"够慢。"

"你可以不跟来。"她求着他了吗？

赵青河不但讨回八百两，还把原本当死了的书画原封不动赎回来，夏苏说话算话，今后让他跑外面的买卖。她其实也不是不明白，男人在外比女子吃得开，谈什么都要容易些。倒是赵青河没有昨晚的傲慢，只道他主理买家，她主理造画，银钱一本账，每月结算，如此分工合作。

赵青河看着夏苏抿垂的嘴角，惊奇一个人的气质怎会产生这么大的变化，但他神情不动，目光漆漆，转眼打量四周。深不见底的支巷，层层叠叠的屋瓦，不知里面藏着多少贫困落魄户，难保没有见色起意、见财起意、走投无路的人。

"万一你不见了，我总要知道上哪儿找吧。"听了赵青河这话，夏苏一怔，本以为赵青河会满腹牢骚嫌脏嫌破，不料他继续说，"妹妹是咱家摇钱树，绝不能有半点闪失。"

夏苏心上才泛起的一丝丝暖意，顿时降至冷寒，摇钱树啊！

"咱家现在除了那箱子不能吃不能用的旧东西，连块整元宝都没有，全靠着妹妹手指缝里漏些铜板下来。"瞥一眼夏苏肩上背着的鼓鼓褡袋，赵青河记得，上回他背着时好像也这么鼓，看来夏苏付给帮手工钱很是大方。

两只手，举在赵青河眼前，素白，纤细，不软弱。他居然明白不过来，就听到夏苏柔美缓平的声线："满的。"

"什么满的？"他问。

"没有手指缝。"她的嘴角平中悄翘，眸底盛满轻嘲，"这叫兜财手，天生的，除非我自愿，否则连沙子都漏不下。你想要元宝，还是自己赚吧。"说完，手放下，继续向前走。

竟是这个意思！赵青河忍不住，堵嘴轻笑，笑完却也不再说什么，跟在夏苏身后。他虽想不起过去的事和人，脑海却时不时浮上一些不太熟悉的画面，好像来自童年。独来独往，习惯了的寂寞；受人欺凌，衍生出来的叛逆；叛逆到自虐，堵了心眼脑窍，专心事武。大驴告诉他，他总嫌夏苏麻烦，可现在，他完全不觉得她烦，并且享受她带来的乐趣。

是他变了？或是她奇特？

七拐八弯的巷子，分不清院里院外，这片住着无数家的坊居却显出同一色的凄苦。

夏苏熟门熟路，走得虽慢，一步不停，来到一座更灰暗更破旧的小院子前。小院子甚至没有围墙，只有半圈篱笆，地上还坑坑洼洼积着水，盖不得房子的低洼潮地上有一间抹泥屋。她侧目往后瞧，见赵青河只离半步之遥。他一双眼冷望着四周，不似被这些弯弯折折的路绕晕，对小院子的破旧亦不在意，神情镇定。

他变了，真得变了，她不能再像从前那样小看他。

夏苏心里念着，正要敲门，却听篱笆那边的黝黑屋里有人破口大骂："你个直不起腰的没用男人，让老娘生了个赔钱货，还让老娘过这种鬼日子！如今，老娘好不容易给你弄来一份活计，你居然不肯？"

乒乒乓乓，同样的砸锅丢碗，与今早家里泰婶和大驴之间的追逐却截然不同，站在院外的人都能听出凶恶。

夏苏脸上毫不动容，还声音不高不低地问："有人在家吗？"

赵青河在想夏苏的胆子怎么突然大了，不由抬高眉梢，撇笑道："想不到你还挺会骂人，见血不见刀。"

夏苏觉得莫名其妙："我哪里骂人了？"

"明明有人，你还问'有人在家吗'，不就骂那人不是人。"

"……"夏苏睨他半晌，没法反驳，改为了拍门。

屋里那女人没理会外面动静，骂丈夫骂得雄赳赳气昂昂，极尽粗鄙之词，最后竟攻击她丈夫身为一个男人的尊严以及养家的无能，稍正经的女子都会脸红。她声音那么大，完全不顾忌各家挨得近，引一群孩子们爬上篱笆探头探脑，继而又嘻嘻哈哈，学那些难听的骂词。

赵青河听得有点烦，将拍门的夏苏一把拉开，抬脚就把那片薄门板踹开了。他力大无比，神情不悦时又显冷酷，吓得小童们哗然跑掉，骂声也止，似乎耳根终能清静。

屋门一声响，风般卷出一女子，约莫二十八九岁，簪金流玉的牡丹头，妆容齐整妖媚，身段儿摇若柳枝，有三分不错姿色，一说话却无法恭维，对着倒地的门板竖了眉，不抬眼就骂："大清早哪儿来的丧门星！老娘教训自家男人，要你狗拿耗子多管闲事！"

正眼瞧清面前体格健壮五官峻冷的男子，妇人舌头顿时就没了，双目放光，轻浮哟了一声，泼妇的粗鄙收敛干净，声音柔软，还掺进口齿不清的软侬腔："这位大哥莫非新搬来？"抛个媚眼儿，还没抛完整，见男子身后慢吞吞步出熟人来。

少妇并不喜欢这个熟人，精妆细面仍漾开了势利的笑："夏姑娘，咱家盼星星盼月亮，终于把你盼来了。"

夏苏看少妇一眼就滑开，对她的媚眼视若无睹，神情不冷不热，喊声婶娘，语气平铺："本来前几日就该来的，恰巧又接到一单活计，就想着并成一趟，故而迟了。"目光经过赵青河，不禁呆了呆。

自他回家来，他在她面前，不是各种意味的笑，就是各种精明的狡黠目光，让她不太在意那一脸的英俊棱角。要知道，赵青河其实是个有卖相的男人，只不过从前没脑，就成了蠢壮。然而此时，那一脸棱冷肃寒、全身生人勿近的气魄，竟远比从前空板着脸吓人得多，可也俊酷无比，邪狠无比。她自觉无感，却足以令浮柳轻佻者如此类少妇，奋不顾身，飞蛾扑火。

夏苏望着痴痴向赵青河走来的妇人，只好迎她而去，拽住她的胳膊，将满是铜钱的褡袋挂上她的肩，重重地说："婶娘，这是上回的工钱，你赶紧存好。"

少妇眼睛发出别样的光亮，驱散了对好看男人的一时魔障，认清眼前的真实——钱财要比男人重要！她将褡袋抱入怀里，鬼祟往小屋望一下，再转回头来，居然还偷偷贪望赵青河一眼。却不料，对上一双冰寒阴沉的眸子，令她瑟瑟一抖，再不敢花心，头也不回跑出去了。

赵青河非常不高兴，叫住往屋子走的夏苏："回家！让自己的婆娘骂成这般，任她对别的男人搔首弄姿，他都不敢出头，什么丈夫当得这般窝囊！"

地上一个很大的水洼，夏苏不绕，提裙跳过去，脚跟沾了水，裙上立刻溅到一片泥浆子，等她转过身来，又是弯起笑嘴的轻嘲："我找的是装裱匠，他这丈夫当得窝囊不窝囊，与我无忧。"随即，她进了屋。

赵青河看着贫黯的屋影将她吞没，默默想到，她是对他嘲出瘾来了？这固然比她故意垂着嘴角可爱多了，可他不乐意让她这么笑话，好似他仍是她认知中的蠢熊。这个外号，他誓要从她那颗自以为聪明的脑袋瓜里挤出去，现在嘛，忍着。

赵青河大步跨过门槛，几乎不用想，闻着那丝儿墨香，就往左边的屋子去。掀起旧门帘，厚芯布上一股浓霉味熏得他差点呛咳，看清屋内，不由一愣。满墙满地滚轴卷，新旧相混，杂乱无章，脚都不知往哪儿踩。

不过，显然夏苏熟悉地形，已在最那头的桌旁坐得相当自在了。

桌子对着一扇小窗，空气沉浊，窗却紧闭，用不起窗纸，只以麻布遮挡。整间屋子除了一些名贵质地的卷轴，就一盏琉璃湛澈的桌灯奢侈，大白天点着，烛焰明亮而少烟，一看就是宝。赵青河见过夏苏也有一盏极稀罕的灯，这算是画匠的统一用具？只是，让他发愣的，并非这里穷中有贵，而是桌前的男子，和男子怀里所抱。

男子约莫三十出头，虽然薄长袄上到处打着补丁，青茬胡髭敷着大半张脸，却有一双好眼聚神，同粗鄙根本不沾边。他一手抱着穿胖袄的奶娃，一手喂粉扑扑的小家伙吃米糊，神情十分平静慈爱，没有贫困的哀愁，没有恶妻的苦恼，是个极爱女儿的父亲，也是个极具手艺的匠人。

赵青河原本以为，那个轻佻的少妇身后，这间透不进光的屋里，应该蜷缩着一个悲愤恨世的男人，却惊讶地发现自己身处于一方宽容的天地，少妇的谩骂进不来这里，大概更进不了这个男子的耳朵。所以，一愣后，他即笑。

男子抬头看赵青河一眼，不问是谁，继续劳神喂他的宝贝。

夏苏从衣袋里拿出一张银号存票，笑容柔柔，声音柔柔："周叔，小画的银子，除了刚给婶娘的那袋铜板，其余都给你存进去了。那幅扇面还要等一等，如今多了个专跑买卖的人，应该很快能找到买家。"

赵青河自认一双眼利，善于察言观色。刚才见妇人的泼骂凶悍，推测男主人悲愤，想不到男主人自在得很，当爹也从容。而此时的见闻更让他明白自己猜差了十万八千里，泼妇不过是纸老虎，被她丈夫吃得死死而不自知。这样的男人，为自己涂抹上惧内贫困潦倒的颜色，住在迷宫般的深巷，必藏着一个不可告人的过往。

"放桌上吧。"周姓男子没看那张票，"苏娘，扇面要小心处理，最好打听到吴老板卖了谁，再寻买家。"

夏苏应着是，又将身上竹筒拿下，铺开画纸："请周叔装裱，事成十五两。"

"赵孟坚的《岁寒三友》。"周姓男子的视线这回彻底离开他家女娃，落在画上片刻，语气带笑，"这哪是仿赵孟坚，竟比原画更精粹，你打算给他拔高名气吗？"

夏苏脸红："周叔笑我,我哪有那本事,不过尽力了。"

赵青河心道,夏与周不同姓,又不曾听泰伯夫妻或大驴提过夏苏在苏州有亲人,这份十分自然的亲情恐怕同夏苏的从前有关。

周姓男子这时再看向赵青河,见他仪表堂堂北人气魄,问道："在下周旭,是苏娘的叔叔,不知这位如何称呼?"

真是亲叔叔?既然如此,赵青河稳稳作答："小侄赵青河见过周叔。"以为报上姓名,这人也会跟其他人一样,惊讶死人复活。

周旭毫不惊诧,对这个比自己小不了几岁的晚辈侄子轻松接受,消瘦的脸庞神色冷淡,只微微一点头。而后,他朝夏苏道："此人看着可以担当。"

"周叔这么说,我就更放心用了。"夏苏却不看赵青河,"此人"如今这张带着聪明的皮相是比从前好用,只不过她不会太信他。横竖合伙赚小钱,也不用掏心掏肺,把利益分割清楚,双方能达成共识,人品不至于杀人,差不多就行了。

两人接着不再提半句画或钱的事,就着八九个月大的胖娃娃小名闲聊,小花小草小玉取了一堆。

"轴儿。"赵青河没处站,一动踢到地上木轴,信口凑热闹。两人齐眼看他,他连忙摆手,"我用词遣句实在没辙,你们不必当真,冲撞了宝贝,也别恼我。"

他这样没自信,倒叫夏苏不好再踩他,实事求是评道："这个小名还不错,轴支着画,坚强得很。"

周旭沉吟："小名叫轴儿,干脆再取赵侄说的'宝贝'一词,大名也有了,宝轴。"

夏苏觉得不错,不过配上周姓念起来就有些怪:周宝轴,粥煲粥?

夏苏虽然这么诚实说了,周旭却并不在意,只道'宝轴'二字太合心意,又是女儿家,也不会常有人喊她全名,就这样吧。

赵青河歪打正着,赢得周旭一声谢。于是,似乎终于表明今日来意,夏苏说五日后来取画,便走出了屋。周旭没跟出来,连再会都省了,只是轴儿咯咯的笑声追上他们,令乌墨青白的单调天地缤纷了一瞬。

上了车,夏苏耷拉着的眼皮缓缓抬起,似经过一番斟酌,慢道:"姊娘本是妓子，周叔有时去她楼子卖画，也算不得熟。她年岁大了，恩客越来越少，又有了身孕，想打掉，周叔却劝着生下。楼子妈妈嫌她已不赚钱，干脆撺掇着周叔赎她从良。我开始也是瞧不惯她，替周叔不值，可周叔说他本无意成家，只觉得和娃娃有缘，娶谁都无所谓，而她的身世其实可怜，爱钱也是悲苦怕了才如此，如今既然出了欢场，不必再看他人脸色陪他人笑，想怎么样就随她高兴吧。”

“轴儿不是……”赵青河问了一半顿时住口，吆喝驾起车。他也是糊涂，何必问呢？转念又道，“你叔叔心如海。”

“不妨说，他随心自在。”夏苏语气轻飘，“心如海”不适合周旭。

随心自在吗？赵青河无意识握紧了缰绳，低声如自言自语：“不看恶脸，不听恶言，高兴怎么活就怎么活，真是潇洒。”

良久，夏苏的声音龟慢龟慢地爬来：“倒也无须惆怅惭愧，我叔三十岁的人，六十岁的心，老僧入定，看破红尘了，能不自在？我们却年少轻狂，自私狭隘一些也很应当。就我婶娘那样的人，换作我，一定不忍，全看在叔叔面上而已。”好了，她也会用“年少轻狂”这个借口了。

这姑娘的反应，总是有些出其不意。赵青河没有回头，收起感伤，驾车也轻快。等马车停在虎丘一家饭馆前，他又完全不意外地看到了夏苏的蹙川眉。

“我没银子。”她道。

“我没银子。”他制造回音。

夏苏没好气：“没银子你还来？”

赵青河不答，将缰绳交给伙计，吩咐他用最好的草料喂马，就径直走进饭馆，挑了靠旁街镂窗的桌子坐下，点完菜，却见夏苏还站着。

“要不要点酒？我看到柜台有西凤酒。”

她很没志气，上钩落座，听他再点了两小坛西凤，等伙计走了，仍记得银子的大事：“我说真的，身上只带了十文钱。”原想一人一碗面打底。

“我也说真的，身上一文钱都没有。”赵青河从袖子里摸出一个小小银裸子，颇为得意，“不过，今日赵大老爷请客。”

夏苏并不因为能吃白食而轻松，反而奇怪：“你既然推了赵大老爷的差事，他怎地还给你银子？"

"自然不是白送的，"赵青河将银子放回袖袋，"大概赵大老爷觉得我之前的差事干得还不坏，就请我查胡氏女儿与赵子朔之事，预支十两银子作调查的开销，办得好还另有赏钱。"这事想不到还能对上他的老本行，所以他答应得很痛快。

夏苏想的则是，原来赵青河办的差还能让人觉着好，只是她越来越听不明白："胡氏母女都已经走了，还调查那位小姐和赵子朔的什么事？"

赵青河端起白瓷杯抿着茶，眼睛看向镂窗外，目光藏着锋锐，神情淡得似看透一切，语气也平淡："行李走了，仆人走了，主人还没走。没事当然最好，不然赵子朔的未婚妻要如何自处？"

未婚妻？赵子朔有未婚妻？

夏苏还没问赵子朔的未婚妻是谁，忽见一个打扮不错的丫头从对面小楼的门里走出来。丫头只往左往右探了几步，又很快走了回去。

"那丫头穿得不俗，一看就知出自大户人家，"她脑中灵光一闪，"莫非是胡氏的……"

赵青河剥了红封纸，一边给夏苏倒酒，一边点头："是胡氏女儿的贴身丫头，她偷偷回城，却不知改变装束，笨丫头蠢如此，主子恐怕也聪明不到哪儿去。"他昨日送胡氏母女出城，已将所有人面相记住，"你瞧瞧那居楼，告诉我你的发现。"

夏苏完全不察赵青河的居心，只是不自觉听话，仔细打量那座上下层的小楼。

虎丘是苏州最美的景点之一，各地游客四季不绝，带动本地商机繁盛，这一片更是旺中之旺，小楼两旁铺子林立，多是大店，而隔壁一家古董店和一家宝玉阁生意也旺得不行，客人穿戴皆富贵。

"那楼当然不是客栈，但说居楼也不对，谁会放着这么好的地段不开店，反而租给人住呢？除非……"她这时才觉得自己过于听话，挑起眉来，"我干吗告诉你？"

赵青河夹块卤牛肉进嘴，又饮一大口酒："看不出来也罢了，不必摆一副跟我不熟的模样，拒人千里。"

"你激我？"夏苏神情一凛。

"说事实而已，激你作甚？你说不说，看不看，与我有何好处？不过随便聊聊。"淡淡的表情，赵青河似乎表达着自己再真不过，就是眼底漆深，无人看得透。

夏苏的一碗酒也立时见底，那就随便聊聊："两家铺子是胡氏的吧，丫头左右走也不怕落入人眼，却不敢走出两间之外。而胡氏母女所在的那座楼，原本不是古董店，就是宝玉阁，临时拾掇了，关上里头的小门，给主子腾出来暂住。三座楼之间的过道前均封了砖墙，加造遮雨檐，檐檐交叠似屋顶，看不出里面。邻居之间造得这么亲近不常见，约莫就是三家属一家，走动方便。"

赵青河给夏苏再倒一碗酒，脸上有笑："不愧是摹画高手，观察力不差。三座楼确实都是胡氏的，宝玉阁的生意更好一些，其中一名小伙计一直站在店门前，看到熟客就打招呼引人过去，显然原本的店面大，所以胡氏住的楼应属宝玉阁。胡氏在众人眼里是穷戚，寡母带女儿投奔，受大太太帮衬，似寄人篱下十分可怜，其实却是富孀。"

夏苏见赵青河瞧过来，不明所以："孤女寡母，怕人觊觎，藏富也正常。"

"赵府虽为名门，家大业大，子孙众多，银钱却总是紧张，富孀之女身份虽不匹配，嫁妆丰厚也可补足门当户对之缺。这两家铺子至少年入万两。"赵青河却牛头不对马嘴，他沉笑一声，继续道，"赵老爷子和大老爷认为有人陷害这对可怜的母女，皆因赵子朔与胡氏女儿相貌般配，相处时日虽不多，却很融洽。此事涉及赵家名声，只好让母女二人先避开风头，但不能放过居心叵测之人，故而让我来查。两个年轻人若真彼此有意，还是可以给胡氏女儿名分的。"

"本来就是陷害。胡氏富裕而不张扬，又非人品问题，听你的语气好似这对母女不可怜，亦无居心叵测之人相害，却有可能是她们自己谋划出来的。只是胡氏若真有万贯家财，何必委屈自己女儿为妾？"夏苏反击的节奏明快起来。

赵青河仍不动声色："这不过是你一厢情愿的想法。胡氏一个妇道人家，无夫无儿，甚至没有娘家依靠，想找好女婿，只怕有钱也难。与其许给知人知面不知心的贪婪男子为正妻，不如嫁给品行上佳、家世上佳的弟子为小妻，尤其，还是女儿喜欢的人。"

夏苏反驳："你说胡氏女儿喜欢赵子朔，莫非仅凭那封短信？依我看，前四句可能出自胡氏女儿之手，后两句却是伪笔。"

赵青河眼里融进了笑意，但听她继续说下去。

"明明是女儿家的抒情感怀之句，文静相思之意，恰如其分，却无端大胆约定野合。除非胡氏女儿愚蠢，或她以为赵子朔愚蠢，不然怎么都不可能写出那样的话来。那晚我瞧见的丫头也可疑，腰间挂贵坠，刚才的丫头虽穿得不俗，身上却不亮。再以胡氏隐忍的性子来看，教不出傻仆来。然，赵子朔长相和才华皆上乘，赵府里但凡和他没血缘的小姐，哪个不动心思，各人各法而已。正妻也好，小妻也好，一个愿打一个愿挨，我劝你别管这摊事。"再一碗好酒喝尽，夏苏盯了会儿酒坛子，视线慢慢移开。

赵青河心中在夏苏的出身之谜旁写上"大户深宅"四个字，语气却平稳："不是我自愿要管，赚点家用给你。"

"什么叫赚给我？都是你花。"夏苏看他将她的酒碗倒满第三回。

西凤酒液清澈，辣而不呛，回味无穷。

第七章　桃花佳约

夏苏过了两年穷日子，难能闻到上好的酒香，故而能忍酒瘾，现下就在眼皮子底下这么晃，如何忍得住呢？纤纤十指，一根根被吸上陶碗。

"最后一碗。"赵青河却非纵容，看她轻轻皱了皱鼻子，将那不太满意的样子全收入眼。

有人管着，也好！不过既然是最后一碗，夏苏就改了小口抿，十足珍惜着。

片刻工夫，对门的丫头探出来两趟，一回比一回面焦，还反复看着日头，像是在等人，但等不来。

"赵子朔不来了吧？"还能等谁？夏苏觉着有些无趣，"你盯着，我喝完这碗要走了。"

"听吴二爷说，他与你相识是因为碰巧下了一场雨？"赵青河却问了一句无关的话。

看似无关，但夏苏反问："你觉得不碰巧？"

赵青河将坛子里的酒倒尽："你躲雨碰到吴二，此刻赵子朔不来我却在，这二者异曲同工，"他喝酒很干脆，但不像莽汉流哈喇子那种，碗空了，一脸清爽，"都不是巧合。"

夏苏一直捧着酒碗，全无慌张："那是。吴其晗是墨古斋的大东家，平时只和大客名家往来，像我这样的小人物，想让他看我的画买我的画，不用些心思，如何接近？他家住杭州，苏州有墨古斋分号，而且到苏州就必到广和楼听评画。为了等他，我在广和楼喝了半个月最便宜的茶水，借着雨势，让他相信我只是个躲雨的姑娘，方能说上话。"

赵青河眸光赏悦:"好耐心,好计策,便是吴二能想明白,也会被你诚意打动。那么,你与周叔说的扇面,要背着吴其晗,却是为何?"

夏苏不稀罕赵青河夸奖自己,扇面却要他去卖出好价钱,就道出实情:"吴其晗那幅扇面虽非唐寅之作,却是文征明仿唐寅的戏作。他以为是无名画工所仿,要我挖补,我觉得可惜,重作一幅给他,留下了文征明的真迹。此事不甚光彩,但也不涉良心。文征明本就是大画家,他仿好友自然不是为了钱财,正好考验我们这些画学后辈,会欣慰此作留在明眼人手里。你如果能卖,也要跟买家说清楚,是文征明的真迹,不可与唐寅混淆。"

赵青河一听,连连道了好几个妙字:"妹妹牵强附会的本事也是高明。"

夏苏不理他的评是褒还是贬,面容十分正经:"我要真挖补文征明的画作,才是牵强附会;至于吴老板自己低价购高价卖,我已不论他狡狯。"也就是她和吴其晗彼此彼此的意思。

赵青河并非贬她,却无意为自己撇清,起身笑道:"妹妹稍等片刻,我去去就来。"

说到这会儿,要还不知道赵青河去哪儿,夏苏就眼瞎了,可她一把拉住他的袖子,手掌翻上,带着笔茧的手心倔强得漂亮。

"你只管去,去了不回来也无妨,银子留下。"

赵青河知道她防心比谁都重,银子已经掂在手里,忽然也生出一点固执:"若请客的是别人,你也一视同仁要银子?"

夏苏直接从他手里抠出银块疙瘩:"那倒不至于,请客的人都离桌了,我还干坐着吗?"

赵青河盯着她理所当然的表情:"我以为你憎恶我。"

夏苏盯回去,冷峭的神情里掺进一股子莫名其妙:"赵青河,你这熊脑子之前塞了什么,我是很好奇的,不过你如今既然清空了,填新物什之前,我就再告诉你一遍,我不憎恶你。干娘还在时,我当你是她儿子;干娘不在了,我当你是不相干的人。你犯什么傻发什么痴,与我无忧,要实在想你我之间搭根枝,就得借泰伯泰婶。我当他们是亲人,他们对你忠心耿耿。"所以,她看他让岑家收成忠狗而无动于衷,只负责抢他的月俸,"你死,我不难过也不痛快,不过世上少个……"

一对剑指轻梗在夏苏的唇前。这个动作,在旁人眼里是亲密,其实指与唇还隔着一层薄气。

赵青河,人近邪佞,魂却远冷,眼微微眯起,也无温,对着夏苏粉澈的面颜,眸底由浅渐深:"不是憎恶这么极端就好,对于钻牛角尖的人,我可没兴趣陪着钻。从前的糊涂事似无可追讨,既然如此,已经过去的恩怨,咱都别说绝了,我这回打算活很久呢,你也一样。"

赵青河走了,往饭馆后面走去。

夏苏目光发怔望着对门,却始终没看到他。半晌惊醒,不知怎么心跳得有点不稳,就想今日非破了三碗的禁不可。她撕开另一坛酒的封纸,把酒当水,连送三碗下肚,这才将自己的三魂六魄全捞了回来。

她不必禁酒,因她的酒量很大,别说三碗六碗,三坛和六坛的差别都不明显。她禁的是酒瘾,瘾起就难控制自己。而她是人,终究会醉的;醉了以后,就是,容易受他人摆布的人偶了。

为免自己起酒瘾,夏苏唤来伙计把剩下的半坛子酒搬走。

伙计搬着酒转身要走时,却感觉自己的衣服被拽了一下,低头看不见异常,只发现身旁那位姑娘捧着酒碗的手有些抖,用着似乎要将陶碗给捏碎的力气。他暗暗道奇,也不好问,打着笑脸退了下去。

夏苏无声长叹,到底还是迟了一步,感觉酒瘾已经浑身乱窜,泄气般地任自己将酒一口喝尽,又慌忙夹了一大块卤牛肉,恶狠狠塞进嘴巴里,好似填满嘴就能填满酒瘾一般。

腮帮子让牛肉撑得发裂,身体却持续发热。好死不死,饭馆里响起琵琶声,一对卖艺的父女开始表演。她的脚尖随乐曲轻点起来,知道自己要是再留下来,肯定要出事,于是忙去会账。

待赵青河回来,那张桌已改坐了他人,心里顿时有些凉。他虽然离开了不止片刻,但亦没久到可以让对方结账走人;或者,她既然无意等,一开始直说就是,他不会介意。

赵青河想,答应了,又做不到,与背信弃义有何不同? 和小时候那些表面夸他聪明、背后骂他野种的先生和同学,又有何不同? 一些记忆不见了,一些记忆忽然清晰,他大致明白了自己为何不喜欢读书。

赵青河漠然要走，伙计提醒马车还在。他也不要别人去赶，自己踱到饭馆后头的马厩。

老马吃得很饱，见他嘶嘶喷气，轻甩银青的鬃毛。马车在墙角阴影中，仿佛被遗弃了很久，感觉比第一眼看到的更破更旧。

赵青河牵马过去，抬了木辕套好车，正要跳上车夫座，眼角瞥到车里一团蜷影。那团影子几乎比墨还浓，只有一角襦裙未及收妥，似凋零的花瓣残片。他双目微眯，沉声："夏苏？"

影子动了动，裙角缩进去，有人轻哼一声。

这是玩得哪一出？捉迷藏吗？但她没走的这个事实，令他的阴暗心理迅速消散，语气淡然，带起轻笑："莫非又困了？"

他没听她答，便猫进车里去看。她防心重，他也谨慎，凡事保持一份怀疑。在车轱辘转起来之前，他好歹要确认那是夏苏，而不是喝醉了上错车的生人，或想要给他脑后一闷棍的乞丐贼偷。

待看清那人时，他不禁大吃一惊。夏苏虽是夏苏，却一额头的密汗，原本梳理整齐的乌发披散双肩，一些青丝湿黏着面颊。她的夹衣被揉成团，挤在另一个角落，而她双手紧捏里衣衣襟，系带乱七八糟。蓝棉的双袖和肩布均汗湿了，贴着她的手臂双肩。她的裙子也凌乱了，一边拖曳着，一边却撩短了，露出寸长白袜。

赵青河想都不想，大掌立刻抚过她的面颊，托起那段脑后细颈，感觉对方的体温在掌下飙升，以及汩汩的颈脉急冲，他毫不犹豫就将人抱进怀里，另一只手轻轻拍打着她的脸，直唤她的名。

有人袭击了夏苏！

会是谁？他脑子飞转。陷害胡氏女儿的小人？还是看她独身吃饭，因而起了歹念的恶客？甚至是饭馆里的伙计、掌柜或杂役？或者根本就是黑店黑街？路人皆可疑。

问号一个接一个冒，然后就开始自责，他不该留她一人在店里，应该带她一起去见胡氏，更应该直接送她回家，避免她被这件小人案连累。他实在过于得意忘形，忘了女子行走在外，潜在的危险远远大过他一贯的认知。他一边自问自责，一边不停地拍，没发现怀里的人不舒服地皱了眉睁了眼，并开始目露凶光："住手。"

赵青河拍得不重，不表示夏苏享受，更不提她全身筋骨酸疼，还累得要死，说话的力气都没有。声音太小，自然没人理，她不得已大吼一声，同时一掌往他脸上扇去："赵青河！你敢打我！"

她的手风甚至没刮到他的皮肤，却让他无意识地捉住。他力大无穷，她的手在他手里如豆腐一块，疼得她热汗冷汗一起流。

可她死倔，绝不求饶，直到赵青河意识到自己的力量，急忙放开她。

夏苏手捏成了拳，缩在背后，整个人挪到马车另一边。

"你……"赵青河完全不知自己此刻的观察力为零，"不用怕，我是你义兄，袭击你的人已经不在这儿了。"

夏苏冒着汗，比赵青河的反应快："除了你，还有谁袭击我？"还是把拳头挥到他面前去，"我的手差点让你捏碎了！你以前只是笨，现在居然卑鄙，趁我睡觉想做什么？"

赵青河引以为傲的冷静大脑回归了，却不太敢相信自己的判断会那么离谱："你在睡觉？"

"难道我在吃饭？"夏苏冷哼。

赵青河觉着脑门暴起青筋，固然是他判断失常，其原因暂时神秘不知，只看她那身乱七八糟的模样，谁能当她在睡觉？

"光天化日之下，你脱了外衣……"他手指隔空一点，因他凑得近，目力又好，无法将她身上蓝棉隐彩的花纹错认，笃定又笃定，那是传说中的抹胸，"在人来人往的地方，就这么衣衫不整睡着了？"说出来，会不会被她打死？不，不，他不是纠结这个，而是她居然、怎么，睡得着？

夏苏缓缓低头，缓缓系好带子，缓缓穿上外衣，缓缓拍平裙子，缓缓地说："车里闷热，睡相不好。"八个字，解释全部"异象"。虽然，她的脖颈一片热辣，像针扎，被某人糙掌拍得脸颊发麻又烫，还有身上不属于自己的暖阳气息，但她已平静，他也乖乖地接受她的说法。

门帘都没有的单板车，秋风钻缝，坐一会儿就发凉，她却出了一身的汗。衣裙全乱，跟什么睡相都没关系，翻筋斗还差不多。赵青河不知自己刚才怎能判断她被袭，此时一切证据清晰分明，她不曾挣扎，不曾惊恐，更没有打斗的迹象。

他钻出车。

前几日一直下雨，这处墙角又阴，土面半干，脚印难辨，也不是辨不出。伙计瘦小，穿布鞋，只留浅鞋廓；夏苏的鞋子是翘头镶皮小胡靴，靴底粘防水的牙纹；然后就是他的步云靴，鞋跟带铁镫；其余的足迹不新，可以忽略。而车辘辘印十分古怪，明明是向前倾重，后面却也有一道深印陷在泥里，好像整台车子前后滚压了好一番之感。

可惜一片墙将马厩同后院分开，又只有他一家的马车，照料的伙计早就到前头去做事了，无人目击。

"妹妹梦见自己在车里翻筋斗了吧？"根据鞋印排除第四人出现的可能性，他觉得最合理的猜测，还真是睡相差。

合理，却说服不了自己。

赵青河回头，眯眸望入，夏苏坐得很端正。她不看他，抬手打开一条窗帘缝，白昼的光映得她手指莹亮，另一手却捏紧成拳。她的肢体语言很紧张，很疲倦，似有一种无形的压力在迫使她挣扎屈服。

赵青河突然想起来，夏苏喝酒的模样跟此时的反应像极了。她有酒瘾，很厉害的酒瘾！酒瘾犯了，身体出现奇奇怪怪的不适应，而戒酒的法子则各种各样。

"伙计说你还留了半坛酒，"他发现她果然神色一僵，"我懒得带走，直接喝干了，你今后不许背着我偷喝，那坛本是我留给自己的。"

年纪轻轻的姑娘，为何有酒瘾？

不待夏苏有回应，赵青河又道："你猜胡氏说谁是害她女儿的人？"

她有秘密，他也有秘密，都属过去，无须追问不休。

"周家。"酒瘾是让人强养出来的，她戒了，仍有后遗症，但不算严重，出身大汗睡一觉就好。

"猜对了！周夫人与赵二太太表亲，情同亲姐妹，是来赵府做客的人。周老爷外放为官已有五年，考绩已下，内定明年春升任京师户部。一切若平顺，周家小姐自然就配得起赵子朔。而周小姐与胡氏女儿交往甚密，拿到胡氏女儿的抒怀小笺轻而易举，不过……"

"周小姐可是赵子朔的未婚妻？"柔音清美，与江南侬语软绵不同。

赵青河笑答不是，喝马跑上热闹的大街。

秋日短，太阳偏西落，道道晚霞，缕缕轻云，安静争着金边。

苏杭天堂，入夜也是瑰丽的。

秋雨停罢两日，夜市复闹，明街如昼。一边借着赏菊的由头，另一边名胜景地的商家们想了不少花招吸引游客，但凡有湖有堤，灯会集市和游船必旺。

湖畔水边的酒楼饭馆，鲜少生意清淡，又是蟹黄正肥，怎能不高朋满座？凉而不冷的金秋，正是男女老少皆宜夜行的难得好时节。

这样的夜，夏苏自然不会闲着，出门才是正理，只不过今晚，车夫换了乔阿大。乔阿大为人耿直善良，很信得过。他虽然一直是轿夫，赶车也并非难学的活儿，又比抬轿的苦力活强了许多，泰伯一提议，乔阿大就很高兴地改行了。

至于赵青河，他为了赚家用，对情笺之事查得好像很认真，从虎丘回家后，就两日不见人影。

坐乔阿大赶的车，夏苏很轻松。赵青河话多事多，以合伙为由，管头管脚，令她怀念从前只会用蛮力气的笨狗熊。她并不太聪明，故而怕应付聪明人，对吴其晗之流也是硬着头皮上阵。如今的赵青河，却大有不输吴其晗之感，偏偏又在一个屋檐下住着，避无可避，自己那点耍小聪明的伎俩很快就会被看穿。想到这儿，夏苏叹气，当真要考虑搬出去的事了。

"夏姑娘，到了。"乔阿大跳下车，麻溜儿地摆好踩凳。单这一点，他就比赵青河做得好。

夏苏踩了凳，落地。

乔阿大瞧着今夜这姑娘精神不错，心想大概能早点家去了。他不知，夏苏晚上困不困，要比照着白日有没有睡足，而这几个白日，因赵青河也成了昼伏夜出，所以她睡得十分好。

只是夏苏不会承认，赵青河活着回来，令她卸下心头重担，不像过去三个月里，辗转难眠烦恼着怎么养家糊口。

"夏姑娘，您穿成这样进去？"马车虽然停在黑巷口，避开了水街的喧闹，可乔阿大能看到前头流光溢彩的楼阁，也能听到莺燕如歌，嬉笑如潮。

桃花楼，是苏州有名的青楼。

上回是大雨夜红画舫，这回是喧闹夜桃花楼，感觉一回比一回不安稳。

"阿大放心，我有分寸，定然不会再丢下你就走。"夏苏以为乔阿大担心这个。

乔阿大老实，抓抓头怪不好意思："夏姑娘也放心，谁请我喝酒都不去，就守到您来。"

夏苏不觉得上回乔阿大有任何错，可再说下去要天亮了，笑着吩咐不用死守，独自往巷子深处走去。

桃花楼的这条偏巷一般只有楼里人进出，又正是最忙的时候，夏苏算好了来的。到了门前，她的裙装也变了夜装，再将裙装藏好，轻巧纵身，翻墙而入。

入眼尽是彩灯香酒美人的桃花楼，后面才有真美。

名师亲造的园林，曲径通幽，桥水和鸣，花木石亭，没有重叠，各有妙意。园子越深，人越清秀出挑，连打名头都不需要。新贵要由熟人推荐，地位财富确认无疑，妈妈才肯往里放人，还有几道隐门专接专送。普通寻欢客不知其中奥妙，捧着花楼里的女魁当宝。

妈妈不是大东家，而是扬州顶红珍夫人，寡妇富孀，家财万贯，养得好瘦马，便开了桃花楼，时而送来扬州上品女子，给上品的客人。

夏苏来此也是无奈，谁叫这桃花楼的园林里还有一个上品的刻印补款人。

一幅摹画想要以假乱真，画匠、装裱匠、刻章匠，三匠缺一不可，只会分工更细。夏苏天赋专画，构线填色，其至作旧的功夫皆属一流。周旭装裱造扇是御用的水准，当世难寻更好。而这个刻印补款的人，仿名家印章落款，那也是百年奇才。

周旭之妻骂丈夫直不起腰，这位才是真直不起腰。周旭从中穿针引线，这人没别的要求，只道夏苏若能自己上门取货，便接她的订单。夏苏知道，他是以桃花楼吓退她，自然不退缩。但等这人发现她擅长夜行，却也不能反悔了。

此时，园林里廊影幽水重重深，山石盘树分外诡奇，虽然不时有人穿廊上桥，夏苏落影如魅，即便同时来几人，她亦能轻巧躲过，与广庭明堂的朔今园相比，这里的地形对她再便利不过了。

片刻来到一道拱门外，门虚掩，她闪了进去。正屋窗纸白亮，有人齐声吆喝着"开开开"，随后传来得意大笑，更多人哀号，显然一帮子赌徒玩得正痛快。

夏苏每一回来，必撞上赌局，约莫也是无聊。

这些本可以休息的护院，夜里不太能出门，怕来了硬茬的胡闹客人，轮值的人不够对付，他们要随时准备增援。

尽管赌桌上很难分心，夏苏还是防备着，贴走围墙阴影，绕到厢屋后，穿窗跃进一间房，静静立在门后。

没一会儿，院子里有人骂骂咧咧："王八羔子，老子不信邪，手气坏，还能把把坏？等老子拿了棺材本再来，让你们输得脱裤子！"

门开了，与骂声的粗鲁相反，推得很轻，似乎知道门后立了人，但合上门，那人就嗤笑："你下回改一改站的地方，免得老子心情不好，砸扁了你的脸。"说完，他一瘸一拐走到里屋点上灯，右腿是跛的。

夏苏跟得很快，在门帘碰合门框前，也进了里屋，乖乖地奉上一片透白细绢。

周叔是她娘亲当作弟弟照顾过的人，这人是周叔的朋友，年纪不过三十五六岁，也就是她的长辈，且一双手有真功，赢得她尊重。

光下，瘸了腿的男子衣着不修边幅，面容却十分俊雅斯文，尤其一双含春桃花眼，风流毕现。他的那双手，十指根根修长，光润隽秀。

但他说话粗放，动作也无礼，拇指食指将细绢一夹，甩两甩就丢上桌面，只看绢上描红的印章一眼就笑了出来，轻浮与鄙夷混杂其中："看你眼睛长得挺水灵，原来他娘的是两汪死水泡！把赵子固仅有的两枚章描得不三不四，我要是那位老人家，一定从棺材里跳出来骂你！"

夏苏耷拉着脑袋，来之前已知要挨骂。纸本不能过于用力，那晚还被赵青河干扰。只是这样的借口，根本也不好用。

"你要是早告诉老子你会上蹿下跳的功夫，老子就另出难题考你，也不必当你这个笨丫头的帮凶，把死人骷髅给气站了。你看着老子很随和是不是？拿块石头，照你描的样子也能刻，不用顾及老子一世英名？你要没长那心眼儿，就别瞎费吃奶的劲！"

那位老子的脑袋一直扬着，这位吃奶的脑袋继续耷拉。一刻钟过去，老子终于发现奶娃不对劲，脖子上那颗脑袋晃什么晃？

"姓夏的！"他吼。

夏苏猛抬起头，两眼睁得圆圆："是的，老梓叔。"没错，此叔姓老名梓，自称老子，人称老梓。

"你敢睡觉！"他后悔死了，干吗给一个臭丫头干活？

"没啊，我没睡觉。"她就闭了会儿眼而已。

"你把老子的话复述一遍。"没睡才怪！她不是头一回偷睡了，一耳进一耳出，谁家的家教？

夏苏哪里复述得出来，笑而不言，从背后解下包袱，奉上亮澄澄几锭银元宝。

元宝在老梓眼里飞，他冷哼："你也只会用这招哄人。"

夏苏却知，他并不贪财，只是该他的就是他的，而这些银子大概不够他输几回。不过，她没法劝他少赌或戒赌，在别人看来的陋习，或是本人无可选择的活法。

突然，有个女子声音在屋外喊："老梓！"

老梓大声回道就来，不再看银子一眼，对夏苏不耐烦挥手，同时吹烛掀帘，却到底压低了声音："快滚，快滚！两枚印，三日可取。"

"周叔那里是五日，我就一道取了吧。"夏苏道。

"既然要去周旭那儿，老子直接给了他就是。你一个姑娘家家的，深更半夜到处乱跑，家里人也不管着，我要是你老子，非打断你的腿不可。"

话，虽是凶话；人，却是好人。

夏苏听着门响，静等离开的合适时机。

"老梓，那个新来的娥娘弄得客人不舒服，妈妈让你今晚不用做别的，好好调教她，再有下回，连你的工钱一起扣了。"女子笑说着，轻佻得很。

老梓骂了一通什么，夏苏却是听不清。

在青楼里干活的男人，一般都没法说体面，更何况还是瘸了腿的男人。她第一回随周叔来，就正碰上老梓在屋里调教完新姑娘。看那女子头发披散地红着脸，周叔尴尬了好一通，反倒是她神色如常。

老梓是龟公，而龟公有几种，他专教房中事。但他偏偏手里有一门绝技，本可以出彩，却蒙落尘埃。夏苏觉得自己唯一能做的，约莫就是不让那门精妙的技艺生废了。

夏苏推窗轻出，顺着原路返回，眼看就快到小门口，忽听园内一声尖叫，紧接着有人惊喊起来："遭贼啦！芷芳姑娘的屋里遭贼啦！"

夏苏的魂魄有点发散。她今夜一身黑，心里原本就虚得很，听闻有人喊贼，顿时恍惚，还以为是自己行踪暴露。心思不集中，矮墙也高，蹬了几次脚尖，竟飞不上去。

这时整个园林都让叫声闹醒了，灯火从各方飘出，眼看着阴影缩小，光亮似涨潮，往她身前的这块暗地前仆后继，而小门外竟有脚步声，很可能外出的仆从归来，就算她飞得上墙，恐怕只会撞个正着。

时机，稍纵即逝。夏苏一咬牙，返身往园林那头跑去，抢在灯光之前，影藏影，影叠影，最终目的地却是最明处。最明处，也是最暗处，最危险，却也最安全。

夏苏初来乍到时，已经将此园踩遍，不但知道那位芷芳姑娘的住处，脑中更浮现出整张园图来。说她胆小，也是未必，她身形轻又快，园艺师的巧心都当了屏障，走的却是一条人来人往的主径。

混乱中人声四起，到处都是动静，谁又会为了花点头、石诡突这等风吹草动的小事而心生不安？由此，夏苏的身影安然伏上最明光的最暗处，悄等这场风波过去。

最暗处为何处？屋顶。

夏苏夜行，很不喜欢飞檐上顶，认为那是一种不实用的显摆，会那么干的人，多属个性张扬，自以为功夫精妙。想她晚上出门，在外必看屋顶廊檐，入屋必看大梁气窗，就防阴的暗的从天而降。当然，夏苏的这般以为，有很大成分的心虚。

她今夜上屋顶的做法，无疑明智。因为有贼，一般最先查看的，就是屋顶墙顶，而查看过了，自然不会再看第二眼。

第八章　飞贼非仁

夏苏暗衣伏顶，不但安全，还能将屋里屋外的人声听得清清楚楚。

一般而言，她是很有节操的夜行者，不过送到她眼前的热闹，不看白不看，干脆移开瓦，一边听一边看。

先见一个年轻的姑娘，显然就是芷芳，对鸨妈哭诉她的首饰银两都落了贼手。鸨妈一边劝慰一边骂贼，又叫护院们赶紧到处巡园子去，抓不到小偷，好歹查查是否还有别处失窃。

又见一华服贵客走进屋子，鸨妈立马笑得见钱眼开，把芷芳说得好不凄凉，好似遭了这回偷，晚年便无所依。

那位细声安慰着芷芳的客人随手一抬，就有仆从双手奉送银票一沓，开口说赎身。

鸨妈脸上开了一朵大喇叭花，芷芳姑娘却很从容，只柔声泣诉，说不敢再在这屋里待了。

华服客就道，赎了身，人自然要跟他走，等捕快问过案，今夜就去他别院，又让她不用带衣服之类的行李，他会为她重新置办。

芷芳轻声细语，道迄今吃穿住用都花妈妈银子，屋里所有就当了谢礼，全给妈妈也不要紧，只想问妈妈要墙上那幅古画当嫁妆。

鸨妈蘸了唾沫数票子，乐得没边，说那画虽古，却无名，但女儿喜欢，只管拿去。

随后老婆子又啰唆几十句，夏苏总结成四个字——芷芳好命。然后冷眼瞧那男客走出屋，芷芳姑娘从容的脸上终于露出嘚瑟骄色。别人看不见，居高临下的她却看得门儿清，丝毫不意外。

约莫三刻后，衙门来了五六号捕快。

捕头是个大胖子,气哼哼地抱怨半夜三更不让睡觉,在屋里溜达一圈就出门问话,连不懂问案的夏苏都觉得太敷衍。

不料,那个男客又来了。捕头低头哈腰,态度截然不同,把第一个发现可疑黑影的小丫头问得眼泪涟涟。要不是男客提醒捕头,会否与近来几桩入室行窃的犯人是同一贼人,胖捕头好似恨不得立马定案,拿小丫头交差了事。

屋上秋风凛冽,但夏苏一直低伏,动都不动。她只有逃跑的本事,拳脚棍棒一律不通,被人抓住,再封逃路,那是铁定要倒霉的。所以,她这门藏隐功夫练就得极深,刮风下雨,夏暑冬寒,不曾间断过,同时也练出了坚韧。这一趴,一个时辰,她头部以下的身体与屋瓦成为一体。

今夜当然抓不到贼,等华服客一走,胖捕头也就离开了。

虽有护院加强戒备,但对已经被偷过的屋子,自然而然就会懈怠,不到片刻,两名护院加入夜值队,到别处巡看去了。

夏苏这才动了,身轻如燕,翻檐似舞,夜色之中仿佛一片落下天来的深云。但她竟不是离开,反而闪进了屋子。

屋里仍点着几盏纱画灯,她仔细地让自己的影子不落在外窗绵纸上,踮足行至内厅。不为别的,就是对那幅无名的古画好奇。

她胆子是小,可她修习轻功,逃跑为二,看画为一。天下好画多藏于内室,她想观想摹,方法很多,最快的一种却是潜夜,不必经人允许,不必与人攀交。

之前透过瓦缝看,那是一幅传神的墨笔花鸟,听闻是无名古画,她就觉得一怔。

可以大言不惭地说,五百年内的大师级人名和出身她如数家珍,但凡她瞧过真作的那些名家,对其画风、皴笔、用墨无一不熟,别人难悟的神韵、气魄、灵魂,她亦融会贯通。她认为,作为名家,出类拔萃的画技固然重要,扬名古今却在于作品能打动他人的心神。这种表现力,一些人靠长年浸润的成熟笔力贯透,另一些人靠惊人出世的天赋展示。然而无论如何,名家之作都具有一眼令人难忘的特质。

夏苏离得虽远,角度亦怪,但既然此画令她难忘,那么就算冒险,也要来看上一眼。

这一眼，很值得。

画为绢本，以锦鸡拍花丛捉蟋蟀为题，墨韵十足儒雅，笔法潇洒自如，画风流畅又细腻。画卷无印无诗无跋，画绢旧黄，保养得不太好，唯独水墨仍精彩非凡。骄傲的大锦鸡惊落花瓣，狼狈的小蟋蟀局促不安，别开生面。

夏苏慢叹一声，随后凶巴巴，学得竟是老梓腔："老子看你长得老脸皮，原来他娘的是豆腐渣。把宋徽宗的画作不当墨宝，老子要是那位君王，一定从棺材里跳出来骂你。"

学归学，学得却一点不像，软绵绵的语气配上这些粗话，完全不伦不类，所以自己就先笑了出来。只是，她才笑完一声，却听到了第二声笑。夏苏虽贪看名笔，警惕心却并未减弱，分明确定屋里屋外都无人，何来笑声？

她正想跑，却听屋顶上喀的一声，抬眼但见一片黑影，如大翅怪鸟从天而降。她连忙点地后退，心跳剧烈，暗道自己倒霉晦气，两番夜行，两番被人撞见，看来最近应该少出门。

待夏苏看清黑影，心却不那么慌了。

黑影黑衣，与她一样，蒙头遮脸，只不过宽肩窄腰的高大身板让人一看就是男子。对方如此打扮，也是见不得光的，若是小偷去而复返，就更不敢惊动园子里的人，她有把握离开。这么想着，夏苏离开的动作可一点不慢，直往门口窜去。

"喂，"声音醇厚，刻意低沉，男子喊住夏苏，"有人已在门外。"没有要捉她的打算，而是打开了一个大衣橱，微微让开身。他，在请她进去。

夏苏看了看外堂窗户，果然有人影晃动，再看屋里，除了那个衣橱，也无处可躲。她咬唇，并不因此慌不择路，总要掂量掂量，是黑衣人危险，还是外面的人危险。

"我与你，真是偶遇。"黑衣人说完，不再相让，先钻了进去。

夏苏往屋门瞥一眼，推门的影子万分小心，迟疑不入，似鬼鬼祟祟。她立刻有了决断，无声钻入衣橱中。她娘说，行夜走黑，对情势的判断越客观冷静越好，只是关键时候，千万不要怕用自己的感觉判断，那往往会于绝境中指出一条明路。

夏苏只能庆幸，这个衣橱很大，她很瘦，两人共处，彼此看不见，彼此触不到，不习惯的，只是被体温蒸暖的越发浓郁的香气而已。只不过，她的心神很快全注意在橱外，渐渐皱深了眉。

门外有人要进屋，是她亲眼所见，但她听不到半点声音，反而是同橱的人，呼吸极轻极缓，隐隐传进她的耳中。

橱门密封不算太好，但手工却也没糟糕到借缝偷窥的程度，她刚想着也许鬼祟影子不鬼祟，惊见缝隙透进的光里晃过了黑。

有人在外走动！

夏苏连忙收敛懈怠的想法，将呼吸放得更慢。

对面的黑衣人要比她耐心得多，呼气吸气的节奏一直不变，且刚才他的一丝丝声息皆已消音，若非一道比柳枝还细的光正好落在他的蒙面上，她会以为橱里只有自己。

柳枝细的光，将黑衣人的眼微微挑亮一瞬，金芒成线，仿佛豹眼冷窥。而夏苏才看了一眼，那一线寒光就对准了自己，令她心头惊跳。

这人此时对自己不造成威胁，等外面的人走了，可就难料。

她同橱的决心下得虽快，这会儿却开始懊恼莽撞，尤其对方的目光在这么黑的地方，还看着这么慑人。善恶之辨，显然为后者。

夏苏一颗心吊到嗓子眼，不再看着对面，却盯住每一条光隙，只待影子不再掺入，就立刻出橱跑掉。

很快，光色定住，没有黑色再打晃，而她也觉得等了够久，刚抬起手要开橱门，却让一股力量拉了下来。

她惊得变脸，身体却纹丝不动，一点声息也无。别看她胆小，动辄怕东怕西，然而拜以前身处于"狼穴"所赐，事到临头，她冷静自持的心态远远高于常人。当然，见到赵青河化"鬼"的那晚，另当别论。

她落下目光，看到腕上多出一只大手，力道恰好，好似稳稳地告知她，不要轻举妄动。夏苏慢慢垂手，但那只大手不放，大概怕她又自作主张。她也没有试图挣扎，只是将自己的手握成了拳，仿佛防备他突然出手时能一拳击出。天晓得，她的力气和轻功一样飘，只是虚张声势有时也必不可少。

又过了片刻，听到咯嗒一声门响，夏苏才知黑衣人判断准确，若随她冲动，不知会造成怎样的混乱。她有点惭愧，毕竟别人看起来的胆小，自己引以为傲，觉得是优势的。

"可以了。"黑衣人推门也小心，无声凑上缝隙，确认之后才道。与此同时，他的身影似夜豹，敏捷自信，毫不拖泥带水。

同样的防备和谨慎，夏苏做来，形如乌龟，胆如地鼠，磨磨蹭蹭，足尖探地，躬身出来又缩脖转头，好像怕有人来提她的脑袋一般，哪有刚才半点飞燕穿廊的轻巧，只看得人好笑有趣。

灯仍是那几盏。

夏苏看到黑衣人在屋里东走西走，心道正好，行走的动作忽然流畅起来，要往外跑。但她脑中闪过宋徽宗的那幅画作，有些不舍，自然而然偏头，想着再看两眼。

只是，这么两眼，她的步子就稍慢了慢。

咦？这画……

"你说，"黑衣人转过身来，就见夏苏一脚外屋一脚内屋，知道她是要溜，"刚才那人在屋里逗留半晌，做什么呢？"

夏苏将视线从画上调回，品评对方很古怪的目光丝毫不掩："你问我？"

黑衣人沉沉一声笑："没有，我自言自语，同道慢走啊。"

同道？同道中人？

夏苏冷眼一瞥："谁是你同道！"说归说，要收起内屋的那只脚，继续赶着溜，最后还不忘再打量那幅画一眼。

黑衣人没跟来，似真是与她偶遇，她松口气之余，奇怪对方的来意。小偷去而复返？或是那些所谓的侠客行正义？她虽无法确定，却猜这人可能比最后潜进屋里的灯下黑影，要端得正一些。

出了屋，夏苏翻上廊檐，蹲伏屋顶，寻一条最安全的回家路。也许是她动作的龟慢，居然等到了那黑衣人出屋，只不过他不像她要做那么多准备，出了屋子就入园子，似猫似豹，极其巧妙迅捷，仿佛很莽撞，其实却胆大心细，明明巡园的灯光还隔着山石，他的身形就会慢下，能预知到危险一般。

因这晚突如其来的偷盗案，打乱了夏苏早来早去的行程，而在秋凉的屋顶上趴得全身发冷，眼看天都要亮了，园子里却到处都是晃来晃去的巡夜人。

她心里正烦，但见黑衣人如入无人之境，不禁产生了一个前所未有大胆的想法——跟着他走，应该能安然无恙。

夏苏难得下决心就动，立刻尾随黑衣人而去。果不其然，一路畅通无阻，而且还是从她进来的小门离开。

可是黑衣人却不出小巷，直接蹿墙上了屋顶，走高处。她原本还担心乔阿大，但马车已不在巷口，她想阿大机灵，多半看到官衙的人就躲了。于是，她也放心上屋顶。

等到自己亲眼看清，夏苏才明白黑衣人为何笃定选走高处。这是一片密集的宅区，星空无月，夜又深，正是人们酣睡之时，离打更巡夜的街道也远，故而屋顶成为最隐秘的路了。

虽说是跟着黑衣人出来的，也难得将一身轻功发挥淋漓，沾瓦无声，听风呼耳，冷且清爽，夏苏却也没昏了头，没有探究黑衣人身份或来历的任何意图，只看准了赵府的方向前行。

然而，她很快发现不对。那道黑影，离得她不近不远，下屋顶，过小巷，飘过桥，翻越墙，固执地留在她的视线里。

夏苏踩上再熟悉不过的墙头，目光掠过再熟悉不过的院子，停在熟悉却又陌生的那道影子上，眼中的迷雾驱散，眼神清冽甚至恶狠，瞪着，瞪着，嗤笑冷哼，希望能就此冻冰了他。

"赵青河。"

"妹妹欤。"赵青河拉下蒙巾。

一声"同道"称呼，和上回"梁君"是异曲同工。就算如此，他的黑衣装扮还是吓得她心里害怕。

"你……怎么不早说！"

"妹妹怎么不早说？害我以为是偷儿，打算瓮中捉鳖。"

话说，她还真是小心，开溜还要趴屋顶看路线，他又担心她不跟着走。照她那么慢吞吞的谨慎法，再趴一日，都不必惊讶。

倒打一耙的家伙，明明早就认出她来了！夏苏跃下墙头，也拉去蒙巾，让对方好看清自己脸上鄙视他的表情。

"你才是小偷！"

她夜间出门，一向告知泰伯或泰婶。他如今在家吃闲饭，不可能不知道她今晚要去办事。想到这儿，夏苏又哼了哼，要从他身边走过去。

赵青河却抓了她的手肘："妹妹去哪儿？"

她想让他别再喊她妹妹。自他回家来，她听一回，就会起一回腻皮。然而，义兄妹的关系是在干娘咽气前跪定的，她若不接受，就得接受另一种。都是她自己答应过的报答方式，但兄妹好当得多。

"睡觉。"她白他一眼，看到他那身黑衣，心火就烧得很旺。

他这是学她吗？

"这才夜起呢，妹妹骗我也找个好点儿的理由。"别人是朝起，他和她是夜起，越夜越忙碌，"咱俩说说话，今夜碰上这么有趣的事，多不容易。"

"你要是保持着夜起的习惯，今后会很容易碰到有趣的事，因为妖魔都爱夜出。"夏苏这话倒不是讽刺。她夜间走动，常见各种夜事，多不好说出口，相较而言，她那点小小的买卖事，就枯燥乏味了。

"这倒是，若非我夜来无事瞎逛，也看不到妹妹化身成妖呢。"随手将"妖衣"穿到夏苏身上，赵青河笑得白牙尖尖，"你真不好奇？"

赵青河确实不好对付了！夏苏吐口气，算了，不跟这人计较，更何况她真是很好奇。

赵青河从夏苏吐气的模样就知邀请成功："书房说话。你先去换衣服，我来备茶水点心。"

不介意做这些琐事，是赵青河的另一大变化，很君子，非常君子。

不过夏苏可不那么想，只是乐得不用自己动手，先回房换了衣服，再到赵青河的书房里去，见书柜下铺席，席上有一大张羊皮垫着，还有靠垫，看着很舒适。

赵青河看她薄棉旧裙，一边挑墨茶丸子入陶壶，放炉上烤火，一边对她说："你还不如不换衣服，看这一身，是故意戳我眼，让我知道自己没用，连给妹妹买新衣都无能力。"夜行衣千篇一律，却让她穿出了一种别样风情。

"不用你想太多。"夏苏在衣装上的心思一向简单,坐靠入席,拾起一本书,抬眉念,"《天宝录》?"《天宝录》是前朝编纂的古书古画珍品集,在众多记载古玩字画的书册中,较受鉴赏家们推崇。

赵青河把书从她手里抽过去,随手放上书架,神情正经:"好歹是我娘爱读的书,做儿子的,既然脑袋开了窍,看看她读过的书,也算尽孝。"

"不管你真心还是假意,干娘若地下有知,都会高兴的。"能这般和他坐聊,从前是想都没想过的,不过如今也无须排斥到底。

归根究底,赵青河以前的种种惹祸行为,并非针对她,也没对她造成伤害。他和她,只是住在一个屋檐下,像相识却不熟的邻家。因为开支共用,所以看不过他费钱时,她就口头吵吵架,彼此不顺眼,又干涉不到彼此的生活。如此淡然,各过各的,没有深仇大恨,所以,可以改善。

窗子大开着,灯火摇曳。茶香与热食,男子和女子,大大方方共处,还很惬意。

"胡氏女儿的事如何了?"夜聊,当然不止聊一件趣事。

"周家已经开始整理行装,半个月后就入京师。"赵青河先说结果,"实在没一点意思。就是周小姐看见赵子朔与胡氏女儿说话显得比别人亲近,耍心眼要挑拨,从胡氏女儿闺房里偷了那张抒怀纸笺,请人仿她笔迹,派自己的丫头买通朔今园的看门小丫头,将纸笺夹进赵子朔借胡氏女儿的书里。赵子朔当时烧了纸笺,周小姐居然料得到,所以夹书里的字笺是全仿,把那张真迹直接漏给了赵老太太。即便没有后添的那一句,也够老太太冒火,赵家对赵子朔的期望有多大,怎能让寡母女儿嫁他?"

是没意思!

"周家走了,那么胡氏母女呢?"

"赵子朔本来对胡氏女儿有点欣赏之意,看过纸笺,说是失望了,再也无心。胡氏还算明白,昨日带女儿去湖州落户,应该不会再有回来的心思。"

壶盖轻敲,夏苏也不计较,拎起小壶,用第一泡洗了杯,再加冷泉水烹煮，粉蒸蒸的细巧小脸流露轻鄙："这位优秀的赵四郎不过如此，什么叫失望了？最后又不是胡氏女儿写的。花心就花心，他没事乱招惹，到头来还说他失望。"

"这个嘛，"赵青河咬一口丝酥卷，"大概就得糊涂着了。"

夏苏双手捏起松饼，要咬下去的动作停住："什么意思？"

"老太太看到的字笺上只有四句，赵子朔那份上是六句，赵子朔以为老太太仁心，把尾句掐了，他又不可能把那句招出来，所以不成了糊涂案吗？"看她吃饼的样子，赵青河想笑。

"你不是知道得完整吗？"夏苏没多想。

赵青河的眼神，立时如看一只笨瓜："妹妹好聪明，教教为兄，我能说给谁听？说了，人问我怎么知道，我要不要把咱兄妹俩去四郎寝居散步的事说一说？"

夏苏哑然。他俩虽知道这张纸笺，却不能光明正大说出来。

"只能说，周家小姐做事比她那张脸看上去聪明得多，唯独留了一点破绽。我也不必说出你目击了她的丫头，只要让看门丫头说真话就行。而这一点破绽，让我对周小姐十分失望，所以，赵大老爷说事情到此为止，我就到此为止了。"特别没意思。

"赵子朔失望，你也失望？"

"妹妹猜猜？猜中赏你一杯酒。"赵青河笑得嘴大咧，满眼狡黠。

"不猜，"他不安好心，她才不上当，"我就随便一聊，赵子朔的未婚妻才该猜呢，你找她去。"

赵青河大笑变微笑，眼眸漆墨，难分情绪："我把话都说满了，请我都不去，怎能去找她？"

赵子朔的未婚妻是岑雪敏。

这事，说惊也不惊，说奇也挺奇。

岑雪敏父母健在，居于更南的某乡，其父虽非官身，却为当地名绅大财，而岑雪敏为独女，容貌又极其出众，因此得父母无限宠爱。

岑母与赵大夫人本是同乡，岑父与赵大老爷也十分投契。岑家得女，赵大老爷见岑雪敏长得伶俐漂亮，当场送了见面礼，还说要女娃娃将来当他长子的新娘，就跟定了娃娃亲一样。

岑雪敏十六岁时，她娘生了一种怪病。她爹就请彭氏把她送到赵府托付照顾，自己带了妻子遍访天下名医，从此行踪不定。虽说是托付，也有将娃娃亲进行到底的暗示。

然而，知道这件事的人只有赵大老爷夫妇和岑家，赵府其他人说起岑雪敏，都认为和赵青河他们一样，是住赵府边缘的客人，却全然不知她与赵子朔的娃娃亲。

只不过她父母健在，且家底殷实，是真正的千金小姐、赵家重视的娇客，因而配给的居所也专门装新。相比照府内嫡出的小姐，她华丽不失优雅，非一般投奔亲戚可比。

赵青河、夏苏一年前来苏州，岑雪敏只比他们早到半年，如今十七岁也过半了，已到成亲的年龄。不知何故，赵大老爷始终没提亲事，岑雪敏仍是好友之女，待遇不曾冷过一分，凡是赵府小姐有的，她都有，吃穿用度无一小气。赵大夫人更是十分喜爱她，随她出入府中，如自己亲生的女儿一般。

岑雪敏也很受年轻奶奶们和小姐们的喜欢，因她性子活泼，善解人意，银钱上又很大方，几乎没有可挑剔的毛病。

赵青河与岑雪敏的渊源，由赵大老爷派了赵青河担当护院开始。

他带一支护师小队，专门负责这片亲戚区的日常巡卫，当然就受到赵大老爷的嘱咐，要对岑雪敏的出入住行特别照顾。

他头一日看到那位小姐就傻了，从此日思夜想，虽不至于在府里乱嚷嚷，但在自家小院里，还有他那些混棒哥们儿面前，却是毫无顾忌，直说此生非岑雪敏不娶。平时无事献殷勤，每月薪俸都捧给心肝人儿买这买那。

岑雪敏其实并不轻浮，言谈举止从无不妥，不过赵青河那会儿还是死脑筋，值钱东西都经她姨母彭氏之手送入，让彭氏道两句好话，再加上岑雪敏一颦一笑，足以让他头昏昏继续努力。

赵青河出事时，也是他乐颠颠护送岑雪敏出远门归来。去时，他信誓旦旦，以为终于有机会表明心迹，连带着感动美人，让泰伯泰婶准备给他请媒婆。那时候，谁也不知道岑雪敏与赵子朔的娃娃亲，不过，以赵青河天地不怕的脾性，即便知道，也不会太在意就是了。

夏苏想着这些，再看对面平眉淡冷说不去找岑雪敏的赵青河，感慨造化弄人。

赵青河也看夏苏，对着她探究的目光，眯眼笑："想我过去的糗事？"

这人如今十猜十中，很吓人。

夏苏却道："没有，只想赵大老爷不厚道。"

"的确，他若将岑小姐与赵子朔的娃娃亲说出，也不会令各家小姐抢破了头，弄出这些没意思的事来。"赵青河明白夏苏的话，"不过此事不是大老爷背信弃义，而是赵老太爷的意思。"

夏苏恍然大悟："绕了半天，还是赵家四郎太优秀，长辈期望太高；岑雪敏就算再出色，家世也不错，却难比京里名门，所以老太爷不肯承认。"

"再者，大明律规定不得私定娃娃亲，民间虽然不管不顾，但有心要拿来做文章，也没人能指责不妥。"赵青河不光读古书画知识。

夏苏目光掠过远处的大明律书，也不再想赵青河真变了，淡淡点头："这么看来，岑雪敏也挺可怜的，她十七八岁的大好年龄，父母不在身边，无法替她做主争取，而这头定不下和赵子朔的亲事，那头又只能眼睁睁错过其他好姻缘。"

"好比错过了你兄长我。"赵青河说得那般坦然，笑瞧着夏苏，却得一个白眼，就反过来揶揄她，"这么看来，妹妹比岑小姐还大两三岁，妹妹更可怜。"

夏苏对外谈头卖，故意报大年龄，但到十月就二十了，只是她有些娃娃相，皮肤又细白如瓷，人总会往小了猜她的年龄。

夏苏除了白眼，没什么好说："无论如何，岑小姐比同岁的周小姐要着急嫁。"

赵青河眼中划过一道精光，开口却换了另一件事来说："妹妹今夜为何去了桃花楼？"

夏苏没隐瞒："请人刻章印，《岁寒三友》还有七八日要交了。"

赵青河显得平淡的神情终于有点生动，奇道："哦？桃花楼里刻章，你还真能找高人啊！"他想起她刚才在芷芳姑娘的屋里自言自语那段粗话，大致明白哪儿学来的了。

有意思！

赵青河好奇，夏苏却不觉，因此没解释老梓的事，也没什么好解释的，她自己都没搞清楚来历："我本来要走了，谁知闹起小偷，我怕别人把我当了贼，这才躲到屋顶上去。你却为何出现？"

"哪里不好躲，偏偏挑了出事的屋子，倒是险中求安。"最危险的地方就是最安全的地方，此心理战术虽运用极其泛滥，却仍很好用，"今夜同几个兄弟喝酒，其中就有捕快，他临时被叫走，我方知桃花楼闹贼，就来凑个热闹。"

夏苏撇撇嘴，半信半疑。

赵青河看得出来，这丫头的眼力还是很好使的，再道："谁知还真有黄雀在后，可惜，黄雀飞去，却不留一丝痕迹，无从得知他的身份和意图。比起某个留烂摊子的夜行人，高明太多。"

"谁说他不留痕迹？就算你看尽所有的《天宝录》也无用，不过纸上谈兵。"要说就点名，不必某某某。

赵青河自认一双眼明察秋毫，至少比眼前这姑娘强得多，但听她看出了名堂，当然惊讶："是什么？"

"画。"夏苏答。

赵青河的脑海里浮现那间屋里的摆设，立刻找出来："你说锦鸡捉蟋蟀那幅画？"他记得，但有何问题？

"那人把画换掉了。"说实话，夏苏挺佩服赵青河的记性，毕竟原本是个一窍不通的家伙，"那幅画，在我进衣橱前还是宋徽宗的真迹，等我出了衣橱，真迹变成了仿笔。"

她必须要回屋睡觉，今晚累死了。

第九章　名庭深深

这日，午时一过，夏苏就醒了。

因为晚上不做事，睡得比较早，所以白日里就容易醒。她穿好衣，梳着头，就听到门响，走到院里一瞧，泰婶正站在内门边听人说话。

门外是赵六太太的管家陈婆子："泰婶，你跑一趟也是一样的，谁不知青河少爷的院里你主内，一点小事，不必劳烦青河少爷亲去。青河少爷帮着赵大老爷办事，那可是大忙人，听说，库房的看护差事都要交给青河少爷了。要不怎么有一说，大难不死，必有后福。"

泰婶不受好话："我算什么主内，家里都是少爷说了算的。少爷这会儿不方便，我会转告，请他去六太太那儿，大事小事都跟他说吧。"

夏苏低眉一笑，想泰婶偷懒，如今赵青河回来了，就不肯再去应付那位小气抠门的六太太，横竖叫一回人就是要多付一回银子。

陈婆子却不容易打发："青河少爷除了同姓，没有赵氏血统，又是尚未成家的男子，今日六太太和十姑娘一同主埋家事，不太好相见。"

赵十娘是六太太长女。

"不好相见，才要改日见。"过去三个月同六太太打交道实属无奈，现在有主子撑腰，泰婶挺直腰板说不。

陈婆子的脸色就有些不好看。

"苏娘去吧。"一道沉音，寒凉，带笑，组合起来让人心惊也让人安，就看人属于哪一边的。

泰婶回身，陈婆子就看到正廊正屋下站着的赵青河。他身上披一袭青烟色的旧秋袍，坚硬的面庞，撑门框的身形，隔那么远，陈婆子还能感觉他眼中的冷峻。

陈婆子暗忖，这位少爷从前有这么高大吗？那身板，随便披件旧袍子，就跟大将军似的，好不威武，而且五官还特别显俊。

府里最近盛传青河少爷变了样，有些大丫头提及他还脸红，看来不是空穴来风。不过，刚才泰婶说不方便，不是不在家，而是还在睡。这都晌午了，居然才起？这种事当然轮不到陈婆子说，但笑着，道声青河少爷，这才转眼看向院中的姑娘。

陈婆子一向只和泰伯泰婶打交道，在这院子里见过夏苏一两回，都是一晃而过，当成普通丫头。现在仔细看，还是个很普通的丫头模样，旧衣旧裙，双平髻，没有簪子没有珠花，系了两根桃粉的发带。别无可圈可点，但肤白胜雪，吹弹可破。

陈婆子其实不想带赵青河去，因六太太是欺软怕硬的主儿，赵青河功夫了得，哪敢直接找他麻烦？

这会儿陈婆子听赵青河说让苏娘去，即便不知夏苏名，也猜这丫头就是苏娘，于是赶紧点头："家里头的琐碎事，还是由女子操心得好，泰婶也好，苏娘也好，只要是能帮青河少爷做主管家的人就行。"说完陈婆子又想，这丫头该不会成赵青河的屋里人了吧？以前不见她出面。

赵青河冷漠的面庞轻现一丝促狭："婆子大可请六太太放心，苏娘若不能做主的事，谁也做不得主了。今日也罢，今后也罢，任何事都可找苏娘说。"

夏苏黛眉一扬，冲赵青河睐眼冷笑。

陈婆子越发觉得自己猜中了，心道穷少爷也只能配穷丫头。暗暗鄙夷着，脸上仍装笑："那就有劳苏娘跟婆子走一趟吧。"苏娘苏娘的，也不是丫头的名字，陈婆子想，没准还是妾。

夏苏看看泰婶，想老人家六十多的岁数还要替不成器的主子担心，而自己一直躲在后头不露面。如今，赵青河都知道赚家用了，她自认比赵青河要省心懂事，又欠了泰伯泰婶数不清的关爱，总不能比他不过，担了就担了。夏苏对泰婶一笑，往门口走去。

赵青河却唤住已转身的陈婆子："我忘了告诉婆子，苏娘是我妹妹，从前我娘对她爱护得紧，十指不沾阳春水。娘去世之后，我就只有这一个妹子，更是宠得她无法无天。眼看一日日成大姑娘了，再不学些家事，怕她找不到好婆家，所以今日狠狠心，让她进府里见六太太，能学些贤德出来。她要是耍小姐性子，还请六太太多担待。我平日忙，怕不能事后再说对不住，就此先一并打好招呼了。婆子要转告清楚。"

陈婆子让这番话说得一愣一愣的。她被赵青河故意误导，以为两人是亲兄妹，虽然奇怪之前没听说，但被保护过度而深藏闺阁的小姐也不算稀奇事。至于赵青河后面说的，担待招呼什么的，她可就听不出来了，但喏喏称是，说一定转告六太太，而对夏苏的态度，由轻视稍稍转正。赵青河哪怕是一门六太太看不顺眼的穷亲戚，但赵大老爷肯收留，她就得尊他为少爷。他的妹妹，自然也是小姐，面上不能随意。

夏苏回头看赵青河，要笑不笑，一目了然。这人真会推卸责任，招呼事先打好，若她等会儿在赵六太太面前耍性子，他不会事后道歉。

赵青河动了动嘴皮子，无声抱拳，两个字："保重。"

夏苏微微抬起下巴，傲慢的小样儿，慢吐二字，也是轻声："当然。"

一个出门，一个回屋，这回却无不愉快，自觉分工合作。

倒是泰婶，看也看不明白，以为少爷故意送小羊入虎口，以为苏娘又要添一笔狗熊坏账，因此心里又犯愁，想想前些日子的和谐到底不真实，兄妹友好还是太遥远了。

且说，夏苏从赵六太太的屋里出来，心情如常，不热不冷。看过丑陋阴暗的亲情，对于赵六太太那点小家子气的算计，十分从容。

赵六太太虽吃惊于夏苏的身份，但不像陈婆子立变态度，仍傲慢得很，闲话家常也懒得说，直说赵青河既然安然返家，租住赵府的银子就更该主动缴了，毕竟赵青河拿着赵府的月俸，补贴回赵府也是应该。

夏苏心知租钱或早或晚是要缴的。

她也打听过，赵六太太并非针对她一家，但凡住在赵六爷外院的，都要缴钱。但赵六太太说得蛮横，让她不太高兴，又有赵青河先前已说明她的"小姐"性子铺垫，她就没能同意。

不过，她的拒绝要委婉得多，只说赵青河当初投奔的是赵大老爷，赵大老爷借了六老爷的地方安顿他们，而赵青河也一直为赵大老爷办差，六太太要收租银，最好通过赵大老爷或赵大太太，这样才是合情合理，她交银子也会很爽快。她还说，六太太要是不好意思开口，她可以直接问大老爷和大太太，看他们的意思。

夏苏该说什么说什么，所以出来时没有郁闷的心结，但赵六太太和赵十娘的脸色，黑如锅底，发作不出。

赵十娘到底年轻气盛，临了扔出一句她们自会问大太太的话。

夏苏知道，赵十娘仗着自身也是赵氏小姐，怎么着都跟大房亲近些，而大老爷虽然对赵青河不错，但大太太就疏远得多。但她的本意只是不想太容易妥协，六房求过大房，大太太同意，这个月就过了，少交一月是一月，还能看那对钻不过铜板方孔的母女穷折腾。

出了六房的园子，见明湖边金菊盛开，难得日光之下能欣赏赵府里的好景，夏苏沿着岸走得慢慢悠悠。

没一会儿，见不远处的红亭有一群女子，或提笔，或卷书，或凭栏观水，或二三笑语，个个簪金戴玉，丽装华容，赛过湖畔菊花明媚。夏苏认得，是赵府千金们，还有体面亲戚家的姑娘们。她们自成一个小团体，还起诗社，逢年过节要弄点热闹，她夜间出来活动时远远见过。

这群人里，曾包括了胡氏女儿和周二小姐，如今两人一个走，一个准备走，平时喊得很亲热的姐妹们心情似乎不受一点影响。

"所谓人情，越富贵，越浅薄。"她轻笑一声，不打算再过去，转身要走，惊觉面前立了两人。

为首男子高髻扣玉环，银簪雕云，黑发一丝不苟，面如玉，眼如墨，神情温润，身材挺拔，有谦谦君子之姿。他身后的男子长得也不错，岁数相当，被温润的君子比下，微微失色，只可赞声斯儒。这二人便是赵四和赵六——赵家最出色的两名公子，他们从夏苏的夜视中走出，头一回在午后阳光下现形。不可不叹，赵子朔之美君美名，实至名归。

"好一个'人情越富贵越浅薄'。"赵六明显亲切，不以夏苏打扮素旧而不屑，"你看起来十分面生，哪房的丫头？"

赵子朔语气淡淡然道："六弟，应该问哪家姑娘才是。"赵府里的丫头都穿统制衣裙。

夏苏无意与名门公子攀谈，鞠礼便要过去。

赵六却不依不饶了："四哥猜得不错，要是丫头，哪会这般无礼？"

再对夏苏伸臂一挡，"这位姑娘，你还没回答我的问题呢！"

夏苏觉得可笑。她自言自语，为何非要给他人解答？

这时，一个十三四岁的华裙小姑娘跑来："四哥，六哥，太好了，遇上两位大才子。菱语诗社今日诵菊、画菊、赏菊，正缺好词。"

赵六立时忘了眼前的素衣姑娘，称小姑娘十七娘，兴致勃勃直道有趣。

听脚步声远去，夏苏松口气，抬头却愣，脱口而问："你怎么还在？"

赵子朔将远眺的目光收回："我若去了，岂非成了姑娘所言的浅薄之人？昔日姐妹情不在，今日把酒照样欢。秋瑟瑟，风寒寒，心戚戚，又有何趣？"

夏苏多看他一眼，不愧是未来状元郎，一下子就明白了她的意思。不过，那又怎样？

"姑娘可是她的好友？"赵子朔的问句里深远苍凉。

"她？"望着眼前这位神仙般的公子，夏苏突然发现赵子朔原来是真对胡氏女儿有心，他惆怅，他茫然，或者还很痛楚，但她半分不觉得同情，只觉得无用。人走了，在这里感怀神伤，明明虚伪到无耻，不是吗？

"事到如今，你想要找个陌生人来诉衷肠？四公子原来不但风流，而且还是个懦夫。遗憾，我不认识胡氏女儿，我若是她好友，必劝她莫对你动情，因你根本配不上，连她是怎样品性的女子都分不清，到头来寻死觅活，也不过得你一句……"

"苏娘，你让我好找。"

身后顿时温暖，仿佛一片火墙靠近，夏苏不甘不愿，垂头轻哼一声，转过身，果然见到赵青河。她已经毫不意外了，此人简直就是冤魂，跟着她飘荡不散。虽然，她心里明白，他来得正好。

"冤魂"还挺有脾性，一眼没看她，只是笑对赵子朔："四公子别见怪，我妹妹让家里宠坏了，说话不知忌惮，却实在没有恶意。六公子在叫你呢，你快过去吧。"

赵子朔见堂弟在亭外冲自己招手，想到他一人进诗社不好，只得与赵青河告辞，临去时还看了夏苏一眼，其中意味难辨。

赵青河看在眼里，待赵子朔走远，对夏苏眯眸寒声："我倒是没看出来，你还喜欢打抱不平！何必弯弯绕绕，直说有人陷害胡氏女儿就是，说不准赵子朔回心转意，非娶了胡氏女儿不可。如若那样，你便是二人的红娘，将来赵子朔任了家主，你的好日子可就来了。"

或许是习惯了，夏苏不怕赵青河的冷言冷语："看不惯男子风流寡情又虚伪而已。再说，赵子朔聪明不过尔尔，听不出其中名堂。"

"你又怎知他聪明不过尔尔？"赵青河不以为然。

夏苏瞅着他笑道："看过你之后，我就知道了，自打你脑袋开窍，赵四郎就得让贤。他再聪明，也理不清你给他记下的这笔糊涂账。"

赵青河的笑容比夏苏大气得多："不必夸我，我是寄人篱下且要看脸色的远亲，主家说一是一，说糊涂就糊涂。"他只是帮凶一名，不过，他自己没那么在乎。

"三哥。"又来人了，娇滴滴的人。

那声三哥，差点让夏苏噎着，但有外人在，就得缩回自己的壳里去。她抿嘴下弯，悄悄往赵青河高大的影子里挪。

有意无意，赵青河往旁边一让，往后面一退，令阳光照亮了想要退缩的身影。他，与之并列，也一身光明，不知觉，已将人护入他的羽翼之下。

"岑小姐，小病好得快，真是万幸。"声音有礼，很平常，不留心就会错过一丝刻薄。

被护的夏苏没知觉，自然不会感激谁，只觉一身阳光刺目。本要接着挪，却让赵青河的问候惹笑。

夏苏抬起眼，看到了岑雪敏。任谁看了岑雪敏，都不能否认她容貌生得极好，气质也十分出众。她面若皎月肤色霜白，小嘴含樱，杏眼如泓，似落霞染了的双颊，令看者也醉。身段纤纤，不高不矮正可心。乌发绾似流云，一支双蝶飞起的鎏金玉步摇，长及膝的银绣团花粉罗兔儿毛衫，凤尾裙上，别具一格的水澜边，一路走来，随风推云，美丽精致，显大方，显贵气，不显俗。

岑雪敏盈然施礼，人美，声音也美："谢三哥挂心，都好了。"她与夏苏对看，杏眼儿亲善，活泼笑颜，"这位姐姐面生，是三哥的……"

"苏娘，你与岑小姐还不曾正式见礼吧？"赵青河抬抬下巴，示意夏苏自己招呼。

夏苏浅回一礼:"岑小姐……"该说自己是妹妹呢,还是丫头呢?

"我二人还有事,先行一步。"风卷起,赵青河说走就走。

夏苏虽愣了愣,跟得也快,心中暗暗缓口气,横竖不想与富贵千金打交道。

"三哥,"岑雪敏再唤,甜丝丝,如第一声,大方得很,"我知你恼我。"

赵青河回头,目光从夏苏眼里滑过,他眸底忽明忽暗,却以笑脸冲着对面的笑颜:"知道就好!岑小姐害得我几乎众叛亲离,差点白搭一条命。都说红颜祸水,如今死里逃生,前尘往事都忘干净,也算当头棒喝,今后还请岑小姐离我远些,我见你也会绕道而行,免得再生晦气。"

让人毫不留情说她是祸水还晦气,甜甜千金的笑脸,刹那惊白。

赵青河没看见,夏苏看见了。

不愧是美人,可怜之时还惹怜,大眼汪汪,好像要滚落出珍珠来,但夏苏是女子,不受用,难得跑起小碎步,挺利索地跟着赵青河回家去。不过,半路上,她实在忍不住说了:"赵青河,你把她说哭了。"

赵青河冷眼照出冷心,相当漠然:"说好听,是天真;说难听,是没脑子。她哭什么?最烦这种自觉无辜的女人。她对我既无男女之情,我跟她划清界限,她却觉得委屈,真是虚荣之极,要全天下男人捧着她当宝才满足。虽说是她姨母撺掇我的,我自己也傻里傻气,但她若当真品行高尚,应当早跟我说清楚,而不是腻腻歪歪喊什么三哥了。"

夏苏心里也认为岑雪敏不无辜:"话虽如此,可你这么直白与她计较,不怕她论你小人?"

"我若计较,就不只要回八百两银子,还有我娘传给儿媳的金银玉饰,留给我娶媳妇的十条金子,我每月孝敬岑家的小玩意儿,少说也有百八十两。"大驴成天跟他唠叨这些事,就差列张清单出来,"算了,就当花钱消灾,除非……"赵青河一笑,狭细的眼角瞥夏苏,"你再让我去讨。"

夏苏还有点不信:"真让你去讨,你就能讨回来吗?"

赵青河神色得意,似乎可以信手拈来:"自然。岑雪敏与赵子朔娃娃亲还半吊着，眼看年龄一天大过一天，我估摸赵家就算不履诺，也不会太委屈岑雪敏，多半要配给赵六。赵六是二房嫡长子，二房老爷也是老太太亲生儿，老太爷疼赵四，也疼赵六。这时候，岑家最怕的，就是岑雪敏的名声出幺蛾子。"又道，"我当初送了岑家多少东西，可是明说喜欢岑家小姐的，只要让我那几个兄弟嚷得苏州府皆知，岑雪敏还嫁得了赵四或赵六？想都别想了。以此为要挟，岑家吃进去的，一个不留，都得给我吐出来。"

夏苏张口结舌，很诧异他有这么绝狠的想法。

"妹妹说，讨还是不讨？"赵青河要笑不笑。

夏苏撇撇嘴："自己是无赖，还要拉人当无赖，别想得太美。那箱子古画是干娘千叮万嘱不能动的，你犯了浑，与泰婶置气，清醒之后再讨回来，不丢人；至于其他东西，是你心甘情愿追姑娘送的，要拿人名节说事，我替你不好意思。还有，明知我会说罢了，你少假惺惺。"

赵青河哈哈笑道："就当我从前瞎了眼。"

"年少轻狂嘛。"夏苏接道。

赵青河连声说了几个不错。

"你不是什么都忘了吗？去岑家的时候，她病而不见，你怎么认得是她？"夏苏问。

赵青河暗道丫头难缠，不过灵机一动，听不出搪塞："赵府里瞧得起我的没几个人，还有哪位千金会叫我三哥？"他随即神情一本正经，"即便对我无意，好歹我待之真心，尸骨未寒，那位岑小姐却只顾赶路，连一个人手、一块银子都腾不出来帮办后事，怎能不心凉？心凉之后，往事皆变得十分可笑，只当荒唐梦了一场。如今没了记忆最好，但就算以后想得起来，也不会再犯了浑。妹妹嘴硬心软，今后别再拿此事骂我，也别把岑小姐与我放到一起说。"

夏苏不知赵青河在杜绝"后患"。

为了岑雪敏这个人，赵青河已受了不知多少嘲笑、冷对和猜疑，感觉会无休无止，但能说服一个是一个。尤其是夏苏，她的眼睛会骂人，时不时甩来一眼，就令他感觉自己愚蠢一回。

"谁骂你了？"泰婶骂他，而她只冷眼旁观，心笑狗熊脑袋还要戴朵花，不自量力。

赵青河突然伸出双手，像两片板，夹住夏苏的脑袋，两根大拇指在她深邃明亮的眼睛下面，大剌剌抹过去。臂力大得好似能把夏苏提起来，好跟他一样高，不过，怕她细脖子断了，他只是凑过脸来，还笑得非常无耻："这双眼里，这只小脑袋瓜里，都骂我了。"

夏苏的脸蛋让那两只大手夹变了形，嘟嘴，鼓面，肉鼻头，模样可笑。她看不见自己，只觉全身燃烧了起来，而他的手犹如烙铁，烫得连头发丝都出烟味。她怒红脸，大吼一声："赵青河，你去死！"

火冲天，用力抬膝，乌龟的腿，能缩也能伸。

第十章　墨古画市

"当当当⋯⋯"

兴哥儿耐性再好,距大驴关门进去传话已过了两刻时,只好敲第二次门,免得驴子忘性大。

门又开,还是大驴的脸,居然比兴哥儿还不耐烦:"不是让你等会儿了吗?"

两人虽然坐过一条船,却不太熟。兴哥儿才十七岁,但能成为墨古斋大东家的得力助手,当然本事不小,面对不该比自己不耐烦的人,丝毫没有显出不满,十分客气:"大驴,我能不能讨杯水喝?"心头暗道,大驴傻大个儿。

"你意思是,我让你等得口干舌燥,我好意思吗?"傻大个儿不傻,心里透亮。

在外跑商,皮厚是必须的,坦诚的人却不多。兴哥儿嘿嘿笑过,拱手道声对不住,干脆直说等得有些久。

大驴对坦诚之人不为难:"我知道啊!但兴哥儿你来得太早,人还没起,我也没辙。"从门后拿出一个铜壶,真倒碗茶递过去,慰劳辛苦,套上了旧交情。

兴哥儿接过,有点诧异:"什么时辰了,夏姑娘还没起?"

大驴粗中有细,只道苏娘今早才歇,故而晚起。总不能说有人白天睡觉晚上活动,而且如今一个这样,两个也这样,似乎要让一家子日夜颠倒过来才正常。

"兴哥儿啊。"门后上来一道高影。

兴哥儿可以只给大驴三分客气,对此人却要给十分客气,掏出帖子送上："赵三爷在家呢，二爷让我问您好，若今日得闲，不妨同夏姑娘一道瞧热闹去。"

谁想得到呢？赵三郎是赵家远亲，而夏姑娘和这位身手了得的赵三郎是一家人。二爷看重赵三郎的义气和武功，看重夏姑娘的才气和画功，若能收用，二爷可就如虎添翼。

还以为兴哥儿只是来取画，赵青河接过帖子一看，墨古斋与苏州其他几家大书画商今夜联手开画市。他正想要增广人面，多认识些慷慨收藏的富家，机会就来了。

"二爷今晚也在吗？"他并不展露对买家有兴趣，因为兴哥儿鬼精得很。

"在的。"兴哥儿就当赵青河想同二爷叙话。

"那得去。听说二爷要上京师，一去就要好几个月了吧？"赵青河笑问。

兴哥儿道："明日出发，过年回杭州。"

赵青河将帖子收入袖中，说声稍等就走回院里，没一会儿再出来，手里多了一只长匣子："明日出发，想来兴哥儿忙着里里外外，实在不必再等苏娘，由我转交给她就是。这是吴二爷的东西，拿好了。"

兴哥儿从怀袋里取出一个信封："也请赵三爷把它转交夏姑娘。"二爷虽关照要交给夏苏本人，但一个门里住着，交给赵青河也一样吧。

"兴哥儿，船上喊我赵三爷不打紧，这里就不大妥当了，满府赵姓，四爷六爷的，免人误会，你今后直呼我大名即叫。"赵青河接过，轻飘飘的，应该是银票了。

兴哥儿一点就通，喊声青河少爷。赵青河看着兴哥儿上马驰远，这才回身，让大驴关门。

大驴嘟哝："少爷，咱瞒着苏娘偷偷去不好吧？而且苏娘越晚越精神，会发现的。"

赵青河拿信封扇大驴的头："谁说我要瞒她了？她天亮才睡，这么早叫醒她，你想挨她揍吗？等她睡到自然醒，再说。"他绝对真诚地待妹子好。

大驴嬉笑："欸？苏娘哪里会揍人啊？拳头捏起来，茶杯大小，像团棉花似的。少爷，我瞧您如今很疼苏娘，莫非……"

那是你没被她踹过！赵青河想这么回一句，但事关男人的尊严，没法说。那姑娘，慢起来把人急死，快起来把人吓死，要不是他身手敏捷，避重就轻……不回想了，不回想了。

赵青河改赏大驴毛栗子："莫非个鬼！疼还是供，你都分不清。家里如今就靠她挣钱，我不供着她，难道供着你？"

赵青河做事一向有计划。穷家要富，主要靠疙瘩的、天才的龟慢妹妹，如同捡宝，可遇不可求；周围潜伏危险，身边只留最可信任的人，宁缺毋滥。

男女之情，一见钟情或日久生情，不管什么情，他暂不放在心上。至于夏苏，他得承认，相处下来很舒服。她有很多秘密，稍稍留神就能看出她一身的孤寂痛楚，但对他的态度十分坦率，喜恶分明，同时也听得进道理，感觉可以投契。

她和他，有几分像，看到她，就似看到他的照影。谁会把自己的影子落下呢？尤其还是他，现在想要事事处理得干净，所以影子掉了的时候，管一管，带一带，如此而已。

到了日头快落，夏苏起床出屋，就听大驴说起兴可儿来过的事。扫一眼堂屋里闲坐喝茶的赵青河，她悠悠地说："大驴，问问你家少爷，他从哪儿拿的画匣子。"

大驴觉着怪，他和苏娘就立在堂屋门外，她说的话，少爷应该听得清楚，还要他再问少爷，这么多此一举？但他不得不听夏苏的。

"少爷，您从哪儿拿的画匣？"

"妹妹别耍大驴玩儿了，有火有气都冲哥哥来，哥哥满足你。"赵青河想不起从前，但天生的个性不会变，不怕耍赖，老厚的脸皮。

夏苏这几日没搭理他，只要一看到他那双手，就有想砍掉的冲动。

兄妹，兄妹，认的干亲，又非血亲，他竟敢对她动手动脚。还好那时四周无人，不然不知道会传出什么难听话来。恶言似杀人不见血，毁清白于无形，她见得太多，否则为何步履维艰。

赵青河又道："今后不夹你就是了，跟你说声对不住！不过为这点小事，妹妹难道还要跟兄长断绝关系？"

大驴如壁虎贴在门墙，恨没生一对驴耳朵，听到"不夹你"三个字，没明白，但直觉有猫腻。

夏苏可看不出赵青河有对不住的诚意："再有下回，我就不留情面。"

"妹妹不知自己的模样很……"好心习惯沉淀，坏心随便扔扔，赵青河笑道，"妹妹以后胆子大些，不要那么贼眉鼠目，否则我不夹，也有别人夹你。"

跟这个人说话，万万想不到，也有自己被气到无语的一天。他力气本就比她大，如今脑子还比她聪明，眼看已是魔高一丈了，她今后的日子怎么好过？

"好吧，天下无不散的筵席。"她对这个家有着眷恋，这里是她娘死后，唯一待她真心的地方。即便穷，他们简单的纯心仍能为她遮风挡雨。但不一样的赵青河，从一张白纸突然变成一本扑朔迷离的天书，而她又是节节败阵，让一度安适下来的心重新紧张起来。如果这片屋檐已无法心安，留下就没有意义。

赵青河的神情未变，但他手里的杯子落桌时有些重，仿佛敲在听者心上。

夏苏一动不动，却吓走了大驴。大驴显然发现事态严重，要去告密。

屋子不暗，夕阳还亮，赵青河起身走来。他的一步步，仿佛踩碎冰寒，周身肃冷，令瑰丽夕光争相逃出屋去，连带着夏苏，都不自禁往后退了半步。然而，那排山倒海的寒气忽然无影无踪，赵青河足下一拐，去了窗下桌前，窸窸点起一盏灯米，又拿了灯，走回茶案。

灯色澄，灯火跳，他的眼却深似夜空。他脚下的影子，暗也张狂，在灯下跃跃，鬼魅幽息之间要舞爪。只是，他独自喝茶的傲然那般强撑，难掩心灰意冷。

搞什么啊？夏苏觉得太阳穴跳。

明明是她被欺负得心慌慌，怎么他还显委屈了？而且委屈就委屈吧，又很不甘心，黯然神伤的样子，他装给谁看啊？

"少爷怎么了？"泰伯泰婶跑过来。

"苏娘说要分家。"大驴叫唤。

夏苏眉心开始皱，唉！

三人自然对夏苏视为一家人，但赵青河却是他们的主子，为第一优先的照顾顺序。于是，围着那位大少爷劝，什么苏娘随口说说的，什么未出嫁的姑娘哪能分家，什么夫人临终嘱托兄妹友好、互相照看……哪里是劝赵青河，也往夏苏身上套绳，一根根箍紧，别想跑。

赵青河喝茶的"凄苦"模样终于消散，三人劝完往外走。

泰婶还把夏苏拉进门里，只是慈爱拍了拍她的手，却胜过千言万语，让她立觉双肩好重。

反观那位，阴谋得逞，何曾有过半分落寞沮丧？

她瞎眼了！

"天下无不散的筵席，这话没错。"赵青河的声音如河流，缓缓淌来，如乐律清妙，"不过，说散的筵席一般还会有两道尾菜，你得尝完再走。不然，我是户主，我不放你，你哪儿也去不了。要么，你给自己找个夫君嫁了。"

她想骂他阴险，而心里忽然想起，干娘病故那晚，他一人独坐小屋的模样，竟像足了刚才。他，是真心不想她离开吗？

夏苏走过去，与赵青河隔开茶几坐下："你今后敢随便进我屋，我立刻搬走。"

赵青河一笑，殷勤地给她倒茶："这不是事出有因吗？到手的银子不能让它飞了啊。"

"吴老板已经付足款？"她以为至少要看过货。

"我早说了，他欣赏你得很。"这丫头真心不错，没有岑雪敏那些作来作去的矫情，正事就直说，不带私怨，好不大气。

他以前到底犯什么浑啊？

夜降临，苏纸方展，等人蘸墨，落笔绘青。

苏杭画市自古有之，到了本朝，极盛。

有些人揣着银子要买风雅买名品，有些人揣着银子要赚更多银子，有需求自然有市场，名书古画在古董界独辟一片天地，便是升斗小民，只要稍有点闲钱，也有兴趣不浅者，孜孜钻研。

要说书画，送礼有面，转卖生钱，而且品位高尚，一旦懂点皮毛，学识就上升到新层面，与达官显贵攀谈亦讨喜。若能鉴赏，身价百倍，专有人送钱上门，就为亲笔题跋，以证此画为真品，名鉴与名家一同流芳百世。

鉴赏大家，一般非富即贵，自身若有点能书能画的才气，连带着成为书法家、名画匠，求者络绎不绝。

墨古斋坐落的园林，如其主人，低调却绝不沉闷。今夜点蜡万根，映湖如昼，桥影石影，阁影亭影，似真似幻，成为画卷背景。

能称得上画市，就有足够的场地供各家画商摆画，巧妙安排在不同的厢亭阁堂，客人赏景看画，若谈买卖，别家不闻不见，不伤和气。摆市的，逛市的，都得凭帖而入。

这就有两种说法了：第一种，珍品极多，不容身份不明者偷鸡摸狗；第二种，鱼目混珠，说这画是临摹的，那就照临摹的价钱，说这画是名家手笔，那就出真金白银，一个愿打一个愿挨，但防官府介入，来抓伪造片子。

苏州片，是书画界的灰调，让人欢喜让人愁。

"要说当今鉴赏名家，苏杭二地居多，但各地亦有眼光独到之师，京师有崔、刘二家，与宦官沾亲带故，可谓皇商，富可敌国，书画藏品之多，我等终生攀比不得。崔、刘若说一幅书画是伪，谁也论不得真……"

画市开前，客人未进，商家照例要与主家正堂相见，喝茶一杯，同行之间认认脸，以便今后能称熟人。不过，有人唾沫横飞，有人昏昏欲睡。

吴其晗似专心聆听，却趣瞧着末座那位姑娘犯困得很。

几个哈欠了？她满眼都是晶亮水花。

与姑娘的义兄对上一眼，吴其晗微笑，义兄也微笑，都笑同一个人。只不过，义兄的身份很便利，伸出手，轻弹姑娘的手背，令姑娘睁大眼，玉面仰起，表示不困。

即便是兄妹，也未免过于亲昵。吴其晗垂眸敛笑，轻吹水面飘零的一片茶叶，心头泛起意味不明的情愫，却不自知。唯一能做的，就是结束这幅画面。

"客人们快入园了，吴某提前祝各位今晚生意兴隆。"

吴其晗才放杯，就有一列眉清目秀的小厮入堂引客，送各家书商去园中摊铺，等人走得差不多，才下了主座，与那对兄妹打招呼。

"青河老弟，夏姑娘，不好意思，让你们早来，偏又没机会早些招呼。"他在心中提醒自己，请二人来，为了用二人的才华。

夏苏淡淡施礼，不说话。

赵青河爽气笑答："吴二爷能请我们早到，实是关照我们，平常无从结识这些大商，今日好歹认了脸，我兄妹二人感激不尽。"

吴其晗只当赵青河客气，哪知赵青河盘算着撇下自己这个中介人，呵然回笑："老弟一身好本事，有谋有义，夏姑娘才华不凡，能结识你们兄妹，是吴某之荣幸。今晚画市好东西不少，想你们会感兴趣。"说着你们，其实只指夏苏。

仿画者，看的珍品越多，仿得才越像，尤其是夏苏，她具有罕见的摹画天赋。

"兴趣不小，钱袋太瘪。"赵青河哈哈自嘲，"好在有我家妹妹，一双眼一双手，稀世无双，无钱还可自勉。"

吴其晗眸中精光聚了又散，突生预感，本来要和这对兄妹谈的事大概不能太称心。他谈一桩称心事，必是在自己占优而他人无知的情势之下。

赵青河既知夏苏才能的真正价值，他要聘她为专用画匠的心思明显低廉。还有，这个赵青河也令他刮目相看，说话老练圆融，心思难以揣测，俨然有眼光有大才，护师或管事之流，恐怕他不会放在眼里。

如此思来想去，吴其晗打消了原来的念头。美玉出璞，就得当成美玉来对待，与其视二人可用，不如交二人为友，这么一来，交往还能更深。

"青河老弟若不嫌弃，今日与我结伴逛园子，还可介绍几位同行与你。"人情世故上，吴其晗没那么含糊，心想就动。

赵青河不得不佩服吴其晗的心胸，难怪年纪轻轻就成巨商，明知他话中意思，却仍大方结交，看得长远。

当下赵青河也不狭量，把单干的心思挑到明处："多谢二爷！二爷若要订货，只管开口，价钱仍好谈。苏娘多亏二爷慧眼识才，所以，与别人做的是买卖，与二爷做的是人情，不会忘本。"

吴其晗听了此番言，只觉自己还好没低估赵青河，哈哈笑过，真心称兄道弟。

夏苏看前头这两人互相拍肩，兄弟之情陡然热络，但撇嘴，完全不感兴趣。

她自觉不善言辞，没有奸商滑溜狡狯。为了制造与吴其晗的"偶遇"，她就绞尽脑汁；换个扇面，她都不敢直视吴其晗。

赵青河脑筋多多，自愿打前阵，她乐得逍遥当跟班。只是，逛到第三间画堂，这股欢乐的逍遥劲却淡了。

"妹妹好闷，看什么这么出神？跟兄长说说。"赵青河不着调，却显出说话人的兴致浓厚。

夏苏斜睨赵青河，没看到他身旁有人，就又转回山水画上："说了你也不懂。"但她并未沉默，接着道，"这间的画不若前两家，都是新近才出的仿作。仿也罢了，摹作也非不能卖，只是摹笔实在欠火候，就跟初学画的小孩子过家家，这皴笔啊……"

她又想起老梓叔死人跳出棺材的段子。其实，她被老梓叔骂得挺受打击，这会儿看到水平不如自己的，还能登上大雅之堂，终于不再为此纠结。

赵青河干咳一声，微微让身。夏苏才发现，不是没人，而是都让他的高身量挡住了。除了忍俊不禁望着夏苏的吴其晗、目瞪口呆的兴哥儿，还有一位止交画卷的画堂掌柜和一位正交银票的有钱财主。当然，后两人的脸就很黑了。

财主把银票飞快揣回衣袖里，对着掌柜哼哼，说别以为他不懂，就拿小孩子过家家的画来骗他，调头立刻走。

一笔挺好的买卖飞了，掌柜想对夏苏发飙，奈何她身旁有墨古斋的吴大东家，他不敢妄加揣测两人关系，只能对着东道主诉冤："吴老板，我们今晚设的画堂本就说好卖摹作，而且这些摹作的画匠是苏杭一带小有名气的，年纪虽轻，绝非孩子戏作，您也是瞧过眼的。"

吴其晗点了点头，道声确实，权当应付了，但他再去瞧夏苏，才知这温吞吞的姑娘也是有脾性的。

夏苏雪白的面色闹红霞，眼睛澄澈，眸圈竟有些酒红色。肩膀收窄了，双袖垂落，看不见原本那双漂亮的手。不知何故，吴其晗就是知道，那双手已捏成拳头。

"不过，这位夏姑娘可是见多识广，极具鉴赏力，若非名家之作，很难入得了她的眼，你也不必少见多怪。客人赏画的眼光各有千秋，总不能因为有人说几句不好，心里就不舒坦吧。"吴其晗说完，自己心里又有点怪。

觉得吴其晗奇怪的，还有兴哥儿。他从小厮服侍二爷起，除却二爷刚学生意的头两年跌撞不算，几时见主爷帮人不看钱？二爷是地地道道的奸商，一般不管闲事，就算要管，一定会用一条很没良心的原则进行判断——两方之中谁更有钱，就帮谁。

此刻，一边是付了摆堂银子的画商，一边是小家穷气的夏姑娘，而二爷竟然帮了夏姑娘。

吓人！

夏苏的火气息了息。她未必像真正的商人那般精明，但也有自己的一本账。吴其晗显然想两边都不起火，她得客随主便。

"二爷别捧苏娘，她那点书上看来的鉴赏力，要遇到名家，就是班门弄斧，还小家子气。"赵青河却这边贬她，那边与掌柜道，"我家妹妹出门前跟我吵了一架，心情不好，我刚才想逗她开心，她还在生气，没看到堂中有客，才乱说话，对不住啊。"

比起吴其晗的说法，掌柜更相信赵青河的说法。女子嘛，要说有什么了不得的鉴赏力，实在不可信，情绪化倒是正常。

掌柜再想到赵青河人高马大，而他妹妹却身段纤细，挡住视线也很合理，于是重新打起笑脸，道声不妨事了。

赵青河听到夏苏低哼，知她心火又起，却也不理，只对目光意味深长的吴其晗扬了扬眉，拿眼角瞥瞥夏苏，又耸耸肩，不甚在意的大男子神情，似与吴其晗表述"小人与女子难养也"。

"二爷，咱们的画堂里来了大客，请见您呢。"墨古斋今晚当然也卖画，伙计来找。

吴其晗只得暂时告退。

兴哥儿跟着主爷出来，嘟哝着："夏姑娘是青河少爷的义妹，青河少爷怎么胳膊肘往外拐？"先回应他的，只是二爷一个弹指，脑门生疼。

"你跟了我这些年，还不如一个才要起步的人。"园里的凉风令吴其晗脑中一清，心中叹谓。岂止兴哥儿不如，他也关心则乱。赵青河那样轻描淡写，将他夸夏苏的话一笔抹去，正是一份强过他的明察洞悉。

夏苏是谁？她是画匠，制造苏州片的画匠。

苏州片，是仿作、摹作、伪作，是画界说不清道不明的灰调。所以，夏苏只能灰调，必须灰调。见多识广的女鉴赏家会令她处于明光，无处可藏，最终牵扯出她所造的精致苏州片，招来祸端。而他吴其晗，或许顺了夏苏的心气，赵青河却保护了他的义妹，目光长远，霸道十足，但无缝可漏。

吴其晗不会妒才，还喜欢结交同道之人，不然也不会即时改变对赵青河的笼络方式，然而奇怪的是，他此刻心里并不愉快，只觉得有什么东西落在眼中，微微刺着，不疼，却烦。

自己的心思糊涂难理，却很客观得出一个论点——义兄妹，真是近水楼台啊。

不过，吴其晗的近水楼台论，这对义兄妹一点没有共鸣就是了。

"乱说话！"就算有万盏蜡烛，也有照不到的地方，出了那间卖孩儿戏作的画堂，周围幽静昏暗，夏苏才放胆算账。

"妹妹，做人要厚道，你已经把人的画都说成那样了，还非要提高自己的身价？"赵青河的解释却敷衍得很，也没有讨好她的意思，"得饶人处且饶人。"

夏苏挑起眉："谁要自抬身价？看你说谎不眨眼，扯得没边了而已。"

原来是怨这个！赵青河心想自己小人，嘴上嘻哈不认："妹妹闹分家不是今日发生之事？"

这么下去，就离家出走了，夏苏冷冷一哼。

"妹妹，你欺硬怕软，在外胆如鼠，在家胆如虎，我看你在吴二爷跟前乖得像只小兔子，就是吃他那套君子谦和吧？不过，别怪哥哥没提醒你，吴其晗绝非君子。"赵青河跟船数月，看吴其晗做生意和做人，都十分黑。

夏苏其实也想过她能冲赵青河咆哮的理由，终究认为干娘的保护伞起到很大的作用。第一次针锋相对，干娘帮她揍儿子，一年后干娘离世，她和他硬碰硬的相处方式已固定，自然无须再畏畏缩缩。

"吴老板要是君子，我就是淑女了。"每回都觉自己与虎谋皮，胆战心惊。

"明白就好，他虽与你我客气，愿给我们一些好处，但他到底出身官宦，靠父辈祖上可以迅速累积人脉财富，你我却要白手起家，高攀他不得，也依附他不得。交朋友，最好平起平坐，彼此地位对等。"

夏苏淡然瞥着赵青河："我一个女子，跟男子交什么朋友？"

赵青河哑然失笑，是了，他怎么忘了男女授受不亲，但仍道："横竖保持距离就是，当然，他若实在非你不可，一定要明媒正娶，不是正室不能稀罕。"

胡扯。吴家是杭州大族，官场有势，比今无官身的赵家还盛。吴其晗虽非嫡长子，却是正经嫡出，帮京师为官的亲爹亲兄打理家业，不知多受重视。

夏苏暗暗翻眼珠子："赵青河，你自己臭美，谁也管不着，可千万别在人前出丑，害我跟你一起丢人现眼。"即便是正室，她也不稀罕。

赵青河知道夏苏这是有自知之明，也不再多说，一笑了之。

二人边说边走，忽然眼前灯火明亮，是一个舞文弄墨的听曲园子，歌女弹唱轻吟，一些年轻人摆了书案写字作画，亦有散客随处逛看，都是把酒言欢。

"花样真多。"看过几间正儿八经的画堂，热情消散之后的夏苏欢喜又起。

啪一声，夏苏看赵青河手里打开来的扇子，正是那幅文徵明仿唐寅的扇面。她不禁神情微愕，很不赞同："你胆子忒大，这里是吴老板的园子，也是他主办的画市，他即便此时不在，若有消息传入他耳里，你如何自圆其说？"

近来都让他说教，也该轮到她说一说了。

"黑灯瞎火，酒酣乐美，无心人哪里会注意到小小一把秋扇。"入秋的江南也冷，但风流雅韵四季如春，秋扇作为一种时尚的装饰，又身处文人墨客的场所，不显突兀，"而且，我看到咱的买家了。"

嗯？夏苏没想到。她自己昼伏夜出，夜里活动的范围不大，以居家赶画为主，所以就以为赵青河的昼伏夜出也差不多，却实在大错特错。

赵青河不似夏苏那么能睡，白日里只睡半日，半日与大驴出门见人，将从前的关系户重新收拾一遍，去糟粕，留精华。

好比这混棒子圈，就很有讲究。多数虽是无赖市井之徒，却也有不少实打实有本事的好汉子，只不过性子多野多狂，普通人视作异类，统统归为混子。他目前喜结交的人没剩几个，但三教九流皆有，故而苏州城里的消息掌握得还算不慢。

第十一章　死亡之画

三日前，徽州丝织大商杨汝可进城。赵青河得知后，本就想要请人引见，今日倒巧。

众所周知，徽商多为古字画的大买家。他们背井离乡，从商又崇儒，一旦富贵，必回乡大兴土木，起宅建楼，征买古董字画，以期子孙后代学识精进，故而非常舍得花钱。

杨汝可弃文从商，自身学识丰富，不但喜爱收藏字画，也会画会书，还颇具才华。

夏苏听赵青河说起杨汝可，但见假山亭上几位交谈正欢的中年人，其中一位面相周正，端着儒雅，不似商贾似文士。她虽相信他没认错人，不过今晚都是吴其晗请来的客，全然不认识的人，总不能贸然上前说话吧。

赵青河似乎看穿了她的心思，笑道："这就得靠妹妹了。"伸手一指那群奋笔疾书的年轻人，"他们正临帖王羲之的《兰亭序》，其中就有杨汝可器重的子侄——那个衣着最好的。妹妹去表现一下，无须施展全力，比他们都强些就可；其他的事，就交给不才的兄长我了。"

即兴临摹也是画市的传统节目之一，但夏苏道声不去。

赵青河奇怪："为何不去？吴二爷今晚请了男女客，难得没有束手绑脚的规矩，平时又总看你一人研摹，挺寂寞的模样，如今有这么多同好，大家以才博彩，不分男女老少，你去凑个热闹何妨？"

"不会书法。"她表情平淡。

"……听说书画不分家。"不用谦虚吧！

"一窍不通。"她语气呆板。

"……肯定是你小时候偷懒。"她怎么能不通？

"学过，说像鬼画符，非劝我放弃。"还真是老实孩子。

"……你还真是偏才，跟挑食的娃娃一样。"谁说，又是谁劝她的呢？

"我娘说，一技之长就够用了。"不是她挑，是她学不会。

"……你还有娘啊？"他头一回听她提。

"你才没娘，你是狗熊孩子。"所以从前那么蠢——干娘，请见谅。

好吧，不好玩，赵青河见临摹架上字帖撤下，换了一幅墨菊。"妹妹现在可以去了。"看她还很不甘愿，他推一把，"想想银子，这位徽商出手阔绰，错过就得等下一位，还不知道要等到什么时候。"

夏苏去了。

这晚来的都是性情中人，确实不怎么在意男女之别，而她斯斯文文，小嘴往下抿弯，毫不亮丽，自然不太惹人注目，因此谁也没多看她一眼，任她在尾桌默默画。

夏苏没看过这幅墨菊，画法和风格都很陌生，仔细品味，有她喜欢的李延之的宋风。整幅画既无落款也无印章，墨菊小写意，但布局想生动却没能生动，有些滞静。

一般而言，若是头回看到的画，非她熟悉的名家巨匠，又不能用辅助的小工具，她的摹仿力和相似度就会出现偏差。不过，能挂上这幅画让人临摹，期望大概也不会太高，她落笔很快，以形画形，神韵随心。

画到一半，夏苏忽然想起赵青河让她比众人要摹得好又不能尽全力的要求，立刻慢下，不停对照着旁边几张桌上的画，磨蹭到最后一个，才挂到绳上去。

人们围上去看字看画，摹字者和摹画者也观摩他人之作，而夏苏对书法一早放弃，又看过那几幅画，自觉没什么好瞧，立在山石下，离人群远远的。

有人跑过来，正是衣着最好的那个年轻人。

夏苏往旁边再让三尺，但她的防备如今十有八九是多余的，年轻人脚步不停，从她身侧跑到亭上去了。

年轻人的声音并不小，很愉快地说："大伯，既然摹的是您的画，就该由您决定谁摹得最像。您不下去瞧，我不好意思拿奖品，怕人说我沾您的光。"

原来墨菊图是杨汝可所画。

杨汝可四十靠五十的岁数，与年轻人说话却显得很活跃，朗然笑道："不好意思就别拿，你可就是沾我的光嘛，赶紧去把你自己的画摘了，别丢我的脸。"说归说，杨汝可站起了身，要往外走。

母子连心，伯侄互尊互敬，就连赵府这么大的府邸，是非虽多，亲情也不尽绝。这才是家人之间的常态。夏苏盯着自己的足尖，还没开始黯然神伤，身旁就传来一声笑。

"我瞧过了，画得最好的非妹妹莫属。"赵青河的声音，如一条清澈的河流，不冷不热，那般明爽，直直淌进夏苏心间，孤寂就不见了。

等到奖品已定谁家，人群就到别处凑热闹去了，杨汝可回到亭中，身后跟着他侄子杨琮煜，还有那对上来拿奖的兄妹。

奖是杨家出的，一套名地的笔墨纸砚，价值实在不菲。但这个奖，本是杨汝可借机要给杨琮煜的。倒不是他小气或是算计，实在因他这位子侄才华出众，同他一样学习宋人画风，年纪轻轻就已获得无数好评和肯定。今夜，杨琮煜带来的那些朋友他都认识，更觉得杨家出的奖还是会回到杨家手里。谁知，半路杀出一个姑娘。

杨汝可将奖品送出，见那位表情平平的姑娘眼睛亮了亮，心道果真是爱画之人，识得好墨好纸。

杨琮煜有些不服，嘀咕道："也不见得她比我摹得好，有半朵菊花不似。"

那半朵，是夏苏放开手脚所画。

杨汝可年近半百，比杨琮煜眼辣："赢就赢在半朵菊了。摹画，上品仿神，中品仿形，下品仿笔。我一直研习宋代大家李延之的画风，仿他的用笔运墨，自认继他三分传承，但夏姑娘令老夫惭愧啊！你所画的半朵菊，气韵灵动，墨法精彩，简直就是延之笔。"

夏苏淡眼看看赵青河，表示"你应付吧"。

赵青河神会："杨老爷说了是半朵，我家妹妹也只画得半朵延之笔。她自幼习画，有些天赋，偏生懒性子，什么都是半吊子。家中曾有李延之真迹，她能照画摹习，已占尽先机。"

"哥，"夏苏舌头有些僵，"杨老爷家大业大，还习李师宋风，难道会没有李延之真迹？"她明白，贬低她抬高别人，是为让人痛快拿银子出来，不过漏洞太大，她帮补一下。

赵青河眼尾拉细，暗道装什么小狗腿，分明故意拖后腿。

杨汝可心情却不差："半朵足够老夫开眼。夏姑娘，你家兄长没说错，我杨家确实没有李延之真迹。宋朝距今数百年，李延之是名匠大师，他的画作传至今朝，寥寥可数，有钱都买不到。商家根浅，世家根深，赵氏百年名门，才可拿大师真迹给女儿仿习，比不得，比不得。"

赵青河该诚实时不浮夸："我兄妹并非出自名门赵氏，不过是沾点边的远亲，先母倒是书香门第出生，但外公家已没落，那边再无亲人，唯留有几幅古书古画，算是仅剩的体面家底。如今寄人篱下，方知书画奢侈，不如真金白银好过日子。"

凭良心论，夏苏觉得，赵青河相当能攀谈，撒谎固然有技巧，实诚也很讲究。相比之下，她当初对吴其晗守株待兔的行为，就太笨拙了。

杨汝可心头一动，没落书香，赵氏远亲，穷得缺银，说不定他能借此机会购到一件两件名家真品。不过，他十分稳重，没露出半点心动的神色，要待查证赵青河所说是否属实，才会进一步接触。

赵青河以扇敲了敲手心，似无意再多说。

杨琼煜盯住扇了："大伯，这位赵兄手上的扇面听说是明四家之一的亲笔。"刚才看画时，耳边落了这么一句，"您对明四家真作的鉴别可是出名的，不妨看一看。您说是真，这扇面可就值钱了。"

"哦，是吗？"杨汝可心想，查证是一方面，自己若能亲眼见一见，这对兄妹就更可信了。李延之的画虽然难得，但明四家的画有钱还能买得到，他家中收藏了数卷，而且可欣赏到的真迹也不少。

夏苏不太高兴，冷眼嗖嗖瞥过杨琼煜，对赵青河道："这扇面本就是真的，何须别人论真假？我得了奖品，有人心里不痛快，就随意小瞧我们，那我宁可不要这些东西了，走吧。"她喜欢文房四宝，却也不贪。

赵青河这会儿从善如流，与杨汝可无奈一笑，身形向外转。

杨琼煜没想到看似恬静的姑娘脾气挺大，连声说道："我哪有不痛快？只是实话实说，谁不知道苏州'片子'天下闻名！"

要是换个时间地点，他们可不就是"片子"吗？但今日手上，是真得不能再真的东西，故而赵青河和夏苏都站得很直，影子都正。

事实胜于雄辩。赵青河一言不发，打开手里捏热了的那柄秋扇。青竹骨、浙白纸，最平凡，最简色，衬托那片秋黄的细绢扇面，再好不过。细绢裱纸，工艺精细之极，与浙纸浑然一体。

画，自然是好画，但杨汝可只找明四家的笔风。他先皱眉，再舒展，又再皱眉，神情从欣悦到迷惑，变化分明。

这细绢旧得自然，墨色保留良好，画风狂放中压抑，乍看就是唐寅的不羁和心哀，但布局有些凌乱，不及唐寅神采。然而，画功精湛，很好把握着笔力的扬抑，便是乱来的布局，都似藏一种玩闹之心。

画风无疑是明四家，不是唐寅，却又是谁？杨汝可自认对本朝名家的画作鉴赏力极强，这时却不太好确定了。

杨琮煜年轻不怕说错："那么大的心气，到头来还不是一幅做得精致的苏州片。"他认为是仿作。

杨汝可趁机观察对面立直的两兄妹。老实说，他可以确定此扇面不是唐寅所画，那么侄儿说仿作并不算错。他想看到两人的心虚，然而却只看到了那位姑娘脸上的不以为然，还有赵姓男子似笑非笑的双眼。

杨汝可突然觉得，对方要么是非常高明的骗子，要么是十足把握的行家。

他犹豫了。经商这么多年，什么样的人没见过？但面对这两个年轻人，他居然没有把握。他怕上当受骗，也怕不识珍宝，无论哪一种都会成为笑柄。

"妹妹，走吧。"秋扇一片片收起，赵青河将杨汝可的辗转心思看得一清二楚，认为今晚到这儿就差不多了。他没有任何多余的话，完全无意说人不识货，但自信十足。

夏苏不懂赵青河退而求进的策略，却想，识不出文征明的人也不是好买主，一个字不多说，走下亭去。

眼看两人要转出视线，杨汝可出声唤道："敢问这是谁的墨宝？"

赵青河仰头，好一份闲情逸致，眼中妙趣生辉，笑道："文征明仿唐伯虎,杨相公的大侄子还真眼利,这大概是最出色的苏州片了。"

人走了,笑声盘旋到伯侄二人的心里,顿觉怅然若失。

"大伯,此人胡说八道,没有印章的旧扇画,明仿唐寅,还说什么文征明……"杨琼煜却见伯父神情大悟,"莫非是真的?"

"文征明与唐寅是好友,唐寅生活落魄,文征明时常资助,民间有不少两人的逸闻趣事。不过……哈哈!"杨汝可笑了起来,直道怪不得怪不得,"我怎么看都是明四家,只猜唐寅,却猜不到文征明仿唐寅。琼煜,你去打听赵氏青年的住处,我要再会会他。"

这位徽州大商,掉进了赵青河的网兜里。

夏苏还不知道,所以可以抢白赵青河:"真是了不起的买家,鉴赏力……"不知怎么描述才恰当。

"屁个鉴赏力!"赵青河配合这位妹妹的慢速,"你想这么说。"

夏苏一脸与粗话无缘的清白面貌:"不是,只觉得江南鉴赏名家很便宜,我若在扇面上加个文征明的伪章,他们才能当真品的话,还需特地花银子请他们题跋么?"她没那么做,因为想要保持文征明的原心本意。

"滥竽充数之人总是有的,不过杨汝可若再来找我们,他的名气大概还算当之无愧。"刚才杨汝可眼中突然一亮,赵青河并未错过,所以他笃定这把扇子能卖出好价钱。

夏苏已不在意,她是船到桥头则直的性子,对金钱要求也不高。

吴其晗付了《岁寒三友》的最高报酬,除了给周叔和老梓叔的辛苦钱,自己还能剩一半,够家里用一段时日了。

只是这晚,注定不平静。

两人沿着园子的莲塘边走,才想着要再去哪儿转转,九曲桥那头的香樟亭里发出几声女子尖叫。

有人惊喊:"死人哪!"

赵青河看看夏苏,笑得有点古怪。

夏苏白眼:"笑什么?"

"妹妹晚上去的地方,似乎容易发生事故,很招灾。"赵青河笑这个。

夏苏想了想:"是你招灾吧,每回遇到你的时候,一定会发生事情。而且,死人了啊,我们这么悠然论着谁的责任,好吗?"也不看看气氛。

赵青河走上曲桥，却发现夏苏不跟，就退了回来："妹妹耍兄长玩呢？刚才你说得好不正气，结果却是让我一人去瞧？"

夏苏默然望着塘上灯火乱颤，眼尖发现樟亭角柱下漂浮着一缕白，不是没见过的死法，仍然不能习惯："水鬼很吓人，我胆子小，还怕自己会吐，可你似乎爱管闲事。"

赵青河知她夜视很远，而且他也看到了浮在水面的尸体："你错了，我并不爱管闲事。"

他去赵子朔的屋子，是因为要探她的底细；他去桃花楼，是因为……

两个丫头从桥那头跑近，对话慌忙，却入了赵青河和夏苏的耳。

"……是芷芳姑娘！"

"……才刚被大户赎身。死法这么凄惨，咱姑娘都吓晕过去了……真是可怜！"

夏苏愕然，身不由己，与赵青河同步上桥，往樟亭走去。心境变了，环境似乎也跟着变了，挺好的良辰美景，忽然因为水里的死人，变得夜鬼魅，风凄楚，明光也似了冥火。

亭里七八人，有墨古斋的画师，桃花楼的姑娘，几名伺候的小厮、丫头，原本画舞歌扬。谁知湖上浮尸，吓晕了姑娘，惊吐了画师，琵琶翻扣在地，美人图让慌墨溅毁，香鼎已灭只留冷，再无半片今夜雅风。

夏苏的脸色也煞白。她本是一时惊讶，上了桥也没打算亲眼看死人的模样，却让赵青河直接拉进亭里，撞到了那张毫无生气的死人脸。头发如水草幽散，皮肤白到发青，双眼死不瞑目地睁大，大半身浸入水里，手臂漂张，衣物丝缕破裂，无助无望。但那张脸还很分明，确为桃花楼的清妓美娘芷芳。数日前，夏苏还见她各种生动的漂亮面貌，怎又能想到她命不久矣。

"夏苏，"赵青河倾栏俯看的身姿立直，沉声唤道，"瞧她手里。"

身旁顿时不再有凄风恶寒，全让他的强势气魄挥开了，夏苏略镇定，往芷芳手里瞧去。是一个卷轴。可怎样的卷轴，能让人死都不肯放手？夏苏立刻抬头看了看赵青河。他挑眉，无语却是征询她。她微微点一下头，并暗道他真能联想。她虽然同他说过，芷芳屋里那幅无名画并非无名，但没告诉他，一屋子的东西，芷芳只要这一幅无名画。再一回，赵青河让她知道，他的脑子是真聪明了。

"你们别哆嗦了，快来帮忙捞尸。"赵青河一语惊人。

七八人，有多远就躲多远，挤缩在亭子另一角。男子有三四人，听到"捞尸"这两个字，恐惧的神情几近崩溃，没一个肯过来。

夏苏忍不住拉赵青河的衣袖："已经去喊人了，用不着你瞎折腾。"

这人以前也是爱多管闲事的吗？帮着赵大老爷查情书，跟踪她，换夜行衣凑窃案的热闹，现在还打算捞尸，真是比捕头还忙了。

赵青河朝那几个男人鄙夷地瞪了一会儿，开始有动作。脱外衣、鞋袜，还卷裤脚，跨步上座栏，做了几个挥臂摆手蹬腿的大动作。

"你干吗？"夏苏完全没有面对死人的惊慌了，目瞪口呆看着眼前这位。

"捞尸啊！我把人推到桥边，等我举起她来，你接着点儿。"

"咚！"赵青河跳了下去，姿势如青蛙，长腿蹬起，猿臂向前，划出一道长虹。无论青蛙的外相如何，它们跳水、游泳技术高超且姿势优雅，这一点是世人毫无争议的。

众人沉溺于这种优雅之中，夏苏率先清醒，不由冲水面大喊："我不接。"自己胆子小，他难道不知道？

赵青河仿佛两耳不闻，推着那具尸身到了曲桥边，侧眼望向还在亭里的夏苏，全不在意地催她："来帮我捞一下就好。"

夏苏有点弄不明白他是装傻还是真傻，但僵着也不是事儿，决定去提他耳朵，让他听听清楚。只不过，她一过去，就见赵青河上下牙齿打架，想起秋水有多凉来。

"你从她腋下捞住，我马上来接手。"他的面庞坚毅，一手抱桥木，一手托尸体，看不出一丝冻冷或不情愿；反观另一边，男人没有男人样，和晕倒的女人挤在一处。

夏苏再望赵青河，心中就涌出一股气。这股气，源源不绝，如她逃家前后，还以为这辈子都不会再现，却突然又汹汹涌来。她踮起脚尖，伸出手，将芷芳冰冷的身体抓住。

"好姑娘！"赵青河笑得神清气爽，游到一旁，双手攀上桥栏，出水的动作也矫捷如豹,身形弓起,竟能跃上一丈,双脚稳稳落桥,再大步而来,与夏苏不过距离寸长,"我数到三,你就放手。一,二,三。"

她放手,让开。他接手,站上她刚才的位置,一口气将尸体捞上,轻轻拖到亭中。

顺利交接。夏苏发现,除了手,自己身上没有沾湿半点。

她慢慢走到他边上,学他的样子蹲下,不再怕盯着芷芳的青脸和大眼。这回,真是一点不怕了,有大个儿挡煞。

赵青河掰开芷芳的手,对夏苏轻声道:"别当我多好心,她手里要没这东西,我不会多看她一眼。"随后转头看那些胆小鬼一眼,稍微调整了自己的位置,将卷轴打开一些,"你看……"

确实是画卷,裱纸已透湿,绢完整也无用,墨一团团化开,惨不忍睹。

赵青河低咒,却对某个偏才抱有巨大期望:"妹妹应该看得出名堂。"

某个偏才却无表情,白白的脸恢复水嫩嫩,就是声音呆板了些:"什么名堂?瞎子都看得出这画已毁成渣了。"

"画当然毁了,"他不是瞎子,"不过,你能不能分辨此画真假?"

这人想法太难猜,夏苏却也不随便生气,眼睛凑近画上,手摸着几乎浸烂的纸和湿透的绢,就在桥头传来急促脚步时,轻声轻气下了她的结论:"不好说。"

赵青河点头表示知道了,将画重新卷好,放在尸身手边,然后把夏苏拉起,退开好几步,从当机立断的相关者变成无所事事的旁观者。夏苏无比配合。她是动作慢,并不是脑子慢,事到如今,只觉得赵青河必有所谋,却不知他谋什么而已。可他知道她的夜行秘密,在不能断定他的善恶之前,她不会与他对立。赵青河有句话说得非常对,他和她同一条船。他既然没傻到砸沉自己的船,而她还没到岸,中途换船也很麻烦,暂时就这样吧。

吴其晗入亭,还没看清身前,身后就哗啦围来一大群人,个个做惊讶状,还有跑一边去吐的。他脸色本就因为自家园子里死了人而难看,这会儿还让一颗颗脑袋挡住视线,但觉居心叵测,不由上火。他出身富贵,自小到大游刃有余,做买卖八面玲珑,绝不是没有脾气,大喊一声:

"统统给我让开！"

人人惊避，现出地上的死人来。

吴其晗不认识芷芳，见其死状凄惨，神情严肃却也不惊慌，看到对面赵青河和夏苏，倒是微怔，但眼神很好，发现赵青河一身湿透。

"刚才听报尸体在湖里，如今却上了岸，不愧是青河老弟，身手了得，果敢非常。请教如此情形要怎么处理才算最妥当？"

赵青河也不客气："想来二爷已报了官，我看闲杂人等太多，虽然扫兴，二爷还是提早结束了画市吧。"

"万一凶手还在园子里呢？"不知道谁嘀咕。

"尸体能浮，天又凉，约莫已死了几日，绝不会是才发生的，而且未经验尸，谁也不好说是自杀、他杀或意外，扣留客人并无意义。只要二爷开张今晚客人的名单，一个都别漏，让官差找得着人问话就行了。"赵青河头头是道，引众人目光齐聚，包括夏苏。

这对吴其晗是有利的建议，当下就吩咐人去办，又将亭子清空。

兴哥儿送完客人回来，情绪不好："竟然有人胡说八道，说墨古斋的园子里死了人，二爷或有嫌疑，莫名其妙！"

赵青河与吴其晗一起立在亭外，闻言笑道："无须理会。墨古斋是卖古董字画的地方，白日里客人们来来往往，而且还有几十个伙计、掌事、画师住着，怎么也轮不到吴二爷有嫌疑。"

吴其晗哈哈一笑，拍兴哥儿的脑袋："再说，你家少爷有那么蠢吗？在自己的地盘杀一个认都不认识的清妓？"

一旁，夏苏默默不言。吴其晗显然要借助赵青河的某种本事，车夫走不了，她留下来似是无奈，其实却不然。她想要留下来，虽然没兴趣管闲事，但脑子里却并非神情上看起来的一片空白。

她不认识芷芳，那只是一个名字，一张脸，一道影，即便她曾去过芷芳的屋子，看过一幅很棒的画，两人之间原本也无法牵扯上什么。

但芷芳死了，手里握着那卷画死的。夏苏知道那幅无名的画珍贵，也知道芷芳很在意这画，真画却很可能让人换成了假画。她无法脱口而出，却几乎笃定芷芳的死与这幅画有关联，这才让她对一个陌生人产生了一点点责任心。

"夏姑娘吓坏了吧，要不要我派人先送你回去？"吴其晗这个东道主，很是尽心。

赵青河却像一个慈爱的兄长："多谢吴二爷，不过最近城里有盗，二爷的人我是不担心，却实在不能放心路上，她还是跟我一道走得好。"

吴其晗也不坚持。夏苏在，他的情绪不知不觉会好一些，只是碍于赵青河在场，不能和她多聊。

"官府来人了。"赵青河简洁道。但见十来人脚步匆匆，从昏暗的小路中跑出，多身着官衙灰蓝捕衣。

为首的，不是原本的胖捕头，虽不若赵青河高，身板也是硬朗，一看就是从武之人。待他跑近，看清他的长相，十足纨绔的油头粉面，一双狭细的狐狸眼，不像坏人，也肯定不是好人。更有意思的是，他一身青衫，文人装扮。

这人，一上来就看见了赵青河，不过，并不理睬，只喊吴二爷。

吴其晗能在苏州做生意，事先和黑白两道打过招呼，自然认得这人，道声董师爷。

夏苏立马觉得，人之所以要不断充实自己，就是要在这种时候避免眼皮子浅。谁说师爷一定留胡子？谁说师爷一定手无缚鸡之力？明明也有狐狸眼、油兮兮、身板像块铁的师爷。

董师爷官腔十足，问话却比桃花楼那夜的胖捕头仔细得多，听完吴其晗讲述之后，亲自带了人去亭子看尸，然后给手下人分派任务：找墨古斋的人问话；搜索池塘周围的落水痕迹或其他疑点；收集这几日出入的客人名单，包括今晚宴请的人；抬尸回衙交给作检验死因……

吴其晗提到赵青河将尸体捞上来，并说自己遣散客人清出了场地。

董师爷似乎听过就算，只将功劳都归给吴其晗，说应对得极好，为他省去不少力。他显然对那幅画也相当感兴趣，当场就打开，问吴其晗可知画的来历。这件事上，吴其晗还不如赵青河知道得多。

董师爷去监督手下人搜证，赵青河见没自己什么事，就向吴其晗告辞："吴二爷定了明日出发上京师吧，今晚不能早歇，要辛苦你了。若有需要我帮忙的地方，吴二爷尽管开口，但凡我能做，一定尽力。"

吴其晗谢过："待我从京师回来，再请二位吃饭。"目光落在夏苏身上，"夏姑娘手巧，货十分好，颇得我心，希望今后可以多合作。"

夏苏点点头："吴老板一路顺风，早去早回，赶得及回家过年。"

吴其晗的眼眸里多了些难以言喻的情绪，笑起时，好似春风吹桃花："一定。无论如何，不能忘了约与夏姑娘的一顿年饭。"

嗯？她不是指这个。

夏苏想说明，赵青河却抢道："二爷不必相送。"说罢转身就走。她为了跟上他追星赶月的大步子，没能再对吴其晗多说一个字。

坐入老车，赶了老马，出闹市，进宁夜，大街小巷几乎无人，偶尔经过酒肆饭馆，多关窗落帘，映出的人影也是静悄悄的。眼看离赵府还有几条街，赵青河忽然连声呼哨，甩鞭催快老马。老车哆嗦着浑身的老木架子嘶叫，轱辘歪晃滚过青石板，好似要飞脱出去，把打着轻盹的夏苏彻底震醒。

"怎么了？"她双手抓住车门板条，眯眼看赵青河将车赶入一条漆黑的小巷。

"有尾巴！"赵青河卷着缰绳喝驾两声，同时往旁边高抬下巴，赶车的动作利落，神情却无半分紧张，还笑露白牙，"找个安静地方解决他。"

夏苏探头看去，屋顶上一道黑影，拉腿如弓，落瓦无声，身轻如燕，又似炊烟袅袅，散漫中带着疾劲。

"是杀害芷芳的凶手吗？"淡褐的眸中溢满月光，月光缓流，在眼底成河，"或是调包了画的人？或是入室窃财的贼？"

驰出巷子，霎时出现开阔的一片地，赵青河拽紧了绳，老马停蹄。赵青河跳下车，一身湿衣已让体温蒸得差不多干了，风鼓衣袖，簌簌拍打衣背："不管是哪个，你看热闹就好，我可不想你只身赴吴二爷的年饭去，让人说我照顾妹妹不周。"

赵青河转过身来，面对夏苏，也面对自墙落下的夜影，慢条斯理将衣角提起，扎进腰带中，又卷高了袖子，静立在地。月当空，映亮那对肌肉纹理健美的铜臂，他的五官仿佛刹那间被精雕细琢了一遍，面部轮廓更显冷傲，剑眉刀目，似笑非笑，似不羁流风，随时可显亲切，实则无情冰寒，拒人千里之外。

夏苏居然不敢多望，与他一样，回头盯着那道黑影，越来越近。

赵青河目力比夏苏好，识出黑影那袭青色长衫，嘴角一撇，准备动手的姿势放了下来："兄弟，刚才不是装不认识吗？我又不是女人，这么上赶着追来，也不会感动。"

"放你的狗臭屁！"青衫人大笑，眼看要从夏苏身旁过去，猛然一个后空翻，潇洒的身形忽然带了煞气，手掌化手刀砍向夏苏，"让我看看你女人的本事！"

赵青河气急："她就是苏——"

手刀立绵，但半空跃着的身体收不住势，青衫人以为自己要跌到夏苏身上去，不料就在眼皮底下的人却突然消失了。他撞到车板，惊得老马吐气乱嘶。

车里哪儿还有夏苏的影子？

青衫人扭头一看，嘿，那姑娘离自己一丈多远，正低头抚平衣裳。

第十二章　生存之道

怎么回事？

那人扭扭脖子，看向赵青河，摊开两手，又指指夏苏，以眼神表示疑惑。

赵青河的目光淡淡，已经没有惊艳过的痕迹，微耸肩，不作答，心里却才翻起浪来，尽管只有一眨眼，还是看清了夏苏从董霖的突袭下脱身的功夫。称作功夫或许是糟蹋了，那是一种舞姿，前所未见的绝美舞姿。

赵青河忽然明白，夏苏还具有另一惊人的天赋。不过，她能练就到这种程度，必然吃过可怕的苦。天赋固然令人优越，但不努力，就会退回平庸。

董霖偷袭夏苏不成，一拳直击赵青河胸膛。

"董师爷，你有完没完？大半夜还要我陪你练拳，真是没媳妇闲的！"赵青河轻而易举抓了董霖的拳头，双脚画圈走了几步，就凭臂膀的几个动作，打得董霖哇哇叫。

"娘咧，娘咧，你到底练了哪家功夫，不能藏私，要教兄弟我几招啊！"

夏苏看出来了，这位油头粉面的师爷与赵青河是老相识。既然是熟人，刚才又是为何？她不太明白。

"好说，董师爷有空拜师，我就有空教徒弟。不过，在那之前，你打得到苏娘再说。"赵青河的手缠上董霖，竟单手将他举离了地，用力甩出去。

别说，董师爷功夫还不错，那样还能半空收起大字，单手撑地，翻个筋斗，双脚并直再落稳，不但不显狼狈，动作还很漂亮。

董霖摸着下巴，盯着马车边上的夏苏瞧了半晌，推搡一下赵青河，一脸奸笑。他也不忘跟人自我介绍："夏妹妹，哥哥董霖，给你赔礼，刚才逗你玩，你莫当真啊！说到底，也不能怪我，谁让有人老提到苏娘苏娘的，众兄弟耳朵都起老茧了。如此神往已久，好不容易见到真人，一想到可以跟兄弟们炫耀，怎能不激动？"

不要说夏苏感觉很新鲜，赵青河都诧异："鬼扯淡，我什么时候老提苏娘了？"

"从前啊，"现在的赵青河虽然值得他深交，但已没有从前那股直肠子的傻憨义气，有点遗憾，不能让他笑疼肚子了，"你老兄只要几碗黄酒下肚，三句不离苏娘，誓言要让她心甘情愿喊你一声兄长，不然死都不能闭眼。当谁不知道你被自家妹子欺负惨了……"还有很多话，他可不想一一传达，横竖这位伤了头，什么都不记得了。

从前？夏苏一怔，赵青河不是一直拿她当丫头使唤？

"从前的事不必多提，"赵青河大手一挥，"真要论起，那会儿我提岑雪敏应该更多。"

好坦荡！

"追岑小姐是你丢不下的面子，憋不过一口气，还有一群不动脑子的好色东西瞎起哄，与你的心肝义妹怎能相提并论？不过，你说不提就不提，因祸得福脑袋才撞明白了，实属不易，做兄弟的不能拖你后腿。老弟我特来请教今晚这件案子。"原来董霖是追来问案情的。

赵青河让董霖的"心肝"二字弄得尴尬，不由骂道："就你还能考上秀才？满嘴狗臭屁，不会说人话。"眼角瞥夏苏，因她专注的神色而心中安定，"至于那桩命案，你是衙门的人，我是游手好闲的混棒子，能教你什么？回家去歇着，我累得眼皮子打架，要走了。"

董霖勾住赵青河的肩，不肯放人："别啊，对这等古怪的事，你一向眼珠子贼尖，比谁都想得多。要不然，仵作尚不能定论，你又知道是命案了？"

夏苏对今晚的事原本就有点上了心，而随着对赵青河的了解更多，也知董霖说得不错。赵青河似乎擅长调查某些谜题事件，因此颇受赵大老爷的信任。于是,她两只耳朵竖起来,坐上车板,静静听。

赵青河见状,心知不能随便应付过去,当下不再推搪,把芷芳那幅画的来历交代清楚后,又道:"死者手上有刀伤,死前曾经挣扎过,而她的致命伤是让人刺入心脏。心口的伤与她手上的刀痕一致,应该是匕首之类的短小武器。我这么猜,她即便不知道古画是宋徽宗之作,也因为极爱此画而发现被人调包这件事……所以惨遭灭口。就是这样而已。"

董霖的狐狸眼眯成一条线:"什么叫'就是这样而已'?你明明省略了一大段话没说,当我傻啊!赵青河,你不够义气,我可是对你知无不言。"

这样都能听出来?赵青河反省自己语速不够流畅,但嘴硬,不承认失误:"朝廷近年缺官缺得厉害,像你那样缺墨少水的,也能混个师爷当着,可我以为你好歹不笨。你们官府查案,不能凭一己猜测,要凭人证物证,我倒是可以不省略,猜满了它,但你能凭我猜的抓人吗?"

董霖神情大惊:"难道你已知道凶手是谁了?"他知道赵青河厉害,却不知道这么厉害!

赵青河长叹一声:"我知道什么!芷芳知道画被人换了假,就告诉了一些人,她甚至可能已把画重新换了回来。但这时,她自己都不能确定真假,就找到墨古斋。墨古斋不但卖画,还收画,专人专眼,书画业中是顶尖的。凶手尾随她而来,大概被她认出真面目,情急之下将其灭口。"不知道,总能猜吧?

"哦,有道理,大有道理。也就是说,凶手就在芷芳认识的人里,多半还是桃花楼的人。上回芷芳屋里失窃,捕头说可能是家贼,没准还就是这个家贼。宋徽宗的真迹也算无价之宝了吧?见财起意,杀人灭口,说得通。"

"宋徽宗的画虽难得,还是有价的。"夏苏轻言。

董霖却没听进这话:"多谢了,老兄,也算给我理了个头绪出来,若有难处,我还来找你要主意。"他走开两步,又转头来问,"衙里要招捕快,你若有兴趣,我跟大人推荐你。"

赵青河摇头,一脸敬谢不敏、不要害他的表情:"我自家都顾不过来了,还管别家丢鸡少鸭?而且,捕快那点薪俸够我养家糊口?你出生就掉米缸里，不懂我们穷人辛酸。"

董霖有意无意瞥了夏苏一眼，笑得滑头："夏妹妹听见没？你家义兄如今改头换面要当好一家之主，你今后别老气得他买醉。要是真缺银子，来找我，我帮衬着，千万不要让人再变回傻大个去。"

夏苏好气又好笑，想过后这般回应："从前早是一笔烂账，你们都道不提，我也就不提，不过气不气的，我不好答应。只能说，只要做人该做的事，而不是做蠢熊做的事，我自不会找他麻烦。"

董霖大笑，对赵青河道："早带这位妹子出来，我也早真心把你当兄弟，今后再来个亲上加亲，喊你一声大舅子。你这妹妹妙极了，我喜欢啊！"

赵青河面上云淡风轻，说话顶毒："你喜欢有个鬼用，要我妹妹喜欢才行。顺便多一句，我妹妹人见人爱，你要求亲，得排队候着，等我们接帖子。"

董霖其实是直爽脾气，与赵青河刚混得亲近，把夏苏也当了自己妹子，说话不经大脑罢了，哪里是真有男女之情，表达一时喜欢的情绪就算，说罢拱手走远。

马车重新上路，两人聊上了天。

赵青河道："董霖这个人，听大驴说起，当初虽在一个圈子里混着，但他与我很生疏，如今再看，倒是个可交之人。他家境富裕，长相纨绔，做人做事却很认真，不仗着有钱就欺人，读书马马虎虎，肯定考不上官，但就是喜欢办公差，挺有志气，你不用担心他的人品。"

半晌，夏苏回道："你的朋友，你该担心，我不担心。凶手，真是桃花楼的人吗？"想不到有朝一日，还能见到赵青河的朋友，果然世事难料。

赵青河笑声微妙，不知有多少心思在里面："我可没这么说，那小子做事虽认真，考不上举人，头脑到底不如要当状元的。我只说凶手可能是芷芳认识的人，他自己一厢情愿定了桃花楼，与我无关。"

"这些事看似都与你无关。"芷芳毫无生气的脸闪过脑海，夏苏想，聊天可以帮她淡忘一些吧。

"看似？"他知道这丫头聪明，"明明就是与我无关。"

她想了好久，才得出这条思路："你说你不爱管闲事，难道管的是自己的事？"

"啪啪啪！"赵青河拍手，"虽然花了不少时日，妹妹能想到这个地步，哥哥再不会小看你了。"

夏苏额角跳，一点听不出他高看她的意思，明明讽刺她反应慢。

"我送岑小姐去常州探亲，归途出事，认为自己是被害的，自然要留在当地，查一查与自己被害有关联的线索。"赵青河笑她慢，但这么些日子下来，他也信任她，"苏州城里连续发生失窃，而同样遭窃的桃花楼还引出杀人灭口的命案。想一想，我要是当时死在常州，不也是一桩命案？我对桃花楼的小偷感兴趣，对芷芳的死感兴趣，无非是这些事让我感同身受罢了。多巧，常州也闹贼。"

"也没多巧，哪个地方没有小偷小摸的事。"到家了，夏苏跳下车。

大驴拉着一张长脸，将马车牵到临时搭建的草棚里，嘟囔着什么说话不算话。

赵青河嗤笑一声："你自说自话，我可没说今晚带你去，别吊张驴脸影响爷的心情。"

大驴嚷起："小的驴耳，少爷你偷骂，我都听得到。"

赵青河直乐，大声道："我就是说给你听的，何必偷骂？还好你今晚没去，不然保准连苦胆水都吐出来。不信我，你问苏娘。"

大驴真问夏苏。夏苏简单说了湖面浮尸的事，大驴吓得拍胸脯，直道还好没去，还说他八字特殊，特别容易招惹不甘上路的冤鬼。

赵青河毫不忌讳地说道："敢情多亏了你，少爷我才能回魂。"

"少爷别吓唬小的，你自个儿失足掉下山，是背过气，哪来冤气？"大驴怨念消散，认真给马卸车喂料。

泰伯走出来："少爷可有别的吩咐？不用的话，我们就先歇了。"

赵青河道声不用。

"泰伯，"夏苏细声道，"真不用等门，你们早睡早起惯了，跟着我们这么晚睡，身体会搞垮的。我们又不是没手没脚，还年富力强，厨房里东西都现成，怎么会饿肚子？"她说罢，给赵青河使个眼色。

赵青河反应很快："苏娘说得对！入夜之后，我和苏娘怎么活，您二位就别管了，且不说一顿不吃饿不死，就算厨房里没吃的，苏州城里还没吃的吗？您二位是咱家的宝，身体第一。实在不行，还有大驴呢，让他跟着我们日夜颠倒就行了。"

夏苏听得无比别扭，但找不出理由顶嘴。

泰伯笑着点点头，走回屋里去，很快熄了小院子里一面的灯光。

大驴听得清楚，苦着脸说："我的好少爷，小的每晚必须睡足四个时辰，白日睡再久，一天也跟没睡过觉一样，日夜颠倒还不要了我的命！"

赵青河撇嘴笑："我还能不知道你的臭驴毛病？只不过让泰伯安心，故意那么安慰他而已。要睡就去睡，谁能拦住驴子撒泼打滚。"

大驴高兴地应下，把手上的活儿利索干完，准备回自己屋睡大觉，却还到堂屋门口，装模作样对赵青河说一句："好在不是少爷一人守天亮，还有苏娘陪着，我杵在边上，反而碍眼不是？"

"滚。"赵青河作势起身，挥着拳头。

大驴撒丫子窜回屋，关上门。

夏苏热了糖丝儿酥，端着甜薯水，一出厨房就看到赵青河要揍大驴的假动作，只觉好笑："大驴说浑话，你真该揍他一顿，不然管不住了。"

"你说话我得听，下回保管真揍。"赵青河接过托盘，转脚要进书房，却见夏苏不跟，"怎么？又困了？"

夏苏点了点头，但并没有马上回房，道："我想，如果两地的窃案和芷芳的死真与你摔下山坡有关，恐怕就不是普通小偷这么简单，最好还是报官，或者一五一十都告诉那位董师爷，由官府去查。"

"官府要是有能力，不管普通还是复杂，早解决了。关系到我自己的小命，交给别人去保，我很难放心。要知道，聪明人多烦忧，从前傻呵呵想不到也就算了。"赵青河微笑着，眼神里透着明睿，"我也不瞒你，托你的福，我已知窃案背后的某种意图，只待进一步查证。官府良莠不齐，容易打草惊蛇，而我找不出害自己的凶手，即便有赵府的保护，也寝食难安。"

夏苏有些怔住："你……比我强。"她无法与害自己的恶人硬碰硬，只会逃，甚至逃出来了，还深深害怕。

"不，并非我比你强。"

独自躲在庵里，认他娘为亲，哪怕不情愿，也跟来了苏州，夏苏显然在逃避一些人一些事，不止他看得出来，只不过一家子都装作不知。

"因为我不是孤军作战。俗话怎么说来着？跑得了和尚，跑不了庙。既然跑不了，就只能比着，瞧谁先死了。你今晚早些睡吧，赵大老爷明日请宴，晌午前要出门的，别睡眼惺忪，让人笑小辈不懂礼数。"

以某人的慢吞反应，最后那句会被无视。那正是赵青河的目的，不想对那么小的事多作解释。

夏苏果然没在意，只感慨明明无奈的一番话，赵青河却说得那么轻松。她看他转身入屋，从书架上挑了本《溪山先生说墨笈》，一边啃饼一边翻起书。

"不用看那本东西。"她道。

"嗯？"他抬眼挑眉。

《溪山先生说墨笈》上说到的古画，十之八九是杜撰的。"他读书，她从不关注，忽然眼里容不下这么一粒沙子。

"啊？"他很吃惊，"书铺老板郑重推荐，说溪山先生是当今大鉴赏家，北地盛名。"

"溪山有鉴赏之能，却无高洁品性，想要他题跋一幅假画，字字算钱即可。说墨笈是无良书商请他杜撰，说假成真，抬高说墨笈中所提到的书画价格，书商给溪山先生写书费可比润笔费高得多。"说完了，夏苏往自己的屋门走去，经过书房的窗，赵青河居然已趴出窗台。

"妹妹这是要跟我同一座庙了吧？"不再茫黑的墨眼，没有了月光，居然还清澈透亮，也无近来的莫测高深，心思十分简单明了。

夏苏踏进屋门一只脚，却又缓缓收回，侧眼望赵青河："我可不想当和尚。"说什么同一座庙，她可没他那么多深不可测的心思，"顶多坐船可以不挑船夫。"同坐一条船。

赵青河一听，眼眸刹那漆深，又刹那明曜："妹妹信我，我一定好好撑船，就算沉，也要把妹妹先送上岸。"他需要她的信任。

夏苏撇嘴，习惯了不给赵青河好脸，只能做到神情少变化，但她一脚才要过门槛，没想到那位还有话："既然要建立相互信任的关系，彼此就要坦诚。哥哥我说句大实话，之前一直犹豫，不说又总觉得不尽责，妹妹对吴二爷说那句'早去早回，赶得及回家过年'，很是不妥。"

夏苏脚尖踢到门槛，差点跟跄，随即深呼吸，重新跨出屋子，冷着表情长长哦了一声："你倒说说，如何不妥？"

"吴二爷虽是慧眼识人，托他的福，妹妹才能赚到银子养家，说到底也不过才做了三回买卖，实在称不上交情熟。"这句话在心里盘旋半天，一直有吹气鼓风之感，憋得慌，正好夏苏有了同船的觉悟，赵青河觉得不吐不快，"所以一路顺风这等问候词就很足够，后面那句有点过了，你又不是他家中内眷，他早回晚回，能不能回家过年，同你半点不相干。你这么说，他可能误会。"

是吗？夏苏沉吟。

"还有董霖，"又说另一处不妥，"你与他头回见面，就说什么人啊熊啊的，口齿太伶俐。他万一两面三刀，并非我的朋友，岂不是丢大了你哥哥我的脸面？妹妹要知道，男人呢，多数不是好东西，特别喜欢招惹聪明可爱的姑娘。今后你在外面走动，千万要装得傻一点笨一点，没头没脑，你抿下嘴角的样子就很好，灰不溜秋的，一点不招人眼。"

是吗？夏苏再沉思。

"世道艰难，对女子更是，妹妹要记住保护好自己，中庸和低调是生存之道，必须学会不露锋芒。"一吐为快，心中终于觉得舒坦，赵青河缩回书房去了。

夏苏在门口沉思半晌，但觉赵青河的话句句她都听得懂，其中主旨是让她在外行走要小心，可连起来就十分不通畅，尤其提到董霖时，他说"熊"让他丢脸，但和男人不是好东西有何干系呢？只是她想到头昏脑涨也没结论，加上这晚经历的事在脑子里打转，最后干脆当成赵青河脑子不清楚，回屋休息。

一夜无话也无梦。

第二日，夏苏一身朴素旧裙走出屋来，听泰婶说起今日要见赵大老爷的事，才隐约想起昨晚赵青河提过，只是像给她喂了一颗囫囵枣，吞了也不自知。

他怕她说不，知道她贪睡，醒过来也近晌午。他人还不在，只让乔阿大来接,甚至连她不好意思让泰婶为难都猜测精准——真是算计到家了。

没办法,夏苏只得换上一套干娘为她亲手缝制、样式不新却没穿过两回的月华裙,难得梳一款流云髻,别了朵烧金缠瓷海棠花。泰婶说还是素,可也知夏苏平时衣着习惯,唠叨两句就放了人。

夏苏看到乔阿大就内疚,因为这位大叔连着被她甩了两回,道歉都变成多余了,只能光笑着不说话。倒是乔阿大,神情自然,当成笑话来说,还道每回这么一出,他就多拿好处。夏苏这才知道,赵青河不但补偿了乔阿大,还夸他有眼力,把车赶走得正是时候,否则可能引起官差怀疑。

乔阿大精神抖擞,平时看起来挺老实的一个人,原来也有当"夜行者"的潜质。不过,今天是白日驾车,天光好,太阳大,影子难藏,没什么奇奇怪怪的事发生,一路平安抵达太湖。

太湖边上有不少名庄,秋蟹还肥,赵大老爷选了一家擅做湖鲜、隔间的仿唐建筑,全枫木,绵雪白纸格门全部向阳,园子没有苏州园林的繁杂,只从太湖接入一个花形的水池,池边围了白石子作岸。迷你的桥,迷你的舟,客人点了菜,还能直接看伙计从水池里捞鲜,若是季节暖时,客人也可以泛舟,当作余兴。

夏苏从老车一下来,饭庄里立刻迎上来两列伙计,吓得她几乎想要回车里去,但乔阿大和车已让一个伙计领走。她一直知道江南的奢侈比北方更精致更讲究,可她不爱这调调,吃个饭还让人众星捧月。

这些人也是,好歹先问上一声,不然只是走错路想问路,岂非白白兴师动众?

她在那儿拧着足尖,战战兢兢,犹犹豫豫,希望两列人赶紧消失,让人能正常走路。

"人不是已经到了嘛。"赵青河的声音、身影,如这日正午的阳光直投,压平了夏苏晃荡不已的心湖,"苏娘,还愣着干什么,快过来吧。"

"我说华夫人,您这儿待客周到是不错,但对每个人都摆出迎宾阵仗,就有点吓坏我们这等平民百姓了。我要不是正好出来接妹妹,她可能会装作问路的,然后打道回府。"

赵青河身旁有一位中年妇人，面貌文秀，身着长及脚踝的湖绿金绣夹衣，大牡丹织锦百褶裙，接着假发的云鬓繁髻，戴一套宝石头面，簪金雀大钗，富贵之极。

华夫人笑不露齿，流云袖一挥，众伙计立刻进庄，而她自己娉娉婷婷走到夏苏面前，挽着夏苏的胳膊带向门口，语气亲切："我家伙计们手脚还算灵活，脑袋就转不了那么快，一点眼色都没有，吓坏你了吧？我给你赔不是。"

做买卖营生的，男人女人皆必须能言善道。

夏苏被动跟着走，不习惯和不认识的人如此手挽手，所以走近赵青河时趁机抽身，站到他的另一边。赵青河看在眼里，知道她那点防备过度的毛病，心道这丫头倒是把他的高个子越用越顺手。

华夫人的月儿眉挑了起来："哟，看来青河少爷说得真对，从今往后看到人就列仗的规矩得改改，怪不得我这儿女客少呢，原来是被吓得装成走错路的人了。"

可她心里想的，和嘴里说的，全然无关。

赵大老爷是她庄上的贵客常客，他从来只请好友，今日吩咐请的却是一对兄妹，也是小辈，只道远房亲戚，又悄悄嘱她眼睛放亮些，帮他瞧一瞧那两人。先来一个赵青河，器宇轩昂，不但有北男魁梧，还相貌堂堂，看似神情冷峻，却很会说话，不过真想要变得亲近，就会发现非常难。再来一个夏姑娘，一听不同姓，就知不是亲兄妹。华夫人亲眼瞧见后就更肯定了，觉着夏苏模样虽不错，可惜有些小家子气，见人多就好似要晕过去，半点上不了台面。

这会儿，夏姑娘撇下她，却凑近赵青河，这兄妹关系分明有奥妙。华夫人暗记于心，将两人送进一间明屋。

夏苏可不管别人怎么看她的防备模样，打量四周，便知此间饭庄分食摆桌。屋里因此有四张桌子，三张上摆了酒和几个小碟冷菜，显然是等她时先喝起来了。主桌朝南，坐着一位四五十岁的中年男子，黑髯冷目，戴蓝绸四平折角镶玉帽，一身褐红双色织锦麒麟大衫，身材也高大。

赵老太爷在北方出生，老太太也是北方人，故而赵家嫡出的几位老爷都是北男身板。从第三代赵子朔起，才有些江南秀朗，却也比一般南方男子高挑。

入住赵府一年，今日才得见赵大老爷真容，人少了，夏苏就能不慌不忙，静静施礼。

赵大老爷安然受之，却目光炯炯看了夏苏好一会儿，锋芒才从眼里淡去，神色如常，肃声肃语，道句夏姑娘免礼请坐。

夏苏坐入赵青河隔壁桌，暗忖还有一人是谁。

"苏娘到了？"门外投影显端庄，女声大大方方，"那就请华夫人传菜吧。"

格门再开，一位中年妇人微笑而入，打扮虽不如华夫人张扬，却是大方优雅，细微处点睛添彩，既显身份，又合时宜，一看就知是大家名门出身。

赵青河介绍："苏娘，这位就是大太太。"

夫妻俩竟然是一道来的？夏苏微愕，却不忘礼数，起身再施礼："苏娘见过大太太。"

赵大太太上前扶起夏苏，将面前的姑娘打量仔细，语气淡柔："真是闻名不如见面，好标致的可心人儿。青河，我还是忍不住要再啰唆一回，你这事做得可不像话，住了一年才说还有个妹妹。"

赵青河神情中没有半点面对长辈的不自在，语调虽一本正经，话全然不软："大太太夸奖。苏娘性子内向怕生，我娘临终遗命，让我随苏娘自在；再者，大太太是赵府主母，平时打理家事那么忙，能收留我们已是感激，怎好再劳烦您照顾苏娘。苏娘从不埋怨，我也就不说了。这回的意外让我觉着还是要托付一声，苏娘也好有长辈依傍。"

赵大老爷肃面突然不愉："霉话，且不说今后你没空跑远路，实在万不得已，也要带足人手。把活人当了死人，扔下不管这等荒唐事，再不能发生。"

赵青河笑了笑，转着酒杯，没有作声。

夏苏知道，那是赵青河不以为然的动作。可她有点讶然，赵大老爷这般看重赵青河，竟有至亲子侄之感。

第十三章　旁敲亲事

赵青河这回死里逃生，除了他本身的变化，还有赵大老爷对待他态度的变化。

夏苏从前虽不清楚赵青河怎么当了赵府护师的差，但可以肯定赵大老爷没现在这么上心，赵青河出事后，他连赵青河的奠堂都托病没来，一切交给他的大管事代办。

丧葬费用全是赵大老爷出的，还能破例葬入赵氏坟地，她认为也理所应当，毕竟是受了赵大老爷所托才出门的，出了事当属赵府公差。然而见了赵大老爷，听出他的懊恼和关心，再看其面色，还真有大病初愈的苍白。

赵大太太落座，笑道："还好老天有眼，保你平安脱难，不然百年之后我们怎么有脸见你娘亲。"

夏苏记得干娘说赵大老爷是夫家远亲，为人严谨，品性敦良，一定愿意收留他们。可这时，听赵大太太的意思，似乎是看在干娘的面上。

她起了疑窦，看看赵青河。

赵青河也正望夏苏，视线一对上，淡漠的表情就带了些近乎，连带语气恭顺，回应两位长辈的殷切关怀："今后青河自当小心，再不莽撞行事。"

一道一道上了菜，依着食不言的规矩，换菜的间隔可以说话。夏苏在生人面前是发闷的。赵青河与赵大老爷和大太太对着话，但他也不主动，不啰唆，问什么答什么。夏苏无声，心里却很忙，奇怪今日真的只是吃饭？

吃到一半，华夫人满面歉意进来，说鳝池的网眼漏了，好多鳝溜进太湖，池里没几条剩下，伙计们实在捞不着，能不能换一道菜。

赵大老爷说可以。赵大太太则惋惜，告诉赵青河和夏苏，太湖活鳝能治咳，尤其华夫人养鳝一绝，堪比上好药材，别处买不到，所以选了此处吃饭，就想顺便给赵大老爷补身。

赵青河突然站了起来："华夫人稍待，可否让我去捉来试试？"

华夫人歉疚道："我这儿本来就能让客人自己捞鲜，只是如今天冷水寒，网又漏了，看得到捉不着，下水也未必见得有把握。"

赵大老爷板着脸："活鳝有何稀奇，还要你亲自下水去捞？再说也不成体统。"

赵青河却充耳不闻，自顾自开了朝南的门，只道亲手捉鳝再烹，滋味定然不同寻常。老和少之间，华夫人选择后者，命人拿来赵青河的鞋，又架了火盆设观席，吩咐水屋立刻准备浴汤干衣。

华夫人如此周到，赵大老爷的脸色才好看些，但同时交代拿自己的鞋来，要到白石岸边近观。

午阳将花池照成一片温热奶浆面，磅礴的太湖反而只是奶浆上方的一层氤氲白雾，虽喧宾夺主，却也相映成趣。夏苏坐在回廊下，看赵青河对伙计摆手拒舟，脱了长衫鞋袜，直接踩下池去，不一会儿就没了身影。半晌没见人，她心想，他真能憋气。

赵大太太有点担心，问一旁陪着的华夫人："你这池子不深吧？也不知道青河擅不擅泅水。"

华夫人道："不深，也就与青河少爷一般高，且大太太放心，我那几个伙计都会游水。"

赵大太太却并不因此就安了心，看看夏苏，一时微怔。之前在屋里打量她，只觉容貌一般秀气，这时在阳光下，倒照映得她肌肤胜雪，五官分明，很是漂亮，那对眼眸虽淡，却璀璨如宝石。

夏苏的防心让她自己总是很注意四周，立刻发现赵大太太的目光："大太太是不必担心，赵……义兄确实很会游水。"

"听说苏娘父母都不在了？"男人不在，赵大太太终于意识到这是个女子对话的好机会，将视线聚到夏苏身上。

华夫人看似关心池子那儿，其实也调转了心思。

"是。"夏苏却是各放一半一半,语调平平,没有两位中年妇人想得深远。

"可还有别的亲人?"赵大太太再问。

"没有了。"如果按照亲人的定义。

夏苏瞧见赵青河上水面换气,几乎同时又翻了下去。她不明白的是,他已经不接赵大老爷指派的差事了,何故还下水给人捉鳝?

"那就只有这门干亲?"

"嗯。"夏苏觉得以赵青河现下的性子,做这件事必有明确目标。

"青河二十四了,苏娘你呢?"

"二十。"赵青河打什么主意?

"哟,你俩都不小了,你干娘生前可曾为青河或你说好亲事?"这姑娘直盯着池子,赵大太太全看在眼里。

"没,"夏苏宝石般的眸子慢慢转回,侧了头,微蹙眉,咬唇讷讷,似蚊子叫唤,"没有。"

"按你们这年龄,成亲是当务之急了,华夫人以为呢?"赵大太太还拉人帮腔。

华夫人自然帮着:"可不是嘛!我女儿十四就定了亲,明年就出嫁啦。二十、二十四,换成我家的孩子,我可想都不敢想。若是打算考功名的书生,年纪大些没成亲,还能说得过去。"

"华夫人认识远近各家的夫人太太,听说也牵了不少红线,还请你帮这两个孩子留点心,有合适的儿郎女娘,一定说与我知道。"赵大太太这一拜托,似乎说笑,其实半认真。

夏苏又明白又糊涂,明白的是赵大太太要给赵青河张罗媳妇,糊涂的是她这一干亲,与赵氏八竿子打不着,怎么也被算进去了?

她正想说自己的亲事自己做主,却听赵青河笑声朗朗。

"妹妹,快瞧来!"

赵青河从水下探出,高举两条乱卷的金鳝,一步步分水踏岸。水珠贴着皮肤,直流入湿透的衣衫,铜墙铁壁的身躯就如寒冰融化,棱角全无。

这个男人,此时此刻,阳光难敌!

庄上还有其他客人，听到动静，有光明正大开门瞧的，还有嘻嘻哈哈偷从门缝瞧的，显而易见有老有少有男有女。

夏苏觉得眼疼，怪赵青河喊她太大声，惹得自己也让各道明暗的目光盯上，刚一沉脸，忽然，赵青河脚下打滑，整个人向后倒去，水花成浪花，溅得白石岸边的伙计们个个遭殃。待他从水中坐起，双手空空，半脸泥点子，修长的身躯只有四脚朝天的狼狈。

夏苏一愣，随即笑出声来，也忘了旁人在场："赵青河，说你熊，还真不如熊。熊捉鱼的本事多大，张开嘴，鱼就蹦进嘴里去了，哪似你笨手笨脚……"猛然醒悟，看着面部震惊的两位夫人，她慢慢吐口长气，目视天空，学习赵青河——失忆。但她的音色本来动人，笑声似铃动，顺风清脆传扬。

赵青河听得清楚，哭笑不得，抬眼却见夏苏欢笑，心想她老是笑得非高即冷，原来还有真心开怀的时候。

罢了，她高兴，他也高兴。

赵大老爷皱眉："这姑娘虽不出色，以为至少乖静，怎能如此放肆嘲笑她兄长？"

赵青河从水里爬起，对赵大老爷的话十分不以为然："某君王为博美人一笑还点烽火台呢，苏娘因我吃了很多苦，能让她欢笑一回，摔一跤实在很值。也请赵大老爷不要误会，我是给苏娘捞鳝，好东西难得品尝，不捞太亏。"

赵大老爷气得语结，想骂赵青河太没出息，竟拿昏君来比，又一口值一口亏，过于功利，但是话到嘴边咽了回去，有点苦闷。他真以为这小子要孝敬自己，结果白白高兴一场。

如此摔了一身泥，赵青河到底还是再捉到两条鳝，这道菜成为压轴主盘，两个大人食之无味，两个小辈吃得挺欢。

这叫穷富差异。

等到上了甜食，吃了一半，赵大太太说起一事："苏娘，收租的事六太太跟我说了，我十分为难。"

夏苏认为，正事终于来了。她细声回道："大太太不必为难，六房那片的外缘院子都收租子，只是我想着我们投奔大老爷，而不是六老爷，虽然要交租，也至少知会了您那里一声。六太太既然告诉您了，那从下月起，我交给她就是。"

赵大太太接下来的话却出乎意料："如你所说，你们投奔的是我们大房，当初正好没地方，才请六叔帮忙暂时安顿。当然，说是帮忙，我们也不会真让六叔倒贴银子，给了一笔总数。前几个月大老爷身子不好，我一直操心他的事，也没顾上你们，要不是六太太来跟我说你不肯付租钱，我真是想不到六房居然苛待你们。"

夏苏看不出赵大太太真心与否，也难断其中真意，自己那点小智慧或者可以对付蠢人，却对付不了聪明人。她十分有自知之明，这时候最好就是少说话。

赵大老爷哼了哼，又有些意味不明。

夏苏刚才是眼疼，这会儿开始脑瓜子疼。她觉得赵大老爷很严肃，赵大太太很周全，都对赵青河不错，他们不像远亲，倒像寄予很大期望的直亲长辈。

这不，因为赵青河捉鳝，赵大太太还特意请华夫人购置一套新衣衫替换，从里到外，都看着很贵。

甜品上来后，赵大老爷说起府库管事的缺还空着，要是改了主意，明日就可接管。赵青河推辞，赵大老爷那张从池子回来后一直黑着的脸，简直快掉下炭来，反问赵青河这不做那不做，今后打算游手好闲不成？

赵青河只道要暂时闲歇一阵，以后的事以后再说。

赵大老爷重重放碗的样子，好像要拍桌骂人。

赵大太太忽然说六房收租，很有转移视线的用意。

夏苏虽不知赵六太太如何搬弄是非，想来也没好话，听赵大太太问起，并不打算像赵青河那么倒毛捋，直接应了交租的事，谁知赵大太太还没说完。她揣测不着这位主母的心思，怎能不头疼？

"我和大老爷商量了一下，年前七娘嫁去扬州，她的园子就空出来了。园子两年前重漆过，若想添新家具尽管跟我说，多数物什都现成可用，前几日让人好好打扫了一遍。听说你们俩只有一对年纪挺大的管事管婆和一个男仆服侍，我喊了牙婆明日送些丫头仆人来，你亲自过过眼，好用就留……"赵大太太说了一通。

七娘是赵大太太的亲闺女，还是赵府长女，她住的园子自然不差。不过，让他们搬进去？夏苏愕然，看赵青河，他却也是一脸不知情的诧异神色。

　　兹事体大，赵青河不想管也不行："大太太是让我们搬到七姑娘的园子住？"

　　赵大太太怔了怔，问上首的丈夫："我没说吗？"

　　赵大老爷眼角明显一跳。没说这个，只说七娘的园子怎么怎么，又说青河家里怎么怎么，还说挑人怎么怎么。他总不见得当着两个小辈的面说她糊涂，只能跟着她装糊涂。赵大太太强大主母的形象忽然黯淡，夏苏觉得这位大夫人或许不是自己想象中那么严厉。不过，住到七姑娘的园子里，就等于住进了赵府，看似是很大的抬举，可冷静想来，这份抬举未必是好事。

　　众所周知，投奔赵府的亲友都住赵府外围。这个外围，有岑雪敏和周小姐她们住的安静地段，也有赵青河他们这种与赵府家仆眷区混在一起的杂巷，但不管好坏，都处于赵府边缘。现在要他们搬入府里去住，其他亲戚会怎么想？而且，如今的院子虽然又小又破，好歹出入方便，若换到赵七娘的园子，赵青河和她再出门，都会落入他人眼，实在麻烦。

　　"这不太好，"庆幸的是，赵青河脑子如今好用得很，"大老爷大太太虽是待我兄妹真心好，别人看起来就是偏心了。在赵府外住着的亲戚朋友，何止一两家？偏我二人能住进府里去，会让人不舒坦。"

　　赵大老爷又哼了哼，似是有气没地方出的感觉，语气也欠佳："投奔赵家的亲戚虽多，投奔我的却只有你；便是岑家小姐，也是请你大伯母照看，并非我的关系。而我住的地方，想怎么安排就怎么安排，谁要看不顺眼，就赶紧搬走，主家还要看客家的脸色不成？"

　　赵大太太说得更和缓一些："大老爷说得不错。大房只有岑家与你两家客，雪敏就住在我们最好的客院里，七娘的园子与她还相邻，你们当然也能住得。这事与老太爷老太太已说好，老人家都点了头，谁还能说闲话，除非不想在赵府住了。你们不必多想，今日明日搬来住就是。如此我也好跟六房交代，省得六太太暗示大房白占六房的地方，让她少了进项。七娘的园子原本与外巷不通，但青河既然不做府里的差事，今后肯定要跑外面，可以打掉墙砌新门，和现下你们住的院子一样，出入仍方便。"

连这点都考虑到的话，再拒绝就不近人情了，赵青河很狡诈，撂下挑子："让苏娘决定吧，她想住哪儿，就住哪儿。"

结果不用说，夏苏让两位长辈的目光压着点了头。

终于吃完这顿饭，送赵大老爷和大太太上了马车，赵青河说逛太湖，让乔阿大远远跟着。一顿饭下来，夏苏疑问不少，逛就逛吧，逛着聊天挺好。

"府库管事？"她问。这可比看守府库的护师地位高多了，而且油水十足。

"没意思，干得好是应该，干得不好是太贪。还有底下那帮子人，分派分群，领头的管事原本是二老爷亲信，突然外调，怎会无缘无故？老太爷让大老爷接手，大老爷又让我接手，我要是乐颠颠上任，那就傻了。"府库责任重，水浑还深，他根基却浅，大老爷今日撑腰，明日未必。

赵青河做事一向不用她教，从前是教无可教，如今是强她太多，夏苏只是非常奇怪。

"就算你之前给大老爷办差办得好，一下子让搬到那么好的地方，还每月包开支，愿意白养你一样，大老爷莫非对你还有别的企图？"

赵青河好笑："说得好像他看上我了。"

"大概真的看上你了。"夏苏想起赵大太太关心过成亲的问题。

让那位中年伯爷看上？赵青河搓一搓手臂，以免鸡皮疙瘩乱冒。

夏苏不解地瞥着他，把下半句说完："大房还有九姑娘和十一姑娘，虽非大太太亲生，却一直由大太太教养，在府里口碑不错。尤其九姑娘，也到了定亲的年龄，照今日看来，大有想你当九女婿的可能。"

赵青河搓臂的动作停下："妹妹，你走路慢不要紧，说话能不能利索点？断章取义会吓死人的。"

"断章取义的是你，动歪脑筋的也是你。"不知道他想什么鬼，搓臂那般嫌弃，"先说好，那两位干涉你的亲事无妨，若管到我，你可不要乱做主张。"她绝不想进另一个牢笼。

这位姑娘有同船的心，可也有随时弃船的准备，赵青河当然要表一表决心："不管是我，还是你，他们都干涉不了，妹妹想嫁谁就嫁谁，我只管双手赞成。"

"其实赵家的女儿即便庶出，也配得上富贵人家了。"夏苏实在觉得这些吃住条件的改善很突然，也不合理，"干娘的信上到底写了什么？你爹和赵大老爷又是什么亲戚关系？要说你也姓赵，但没让你投靠老太爷啊。"

"我没看那封信，"瞧夏苏不信他的模样，赵青河换了说法，"就算真偷看了，也已不记得。"不过，夏苏的疑惑他也有，赵大老爷的态度转得太快，他却不是有糖就能哄闭嘴的三岁娃娃。

他再道："总会明朗的，不会一直好吃好住白供着我们，暂时享受吧。"说罢，递给夏苏几张票子。

夏苏接过一看，吃惊："三百两！哪来的？"

"那个扇面。"

不出所料，杨汝可找到他，直言可否出让扇面。

要说文征明的画，画市上只是中等价码，除非为文征明的名作。它们和其他名家名画一样，多入了宫，市面上根本没有。杨汝可出到三百两，只为一个扇面，是真心喜爱的缘故。

夏苏爱画也痴："千金难买心头好，文师之笔在杨老爷手里不会辱没。"

"还有，"赵青河的手里又多出一张银票，"四百两的总数，先付一百两的定钱，要妹妹随意仿两幅宋代名家之作，最好能有一幅李延之的《梨花鳜鱼图》。"

夏苏作苏州片已有数月，很清楚这笔订单是把仿画当作真画来下的，不然不会出这么高的价码。

《梨花鳜鱼图》早就从宫廷流失，市面上全都是仿作，不过买家多抱着碰运气的心态。她在广和楼守株待兔时，亲眼见过一幅被定为真迹的《梨花鳜鱼图》，叫价到一千五百两，被一位中间牵线的画商买走。最终的买家是谁，无人知晓。那幅《梨花鳜鱼图》当然是假的。

夏苏之所以确信，并非因为画匠的功力不够高，而是知道真迹在哪儿。

"现在知道那位吴二爷多抠门了吧。"赵青河还以为夏苏感慨万千才出神。

　　"吴老板是书画商，他这等身份其实尴尬，收假画不能说假，卖假画也不能说假，买卖双方不见面，都由他在两头牵线搭桥，冒的风险最大，一旦出事，就进大牢吃官司了，才要吃最大的利。而杨相公不同，私下订货，私下出货，明面又不做书画的买卖，同时还是大商家，买画不必管真假，当作礼物送人，一笔大生意说不定就谈成了，几百两银子不算什么。"夏苏清楚其中利害。

　　夏苏实事求是，赵青河知道，出口却连自己都觉得不对味："咦？妹妹难不成真对吴二爷有意思？这么为他说话。"

　　夏苏根本没理这话，只问："何时交画？"

　　"杨汝可十月底回乡过年，在那时之前即可。"赵青河舒口气，夏苏的不在意，让他也能不和自己过不去。

　　夏苏心里算了算，时间虽充裕，期间却不可出意外："这两笔做下来，今年就很好过了，你若还寻买家，最多再接一幅便罢。"

第十四章　邻友邻敌

　　夏苏作画求质不求快，周叔和老梓也跟她一样，所以半个月才出得来一幅《岁寒三友》，还算是难度不高的图。

　　"今年不接了。"赵青河不懂画，却懂满足，"遇到杨汝可是运气好，他是徽商，来苏州无关生意，纯粹游山玩水，又正好碰上他今年回乡祭祖，以后与我们未必再能见上一面。可想赚本城人的银子，那得先混熟脸建人情，趁年关将近的三个月，我打算把画市踏个底朝天。不过，活可以不接，妹妹有空还是得给我作几幅小画，扇面也行，钓鱼先放饵。"

　　夏苏点头应了，又将银票都交还给赵青河："你就去上回的钱庄，把三百两拆了四份，周叔和梓叔各一份，你我两份。周叔那份要单取五两银子换成铜钱，其余的作成存票。梓叔喜欢现钱，近来银价便宜，你帮我换三十两银子，另四十五两和周叔的银子存一起。一百两定金暂不用兑，等拿到全款再分。"

　　赵青河知道兑铜钱是为了应付周旭的"恶婆娘"，却不知梓叔的银子怎么也要分，而且还是交给周旭。不过，作画那边的分工分酬由夏苏管，那两位年轻的叔叔又似乎都有难言之隐，奇怪的事落在他们身上一点不奇怪，因此赵青河没寻根究底。

　　"我能支用自己那份吗？"他应酬要花钱。

　　夏苏眯起眼，水光淘浅了她的褐瞳。

　　赵青河觉得她会说"你的那份是家用"，同时看着她那双白皙的、五指并拢无缝的兜财手。

　　"随你。"兜财手居然……

　　"漏缝了。"赵青河大奇。

夏苏已知他的话意，悠悠说道："我的钱又没少，你的钱本就是你的。"她兜得好着呢。

"妹妹怎能那么……"没心没肺。

夏苏瞥去一眼："泰婶的医术虽不错，也不能包治百病，横竖要支你自己的银子，不如再找个好大夫看看，兴许除了不记得事，还有别的毛病。"

赵青河大手盖向夏苏的头顶，在她转冷的目光中，没达成拍头的目的，把手收了回来："妹妹对外人都能说出早去早回，反而对义兄横眉冷对，不太好。"

他抓住"早去早回"不放，她就只能横眉冷对："赵青河，那你也早去早回。"行了吧！

赵青河一本正经："妹妹，我给你找个大夫瞧瞧吧，脑子直来直去不会打弯，也是一种傻病。"

夏苏气结，转身往马车走去。

赵青河心里大笑，脸上也咧着嘴，跟着夏苏转身，冲乔阿大做个手势，让他不必上前，同时得了便宜还卖乖："择日不如撞日，就今日去，听说千斤堂葛大夫药到病除。"

忍无可忍！夏苏忽然旋身，月华裙起狂澜，脚离地，人升空，赘厚的秋裳化为一只轻灵彩蝶，动作快过眨眼。

远立着的乔阿大眨了那么一眼，来不及讶异，就见彩蝶收翅，波澜平伏，风停云静，还是晴好的一片太湖水，那对男子女子宁美若画。他想，好一阵大风，连夏姑娘都被吹转了身。

夏苏瞪着赵青河，满眼不可置信。她的轻功胜在出其不意，力小却未必不能出奇招，只要看准对方的要害。但，饶是她动作那么快，想踢他高傲的下巴，却被他那般轻松化解了。她以前也踹他踢他，他没还过手。

"小人！还不给我还来！"足尖点地，砂石隔棉袜刺着脚趾，脚上已无鞋。

赵青河的笑脸十足可恶，一袖垂落，没人看得见袖中右手捏着一只绣花鞋："不是小人先动的手？难道我活该被踢歪下巴？"青天白日下，他终能看清她的轻功，真是邪劲，却实在妖娆。

"因为你嘴贱。"夏苏其实想的是，赵青河的功夫原来这么高，但总不能夸他。她咬牙，"还鞋！"

"只许州官放火，不许百姓点灯。"赵青河可不只功夫高，嘴皮子还厉害，"我是你义兄，你却老是没大没小，今日当着赵大老爷和大太太的面骂我狗熊，我忍了，你还上劲了。好好道个歉，不然你得赤足走回家了。"

长裙拖地，正好。

夏苏冷笑："怎么？你以为还能抢得到我另一只鞋？"

"妹妹心知肚明，你那点花拳绣腿，不足以塞我拳头缝，不信可以试试。"赵青河竖起一根食指，"一招，或道歉，妹妹自己选。"

午后的秋风很轻，吹来太湖上的空气，微微泛潮，气息独特，好似芦草、藕花、浮萍和湖里千百种生命的特定调和，与别地不同。而站在面前的这个男子，魄力强大，天地不怕，也再与从前不同。

自己这回先动的手，是理亏，但要道歉，夏苏低不下头颅。一股子倔劲，全在眼里，冷冰冰，却渐渐充红。她若是不刻意隐藏，眼睛，本来很美。赵青河自认定力十足，开始还能跟她互瞪，慢慢却觉得那股死倔成了无比委屈，可怜又无辜，好像自己是欺负弱女子的恶霸，心里很不得劲儿。原来眼睛漂亮还是其次，勾魂吸魄才是重点，再想到她妖娆的轻功，他心脏跳过了速，脑袋极力保持清醒，大手伸出，隔开她那双眼。他的手没有碰到她的眼睛，夏苏却被吓得退后一步。然后，她听到他长长叹了口气，看他蹲下身，袖子拂地，鞋子也落了地。

"妹妹这么倔，很像我。"设身处地，他也不会道歉，"我说笑的，你别恼。"没有长期低着头夹着尾巴做人的经历，绝对无法感同身受。赵青河看得分明，夏苏眼里的愤怒和委屈，并不针对他，而是这种强迫她低头的情形，令她产生了本能的抵抗，誓不投降。

目光从鞋面到人面，夏苏火热的眼凉了下来。

同样高大，同样冷峻，同样以兄长自居，但赵青河不是那个人。

赵青河能蹲下身为她放鞋，那个人只会叫人把鞋绞碎，再让哪个倒霉丫头缝回原样，做不到就打死。死的是下人，最终目标却是折磨她。

那个地方也有湖，幽绿死水常常漂起死人，而那人最喜欢把她带到湖边，告诉她如果不听话，她也会死在湖里。

"要不要我帮妹妹穿鞋？"

暖声穿过心中最深的那片寒地，落了一层明光，夏苏的眼睛恢复清澈，语气淡淡然："江南的风光真是美，能一直住在这儿就好了。"能说出帮她穿鞋的话，真是稀罕。

"你这慢死我又没良心的性子，居然还会伤春悲秋。不是已经住这儿了吗？"他手一招，乔阿大过来。

夏苏坐进车，听赵青河赞乔阿大赶车像老把式，又说好福气，乔婶子贤惠，一对儿子孝顺非常。扯一堆之后，赵青河说起搬家的事，问乔婶子想不想找活儿做，又问乔阿大两个儿子可有长工契在身，若是都没有，可否考虑到新家帮工，月钱不少，还包吃住。乔阿大笑得合不拢嘴，直道愿意。

然后赵青河就回过头来，叮嘱她明日知会大太太一声，新院子里找够人了，无须再买仆婢。夏苏才明白他对乔阿大说尽好话的用意——宁可自己找人进来，也不要别人暗插耳目。

夏苏本也打算回绝大太太，赵青河的日常作息自从和她统一之后，两人的想法常常不谋而合，而他动起来又快，真是省了她的力。

明明最近遇到的事并不平静，偏偏夏苏感觉日子过得又平又顺，有种安家落户般的踏实。

"气死我了！气死我了！"彭氏噔噔噔走进花园，惊散一群啄食的雀儿。

喂鸟的岑雪敏拍净手里的小米屑，微蹙眉，娇声柔弱地问："姨母何事大惊小怪？"

"还不是那傻大个赵青河嘛！"彭氏一屁股坐下，截住小丫头送来的燕窝。

岑雪敏眼睁睁看看彭氏喝了个精光，好心递上帕子。

"你道怎地？赵青河他们搬到七姑娘的园子住了，这会儿正往里面搬呢。"

彭氏是个精灵鬼,秉持"捞一文是一文,省一文是一文"的原则,借侄女出众的美貌捞了不少好处。她以为赵青河是一条不断的财源,谁知道,那么快"死了"。死了就死了,横竖死人不能送钱给她用,她没有念想。

不过,"死人"几个月后安然无恙返回,她还没来得及高兴又有好处可捞,许久未上门的赵青河就问她讨八百两银票。他说,他那时脑子不清楚,和家里老婶子赌气,做出的糊涂事实在不该算数。她要是干脆,从前那些好处他就当孝敬她这个长辈,互不相欠。要是不还,那他就将这八百两当作聘金,去回禀了赵大老爷,请长辈做主求娶岑家姑娘。他还说,他有一本账,记着大半年来送给岑姑娘的东西,也会一并交给大老爷,以显他多么诚心诚意。彭氏当时就气傻了眼。

赵青河喜欢岑雪敏,知道的人虽不多,却也不是半点风声不走,全仗岑雪敏品性端良,从未落人口实。那些好处多是首饰头面之类的,岑雪敏当然不可能要,寻常的东西彭氏转手就卖,还挺不错的东西就收了起来,一搜逃不掉,难以自圆其说。事关岑雪敏的清白,而她就算嫁不了赵家四郎,也肯定是赵府嫡子的正室,哪可能配给又穷又蛮的寡妇之子赵青河?彭氏不敢因小失大,只好任心头滴血,老实还他八百两。

还是还了,但彭氏对赵青河恨得牙痒痒,如今一听到他的名字就心情糟透,不骂不解气,只希望他越来越倒霉,越来越穷酸。

彭氏气哼哼道:"前些日子,七姑娘的园子扩建,又造独廊,又重漆墙,还换了一整套黄梨木的家具,我那时以为六公子要搬过来,不知道多高兴。结果呢?真是晴天霹雳!刚才听小厮说有人搬来了,我过去一看,是赵青河院里的那对老仆,坐着老马破车进了赵府的门,就停在七姑娘园外那条新廊里,拎下两大布包。没见过世面的穷土包样,跟逃难似的,居然还好意思跟我打招呼,说今后是邻居了,互相多照顾。你说,要不要气死人?"

岑雪敏脸色也不太好看,怪的却是彭氏:"我之前怎么跟姨母说的?让你别打着我的名收人东西,真是差点害到我。"

彭氏本想岑雪敏帮着骂赵青河,听她反而怪自己更多,立刻掉了脸子:"雪敏,话可不能这么说,要不是你总对赵青河和颜悦色、柔声细语,也不会让蠢小子自作多情。收他东西的人虽然是我，但换得的银子都记在账上，漂亮首饰也都添进你的嫁妆箱，可别说你不知道，你娘那么精明，不可能把你教蠢了。现在只数落我的不是，你得摸摸良心，这一年多，我为你操碎了心。我害苦了你？天地良心！"

彭氏捶着胸，眼看要哭出泪来，却让岑雪敏沉沉的目光望得心虚。赵青河的贡献里，她自然也是捞了不少好处的，并不那么无辜。

"姨母既然知道我娘没有教蠢我，就别把当我蠢人对待。那日赵三哥说得很清楚，还他八百两，从此两清，既然两清了，姨母不要自己吓自己。住得近，也没什么。"另一盅燕窝上来，岑雪敏优雅地吃起来。

"可是，"彭氏的语气明显弱了，"万一那臭小子说话不算话，趁着住得近，胡乱编造，非要娶你……"

岑雪敏毫不慌张："赵三哥摔伤了头，忘了从前的事，见我还能甩出狠话，我不担心他再纠缠不放。姨母，咱们现在要做的，不是和三哥闹不愉快，反而要保持友善。如今当上邻居，倒不显得刻意了。你也知道，对我而言今年有多重要。"

彭氏叹口气，虽与侄女刚刚说红了脸，但心底还是很疼这个亲人："还用你说吗？我心里时时刻刻焦着，过了年，你就十八了，再定不下婚事……"再叹，"而且，我也慌得很，万一别人知道姐姐姐夫他们——"

"姨母，我们不是说好了吗？永远不提一个字，"岑雪敏猛然站了起来，看看四周，柔软的甜音此时冷到冰点，"到死都不能说！"

彭氏平时挺得意的那张脸，瞬间浮起心力交瘁的老态。

岑雪敏却恰恰相反，柔美精致的容颜突显一抹厉色，搏人好感的亲善气质拉成紧张弓弦，仿佛随时都能射出疾箭一般："姨母现在要打听的是，赵青河何德何能可以搬进赵府住。若他真成了赵大老爷的亲信，没准还能助我一臂之力。"

"雪敏，好不容易这祖宗自己忘干净，如你所说，咱们跟他们面上客客气气就行了，你别再把他招惹来。"彭氏算是想通了。

岑雪敏又成了端庄的大小姐，安稳坐下，将冷却的燕窝推开："姨母把他的东西赶紧处理干净，从今往后再也别收一件，其他的你别管。"

彭氏苦笑，语气满是心疼："我知道你能干，但我更希望你能找到一个好丈夫，顺顺心心过日子。其实也未必非要赵家儿郎不可，当初定下娃娃亲的是赵大老爷，即便如今反悔了，怎么也应该为你安排另一门好亲事。到时候，你可别太倔强。"

岑雪敏眸光冷凝："婚姻大事岂可儿戏？因这门早定下的亲事，当初爹娘推了多少好人家的儿郎，而我更是自小认定将来会成为赵家长孙媳，才学习得那么辛苦，怎能容他们说不算数就不算数了？不是非赵家儿郎不可，而是非赵家嫡长子不可，赵六郎压根不在我眼里。"

只有赵子朔，必须是赵子朔。

"可是……"大明律禁止娃娃亲，赵家便是反悔，也不会受太多指责，反倒女方名节有损，传出去就难寻别家好儿郎。

"姨母，赵家现在最缺什么？"岑雪敏问。

"……银子。"有名声有地位，其实和富裕未必沾边。

赵氏家底虽厚，但赵老太爷排斥经商，就靠良田农庄、买地租铺这些定死的进项，却是家大业不大，渐渐有些力不从心，府中账面十分难看。

"而我，有的是银子。"所以，岑雪敏无惧，"连胡氏女儿那等出身，赵家都有纳她进门的打算，反观周家，虽官身无钱也没用，仍赶了人走。我不知比她们强了多少。"

"你说得对，最后实在不行，就撒银票给他们瞧，几万两撒下去，不信他们不眼红，就算是京中名门望族，谁能给女儿那么多嫁妆带到夫家去？更何况，你的出身委实不差，你亲爷爷的亲弟弟当到户部侍郎呢，现在京里还有他的门生。"说着说着，彭氏感觉底气足起，"我备些礼，送到对面去。"

岑雪敏轻轻嗯一声，叫丫头抬了箍架子，绣起眼下的金橘枝来。绣料是大红苏锦，出锦的庄子还入选了贡品，喜气还贵气，区区几万两可买不到。

相比邻家的富贵家底配富贵园子，今日搬进的新客却很穷，穷还穷得不自觉，个个笑哈哈，完全不知道藏穷。

夏苏在屋里放置衣物，听着大驴和乔阿大的两儿子乔连、乔生扯嗓门说话，但觉好笑，推了窗往外瞧。

大驴说新碗橱放不下碗了，得腾地方。

乔连说就把破碗扔了吧。

大驴说不能扔，用了一年有感情。

乔生说虽然碗橱里现在都是新碗，一年以后就成破碗了，也会有感情。

大驴犹豫之后痛下决心，那就扔了新碗吧，横竖要破的，两年的感情深，一年感情浅。

泰婶也听见了，就要揪大驴耳朵，说他没福气的家伙，怎会扔新碗留破碗，打算穷一辈子，却也别拖累了少爷。

大驴乱叫乱窜，大笑着说园子如今分里外，想要揍到他可没那么容易了。不料，在拱门前撞上泰伯。

泰伯代泰婶狠狠揪住驴耳。

乔大媳妇头一天来上工，本来忐忑不安，怕自己笨手笨脚拖累丈夫和儿子，这会儿听大驴满园子叫唤，不但没人管，主子之一的夏姑娘笑得都趴窗上了，她心里这才安定，想丈夫说得不错，这是一户极好的人家。

"大驴，别只顾对破碗有感情，你那堆破衣服要放哪儿？要不咱们把黄梨木箱子扔了，给你换只柳条箱，还得凿些洞，配得起驴皮。"夏苏不但笑了，还讽刺。

大驴就差捶胸顿足："苏娘，你！你！你！少爷说你在家当老虎，出去装乌龟，我还替你说好话来着，早知如此……"伤心啊。

夏苏才不在意别人说她什么，笑眯眯弯了眼睛："我猜猜你说什么。"语气一变，学驴气，"苏娘像老虎？昂昂。胆子跟兔子似的，一受惊吓就跑。昂昂昂。平时慢得却像乌龟，爬在路上，会以为她是个石头人，不带挪步的。昂昂昂昂。"

"'昂昂昂'是什么？"乔阿大也进了园子。

"驴叫啊。"

众人异口同声，一同大笑，真是欢乐。

而园子外，来送便宜礼的彭氏，给门槛绊了一跤。

第十五章　光明夜行

雨时终于过去，金秋慢慢穿起枯褐衣，就算没有风雨的捶打，叶子自己也可以轻松脱落。夜里更凉，少穿一件衣服就冷到骨里，苏州不分白日黑夜的生气勃勃，随季节的走深，有了明显落差。

日闹，夜寂。

对夜行者来说，却是最好的季节来临了，夜寂无人，行走无声，去哪儿都很方便。

夏苏立在大铜镜前，笑大驴时不觉得，这时她一身缩水的褪色黑衣真是配不起周围。

屋子分三间，家具也精致齐备，一切皆新。传闻赵府财力不支，从这间屋子到整个园子，是绝对瞧不出端倪的。如大太太所说的，物什都现成，样样都是新置，大到床，小到汤匙。

想也想不到的礼遇，连泰婶都不习惯，开头两日居然还把饭菜做焦了，说厨房太新，看那些上好的瓷具，一时有点眼晕。

不但园里物什换过，还添了一驾新车、两匹上品良马。

夏苏回大太太说不缺人手了，大太太也没有半点不高兴，连同乔家人的月钱一起算在内，支给她这月的用度。她实在好奇，以为赵府没那么富裕，可能大太太很富裕，贴这些银子算是小意思。但据泰婶听到的，又不是那么回事。大太太娘家不穷，却也没富到任她随意挥霍嫁妆的地步。不管怎么看，这对远亲长辈在赵青河的新居上大费银钱，用意越发明显。

什么用意？

招女婿的用意。要不是小两口今后的新居，为何要这般下工夫呢？

当当当！有人敲响了窗沿。

夏苏想起让她换夜行衣的人，轻努嘴，心想他有什么好不耐烦的，又不是她求他带着出门。只是想归想，她清楚自己是越夜越精神的怪胎，在连着几日闭门画画之后，也是时候出去透个气了。穿上又大又长的外衫，将里头的黑衣藏妥，夏苏走到外面。

敲窗的男子立于彩石路间，手里的琉璃盏映得他脚下五光十色，照亮他一身墨青。无纹无案的旧衫，英武飒飒的身段，立势如刀，以夜色为幕，冷风、斜影，轻轻松松勾勒出一幅潇洒至极的人物画。

夏苏小时候还自己作画，摹画的天赋显现后，一直忙于揣摩各大名家的画风，全无精力自画，也没有动力。这晚，她却感觉到自己想要提笔的一丝迫切。

"女子出门要精妆细扮，我很明白，不过妹妹出门与寻常女子不同，只要衣服颜色穿得对，蓬头垢面也无妨。哥哥不介意跟乞丐一道走，只要乞丐动作快，不用我大晚上喝风。"

只是此人一开口，什么迫切也没了，画中的人在心里碎成渣。

夏苏面无表情："到底去哪儿？"

"到了就知道，保准妹妹喜欢。"赵青河也把夏苏看得很仔细，口头哀叹，"佛靠金装，人靠衣装，挺秀气的姑娘装在麻袋里，就没入眼之处了。"

不但口头叹，心里也叹。

夏苏向赵青河从容走去，"不小心"踩到某人的脚上，挑选了最不能忍重的脚趾部分，脚尖反复拧转，并压上体重，看他张大嘴喊不出疼的样子，才慢慢收回脚，走过去，背对他轻飘飘一句："哟，天太黑，不小心。"

赵青河真没想到，她的小身板小气力还能把自己踩疼。他抱脚揉鞋，出于大男人的心理，不能喊，也不能报复回去，只能龇牙咧嘴，对着空气翻白眼。

车，仍老；马，仍老；人，有情。

夏苏嘴里不说，却挺欣赏赵青河仍用老马老车的做法，喜新，也别厌旧。

约莫行了半个时辰，在东南城边的一条小巷停车。赵青河说要步行，夏苏就慢腾腾起来。出了巷子，就见整条明街，宽大又洁净，只有几家门户，看着颇具财力，明显门高宅深。赵青河却也不走上街，靠在巷口，打了个呼哨，不尖锐，易忽略。很快就有一人凑上来，与他交头接耳。这人纨绔子弟的长相，一双桃花眼，正是赵青河的混棒兄弟董师爷。

"怎么这么久才到？"董师爷也是个急性子的人。

赵青河指指身后："等她。"

董师爷歪头往巷子里看，黑黢黢一片。他想，不能吧，难道自己目力不行了，就用手拉长眼角，从眼缝里看，结果仍一样。

"赵青河，你耍我呢吧，鬼影子都没一个。"

"鬼影子当然没有，有'龟'影子。既然是乌龟，慢慢就爬出来了，别急。"夜尚早，是君子，就应该等。

董师爷居然信他，还压低了声音："也是。我听说一般真正的鉴赏大家多多少少有些古怪的毛病，你想，他们平时只跟画打交道，少通人情世故。"他自发解释，以为赵青河找来的帮手性格怪异。

赵青河沉笑，看那套夜行衣一点点渗入灯色。原来是换装，难怪要慢了，不过，脚步也太碎，脚跟接脚尖，打算丈量巷子多长么？

"妹妹听到了没有？还不加快脚步，为自己正名？"

董师爷回头，一见身穿夜行衣的夏苏，立刻扭到脖子，哎哟哎哟揉了好一会儿，才问赵青河："这就是你说的鉴别古画真假的高手？"

赵青河反问："不像？"

董师爷心想，像才怪，再怎么一副聪明相，也只是一个丫头片子而已，瞧她那身黑衣亦不太合身。他自然不知，不是黑衣不合身，而是黑衣穿得次数太多，旧了。至于扭捏和慢步，那是夏苏出行必打的招牌——防备。

"因为我本来就不是。"夏苏却自觉今晚防备得不重，赵青河不必说，这个桃花眼的男子也见过的。

穿堂风呼啸过去，夜行衣骤冷，贴肤入脉，热血也寒，随经络滤遍全身，瞬间就打了个寒战，她禁不住搓搓手臂。

董师爷向赵青河使眼色，无声问怎么回事。

赵青河或许不尽了解夏苏的全部本事，但他认为可以对她寄予更高的期望："像不像，是不是，都只有咱兄妹二人了。你小子之前夸我妹妹聪明，敢情扯鸟呢！到底领不领路？不领我们可回家了，今后也别想着找我帮忙。"

董霖摸摸鼻子，领着赵青河和夏苏走到明街另一头，边走边嘟囔："聪明和鉴画又不是一回事，也不是我说'再勘案发现场事关重大'这句话的。我没特意找你帮忙，倒是你叫我出来喝酒，才说好再来瞧一瞧。我至今仍不明白，这些小偷小摸的案子和杀人案有何关系。"

突然顾及夏苏的女儿心，董师爷回头想表示自己还是很君子的："夏妹妹，我不是说你不聪……咦？人呢？"

赵青河连回头都懒，耸肩道："不是告诉你乌龟爬得慢了嘛，咱们走咱们的，到安全地方就好了。这里家家门前挂着大灯笼，街太亮，确实不适合夜间行走。"他倒是很明白夏苏的想法，如果换作他独自行动，也不会挑明灯下招摇过大街。

董霖混迹于市井，在衙门当差，黑白皆通，但无论如何想不到夏苏惯于夜行，只道："这么个慢法，等会儿进去可能会惊动人，因为之前遭了偷，黄府加强戒备，护院每刻巡逻。你确定要带着夏妹妹？要不今晚就算了，过两天找个通晓古画又走路利落的人来。"

"董师爷，相信我，没有人比我妹妹更利落了，只要一进黄府……"赵青河的声音有些不耐烦起来。

"好啰唆，"夏苏的声音紧随，"要不要给你俩沏壶茶？"

董霖却是怎么也看不见她，心头吃惊，脚步也不再拖沓，转过街尾，在一面长墙前停住，提气跳上，双手一撑就翻了过去。

赵青河几乎与他同时落地，这让他有点瞧好戏了："老兄是不是忘了什么？"

"董师爷说她？"赵青河笑指董霖另一边。

董霖侧眼一看，之前自己找也找不到的姑娘，正立身旁。那身曾不合身的黑衣，融入夜色。她正熟悉地系上蒙面的黑巾，白皙水嫩的脸只现漆眸，幽静无声。夏苏与夜，那般妥帖。

董霖傻怔着。反倒是夏苏，朝他们扫过两眼，长长叹了口气。她虽胆小，防备多多，夜行却能让她感觉自在。如今这样，从独行到两人行，甚至三人行了，真不知算怎么回事。于是，夏苏对赵青河轻言："若只是看画，我一人就足够。"

赵青河丝毫没有自己是累赘的自觉，十分认同地点头："本想借他的身份方便来去，早知如此，你我即可。"

董霖的身份？

"董师爷是黄老爷的亲外甥，目前借住黄府。"

"……"夏苏张口，却没话说。

"他让我半夜穿深色衣来，我其实奇怪过。不过，咱们将心比心，寄人篱下的滋味大同小异。亲外甥和远佃亲，都属亲戚。董师爷借住的日子大概也艰难，不然怎能混棒圈里到处蹭酒？咱们可怜可怜他，别把话说透，就当什么都不知道，既来之则安之吧。"

董霖憋了半天："你放屁！我舅舅虽然吝啬，对我还不错！"

夏苏已经听不下去了，这是要交换寄人篱下的心得吗？

"都别'放屁'了，画在哪儿？"天很冷，终于理解赵青河敲窗催她的心情，夏苏不自觉学着董霖的语气，有点不耐烦。

不管夏苏耐不耐烦听，前头领路的董师爷还是说清了这般偷偷摸摸进舅舅家的原因。

董师爷的外公外婆是当地的地主老财，富得流油。董师爷的娘亲不识字，性格温良。有一回北上探亲，遇到恶人，董师爷的爹英雄救美，两人由此结缘。董师爷的爷爷家是挺有名望的富族，见不得儿媳妇娘家土包子，让他们迁入了苏州府，想着灵山秀水养才子的地方，能熏陶出一门不算太丢人的亲家。

可是，这位黄娘舅自小长在老财家里，没有灵气底子，培养已经太迟，只学会拿银子充斯文门面，偏偏还是吝啬鬼。这回失窃，损失了二百两银子，黄娘舅心疼得要命，突然吝啬加固执，全府封锁，不准家里人带任何外人进府，就算外甥说是为了查案，也不同意。

董师爷这才出此下策，自己都得遮头藏尾，黑裤黑衣黑面巾，在舅舅家里鬼鬼祟祟行进。也多亏他这个内应，一路畅通无阻。

进入书房就脱去黑衫，露出里面的常服，董霖完成了接人入府的任务，还把灯全部点亮。因为即使灯光会引人注目，但看到是他使用书房，就不至于惊动舅舅。不过，看那两位夜行人，蒙巾卸在脖颈间，面色神色皆怡然自得，简直就是"惯犯"，他心里可是狐疑得很。

赵青河只当没看到董霖的狐疑目光，到处走走，将这间充满古色古香的书房一一打量。他笑问："你舅舅多久没进这间屋子了？"

书桌一尘不染，名毫笔头雪白，方砚盒没有打开过的迹象，放在书格上的纸积了一层灰，书竖得非常整齐，架子擦过，靠近书边却有脚印，显然没有人抽书来看。

"哈哈，我那个舅舅爱摆门面，最近遭偷，就不愿在家里招待客人了，大概有一个月没进过书房。"董霖正是佩服赵青河细致的观察力，才想借助他的判断。

"把银子放在书房，可不是个好习惯，我以为你舅舅会更小心才对。"咨啬鬼嘛。

"我舅舅对外人小气，在家倒还好，书房一般会放些银子，平常出门前可以取用，省得又要写条子又要到账房支取，一来一去浪费工夫。"二百两的数目，在寻常人家大到天了，对富户来说真算不得什么。虽然舅舅对此反应很大，吓得夜不能寐，整日担心府库也会遭偷。

"这些书画都是真品？"赵青河瞥向夏苏，见她专注于正墙上的两幅《罗汉图》。

"没有，大多数是摹品，都是充门面的，不过我舅舅最爱拿来炫耀的两幅画却为真品，他一直说要传给子子孙孙。"董霖也看向《罗汉图》，见夏苏早凑在那儿，心道有点眼力，"你别说，我舅舅靠着这两幅画，竟还结识了城中几位名绅，只要有鉴赏名家来苏州，必邀我舅舅带画出席，且都说是真品，还有主动题跋的。据说，名家题跋就能令一幅古画身价百倍，也不知道是不是真的。"

夏苏转回头来，慢慢说道："是真的，前提是，张僧繇的《罗汉图》也得是真的，才行。"

赵青河听得出她的语气："果然，变成假的了！"

董霖大吃一惊。

事情由芷芳的命案引起。对于杀害芷芳的凶手，衙门围绕桃花楼内部展开调查，包括第一个发现窃贼身影的丫头在内，却找不出可以怀疑的人物。然而，芷芳去墨古斋确实是为了请人鉴图，而且要了一间安静茶室。但是，墨古斋鉴师到的时候，芷芳就不见了。

理所当然推断，芷芳受到凶手的威胁，逃离茶室，发生争执之后被推入湖中灭口。

古画是不是珍品，依桃花楼妈妈的阐述，是一个穷书生用来抵资的物品，也就几两银子的酒水钱。妈妈完全不知来历，挂在屋里当装饰。后来芷芳来到桃花楼，看中这幅画，说画无名师有名。妈妈问过她，她也说不出名堂，只道此画的风格似宋代名家。

不过，不管芷芳是否知道画出自宋徽宗，她的喜欢确为真心。这般喜欢的东西，常观常赏，窃案后立刻发现让人调包，也就合情合理。画既然在她屋里，又无落款，外人很难得知珍贵，如果不是桃花楼里的人害她，就是她认识的客人。

只是，芷芳是头牌清妓，客人很多，非富即贵，没有真凭实据，也无法一个个盘问。董霖因此找赵青河喝酒诉苦，赵青河就说到近期的失窃案，提出会不会是同一人所为。

董霖觉得窃案和命案未必关联，赵青河却道窃案发生的地点若都涉及古画珍玩之类的，那就是共性。他立刻联想到舅舅书房的古画，这才同意找个鉴师来看一看，只是他打心底十分不以为然。所以，赵青河说这两幅画变成假的了，让他怎能不大吃一惊！

因为太吃惊，他的最先反应不是选择相信，而是质疑："仅凭夏妹妹一句话，青河兄就说画被换了，不能怪我当你兄妹二人说笑。"

董霖语气不佳，赵青河却没有放在心上："兄弟别急，回头你再找别人来看就是。我还是那句话，好东西别放书房，人来人往，实难看顾。"

"富人家的书房多放古董书画，想不到小偷进得来而已。"董霖怏怏不乐，心态无法调适，"一般小偷喜偷金银之物，古董书画难以脱手，反而会成为被官府追踪的拖累。就拿这两幅《罗汉图》来说，苏州城有头有面的人和画商都瞧过，本地画市是不可能收的。"

"画虽假，也未必是让人调包，"夏苏看画说话，"或许一直都是假的。"她看得出画作不精，若要知道具体成画期，要找周叔。

赵青河心笑，这姑娘还不如不说。

董霖果然多毛："你说我舅舅花一百两银子买了假画不算，这幅假画还让全苏州府的名家瞎了眼？夏妹妹，董哥哥我，实不能信。"

一百两？让夏苏都有了开玩笑的心情："董哥哥，你知道张僧繇吗？"

"比明四家还出名？"董霖曾一度是书呆子，后来发现读不通，就打算靠内部考绩实现自己的志向，没时间发展兴趣。

"张僧繇是南朝画派大家，以《罗汉图》出名，他的真迹千金难买。"夏苏跑过三个月画市，知道谁的画有价无市，张僧繇就是其中一位。

"南朝那么老？"董霖愕然。

赵青河实在忍不住，笑了出来："董兄弟，你这样做官怎么行？连张僧繇都不知道，以后跟大官聊天，也像这会儿拿明四家来比，升官的路就绝了。"

董霖横目："说得你好像知道一样。"

"知道啊，前几日刚在书上看到。"以前是不知道，但学无止境嘛，"要不要我推荐你几本看看？"

董霖没话说了。

赵青河也不偏帮，中立且客观："不过收集古画，和古董一样，运气和眼光很重要，低价购高价卖的情形数不胜数。我看你舅舅就是运气好，大概他自己都没想到一百两捡到宝吧。"

董霖不太清楚，他和他舅舅谈不来，平时也就是问个安，一听舅舅炫富，他就跑了。

"要知道是调包还是一开始就假，只要找题过跋的几位再鉴一回就行了。"赵青河说得有道理，夏苏更正轻蔑态度，提出正确建议。

到这时，尽管嘴硬，心里已信了七八分，董霖收起不甘，道声不错。

夏苏随赵青河离开黄府，路上问他："你已经猜到画被换了？"

"十分把握。"赵青河眨眨眼，毫不谦虚，"若无暴利，何至于杀人灭口？这些窃案已经意图明显，偷少量钱财转移视线，让官府集中查小偷小贼，方向错误，防范不足，其实是以调包的手法盗取珍贵之物。只要能看穿这点意图，大盗就好抓了，却不知董师爷有没有那么聪明。"

"可以让他请你多吃几顿饭。"今夜看的虽是假画，却是有意思的事，夏苏兴致颇高。

赵青河朗朗笑道："妹妹说得对，要好好敲诈他一番，咱不能白帮他的忙。妹妹不好奇吗，为何我说大盗好抓？"

静夜，宁道，一路突然有伴，感觉原来如此。

"若所有窃案是一人所为，把各家平常来往的人都过一遍，如你所说，找出共性，就差不多了吧。毕竟，寻常人怎知哪家有古董古画可偷？而且小偷的眼光锐利，黄老爷一屋子的书画，也有小名气的画师的画作，却显然不入小偷的眼。无论是张僧繇的罗汉图，还是宋徽宗的蟋蟀图，均为传世之作，叫价万金也不无可能。"她不是不好奇，而是已经明白。

"对方用调包计以假换真，假画制作工艺最高当属苏州片，工坊和画匠的选择多，就地取材十分便利，只要官府能下决心，查起来虽然耗时，必有所获。"赵青河补充。

随着两人共处的时间增多，夏苏愈加肯定，赵青河也有出色的才能。

第十六章　陪唱白脸

上一夜夏苏才觉得两人共处多，下一夜起就不见赵青河的人。

赵青河带着大驴和乔连、乔生早出晚归，连泰伯夫妇和乔大夫妇都不知他们几个在忙什么。

赵青河这么忙，与日夜颠倒的夏苏几乎碰不上面，她不用被人拉着飞屋顶，也不用深夜陪人吃茶说话。只是有两回夜里跑出来找吃的，她眼里恍惚，把外墙上的草影当成人影，还以为能碰得到赵青河。

夏苏把全部精力都放在作画上，原本十月底要交的两幅画提前半个月制作完毕。而她觉得，既然找不到赵青河商量，自己完全可以做主，让乔阿大给杨汝可送了拜帖。杨汝可回帖，定于次日正午寒山寺交货。

夏苏想着早交货，早拿钱，早存银庄，还能多生几十文的利钱，心情很好。惯常作完画之后，她白日里就起得早，这天，晌午前便起了身。

"苏娘今日起得早。"乔大媳妇开工大半个月，对夏苏白日睡到黄昏的作息已经习以为常，看到她早起反而惊讶。

"那是因为做完活了。"泰婶告诉乔大媳妇。

乔大媳妇也知主家的银钱来源除了赵府，还靠苏娘的手艺赚取。起初，她理所当然以为是刺绣之类的女红，也没细问，丈夫、儿子也都不是多嘴人。直到有天晚上她半夜醒来，怎么都睡不着，就到园子里走一圈，见苏娘在水槽边洗墨，方知是作画。自此，她对夏苏的景仰滔滔不绝。她爹曾是教书先生，常言琴棋书画只要精通一项，都是具有天资的人才，若专攻读书，考取功名亦十拿十稳。

夏苏坐到泰婶旁边帮忙摘菜，软软道声："老婶，我饿了。"

泰婶却不似往常那般着急进厨房："本来你不起，我也要叫醒你呢。

大太太使人请你过去用午膳，你换身衣裳就出发，时候正好。"

虽然受了大太太那么些优待，但夏苏并无投诚之心，对他人的丰富饭菜也意兴阑珊："能不能不去？"

奇怪，大房对这个家越好，她越是不安。

好处拿到手软，要回报到何种地步，才算对等？

赵青河可以"以身相许"，如果不够，岂不是要算计她？

"大太太给咱们这么好的园子住，顶着那么多人说不是，咱们应该感激，请吃饭还推三阻四？我听说六太太闹到老夫人那儿，说大房存心让六房难看，好像六房多小气似的。另外，四房也不太赞同大房的做法，说亲戚多了，以咱们为先例，若都要住进府里来，还怎么安排。我想啊，大太太肯定为咱们受了好多闲气，你作为小辈，过去陪她吃顿饭，她见你那么乖巧，说明她没白受那些气，心里就舒畅了不是？"泰婶说着话，眼观鼻，似乎深谙大宅生存道理。

"又不是咱们求着住进来。"夏苏心头一动，"老婶，您和泰伯跟着干娘好多年，应该知道咱们同大房到底是什么亲戚关系吧？"

泰婶摇头："夫人救助我们的时候，少爷还在夫人肚子里呢，更是从不曾听夫人提起过赵府的人和事。"

三个女人一台戏，乔大媳妇也来凑戏份："多半是看上咱们少爷了，长相百里挑一，谁人眼里都是堂堂男子汉，又那么能干会办事，加上大房九姑娘正适龄。"

夏苏暗道，果然，这是常识啊。

泰婶却吃惊了，完全没往那方面想，小心瞥一眼夏苏，立即反驳这个说法："不能吧，咱又不是才来投奔，要看上少爷，早看上了；再说九姑娘庶出也是赵氏千金，怎能配给少爷没根没底的？只能说大房两个主子好心，善待亲戚。"

乔大媳妇道："找女婿这种事，第一看家世，第二看人才。青河少爷多能干的人啊，大老爷屡屡让人请去商谈事情，显然对少爷极为看重，能找个打理家业的好女婿，也是大老爷有眼光。我瞧着，十有八九不错。"

泰婶讪笑："咱别自作多情，抱了不该有的心思，反而让他人看笑话。别提了，今后都别提了。"

夏苏换过衣服出门后，乔大媳妇问泰婶："老婶子，你为何那么不喜欢少爷成赵家女婿啊？"身为教书先生的女儿，她自有一分聪慧。

泰婶叹口气，既把乔大媳妇当了自家人，也没什么不好说："你不知道，夫人早给少爷相中了媳妇的，我也觉得两人般配，可惜夫人去得急，暗示来暗示去，两个孩子却看不对眼，只装不知混过去，就这么僵着了。"

乔大媳妇眼一瞪，惊讶道："难道是苏……"

泰婶没让她把话说全："夫人临终前嘱咐我，若实在两人不愿意，也别勉强，只要他们能真心当彼此兄妹，这辈子还有亲人可以记挂，如此就好。要是放到去年，我怎么都不敢多想，两人见面不吵架就阿弥陀佛，偏偏少爷还犯浑，追着别家姑娘跑。如今少爷突然懂事，人也开了窍，两人之间融洽不少，我心里就重新有些盼望，希望夫人的心愿终成真，我也没有遗憾了。"

半晌，乔大媳妇轻叹："一个屋檐下住着，又是哥哥妹妹称呼，我就没往那上面想，但经老婶你一说，还真是十分相配的一对呢。少爷直爽脾气，还有点好玩耍赖的心性，练武的体格带点凶悍；苏娘却静，又不是真静到无趣，是个不爱黏人的性子，还聪慧，不怕少爷凶悍。"

"可不是嘛，"泰婶很了解两人的性格，"但咱再盼着也没用，得两个孩子看对眼，所以我连想都没想过别人来提亲说亲的可能，只希望多给两人一些时日。从前觉得当兄妹都悬，这会儿忽然兄妹融洽，说不准，再过些日子，就有别样感情了。男女之间，最好就是日久生情，能好上一辈子。"

乔大媳妇道声不错："怕只怕大房来势汹汹，容不得咱们悠哉哉等着呢。"

泰婶叹息："若少爷再犯糊涂，只能说没缘分，我也死心了。"

泰婶翻出旧事旧愿感慨万分，夏苏却面对现人现事无奈万分。大太太今日不单请她吃饭，还请了岑雪敏。没有大房的九姑娘和十一姑娘，是纯"外戚"的请客饭桌，显然，这张桌上，绝不会说到招赵青河当九女婿的事。

饭菜没有夏苏想象得那么丰盛，似乎旁证了赵府渐渐不支的财力，再想到一园子上等的新家具新物什，她吃得很用心，想要以此表示一点点感激并回报的真心。

大太太的心情颇好，似乎没有受到各房压力的影响，一会儿问夏苏住得可还习惯，一会儿又问赵青河近来在忙些什么，可有要添的物什和人手，月度银子是否够用，等等。

换菜之间，大太太多跟夏苏说话。只有岑雪敏主动说，大太太才应一句半句，兴致不高。连夏苏都感觉得出，但岑雪敏好似完全感觉不到大太太的冷淡，而且并不啰唆，只适时穿插一句，还对夏苏很热情，拿邻居说近情，半字不提赵青河，很规矩很守礼，真是无可挑剔。无可挑剔，却无法贴心。夏苏想，人无完人，做得太全，有刻意之感；更何况，装好人的人，她见得还真不少，实在怕了，本能自觉疏远。

吃罢饭，大太太让夏苏劝劝赵青河，让他接了大老爷的指派，哪怕是打理大房一处外务也好，就当帮帮家里的忙："大房只有四郎和十二郎，十二郎还小，四郎则是不能做旁的事，老太爷期望太高，为了明年大考，恨不得我们爹娘都当他神仙供着，连孝道都不能讲。"

当娘的这么说亲儿子，令夏苏莞尔，又想到泰婶的话，要让大太太舒畅，就道："老太爷也是望孙成龙，再说明年就光耀门楣了，可不是对大老爷大太太最大的孝道吗？"

夏苏话意明显是讨好，偏偏慢吞吞的语速又显得真心十足，让大太太展颜欢笑。大太太道声但愿如此，勾了她的手肘，起身离席。

岑雪敏始终温和微笑着，跟在大太太右手边，找夏苏说话："夏姐姐，过两日有空吗？菱语诗社正好有活动，我带你一道去，让姑娘们认认面。"

"惭愧，我半点不会作诗。"夏苏拒绝。

岑雪敏刚要硬劝，大太太的话却让她噎了下去："苏娘，你便是会作诗，也别去。我最近正想跟老太太说诗社的事，还是散了好。从前姑娘们还小，如今个个大了，明年后年就得找婆家的人，还时不时凑在一起，好听些，是赏文赏诗，不好听些，是没多少体面的女儿心事，还容易带坏几个年纪尚小的。而且，府里准备给四郎他们说亲了，便是亲兄妹，都不能那般没规矩地打闹嬉笑，借着诗社的名就更不能了，必须避嫌。"

岑雪敏再好的性子，听到这话，脸色也泛白了。

夏苏却清楚，大太太想要解散诗社，多半是因为她儿子让某首露骨的情诗扰乱了神仙心，所以斩草除根，杜绝后患。只是，大太太对待岑雪敏，一点看不出是对待未来儿媳的态度。这个未婚妻当的，真够冤枉。

"雪敏啊，你也别去了。"大太太给了一闷棍，随后喂粒糖，"前两日收到你娘的信，让我为你考虑婚事。不出意外，明年一定能选好人家，你好好准备嫁妆，有什么不懂的，尽管来问我，不必难为情。你爹娘不在身边，府里的事大大小小都要我操心，我有时难以顾全到你，你自己要为自己上心。"

岑雪敏嗯了一声，稍微有点闷闷不乐，然后问道："我娘真是，给您写信，却不给我写，我都好久没听到爹娘的消息了。大太太，不知信上可提到我娘的病情如何？"

夏苏想，毕竟是奔着娃娃亲来的，委屈才正常。

大太太的声音柔和不少，叹口气："写给我也一样。你娘只说老样子，我却担心仍没找到根治之法，安慰你我而已。总之，你若能结一门好亲事，你娘兴许无药自愈，干脆迁到苏州来，还能一家团聚，那就太好了。"

听这意思，岑雪敏必嫁本城，说不定还真是赵六郎。夏苏看看岑雪敏。

岑雪敏神情淡然，不羞不恼，平静得很："借大太太吉言。我爹本也想着冲喜才送我来赵府的，可惜那时我年岁还小。"

轮到大太太噎了噎，面露尴尬，说到底，是他们不能兑现娃娃亲之诺，耽误了这姑娘两年，但道："如今也还不晚。真要比年岁，苏娘二十了，还没定亲。"

岑雪敏温和地笑看夏苏，再对大太太道："都要大太太费心。"

夏苏一听，有些话还是早点说清楚得好，她也不怕得罪人，很直接地说："赵岑两家是故交，我却是非亲非故，婚事可不敢劳动大太太。若真有好男儿，请义兄为我出面即可。"

非亲非故四个字，缓缓道来，也没了锋利，让大太太没法恼，还很有心情地笑夏苏:"啧啧,不害臊的丫头,有哥哥撑腰就什么话都敢说,当雪敏没有兄长吗? 真要论起来,四郎就是雪敏的哥哥。"转脸对岑雪敏道,"雪敏,别输了你夏姐姐,今后嫁出去,就认四郎兄长,等你娘病好,还比人多个娘家。"

岑雪敏的笑容就僵了,今日这顿饭,是彻底要绝她嫁赵子朔的念头吗?

夏苏也听得出,心想大太太真是借力打力的好手,她还是说老实话,做老实人,直接挑明所有话意的好。反而岑雪敏遇到这等好手,自身心事藏得越深,离目标就越远。

"大太太,雪敏不明白,自己是不是做错了什么?"此时想翻盘,又尖利又刻薄,难让人生好感。

夏苏心里双手合十,嘴上道:"大太太,苏娘先告退了。"

谁知大太太留客:"别啊,我还想跟你说事呢;再者,既然青河知道娃娃亲的事,想来你也知道,实在不用避开。"

岑雪敏的眼神刹那凛冽,却一晃而过,美丽的面容十分悲伤:"大太太!"要真情流露一些,才能惹些真怜爱。

大太太长叹一声:"雪敏,今日我豁出老脸,明知你会心情不好,也只能冷冷对待,其实就想让你有个准备,我们赵家要失信于岑家了,实在对不住。"

夏苏不能走,只能喝茶,脸冲着茶杯,心里暗叹,这是让她作旁证吗? 大房这两位,一个把赵青河当捕快, 个把她当证人,打算培养心腹? 不要啊! 她绝不再想让他人强迫驱使着做事。

"老太爷、老太太那里始终不松口,"大太太这时不可能注意夏苏的神情和动作,要尽量将这件拖延了两年的事平平和和解决掉,"不知骂了我们多少回,说娃娃亲定得太仓促,还违背王法。四郎自己就心气极高,加之老太爷一向当他是日后带领赵氏重返京师之人,期望很高,如今四郎的亲事,不瞒你说,连王爷都积极帮看着呢,不是贵族也是士族,送来的千金名册,我都吓一跳,想着自己高攀不上。但老爷子发了话,我这个儿媳妇说不了一个不字。"

京中那位王爷,就是老太爷亲妹子生的皇子,因老太爷避嫌出京,一直惦记亲舅舅。两家不但书信来往频繁，赵子朔这代子弟常入京师，都直接住入王府，能称王爷为舅爷。王爷在帮看赵子朔的未来媳妇，夏苏认为，岑雪敏绝对无望。

"年底就会选好，等四郎高中，立即在京师成亲。雪敏啊，你是个好姑娘，可四郎的婚事已非老爷和我能做主，实在对不住。"

岑雪敏站了起来，一手撑住桌面，身体微摇。她的动作很慢，面无血色，眼眶发红，眼皮子一眨，流下泪豆子。这要是亲爹妈看了，心都会碎。

但大太太不是亲娘，虽然不忍心，却没法改口，给她希望："赵家还有好儿郎，六郎就十分不错，明年也能榜上有名，必得官身。而二太太很喜欢你，平时比我还照顾得你周到。二房的姑娘们，与你也亲。"

"可我自懂事起，只知自己会成为赵氏长孙媳，以此受我母亲教导，受我父亲训言，为赵氏活过十八年。如今，说不算数就不算数，大太太让我如何接受？自古婚事，父母之命、媒妁之言，而不是祖父母之命、王爷之言，只要你们决意让四哥娶我，就算是当今圣上赐婚公主，也只能与我平起平坐。"岑雪敏很伤心，却很理智，说得出道理。只是这些道理，在夏苏看来，毫无用处，不如留下自尊。

大太太微微动容，不是同情，而是不悦："你说我们不坚决，你可知老爷为你同老太爷争了多少回红脸。若非万般无奈，我怎会在小辈面前承认失信，放低姿态，与你说声对不住？按理，我们失信的是你父母，这些话本来也该跟他们当面说，只是，我们请了他们几回，他们都道来不了，如今不能再耽误你终身大事，这才不得已与你说了。我会郑重再请他们一回，你要看不上六郎，也不勉强你，我就算求遍苏州府的媒婆，也定要寻到合你父母心意的好儿郎，以此为歉。"

岑雪敏一句话也不再说，大太太也沉默，空气骤然凝固。

夏苏迟疑半天，开口慢慢道："老太爷毕竟是家主……"

岑雪敏忽然往外走，裹过的小脚几乎支撑不住她摇晃的身子，可奇迹般走到了外面，再由自家两名丫头扶住。或许是她催快，丫头们跨着大步，好似架着她一般，没一会儿就穿出了花园。

大太太又长长叹了口气："别人都明白，就她不明白，死心眼，非四郎不嫁，真不知怎么办才好。别说四郎是老太爷看重的接班人，单赵氏本家长孙长子这个身份，就不是随便某家富户千金能相配的，势必要门当户对，就算高攀，也得是赵家高攀。苏娘，你说是不是？"

夏苏也很想问：这时候，不该出现在这里的自己，怎么办才好？但是，任何人，这种时候，一定会安慰两句，只要不是木头脑瓜。"可不是嘛！大太太且等等看，给岑姑娘一些时日，应该就想通了。她容貌出色，家境又富裕，找一门上好的亲事实在不难。"夏苏这么安慰。

大太太很听得进："正是。"却再叹，"唉，这也是因为父母不在身边，不能好好相劝，以至于她独自感觉万般苦楚，只怨我赵氏欺人太甚。她若是像苏娘你这样的性情就好了，平日看她温柔和善，其实却是不够自信的缘故。你就十分独立，说话不爱拐弯抹角，让人直接明白你的意思，好不好都看着办了。"

嗯——这么夸她？夏苏可不感激涕零，只是笑笑："大太太说有事？"

"是，是有事，"大太太心情平复得很快，"明日我要去寒山寺捐银，顺便上香求愿，再给雪敏求支姻缘签。九娘、十一娘和二房的姑娘们都去。我虽不喜欢你去诗社，不过跟家里各房的姑娘熟悉一下，确实必要。你也一道，如何？"

"明日几时？"夏苏没忘自己约了杨汝可，而且也在寒山寺，暗道真巧。

"明日辰时出发，用过素斋，过了未时回府。"大太太交代得清楚。

这样的话，应该能抽出工夫见杨汝可，夏苏点头答应。

大太太不知夏苏常往外跑，关照一些出行要随身带的东西，又让她明日在赵府正门上车，才放她回去。

夏苏回园，因岑雪敏与赵子朔娃娃亲的事泰婶她们不知，她就没提吃完饭后的事，只道大太太要带她去寺里上香，还是和两房的姑娘们一起。泰婶连忙跑到夏苏屋里，翻箱倒柜，说找不到一套像样的衣服，就让乔阿大赶车，拉上夏苏和乔大媳妇出门，挑新衣。

这晚，夏苏正常时辰睡下。第二日吃早饭时，看到赵青河两眼黑圈，从园门口飘向他的屋子，像个游魂。夏苏没想打招呼，赵青河倒眼尖，看到她吃饭，还看到她一身簇新。

"呦，妹妹穿得这么好看，去相亲？"不知在外混了几夜，满脸青荏，脸还瘦了一圈。

听到相亲二字，不白眼，对不起自己，夏苏冷飕飕道："陪大太太寒山寺上香，代你应酬长辈。"

赵青河咧嘴一笑，又正儿八经抱拳，墨眼盛晨光，困意浮着，却也是再认真不过："妹妹辛苦，我铭记于心。近日城里不怎么太平，出门也行，最好多陪在长辈身边，不要自己一个人乱转悠。"

夏苏想问怎么不太平，赵青河却已经飘进屋去。

第十七章　寒山听钟

姑苏寒山寺，有无穷无尽的魅力，但对于夏苏而言，最喜欢唐寅的《姑苏寒山寺化钟疏》。疏中道：铜钟司其晨昏，释氏所以觉夫灵性。解魔王之战斗，上振天宫；缓众生之悲酸，下闻地狱。疏文最后还有一偈：姑苏城外古禅房，拟铸铜钟告四方。试看脱胎成器后，一声敲下满天霜。

唐寅以此疏为寒山寺集资捐造钟楼，引得万众来观，倾城慷慨解囊，等钟楼最终建成，唐寅虽已故去，却是功不可没，而他的一生传奇，会与这座天下名寺共同生辉，流传千百年。

夏苏立在山门外，听钟声敲下满天的秋霜，枫林似火，入眼烧起一片红。张继的那首《枫桥夜泊》所描写的景象，她刚到苏州时，就趁夜跑出来赏过了。然而，秋日之中古刹的美，也无可取代。钟声更是明亮，敲在心里，如落七彩云光。

"苏娘。"大太太唤她。

对于生活在苏州的赵家人来说，寒山寺如同自家园林一般熟悉，来上香，就只是上香。夏苏转身看到门槛那边的一群赵氏，心中哪里还有七彩色，跨进山门，无奈将唐寅抛在红叶晨风之间自在，任自己被牵着走。

她对赵青河怎么说来着？应酬。

既然这般觉悟，夏苏的脸上便露出笑容，到大太太跟前已是平常心，乖乖静静的模样。

"苏娘瞧个山门就出神，莫非没来过寒山寺？"赵六郎笑夏苏。

"是没来过。"夏苏心想，赵六郎还真是比不过赵子朔，那么话痨，好似一本小人书，翻几页就看完了，没有内涵，不过性格倒是亲和。

昨日大太太说只有大房二房的姑娘们陪着，今日一早却多出了赵四郎、赵六郎和赵十二郎，原因是大太太的小儿子赵十二郎非要跟出来，正逢赵子朔和赵六郎书院放假，能与十二郎结伴，大太太就同意了。

大房如今只有庶出女儿未嫁，九娘和十一娘，两人同母所生，亲娘是大太太的忠心丫头，也是大太太有身孕的时候非让大老爷纳入。妻妾主仆分明，相处融洽，没有其他几房争风吃醋闹出的一些糟心事，连带九娘和十一娘的地位都提高不少，由大太太带在身边亲自教养长大，母女情分不浅。而二太太今日只让亲生的女儿十七娘出门来，拘了妾生女八娘和十五娘，可见待遇差别。

"夏姐姐平时喜爱做些什么呢？"九娘小夏苏两岁，沉静又大方。

十一娘和十七娘年纪小，凑在一起叽叽喳喳，显然平时就投契，对突然冒出来的远亲姐姐没多大兴趣，喊声苏娘就算认识了。

夏苏因此不能对主动和她说话的赵九娘漠然，只是谨慎地慢慢回答："看看，写写，帮忙做些家事。"

赵九娘哦了一声，没下文了。本想找些共同话题，但她既不怎么看书，也不怎么写字，擅长女红刺绣，去年起跟着大太太学习理家，又和做家事完全不同。

"最近在看什么书？"赵六郎的耳朵又伸过来了。

夏苏想到赵青河的书架子："大明律。"

三个字，成功让赵六郎哑掉，耳根清净，倒是赵子朔一直清冷的脸上出现淡笑，似看穿了她。

夏苏对这位多情公子十分不以为然。既知自己的婚事不能自己做主，他就不该给任何女子希望，什么知己，什么欣赏，都是不负责任的轻率行为。他曾怜惜胡氏女儿又如何？人因他被赶走，他做了点君子之事，却远不到共患难的地步，最后只是伤怀一番，与虚伪无异，多情比无情更恶劣。

没过一会儿，十二郎吵着说闷，大太太就放了四郎和六郎带他玩去，自己领着姑娘们进大殿点香拜佛。

参拜之后，大太太说要留在殿后磕百头求愿，九娘、十一娘和十七娘则想求签，夏苏看看将近正午，也趁机说与九娘她们同去。大太太应了，让婆子、丫头们跟好姑娘们，自去磕头。

夏苏跟着九娘走出一段路，忽又道自己改了主意，还是回大太太那儿，也磕百个诚心。九娘当然不会阻止，本要派个丫头跟住，夏苏却道路短不必，万一真迷路，就在素斋膳堂碰面。夏苏不是自家姐妹，九娘不能硬派，只好随夏苏去了。

夏苏向僧人问明钟楼的位置，让开一拨拨的游客，似悠哉，实防备，到达钟楼时，原来充裕的时间也不过刚刚好，正午时分，大钟长鸣。

钟楼后面有几块碑，杨汝可正在细看，听侄子说人来了。他瞧去，见夏苏今日打扮一新，竟是个漂亮姑娘，暗想那晚走眼，笑道："真不好意思，让夏姑娘跑这么远，只是我夫人今日非要来此上香，我又心急想看画得如何。原想夏姑娘要是不方便，我就再约明日。"

夏苏看清周围，除了杨汝可伯侄二人，不远处还有些游客，心里定然，将身上的布包解下，取出里面的长盒子，递了上去，同时说道："也是巧了，我也陪长辈来上香。"

今日随身背着这东西，大太太很奇怪，问她是什么。她就说是画匣子，又很土巴巴地说，寒山寺前有不少画摊，想顺便买两幅装饰家里。当时，十七娘就笑了，说画摊上哪有像样的东西。夏苏只当没听见，固执背着。不过，也因此，没有人再多说一句。

杨汝可一听，哈哈道声的确巧，然后就从匣子里拿出画来。第一眼，眼神就亮了，神情由惊到喜，由喜再到惊，反反复复，还望了夏苏好几眼。看过第一幅，很仔细地卷起来，放进他自带的画匣中，第二幅才看《梨花鳜鱼图》。他简直目不转睛，有点激动到手抖，禁不住赞了好几声。

杨琮煜没杨汝可的眼力，又没见过真迹，觉得画挺好，不过也觉得大伯有些赞过了。他想来，仿得再真也是假，既然是假的，那就肯定比不上真的。他因此看画不专心，倒是眼前的姑娘好似一朵粉粉嫩嫩的桃花，宁愿多瞧上一会儿。

夏苏让伯侄俩看了又看，神情如常，只是暗暗留意四周，如果就剩仨人，她就打算溜走。还好，游客三三两两，络绎不绝。

杨汝可全然不知夏苏的防备心，不然这位大儒商恐怕会喊冤枉。他将第二幅画也收得妥妥当当，才再开口："老夫真是走眼得厉害，想不到夏姑娘的画功笔力远不止半朵菊，那晚老夫的拙作让你心里笑话了吧？"

"杨老爷的画，延自宋师，却有自己的风格，苏娘不及。"她只会仿而已。

杨汝可当她客气，却也不太在意。

这回来苏州，原本只是带家眷出游，他虽然嘴上不说，心里却和侄子一样，很清楚苏州片的响亮名声。尽管有一定鉴赏力，喜欢逛画市、画铺，参与各种赏评会，雄厚的财力让他能一掷千金，但对名家字画的来源十分注重，非自己信任的行家，不会出手。买下文徵明的扇面，是自信，也是直觉，直觉赵青河说的是实话，结果意外之喜连连。在此之前，他想都不曾想过，自己会下苏州片的订单。

杨汝可给赵青河的一百两，并非立兑的银票，需要他看过画之后，愿意支付全款，方可与三百两一道领取。赵青河没告诉夏苏，夏苏也不必知道，两人亦有十足自信。

"这是三百两的银票和定金可取的背书，请夏姑娘验看。"

夏苏看得很仔细，并不以对方是大商而轻率，确认是真银票之后收好，自觉交易完成，转身要走。

"夏姑娘稍待。"杨汝可却喜欢极了夏苏制作的片子。

夏苏不停，反而走出一丈多，才缓缓侧过身来，声调微冷："徽州离江南不远，却也不近，杨老爷一路顺风。"这样说，应该不像内眷了吧？

刚才很水灵漂亮的姑娘，不过走开几步，整个人却忽然灰淡，杨汝可纳闷怎么回事，但不迟疑，开口道："请夏姑娘再为老夫作画两幅，价钱抬高至双倍。画什么，仍由夏姑娘决定，只是这回要是李唐之风最好。"

两幅，八百两。

夏苏转正了身，仍是冷冷淡淡暗晦的眼，神情倒似认真思索："杨老爷何时回乡？"

杨汝可看不到对方有任何得意忘形和贪财喜色，心中更觉这对兄妹的品性难能可贵："仍是十月底出发。"

"既然如此，绝无可能完得成两幅，一幅都要赶制，且我义兄或接了他人的订，我不好擅接，杨老爷不妨找他商议。"和赵青河说好分工合作，她只管制画，单和价都由他去跑去谈。

"想加价就直说！制作苏州片，短则当日交付，长则七八日，一画下多蛋，同时可以提供数方买家，怎么到你这儿半个月都制不出两幅？"夏苏不那么抢眼了，杨琮煜也恢复了富家子弟的心高气傲，以为她不过耍心眼。

富商子弟也罢，名门子弟也罢，多有一种夏苏讨厌的毛病——自负。

"琮煜，"杨汝可喝道，"不可对夏姑娘无礼！夏姑娘的画，绝非粗制滥造的苏州片可比，即便是仿制，也是难得一见的珍品，自然耗费功夫。"

杨琮煜见识短，还不觉得自己见识短："伯父，侄儿虽看不出这两幅仿画精妙在何处，但知假的终究是假的，无论如何总比不过真的。您不信，就再加价上去，保准她……"

夏苏走了，头也不回。

也许是这几年认识的年轻男子多了起来，也许正逢赵青河的大变化，她竟然觉得，赵青河比起这些浮华的公子少爷，能干得多，让人心生信赖。

杨汝可气得抬脚踹向自作聪明的杨琮煜："你个臭小子，除却家境富有，自己一文不值，居然敢瞧不起靠本事吃饭的人！你回乡之后从工坊伙计做起，改不了说蠢话的毛病，就别想回江南来！"

"大伯，"又不是一天两天犯糊涂，是出娘胎就开始养成的少爷脾气，杨琮煜还不服，"我……"

"你们伯侄俩还没看完石碑哪？"杨汝可的夫人找来了，身边还有两个女娘和丫鬟婆子，"行啦，行啦，看石碑是小，相侄媳妇是大，耽误琮煜终身，今后就由你这个大伯厚脸皮去求，我可不管了。"

杨汝可无子，膝下只一对女儿，他并未因此娶妾，只从杨家另外几房中选了两个能干的侄儿出来帮忙。杨氏家业虽在他手里壮大，可他不居功，也无更远的野心，一心一意为一大家子人。

杨琮煜身为杨家三代长孙，过了二十岁，婚事已迫在眉睫。

杨家虽为商户，却也是巨富，如今这年头，又在这奢侈江南，找个世家小姐并非奢想。杨夫人许了名媒很多好处，才定下今日这场相看，若是能让女方看中，杨氏将与世族攀亲。

　　所以，怎能迟到？

　　子侄的婚选之事，杨汝可已经全权交给他的夫人，事到如今也有些好奇："到底是哪家姑娘，夫人这般着紧？"

　　杨夫人却笑了，卖关子："不说，万一人家看不上琮煜，平白让你们伯侄失望。"

　　堂妹们吃吃笑，三言两语打趣堂兄，让母亲一眼看静默。

　　杨琮煜的少爷脾气大，切了一声："名门望族也没什么了不得，他们瞧不上我，我还怕娶了菩萨，进来丑妇。大伯母还是告诉我才好，我也要过过眼，怎能任人挑我？"

　　"到时候我可以告诉你哪一桌。再说，我能给你挑丑妇吗？你愿意看，我还不愿意整日对着呢。"

　　杨琮煜如同杨家人房之了，虽未过继，将来是要当杨汝可夫妻如父母孝顺的，对未来的侄媳妇而言，杨夫人就是实质的婆婆。

　　杨汝可本来对杨琮煜生气，一想还能找赵青河，这才重拾心情："走吧，且不说高攀不高攀，男方应该要多些礼数。"

　　一群人走起，没一会儿就赶上慢吞吞"爬行"的夏苏，杨琮煜从她身边过去，特地看了看她的脚，低声嘲笑："你的脚不是挺大？怎么跟龟爬似的？"

　　夏苏掀起眼皮要顶嘴，那群人却已走出能低声反驳的范围，只好撇撇嘴，记下。

　　走得慢就不得不品尝不断被人超越的滋味，快到素斋堂时，又一批人从夏苏旁边过去，有人甚至还撞了她一下，让她惊得差点当壁虎贴墙。

　　七八个女子，衣裙颜色鲜艳，妆容精制浓艳，言行举止千娇百媚，不仅旁若无人，还似乎故意引人侧目，拱着中间一位中年胖妇喊妈妈，要这要那。外围的数名男子就显得很卑微，打伞，开路，低头哈腰，对其他游客蛮相吆喝，跟护着一群公主似的，却极具某个行当的鲜明特征。

青楼，只有在江南，才能张扬得如此无畏，名妓一代一代，如海潮浪花，短暂却精彩纷呈，总有最出色的男人们忘我追捧。

"拉不开步子就靠边走，别挡别人的路。"撞了夏苏的那个女子，看得出心情不佳，故而恶人先告状。

后面打伞的瘸脚男子冷哼，那女子做个鬼脸，扭着腰肢转进膳堂。

夏苏直眼盯着男子，张口结舌，很快眼珠子看左看右，觉得这种情况下应当装不认识。

"眼睛抽筋就该找大夫，而不是找神佛。"瘸腿男子正是老梓，正横着眼，"老子警告你，千万别跟老子装熟人。"

"我……"不是正在装不熟？

夏苏的委屈还没来得及抽出一根丝，老梓也进膳堂去了，而周围突然清空，好像全寒山寺的游客都肚子饿，不愿意再继续逛，一百零八下的钟声也暂停了，说明天上、人间、地下，吃饭最大。

夏苏把嘴角往下抿，将自己和墙剥离，垂肩垂手，灰扑扑的，走入素斋堂。

堂很大，装了全寺游客，都显从容，而且分为普通香客吃大盆菜的讲心堂和拿银子买清静并可点菜的积善堂，可以按照手头的银子各取所需。

"苏娘，这里。"大太太手下的小丫头守在积善堂的帘外，看到她就赶忙招手，大概因她完全跟千金小姐沾不上边，小丫头还能多说一句，"去哪儿了？大太太说没瞧见你，怕你走迷了路，准备派人去找呢。"

"是迷了路。"夏苏都懒得想理由，但进了里面，本来宽敞的地方，在看到一桌杨家人和一桌桃花娘后，顿时觉得地方太窄了。

老梓叔还好，已经警告过她了，只是杨琼煜那位大少爷的眼珠瞪到要掉，都在一个寺里逛，就这么一处吃饭的地方，好像不必那么惊讶吧。无论如何，夏苏下定决心，谁也不认，谁认她也不认，给赵大太太福身，淡道自己兜糊涂了，跑到钟楼那边再绕回来的。赵大太太只道以后身边要带个人，就让夏苏坐在了右手边，而九娘早坐在她左手旁。

寒山寺的素斋还不错，素面更是一绝，量多汤好，素鸡笋片都是时令鲜美。平时口腹之欲不大的夏苏，白日出行必须防备加倍，精神上的疲劳化为饥肠辘辘，专心致志把一大碗面条吃下肚，耳里才听到大太太和九娘的轻声对话。

而这时，桃花娘那桌的笑声好不热闹，令十一娘和十七娘互相咬着耳朵表达不满，赵子朔、赵六郎和十二郎在另一桌，母女俩说话只有夏苏听得清。

"长相不输六郎，还能为长辈和妹妹们夹菜，比你四哥强。他虽然老往我们这桌瞧，多半也是杨夫人没忍住，说漏了嘴，到底年轻，想自己过过眼也有主张。你觉得如何？"赵大太太的语气，颇为满意。

"挺好……"九娘略羞且喜。

"杨家虽是商户，但杨大老爷中过举人，那孩子也是要与四郎、六郎一道参加明年大比，这些是要说给老太爷听的。按我的真心意，那孩子得了官身最好，得不着也没什么，杨大老爷那么大的生意会交给他，比当官实在。我们赵家缺就缺在这一块，老太爷苦苦守着士族的名，不准经商，连个门面铺子都不能弄，眼看府中进项紧手，我也没有法子可想。这件婚事若成，我就安心了，通过杨家做些买卖，补个差数。当然，你不用看这些，若嫌杨家门第低，心里不愿意，我不勉强，横竖是我们挑他们。"

"听凭母亲做主。"赵九娘显然是满意的。

夏苏抬抬眼，见赵大太太状似无意看对面，一瞥就过，端着茶掩了唇动。

对面是杨家的桌。

她这才了然，原来今日上香只是借口，其实是为九姑娘相亲而来。杨琮煜和赵九娘？还真是杨家高攀。赵氏大房的女儿，庶出也与旁系末枝的嫡女截然不同，要是赵家这会儿在京师，杨家想都不用想。不过，赵府得多缺钱，要用庶女与商户之子的婚事来救急？夏苏并非小门户里的人，一想就明白了。

"母亲和九姐姐说什么悄悄话？"十一娘终于留意。

"没什么，不过说起你岑姐姐。她近来老是身子不适，九娘说想去求个祛病的符，我说正好要求姻缘签，看看你姐姐们的婚事是否顺当。"

赵大太太四两拨千斤，又对十一娘道，"我瞧你和十七娘才说了很多悄悄话，一脸不高兴的模样，也不好好用饭。"

十一娘压低了声："还不是那边一桌，当谁不知道她们是哪儿来的，佛门清静地还乱放桃花。"

赵大太太不悦："佛祖包容，普度众生，寺庙之中没有贵贱，你们还是安静吃饭吧，这里不比家里，不要随意论他人是非，也不要任性浪费珍贵米粮。"

夏苏暗道一声好。

赵九娘心意定了，反而不自在起来，对大太太道："母亲，我看苏娘也已用完饭，能否与她一同散步消食，一会儿就回。"

赵大太太知道九娘需要平稳一下情绪，婚事成之前，也不能让仆人们看出端倪，作为陪伴，夏苏确实比十一、十七两只叽喳鸟好得多，自然允了。

夏苏不介意出去，一边是审视的目光，一边是喧闹的笑声，她一个陪坐的，还如坐针毡。

只是那时候，她并不知，能坐在针毡上，也是一种好运气。

第十八章　冷血杀手

"砰砰砰！砰砰砰！"

大驴的手还没碰到门，瞪眼看着门板朝自己扑来，他连忙往旁边跳开，就听轰的一声响，张大嘴，半晌咽下口水，无比火大："娘的，火烧屁股啦，没人教你怎么敲门……"

噤声。谁见了门外立着两个膀大腰圆的官差，都会封住嘴巴。

"赵青河呢？"指使拆门板的却另有其人，急匆匆踩过门板。

"董师爷！"大驴一拍心口，"吓死我了，这般砸门拆门的蛮干法，以为少爷走了霉运，要押送官老爷那儿吃板子呢！"

"我若不拆门，等你请我进去，就不是赵青河倒霉，而是我要倒霉了。"董霖大步往里走，心急却不忘环顾四周，双眼大睁，"赵家对你们不错啊，拨了这么好的园子，不知情的，还以为是赵府嫡公子的住处。"

大驴撇撇嘴，到前头领路，让董霖的大步催得小跑："才换的地方，你没瞧见之前的。对了，你找我们少爷有何急事？难道这么快又有棘手的案子了？"

这里属大驴跟赵青河最久，从吴其晗的画船开始，他见识了少爷的英明神断，这回又和乔连、乔生帮忙调查芷芳姑娘的命案，居然能把近几个月的偷窃案也一并查清，光是佩服已不能表达他对少爷的崇拜。董霖三番两次游说少爷当差，知府大人甚至还许诺副捕头之位，都想借用少爷出色的断案能力来维持治安。大驴自不知，赵青河能插手这些案子，纯粹出于私心而已。

董霖苦笑，只问怎么还没到，顺眼瞧见乔连、乔生在一片空地上习武，反反复复三四个动作。大驴也想多练，但少爷说他功夫底子好，还有余力看大门。

两人很快走进内园朝南的宽廊，大驴指给他看赵青河的屋子。

"夏妹妹住哪间？"董霖的语气神情皆变。

大驴抬起一根眉毛："问这干吗？"

董霖嘿嘿笑两声："我好奇。"

"满足你的好奇心，于我有何好处？"赵青河人不到，声音到，如突来无数冷箭，使得园子凉飕飕，扎得董霖仿佛成刺猬。

董霖龇牙："老哥不当差，原来是图享受，大白日里能睡觉。"

屋门开了，赵青河披着棉袍，也不出来，就往门框上一靠，仰头眯眼瞧了瞧日光，又看地上的影子，知道自己还没睡足一个时辰，不由刀目垂下，语调懒散："有话就说，有屁就放，要是来鬼扯的，揍得你走不出大门。"

大驴趁机告状："没门了，让咱们这位大师爷拆了。"

赵青河原本睡眠不足的模样突然变了，双眼立放锋芒，面庞棱角越发分明，带着些许狠戾："董霖，此刻你应该在审犯人。"几日不眠不休调查，终于确认罪魁祸首，昨晚布下天罗地网，他才交给官府收网。

"出纰漏了！"董霖一向油痞的圆滑脸上，终显颓唐，双手扒了扒脑袋，抱住哀叹，"都上了囚车，还派了两个捕快看管，到衙门却已人去车空。那个死胖子，他娘的，就是酒囊饭袋，又怕手下抢上位，只挑比他还没用的东西。"

为了抓人，大驴也很辛苦，听到这么容易给放跑了，不禁大骂官差没用。

"……"赵青河也想骂，但想董霖只是师爷，能亲自捉拿已是难得，具体到押送犯人这种事还没法伸到手，而那个胖捕头他也打过交道，废物一只，却是京师某位大官的远侄，平时全靠这点关系逞强。

"逃了就赶紧去追，难道还要我给你当猎狗开路不成？"他已不能如何。

董霖没动，欲言又止，吞吐之间冒出一句："夏……妹妹不在家啊？"

赵青河没好气："这时候你还想着见我妹妹？怎么？邀约吃饭？"

"不是，"董霖突然很正直的样子，"我的意思是，姑娘家平时少出门，你这个当大哥的，要多替她的安全着想。"

赵青河眉头皱了起来："董霖，你拆了我家大门，来告诉我你们官差多么无能，还顺便教我如何管教妹妹，你……"周身寒气逼人，"应该不会是吃饱了撑的吧！"

"跑了一个，还有一个帮凶。据他交代，那家伙从来很谨慎，对来往的人一定要查出处，所以让他打探你家住哪儿，家里还有什么人，就在前晚，那人还跟他亲自来了一回，当时看到苏娘在园子里。如今人跑了，车上留下四个血字——此仇必报，也不知是不是那两个同车的捕快多嘴，说出了你帮忙……"只觉一阵劲风卷过，吓得董霖闭紧双眼。

他再睁眼，却不见了门框边的人，再一瞧，赵青河已在数丈开外，棉袍似一片让狂风吹散的黑云。

"大驴，速唤乔连、乔生，跟我去寒山寺！"赵青河的吼声似落雷，响彻云霄，把泰婶和乔大媳妇都惊动了。

"老婶，今日苏娘到哪儿与大太太碰面？"他问。

"赵府正门前，怎么了？"泰婶有点蒙。

"大驴，我自己喊他俩，你立刻到门房打听，赵大太太的马车出发时，有没有见过可疑的人。"赵青河很恼，却仍冷静，并不盲目发急，对泰婶还能摆出一张笑脸，"老婶，没什么，想想都是女眷，我不太放心，去接一接大太太她们。"

不待泰婶细问，赵青河转身又走。

董霖连忙跑上去，轻声还劝："我就来告诉你一声人跑了，能帮我就最好；至于苏娘，你当我关心自家妹妹，想得太多。那家伙这会儿逃命还来不及，还会想着找苏娘的麻烦？"

被赵青河冷冷的、血丝如蛛丝的双目扫过，董霖噤若寒蝉。他从不知此人可化身恶鬼，煞气那么重，全身散发遇佛杀佛的狠戾。

娘咧！赵青河老说他义妹怎么凶怎么丑，将来要把她嫁给更凶的汉子，让她一辈子不敢大声说话，这些敢情都是屁话！

"我本无意与官府合作，这回全看在老弟你的面子，你的官当得虽小，看你的志气却是要青云直上的，若被一胖子压死，不如早早回家当你的大少爷吧！"赵青河虽拿董霖出气，心底却恼自己大意。凶手多疑狡猾，他早知道，但自己独来独往惯了，将周围打点无漏，却疏忽了他如今有家人。

赵青河叫上乔连、乔生，套车准备出发，见大驴脸色难看地跑回来，还抱着侥幸的心猛然一沉。

"门房说大夫人的马车停在门前时，有两个乞丐就缩在不远的墙下，等马车出发后，他们要去赶人，人却不见了。"

董霖没细想："放心，那时候人还在囚车上哪，怎么来盯？他逃出去不过一个时辰而已。"

赵青河一掌打在董霖的背上："人在苏州行窃，为何常州也有窃案？因为，这是一帮子人干的，你我只抓了一个头目，你竟然到现在还不明白？"

董霖却不知常州事，顾不得背上疼得要命，大叫一声："什么！"

赵青河如今可不打算多说一个细节，钻进马车，催乔家兄能多快就多快。

董霖愣了半晌才反应过来，上马直追："我跟你一道去。"他知道，要是不跟，今后就别想再请赵青河帮忙任何事了。赴任时，他老爹说过，人要成就大事，必有贵人相助。这样的贵人，运气好，会送上门来；运气不好，就得自己找，而一旦找到，绝不能放手。

赵青河这小子，就是他的贵人了。

赵青河这头出发了大半个时辰，赵大太太也等了夏苏和赵九娘小半个时辰，有些奇怪两人去了那么久，却不至于担心，还有心情开玩笑："这两位姑娘，莫不是不好意思，背着咱们，自己跑去求姻缘了吗？"

十一娘和十七娘嘻嘻笑着，皆道一定不错。

大太太还是明白九娘性子的，招来管事的婆子，让她带人去接姑娘们回来。赵府的人并没留意，找九姑娘和夏苏的婆子丫头才出去，桃花娘那边有个瘸汉也出去了。

直到这时，夏苏和赵九娘尚很悠闲。因两人都喜静，尽挑少人的步道走，等到感觉走出太远，才不紧不慢往回走，丝毫未察觉她们贪看景色太久，久到已引起别人的担心。

赵九娘原本只是想自己散心，又不愿带丫头、婆子，才找了今日初见面的夏苏，这时方觉得她是个可心人儿，明明听见大太太和自己的对话，却只字不提，就找好景给自己瞧，聊起来好不轻松愉快。

　　兴趣不同，但性子很好，也许在自己出嫁前，还能成为好友。赵九娘这么想着，忽听夏苏淡淡说了句话："那边两个人好像一直在我们后面，是吗？"诡异啊，怎能去时在身后，回时还在身后呢？

　　步道两边是山林斜坡，除非练家子才能如履平地，隐藏身形。夏苏越想越不对。

　　赵九娘今日瞧见了未来夫君的样貌，欢喜到要出来散步平静，哪里还有心思注意周遭，只回头看了一眼，不知是否一直跟着她们，倒因那是两个男客而不太安心。

　　"我们还是走快些吧，似乎出来得有点久了。"

　　这点，夏苏很同意，脚下加快。但有句老话，叫作"怕什么来什么"。

　　"前头两位姑娘，请留步。"粗犷的声音，碾压过来。

　　赵九娘不知凶险，竟要回头。

　　"快跑！"夏苏却决定，宁可虚惊，拉着赵九娘先跑起来再说。可她忘记了一件事：赵九娘的三寸金莲。那双漂亮到畸形的小脚可是扎扎实实绑成的，完全没有偷工减料，别说跑步了，就是走路稍微快些，都得靠人两边扶着。

　　赵九娘才被迫跑了几步，小脚就没法再支撑，跌跌撞撞坐到地上，又全然搞不清状况，只死死捉着夏苏的手，惊慌地问怎么回事。

　　夏苏的功夫能让自己全身轻巧到飘，但羽毛绑在石头上，再灵巧也只能原地待着。她刚想撇下石头自己飞，却听对方喊一声夏姑娘，令她身形定住，若是冲着自己来的，丢下赵九娘就不好了。

　　"他……他们，怎么认识你？"赵九娘比看起来坚强些，脑子还能转。

　　夏苏低头望着赵九娘，目光那般仔细，瞄过她不安的面容，不由无声笑了笑，从腰带里摸出一条手帕，弯下身，轻巧说道："九姑娘说哪里话，我怎会认识他们呢？"手帕展开了，状似无意拂在赵九娘脸上，又给她擦着额、鼻、嘴、面颊，然后面不改色说谎，"九姑娘哪来那么多汗，别怕，多半只是混混无赖。咱们出来这么久，大太太肯定已经派人出来找了。"

赵九娘听着听着，意识忽然有些恍惚，视线也开始模糊，眼皮子越来越沉，松开夏苏的手，头一歪，竟然晕了过去。

几乎同时，夏苏收起帕子，直起身，立刻转向了那两个男子。她的目光深幽，淡褐的瞳仿佛要缩紧成线，一对眸子刻得那么锐利，又深邃无比。她面无表情，微抬高了下巴，双手抱臂，身姿冷漠到轻蔑。无人看出夏苏心中怕得要死，心中恐惧似潮水，一下子淹到咽喉，有窒息之感。

"我没瞧错吧，这么就给吓晕了？"男子这时离夏苏只有两丈多远，步子不快，但绝不良善。

夏苏看清那人，恐惧却立散，刹那能呼吸了："是你。"

不是的，不是刘家派来找她的。

那男子三十出头，五官堪堪称得上端正，眉宇之间煞气阴戾，那身宝蓝锦衣分明浮了血红，双手背在身后，又不是闲庭信步，周身散发着一股杀气。

"你们兄妹真是让我惊奇。赵青河故意接近我，诱我露出马脚，帮官府设局抓我，我还没想明白哪儿得罪过他，哪儿需要他多管闲事。而我确定自己是头一回见到夏姑娘，夏姑娘却显然见过我了。"

夏苏一听就懂了："是你杀了芷芳姑娘，还到处偷天换日，以假换真。"

"大家都是混口饭吃而已，何必咄咄逼人！"

此人正是夏苏趴屋顶所见，安慰芷芳并为她赎身的男子。他以外地富商的身份在城中走动，失窃的各家都有他到过的证词。

赵青河假扮一个落魄的北方世家子弟接近他，说手中银钱紧缺，愿意低价卖出传家宝，即一幅唐寅的《仕女图》。他既然敢做没本钱的买卖，心思自然缜密。唐寅的真迹都是稀世之物，民间就算有私藏，也不轻易卖出，画的真假还需旁证，而赵青河出身哪个世家，也得打听。他就派人把赵青河的底挖了出来。不过，明知赵青河撒谎，他反而决定出手。

他认为赵青河作为一个混棒无赖,寄人篱下,穷困潦倒,才胆大从赵府偷出名画来卖,更说明画是真的。要是换掉真画,做贼心虚的赵青河肯定不敢张扬,对他而言,这种两头都不能出声的桌下买卖最好吃黑。于是,说好今日一早再验画,他暗中调包,又找借口说不买,赵青河拂袖而去,他才带着那幅真唐寅回到自己隐秘的居所。

谁知,立刻被官兵包围强闯,把未来得及卖掉的古画古董全部搜出,包括还没焐热的《仕女图》。他那时还不能肯定是赵青河布局,直到他从囚车逃出前,撬开两捕快的嘴才确知。

到底是谁咄咄逼人?夏苏看对方停下脚步,离自己尚有一丈多,却不敢掉以轻心。她不知赵青河的局,却知这人已成漏网之鱼,特来寒山寺找她,不是胁持她,就是杀她。

"我要是你,我能跑多远就跑多远。"她非舌粲莲花,只讲基本道理。

"我原是这么打算的,可想来想去,太冤,不得不绕路过来,找夏姑娘清算这笔账。不都这么说嘛,父债子偿,兄长的债也可以妹妹偿。"

夏苏记得桃花楼的妈妈叫此人冯爷。她也没忽略另一个男子,看他一身灰毡无袖袍,阴沉着脸,亦不像善类,站得更远,一直张望四周,似望风。

"夏姑娘还没告诉我,你何时,又在何处见过我呢?我这人其实挺上道,不似穷凶极恶之徒,二话不说先宰人。就那么片刻可活了,应该让人死得瞑目。"冯爷眼角阴鸷,"你也别小看了我,来的可不止两人,还有几个兄弟把前头的道封了。姑娘看着不笨,明白我的意思吧?"

"芷芳姑娘的屋子失窃那日。"告诉他也无妨。

"嗯?那天晚上吗?"冯爷没想到,就自作聪明地以为,"夏姑娘莫非女扮男装到青楼见识,和你兄长一起?"

夏苏不觉得自己有必要交代得太清楚,沉默不语。

冯爷当她默认:"那你兄长与我有何仇怨?哈!我知道了,他是芷芳的恩客,见芷芳被我赎身,嫉妒了。然后,芷芳被杀,他就想泼我脏水,向官府诬告我,谁知让他歪打正着。"

真能掰!夏苏开了口:"你既然已为芷芳赎身,那幅《蟋蟀锦鸡》是她的陪嫁,只要你耐心等几日,就能拿到手,为何又是偷窃又是杀人,弄出那么大的动静？"

"夏姑娘好不天真，我若能挥金如土，一千两的赎身银子跟扔纸钱一样，还要冒掉脑袋的风险做这无本生意吗？"冯爷当她是死人，什么都实说了，"从头到尾，我就没想赎芷芳。看到那幅古画，实属意外之喜，选了那晚偷画，却让一小丫头撞破行迹，便当机立断改为调虎离山之计，假赎芷芳，让她离开桃花楼，好方便我再返屋换画。我只是没料到，一个对古画不精通的女人能这么快发现画被调换，并怀疑到我身上。能怎么办？只能灭口了。"

真相简单，结果残酷，以画起，以命终。

夏苏冷笑："你真蠢！"

冯爷双眼一瞪，背在身后的双手展开，各拿一把尺长的银钩，慢慢靠近夏苏："你说什么？"

"本该安于偷偷大户就好，名画古董对于他们不过摆门面，而你却见利忘义，夺人珍爱之物，进而杀人越货，轻易暴露了自己。若我所料不错，恐怕因你一人的蠢行，连带你们一伙人都会被连根拔起。这不是蠢，难道还是聪明吗？"她对赵青河在调查这方面的本事，如今深信不疑。

芷芳姑娘，不论她的人品如何，她对于一幅无名古画的珍视，为自己的死报了仇，令凶手如丧家之犬。正如小小的，眷恋美丽的花朵，敢于和骄傲贪婪的锦鸡斗上一斗，最后两败俱伤亦荣，可以安息了。

"我突然发现你话太多，去死吧！"冯爷跃起，银钩闪寒光，一根扫来，一根竖劈，任何阻挡两片锋刃的东西，都会被斩成两段。

"你他娘的话更多！"

夏苏的衣服如蝶，翩翩起，美若仙，比寒光更快，往旁边闪去，但这大老粗的话却不是她撂下的。

一条腿，高抬，横踹，止住银钩的杀人寒气，同时裤脚被削得一片一片，露出半根铁杖。

夏苏惊讶得结巴："老……老……"

收回那条银钩斩不断的铁腿，斯文面、桃花眼的来者开骂："老子觉得上辈子欠你的，原来还欠上上辈子的，你个头发长没见识的笨货，跟杀人越货的鸟扯屁！腿是冻住了还是怎样，不会逃命？要不我帮你砍掉它们，跟老子一样，铸条铁柱子在肉上！"

老梓叔会功夫？不是瘸腿，是假腿？

夏苏却被他骂得一通脑晕，只会道是。

"还不快滚！老子回头再砍你腿！"瘸腿一点地，跃了丈高，朝冯爷也明显呆怔的脸踹去，"看屁！连女人都打的没种东西，老子干脆阉了你，让你当娘娘腔！"

另一个男人动了，速度极快，抽出一把长刀，直刺老梓叔的下盘。老梓叔不得不临空变向闪开长刀，才落地，就被长刀男追击，两人战在一处。

冯爷朝夏苏冷哼："还真不能小看你，不过你的好运到此为止……"声音未落，双钩交叉，对准夏苏的脖颈，新仇旧恨一起来，誓要割头才痛快。银光横扫，似两把寒扇，苍蝇都钻不过，毫无缝隙。

当然，夏苏不可能在原地，等人割脖子。夏苏不但躲过速速压下的银钩，还躲过冯爷接下来的铁蹄腿，以及对方反应过来后，一招比一招厉害的进攻。

她的身体，似乎每个部分，都化为了水，不可思议，万分凶险，却无一回不美妙地脱离杀招，在安全的地方亭亭立定。

她的呼吸，虽有些急，神情却安定，眼底很冷，阳光照着那张如初雪般的面容，炫亮美丽，仿佛刚才只是做了些弯身展腰，再寻常不过的动作。

冯爷未拜过名师，但他刀尖舐血，行走江湖二十年，干的都是不见光的买卖，拳脚功夫自成一家，有响当当的恶名。怎么料得到，遇到这个不比柳枝粗多少的姑娘，竟连衣袖都沾不到。他虽看不出名堂，至少知道夏苏会一门绝顶轻功，怪不得能那般冷静。

不过，冯爷到底经验摆着，很快找到夏苏的弱点，发现她的步法挪移，离那位晕死过去的小姐越来越远。他眼珠子一转，毒计上心，忽然弃攻夏苏，往赵九娘扑去。

夏苏暗道糟糕，本能驱使，也朝赵九娘那边跑。倒不是纯粹送死，随时随地防着凶徒，准备飘开，只觉自己什么都不做，看赵九娘挨钩子，有点说不过去。

她对举起银钩的冯爷喊一声住手，同时听到有人暴怒一吼：
"夏苏！"

这声音无比熟悉，她自然会回头去看。然后，手臂一疼，一只银钩
飞过来，在袖子上刺开一条大口子，见肉见血，还有血肉之间的，是自
己的骨头？

"小心暗算！"声音又是同时响起。

已经被暗算了！她眉毛都竖了起来，两眼喷火，一边飞身闪开，眼
角盯住冯爷，一边找人算账："赵青河，你喊什么喊！"

一朵乌云从夏苏头顶飘过，飞快降至冯爷那边，也不管冯爷拽着毫
无知觉的赵九娘喊什么东西，噼里啪啦就是一顿打雷闪电。

那个冯爷也不是好惹的，拼上二十年的江湖历练，还是逃出了雷云
电，再出手，招招要害，全力取人性命。但不多会儿，他被对方凌厉的
路数弄得迟钝，身上挨的拳头越来越密，最后还被压在地上，听着自己
的右臂和腿脚咔咔响，除了发出像杀猪一样的叫声，跟废人无异。

乌云这才化成人形，长得和赵青河一模一样，神情却很骇人，眼珠
发红，额角暴起青筋，一张脸全是硬角。他就立在那儿，那么傲慢，那
么跋扈，让人感觉只要一动，骨头就会像冯爷一样倒霉。

夏苏以前从来没怕过赵青河，看到他这时的暴戾样子，居然心缩。

"我不喊，你就没命了！"

那点豆腐渣力气，竟想救人？真是高尚啊！打完架的赵青河可没忘
回应夏苏刚才的话，动了脚步，却是去赵九娘那儿，垂眼看着，点点脚
尖，好似打算踢上一踢，以此判断人是否还活着。

还别提这件事，一提，夏苏的心火又烧起来："你不喊我，我能回
头？我不回头，就不会差点让钩子卸了整条胳膊。"

伤口很深，血哗哗地流，想到白白的好像是骨头，她感觉手脚发麻，
但还得防他把人家姑娘踢伤，以尽自己一份力。

"九姑娘只是晕了！"她吼。

"我不是叫你小心了吗？"你自己动作龟慢，怪谁？赵青河收回
了脚。

夏苏哼哼地冷笑，举起手，一个手指一个手指掰给他看："'夏苏小心暗算'。千钧一发之际，六个字，外加你还喘气。只说暗算不就好了，又犯蠢啊，你。"

真是气不打一处来，而且眼前都开始发绿了，却见满脸流血断手断脚的冯爷爬起上身……

她立喊："钩子！"

姓冯的居然能左右开弓，没折的左臂还可发力。

赵青河听风辨位，一个旋身，长袍竟能卷高银钩，再腾空一脚，重重往下踢了回去。真是好眼神，那只钩子正扎在冯爷的脑门，这人再度倒地，手脚抽了两下，脑袋歪过去，彻底不动了。

夏苏怔了怔，微微撇头，不看，嘴上还逞强："瞧见没？这才叫救了你的命。"

见赵青河瞧着她，以为他会不服气，他却道："谢了。"

夏苏吃软不吃硬，淡哼。

不远处，脚下伏着冯爷的帮手，早打赢的老梓观战已久。他看了看夏苏，再看了看赵青河，很不客气骂："一个胳膊要掉了，一个刚宰完活人，一会儿对骂，一会儿说谢，也不看看这是多倒霉的时候。要当欢喜冤家，回自己家傻乐去，别出来丢人现眼。"转了身，又回头狠瞪，"给老子看清楚，这人咬毒死的，跟老子没关系。还有，你，"一指赵青河，"知不知道血流多了也会死人？快给这蠢丫头包扎。老子又不是奶娘，这种破事还要老子动嘴皮子，他奶奶的！"说完，一瘸一瘸走远了。

赵青河不认识老梓，但老梓显然是帮夏苏的人，那就是自己人。他收回目光，见夏苏身体微摇，顿觉不好，疾步冲过去，正好接住她软下的身体，顺着一起坐到地上。

夏苏觉着自己仿佛背靠着一堵坚实的暖墙，又是这般安心之感，甚至连眩晕都好了许多，闭会儿眼再睁，天不摇地不动，眼中所及的秋色重新归位了。

所以，她发现他居然挽高她的袖子时，还能有气无力地抗议："你干吗？"

"包扎。"伤势没有看起来那么吓人，但大半只袖子的血就跟浸过水似的，那手感令赵青河咬牙，"你不是晕了？"

"你别撕自己的脏衣服给我包扎。"看看那道口子，这回没见到疑似骨头的白色，应该是刚才看错，而且血流得也不多了，夏苏松口气，略侧过头看他，"不包也没……"

她话未完，就看到他手上有一卷白棉布。从前赵青河爱用拳头解决事情，隔三岔五要止血包扎，泰婶就在家常备了这种洁净白布。

"你随身带着这东西？"真是学乖了？

"你最好还是晕吧，这么啰唆。"她背靠着自己倒是舒服，可他要怎么处理她的伤口？一只手从她身前绕过去？他对自己手臂的长度还是很自信的，不过怕有小心眼的姑娘当成狼来了。

赵青河往左往右往后看，却找不到土墙树干，于是他的手臂试探了一下，环抱的姿势离成型尚远，碰都没碰到人，就听夏苏冷冷说话："回去，不然咬你。"

他心里长叹，从容不迫地收回胳膊："要么晕倒，要么坐好，妹妹好歹选一样，不然我一只手怎么包扎？"

夏苏这才明白，赵青河刚刚那么做并非有别的企图，而是想给自己包扎，顿觉尴尬，脸红耳烫，同时挺直了脊梁，感觉背后的暖意迅速散去，心中刹那滑过一丝难以言喻的情绪，随即又不在意了："早说就好。"

赵青河蹲到夏苏身前，先扯断一片布，清理伤口的血，再一手将棉布按住，一手绕过去，略施力，拽紧布条。

"啊——"

"啊——啊——啊——"

头一声是夏苏叫的，后面几声是山间回音，乌鸦都惊飞了几只。

赵青河吓到手抖，耳朵嗡嗡作响，片刻后才恢复听觉，好气又好笑："妹妹平时说话细声细气，想不到深藏不露，尖叫起来鬼神让道。"语气一转，有些心痛，"真疼吗？"

夏苏眼里浮起一层雾气，像鱼一般用嘴吐气："疼。"

"这样才对嘛。"赵青河再裹棉布，心里就没那种无法忍耐的疼痛了，"疼就哭，痛就喊，害怕就说害怕，难道憋一张死人脸就不疼了吗？你是姑娘家，姑娘家都心思多，心思沉积多了，会像胡氏女儿那样伤春悲秋,也会像周二小姐那样钻进死巷子,我可不希望妹妹像她们,所以帮你解压。"

"……你故意的?"夏苏不敢相信,狠狠盯着他。

赵青河也瞧着夏苏。

她脸色惨白,伤势深可见骨,明明惊,明明疼,还刻意把眼神调得高冷,仿佛刚才只是遇到一回登徒子。他知道她是坚强的女子,但她的坚强建立在怎样的经历之上,他无从所知,却有所感。这种感觉,让他不好受。他的手伸向她,本该有些婴儿肥的面颊,这时因缺血而惨白瘦削,太碍他的眼,他想给她捏回来。

夏苏几乎能感觉到他指腹的温度,尽管他的手还没触到自己。她该叫他规矩点,可她的眼睛一眨不眨,忘了嗓子该如何发出声音。她觉得,他的体温或许能让她身上少些寒气,大太阳底下,她却要冻死了,连他都不再属嫌弃之列。

"哭出来。"赵青河命令道。

"哭不出来。"夏苏嘴犟,却只是一眨眼皮,两大颗热泪就滚出眼眶,打在赵青河的指尖。他没说错,就在刚才,她确实怕得要死。

"赵青河!"董师爷解决前面几个喽啰之后,终于赶到。

"苏娘,你没事吧?"大驴紧跟着,一眼看见夏苏坐在地上,还有浸血的半截袖衣,吓傻了眼。

赵青河蜷起手指,夏苏的眼泪顺着流入掌心,不凉反烫,心头一动,再伸展了五指,无比温和地拍了拍她的头,垂眼低语:"不必再怕,一切有我。"他立起,脱下外袍,披在她身上,从容遮去那只无袖伤臂。

她心里直发酸,伏在膝头,呜呜哭不止。

山风冷,秋阳寒,两颗坚强的心,两道寂寞的影,却燃了起来,从今往后不会再凉却。

第十九章　约婚之诺

赵大太太怎么也没想到，今日出来上香会发生这么可怕的事。差婆子丫头去找人，得到的却是九娘和夏苏遭遇歹人的噩讯，惊得魂飞魄散。她想立刻去看看究竟，却被僧人告知官差封了那条山道，不仅闲杂人等不得入内，寺里的香客们都得留在原地，直到官府准许走动，但好歹得知官差及时赶到，已制服歹人，两位姑娘没有性命之忧。

赵大太太来不及事先打招呼，僧人就直接说了遇歹人的是赵府的两位姑娘。本来还担心这件事会影响杨家对九娘的看法，毕竟虽是无妄之灾，对姑娘家的名声总不好听。不过杨夫人不避嫌地亲自过来问候，担心和劝慰充满情真意切，为人大方，全无商家妇的势利小气，令赵大太太暗暗赞叹不已，心道婚事若成，倒是九娘的好福气。更好的是，桃花楼那群人走得早，不然到了今晚，大概全苏州城都会知道赵府的小姐遇到了凶徒，还指不定传得多难听。如此欣慰的心情下，赵大太太等了半个时辰也不觉得太久。

杨夫人再次拿捏好分寸，没有惹人烦心，适时告辞回桌，一回去，就悄悄对丈夫道："这婚事十拿九稳了。"

杨汝可被杨琼煜的胳膊肘轻推一下，知道侄子的意思，问他夫人："你自己一人高兴半日，这会儿应该说出来了吧。那几位姑娘之中，到底是哪一位要进杨家门？"

杨夫人做惊讶状："亏老爷还是经商之人，连这点眼力都没有吗？今日赵大太太身边就带了三位赵家姑娘，两个年纪小琼煜太多，只有一个合适。她还是大太太的女儿，当然坐在母亲左手边，家中排行第九，赵九娘。我越看越喜欢，那姑娘稳重得很，也似懂道理的，看过琼煜而面红娇羞，显然不挑剔我们经商，说明眼光好……"

"不是赵大太太右边的姑娘吗？"杨琮煜抢问。

杨汝可扫他一眼，没他那么急，问题却差不多："我瞧赵大太太右手边的姑娘也是年纪相当，也很稳重。"

杨夫人起先没在意："那位姑娘啊，我问过了，不是赵家女儿，只是远亲，今日陪大太太来的。"而后蹙起眉来，"什么意思？你爷儿俩看中的是她？"

杨汝可再看看侄子阴晴不定的脸色，低低笑道："没有，没有，只是夫人卖关子，那两位姑娘年龄相当，我猜错了而已，但愿九姑娘尽早从今日凶险中康复过来。"

杨琮煜一听自己弄错了人，暗自骂自己笨，怎会把石头当了宝玉，弄得惴惴不安，结果连赵九娘长什么样都没看仔细。

杨夫人完全没瞧出来，还伤口撒盐："琮煜，你看这赵九娘可合你的心思？"

杨汝可自然知道侄子那时心不在焉，就帮他一把："夫人，你看咱们要不要准备些上好的补品送去赵府？让琮煜跑一趟，跟赵大太太说上几句话，好好表现一番，兴许就十拿十稳了。"

一个是赵府长房庶出的千金，一个是赵府远亲、不知底细的义姑娘，对他而言不难取舍。当然，这不代表他不欣赏夏苏的才华，只是赵九娘对杨家的帮助更大，更具吸引力。

"虽然说这话有些不厚道，还确实是个博取赵家长辈好感的机会，我瞧赵大太太担心着呢，毕竟这种事有损姑娘家声名。"杨夫人忽见一男子进了堂中。

那男子一看就不是本地人，高大英武，肩比腰宽，江南男子的袍子一般都显斯儒，穿在他身上却十分飒爽，真是让人眼前一亮。

杨汝可同样瞧见了，却想不到赵青河会出现在这儿。

赵大太太一见赵青河，心里愣了又愣，语气就十分惊奇："青河，你怎么也来了？"

赵青河先对杨汝可那边抱了抱拳，也不同赵大太太解释两人为何认识，只道："前些日子的窃案和命案的凶手逃进寺里来了，我有个朋友在府衙当差，正巧让我听到这个消息。一想到大太太今日就在寒山寺，我放心不下，便过来接大太太。没想到，那个歹人偏偏撞在我和朋友手里，如今已经处置好了，大太太没受惊吧？"

赵大太太听丈夫赞过赵青河的本事，心中大定："受惊是肯定的，但我更担心九娘，还有苏娘，你可曾见了她们？"

赵青河点头："我来此正为告诉大太太这事。您不用太担心，九姑娘虽是晕了过去，但只有些擦伤，并无大碍，如今歇在一处禅房。官府已许人走动，您这就可以过去瞧她。至于苏娘，她的伤势要重些，让凶徒的兵器划伤左臂，流血过多。不过，她能拼力护着九姑娘，没忘报大老爷的收留之恩，也算懂事。我得赶紧带她下山看大夫，先跟您告退了。"

赵大太太惊得不知说什么好："这……这……"这了半天，才道，"你只管去，给苏娘疗伤要紧，待回府再与老爷和我细说。"

赵青河应是："那边的杨老爷也是我认识的人，我和他打声招呼就走。我已安排僧人在门口等着领路，大太太不必担心该怎么走。"

赵大太太暗道赵青河周到，连忙差婆子会账，带赵府儿女看九娘去了。

赵青河本只想和杨汝可打声招呼，谁知杨汝可一家子出来的，不得不应酬一下，向杨夫人和杨汝可的两位小千金行了礼。还好杨汝可也要走，没耽误他太多工夫，等他与杨家一起走到寒山寺的山门之外，就看见扶着夏苏的大驴他们已在马车前了。

杨汝可一路上听赵青河说了事情的梗概，这会儿看夏苏让仆人扶上车辕，面无血色，身上套着男子袍，更显得羸弱不堪，可以想见当时的凶险，可那位姑娘居然还笑得出来，哪怕只是微笑，却云淡风轻。

他经商多年，也见过不少厉害女子，都是一眼看着就强势的，像她这般细巧模样、柔声细语，竟也有不输那些女子的坚强。夏苏令他开眼、敬佩，心里对儿媳妇的人选忽然有了迟疑，为此，觉得自己无论如何要去问候一声，再作判断。

杨夫人与丈夫很有默契，一起去。

夏苏一直没晕，并非体质特别，也并非失血不多，而是成长环境迫使她保持高度清醒，不轻易放松自己的意识。杨氏夫妇走过来的时候，她其实已很想睡觉，却落车施礼，有问必答。以至于杨汝可想，或许她没有受那么重的伤，只是赵青河这个兄长关心妹妹，所以不由就说到画的事情上去了。

赵青河在一旁，原先全然不在意，以为就是说两三句的事，但从夏苏下车礼数周全，到说起第二笔订单，他就听不下去了，慢慢走近夏苏左侧，似很不小心，撞到那条受伤的胳膊。夏苏倒抽一口冷气，眼前忽然天旋地转，一时站立不稳，就让赵青河紧紧扶住。顺势，赵青河向杨氏夫妇告辞，约了改日拜访，将夏苏送进车里，自己也入了车。

杨汝可看着马车驰下山去："夫人以为这位夏姑娘如何？"不待他夫人答，他自答，"性情柔和，内里坚强，才遇凶险就能如此从容，是主母之佳选。琮煜个性冲动，心高气傲，我最担心他做事急躁，若有这般外柔内刚的姑娘从旁相助，必能扬长避短，兴旺家业。"

杨夫人其实已猜到一些，但她是女人，比杨汝可看多一处。

杨夫人道："我才同夏姑娘说了几句话？不论出身，人还不错。赵大太太显然看得上琮煜，你打算让我怎么回绝？为了她家远亲姑娘，不要她养大的女儿？再说，近水楼台先得月，咱们这会儿知道夏姑娘好，却也已经太迟。你呀，别瞎想了，能和赵府当亲家，满足吧！"

杨汝可自然知道"近水楼台先得月"的意思，惊道："他们可是兄妹，且二人十分知礼。"

"又非亲兄妹，我看两人就很相配，而且，我看这个赵青河，竟比赵家几位公子的相貌还胜些，一看就是能干可靠之人，要是女儿们大两年，我真想找他当女婿。"可惜女儿太小，杨夫人只能干看看，"等过了年回来再看，若是我看错了这对兄妹的缘分，那就说给琮斐。三弟妹老说我偏心二房，琮斐和琮煜只差一岁，琮煜却跟着你两年了。"

杨汝可叹道："我越想，越觉得你说得对，这两个轮不到咱们杨家，等不着。"

夫妻同时笑了笑，说过就罢，回去照原来的盘算为杨琮煜向赵府求亲。但经过寒山寺一行，杨汝可更加欣赏赵青河和夏苏，与他们一直保持着交情，甚至合伙搭起生意，这些就是后话了。

过了几日，苏州城里都津津乐道一件事：杀人凶徒逃入寒山寺，姐妹香客无惧胁持奋勇斗恶，歹人最后让赵府三郎与董师爷联手惩治，姐妹花也获救了。

莫名的，赵青河被传成赵三郎，以赵三公子之称，突然就和赵四公子齐名了。

"我今早跟少爷到大老爷那儿去，齐管事笑哈哈喊声三公子，吓得我差点坐地上去，还以为寒碜少爷呢。谁知，苏州城里传寒山寺那事，把少爷的名儿去了，只说三郎，所以大家就当成赵府有个三公子。"

这晚，夏苏吃第一顿饭，大驴吃第三顿饭，赵青河带着乔连、乔生出门了，所以也不用分桌，大伙坐在一起，边说边聊，好不热闹。

泰婶也道："我去大房领银子，账房先生也拿此事来说，却肯定不是齐管事说笑，大有咱们自己往脸上贴金，好牢牢巴着大老爷的意思，我不爱听。"

同样一件事，不同的人，不同的诠释，不同的理解。

就像夏苏胳膊上的伤足足缝了十针，泰婶和乔大媳妇痛惜会落疤，泰伯、大驴他们觉得她不该为谁强出头，而她自己认为胳膊没掉就是福。

"又去大老爷那儿做什么？"夏苏好奇这个。

"不是又去，而是出事后拖到今日才去，咱少爷如今面子大得很，大老爷请一回少说拖延三日。"连带他这个仆人也特别有面子。

乔大媳妇道："也不是有心拖延，官府传唤，少爷总不能不去，总早出晚归的。"

命案加窃案，随着冯爷之死和他数名手下的畏罪自尽，冯爷团伙作案的罪证确凿，但无证据能说明常州的案子和这些案子有关，就只能到此为止，知府决定述文结案，赵青河作为重要证人，仍需走个过场。而冯爷脑门上的银钩，由董霖作证，绝对是咎由自取。

这件案子了结之时，胖捕头收受贿赂的事也被查证，进而翻出大量不能见光的过往，多到知府都不能帮忙兜着，暂时关押，呈报了吏部，其实也是暗示胖捕头的后台，让后台操心去。

捕头之位暂缺，董霖就说赵青河有责任暂时顶替，有点什么事就把人叫去，造成这几日早出晚归的状况。

"听说九姑娘的亲事定了。"待男子们吃完离桌，就是女人们的八卦时间，而泰婶每日进府给赵九娘把脉，消息可靠。

"杨家。"夏苏爱参与。

"没错，"泰婶一脸疑问，"你怎么知道？"

"那日寒山寺里遇到杨家的人，听大太太和九姑娘说话，我才知道是两家相看。"夏苏简单说。

"老太太却不大高兴。"泰婶摇头，"那户虽是徽州大商，但赵府是何等人家，怎看得起商户？不过，不大高兴却还是没辙，谁叫赵府缺真金白银呢。"

乔大媳妇叹道："从前不知道，看高门大户好不神气，如今才知维持起来实在不易，名门的千金也只能为着银子下嫁。"

夏苏并不同意："杨大老爷和夫人是没得挑的，而杨公子人品不错，听说他还是四公子的同学，也要参加大考。"少爷脾气一般有钱人家都有，不算大毛病，"大太太也做全了，怕九姑娘不愿意，就带她亲眼相看，她自己点了头，大太太才答应这门亲事。哪像有些人家，嫁女儿是卖女儿，嫁猪嫁狗不由自己。"

乔大媳妇一想，道声也是。

泰婶道："大太太确实算得上不错了，你瞧二太太，她房里的庶出姑娘可没那么好命，平时看着挺光鲜，却都是在别人面前、背后不知吞了多少泪。好在老太爷和老夫人还明理，各房虽各打自己的算盘，却仍得顾忌着，不敢出格。"

赵府有明也有暗。

乔大媳妇说："听老婶您这么说，我希望赵府两位老人家长命百岁，能保咱们少爷和姑娘安稳下来度日。"

"恐怕要让你们失望了，我可不想一直寄人篱下。"赵青河跨进了屋，脱去袄袍打个寒战："这屋真暖和。你们个个偏心，凭什么苏娘能和你们一道吃饭，我就不能？从这顿开始，我也和你们一桌，除非你们把苏娘赶到饭厅去。老婶，我饿了。"

泰婶忙不迭给他盛饭去了。

乔大媳妇仍要站起来，却被夏苏拉住："他说到做到的，你一离桌，明日起，我就一个人吃饭吃到心寒了。"夏苏推给乔大媳妇一碗热汤，"喝完才能走。"

乔大媳妇只好照做。

"手利索些了？"长方的桌板，赵青河坐远处那头，刻意留给人自在。

"好了。"不动就不会太疼。

"早着呢！一个月不能碰水，三个月不能用力，就算万分小心，伤疤也不会消失，要跟你一辈子。"泰婶端了饭碗出来，提起这个就伤心，"不是我不善良，你和九姑娘同遇凶残歹人，就算只顾自己逃命，谁能说你一句不是。"

"还好没伤在脸上。"夏苏白一眼造谣的人，但那人完全不自觉，闷声吃饭。

"阿弥陀佛。"泰婶感谢佛祖保佑。

乔大媳妇这时无比利落地喝完了汤，问泰婶缝制冬衣的问题，两人就这么离开了桌子，离开了屋子。

"知道我为什么不愿意跟你一桌吃饭了吗？"这个家的人，只要一见她和他，就会自发清场，什么男女七岁不同席，什么孤男寡女不独处，家门一关兄妹友好，不讲究这些虚礼。

"妹妹学学孔融，不求顿顿让梨，难得给一只，哥哥就感激涕零了。"他从前不喜欢和人说话，但现在挺享受和她斗嘴的乐趣，或许是"死"过一次之后，不想再把珍惜的心情轻易丢弃了。

梁上君子，同道中人，孔融让梨，没有一回他能好好说话。

夏苏撇撇嘴："你可知为何人们只颂小让大？因为大让小是天经地义，你先学学这个道理。"

她没让他，他难道让她了吗？她开始的买卖，他一上来就说了算，周叔、梓叔他都见过，但他在外面做什么，她却基本上不清楚，除非他让她知道。她懒得计较，是自知之明，也是明哲保身，因她还得防着自己的过去，尽量少在人前露脸。

"我知道了，妹妹今日心火为何而来？"赵青河捧着碗，突然走到夏苏左侧坐下，与她挤在一张长凳上，不但不让她换位子，还十分自然地卷了她的衣袖，见新换的白棉布上没再映红，才继续说道，"怪我把你说成赵九娘的恩人，为她受了重伤？"

面对他的坦然动作，夏苏想脸红也不能，轻哼："我没有见死不救，却也不打算为她舍命，我受伤皆因你胡喊一通，虽说不能怪你，却实在是被你连累。我不懂你有何居心，或者还是好心，可我不觉得有说大话的必要。赵九娘昨日过来探望我，眼泪簌簌，说多亏了我，不然她就没命了，却不知我受之有愧。"

"妹妹可以对她说实情。"仔细放下夏苏的衣袖，赵青河夹菜配饭，临送到自己嘴里时，想起来问，"妹妹吃好了吗，要不要兄长喂你？"

夏苏右手捏起一只筷子："你可以试试，如果不怕眼珠子被戳瞎。"

他喂她？疯了！

赵青河的眼神居然有些遗憾："不然妹妹要我怎么对赵大老爷说呢？说不好意思，我妹妹把九姑娘迷晕了，害她因此被凶徒拿来当要挟，脸上和脖子上才会被凶器划伤，差点脑袋和身体分了家？"

夏苏惊圆了眼，他怎么能知道？

"要不是我让大夫帮忙瞒下，你打算如何圆场？别说赵家，恐怕官府都会怀疑你是否和冯保那群人合谋。"他当时就嗅到药味，事后留了心眼。

"我那时以为是别人，不想九姑娘听到而已。"等她知道来者何人，为时已晚，也因此她才不能说走就走。尽管那时的赵九娘，晕或不晕都一样，已经走不了路了。

果然关系到她的秘密啊！赵青河已料到，趁机道："罢了，你我各让一步，我不多问，你也别恼。杨老爷过几日要回杭州宅邸，请我明日吃酒，若是再下订，我却不接，先同你说一声。"

"你接我都不画，杨大少爷那样瞧不起人，还是请他们另找高明的好。"她自觉再穷也得挑挑买家，就算没有赵青河的那段艰辛日子，她都没有见钱眼开。

"那位少爷脾气不小。"赵青河笑得似乎不以为意，却道，"如今赵杨两家要结亲，咱们是能摆摆架子了，明日我给杨老爷个暗示，想要咱们的画，杨少爷得赔个不是，好吃好喝请你一顿。不过，那也得等年后了。"

"你不是还要再接一单吗？可找着了？"不接杨家，夏苏问他是否接了别人。

"不找了，没听老婶说三个月不能使力？反正赵府愿意养着咱们。"赵青河十分理所当然的口气。

"刚才谁说不想一直寄人篱下？"

"那是自然，又不是咱们自己的家，总要搬出去，不过今年肯定不成，等明年再看。"赵青河有计划有目标，却明白要脚踏实地。

"少爷！"大驴急匆匆跑进来，一见两人坐得那么亲近，眼睛亮了亮，笑得古古怪怪，竟忘记要说什么事了。

夏苏最瞧不得这样："大驴，你来洗碗？"

大驴立刻打起十二分精神："不是，咱邻居出事啦，彭氏哭得稀里哗啦，请老婶过去一趟，还求咱们千万别说出去。"

赵青河的声音意外地无情："谁寻死了吗？"

"彭氏只说那位这几日一粒米未进，中午躺下去，到这会儿都没起来，才发现不省人事了，没说自寻短见。"大驴答。

"莫名其妙！"赵青河继续扒饭，吃了半碗才道，"你也是，别人家的事有必要着急来报吗？我饭还没吃完，横竖老婶一定会过去。"

大驴顿了顿，讪笑抓头："彭氏还请苏娘过去一趟，说她和岑姑娘年龄相当，能陪着说个话解个闷。"

赵青河吐粗："放屁！她家侄女娇贵要人陪，我家妹妹就是陪人解闷的？让她哪儿来滚哪儿去，还当我是给她家拉车的骡子，随叫随到？"

大驴扭头就跑了。

夏苏虽然也没打算过去，不过赵青河的回绝太粗暴了些："好歹是曾经喜欢过的姑娘，可以和缓拒绝。"骡子？她心里暗笑。

"别说我一点不记得怎么喜欢过了，就这些日子我记得的，也不觉得那会是记我好处的人家。既然如此，连假客气都是浪费，最好直接表明不想打交道的态度，免得今后再有什么误会。"赵青河必须表明彻底划清界限的决心，就算这样，也不能立即把那段糊涂往事从别人的记忆中抹干净，时而还受董霖他们讥讽。

"苏娘。"赵青河忽然以很认真的语气喊她。

夏苏正要离桌，垂眼瞧去，难猜他眼中深意："怎么？"

"哪怕别人不信我，你总要信我，我如今对那位姑娘真是半点意思也没有。"他就觉得很冤。

夏苏挑起眉来，看他一副蒙受不白之冤的模样，往日那些不快的记忆就像化成了雾气，遇阳光而蒸腾："不需谁信或不信，等你将来娶妻，新娘子不是岑姑娘，大家自然就知你的心意。非要说清楚告明白，就是越描越黑，心里有鬼。"

赵青河直直望入那双像宝石一样深嵌在星夜的眼睛。

和岑雪敏截然相反，夏苏是个非常不喜欢利用自己美貌的姑娘，所以人们会先了解她的性情，好似很钝慢，好似胆子小，却往往做得出胆大包天的举动，还有与众不同的天赋，即便沉入苏州片之名，仍难掩光华。这样的姑娘，当然会令人渐渐心折，而随着这份心折，还产生一种非常自私的瘾念。

赵青河看得出吴其晗因此瘾念而不自觉抵抗，但等这个男人想明白，势必不会怯懦，那时他的瘾念当如何解呢？

"我娘临终前，让我俩跪在床前发了誓，你是否还记得？"此时此刻，心瘾发作。

夏苏一怔，咬住唇角，脸上红潮起了又退，僵着神情："我自然记得，不过你却记不得了。"

抬步要走，却被他突然挡在面前，更让他撑住桌面的长臂封去左右的路，她顿时又恼红了脸，全身有点烧："赵……赵青河，你……你滚远点！"

她俏丽恼火的模样，他已看出心得，那是越近越可爱，一点凶势也没有。

赵青河微微前倾身，耍赖的本事无敌："我有话说，说完就滚。"

夏苏拼命向后倾身，左右已无空间让她闪避。

赵青河撑在她身侧的双臂收窄了，逼她的双手只能撑着腰后的桌沿，而两人之间梗着长凳，他甚至将凳子顶近了桌沿，令她的腿绝无可能像上回那样灵活。

身体那么贴近，柔和刚的气息相混，一张红成柿子的美玉颜，一双闪星的漆夜眸，但心跳同速同促。

"泰伯说，你答应过我娘，若我愿娶，你就愿嫁，否则就一直以兄妹相称，可以彼此照应。"这个是家里人人心照不宣的事，而他才刚刚知道。

夏苏深吸气，忽略这般亲密带来的别扭，但奇异的是，她能分辨得清楚，这并非从前那种力量悬殊的挫败恐惧感。他的动作霸道，却无恶意；他的气魄强大，却不具杀伤力。

"可惜泰伯只听到一半，而你却什么都不知道了。"所以，她仍能力争。

"我若想得起来，当如何？"他看似好整以暇，心脏却狠狠砸着胸膛，有什么要呼之欲出，却以为本能，直觉该抓住这个姑娘。兄妹锁不了一世，婚约却可以，而婚姻本无期待，如果是她，他觉得至少会愉快些。

一根葱白纤指点在他心口，一声轻笑。他的眼从她未染色的指甲尖往上望去，直至她微翘的嘴角，还有褪到耳垂的那点霞红。他也笑，猜她笃定着某件事，以至于他的话听起来又让她觉得蠢极。

"想起来以后，当然就看你怎么打算了。"

就在手指推开他一寸时，夏苏右手往桌上一拍，双脚腾地离了地面，单手撑起全身的重量，如一朵漂亮的花球，轻巧地从赵青河的怀里翻了出去，无声地落在桌对面。

"妹妹莫顽皮，别忘了身上还有伤。"赵青河并非没阻止，只是她的动作比他的还快而已，虽不是头一回瞧她施展，但还是会惊艳。

夏苏没有用到左手，她懂得自己照顾自己，如同她能自己做主婚事一样。

"赵青河，既然你知道了，我也不妨把话挑明。当初我与干娘说定，你若求亲，我便嫁你，但以三年为限，如今快过了两年了。还有，你别以为求亲就是口头上说说，找个媒婆来就行了。约婚，自然要交换信物，干娘给我的东西我保存得很好，只不知我给你的信物你还找不得到？"

果然不是装想起来就行的，竟还有信物！赵青河问道："我娘以何为信物？"

"这你不用管。"夏苏知赵青河的本事，嘴角勾起一抹嘲意，"你拿出你的，我就兑现诺言，绝不反悔。不过，我还得提醒你，你脑袋没开窍那会儿，把干娘整个首饰盒都掏空了，换钱买了东西送与他人。"她往门口走去，慢慢伸手向前一点，笑意难抑。

赵青河没跟上去，坐回饭桌，开始吃剩下的半碗饭。饭早凉了，他也不在意，大口嚼咽，神情中无半点担心焦虑。那姑娘怎斗得过他？东西若不在家里，他一提起婚事她就变了脸？东西若不在家里，她需要声东击西，误导他以为他送了人？他想不起来不要紧，因为他恰恰很会找东西。

"妹妹。"还有一件事要说说清楚。

夏苏停在门外，回头等赵青河说下去。

"婚约还有一年期限，如果有谁来求娶你，哥哥只好让他们过完明年再来了，妹妹别怨我耽误你。"如此，让他有时间观察一下自己。

夏苏觉得好笑："随你。"她要是还图嫁人，根本不会答应干娘的三年之约。

三年，女子最美好的寻找良人的时光，她无所谓放弃。

"今晚出门吗？"赵青河的对话转而平常。

"不，我还是有点惦记杨老爷的四百两，想看看是否有手感手气，如果顺利，没准还是赚得到的。"她养伤数日，不曾碰过画笔，右手很痒。

"那么，哥哥明晚就得拿到杨大少爷的致歉信才行。"

碗空了，进厨房盛第二碗，再出来，夏苏已不在门外，赵青河坐下，接着吃饭，这回却一点菜都没搭，单吃白饭。

女人改主意，如猫出走，男人只需为她们找好理由，留一扇永不上锁的窗门。

第二十章　往事如今

只是岑雪敏病倒的事，并未如彭氏所愿，几乎立刻传到了赵大太太的耳中。作为主家，这等鸡飞狗跳的事当然不会不知情。赵大太太当即去找了丈夫。

赵大老爷和赵大太太一直住两个院子，赵府已无人见怪。虽不能问取功名，但赵大老爷喜欢研究学问，十分爱清静，如今很少在妻妾房里过夜。这并不影响夫妻感情，大老爷与大太太相敬如宾，任何事都有商有量，比起闹哄哄的五个弟弟家里，长房以这种平静和谐的姿态，获得了赵老太爷和老太太的最多重视与信任。其他五房不管心里怎么不满，也必须服气。

"雪敏几日滴水不进，睡得不省人事，彭氏请了青河家的老婶，硬灌下了药汁，总算缓过一口气来。"大太太叹问，"老爷，这么下去，万一彭氏说出娃娃亲的事来，如何是好？"

赵大老爷本来正为翰林院的大辞书作校对，听到这事就烦，怕影响精准，干脆合了书，语气有些不耐烦："让她说！彭氏要是能让老太爷松口同意亲事，我倒不用烦了。"

娃娃亲是他一时兴起许下的，他有责任，但老太爷不肯点头，他也无奈。他与夫人写信向岑家夫妇告罪，又请夫人婉转对岑雪敏劝说，后来听闻那孩子心结难散，他和夫人又亲自去探望，甚至作出了长辈给小辈道歉的低头姿态，谁知那位姑娘还要闹腾。

"老太爷已经铁了心要给四郎娶京中名门，除非四郎落榜，否则谁也不能让他松口。"赵大太太知道丈夫说的是气话，"我知老爷为何不高兴。您觉着咱们尽力了，但雪敏不觉着，岑家也不会觉着。她自小当自己是赵家长孙媳长大的，辛苦学习那么多东西，就为了将来嫁过来不给咱们丢人，如今咱们说句对不住，诚意再足，能弥补她这些年吗？情绪强烈才说明这姑娘的心眼多实在，其实挺可贵的，可惜四郎没这福气。"

赵大老爷叹口气："只是她再闹也无用，平白弄坏她自己的名声。老二家的六郎不好吗？不是长孙媳，还不用担那么大的责任，瞧瞧你就知道，长媳多辛劳。为了子朔那点事，母亲还把你训斥了一顿，当着弟媳们的面。因为你是长媳，一点小错都要立标。"

赵大太太温婉地笑了笑："她还年轻嘛，又是认准了就不改心思的脾气。"

"那我们该拿这姑娘怎么办呢？四郎肯定不行，六郎她又不要。总不能不管，任她当了老姑娘。"

"老爷，容我造次一回。"赵大太太的脸上突然出现不安的神色，"我知你不喜欢我提宛秀姐姐的事。"

赵大老爷的眉头立刻皱得死紧，板起了脸，却是沉痛："知道还提，想来你有理由。"

赵大太太心里一紧，真怕自己的提议适得其反，毁了好不容易才建立起来的这份互相尊重的夫妻感情，但最终还是有些自信："老爷先别恼，我只觉得这或许是个补偿宛秀姐姐的好机会，让她能重上族谱，被老太爷承认。"

赵大老爷一听，神情有些激动："怎么说？"

赵大太太眼里掠过一丝失落，任凭她这些年做得再好，在她丈夫心里，仍比不得常宛秀一个名字的重量。

她出嫁前，看父亲三妻四妾，看母亲与姨娘们各自作法，只为多得父亲一分挂心，再看兄长们个个美妻玉妾，坐享齐人之福，因此对未来的夫君亦无盼望，只想生得儿子，稳坐正室大妻之位就好。谁知，她的夫君与别的男子不同，他心中有一个爱得极深的女子，几十年都不曾淡去。从他和她成亲那日起，他就说得很清楚，他与她同房，只为后代，以此向父母尽孝。而他本不肯纳她的丫鬟，是她在酒里下了药，才犯下糊涂事。为此，他与她冷处长达两年。

她并不嫉恨丈夫的心上人，只是羡慕那样的感情，而她一辈子都得不到。她以为她总有一日会与那位女子见面，因为她丈夫那么执着地等待，甚至有着随时抛家弃子的决心，她相信那个女子会感动的。她将所有的心思放在孝敬老人和内宅的操持上，也随时准备着丈夫离家之后，她的主母地位不倒。然而，等来的，只是那女子的死别。

她由羡慕转向钦佩，怎样的女子，活得那么坚持，说今生不见就真不见。那女子还是深爱赵峰的吧，所以送来绝望的同时，还送来了希望。在以为那份希望灭绝的时候，赵峰倒了下去，那时她在他身上看到了坚决的死愿。赵峰说，他也要为宛秀坚持一回，他这一生负她，最后连她和他的孩子都守护不了，只有以死相陪，至少在黄泉下还能一家团聚，哪怕短暂。如今，希望回来了，赵峰的心病也好了，仿佛那个希望才是他的命源。

想到这儿，赵大太太轻柔地笑了笑，对丈夫说出了她的打算，然后看丈夫满脸的赞同和喜色，她就知道自己做对了。

她没有和常宛秀争丈夫的心思，因她很清楚，比起爱丈夫，她更爱自己的孩子；比起妻子，她更愿意当好母亲。没有人，没有任何人，能伤害她的孩子，一桩娃娃亲更不能毁了她最大的希望。她的子朔，是她的荣光。这么做，对大家都好，没有一方有损，而她绝无恶意。

过了几日，赵府出了一件大事。

赵大老爷被老太爷罚跪在院子里，整整一晚。初冬落小雪，跪一夜可不得了。老太太哭肿了眼求情，五位老爷一齐陪跪，太太们急得乱转，赵家男孙们纷纷叩见祖父，也求宽容，老太爷竟然毫不心软。

到底为什么事，老太爷和大老爷却都咬紧了牙，就不开口。

好不容易熬过一夜，大老爷在床上躺了半个月才能走路。谁知还没太平，大老爷又到老太爷那儿去说话，再被罚跪府里祠堂，把老太太惊得晕厥，众人简直丈二和尚摸不着头脑。主子们忐忑胡猜的心情下难免拿仆人们撒气，今日打谁一顿家法板子，明日赶了没规矩的谁出府。全府鸡飞狗跳，人人自危。这么闹了四回，到腊月中旬，父子之战方歇，大老爷终于直着腰板从老潭院里走出来，面带笑容。

府里消停下来，但众亲戚仍被禁入府走动。众说纷纭，猜测着事情的起由时，各家收到了赵府年夜饭的请帖。人们这才惊觉，该准备年礼了。

"送什么好呢？"泰婶表示头疼，看看丝毫没有关心神情的赵青河，转而问夏苏。

这时夕阳西下，两人正在等天黑，好出门。

"不去就不用送了。"夏苏回答。

赵青河起劲了："说得对。前些日子老太爷和大老爷闹得那么僵，以为今年不办年宴了，这会儿再送帖子，哪来得及备礼？送得不好，还让人说白吃一顿，不如不去。"

"人多过年才热闹哪，而且连咱们也招待，酒菜不差。"大驴贪吃。

赵青河不以为然："何必吃别人家的？咱们到外面整桌好酒好菜，比看人眼色夹菜好，也不分主仆，都是自家人。"

"不好。"泰婶一锤子敲定，不允许反对，"大老爷大太太对咱们恩重如山，尤其今年还请了苏娘，你该带她在长辈们面前露露脸，让府里都认一认，苏娘是咱家的姑娘，不能再当成丫鬟那般随便对待了。咱们自家吃饭，年初一也行。好了，年礼我看着办，不用你俩操心了。"

"随便弄弄就好。"赵青河扯起夏苏的袖子。

"老婶，我会帮着想想的，你别心烦。"夏苏被拉着走了。

乔大媳妇一旁笑着："苏娘真是贴心的姑娘。"

泰婶也笑："就是有人眼神不好使。"

赵青河却对夏苏道："兜财的手说什么漏银子的话？借住赵府的亲戚里，还有谁比咱们更穷，有送年礼的银子，不如自家出去吃一顿。"

搁在年初，这绝不是败家子会说的话，夏苏觉着自己反而有点大手大脚起来了："大老爷大太太对咱们确实不错，如今手上也有些闲钱了，打点一份年礼也应该。去年家里真穷的时候，你送大老爷一个唐代鼻烟壶，彩绘的山水，一百两出去，眼睛都不眨。"

"说好不提我从前的事。"赵青河赶起车。

"我可没答应过。过去的事，不会因为你想不起来就可以当作没发生过，说者无心，听者也无意，不就好了？"两个月来，赵青河没再说婚约之事，夏苏也能以平常心面对他，"你说大老爷到底为何惹得老太爷那般动怒？"

"谁知道，"赵青河的语气突然飘忽，有些冷，但很快笑起来，"说不定是为了招我当女婿的事。"

夏苏知道他在抢白她早先的猜测，淡淡撇嘴："谁叫杨琮煜出身富裕呢？赵九娘与他定亲，就是赵家和杨家的结盟，赵老太爷不喜欢经商，但赵大老爷却要考虑赵家的今后，看中的正是杨家会做生意。不过，还有十一娘。"

"说话奶声奶气的丫头片子，给我当女儿？"赵青河喝问。

"若不是为了招婿，又为什么对你好，难道真的纯粹当你亲侄子来看？"夏苏却不信无来由的好处。

"看我年富力强，能为赵府卖命，不行吗？"赵青河回头瞥夏苏一眼，"就算他们有目的，也是冲着我，你瞎操什么心！"

"你我一条船，你沉我也沉，当然要操心。"夏苏自觉迟钝，可赵峰夫妇的善待十分不寻常，"昨日，大太太送来的几匹料子你没看见，是京师王爷送来的贡料，给你我做衣裳。你收得起，我却怕还不起。"

"夏苏，"夜街灯明，赵青河的侧面轮廓分明，峻冷无比，"咱过完年就搬家吧。"

"嗯？"夏苏愣住，半晌才道，"怎么突然……"

"也不突然，杨琮煜道了歉，多赚四百两。前些日子我到处走动，你的小画引得不少人问，其中有两位富商再约我谈订单，我估摸至少是二中一，过完年后你就有得忙了。还有，仍是杨汝可，他看好你我的本事，有意与我合作做书画买卖，这么一来就不单单是卖片子，将来还有作书和版画的可能。虽不似你的每一幅画那么一本万利，但有稳定收入。"

赵青河只希望能赶在某个真相出来之前，带夏苏搬出去，过简单的、昼伏夜出的、无拘无束的生活。

京师。

一座美轮美奂的花厅，一老一少坐着，正赏着一幅画。画上松竹梅，相映生辉。

"傲香清骨，真让人想狠狠折断啊，是不是，言小子？"老者面上无须，声音有些女腔，身着云绸海锦，獭皮镶襟宝石扣，头戴员外帽，象牙箍了白玉，隐隐耀蓝光，十指有三指戴着猫眼儿的戒饰，一身装束千金难算。

"伯父若有想折的东西，只需吩咐。"年轻人的装束要素雅得多，但腰带上仅有的那枚玉佩润白晶莹，镶玉的镂金丝竟有人物有阁楼，微画之巧天下罕见。他长相也好，五官儒雅，只是唇薄，偶有阴骘之色流露，显得十分寡情。

老的叫刘锡，是宫中大总管，皇帝最器重的宦官之一。年轻人叫刘彻言，刘锡堂弟之子，被刘锡看中带进京师，认大官商刘玮为义父，如今已是家主。

虽然同姓刘，刘玮与刘锡并非亲族，但刘玮发迹多靠刘锡，家中又无嫡子，刘锡要他认刘彻言为义子，他怎敢说不，还得当作天大的恩惠。不过，因此他坐稳了京师第一官商之位，为皇家专属采买，捞天下的油水。

刘锡尖细笑了一声："我是赞赵子固之画功，笔力深透。你这孩子，怎么把我想得那么坏，以为我借此又要整谁。"

皇帝体弱多病，党争也随之白热化，权臣与宦官正展开殊死较量，此时因年关将近，波涛暂平。无论如何，过个好年才有一年的好景，连皇帝的病情都有所缓解，各方也趁机喘口气，积蓄一下力量。

刘彻言垂首，声音却不惊惶："伯父考我。"

刘锡眼里也有了笑意："你倒说说，我考你什么？"

"我在义父家住了十年，义父做生意并无技巧，横竖只要有伯父在，金银滚滚来，但他此生练就一双好眼，鉴得天下宝物，伯父才欣赏他，送我到他膝下奉行孝道，也是想我学他的本事。如今他老眼昏花了，伯父考我学成没有。"

"你很聪明，不枉我将你带出来，费心为你铺路。既然已经清楚，就别跟我绕弯子了，我出宫一趟并不容易。"刘锡很满意他的选择。

刘彻言起身近看《岁寒三友》，并不匆忙下结论，约莫一炷香时间才回座位："伯父极爱赵子固的画作，但恐怕要让伯父失望了，此为仿作。"

刘锡哈哈大笑，道声好眼："看来这些年你没有白待在刘家当孝子，此画确为仿作，不过比赵子固之功力有过之而无不及，是幅值得收藏的佳作。你再猜猜，它从何处来？"

刘彻言抬眼，是恰到好处的谦逊神情："侄儿不知，但伯父不生气吗？竟有人敢以假充真骗伯父。"

"送画之人早已言明是仿作，只是知我喜好收藏赵子固之作，以此作为年礼聊表心意。苏州片以假乱真的名气天下响亮，早些年我也见过几幅，只觉夸大其词，明明是粗制滥造之物，骗些土财富商罢了，想不到如今能成气候，假的还能比真的出色。听说靠造苏州片发家的人出了一批，俨然有头有脸。自古至今，各朝各代都严抓假造古物之人，怎么到了我朝，反而扬名宇内，发家致富，还能令人向往？果真因为山高皇帝远，江南别不同吗？"

刘彻言有些摸不准伯父话中的语气，试探道："伯父想小侄推把手吗？让朝廷重新立威，严查伪造商家。"

"不必不必，即便兴师动众，抓到的只是虾米，大鱼各有靠山，伤不及根本；再者，把伪造说成仿造，买卖自愿，送礼体面，都狡猾得跟泥鳅一样。我不过感叹，江南出才子，这等笔力若有人欣赏，不说成了一代名家，也会小有名气，在那里却只能是籍籍无名的小画匠。"

刘锡又说了一会儿话，临走时留下画："好好处置，这可是赵子固的真迹。"

刘彻言恭谨应了，一直送刘锡出府门，才问一句："伯父，这画是谁送您的？"

"吴尚书。他的二儿子经营些自家的生意，其中有家铺子叫……"刘锡想了想，"墨古斋。在京师自然比不得刘家的恒宝堂，在江南却是数一数二的书画铺子。"

"京师墨古斋的生意也兴旺，恒宝堂全仗伯父照看，才略胜一筹。"刘彻言不忘时刻提一提刘锡的功劳。

刘锡笑笑，上了轿子。说是出宫不易，阵仗却委实不小，还有两列侍卫护送。

刘彻言站立良久，直到刘锡的轿子转过街角才回府中，对身旁的亲信管事道："封二百两银子给何公公送去。"

何公公是刘锡的亲信，若非他事先通消息给刘彻言，刘彻言才看不出那画是真还是假。他当然不笨，平时也不懒惰，只觉得没必要学什么鉴赏而已。

"大哥，你伯伯走了吗？"一个穿得像朵花的姑娘跳进刘彻言怀里，嘟着红唇。她叫刘茉儿，是刘玮的小女儿。

刘彻言冷冷捏住她的下巴，用了力道："怎么，大白日的，就想同我要了？"

刘茉儿脸不红，眼抛媚："大白日怎么了？昨儿个大白日，你还去平姨娘那里同她要了一个时辰呢。她可以，我就不可以吗？"

花园里有两三个丫头在清扫，刘茉儿的声音毫不收敛，但她们没有一个好奇或惊吓，该做什么做什么。刘彻言看在眼里，神情中的不屑更盛。这个府里唯一干净的人，已经逃了。

他俯下头，攫住刘茉儿故意涂红又嘟圆了的唇，毫不怜惜地吻她，直到她整个人瘫软在他的臂弯中，娇嗔嘤咛变成了讨饶呼疼，小手握拳对他又捶又打，他才放开了人，冷眼看着被他咬出血来的嘴角。

刘茉儿一摸，见到鲜血，不慌却火大，跺脚道："哥哥心情不好，拿我撒什么气！"被这般惩罚，也成习惯了。

"并非心情不好，而是警告你，下个月就要嫁人了，给我放明白点，别一嫁过去就跟不是夫君的男人要，若那样被打发回娘家，娘家可不收容。"

刘府如同他的后宫，从刘玮的续弦姜室到千金小姐，从大丫头到扫地丫头，他高兴就吃。但要说到刘府的混乱，并非自他开始，而是上梁不正。刘玮本就好色，还将妻姜女儿当成待客的工具，导致妻养汉，姜偷人，男仆女仆随便爬主子的床，到刘彻言这儿只是照样接管。

刘茉儿吐个舌头跑了。在这样的家教中长大，她不知廉耻为何物，只图一时痛快。此时不痛快，还能何时痛快？

刘家的五个女儿，三个已为人姜，嫁的不是重臣，就是巨贾。刘茉儿也一样，定下的夫君为湖州盐商，来刘府做客时看上她，半百的年纪可以当爷爷。但又如何？十几年好吃好住供养着，又没别的本事，只能靠美色和年轻的身体，还可以为娘家出份力；反过来，作出贡献，当然也能拿娘家当靠山。

刘彻言回到花厅，盯着那幅《岁寒三友》看了好一会儿。他确实心情不好，伯父来这一趟，让他不可遏制地想起逃离这个家的人来。三年了，派了多少人出去，都杳无音信。他曾觉得自己已经拥有了只手遮天的力量，却一而再，再而三，在同一个人身上感受到挫败。刘彻言甚至都不知那人是怎么逃出去的，从那间只有气窗的地牢中，在那些护院的眼皮底下，竟然能够悄声无息。

一幅胜过赵子固《岁寒三友》的画？天下能有很多这样的画工吗？

没有名气，为了糊口，为了度日，在充斥着古画的繁盛地方，施展长才也不用担心被认出来。他忽然心念一动，大叫来人。一个管事跑进来。

"让江南一带分堂的掌柜们开高价收精品苏州片，若有生客，立查底细，尤其是画匠的底细。"他不能再怠惰。

管事心里有数："大公子觉得四小姐在江南吗？若然如此，要不要多派点人暗访，把握更大些。"

刘彻言点点头，听着管事跑出去的脚步声，伸手抚过《岁寒三友》，神情阴郁着，眼里却着闪兴奋的寒光，慢慢道出三个字："刘苏儿。"

广和楼里，夏苏打了个冷战，回头看一眼窗，关得好好的。

"冷吗？"本来正和董霖说话的赵青河，立刻偏头来问。

"好像一丝冷风吹脖子。"夏苏说着，想这人脑门后由肯定还藏着一只眼。

赵青河起身，把合得很好的窗子打开再关上，问她："这回应该关实了，还冷吗？"

让五个人十只眼睛好奇或好玩地盯着，夏苏有点尴尬："不……不冷了。"

这晚来同赵青河的三个好友聚面，除了董霖还未娶妻，孤家寡人来的，另两家都是成双成对，千斤堂的葛绍和妻子江玉竹，还有程晟与妻子茂欣。

"真是不看不知道，一看下巴掉。呀，赵青河，你还是这么关心妹妹的兄长啊？"程晟的性子和董霖相似，两人一旦起哄搭腔，没人说得过。

董霖立刻搭话："我跟你们说的时候，你们都不信，怎么样，眼见为实了吧？"

葛绍是冷性子，但也有市井混棒名，绝不是不生事的："以兄长之名，打什么鬼主意，路人皆知。"

赵青河气笑："造你们的谣，一个个都没妹妹，眼红就直说。"

夏苏不想听他们瞎扯，江玉竹瞧出来，就左手挽着她，右手挽着茂欣，去楼道那头看灯听戏。

江玉竹是常州人，茂欣是扬州人，都刚嫁到苏州不久，而且她们与各自的丈夫都是互相看对了眼才自主择嫁的，性格各不一般。江玉竹出身书香门第，家道中落之后担当大户人家的女教席，养活一大家子弟弟妹妹，所以说话行事都像大姐一样。茂欣娘家富裕，没吃过苦，但心地善良，性子活泼。两人对夏苏不约而同地照顾周到，让她头一回尝到有姐姐的滋味，十分温暖。

三人说着琐碎话，嗑着瓜子，听着戏，又拿混棒圈来说笑，说如今只有董霖能继续这个市井称号，另外仨都算有家小的人了，应该金盆洗手，退隐江湖。正笑得好不高兴，桌前来了两人，与夏苏打招呼。

夏苏一看，连忙站起身，轻巧福礼："吴二爷回来了吗。"

兴哥儿抢话："回来了，回来了，刚才二爷还提到夏姑娘，让小的送帖子请你和青河少爷吃饭呢！这么巧就碰上了，正好，不用小的多跑一趟。这些日子不见，夏姑娘好像瘦了一圈，西风一吹就飞得起来吧。"

吴其晗冷瞥能干的手下人一眼，示意他不要那么啰唆。夏苏笑了笑，依礼数，给吴其晗介绍了江玉竹和茂欣。能上广和楼来吃饭的女子，多是开明的人家，男女直接见面也不拘谨，心中各自遵礼。

江玉竹帮夏苏解释："苏娘两个月前遭遇凶险，受了挺重的伤，怎会不瘦？"

吴其晗吃惊，连忙细问。

苏州城里近来也无大事，除了冯保盗换古董书画还出了命案这一大桩，江玉竹不觉得需要隐瞒，一一如实告知。茂欣笑盈盈看着吴其晗皱眉担忧的神色，发现这两人之间的戏要比戏台上的更好看些。

"想不到竟然会出这样的事，万幸夏姑娘痊愈了。"吴其晗听夏苏说她的伤已好透，脸色稍霁，"我在城里有家生药铺子，明日让兴哥儿给夏姑娘送些补药，不知你可有忌口或不能服用的，叫兴哥儿记下。"

"吴二爷不用客气。"夏苏不是乱拿免费好处的人，慢吞吞推却。

吴其晗看似不强硬，听到身后有人喊他，回头让那些人稍等，再对夏苏道："今日我也是来做客的，不能与夏姑娘多聊，明日再会。"

夏苏客气回是。

忽然，上来一人，拍住吴其晗肩膀，从他身后探头来瞧，年岁不大，面色酒红，似已喝了不少："吴二哥让哪家姑娘绊住了脚步？莫非是未来的嫂子？小弟特来见个礼。"

吴其晗俊面生厌，目光十分不悦："崔岩，你胡说什么？"他才呵斥完，却见夏苏浑身一颤，面露惊惶，迅速低了头。

这姑娘行为谨慎到过度的地步，但她的胆子并不真小，应该不是被酒徒的胡言乱语惊吓到。那么，如此惶恐不安，却是为何？

"咦？嫂子这么害羞，小弟完全看不到模样呢。"崔岩喷着酒气，嘻嘻笑道，"吴二哥，让嫂子去给兄弟们一人敬一杯，如何？"说罢，竟然伸手去拉夏苏的衣袖。

夏苏低头低到脖子都快断了，死死瞪着那只伸在眼皮下的手，前有吴其晗，后有江玉竹和茂欣，她不想施展轻功逃走，但又不想让崔岩看到脸，刹那惊出一身冷汗，贴身衣物仿佛冻出一层薄冰，四肢发僵。

一道影子，遮去了刺眼眩晕的满堂灯辉，也隔开差点要触到她衣服的爪子，如一片属于她的天空。她轻轻抓住影子的衣角，心中瞬间安定。

赵青河的声音，沉着好听："二爷何时回来的？您这位兄弟好像喝多了，要不要我帮着扶一把？"

吴其晗淡笑，他的手这时已抓住了崔岩的手肘，不动声色地将人拉到后面，却也因赵青河的高大身材，看不到夏苏的模样，担心她受惊，又没法问。

吴其晗只能道："青河老弟，我和这人不太熟，要不是他喝多，倒是能给你介绍一下。他是京中崔氏子弟，单名一个岩字，排行老九，到南方外公家过年，顺便探视自家铺子。说出来你一定知道，仙玉阁。"

仙玉阁与恒宝堂，是京师最大的两家名店，经营金银玉器和古董字画，几乎将北方最好的珍品收尽，就连墨古斋也只能捡这两家吃剩的，打不开北面市场。

赵青河当然听说过，抬眉哦了一声："可惜，只能看改日有没有机会了。"语气很冷漠，毫不在意。

吴其晗偏生欣赏赵青河这种有底线的、不逢贵就圆、不逢权折腰的有理有节，而且眼光敏锐，大概已看出崔岩的酒色品性。

"刚才同夏姑娘说了，明日请你们兄妹二人赏光，上我的画船吃饭。"

"一定到。"赵青河大方应了。

"夏姑娘，告辞。"

吴其晗以为还能看夏苏一眼，但等了好一会儿，只听到她一声再会，自始至终，娇小的影子让高大的影子遮得严严实实，再没露出半分，让他离开的脚步有些迟滞，有些无奈。

这夜吃罢饭，赵青河与董霖他们散了，回到家中，只觉夏苏的沉默十分异常。

"你不是胆子那么小吧？被一个酒鬼吓到没了魂。"他却不愿任她像以往一样沉默到底。他追查自己的过去，让她参与了进来，她也应该让他参与她的那部分，"那个崔岩，你认识？"

"……"夏苏一颤，不禁抱住双臂。

"你现在不告诉我，等到你最不愿意的事情发生，我就帮不了你。"他"活"回来三个月了，她也同意一条船了，"帮不了你，船因此沉了，我还得陪死。你不觉得，人这一辈子当一回冤鬼就已经够了吗？请你，别让我再冤死。"

夏苏没好气，倒也不觉冷了："崔岩，可不是好东西，被他害得家破人亡的商户岂止一家，你千万别和他打交道，有什么好主意也不能跟他合作，他一定会偷了你的主意，自己赚独利，让你赔本倒霉。我不算认识他，他鼎鼎大名而已，但他也许见过我，所以我一点不想在他面前露脸。"

京师有一双"岩（言）"公子，都是了不起的年轻才俊，两人虽然不见得有多相熟，万一崔岩漏出一点在苏州见到她的事给那个人，她就死定了。

"早猜妹妹是京中大户人家的姑娘，原来是崔家？"赵青河比夏苏的胆子大得多，乱猜不负责。

"才不是。"夏苏不知不觉任赵青河主导问话。

"崔刘二家是书画大商，上回听闻但凡他们说是假的画绝对真不了。妹妹既不是崔家女，却有惊人天赋，那就是刘家了？"

园子里陡静，西风从远处呼啸而过，月落清辉，一地银雪。夏苏站得笔直，冷冷抿着唇，面色与月色一般洁白，却无光辉，她的眼眸里仿佛淡流银溪，她的神情哀痛悲绝。

她的壳裂了，碎了，让这个叫赵青河的男子重击毁去。

她本名刘苏儿，刘家第四个女儿，唯一还清白的女儿，自地狱逃出，今夜看到崔岩，就仿佛听到那个恶魔的脚步声，直觉快追来了。

她长吸，仿佛吸入的是月光，淡吐出银气，正想说出来，赵青河却笑，一声声，那么可恶，却那么有力，将她以为裂碎的壳整个套了回来："你这姑娘真是够傻的，你叫夏苏，当然姓夏，哪怕崔、刘两家多需要像你这样的高超画匠，只要你不愿意，逼不了你改姓。妹妹，记住了，就算严刑拷打，也绝不屈服，你姓夏，登在我家户籍之上，和哥哥我坐一条船的，你改姓，我当如何？难道也要跟着改叫崔青河或刘青河吗？"

夏苏抿开嘴角："还是赵青河不俗。"

"当然，我娘书香门第出身，总不会取'催情''留情'这种让儿子没脸出门的名字。"这姑娘本姓刘吗？看来得驱使一下董霖和程晟了，这两人混过京师。

夏苏呵笑出声："其实干娘给你取青河二字，大有江南河流的意境。北方的河多苍茫，南方水暖山青，春绿连绵，但你在京师乡郊出生，该取苍河。"

赵青河立时鄙夷："赵苍河，鹤发鸡皮，白胡飘飘，一听便是老人家了。"

两人你一言我一语，就赵青河的名字说得好不热闹。西风已过，晨风东来，再冷的冬天，也有温暖的时刻。

第二天夜里，夏苏却没能和赵青河一同赴吴其晗的邀约，因她接到周叔之请，到他家吃早年夜饭。

周叔的妻子连氏起先还好，拿了夏苏的红包高高兴兴，后来老梓来，毫不留情地挖苦她一番，连氏就发脾气回骂一顿，不知跑哪里去了。

周叔仍是不管，不过少了唠唠叨叨总抱怨的连氏，夏苏觉得这顿饭出乎意料地愉快。三个大人一个娃，两男两女，两个长辈，两个小辈，真是不多不少。

"崔九在城里乱逛，你别脑子犯蠢，还以为夜里安全，随处炫耀你那点功夫。"老梓是知道夏苏真实身份的第二人。

"昨日我就瞧见他了，不过他醉得厉害，我肯定他没看清我的脸。"夏苏老实说。

对于寒山寺老梓叔出手那件事，她至今没有问过一句。

周旭将睡着的宝轴放回里屋，出来也是一脸肃然："别以为崔岩不认识你，你在刘府虽深居简出，你年少时的仿画就曾引起崔老太爷的好奇心，而崔家与刘家一直明争暗斗，早就注意到你也说不准。崔岩离开苏州之前，你不要出门。"

"等那小子滚了，老子会通知你。"倒不是老梓消息有多灵通，而是崔岩爱眠花宿柳，目前下榻桃花楼。

夏苏本还想趁着过年画市兴旺能开眼界，让这两位叔叔的关怀弄泡汤了。

宝轴忽然大哭起来，老梓自告奋勇去抱，周旭和夏苏说些京师旧闻。谁也没发现屋外有个人影，那人静听了好一会儿，才蹑手蹑脚潜出了小院。

第二十一章　明闹暗争

赵青河与吴其晗的一顿饭，这时也差不多到了尾声。

尽管夏苏不能来，吴其晗心里有些失望，但他也因此有机会与赵青河畅谈，越发觉得此人不可小觑，有勇有谋，见识亦不浅薄，不由以心交之，约了开年的杭州之行。

再提到仿画，吴其晗也不吝给最新的消息："恒宝堂近来高价收质量上乘的唐宋仿画，夏姑娘画艺非凡，若能让刘家看中，她或可在北方以女画师的身份扬名，而非一个苏州片画工。南方有你这个兄长为她着想，吴某也愿助一臂之力，墨古斋会力捧她的独立画作，打造为江南第一女名师亦有可能。"

赵青河眼前出现一幅乌龟拼命逃走的画面，笑着推辞："二爷欣赏苏娘的画技，我代她谢过，只是苏娘曾说她画技受到摹仿的局限，并无名师大家之创才，她本人也似无野心，仅仅喜欢丹青为伴，修习天下名家的画风。"

吴其晗见赵青河以这等理由拒绝，语气颇不以为然："名家也从师学艺，无不自摹画开始。夏姑娘天赋惊人，又十分勤勉，自然渐入佳境水到渠成，只需慧眼之人推她一把。"

赵青河心想，要不是夏苏的秘密多，像吴其晗这么不在意她的女儿身，如此惜才且愿意力捧她的伯乐，实属难能可贵。

"承蒙二爷厚爱，容我回去与苏娘商量，这事主要还得看她的意愿。"他就更不小看女子了。

赵青河起身告辞，吴其晗从兴哥儿手中接过两个蓝锦宝盒："小小礼物不成敬意，给你和夏姑娘拜个早年。"

赵青河也懂这套，让大驴将自家准备的礼物拿来，亲手送上："愧受愧受，我这才是小小意思，来年还请二爷多多关照我们兄妹。"

兴哥儿看着赵青河走得不见人影了，转身就很积极："二爷，小的给您打开？"

吴其晗倒没有太大期待："他家勉力支撑，你兴哥儿的家财还比他富余得多，有何让你眼亮的？"

兴哥儿边说边掀了礼盒盖："要是别家，我也不这样，他家不是有夏姑娘……"眼神专注起来，惊奇地啊了一声，又很高兴，"画里有我！"

那是一座四片儿玻璃小屏风，玻璃夹着洒金纸的小画，四片拼一卷，画得是雨湖堤岸的舫船和万灯下的园林，舫是吴其晗的画船，夜色园林则是墨古斋，细腻的工笔勾勒船和灯景，粗放的画风只用来描绘雨和夜韵，由远拉近，顿生身临其境之感。船上立着几人，其中一个穿雨蓑戴斗笠，拎着一盏大灯。尽管画小人更小，却同兴哥儿的动态有七八分像，怪不得兴哥儿一眼认出。

画无落款，无印章，吴其晗看书赏画的阅历何其丰富，知道这画定然是夏苏亲笔绘制。

工笔最难说才气，只要下苦功，必有收获，而寥寥几笔雨景夜色却是这画卷的点睛之处。唐宋的画风，江南的狂狷，夏苏仿了文征明的笔法，摹出来的画。赵青河没说错，夏苏的才能受限于临摹。

"夏姑娘为何不落款？"兴哥儿判断为好画。

吴其晗不语。不论不落款的原因为何，画是夏苏所摹，屏风却是赵青河的心思，两人配合无间，一份小小意思胜过他用钱买来的贵重，且又一回证明赵青河对夏苏的守护之情，而非轻视女子才华。

"兴哥儿，你说二爷我若求娶夏姑娘，可有胜算？"一脚踏上车辕，吴其晗突然打破沉默。

兴哥儿张大了嘴。

吴其晗失笑，赏这小子一颗毛栗子："我以为你最机灵，对爷的心思无所不知。"

兴哥儿揉着脑袋："不是，二爷对夏姑娘用心，我当然早看出来啦。吓煞我的，第一，您居然有娶她为妻的念头；第二，您居然还没有把握。"

吴其晗二十有三,少年起就经商,温文儒雅的君子,不说到处留情,谈得来的红颜知己也有几个。当然,那些都不是能当吴家二少奶奶的。

"谁不知道二爷眼高于顶。这几年太太给您看了多少好姑娘,您一个不要,夏姑娘嘛,"兴哥儿嘿嘿笑两声,"我说实话您可别揍我,姑娘是好姑娘,但家世也太寒碜了,恐怕太太不肯点头。"

"照你的意思,只要我娘同意,这婚事定然能成?"吴其晗没揍他,一时兴起的念头让这些日子辗转的心情有些沉淀。

"那还用说?青河少爷很能干,将来也可能有大出息,但如今家底家世摆在那儿,同您攀上亲,就跟鲤鱼跳了龙门差不多。"兴哥儿持着公允的态度。

吴其晗一本正经点了点头:"就以你的话为准,若是我娘同意,我仍娶不成夏姑娘,你就跳到西湖里去,捞一条能跳过龙门的鲤鱼给我吧。"

兴哥儿再度张大嘴,不担心自己跳西湖,而是他家二爷当真想娶夏姑娘!

赵青河一回家,也让大驴负责拆看年礼。他走到夏苏屋外瞧一眼,不见亮光,心想她真是越夜越自在,竟比他还晚归。踱回自己的屋,大驴就冲他咧嘴笑。

"吴二爷偏心得很,送你一对没大用处的瓷瓶,却送苏娘一串手珠,珍珠又圆又亮,一看就知道很贵。"

赵青河看去,写着夏苏名的礼盒之中,果真嵌了十颗珍珠,不见得多大,胜在颗颗圆润。而且吴其晗显然考虑到送姑娘家的礼物要小心产生歧义,所以仅仅看似是手珠,其实却没有串线,就是一盒珍珠而已。

"不过,真是太好了,苏娘本来就没几件像样首饰,有了这些珍珠,可做一副好头面,去赵府里吃年夜饭也不会让人瞧不起了。"大驴一下子高兴起来。

头面?那不正中吴其晗的心思?送的是珠子,打成首饰,就见珠如见人,不上心都难。

那可是万万不行的!赵青河眯了眯眼,忽然抬起眉梢,翘起嘴角两边:"大驴,你到厨房把石春拿来。"

"哪个石舂？"大驴愣愣地问。

"老婶用那个小石头疙瘩。"赵青河夹起一颗珍珠在灯下照，又吹熄了灯。

大驴本来已走到屋门口，因突如其来的黑暗好奇回头："少爷，灯怎么熄了？"

"我看看这珠子是不是夜明珠。"黑漆漆的屋，诡异的笑。

大驴完全不知自家少爷想什么，还跟着笑哈哈："吴二爷再大方，也不能送一盒夜明珠吧？那得值多少银子。"

"不是就好。"一二百两的东西，赵青河自认还浪费得起。

大驴将磨子放在桌上，看赵青河把手里那颗珍珠丢进磨子，仍是丈二摸不着头脑，然后眼睁睁见他拿起石舂用力捣下去……

珍珠裂了，碎了，成粉末了。

"我的娘！"大驴大叫一声，单脚跳到一边，手臂抬高遮住眼，简直吓煞，不忍直视。

赵青河眉冷峭，眯眼笑："谁踩你尾巴了？"

"少爷！"大驴放下手臂，哭丧着脸，难以置信赵青河的行为，"这可是质地上乘的珍珠啊！"

"你不知道了吧？珍珠磨成粉，对女子是最好的养颜护肤之物，再说，又是现成的，一文钱都不用多花。不像头面首饰这些，还得另外付加工费和材料费。"

赵青河大手灵活，一气拾了四颗丢入，噼里啪啦浑搅浑敲，圆润的珠子变成了凄惨的粉状，在用来搅食材的磨子里，看上去和糯米粉一般无二。

珍珠粉？

珍珠粉！

珍珠粉……

大驴觉得自己要是女的，一定会被少爷活生生气吐血。

"苏娘受伤之后脸色一直发黑，我正愁买不起贵重的补药，吴二爷真是送来及时雨。"另一半珠子下磨，咔咔咔咔，完全不手抖，甚至可以说神情欢畅。

还是消耗品好啊，用完就算，没有心理压力。

"吴二爷送什么了？"夏苏出现在光里，拾阶而上，微微偏着头，看到石春，再看到赵青河舂捣的动作，"吃的东西？"

她才问完，一颗珍珠撞出石磨，骨碌骨碌滚过来，在绣花鞋前停下。

大驴心想：这是死不甘心，找正主救命去的。

只是赵青河面不改色："妹妹来得正好，你有干净的粉盒子吗？二爷送你十颗珠子，我帮你捣成了粉，给你养颜美白。"

"……"夏苏张了一半的嘴又合上，低头看了片刻，弯腰拾起那颗珠子，折身走入边廊。

大驴以为夏苏和自己的心情一样，不由幸灾乐祸："哈，少爷，你惹苏娘生气了，上乘的圆珍珠用来磨粉，简直败家啊！"

"咚咚咚……"桌子直颤，粉末多到粘不住，落在磨底，惨白无光。

夏苏却又来了，在桌上放两只浅圆的瓷粉盒，对赵青河道："分成两份，我不用，给老婶和乔婶子。"纤指一松，那颗逃出生天的珍珠掉回去。

赵青河眼明手快，对准一敲，嘎嘣脆。

十颗珍珠，只剩"骨灰"。

大驴哀嚎，想不到一个这样，两个也这样："苏娘，你知不知道这些珍珠很贵啊？"家里现在虽穷，夫人还活着的时候，也是有不少好东西的，"拿到当铺都比珍珠粉值钱。"

"吴二爷精心挑的礼，怎么能送当铺？"磨成粉还不算，要出精细上好的粉，赵青河继续摧残，挫骨还要扬灰。

夏苏道声不错："珠子虽好，做成首饰要花钱，简单串成手珠也不妥当，好似收人信物一般。磨成粉好，用了吃了就没了，既尊重他人的心意，又很实在。"

赵青河向大驴挑高了眉——夏苏对珍珠的满不在乎，令他的心情得意又愉快。

大驴用所未有的稀奇目光看着他们，暗叹大千世界无奇不有，两个打死也不能站一块儿的冤家对头，此时统一了心思，说话跟双档说书似的，他怎么还说得过？脑袋一耷拉，回自己屋睡觉去了。

赵青河把珍珠粉分成两份装好："刘家的恒宝堂近来高价收精仿的画,我可否猜是冲着你?"

昨晚才论过姓氏,对赵青河能猜到刘家已不惊讶,而且夏苏居然发觉,心中的恐惧没有早先那般剧烈,莫非她也染上了南人的安逸惰性?

她道："江南很大,放几个钩子是钓不到鱼的。"

"撒网都可能落空。"赵青河将盒子交给夏苏,"不过小心驶得万年船,我会更谨慎些。"

她知道他会的,所以她很放心,只淡淡提醒："苏州没有恒宝堂,最近一家开在金陵,但我既然敢动笔,就不怕他们看到我的画。"

赵青河笑着望夏苏："哦?我以为你怕得很。"

"我是很怕面对他们,"夏苏渐渐敞开心扉,"但我的画何须怕?"

"因你天赋惊人,仿笔如真笔,一旦入眼,很难不引人注意。"赵青河反而觉得她的画比她的人好认。

"天下高超的画匠何其多,总不能凭精致就认为是我。你可知仿画的高境是什么?"

"我在听。"赵青河虚心。

"无我。"

赵青河虽然刚接触古画,但一听这两个字,心中就很明了:"你的画里无你。"

"自然,我仿仇英,画里只有仇英;我仿赵孟坚,画里只有赵孟坚。我自问虽还不到无我的至高境界,但恒宝堂里能分辨出我的,只有一人,而那人的眼睛如今同瞎子无异。"故而,她不怕画对人眼。

原来如此!赵青河也不问能分辨出她的人是谁,只觉受教了。

第二日,泰婶和乔大媳妇各收到一盒珍珠粉,两人喜出望外。大驴在一旁想多嘴,却被赵青河拉出门去,而以驴子的短记性,晚上回家时就忘干净了。

珍珠粉的真相,从此埋葬无声。

日子过得飞快,转眼到了大年夜。

这一日,夏苏接到崔岩离开苏州的消息,心情大好,乖坐着任泰婶打扮自己。她一出屋，大驴叫好看，乔连、乔生眼珠子不转，赵青河抱臂眯眼欣赏。夏苏不自在起来，想回屋去重整，却让乔大媳妇推着出了门。

赵青河看夏苏在紧闭的门前磨磨蹭蹭，拉这儿拽那儿的，不由好笑："穿一身新就这么别扭吗？"

灯下的姑娘，绣海浪花的银粉襦裙，短上腰的梅花袄褂，外披一件洁白翻银红里的风雪袍。要说奢侈，不过就是领边、襟边和袍底边缝了兔毛。她一直简单打理的淡黑长发，这晚梳了流云髻，用一朵朵天然的梅花点缀其间，衬一根大梅花的金步摇，清新又带香气，没有珠光，却出尘般美丽。

她容貌本是出色的，粗旧衣衫能掩盖几分，但只要恰到好处地打扮，就难以掩藏那份出彩了。

"你越不自然越招人看，又不是什么富贵了不得的行头，不会因此变成绝色美人，过年穿新图个吉利罢了。"他违背本心，纯属不负责任地安慰道。

夏苏却被安慰住了，了少几分不自在，想想这一身确实挺平凡，比从前的装束不知正经了多少。

赵府的年夜饭摆在离祠堂不远的大正堂，一道珠帘分男女席，六房人加上十来家亲戚，摆了十五六桌。左右偏堂还有管事和媳妇婆子席，真是少见的座无虚席。

夏苏之前不循"正道"进赵府，见这么多席面，难免有点吃惊："年年摆这么大的年夜饭吗？"

赵青河眼底有些沉冷："谁记得。"

"三哥，夏姐姐。"这么叫赵青河、夏苏的，全赵府就一人，岑雪敏。

夏苏和赵青河一起回身，看到岑雪敏原本不大的脸更小了。丫头帮岑雪敏拿去狐裘的披风，衣装却仍十分精致时兴，金玉缀饰自头到脚。岑雪敏一向很会打扮，从不显俗富，总恰到好处，低调中的华丽贵雅，同世家出身的千金姑娘一般，令人赞叹她的美好。今日的气质，是大病初愈的我见犹怜。

或许是因为这种气质过于精致，总有不切实的虚幻感，而夏苏和赵青河偏都发挥出了好眼力，相信直觉。夏苏好歹回个礼，赵青河却连回应都懒，对夏苏说了一声，就去赵大老爷那边问安。

岑雪敏幽幽叹口气："三哥还在生我的气吗？"

夏苏跟她实在没话说，对方却是自来熟。

"夏姐姐，前些日子我给你们家添了很多麻烦，多谢。"岑雪敏又道。

夏苏蹙眉，想说客气，出口却是："该谢我家老婶，她给府里的太太和姑娘们看病都拿得到诊金，到了岑姑娘那里反而要倒贴药材费。岑姑娘若真有心，亲自跟老婶道谢得好，我并未做什么。"

岑雪敏的眼睛忽而睁圆，又忽而垂落，有些羞涩："夏姐姐说得是，是我疏忽，应当付诊金才显得真心实意，空口白话惹你不悦了。"

夏苏一愣，她就事论事，何来不悦之说？

"听说青河少爷家有个厉害的妹妹，我一直都想见见，如今亲耳听到，才知果真精明。六太太，怪不得你收不到她家的房租了。"语气傲慢，话里不屑，来者是赵二太太。

二太太一上来就亲热地拉起岑雪敏的手："我的儿，怎么这些日子老是病，也不让我探望，本打算今晚要是再见不着你，明日我一定去瞧你呢。哎哟，天可怜见，竟瘦了这许多。"眼角轻蔑一挑，扔给夏苏一句，"你明日到我那儿领银子，诊金药材有多少算多少，一文钱不短给你的。"

身旁的六太太笑得开心，平时二房也看不起六房，难得替她出一回心头气。六太太道："二太太知道我的不容易就好，家大业大亲戚又多，什么样的人都有。最怕遇到贪得无厌的，受了咱们恩惠，还说我的不是，实在确非我苛刻小气。"

六太太的女儿十娘和二房的八娘咬耳朵，八娘瞅着夏苏的眼神就有些冷淡。十七娘和夏苏虽一起去过寒山寺，但没说几句话，这时的态度更直接，扭过头去就同岑雪敏亲热说话。

然而，夏苏是慢性子。慢性子往往也是迟钝性子，反应不过来。等反应过来，挑事的人们早就自觉无趣，走到她前头去了，她一人落在后面，慢慢走，丝毫不受影响。

这时有人上来挽住了她的手臂："夏姐姐好心性，让人这么说，竟还能逍遥自在。"

夏苏慢慢瞧去:"九姑娘。"

赵九娘感夏苏之恩,且赵大太太平时就是和善人,她亦没有小姐的架子,微微一笑:"只可惜我未能早与你相识。"

"婚期定了吗?"夏苏对真性情的姑娘不反感。

"明年三月。"

"杨家回乡祭祖,日子上有些赶呢。"夏苏恰好熟悉杨家。

赵九娘并未多心,轻轻嗯了一声,悄红着脸:"对了八字选日子,说上半年适合的日子只有三月,不然就得等到十一月。杨公子是长孙,长辈们似乎比较心急,故而选在三月。"

"春天挺好的,十一月也太冷了。"夏苏虽慢,心不冷,"四月清明之后,我和赵青河要去杭州访友,到时可去看你。"

赵九娘很高兴:"夏姐姐一定要来。"目光看着前方一群说得热闹的人,神情一丝怅然,"苏杭虽不远,也未必有人肯登我未来的夫家门。"

夏苏其实听说了一些,很多人当着赵九娘的面说好姻缘,背地却嘲笑她将为商家妇。

"九姑娘应该庆幸才是,那些不肯登你门的人,从今往后也不用深交。杨家是好人家,杨公子是好郎君,真心与他们相交的好友并不少,其中也必定有与九姑娘投契的女子。"

赵九娘挽紧了夏苏的手臂,心中感激她,对未来的日子更加期盼起来。

撤桌上点心的时候,和赵九娘坐一起的夏苏心情还是很不错的。无论是六太太有意无意明嘲暗讽,还是二太太假面好脸推波助澜,看似针对她,实则针对大房,都有大太太主动对应。

岑雪敏今日坐老太太那桌,好大的体面。虽然夏苏不觉得有多好,但显然岑雪敏很受宠若惊,席间一直同老太太说话,逗得老人家很开心,自己也笑颜如花,好似已根治了心病。

赵九娘与夏苏说悄悄话:"二太太瞧岑姑娘的眼神,跟吃人似的,该不会这会儿就要跟老太太开口吧?"

夏苏虽不在意这事,看得还挺清楚,一口饮完一杯甜滋滋的果子酒，只觉淡无酒味，却想聊胜于无，吸吸酒香也好。

"不至于，岑姑娘是大房的客，又不是赵氏亲族，她的婚事不由老太太做主，拿到席上来说，万一岑姑娘不肯，岂不是没了台阶下。"

赵九娘想想有理："可二太太今晚说尽岑姑娘的好处，也显得太急切了些。"

夏苏不置可否，摇摇空酒壶，向身后的丫头换了一壶满的。

赵九娘笑道："果子酒也会醉人，夏姐姐可别贪甜。"

夏苏回道："我酒量尚可，饮甜酒如同饮水，不碍事。"

赵九娘就由得她去。

二太太突然抬了声量："今年我娘家给姑娘们送来年礼，本该明日给，可我明日一早要陪老太太去庙里上香，老太太允我今日分了姑娘们，如何？"

老太太看看大儿媳，后者始终神情温和，便笑："有礼拿，还分时候吗？让我瞧瞧你娘家送来什么好东西，你急来显摆。"

二太太招手，两个丫头各捧桃木盘上来，盘中放着一只只晶莹剔透的玉镯子。

"我弟弟当了州官，那里的玉质奇美，匠人精工巧技，就特制二十对镯子，送来一半与我。价值自然比不得上等玉，玉质却是比得的。我房里的姑娘们一人一对，还有七对，我刚才数了数，正够席上其他姑娘们一人一只。老太太，我偏心眼了，您可别说我小气。"

夏苏听着，心想二太太真会做人。

赵九娘却撇了撇嘴："八娘和十五娘两人凑得出一对都算好的。"

夏苏顺赵九娘的眼看去，见二房里的两位庶出姑娘垂着眼，面无表情，想赵九娘应该没说错。相比之下，大太太简直就是菩萨了。

丫头们托着木盘，从老太太那桌开始转。岑雪敏头一个拿到，立刻给老太太瞧了。老太太赞玉质美，虽非名玉，却绝不劣，而绕玉的金镂梅花丝，当真细巧别致，工艺非凡。

木盘转到赵九娘这儿，原来不是随便挑，镯子下面写了姑娘们的名。她那只却非金镂梅花，而是接了一段银管，银管上雕草，手艺不错，却不至于非凡。

夏苏顺便看了一眼盘中其他的镯子，每只都有银段，样式各有别致。她懂画，不懂金玉，看过就算，不知玉镯贵在磨圆完整，这种用金银镶接的工艺，多因玉断，而断玉的玉质再好，也不值钱。

二太太送得出手，各房各家多收得喜气洋洋，不是事先通过气，就是猜得到这司马昭之心。她要送岑雪敏好东西，不想人家不收，就借人人有份的名目，同时暗示其他人，别压过她的心思去。

可惜，那位直肠子的六太太不明所以，看了她女儿十娘的那只，居然问哪有金镂梅花。岑雪敏好像突然明白二太太偏心，脸上淡淡泛起红晕。

二太太却恼六太太愚蠢，又不能说你家闺女是顺便给的，眼珠子拐到连断玉镯子都没份拿的夏苏身上，决定转移话题："苏娘啊，我不知今晚你也会来，故而漏了你的。不如这样，我封个红包，连同本来说好的诊金药费，你记得明晚去我那儿领。"

老太太问什么诊金。二太太就说起泰婶给岑雪敏看病，夏苏要诊金的事。老太太瞧夏苏的眼神也不对了。

夏苏对二太太的添油加醋无动于衷，缓缓答道："多谢二太太的红包，我明晚一定来取。"她如此坦然直率，谁也不能怎么样，连老太太都哑然。

倒是大太太笑说一句："姑娘们，我没有年礼，却有红包，明日一早就要派送，先到先得，发完为止。"

众人皆笑。

气氛重新好起来没一会儿，老太爷那边发话，问女眷们吃完点心了没有，若是吃完，要拢帘子说件事。老太太说吃好了，丫鬟们就连忙把珠帘收到两边。

三厅一片静悄悄，人人好奇到底是什么大事。

赵老太爷起身，目光严肃，将全场收在眼中，声音洪亮："青河，站到我身边来。"

夏苏愕然，迅速找起赵青河。

隔着整个正堂，赵青河冲夏苏微笑，还摇了摇头一耸肩，示意无大事，才走到赵老太爷身旁。

赵老太爷将手放在赵青河的肩上，是宣布，而不是说事："这孩子是我长孙，峰儿长子，排在子朔之前，行三，大家当个见证吧，过些日子就会认祖归宗上族谱。"

全场顿时哗然，还立刻站起好几个长者，纷纷问怎么回事。女眷席惊叹声也不少，交头接耳热议，而夏苏也吓得坐直了。

不惊不乍的，只有已经知情且接受的人，如老太爷，老太太，大老爷，大太太。

赵九娘茫然自语："这……怎么……怎么会？"

夏苏却淡定得很快，为何大房对他们那么好的疑惑终于解开。赵青河是大老爷的亲儿，所以干娘指名投奔，而大老爷也立刻接纳。赵青河出事，大老爷以为白发送黑发，自然会病倒。而赵青河平安回来，让大老爷下定决心认子。谋好差、请吃饭、换居所，一切皆是为了今日铺垫。之前大老爷跪了又跪，与老太爷争执数回，满府鸡飞狗跳，也是为了认回赵青河。今日之事在情理之中，她却仍存疑问。能让老太爷当众宣布为长子长孙，当然不是庶子的意思，而赵青河绝非大太太所生，嫡出怎么来的？

赵老太爷接下来的话为所有人解谜："峰儿早年出去读书，娶了一妻，育有青河。只是这之间发生一些变故，夫妻两人因此分开。后来峰儿回乡续娶，说为平妻，此事该知道的人都知道。两年前青河生母过身，青河奉遗命来投奔父亲，不知其中真相。但赵家珍贵的嫡亲子孙岂能流落在外，今日向众人宣告，正式认回这个孩子。"

第二十二章　无价酒肉

这么个长子长孙。

夏苏定定地看着赵青河。从头到尾面无表情的他，仿佛老太爷在说别人的事，那么冷漠，那么孤傲，不知为何，令她心里很不好受。换作别人，是天大的喜讯，有爹，多兄弟，一大家子至亲，而不是同姓不同族，寄人篱下的无名小卒。更何况，赵氏本家，名门望族。

议论之声并未低去，接受的表情渐渐取代或惊讶或难以置信的脸，一家之主赵老太爷对赵青河的认可，将所有可能质疑的声音压下。毕竟，老爷子做事十分稳重，不能认了假孙子吧。

女眷中，二太太的反应最快，给大太太道喜："大房有一个了不得的文状元四郎，如今多一个了不得的武状元三郎，可喜可贺。不过，我当真没想到大太太是以平妻嫁进家里来的。我们这几房谁不羡慕大伯大嫂相敬如宾，从不曾红过脸，也没那些内宅里的糟心事，原来是大伯心里亏欠，大嫂还得忧着外头的那个突然回来。"

大太太尚未沉脸，老太太立时呵斥："这是家里的大喜事，你不贺也由得你，说什么浑话！平时你一向好做人，那就接着好好做。我老太婆一日没去，这个家还是要分清大小的，你大嫂也是你能说得的吗？"

二太太让老太太当众臊红了脸，不敢吭气。众女眷则以此为风向标，有赵家两位老人撑腰，赵青河的身份已不容任何人说三道四。但这件事也不单纯是喜事，其中的意味可太多了。

赵子朔原本是最有望的下任家主，然而他若官场亨通，也未必能有余力打理家业，而大房十二郎还小，以至于二房六郎也有可能接掌。现在大房多个嫡子赵青河，家主之位就没什么意外了。不过，虎视眈眈已久的二房也不是吃干饭的。恐怕，赵青河这嫡子一说，还会引起后续争议。

人们想得都是赵氏一族多个人抢权，却完全没想过这个人对此根本不屑。

赵青河往旁边跨了一步，让老太爷的手落空，才道："承蒙老太爷厚爱，只怕要让您失望，这门亲戚，青河可不会认。"

全场从闹到静，不过一瞬。

老太爷惊讶，沉脸，正要开口。

"苏娘，走了。"赵青河却看都不看老太爷一眼，已经大步往堂外走去，还对夏苏高声召唤。

夏苏起身，没听到大太太让她留下的话，小步缓缓，穿过众人交织的奇异目光，在廊下与赵青河会合。

"饱了吗？"孤冷的气魄遇她则化，他还笑，"我仍觉着饿，压根没吃到像样东西，跟陪酒女娘似的，一直看人脸色。"

"我请你喝酒。"她与他走下阶去，任三道门里的灯火和目光烧着后背。

她没空关心别人怎么想，只听他应了好，心里又懊恼起来。虽说今天这样的日子百年难遇，她是不该小气的，而她本来也不那么小气，但是这人败家的本事一流，会不会吃垮她那点积蓄？

家宴散了，老太爷把大儿子喊进屋里，劈头一句："行了，都说清楚了，不是我们不认他，是他不认我们。你也死心吧，又不是没儿子，别说子朔那么有出息，六郎都比他强。那个臭小子，跟他娘一个样，骨子里清高，半点不谦逊。"

"父亲，您既然已答应让青河认祖归宗，不用您操心，我自会说服他。"赵峰也是四五十岁的人了，这回不愿再向父亲妥协。

失去了一生心爱，甚至不知他和宛秀有个儿子，宛秀信上虽请他照顾青河，却直言不要相认，但青河死讯传来时，他对人世竟再无留恋。他一直为不知生活在何处的宛秀而活着，等来的却是她的死讯和一纸遗书，可她留给了他青河。对那个孩子，他发誓，会舍命相护，再不辜负。

老太爷哼了哼。

大儿跟他说青河是他亲孙子的时候，他心里说不上来什么滋味。

大儿当年背着家里成亲，他就对那个孤女很不满意，直接写信让儿子休妻，结果儿子干脆不回苏州了，在京师附近安家落户。后来经老太太相劝，他们夫妻俩北上，私下见过儿媳，严词冷令让她离开，又以银子相诱，甚至威胁要告官，使婚姻无效。

当时未能拆散两人，他便断绝儿子所有银钱支持，两人却能自给自足，日子过得平静。直到半年后，儿子得了重病，那女子修书一封请他救命，不声不响离去，这才令儿子心死归家来，并在病愈之后，娶了他亲自选的女子为妻。

老太爷以为从此往事尘封，谁知安定二十多年后，大儿子再一回不孝，仍与那女子有关。两年前来投奔大儿子的年轻人赵青河，居然是大儿子的亲骨肉，也是他的亲孙子。

当年为了让大儿子心甘情愿娶新妇，不得不承认常宛秀赵家长媳的身份，而知情后的苟氏不但愿嫁，并为平妻，这一点令老太爷十分欣慰，故而总对这个儿媳妇要偏心些。

"你也一大把年纪的人，在外为人师表，在家有贤妻孝儿，别因一个不知从哪儿来的小子毁了。"老太爷道。

"青河是我儿子。"赵峰一字一顿，"父亲欠我和宛秀的，我不会再怨半分，只要您接纳青河。"

老太爷又哼了哼。

这么多年过去，要说老太爷半点不内疚，那是自欺欺人，尤其看到大儿子与苟氏的客客气气，年近半百仍是独居。说赵青河不知从哪儿来，也只是自己跟自己怄气，照夫人的说法，赵青河的长相不像大儿子，反而更像他。

不管老太爷对常宛秀有多少不满，她品性高洁，确实不是那种满口谎言心思歹毒的人。大儿子那场病，花费甚巨，治了整整一年，若非常宛秀当机立断，大儿子绝无生机。

赵青河是赵家子孙，老太爷内心毫不怀疑。只是，这个亲孙儿和他恐怕很难生得出亲近。因为他，赵青河才没有父亲；因为他，孤儿寡母相依为命，生活还因此更艰难。

赵老太爷明白，到了他这个年纪，也不可能哄孙子，只能硬碰硬，端着大家长的架子。

赵峰怎能不清楚父亲的脾气，看似自己赢了，也是父亲让他赢的，如此已是很好。如今他只要让青河回心转意，承认他这个亲爹，给他机会补偿这些年的缺席。

"他跟他的义妹是怎么回事？"对于兄妹俩旁若无人走了这件事，老太爷也有很大意见，"你确定他喜欢岑家女娘吗？"

赵峰身形微顿："我已打听得很清楚，早先青河担当护院之时，就对岑姑娘十分用心，如今暂时记不起从前事，才有些生分。两人要是能多多相处，青河应该还是会喜欢她的，今后恢复记忆就更不必说了。至于他同夏姑娘，只是兄妹之情，不过两人身旁无长辈，自不把规矩放在眼里，我同夫人商量过，夏姑娘就由她帮忙教着些。"

"罢了，你的儿子由你操心，他要是惹出大麻烦，我照样揍他。"老太爷终于缓和了脸色。

赵峰虽求得老爷子认孙，直到今日听父亲宣布青河的身世，方才定下心来，便是父亲发发牢骚，也全不在意，走出父亲的屋，心情颇好。

荀氏在屋外等，看丈夫的神情就知他心情，也安了心，静静跟在他身后。

两人这样一前一后，要走到一同老去，有爱无爱都是伴。

此时，苏州城郊某处宅子的后树林中，赵青河正在刨土，一边认命一边哀怨："妹妹说请我喝酒，我还很感动，想妹妹兜财手里掉银子，一定铭记一辈子。可你改主意就改吧，怎生让我刨土？"更郁闷的是，他不知自己是这么好的哥哥，对妹妹的话言听计从。

夏苏侧头歪想，说得仍慢："杀人灭口，自掘坟墓。"

赵青河哈笑："妹妹下次威胁谁，要么语速快一些，要么语调狠一些，如此慢条斯理，什么恶意都发散掉了，等同说笑。"

咔一声，小铲子敲到一样硬物，他双手扫去土尘，愕然见一只大坛瓦盖。

"差不多了，你把盖子打开。"夏苏走到马车上，拎来两个酒坛。

大坛子里全是酒！酒香扑鼻。

赵青河反应过来了，怪不得放铲子的包袱里酒斗竹勺一应俱全。

"你埋的？"为什么？怕她嗜酒的毛病暴露？但她从来都不怕他，在家也正大光明取酒饮。赵青河觉得这姑娘很神奇，明明看她胆小可怜，时不时就显足了冒险精神。

夏苏往树林外的宅墙瞥一眼："那家老爷埋的。他虽开着酒庄，他夫人却小气，不让他随意取庄里的贵酒喝，他就半夜趁他夫人睡着，拿了钥匙，溜到柜台换酒。"

"换酒？"

"就是把当天开了坛的好酒取些出来，兑了普通酒进去，再把好酒倒进这只大坛子里。那位老爷就爱喝一种酒，非最好的竹叶青不偷。"夜里的见闻，是平常人无法体会的，似见不得光，却精彩纷呈。

"你怎么发现的？"

"酒庄大堂里有巨幅骏马图，笔法十分拙劣，我有空暇时会来补一补，而那位老爷半夜起来得挺勤快，三回碰上两回。"相比之下，她的夜生活属于"循规蹈矩，安于本分"。

"补画？"她这是技痒，还是捣乱？

"嗯。"夜很长，要找点事情做。

"他家给你钱？"大年夜里，他挖掘出她的新趣味，为何感觉热血沸腾？难道是因为发现她越来越和自己志趣相投？

"没有，就是看不过眼。"画烂到心里一直惦记，忍不住提笔。

"不是因为有好酒可偷？"他很怀疑动机不纯粹。

"后来会带一葫芦走，算不得偷，总不能白给他家改画。"她想了想，觉得最好说得更清白，"我十分节制，且又不常来，上回已是半年前了。"

赵青河大笑无声，她是做坏事不知错的纯良姑娘，他很愿意当她的同伙。

舀满两坛子酒，将土填回去，踩实，盖上树叶，再把铲子等放进原本的树洞里，跳上车，赵青河问夏苏去哪儿。

"弄些下酒菜。"夏苏指了个方向。

赵青河已知夏苏的兜财模式:"又不用花钱?"

"真正的好东西,花多少钱都买不到。"心意,是无可估价的。如那位员外藏酒的心意,如大小画匠倾注于笔尖的心意,读得懂,珍之惜之,真正的价值才有可能实现。

冬夜漫漫,老马拉老车,悠哉行上荒道,赵青河已不意外周遭的偏寂。夜行走剑偏锋去,习惯出没黑暗的人,当然越荒越静越好。

渐渐,被沉云盖去星辉的夜空下,飘摇微弱的一点亮描出一座小庙的轮廓。

"把马车藏好,将褡袋背着。"离小庙还有好一段路,夏苏却道。

今晚本该是他最大,无奈沦落为小弟兼车夫,赵青河一切照好妹妹的吩咐,然后随她悄声无息奔至庙前。

不是庙,是祠。

"狐仙祠?"他不意外荒凉,却意外这块破门匾,不由低声道,"弄酒的地方好歹是酒庄,妹妹打算请狐仙给咱们做下酒菜?"

小祠很破,正屋一半没了顶,另一半没前墙,但祠堂里仅有的一盏油灯却半满,一张砖头垫起来的木板矮案前竖着块石碑,上刻"千尾狐真上仙大人坐升石"。旁边有一间更小的木屋,比赵府柴房还小,板门紧闭。

夏苏竖起一根手指,示意赵青河噤声,又将他推到石碑后面的阴影里,自己却拿出一块破布,在祠堂里甩出动静,随后走到赵青河身旁,与他一起隐在暗处。

赵青河觉得自己引以为傲的脑力今晚全然不够用,不知夏苏搞什么名堂。

不一会儿,正屋外却跑进一个小姑娘,约莫十三四岁,裹一身补丁长袄,眼睛滴溜溜地转,神情又敬又畏,一手放一只木盆在板案上,一盆炒花生,一盆干脯肉。接着,她跪得扑通响,连磕仨头,一串咕哝让赵青河想笑。

"狐真大人,我以为您明天来哪,还好我把供品都准备好了,您慢用,用过之后就不要再跟我打招呼啦,我明天一早还要摆摊子,睡不好就眼圈发黑,别人以为我一脸晦气,不会找我算命啊!"小姑娘拜了拜,不敢多看的样子,哧溜跑出去,又探头进来,"狐真大人,今晚或明晚要下大雪,您回去时小心云滑啊。"

赵青河听到阖门的声音,原来小姑娘住隔壁那间小屋子。再看夏苏,她慢条斯理,不知从哪儿变出两只布袋子,将案上的供品倒进去。

夏苏见他盯着她眼皮子不眨,自觉解释:"炒花生,干脯肉,这个小姑娘的手艺一绝。"

下酒菜就是这么来的。

以为是扮狐仙装大神骗吃的,赵青河却见夏苏将他搬来的鼓鼓褡袋挪到板案前。他心里微动,是了,她不曾平白无故取用他人的东西,一直以她的价值观衡量公平。

"是什么?"他很好奇。

"米和肉。"她将油灯熄去,纵身而出,与黑暗化为一色。

赵青河紧随出祠,回头看见一点烛火从门口浮向正堂,看来夏苏料准那小姑娘不会真睡觉去,笑道:"小姑娘敢骗狐仙大人,比你胆子大,她爹娘呢?"

"她是孤儿,叫禾心。"夏苏并不回头,身体轻若烟,袅袅却奇快。

赵青河一怔:"她独自住这里?"

"我没看到其他人。"夏苏答得淡然,很快到了马车前,才回转身来,瞧着步履慢下、神情有些沉甸甸的赵青河,"你担心她还是孩子,不能独自生活,那可大错特错了。她平时在城里摆算命摊子,晚上就帮这一带的人守狐仙祠,各家每月凑二三十文钱给她。不过,我竟不知你还会同情别人。"

赵青河步子跨大了,很不自在:"并非同情她,只有些诧异而已。倒是你,与其装神弄鬼暗中资助,还不如干脆带回家照顾,老婶不是念叨要请个麻利的小丫头?"

"何必干伺候人的活?自由自在多好。"夏苏踩上车,坐进去,嘴角翘尖了,不知怎么,带着好几分顽恶,"你别小瞧她,她是个非常厉害的小骗子,曾接苏州片来卖,一把鼻涕一把眼泪哭卖传家宝。就此一招,却是百用百灵,好在只有吃不饱时才这么干,不然苏州片更恶名昭彰了。"

苏州片，不懂它们的人，多以伪造之名一棒子打死，行家则知需分优劣。

江南人杰地灵，确实生就很多才气纵横的画匠，有能力制造出色的精品仿片。以仇英的《清明上河图》为例，其声势几乎超过张择端版，民间只知仇英版的百姓也大有人在。而仇英当苏州片画工时的仿作，也有知情人及其后代专门收集，鉴赏家题跋力证之后，市面上立刻百金千银地追捧。

"你总因画与人结缘，妙得很。"赵青河笑着赶起车，"酒菜都有了，现在妹妹跟我走吧。"

夏苏无所谓，但回他前半句："不尽是妙缘，也有恶心人的。某家主人与仆妻偷欢，某家丈夫鬼混还打妻儿，数不胜数。至于半夜搭梯会情郎这等，算是风月雅事了。还曾见过一家人，急为幼子治病，叫卖祖上传下的古画，却遇一帮骗子用灌铅的银子买去，五百两的价连十两真银都不足。"

赵青河今晚听了好些事，好奇心越来越重："妹妹帮了这家没有？"

"夜里无明光，多鬼魅横行，这是常理。如此仍决意走夜路者，就该准备遇险。那家人择夜交易，似乎得画的手段亦不甚磊落，而我只是过客，恰见他们呼天抢地，听到事情经过，所做实在有限。"

"怎么做的？"这姑娘不是菩萨，可有软肋，赵青河心中明澈。

"为何要告诉你？"夏苏却不愿多说。

好吧，有人做好事不留名，他不可八卦："就跟我说个结果吧。"

"孩子病好了。"

那时刚来苏州半年，她夜里闲逛遇上这事，看小孩子可怜，才因此制出她的第一幅苏州片，也是迄今为止唯一一回的伪品交易，明知是假画，却当真画去卖。帮她卖画的人，正是禾心，只不过她女扮男装，挂了个大胡子，没露出真面目。

赵青河从不觉得自己爱管闲事，听到孩子病好却轻松下来，不再多言。

多数人回家过年的这晚，一般市集早早关了，却还有终年不歇的旅店酒楼，帮旅途中的人守岁守望。赵青河把马车交给码头客栈的店小二，租一条本地船，让船家往西北方向出城去。今日大节，水陆城门开了东西两边，船只往来尤其热闹，或往寒山寺，或往虎丘山，载着守岁的人们穿行于这座水之城。

一家四口，以船为家，夫妻二人撑篙摇橹，一双五六岁的男娃娃离爹娘不远，趴在船舷看岸上的烟花，又时不时顽皮地跑近船头，偷瞧偷嗅。到底是什么？那么香！

夏苏对小孩子显然很没辙，被瞧了好几回，最终招手让他们上前来，各给了一把花生肉脯。赵青河光看光笑，不评论，只倒酒，接着稳稳地奉给夏苏，但酒坛子由他严管。夏苏装作不知道，一颗颗往嘴里扔花生米，嚼得脆香。酒，端在手里，似乎不急着喝，可是船稍颠簸，她就会立刻饮干，不让一滴酒溅出去。

竹叶青，清新起口，后劲辗转而来，带着丝丝的辣感，回味无穷。

"这酒，像妹妹的性子。"赵青河笑。

船儿摇进白堤，居然有热闹的集市。灯火点成第二条河流，烟花添彩，一不留神，还以为堤岸的桃树开了花，不是隆冬，是春来。人们往河上放莲灯许心愿，双双对对尤其多，欢声笑语，夜里尤其无惧。

看在他带自己逛美景的分儿上，夏苏决定不跟他顶嘴，狠狠撕咬一口肉脯，用力磨。赵青河看在眼里，笑意连连，伸手拉她的发梢，已成惯性。

在船家夫妻眼里，这一对，和其他双双对对并无不同，很欢乐，很默契。

"不知道有没有放生乌龟的，给妹妹捞一只回去养着玩。"

听到赵青河没完没了，夏苏忍无可忍，朝他丢出一粒花生。做这个动作时，她真的一点想法也没有，毫无目的，纯粹反射行为。

赵青河脖子一伸一缩，竟将那粒花生接到自己嘴巴里去了，还故意摆出一副满足相，跟夏苏眨眼："妹妹喂我的，才是真香。接着来，哥哥保证能跟妹妹喝酒一样，一粒不漏。"

自己那点贪酒的毛病早让他看穿了，夏苏浅浅嘟嘴："我给你一脚，河里就多一只放生龟，只不知哥哥让不让我踹呢？"

赵青河始终在笑，看着她，听着她，眼底深幽。

夏苏正对着白堤，灯河铺在她淡褐的眸中，缓缓流动，但映入赵青河的眼，就成一簇金火跳跃，热沸全身经络，一直烧到心里，只觉得她讥讽的表情娇甜可爱，难得的那声哥哥酥了他每根骨头。双手抓紧船舷，他能以安稳的长呼吸遏制心跳过速，目光却总是落到她微嘟的唇上。唇色不红，粉澈澈的，珍珠般莹润，看起来就是可口。

赵青河打算无视心里的某种狂躁，练一练望梅止渴的本事，夏苏却伸出手作势来推。他本能捉住那只手，掌心的触感仿佛握了一卷丝绸，清凉柔滑；再稍稍一施力，将本来并肩而坐的姑娘拉转半身，与他之间不过一指宽。她乌发中的梅花让烟火映得缤纷，冷香扑怀，令他体内的无名燥火终于找到出口，好不舒畅！

夏苏只觉赵青河霸道，一时忽略萦绕周身的暧昧，不甘示弱地瞪他："不敢下水就直说！"

赵青河这会儿脑子压根不带转的，眼睛一眨不眨，就盯着两片桃粉的唇轻启轻合，无意识地抬起他的另一只手，大掌托住夏苏的半张脸，拇指从她唇上抹过去，再抹过来，由重到轻，由用力到摩挲。

夏苏的脸轰然火烫，说出来的字全部结冻："放……开……你……熊……掌！"

赵青河幽黑的眼底忽然浮起灿光："妹妹要记住，熊是不能随便喂的，除非你备足食物。"

他一度以为燥火找到了出口，谁知随着她的反应，他心里骤升高温，唯她身上的梅香清冽。而她的唇，泛出艳丽的红，更加饱满。他垂头，用他的唇替代拇指，双手捧住她的脸，贴了个密实。

天下美味、天下好酒，怎及她？

夏苏彻底蒙傻，睁着大眼，心跳如鹿，全身动弹不得。他的体温透入她的皮肤，他的气息渗入她的呼吸，一种奇妙的香气，混合着无法言喻的情绪，如天高的海浪，卷得她晕头转向。等到魂魄归位，才慌忙去推他。

赵青河的脑子也重新开转了，双手一分，放开夏苏的脸，任她推开自己，用调侃的语气遮掩疯马一般的心速，把刚才那句话说完全："否则熊只能吃你。"

白堤的喧闹如在天边，河上不息的船似隔了山，只有摇橹划出的水声，以及浪打船头的激响，反复回旋。两个娃娃已被娘亲带回船尾，船太小，船上的动静逃不过一家四口八只眼睛，唯能帮忙制造静默。

　　小船这时摇过了白堤，进入山塘街。

　　山塘近虎丘，商家看中名胜美景的带动力，在这里开出了一条街的商铺，其中版画业欣欣向荣，为全国之先。这片兴盛里，苏州片是山塘的密影，工坊深深，流水操作，熟工巧匠，展现江南的才气灵气秀气，与桃花坞和专诸巷齐名。山塘有夏苏最喜爱的夜间画市，可观赏各种版本的仿画、印刷精美的画册，以及手工技艺绝伦的雕制版画。

　　今夜，她没有看街景，而将目光投向另一边，无言瞧着漆黑河面。她太惊了，惊赵青河亲她的骇然举止，更惊自己对他的抗拒无力。因她从前最恨的，就是这种近身暧昧的无耻冒犯。

　　那个家里，由她为老不尊的爹带头，夫人、姨娘个个偷吃，姐姐妹妹房里不静，得宠的男仆们放肆无比，可以比得半个主子。而她有双技傍身，那时她爹说话还有用，加之刘彻言也有拿她换权力的大打算，谁也不敢碰她半片衣角。只是，刘彻言自身行为放浪，越到后来，越常做出一些亲昵的动作吓唬她，明言她的清白掌握在他的手里。对此，她从不妥协，哪怕拼个两败俱伤，也绝不让他得逞。她记忆中，凡是自己折骨割伤，她也一定不会让刘彻言好过，那些激烈的冲突不是一次两次就数得完的。

　　然而，面对赵青河突如其来的亲密，她竟没能一个巴掌扇过去！

　　她，恼他，气他，但就是没有那种再排斥不过的厌恶感；她的脸仍在烧，还有遗落了很多年却立刻唤醒了的被人无比珍视的心动。夏苏分辨不清自己的心态，只觉迷惘，干脆撇过头去，在眼不见为净中，以为生赵青河的气，其实，更是生自己的闷气。气得满耳听不到周围的喧闹，沉浸在自己的世界发呆，赵青河的声音却清晰而来，引她转头看去。

　　"我得更正。"赵青河不懊恼，不自责，眉关微锁。

　　不看赵青河的脸还好，看到了，夏苏的气就冲着他去了，冷冷道："难道你还想重新投胎做人？"

　　赵青河觉得这姑娘说笑时很认真，认真时却像说笑，但这会儿他要露出笑声，她会哭吧，于是正色道："我娘给你的信物从今以后别作数了，我给你的才算。"

"你给我的？"什么东西？

赵青河手伸进怀里摸到一个帕包，刚要拿出来，船身忽然剧烈一震。夏苏和赵青河同时看去，就见船旁多出一个打横的船头，又高又尖。

撞船了！

第二十三章　贼船歹势

船尾的孩子乱叫，船夫急忙将船往旁边摇，高声喝问："这是直流道，前后无码头，怎地打横行船？"

赵青河暗叹，空手伸出来，身形微动，就换到了夏苏的身前，双眼沉着冷静。这条明知直流还转横的船，怎么看都不像是偶然撞上来的！

对方的船头站上来一个男子，他背着光，夏苏他们的船又光线不足，看不出男子面貌。

"对不住啊，你们的船太小，没瞧见，会不会撞漏水了？我让人下来帮你们看看？"男子向后一挥手。

夏苏的眼亦尖，见那船中光影乱摇，拽一下赵青河的袖子，语气未惊，低声道句可疑。本就是一只青蛙跳水都会缩脚的小胆子，草木皆兵，何况鬼影。

赵青河轻笑："我真是喜欢极了妹妹，妹妹说可怎么办呢？"

这个姑娘，一日比一日，离不得了啊。

夏苏掐他手臂一把，竟是硬邦邦掐不下去，只能干瞪着他铁打的肩膀愤愤不平："前头的账罢了，但你别又来惹我。你这么厚皮耍赖，连岑家小姐都哄不了，就更哄不了我了。"

赵青河冷眼看着船头聚起五六名汉子："妹妹莫冤枉我，不过此事容后再论。"他随后笑声朗朗，冲那男子道，"不劳大驾，船小却胜在灵巧，并未撞坏。"

那男子回笑："那就好，不过我这边有错在先，总要赔个不是，请二位赏光，上来喝杯水酒，让我略表歉意。"

赵青河自然说不必客气。

那男子又道:"赵三郎好气量,但我这人却是疙瘩,想要做什么,一定要做成。你们不来,只好让我的人下去请,万一小船禁不起分量沉了,可怪不得我。"

赵青河忽然垂眼,对夏苏低语道快走,自己大步蹬起,单手攀船尖木板,眨眼落在对方船头,笑声朗朗:"我来了,阁下满意否?"

男子却不依不饶:"我请了两位,只上来一位,怎能满意?"

夏苏看看船尾紧紧靠在一起的一家人,慢走至对方船下:"你不放绳梯,我怎么上得来?主人设想不周,莫怨客人不领情。"

赵青河对一左一右似要夹击自己的两名大汉毫不上心,但叹一口气。他判断也不算失误,只不过希望她听他一回,自私一回,还抱着对方只针对他一个的侥幸心理。

男子笑得有些阴凉:"不,并非我不周到,而是以为请夏姑娘不易,需要让人带你上来,故而完全没想到梯子。"

夏苏敲敲船板,也不同他废话,语气淡然:"放梯。"

绳梯滚下,夏苏爬上去,动作像极一只小龟,就差背壳而已。与她的慢速成对比,小船快速撑开,已经离开数丈,到了对方飞下来也不能着船的安全水域。

眼看夏苏终于露出脑袋来,男子吩咐旁边的汉子去帮夏姑娘一把,谁知赵青河一步当先,把人顶开,将自己的手伸出去,拉夏苏上了船。

光下显出男子的真面目,满面胡子,大鼻子大嘴,粗放凶相,见赵青河这般,语调忒贱:"赵三郎真是护妹心切,一点也不愿让她吃亏啊。"

赵青河看夏苏站稳,这才放开手,面对男子神情十分坦荡:"要是王公贵族的俊哥儿,我就不伸手了,趁势给苏娘找个好郎君,只是阁下这船人……呵呵,我无意冒犯,却是委实配不起我妹妹的。"再往船上瞧去,肚大舱小,看着高宽,却是一艘小小货船,船面上八九名劲装大汉,不知船肚子里是否还有。"阁下要在哪里摆酒?我兄妹二人今夜守岁,还要赶往虎丘山寺烧头香,不能耽搁。"他催人赶紧进入正题。

胡子男搓搓大鼻子,目光闪烁:"赵三郎何必耍滑头?你我旧账未清新账又欠,候了这些日子,好不容易今晚能撞上,自然要算算清楚。至于你家妹子,放心,我们从不对值钱的货物乱来。"

货船一拐，进入一条静谧的水巷，偏开山塘街上的热闹。水巷要比主水道窄得多，少灯，胡子男面色有些狰狞。

赵青河瞧在眼里，背着的那只手轻拽夏苏的袄袖，感觉被她回拉了一下，才回道："旧账新账？我怎么听不明白？阁下认识我吗？"

夏苏知道，赵青河一直对他自己滚落滑坡的意外存疑，今夜或许是了解真相的契机。她尽力镇定，同时，对胡子拿"货物"形容自己另生疑虑。

胡子一撇头，汉子们将夏苏和赵青河逼走到船中央，团团围住。

"你真不记得，还是装不记得？"胡子眯狭了眼，"你在常州多管闲事，同我照过面，差点坏了我的好买卖。我以为弄死了你，想不到你命大，竟还撑着一口气，只是缓过来也学不乖，苏州地界的生意见了光，损失大笔银两且不论，我兄弟冯保死在你手上。赵青河，天堂有路你不走，地狱无门自来投，今夜就是你的死期，我要替我兄弟报仇。"

赵青河的声音却无所畏惧，笑意绝不含糊："我居然猜错了？还以为冯保只是听人办差的小喽啰，想不到有阁下这样的兄弟替他出头，不惜大年夜报仇雪恨。或者，阁下也是小喽啰，替老大跑腿来的？"

胡子稍怔，反应算得快："别管我们是喽啰还是老大，你们这等良民绝对惹不得。既然敢做无本买卖，脑袋别在裤腰上，怕什么都不怕死，你小子眼瞎了，敢跟我们作对。本来嘛，我们偷东西也好，换东西也好，关你鸟事！"

夏苏一声轻笑。

胡子男吹胡子："你笑什么？"

夏苏反问："不知赵青河如何同你们作对了，你们要杀他灭口？"

胡子男瞪眼珠："谁让他看到了老大真……"胡子男虽要失误，手下却不尽是蠢材，立刻有人咳了两声。胡子男顿觉自己差点说漏嘴，他拔出刀来，"废话少说，这回斩了脑袋，看你还活不活得回来！"

赵青河张臂，带着夏苏往旁边一闪，避过了刀锋。只是，对付一把刀容易，对付八九把刀呢？

"夏苏！"赵青河从不觉得这姑娘会成为累赘，但不代表他不用操心。

"我自己会照顾自己。"夏苏能上得船来，当然有自保的把握，一说完，身形朝包围圈的间隙晃去。

胡子男冷冷下令："这姑娘知道太多，灭口！"他才说完，两名汉子就挥刀向夏苏砍去。

刀落，人没亡，消失了。

不仅那两个大汉面面相觑，胡子男也愣住了。

胡子男看见了夏苏的动作，用他识字不多的认知来描绘，不过就是几个摇身扭腰展臂的舞姿，便躲开了刀光，走出了包围圈，立在了桅杆下。他骂手下："蠢货，连个娘儿们都对付不了？你俩要是杀不了她，就给老子跳江！"

两汉立刻提刀追去。

胡子男对赵青河恶狠狠笑道："你不用担心你妹子，我会送你俩一起上路，好有人结伴说话。"

赵青河哈一声："我不担心她。"忽然压低音量，"告诉你一个秘密，我妹妹别的本事没有，逃跑的本事天下数一数二。要担心的是你两个手下，恐怕跳定了江。"

胡子男才要哼，眼角余光瞥见桅杆顶上有个人影，待到看清了，竟是夏苏。她双手反握桅杆，双脚反蹬，襦裙似旗，如坐云霄，冷然俯瞰。

胡子男反应不算慢，大喝："砍断桅杆！"

赵青河啧啧两声："这主意有点蠢。"要拆船吗？

胡子男不待他说完，一抖大刀，锵啷啷向他劈去。

赵青河转身就跑。

胡子男大笑，喊人截住赵青河，又骄横道："跑得了一回，跑不了两回。上回我没处理干净，今夜非砍断你脖子根，再无可能回魂。"

赵青河当然不是逃跑，而是迎着来截他的一名汉子，侧身避开大刀，抬腿踹对方的小腿骨，同时捉了手腕，以手肘顶手肘，咔咔两声，对方的刀就脱了手，正好落进他手里。他回身一甩，刀飞出，正中另一扑来的大汉心口，顿时毙命。那名被打断骨头的汉子惨叫着，倒地乱滚。

胡子男的大笑凝固："你他娘这什么邪门功夫？"

"无师自通，力气大。"赵青河双手摊在身旁，"阁下不是处理过我？

难道没同我交过手？"连胡子和砍桅杆的汉子在内，还有六人。

"对付蠢货何须硬碰硬。"胡子男大鼻子哼得轻蔑。

赵青河点点头："是啊，撬几块滑动的石头就行了，不过，你能确定我如今还蠢吗？"呸呸！他从前也不蠢，只不过什么都不在意，装蠢。

胡子男不确定，但知今夜一定要取对方性命，当下叫喊："这小子扎手，都别藏了，统统给我出来！"

夏苏在上面看得清楚，只见底舱板掀起，从船肚里又跃上七八名劲装汉子，个个手持明刀，神情彪悍。她全无攻击力，赵青河一个要对付十几个，看不到胜算。难道真要死在这条船上？

夏苏正焦灼无比，却忽然对上赵青河的视线，看他嘴唇动了动。她与他的作息如今相同，夜里常碰面，聊天也是前所未有地频繁，一眼就能读出他说什么。她眨了眨眼。

赵清河立刻呼喝一声，丝毫不惧冲上来的凶徒们，身体灵活地躲开这一波乱砍，反而几招将措手不及的砍桅杆汉子踢下水，头也不回往船尾跑去。

胡子男气急，以为赵青河要跑，恶狠催促着快追，一时忘了桅杆顶上的夏苏。这回的报仇之中，本不包括这个女子，他也没有太上心。所以，包括他在内，没人注意到，桅杆底无人，桅杆顶也无人了。

人声呼喝，兵器铿锵，夏苏听着这些不甚清晰的嘈杂，尽力不去想赵青河能否应付，手里提一把大刀，在昏暗混浊的底舱中寻找合适的凿船位。

凿船——赵青河只给夏苏两个字。

夏苏却没有慌乱到瞎凿一气，迅速判断之后，往底舱尾部走。沉船或许是对付这么多人的好办法，她却更要考虑自己和赵青河脱险的可能性，同归于尽就傻了。

底舱是一大片挖空，没有分舱，只用网和油布隔出几段，堆放干粮杂物、睡觉的草垫烂絮，还有打牌玩耍的隔间。到处充斥着浓烈的酒味、汗味和最好不要分辨的臭味。

夏苏掩鼻走到最后，拉开挡路的一大片油布，看清眼前，不禁愣在当场。一只大铁笼子，里面蜷着女人和小孩，个个污面烂衣，瑟瑟发抖，唯有眼珠子黑白分明，充满恐惧和茫然。

"……"夏苏不知自己该问什么。

从偷窃到贩卖人口，这些人做买卖的范围真广，什么赚钱做什么！怪不得还把她也当货物。她转身要走，想了又想，却再转回来，抢起刀砸开铁笼子的锁。

眼睛们几乎同一刻闪现喜色，几条影子往门口靠来。

夏苏表情平淡，语气疏冷："我和我义兄也被困在船上，本要凿船脱险，想不到船舱还有人。我虽帮你们砸了锁，却救不得你们，不过这条船此时还在水巷中，会泅水的人有一线生机，也可抱木浮水，各位自求多福。"她娘说过，自身无能就最忌心软，救不得自己，也救不得别人。

夏苏说完，却瞥见铁笼旁堆着厚密的梗垛。不是床铺，也不是干粮，扎得一捆捆的梗垛里显然藏物。她心头一动，走过去拨开探，手指触感冰凉，再抽去草梗，露出半只古瓶。

赃物！

回头看着铁笼里一张张畏缩愁苦的脸，牢笼没了锁，这些人的脚步仍迈不开，皆知逃生等同赴死，夏苏忽然有个大胆的想法，凿不了船底，凿那伙人的要穴或可行得通。

船尾，赵青河正拖延时间，刀剑无眼，身上难免有些擦伤。

对方也没讨到多大便宜，十来人让赵青河撂倒五六个，还剩胡子男为首的七八名硬汉。

赵青河听到水声变大，便知又要拐进河道，一旦水面宽阔，对这伙人更有利。

他让夏苏凿船，半晌没弄出动静，这姑娘不会动作太慢，脚还没踩到船底吧？又该不会底舱有看守，把她细脖子砍断了吧？赵青河被这帮混球的车轮战搅得疲累，心里难免烦躁，越想越缩了胆，怕夏苏出意外，顿时腾身又往船头跑去。

眼睁睁瞧着几把刀落空，胡子男心惊。

常州那会儿上头指示，赵青河是个四肢发达头脑简单的家伙，如今真动起手来，才发现他不但功夫好，脑子也十分活络。哪怕此刻人数上仍占优,赵青河还能跳出包围圈,动作毫不拖滞,令胡子男不禁有点后悔自己轻率。

冯保的死讯传来时,胡子男正要北上交货。一边是主家命令,一边是兄弟交情,他毫不犹豫选择后者,向上头虚报了行程,绕道苏州来查冯保死因。只是,他怎么也没想到,杀了冯保的人竟是赵青河。

当初他奉命挖山泥设陷阱,亲眼目睹这人滑下陡坡摔没了魂,谁知赵青河命大,撑着最后一口气,竟然缓过来了。干他们这行,最忌讳这等邪门事,活儿没做干净,就必须再收拾一回,又牵涉他兄弟的大仇。他潜在苏州好几日,派人一直盯着赵府,这才找准今夜对方坐船出城的时机。

也就是说,这回行动是他擅自主张,若干掉了赵青河还好说,若干不掉……

胡子男打了个寒战,目光寒冷,提刀紧紧追上。他已没有回头路,不是赵青河死,就是他死。

胡子男喝道:"你往哪里跑?"

赵青河不说话,飞身上了矮舱顶,足似点水,自顶缘敏捷空翻,竟是直接要落入底舱中。

不料,底舱突然钻出来一个人。小小人儿,污衣黑脸瘦骨架子,抱着一只比小小人儿的个头小不了多少的花瓶,上到船板就往船舷直缩。

赵青河张开双臂,如蝙蝠飞行,改变落姿,一撑底舱门两边,灵活翻过了门。但等他一抬头,又见下面钻上一个半大不小的孩子。他才暗道搞什么,便听胡子气急败坏地说:"小兔崽子们怎么蹿上来了?哪个蠢家伙在看——"胡子男厉声,却没问完。

赵青河大感好笑:"这位老大,你不会数数?带了多少人上船,刚才跑出来多少人,减一减就知道谁在下面。"

胡子就此把夏苏想起来了,抬头见桅杆上飘的只是一件空袄,便知她下到底舱里去了,急忙喊手下:"堵舱门,别让兔崽子们出来!"

听手下们喊老大,胡子男不耐烦转头,正要骂娘,看到那根挂袄的桅杆朝自己倒来,要不是两个手下拉着他往后退,他就被砸死了。

"姓赵的!"胡子怒喝。就有这种人,自己做什么都行,别人做什么都不行。

"哎!"赵青河敷衍应声,淡眼瞧着一个又一个的人影钻出,只不过最后由小孩子变成女子。

他也瞧明白了,这群穷凶极恶的家伙还是人贩子!他捡起地上的刀,不再如玩具一般拎着,到这时他尚未开杀戒,对方才能像打不死的蟑螂。

"这位老大怎么称呼?无本的买卖都让你一家包了,我佩服得紧,向你正式讨教。留个名号,跟你好兄弟冯保一样,我好记着。"刀芒毕现,无须再手下留情。

胡子男全然不察赵青河的变化,哼哼唧唧:"可别想我上你的当,你套出我的名号来,回头知会官府,满地追缉我。"

赵青河目光如水:"身为老大,说到做不到,见势不妙就打退堂鼓,不太好,今后底下人怎能对你有信心?"

胡子心里是在打鼓。料错赵青河的实力,料错夏苏的身手,以至于他虽然人多,也没讨得多少好处,而贩卖人口又让对方揭了出来,令他开始头皮发麻。

"把船靠边!"柔美的女声划开这两人的两种情绪,"不然……"

飘摇的风中灯色,映照着舱门边的夏苏,双眸沉静了冷冬的河,神情似笑非笑,她的手一放,展开一卷长画。这个动作仿佛就是号令,拿卷轴的人皆展,拿瓷器的人做出摔势,拿金铜器的人做出抛势。

对方的刀,可以取他们的性命,也同时毁去这些东西,一件不留。

赵青河敛眸,从不知道,破釜沉舟的气势是可以被如此营造出来的。而他料不到她这应付危急的本事,本已准备大开杀戒,如今,不需要了。

水声哗哗,纸声哗哗,一切却仿佛静待着夏苏的声音。

"赵千里的《暮江渔父图》。"笑声如铃,难得一丝自信的俏皮,"了不得,谁能想到,此画竟在一群盗贼手中?要是让京里大人物知道,岂止满地通缉,要满天撒网了呢。"

胡子男眼珠子凸出,让她骂怒了:"你懂个屁!这……这是假货。"

"是吗?"夏苏对身旁一个女子点点头。

"哐啷！"那女子手里的一鼎青铜炉摔到船板上，滚出两圈。

胡子男简直气昏，那一下砸没多少白花花的银子！

夏苏却觉不够，又示意离她最近的小男孩："把瓷瓶砸了。"

胡子男是专管盗货偷货运货的人，但偷得多了也有记性，看出那是大明宫里皇帝爱的名瓶，价值千金，眼睛立刻急瞪，忙喊住手。同时，他肚里骂翻了天，暗道怎么最好的宝贝都让她给带上来了？

"靠岸！"夏苏没有废话。

胡子男贼心不死："老子认栽，不过只能放你二人上岸。"不放女人和孩子。

赵青河笑撇着嘴："妹妹撕画吧，有人不见棺材不掉泪。"

夏苏从善如流，将画卷横捏，作出撕状。这幅《暮江渔父图》已有买家下订，万一出什么差池，不知上头会如何惩戒自己。到了这份上，胡子清楚意识到他对付不了这对兄妹，为今之计只有暂时妥协。人跑了，还能再捉，古董书画损坏，他却是一点办法都没有了。

"靠岸！"胡子恨恨吩咐下去。

船往河边靠去，行缓撑停，放下艞板。女人和孩子们往艞板那边走，直至上岸，才将手里的东西放在地上，一个个跑往明亮的山塘街，方向也一致。

赵青河走到夏苏身旁："妹妹教导有方，不过不怕对方这会儿一拥而上？"

夏苏对上胡子男阴森森的目光："整船的货恐怕都没有我手上这幅画值钱，尤其这画还是某位高官买定了的宝贝。"与画一起附着约书，写明送交的地点。

"这样，"赵青河也看胡子男，语气傲慢得令人憋气，"阁下，你笃定手到擒来不费工夫，开着货船就来杀人，不知此时是否悔得肠子都青了？"

胡子男牙齿磨得嘎嘎响："既然知道这是给大人物的宝贝，若有半点损坏，难道你们跑得了吗？不是我撂狠话，你俩跑得了初一，跑不了十五，敢搅和我们的买卖，迟早死于非命。"

"反正今晚是死不了了。"赵青河并不欠缺得过且过的纨绔风格，一手拿过画去，一手横起刀，"妹妹下船等我。"

夏苏眯眼稍顿，放开画，神情闲淡："别磨蹭，若想烧大吉大利的头香，要赶在日出之前。"

赵青河笑得无声，看夏苏下了船，这才收敛笑意，眼底深如夜海，对胡子冷然道："不知你们上头是谁，但有句老话，夜路走多要小心。我连自己怎么死的都不记得，你们非要苦苦相逼，为了活命，就只有拼命了。今晚的账，你清，我就清，老死不相见，我也不会想念你。这位老大行惯江湖，懂我的意思吧？"

胡子男表情狰狞，出口却无奈发软："懂，就是桥归桥路归路的意思呗！行，今后你不找我，我就不找你。"他心想赵青河是个硬茬，报仇事小，保命事大，他也不可能再罔顾上头，擅自行动，栽了就栽了，此时最好静悄悄平息这场输局，不惊动他人。

"你比冯保懂事！他若直接远走高飞，不想着找我妹妹晦气，就不至于丢了性命。他有杀意，我怎能等杀？"赵青河一步步退上舢板，突然将画往空中一抛，引得胡子男等人手忙脚乱。

待胡子接过画，察看有无破损之后，再望小巷，哪里还有那对兄妹的身影？他跳脚直骂粗话，却也无可奈何，只能让人将那些古董书画重新搬上船，灰溜溜离去。

到了江上整顿，他自己没伤，但他十一二名手下都挂了彩，且比赵青河的皮外伤严重得多，真要硬拼也未必占得到好，不禁暗暗庆幸自己当机立断，跑得及时。当下，安排值夜，还盘算着从北上的哪几个地点弄些女人孩子上来，之后便一头倒下去睡大觉。

再说夏苏和赵青河，先将那些逃出来的人交给巡夜的兵员，这才到了虎丘山寺。

夏苏倒是诚心想上头香。此时子夜过了，第一批守岁的香客也过了，气氛稍冷的庙宇正待第二批来赶黎明的人，影子三三两两，恰好静时。

岂料赵青河拽着她，脚趾都没触到大殿台阶，待她回过神来，发现自己立于云岩塔顶层，寒风刮脸，吸入冰冷冷的气流，呼气时连眼眶也冒出一丝凉意。

与夏苏冻僵的姿势相反，赵青河单脚着地，气定神闲坐上东窗棂："总算清静，只可惜了妹妹请我的一顿好酒好菜。"

夏苏瞧他，冬衫让刀划破好几处，还染了血，帽冠发簪全不见，头发乱糟糟披着，不过看他说话中气十足，似无须担心伤势，语调就淡些："你用这披头散发的邋遢样子开一年的光景，全家大概要跟你讨饭去。"

"心诚则灵。"赵青河却不在乎。

夏苏拆下发间一根红木簪，放进赵青河手里："你心诚不诚，我不知道，就知道碍我的眼。"

赵青河抬了抬眉，脑袋往夏苏那儿一偏："妹妹帮我弄。"

夏苏当他耍无赖，不想搭理，却瞥见他衣袖下的袍子血迹斑斑，转而默然无言，以十指梳拢他的散发，简单转髻上了簪。

她与他从前一点亲近感也无，现在却是怎么了呢？他莫名亲她，她心慌，但不厌；她给他扎髻，不情愿，但还是不厌。指尖微麻，夏苏无意识搓起指腹，悄悄退了几步。可以的话，离他远一点得好。

"你真不认赵大老爷吗？"这夜波澜平定，原本没时间想的事，此刻来袭。

他锁住墨眉："妹妹哪壶不开提哪壶。"

她抱臂倚住另一扇窗，水漾的淡眸望天边几缕红云，居高远眺，分外美丽清晰，顿时有些明白他为何坚持上塔来。

"只要自己不愿意，没人逼得了什么。这话好像是你说的。你不肯认祖归宗，又万般犯难，之前劝我，原是哄我安心。不过，随你怎么为自己打算，我是无论如何不会当赵家姑娘的。"

他失笑："妹妹说的是。劝人容易，劝自己难，身世这么错综复杂，就很难理得清是与非。我虽说得坚定，这些日子心里也不是不反复。"

这些日子？

"你早知道了吗？"她确实迟钝啊。

"也不算知道，只是猜测而已。"比她猜的女婿多出一样。说实话，赵大老爷对他的好，远远超出一个女婿的待遇，再加上同姓，青河向南，母亲的信，种种迹象其实明朗。

他猜的，总比她准，她自是服气："我听二太太话里，大老爷与大太太虽互敬互尊，反倒是惦记着干娘的缘故。府里皆知这些年两人分院子住，兴许真……"

"逝者已矣。"他道。

是的，人死不能复生，赵大老爷情再长，对干娘也已无可弥补。夏苏轻叹，这事，自己插不上嘴。

两人沉默之时，东方忽然大放一线明光，将金红的浮云丝丝拉进，不管它们是否甘心，不顾它们奋力反抗。

赵青河动了，立上窗台，对夏苏伸了手："还好没让禾心那个小丫头说中，下什么雪的。快上来！"

坐船，游河，出城，所为不过这一刻。

夏苏抓住赵青河的手。事到如今，若还非要对这个人保持防备，简直自欺欺人。她已丢壳卸甲，就算是被骗，掉下塔去，她也没什么不甘，咎由自取罢了。

两人轻功卓绝，眨眼就飞上塔尖，齐望东方。金光沉在天际，如涛海滚滚，下一刻万道光芒挣出，一轮圆日升腾。新年日出，那么朝气蓬勃，令人心神振奋。

"今年我们一定会过得很好。"

晨风东来，将赵青河的话语吹到夏苏耳里，似乎那不是愿望，而是允诺。

她轻道一声很好，眯眼朝阳，接下黎明。

旧年，忽远。

第二十四章　游不系园

正月十五，庆年近尾声，却仍热闹。

说服了老太太，赵大太太包下华夫人的太湖饭庄，领着府里的女眷出来，看灯吃蟹听大戏。

江南人杰地灵，山水锦绣，江南的女子就比北方女子少了一点点拘谨，尤其是这样的大节下，大户人家的女儿媳妇随同长辈们出府逛上一日，并不鲜见。

当然，事前赵府和饭庄都做了充足准备，将上席设菜的伙计一律换成婢女，捞蟹捞鱼皆是少年，戏班必须严格使用专门通道和出入口，全庄有赵府的护院负责，进来出去一定要看牌子。说到底，包了庄子，也是弄得像赵府别院一样，唯太湖风光特别，从庄里可看湖上，还很方便坐画舫，到附近的湖面赏玩。

这日一起出行的，不仅仅是女眷，还有几个年少的赵家儿郎以及赵青河。

自从赵青河身世揭晓，府里的议论就没消停过，各房面上尊重老太爷的决定，私下并不乐见其成。赵青河可不是一般的私生子入户，将以大老爷第一任嫡妻的嫡子身份记族谱，不但分家占优，还成为仅次于大老爷的家主候选，这让他们很难接受。毕竟，这个侄子冒出得太突然，表面客气着，更多的是猜忌疑虑。

如今才过去半个月，赵青河刻意躲着他爹，年夜饭桌上直接撂话不认亲，让人看来也并非随口说说，故而各房能暂观望。

受大太太郑重托付，赵青河来帮忙保护女眷们安全。他可以说不，夏苏却在邀请之列，他这个兄长当然要随行。大年初一他连累她再遇凶险，而且吃花生吃到她嘴上去了，虽然一起愉快看过新年日出，半个月来却觉得她有些冷漠。夏苏甚至不惜改变昼伏夜出的作息来避他，身旁总有别人，让他头一回埋怨家里人多。他实在不太喜欢这般相处，又不懂如何哄她，只擅长跟着赖着，慢慢陪着。

正午开席，长屋长案，女子一大间，男子一小间。

今日饭庄里，除了夏苏，就是一屋子赵家儿女，没有别家，所以不放帘子，两边的绵纸格门皆拉开，一边戏台一边花池，爱听热闹戏的，爱看捉湖鲜的，任君挑选。

赵大太太看菜上得差不多，使人喊来巡庄的赵青河："你忙了半日，辛苦了，快去你弟弟们那桌吃酒。"

夏苏悄然抬睛，就和那双冷锋的眼睛对上，视线一颤，又落他唇上，心头狂跳。她慌地奄拉下眼皮，暗念石头脸不俊不俊，拣菜吃，无滋味，只是胡乱想着：赵大太太对大老爷的夫妻情不浅，事事齐心，这回显然帮忙在父子之间穿针引线。

赵青河看过去，一桌半大不小的儿郎，也有他同父异母的弟弟十二。因为岁数都不大，没有赵府其他人想得复杂，瞧他的目光多好奇，也有些期盼。就他所知，四郎六郎忙着读书大考，又过了二十，与十来岁的弟弟们平时玩不到一处。这时突然多出了一个大兄，不知利害关系的少年们，大概以为他能带他们玩耍？

无论如何，不能当这些少年的面驳回赵大太太的话，赵青河不多言，走到隔壁那间，落座。

二太太睨着，嘴角刻薄抿住，一转眼对大太太笑开了花："听说三郎不愿认大伯，我们还担心你们不好受，如今看来到底是骨肉亲情。"

老太太不在，大太太就是最大，可她没摆架子，哪怕二太太打着笑脸揣着酸溜溜的心，仍态度晴好："如二太太所言，不管三郎认不认，骨肉血亲不可否，父子就是父子。"

夏苏一旁听了，心里叹气，出身果然难改，自己再不愿，也是徒然。她和他，都一样，逃得一时，最后却一定被过往追上。这么想着，她心情不由一沉，吃酒都少了贪杯的兴致，听九娘说着备嫁的琐事，看花池那里开瓮挑蟹，冷冷淡淡瞧着桌上。但望赵青河，见他带着赵家小儿郎们捉蟹钓虾，时而爽朗得像个大孩子，时而又很稳重，将每个弟弟照顾周到。

她想，这人原来就有兄长气质吗？

大概看少年郎们玩得欢，十七娘就抱怨起诗社散了，又不爱听戏猜灯，怪没意思的。

赵二太太总对别人挑剔，自己亲女儿却是掌上明珠，想法子让女儿开心："要不咱上画舫吧，难得出来一趟，怎能不游太湖？"

大太太道："本来就是这么打算的，不过要等等华夫人，我让她准备着呢。"

华夫人来得很快："大太太，都布置好了，不知何时上船？"

"就这会儿。"大太太站起来，拉着华夫人的手往外走，与她笑言，"已经开始跟我抱怨无聊了，一台子好戏也没人认真听，劳烦你让班主他们吃饭去。"

华夫人吩咐了掌事的去办，一手揽着大太太，另一手揽着二太太："赵府里就养着名伶，今日老太太又没来，姑娘公子们自然无心听戏。湖上风光好，我还打听过，正巧今日不系园来太湖，在湖正中开集，有文人墨客当场作字画竞卖，也有名倌吟诗助歌舞，还有名书古画鉴赏。姑娘公子们即便上不得船，也能就近看热闹。"

不系园是杭州闻名遐迩的大画舫，文人才子聚会之所，不时还办书画雅集。

一听不系园，除了大房里的九娘和十一娘，其他赵家姑娘们立时雀跃。她们能起诗社，自然对书画也知道几分，更何况不系园名声响亮，难得到苏州来，机会珍贵。

大太太与几位太太商量一下，对华夫人嘱咐："不能上不系园，但可驶到近处看一会儿。"

华夫人笑应了，关照船娘们去湖心。

夏苏站得稍远，却听得只字不漏，不知不系园，也知有画展可瞧，神情较之前大振。

"妹妹之面色变化，委实昭然。"赵青河是船上唯一成年男子，夏苏是船上唯一待字亲戚，他全仗着义兄妹的名头，毫不避嫌，与她袖碰着袖。

所幸夏苏也不敏感这种事："我又非偷鸡摸狗，昭然如何？"九娘之外，她只有赵青河一个说话人。

九娘正回头找夏苏，见赵青河与夏苏并立，直觉竟是好俊的一对人物。她性子温和偏静，赵青河身世揭晓后，还未曾与他照面，此刻正好，上前盈盈施礼，诚意道声三哥。

赵青河一怔，大太太有心刻意，他可不理会，只是赵九娘发自真心，却令他不好敷衍，淡然哦了一声。

夏苏闻画心情舒畅，慢腾腾道："九娘，你三哥应了这声，你可问他要份大一点的贺礼。"

赵青河忍不住笑出："九娘莫上苏娘当，这贺礼就得问她要，她管着家里的银子，三哥我从她那儿支银子，十足可怜。"

夏苏冷白一眼："你归你送，我归我送。"瞎扯！她何曾掌过他手里的银子，顶多抠过分过。

"这样好，一份变两份。"赵青河继续闲扯，"九娘得跟我说声谢。"

九娘真张口。

夏苏拉着赵九娘却走："就算要谢，等拿到礼再谢，谁知是不是空口白话？"

赵青河一向不急于洗白自己，且在这点上，他万分赞同夏苏，只道："别忙着走，妹妹莫非不想和我上不系园？"

夏苏刹住身形转回头，对乌龟的速度来说，简直成精了："你有何办法？"

"泗水过去？"赵青河抬眉，好看的眼，好看的笑。他今日既非来当大众保镖，也非来当孩子王，只来凑某位妹妹的热乎。她之心愿，就是他之挑战，越难越有意思。

夏苏瞥开眼，对心跳全然放弃："溢出来了。"

猜妹妹的字谜，也是一大乐趣，但赵青河也放弃得极快："什么溢出来了？"

"自信。"夏苏咬字。

"谢妹妹夸奖。"稀奇了，居然没来"兜财手"那招？

夏苏哼笑："谁夸你？自信过分就是自大自狂自我毁灭。"

赵青河无语，瞪了她半晌，按着太阳穴呵笑："乌龟妹妹有尖牙。"

九娘看两人斗嘴，不觉得不妥，只觉得羡慕，即使是在大家族出生长大，兄弟姐妹那么多，她也不曾经历过这般轻松却亲近的相处。撇开两人其中难言的感情，实实在在是彼此信任的。

"不系园！"十七娘欢呼。

烟波浩瀚的云水湖面，水光笼罩着一艘大舫。它仿佛第二轮金日，拉近四面八方的船只，吸引，聚拢，又散开，却停得不远，似明月之下星罗棋布。而日光月光，都掩盖不住船身三个刚劲大字：不系园。这番景象，连几位太太都望入了迷，任船娘们驶得很近，忽听不系园上有人喊赵青河之名。

那男子满头灰白发，身旁有位笑容可亲的妇人，似一对夫妻。

夏苏并不认识，但也不稀奇，赵青河这几个月一直在画市里探路，开拓人脉。倒是大太太、二太太显得惊讶，又同声招呼那对人物，态度十分尊敬，称其董先生董夫人。

这位董先生三言两语，道明两点：不系园不随便放人上船，是观学识慧的好地方；董夫人也想请岁数较长的姑娘陪同。

于是，大太太、二太太就允了适时提出请求的赵青河，让赵家儿郎、九娘和夏苏，登上不系园。

乍看起来，赵青河并未想到特别上船的法子，只是运气好而已。夏苏如是想，却听到赵青河与董先生的对话，当下愕然。

赵青河道："多谢先生帮忙。"

董先生道："不必客气，前头那位就是喜爱丹青的义妹吗？"

赵青河答："不系园仅停留太湖一日，而长辈之请不可推辞，才劳驾先生特意跑这一趟。"

董先生道："无妨，不过举手之劳。若只因女儿身就受到拘束，岂非可惜？令妹能作一手好画，难能可贵啊！"

赵青河谦言："算不得多好，却真用心。她尚未许人，我这当兄长的，自然想多宠着她些，待她嫁入夫家，未必能有这么自在了。"

董先生叹："的确如此。就说这赵府，大户广宅规矩多，要不是教着四郎六郎，老夫恐怕也帮不到令妹……"

原来，董先生是赵四、赵六的夫子。

赵青河请来这对夫妻，就是要让赵府夫人们变点头哑巴，看似一场偶遇，看似十分运气，全是他一手谋就，从接下大太太的邀请开始执行，最终一定会让夏苏登上不系园。

除了许人嫁人那句多余，夏苏无甚怨言，也自叹不如。

董夫人如面相一般亲切，发现夏苏落后，就笑等着她赶上："我家先生十分喜爱夏姑娘的画，让我今日找机会跟你再购一幅，不知可否？"

夏苏即便不如赵青河长袖善舞，也懂得人情世故，只是她性子不爱兜绕，直接就问画的事了："不知先生喜欢谁的画？"

夏苏的话直，却正对董夫人的脾气，遂也不费舌客套："我家先生已有一幅你仿的李公麟人物白描，这回想购你的画。"

我的画？夏苏一怔，兀自低头想了片刻，才道："董夫人，只怕我画不好，您还是说一位董先生喜爱的大家吧。"

赵九娘不知夏苏擅画，更不知她擅长摹画，连董先生都求她的画，心里正佩服，听到这儿就糊涂了。她问："仿李公麟的白描难道不是苏娘所画吗？"

董夫人代夏苏答："是夏姑娘画的，却不是夏姑娘的画。"

赵九娘豁然开朗，随即又奇："苏娘仿李公麟的白描可获董先生赞，想来画功不同一般，为何说画不好呢？"

夏苏对上董夫人明朗的目光，答赵九娘问："摹仿与自绘是两种境界，我并无自绘的天赋。"

董夫人温和笑着："画来看看就是，你不是我家先生的学生，不必怕他苛责，顶多当心他不付银子。"这是董夫人说笑。

夏苏尽管慢一拍，还能跟上赵九娘，一同笑："我尽力一试。"答应了。

董夫人趁九娘和夏苏说话，回头对丈夫眨眨眼。

董先生开口："夏姑娘既然应了，可容老夫指定题目？"

夏苏转身行礼，她自幼从画师多位，十分尊重师者："先生请说。"

"冬去春到，夏姑娘就画一幅春暖花开的小青绿吧。"

"是。何时交画呢？"董先生一句话，别人听不出名堂，夏苏就理解了。主题：春暖花开；设色：青绿；内容：小写意。

"夏姑娘自觉水到渠成之时。"董先生道。

"先生也教画吗？"夏苏沉思半晌，突然问道。

董先生摇头，将过黑中渗银丝的胡髯："老夫喜赏，无画才，勉强习得一手不难看的书法，也是为了摆教书先生的门面。不过，老夫以为，读书与画画相通，急智惊才者、细水长流者，资质各不同。"

然而，教她的人，恨不得她一夕学会天下大成，丹青笔不可一日离手，稍有退步就挨训罚挨戒尺，如此数年，练出上乘摹技，夏苏却反而不会自画了。

董夫人这时唤董先生过去，似看到熟识；而赵九娘自觉走到前头带弟弟们，留夏苏和赵青河在最后。

"听说今日雅集的字画是不系园主人亲自相请，由苏州各位收藏大家出借，虽只有四十六幅，皆为珍贵藏品，平时无缘得见，其中不仅有你最喜爱的唐寅书画，最古可追溯至南北朝王羲之的字。不系园还邀请到苏杭一带的画家和名鉴，要在顶舱举行评画茶会，当场开价竞购，也能以物易物。妹妹若有看中的，不妨告诉我。"赵青河放慢脚步。

"告诉你又当如何？"夏苏嘴角轻勾，一抹"你买啊"的笑。

赵青河也笑："我自会想办法让妹妹高兴的。"

夏苏静静走了一会儿："能上这条船已是足够……"想谢他，却压在舌尖说不出口，这人欠她的旧债太多。

前头少年们开始出现方向分歧，九娘明显无力，夏苏赶紧推赵青河一把："别说空话，不如管好他们，让我把所有的画好好看完。"

"得令。"赵青河迈着大步去了。

赵青河人高马大，往少年中一站，鹤立鸡群，立刻就显威势，说往哪儿少年们就往哪儿。

九娘退到夏苏身旁，微笑道："想不到三哥竟治得住十二弟。十二弟倔起来，四哥的话都不听，母亲也头疼。"

"都怕赵青河的拳头吧。"进入一层的大舱中，夏苏眼迷了，心醉了。

九娘骇笑："怎么会？倒是三哥待苏娘真好，令我羡慕。我从前瞧四哥和七娘客客气气的，以为兄妹虽有血缘，毕竟男女之别在先，等我瞧了你们，还是觉得这样才好……"

夏苏没听见。她眼里只有一幅幅红木杆挂起来的画，想着果然比自己夜里随意逛找的佳作杰出，有些迫不及待，怀着无比的尊敬和崇拜，全神贯注地欣赏起来，浑然忘我。

从南北朝到当朝，从水墨到青绿的复古和循回，从山水到花鸟的大小写意，她曾那么熟悉，又陌生了，今日重温传世大家之作，他们的画笔，他们的故事，他们的风骨，再来感动她。一花一木，一山一水，人物动物，真物虚物，或黑白，或青绿，或淡彩，或明彩，真正的杰作必定触得到心里某个柔软的点，能停留记忆中长长久久。

她有多久没看到这么多名家真迹了？

上一回，还是在父亲的画库里，肆无忌惮地观赏，无须抱持怀疑，无须时刻警惕，无须在大量的伪片中艰难找出一片真迹，这种畅快的单纯的感觉，她几乎要遗忘了。

这般畅快中，对圆满结束观赏的期待合情合理积蓄到最高时，却忽然一脚踩空，如同从万丈深渊坠落，不但惊吓至极，还失望愤怒，令夏苏忘了身处何地，不自觉喝出一声："此画系伪作！"

尽管这层舱里的人不多，却在书画界大小有些声名，而今日展出都是珍贵藏品，听闻有人道伪作，个个抖擞精神，涌过来瞧，一来看看自己的眼力如何，二来看看他人的眼力如何。只是瞧清夏苏为女子时，已有大半人质疑她的话。

一时之间，众人纷纭，大谈赵伯驹。从赵伯驹字千里开始，接力似的，赞他艺林昆仑，擅长精工细笔，又有水墨山水的画风，较唐人浓郁，更清润明丽；赞此画一如他的风格，山水采用青绿，取实景，同时大胆赋予想象，山石勾勒，皴笔细密，布局大气且周致；更说此画卷有多位名家题跋，若是伪作，也是千里还魂，等等。

夏苏听得这番背书，但觉滑稽，只是胆小不愿惹事，正打算灰溜溜装不相干。

"妹妹，这不是——"

赵青河沉稳的声音入耳，夏苏的心头突然大定，抬眼发现人就站在自己身旁，不由露出笑容："不错，正是《暮江渔父图》。"

第二十五章　水墨成卷

赵青河紧锁眉头，目光冷敛。

大年夜，夏苏以一幅画化解性命攸关的危机，准备要手撕的，不是《暮江渔父图》，又是什么？就他和那群盗贼团伙几回交手下来，对方若那般着紧的画卷，不太可能是伪作。如果那幅是真的，眼前这幅当然就是假的。

"这位姑娘为何说此画系伪？"音若钟，直击在场每个人的耳膜，大家几乎同时循声望去。

舱门外走进两位男子，均四十左右的年纪，一胖一瘦，胖者福相气和，瘦者清面灈眼。两人面相迥异，却都有一种奇异的气度，令人们不敢造次。

赵青河见夏苏咬唇，知她心思，而自己也另有想法，代答道："我妹妹自小习画，常被人赞有些天赋，难免心高气傲，一时妄语，望各位君子莫同我们计较。"紧接着，他向胖者行礼，"云卿先生，晚辈赵青河，久仰先生之名，幸会。"

云卿表字，此人姓张，为今日不系园主。不系园的拥有者是谁，无人清楚，它的园主则为包船举办展市或集会的人——赵青河事先打听得十分详尽。

"你很面生，却一眼就知我是谁，看来这句久仰并非客套之辞。"张云卿哈哈笑道。

赵青河坦荡道声不敢，再施礼。

夏苏没在意两人的对话，只是听过张云卿的声音后，立刻看住他身后的瘦者。刚向她提问的，是此人。不过，这时其他人已轻易接受赵青河的解释，将注意力集中到张云卿身上，都围过去找他说话。

赵青河轻轻拽了下夏苏的衣袖，示意她跟着。

夏苏走出第一层，发现董先生夫妇和九娘他们不见了，问过赵青河才知，自己竟看了一个多时辰的画。大家等不了那么久，董先生带着赵家儿郎们直接到顶舱茶室，董夫人和九娘回华夫人的画舫，与赵府太太和姑娘们说话吃点心。

"才一个多时辰而已。"她觉得那是眨眼的工夫。

湖上北风偏东，清冽澈寒，却让强烈的水光蒸出微暖，赵青河眯狭了双眼，揶揄某人大脚："也不是谁都有妹妹这般大的脚力。"

"不是我不缠，是家里不让缠，也算歪打正着。"夏苏淡然提过，语气一转，"对那卷画，你有何打算？"

他明白她，她何尝不明白他？他又一回"踩扁"她，转移众人视线，无非不想引起轩然大波，却绝不是撒手不管。

"妹妹确信是伪作？"赵青河问。

夏苏点头，眸光似水："自然。该卷的画匠功力一流，无论是工画还是沿自李思训父子的笔法，研究深透，与赵伯驹的风格和布局极像，但细部过于追求仿真，反而失了神髓，有呆板之感，偏于极致工笔。你大概也不知，这卷《暮江渔父图》是否为赵伯驹的画作，前人曾有过一场争议。因为南宋流传下来的名画册录中没有提及，全凭画卷上的'千里'印章和题跋，再经当时精通赵伯驹画作的鉴赏大家赏定，才添到赵伯驹的画作之中。那几位大家一致认定的，正是赵伯驹画里的士气。无论如何，这卷画以这样的神秘感独具一格，令收藏家们趋之若鹜。我在船上所见的那卷，要比此卷出色得多，应该是真作不假。"

"若非听到姑娘这番言谈，公就相信你兄长之前所说，以为姑娘信口开河。"钟音沉沉，那位偏瘦的中年人竟然跟来了，只是这回他身后有两位随从，张云卿却不在。

赵青河全不惊讶，似乎早知有人听他们说话，对长者恭敬行礼："敢问这位先生是何人？"

"公也姓张，江陵人氏，就叫张江陵，与云卿是远堂亲。"对先生那声称呼，张江陵很受得起的样子，"刚才姑娘说到赵伯驹画里士气，容公请教。"

夏苏习惯以画结交,全然自信,淡道:"画宜拙,与雅不相违。此画不拙,仅雅,非赵师之笔。"

张江陵笑声比说话声明爽:"说得好,我但觉那幅画违和,却说不上来哪里,原来是一个'拙'字。"公,变成了我,亲切七分,"不知赵姑娘与苏州赵府是否有渊源?"

赵青河插言:"晚辈与苏娘为义兄妹,我姓赵,苏娘却姓夏,先生问得巧,我二人正栖身于赵府。"

"两位恕我直言,"张江陵沉思后再开口,"听说赵府大老爷乃江浙一带鼎鼎大名的鉴赏家、收藏家,如今由他借出来的古画,却让他家两位小辈识为伪作,不知是欣慰长江后浪推前浪,还是恼自己鉴错真伪呢?"

欸?夏苏和赵青河顿看彼此,神情皆愕。

"先生的意思,《暮江渔父图》是赵大老爷的收藏?"对上心的事,赵青河习惯多问两遍。

"正是。"张江陵点了点头。

夏苏还在发怔,赵青河却已有所思有所动:"先生有所不知,此画这时虽是伪作,却未必是赵大老爷当初鉴错了。"

张江陵听他话里埋伏笔,兴致大起,问道:"此话怎讲?"

"说来话长。我兄妹二人这会儿正要上楼吃茶听画,先生若不介意,可同我们一桌,我慢慢说与先生听。"赵青河相邀。

张江陵对这两个小辈亦有好感,十分干脆地应了。

到了顶舱茶室,夏苏自觉与董先生换了座位,和少年郎们坐成一桌。两桌虽然不相邻,她却能见赵青河侃侃而谈,而两位先生的神情时不时惊讶,疑惑,了然,赞同,张江陵更是伸手拍了拍赵青河的肩,显然欣赏他得很。她猜赵青河在说那桩以假换真的案子,尽管苏州府已结案,但不管是本地的董先生,还是外地的张先生,很难再遇到像赵青河这么了解内情的"说书人"了,必然喜欢这个悬疑重重的故事。

"你说咱们画什么好?"十二郎却不让夏苏继续神游别桌,对着本桌唯一的"大人",力排"众议",认为应该征询一下她的主张。

夏苏垂眼,见桌上一大张宣纸,还有好墨好笔。

不用她问，十二郎充大人，摇头晃脑说道："每桌出一幅字画，必须与别桌交换，且以一回为限。"

赵青河一上船，也反复强调物物交换，夏苏并不明白其中意义："你们随便涂两笔就是。"儿戏罢了，她又不是半大不小的孩子，还跟着凑热闹。

十二郎却不依："三哥说你擅画，比我们几个都画得好。"

夏苏看着这些面色期盼的少年，神情更淡："那又如何？"

十二郎撇撇嘴，内心很怀疑赵青河对夏苏的推举，因他怎么看，眼前只有一位话闷还不得要领的呆大姐。

"你难道不知座上好些苏杭名师，平日求他们一幅画就需奉上不少银两，今日却可能不费一钱。字画由不系园统一收上，分为上中下三等，各桌按等别再行抽号，等别越高，抽号越前，就越早选画。"

夏苏识画不识人，除了自己这桌和赵青河那桌，还有不系园主张云卿，就是两眼一抹黑，谁也不认得。不过，十二郎啰里啰唆一长串，总算让她听明白了。明白是明白，还是没有动笔的念头。

十二郎见说她不动，那点世家公子的精神就来了："再说了，我爹是江南一带的名鉴大家，我们赵氏是上百年的士族名门，从这张桌上出去的字画，拔不得头筹，也绝不能垫底，否则被他人耻笑，我等颜面无光，还令家族蒙羞……"

夏苏一声不吭听全了，看少年们的脑袋点如捣蒜，就想赵氏子孙还是有出息的，小小年纪已自愿发扬家族荣光。她却慢悠悠回应："那就更不能由我画了，我又不姓赵，交上去岂非成了你们作弊？"

她以为，这句话足够噎住十二郎，想不到那小子伶俐得很。

"你虽不姓赵，却是我三哥的妹妹。自古有云，女子在家从父母，出嫁从夫君，"瞄见夏苏眼神突变，十二郎不让自己退缩，"你无父无母无夫君，自然要从三哥。颠来倒去，你不还是我们赵家的人吗？"

夏苏冷哼："你那位三哥还没认祖归宗呢。"就算赵青河认了，她也从不到那么大一家子里去。

十二郎分寸不让地哼回："迟早的事。"

夏苏不跟少年怄气，只是沉默不理，横竖这种事，谁先急谁先输。

但见其他桌开始运墨，好胜的十二郎果然着急起来，想到赵青河出的那个主意，不用还真不行，硬邦邦却明显讨好似的说："夏姐姐说得也不错，只是我们平时读书都来不及，画艺根本拿不出手，而今日的机会又太难得，我愿试一试。夏姐姐，由我来布局打底，请你帮忙充色，这样可好？"

　　谁告诉这小子了？她吃软不吃硬。

　　夏苏看一眼正为某公磨墨的赵青河，调回视线，轻点头："若你不抬出一族兴亡荣辱，我心里就不至于如此犯难，怎么也拿不起这支笔。"

　　十二郎张着嘴，半晌，乖乖把嘴闭上。三哥说，最好是一开始就示弱，不要多话，诚心诚意请她帮忙就是。但如果要小聪明招她讨厌了，便要发挥不怕出丑的舍己精神，主动贡献烂画技，这样她应该不会拒绝帮忙，不过她多半要讥讽一句半句的，千万别顶嘴。十二郎已失先机，不能再坏了中途修好。三哥说了，要是能拿到张云卿那桌的画，就帮他达成拜董先生门下的愿望。

　　夏苏哪知这少年被赵青河拐带的辗转心思，说到画，就想画的事："你打算画什么？"

　　"……"十二郎抓耳挠腮，"我真没撒谎，画技平平，只会简单工笔。"

　　赵家儿郎只问功名，兴趣爱好皆浪费精力，唯四哥游刃有余，诗词歌赋也出色。夏苏并不因此心软，要她毫无借照物地作画，也真头疼："那就构一幅工笔花鸟吧。"

　　别让她布局，别让她想花形鸟形，勾线和充色则是仿画的技巧，她如鱼得水的领域。

　　十二郎构出大廓，本以为要布置得更细，夏苏却接过笔去，作起画来。一边作，一边问，鸟是静态还是动态，花是蕾还是盛开，有风或无风，山石怪调或柔调。她问得极其详细，连画风都要十二郎决定，简直到了啰唆的地步，与之前的闷声慢语天壤之别。

　　而让十二郎乖答的原因，是随着一问一答，纸上笔下绘出的一幅美妙丹青：花伴风舞，鹦哥拍晃着竹架子，水溅了，撒一地鸟食，奇怪嶙峋的山石上落几根羽毛。

　　布局的是十二郎，赋予神韵的，却是夏苏。明明他和她都用同一支笔,她却能绘出无数种墨色,深深浅浅,层层叠叠,细致到无比逼真,又那般狂放不拘。

此画题名:猫来也。惊起,鸟一群,落羽缤纷。

推开园门,眼前景致尚新,但还来不及感觉陌生,大驴的笑声传至,似不容她有任何消极。夏苏不由自主弯起嘴角。

"到家了。"赵青河伸展一双长臂,"今日真是累死,夹在大人小人之间,也得夹着尾巴做人,还偏偏没有半点好处。这活儿,一年做一回也罢了。"

夏苏难免要泼冷水:"只怕你认了这门亲,迟早要做这活儿的。"

赵青河嗤笑一声:"未必。你知道我为何非得拿到张云卿的字?"

夏苏与十二郎合作的画,评为一等末,却运气极好抽到第二号,十二郎选摘张云卿的字,但他本来有更好的选择。夏苏看出来其中有名堂,但一向做好自己的事,对赵青河和十二郎的眼神交流全没在意。

"张云卿是杭州小有名气的书法家,也是苏杭一带最大的中间商。与吴其晗的书画生意不同,张云卿专为富贾巨商买画,一年能牵成上百桩的交易,他从中抽成。这人在不系园上常行交换字画之事,却有奇妙门道,他写的字如敲门砖,得者可与他攀谈一回,哪怕是陌生人,但要由对方主动开口。刚才我已与他谈妥,二月他会交我三单,若令他满意,专用我们的话,这年接他的单子就够咱们花用了,还没算上散单。"

夏苏偏头看赵青河:"男子与女子真是不同,总有雄心壮志,永远不会知足。只可惜我帮不到你,画不了那么快,一个月三幅,就是十日一幅,形同刷版印书,还有何乐趣可言?"

别看她只摹画,但也真爱画,不求大富大贵,心中喜欢而已。

"男女确实不同,却各有优势,不以强弱论。在我看来,独自抚养我的娘更有志气,想要撑起这个家的妹妹更具雄心。"赵青河如是想,如是说。

夏苏静了片刻,目光审视:"从前的事,你真一点不记得了?"

赵青河让她瞪得心虚,道声当然:"妹妹真是,坏话好话你都不爱听,哥哥我总不能当哑巴。我接多单,自然是有盘算的,想要租个院子开工坊，做苏州片。这门生意虽然已有不少人做，山塘街、专诸巷、桃花坞的工坊更是挤得满当当的，但苏州片天下闻名，供不应求，仍有我们能赚的份。"

"你之前不是想做正经书画商？"夏苏以为。

"那个充门面还可以，免得官府找麻烦，赚利是远不如仿片的。古画是什么价？当今最好的画师之作不过千金可买，唐寅的《仕女图》买都买不到，万两亦有人争。吴其晗的墨古斋不过图经商的好听名声，赚钱还要靠吴家别的生意，而他自己还兜假画卖呢。我也不弄暗骗，就是明骗，愿者上钩。"赵青河在外跑了这些日子，已有十分明确的目标，"当然，妹妹是咱工坊的招牌，慢工出细活也无妨。"

赵青河说得面面俱到，夏苏自觉插不上嘴："若你已决定，可找周叔梓叔帮忙，他们认识的人多些。"

"已同他们商量过，周叔推荐几名画工和装裱匠给我，印章题跋的匠人尚缺，梓叔就说暂帮我一段时日。"还好，倚仗夏苏这边深藏不露的高手，让他开端就有大好之势，"张云卿的三单，妹妹接一单即可。前半年若开工顺利，过了夏天咱们就能搬出赵府。"

夏苏刹那明白，赵青河所做的一切，就是为了独立。与她当初动不动要搬出去的想法相比，他是行动坚决，一步步努力推行，毫不迟疑；反倒是身为旁人的她，还替他认不认亲犹豫踌躇。她突觉好笑，这就是庸人自扰啊。

"三公子回来啦！"大驴这声三公子，喊得无比响亮。

撇开赵青河和夏苏各自的复杂心情不提，这个家里的人，为赵青河崭新的身份而兴奋雀跃。

没有对错，没有功利，就是人之常情。

没爹没娘没家族倚靠，到底艰难，更何况他们都尝过寄人篱下的辛酸，因主人低微的地位，连带着这一小家受尽蔑视，还要为了生活忍气吞声。然而，作为赵大老爷的长子，赵氏本家三公子，赵青河成了这个府的主人之一。他们怎能不挺起胸膛，扬眉吐气？

"去！"赵青河却作势踹他，"还不如喊我三爷。""公子"这样的称呼，最适合四郎那类书生，文质彬彬，斯文儒雅。

"府里自有一套规矩，不是行走江湖，也不是行商走货。"大驴有说法。

泰伯把大驴拉到一边去，向赵青河禀报："少爷，大老爷又差人来请你了，说今晚大房设席，老太爷老太太也过去。"

"请迟了。"大年夜没能吃上团圆饭，赵青河就订下广和楼，今晚大伙一起去楼里吃好的。

泰伯面色为难："少爷……您还是去一趟吧，那边都请好几回了，又是年尾。"

泰婶也来劝："哪怕是去拜见大老爷一下，酒楼又不长脚，咱哪怕先过去，等你来了再上菜。"

"我同苏娘刚和府里各位太太、姑娘、小儿郎们吃完螃蟹猜过灯谜，白玩了大半日，若再跑去蹭晚饭，咱们岂不是成叫花子了？不是我不想去，实在不合适。"赵青河诉说理由。

夏苏扑哧一笑，也不怕赵青河睨来的眼白，对老夫妻道："你们不必劝他。干娘含辛茹苦带大他，孤儿寡母，恐怕受到不少委屈。他小时候还因此在学堂遭遇不公，非要弃文从武，才长成这副虎背熊腰的模样，如今好不容易都熬过来了，自然不愿让大老爷突然当爹。我亦觉得，干娘纵让我们投奔赵大老爷，却同时对我们隐瞒实情，虽有让大老爷照顾亲儿之意，却无让儿认亲爹之心，这份坚持，我们应该帮着守久一些。"

赵青河望着夏苏，天光在他眼底折成长长短短，令那对漆黑的眸子熠熠生辉。她总是在他完全意想不到的时候，让他怦然心动。

赵青河深吸气，缓吐气，语调却藏不住一份亲昵："妹妹又知道我小时候的事了？"

他的记忆又恢复不少，渐渐也明白自己为什么变成了别人眼里只讲蛮力的混棒子。

少年时的遭遇，令他憎恶那些自以为是的读书郎，连同读书并不差的自己一并嫌弃，发了狠愿不再动那无用的脑，专心练功夫，做人也不费神，想干什么就干什么，用拳头解决事，反而省心得很。但那些终究不是他的本性，只是装得久了，不装下去也不行。结果，鬼门关前捡回一条命，他也懒得装了。

"干娘说你原先很用功，有一日突然不肯去学堂，她就去问学堂先生，结果先生说你顽劣难管，与其他同学相处不洽，干娘便猜到你受了欺负。不然你以为，变卖字画都要供你读书的干娘，怎会任你弃文从武？"夏苏也是刚刚想起，因为干娘说这事时，她正对这位没脑子的义兄十分不耐烦，边听边打盹。

两人联手，空隙不留，谁还能多说一个字？

乔连大步跨进里园，稳稳当当禀报："少爷，大老爷正往这儿来，我让阿生拦着，只怕他拦不住。"

乔连、乔生跟着赵青河这样的人，走路的步子也好，说话的节奏也好，都相当明快爽气，一股子不向他人低头的倔强劲。

乔连才说完，赵大老爷的声音就传来了："这府里还有我去不得的地方吗？赵青河，你找的都是什么仆人，半点不分尊卑，统统给我换了！"

赵青河神情一冷，嘱咐泰伯他们先出发。

夏苏也要走。

"妹妹留步，万一我跟赵大老爷打起来，你好歹能劝个架。"赵青河抬手一捉夏苏的细胳膊，刚才还冷然的神情，这时有点要赖。

夏苏自然知道他胡扯，淡淡挣脱了胳膊，往旁边一站，面无表情，宝石眼却稍眯弯，似笑非笑，也不怕某老爷随时杀到，语气微扬："我等着看你怎么打你爹。"

赵青河耸肩，眨单眼："我也等着看你怎么劝架。"

赵大老爷进了园子，情绪未平，对赵青河喷火："除了你当初带来的三个，其他人都打发掉，我会找懂规矩的人来。"一眼瞥见夏苏，语气略顿，"你我换个地方说话。"

赵青河不动如山："懂大老爷的规矩，却不见得懂我的规矩。我找人，能干不能干另说，忠于我和苏娘却是重中之重，大老爷找的人，怎么都不合这一点。也不用换地方说话，这家里我与苏娘共同做主，认祖归宗这件事，就算我愿了，苏娘不愿意，也成不了。"

夏苏的黛眉跳两下，哪里是等着看，他是要跟她打架吧？

赵大老爷瞧夏苏的目光顿时就有些沉，同赵青河道："我与夫人商量过，让苏娘搬到她园子里住。你们虽是兄妹之情，始终不是血亲，又都到谈婚论嫁的岁数了，住在一个园子里徒惹闲话。等来年，你同岑家女娘成亲……"

夏苏眼眸晶亮，瞬间对上赵青河的惊目，又瞬间挪开。

赵青河要和岑雪敏成亲？

赵青河双手张开，仿佛挡住汹涌大浪，一脸傲冷神色："慢，慢，慢，赵大老爷的话倒是够精简，内容却好不丰富，我脑子一时转不过来，但也精简答你——没商量。父亲该做的，您还一样没为我做，当爹的派头却比天大，上来就命令我做这做那。我只奇怪，您到底想认我这个儿子，还是想彻底断绝父子关系？若是后者，我乐于从命。"

他吧，从前一碰上那位叫夏苏的姑娘，就会想着法儿惹她跳惹她恼，怎么吵赢她是他每日一睁开眼就盘算的事，自打他发现岑家女娘特别能吊起夏苏的一根跳筋，他简直乐此不疲。银子古董字画这些，都是死物，散了还能聚，他有的是赚钱的本事，但让夏苏从龟壳里探出头来张牙舞爪，却是极其罕见的。

赵大老爷的眼珠子直往外凸，喉头打雷般滚动，"你"了半天。

"老爷，不好啦！"齐管事撒丫子奔来，"库房的鲁管事上吊死了！"

夏苏还没反应过来，却听到赵青河的声音："我办赵府差事时遭遇灭口，如今赵府死了个管事，绕来绕去，竟然又绕回来，真是有意思得很。"

夏苏吃了一惊，抬头看赵青河。

赵青河伸一根手指过来，顶着她的脑袋瓜往园子外转："妹妹，咱们一日中最精彩的时候，快到了。"

日暮西沉，将天空染得五彩缤纷，尚瞧不出夜色伺机待动，将取代所有的昼光。水墨的昼，单调绘完。青绿的夜，魅彩无边，随着穿行江南的每一条水流，笔笔上色。

第二十六章　如此秘辛

下夜。

长街寂，销魂无声。

扰攘如沸水的京师某处教坊中，酒香，脂粉更香。莺燕之声吹春风，百花齐放，任君挑选。美人们训练有素，又各展千秋，惹得处处都是放荡不羁的男人笑声。

天子脚下，最不缺贵客，但今夜妈妈紧张得很，包下最好房间的客人还未到，她便早早送上来坊里最讨人喜欢的姑娘。

这群客，看似无官无权，却与朝廷最有权力的一群高官息息相关，是一荣俱荣、一损俱损的裙带，就那么几大家族，渗透天下每个最能赚钱的领域，富可敌国，比皇帝说不定还有钱。有人叫他们皇商，有人叫他们官商，出了京师，下了民间，称他们巨贾。他们从本质上与普通的商户区分，自然不属于士农工商的地位分类。

崔岩到时，见那个讨厌的家伙由教坊最出众的两大美姬伺候着，还装一副兴致索然的清高相。他即刻冷笑，毫不掩饰自己的厌恶神色，主动跟人打招呼。

"刘大公子来得早啊。"崔岩坐进对席，声调抹油，语气轻佻，"坊里的姑娘自比不得刘府美人妖娆，不过，既然是来做客，哪怕装作享受，也是好的。你这副模样，实在像极了讨债。"

刘彻言掀掀眼皮，无声抿酒，不想理会。

"别这样嘛，难得我二人有独处的机会。"崔岩抛来"媚眼"，逗笑左右美人，却逗不笑刘彻言的冷脸。

崔岩不以为意，知道刘彻言的性子压根不懂什么叫乐趣，继续说道："崔、刘两家虽在生意上常交手，父辈们斗得你死我活，连带着我们小辈也互看不顺眼，但仔细一想，与其两家斗，让别人拾得便宜，不如两家联手，叫别人插不进足，三百六十行，咱平分了它。"

刘彻言见崔岩越说越像回事，不禁撇出一抹冷笑："九公子好大的野心，可惜比贵府崔大晚生十年，不然你我说不定真能联手，各做一百八十行生意。而且，我听说仙玉阁去年生意不太好，你爹就叫你到乡下收租，学怎么催账。"

崔岩脸色一沉，讽刺他不是长子，做不得主吗？他手一挥，将美人斥退，不再嬉皮笑脸："刘彻言，别人看你，肯定说是运道太好，天生不足，后天补足，母鸡群里唯一一只少壮公鸡，人财两得。不过，有些东西啊，就得靠天生的命数。我即便排到十九二十九，那也是我爹的亲儿子，让我收租，却真想我好。你义父如今不顶事了，但他到底还活着，刘家偌大家业会归谁，还不一定吧。"

这是刘彻言最不爱听的话，底气稍泄，以阴鸷填补："刘家家业不管归谁，总不会给了外姓人。"

崔岩呵笑："是，跟我家一样，都有这规矩。可是刘家女儿多，如果招个女婿，生个姓刘的小公子，我就好奇了，谁才是真正刘家人。"又抬手，阻止刘彻言打岔，"我知道，你本事大，把你那些妹妹们飞快嫁出去了，最小那个最风光，犹记得正月十六满城红纸飞若春花。是给湖州盐商续弦吧？厉害，厉害啊！老头子两腿蹬不动几年了，他家又只有庶子，你小妹若一举得男，湖州最大的盐业买卖就会姓刘。别的不说，刘彻言，你这一肚子盘算功夫，实在了得，自己即可独大，何须分他人一杯羹。只是，你那些妹妹要都嫁出去才行吧。"

刘彻言眯了眼："你究竟想说什么？"

崔岩收起笑容。论外表，他不如刘彻言俊好；论心计，他不如刘彻言狠毒；论地位，他只是家中能干的儿子之一，而刘彻言俨然一家之主。他可以攻击刘彻言的，原本只有天生的出身，如今，又多一样。

"你家四妹妹几年前得了重病，送到哪儿去养了？"不查不知道，一查吓一跳。

刘家恒宝堂一直比仙玉阁生意好，除却刘老爷一双识宝的好眼，还有恒宝堂里一位从不露面的鉴画师,眼力与刘老爷不相上下。他祖父曾怀疑是刘家女儿中的一位,但父亲、叔叔他们却不信女子有那么大的本事,想不到还真是。

刘苏儿,刘家庶出的四小姐,生母波斯姬,三年前因抵抗婚约而出逃,迄今未归。不像刘府其他女眷随意出门,她甚少露面。听说,她的舞姿美若飞仙,摄人三魂;听说,她的身段柔媚若无骨,勾人六魄。

仅有一回,崔岩与她擦肩而过。何时何地早模糊不清,三魂六魄好好留着,只对那张白玉面容上深邃的宝石眼睛记得深刻。而今,那张面容,那双眼睛,在苏州又现。

"那位妹妹当初是定予你伯父为妾吧?"崔岩啧啧两声,神情却无比厌恶,"刘公公深受皇上器重,特允宫中有妻宫外有妾。而你妹妹本该为第四位,可惜病得不是时候,太没福气。"只有刘彻言这种阴暗自卑的男人,才会将自家妹妹嫁给太监。崔岩自觉处事虽也不择手段,却怎么都不至于失了这点人性。

刘彻言脸色越发黑冷:"姓崔的,想骂我,尽管直言。"

"没啊,我羡慕你一家人齐心协力。其实是这样,"崔岩语气稍顿,"我最近偶然瞧见一姑娘,跟你四妹妹长得九分相像,所以才想起来问你她在何处养病。说不准,真是同一人。"

"在哪儿见到的?"刘彻言阴冷表情泄露一丝热烈,又立即懊恼,顿时狼狈。

崔岩看在眼里,心中自明:"难得见刘大公子这般紧张,莫非我瞧见的,真是你家四妹妹?"

刘彻言坐起身,薄唇抿紧,寒气层层涂白了脸皮。

这时,请客的主人与多数客人一起进来,见崔刘二人已到,纷笑着来打招呼。刘彻言僵直的坐姿放缓,立身淡笑,同他人作礼说话。崔岩的笑却要大咧得多,他知道,刚才那事还没完。

群宴近子夜才散,多数客人留宿美人居,平时十分风流的崔岩却出乎意料规矩起来,居然要打道回府。

马车才出教坊,崔岩就听有人喊留步,他露出得意的笑,眼睛却眯得十分尖利。

车帘外，那人递进一个信封，恭谨说道："小的刘府管事戚明，替我家大公子送信。九公子慢慢读，小的等您回复。"

崔岩拆信看了，冷笑一声："好个重金酬谢，只是我不信这套空话，你还是把你家少主请来得好。"

戚明的脚步声跑远，一刻不到的工夫，换来刘彻言的冷冷话音："难道还怕我赖你银子不成？"

"我知道刘家最不缺的就是银子，不过你若以为我要的是银子，已然瞧扁了我。刘家有钱，崔家没钱吗？"崔岩隔着纱帘，盯瞧那道挺拔的身影。不肯弯腰，不肯低头，是不是？

他瞥开视线，对外头车夫轻飘飘说声"走了"。

"你要什么？"刘彻言脱口而出。

崔岩掀帘。窗上的直影，随帘子撩上，迅速矮下去。

"今年宫里和内城官署茶叶丝绢的采买，转给我做。"

刘彻言眉关拢阴霾，哼道："好大的胃口，只怕你吞不下！"

"怎么会？我嘴大肚子大，仙玉阁不够塞我牙缝。也不是谁都像你那么好命，只要担心四妹招婿生个刘姓小外甥，我上头兄长好几个，将来分家真不知够不够我一口饭，当然要未雨绸缪自找财路。"崔岩打个哈欠，"你不用急着答复，事关几十万两银子，我等得起。"等不起的，是这位刘大公子。

刘彻言甩袖转身要走，面容似怒，却并未说不行。

崔岩已稳操胜券，追加一句："所谓转做，仍以你的名义向宫里朝廷交货，却由我负责采买，银子进我的口袋。"

刘彻言没回头。当对方提出这样的条件时，他就明白对方图什么。

刘家一直为宫中和内城官署指定采买，并不是他想要给谁就给谁，从提名到认定，是一道比一道更高的坎。唯一可行且又快又直接的方法，就是打着刘家的名义。崔岩不是从他手里讨活做的第一人，但要他无偿提供名头的，独崔岩一个。狮子大开口，风险他来顶，姓崔的稳赚钱，仗的不过是一则消息。

刘彻言很愤怒，不是心疼要白给崔岩几十万两进账，而是自己一定会为这则消息妥协的挫败感。

过了几日，崔岩收到一份刘彻言的密契，附加条件是他的消息一经证实确凿，契约中的内容就生效。而崔岩自有一套，不直接告诉刘彻言某人的下落，而是派了自己的亲信管事，领着刘家到苏州某府去，以确保刘彻言不要花样反悔。

从北到南，路途遥远，一去一返将花数月。

尽管北方寒流仍不间断，南方却是春江水暖，犹绿犹红，好风光美不胜数。这年暖得还特别快，人们已开始踏青早春，凡是胜景之地，比年节还要热闹，欣欣向荣。

即将进入四月的名门赵府，历经正月里管事自尽的凶事，二月里全府盘查的惊骇，仿佛更麻烦的事还在后头，却因九姑娘的出嫁，中断了这片人心惶惶，让大家好不容易平静度过了大半个月。至少，表面上看起来如此。

雨季跟着今年的春，也来得早了。

从赵九娘院子里"借"来几本书，夏苏一身黑衣，飘忽若影，闪过幽夜深深的园林，听雨丝打着嫩青的芭蕉叶。春雨如油，落在她的发间，让偶尔挂在廊檐的灯照得忽然晶亮。

赵青河的身世水落石出，她这个义妹的身份也水涨船高，可以大大方方行走府中，但却过于习惯黑夜披黑色，即便多了一季新衣，仍初衷不改。

大太太坚持夏苏和岑雪敏一个待遇，而岑雪敏和赵府姑娘们一个待遇，以此类推，不仅给她做了春衣，还为她添了不少佩戴的花饰，颜色亮丽，款式也新。她晚上虽穿不着，至少每回让大太太请去时，泰婶和乔大媳妇不会犯愁没体面的衣装了。

夏苏没有搬到大太太的住处，甚至都不用常过去，皆因鲁管事自尽一事引起赵府轩然大波，大太太也好，大老爷也好，连赵青河认祖归宗的事都顾不上了，更没精力管她搬不搬这样的小事了。

那个吊死的鲁管事，一直在库房做事，虽非主副总管，也待了多年，平时的口碑就是兢兢业业，很老实很仔细的一个人。然而，在他上吊的房里，留有一封遗书，说他外头欠了钱，不得已才对《暮江渔父图》动歪脑筋，以苏州片替代，将真迹卖掉还债，如今东窗事发，无面目见主家，只求一死免去生前罪责。

人死得干脆，活人们却不能满足死人所愿，事情非但没有就此平息，反而愈演愈烈。

凡是鲁管事经手的东西，再彻底验查一遍。库房之中，但凡跟鲁管事要好的人，都遭到反复盘问，检验他们经手事物。全府范围内，同鲁管事交情不错的人，都被搜过了住处，从而追查鲁管事是否有同谋同伙。

二月那一轮搜屋大扫荡下来，没扫出鲁管事的同谋同伙，却拎出好几个手脚不干净的仆婢，都是主母能力稍逊，三房四房五房里的。因此，连累三位老爷和太太，让老太爷老太太狠狠训了一番，叫他们严加管教下人。

而一向能干的二老爷二太太，却是最早挨老太爷骂的两个。

鲁管事居然早先是二房的人，而大老爷不喜争权，多年研究学问，任二老爷二太太明里暗里往库房安插势力，皆因鲁管事这一吊，一下子就暴露在老太爷面前。

老太爷骂二房夫妻居心不良，命大儿子接手，要将库房大大整顿一番。老太太却是敢骂儿媳妇的大脾气，一句"你们还想杀父母弑兄嫂不成"，暗示鲁管事之死与二房有关，让二太太当场哭晕了过去，二老爷趴地上苦苦喊冤。

时机若不对，长年累月的蓄谋也无用，瞬间能毁于一旦。用赵青河的话说，二房接下来就只好想着分家怎么多捞点，家主之望已绝。

同赵青河的想法一致，夏苏认为，赵府各房明争暗斗从不休，各打各的小算盘，但总体不伤根本。

百年士族树大枝多，一代代要知道"一荣俱荣，一损俱损"的道理，方能长存。赵府或者财政紧缩，家族名望一如从前，名贵非常，要做到这一点，子孙至少对外争气。

再看鲁管事换画，照遗书上的说法，属于个人行为，手法却与冯保胡子一伙更接近，而非受二房指使。说实话，为了银子就让管事偷画卖，而且还是偷大老爷的画，如同弃库房的多年经营不顾，二老爷二太太那么会盘算，不可能短视至此，反而最不可能是这件事的主谋。

正因为与之前的换画案相似，董霖也十分重视，甚至请仵作验尸，结果却不尽如人意，尸体没有异样，遗书也为亲笔，那位办事一向心急的苏州知府很快判定自杀。董霖气得跳脚，但没有任何可疑的证据，只好无可奈何结了案。

赵青河没跳脚。不但不跳，也不像从前那样帮着大老爷尽心办事，好似与他无半点关系，不是悠哉出门结新友会旧友，就是窝在家里看书，与夏苏调侃逗趣，聊些书画界的人和事。

要不是夏苏已有些了解他说一不二的性子，会同董霖一样，以为他放弃寻找凶手了。

雨丝渐密，夏苏从纷乱的思绪中回神，轻身纵到廊下，贴墙而走。忽见，一点亮幽火般飞快，不断闪过树、花、石，十分鬼祟。

黑夜独有的青色，在夏苏的淡褐眸里，晕染开来。她细眉愉快一挑，身形刹那动起，比幽火还快，上廊檐，踩屋瓦，准确追着那点火。一如所有的夜间动物，黑暗对她施与最强大的保护，被追之人毫无所觉，出了赵府，经过一片拥挤的小院，进入一户人家。

有趣的是，夏苏无比熟悉这一片，就在半年前，这里还是她的安居之区域、赵家安置亲戚和管事家眷的外家院落。她却没时间怀旧，落在幽火消失的屋子上方，悄悄揭瓦。

屋里一男一女，男的站着，女的坐着。

"不是让你别来了吗？"女人保养得宜，看得出风韵，却看亻出年龄，模样标致，眼气儿尖利，"万一让府里人知道你我有来往，保不准就怀疑到你身上了。"

男人五十出头，两鬓斑白，却清眉朗目，正脸方耳，长相十足正气，行为却全歪，将女人一把拉起，对准她的嘴香了两口，笑得得意："托你死鬼丈夫的福，府里如今入夜后没有人敢乱走，我出府轻而易举。"

女人曾在大太太那里悲悲切切哭丈夫，是鲁管事的未亡人。

夏苏也记得那男人。正月十五那夜，大老爷率众管事开库房，她在屋顶上瞧热闹，见过这人站得远，是库房的人，但不是那些掌着大柄钥匙的主管。

男人不规矩，女人却也不甘寂寞，回勾对方的脖子，娇嗲迷人："托死鬼福的，又岂止这一桩？要不是他的死为咱们争取时间，把那些字画古董及时换回去，这事可就闹大了。谁想得到，那幅《暮江渔父图》偏偏让大老爷送上不系园，又偏偏被人看出假来。当初老鬼就差拍胸脯保证，说这画造得跟真的一样，就算是大老爷，也分辨不出呢。"

男人的猪手稍缓，好奇道："那老鬼到底什么人？"

女人全身瑟缩一下，声音好不畏惧："劝你最好别问，否则，一旦你做事出纰漏，就和鲁七一样的下场。老鬼说过，失败即死，绝不容情。更何况，老鬼戴着面具，鲁七和我都不曾见过他真容。"

"我就不明白，你们为何那么听他的话？他给的报酬说多不算多。"

"因为鲁七曾杀人越货，入山为匪，老鬼是山寨大头目。山寨虽散，过去的事却不会就此作罢，官府仍在通缉鲁七，如果不帮老鬼做事，老鬼就会密告官府，到时死罪难逃。而我嫁鲁七前，曾骗婚毒夫……"

"啊？那我该离你远点。"男人说归说，却将女人打横抱起，直接按在桌台上，用他伟岸的身体压住，一手从她裙下探进。

女人轻呼，又娇笑，昏黄的灯光交织她面上情潮，无比放浪，还故作矜持："来不及了，你已经上了这条贼船，老鬼自有办法收你。"

男人呼吸粗重，呼噜呼噜，不知在拱什么的声音："不用老鬼收，牡丹花下死，做鬼也风流，我就为你豁出去啦。"

女人的脸上忽然浮出一抹得意，推开男人，自行宽衣解带……

夏苏看得目不转睛，眼前却忽然换成一只大掌，隔开底下无限春光。她扭头瞪，见一黑衣蒙面人蹲在身旁。那双刀目既然凝不了冷，她当然更不可能感觉惊慌，反而看他装模作样竖起食指示意嘘声，令她翻个白眼，回头慢腾腾将瓦片推回去，无声立直了，点瓦速行。

黑衣人始终跟在后面，直到同夏苏一道落入那座"赵三公子"的园里，才摘掉面巾，笑开了口："妹妹夜里要是尽看那些偷鸡摸狗的东西，哥哥今后可要设门禁了。"

夏苏眯起眼，没好气："怎么到哪儿都有你？你偷偷跟着我？"

赵青河一副狡诈神情："妹妹莫扯远话题，今晚这事需要好好表明你的态度。"

夏苏往树下的石桌一坐："你弄坛酒，炒两个下酒菜，我再听你说话。"

这姑娘对自家人和外头人的态度，真是天差地别，赵青河但抬头看看天色："天都快亮了，睡去吧。"

他肯放人，她还不应了："你刚才在屋顶上听到多少？"

"惭愧，只听到不堪入耳，一室男盗女娼。"他其实亦知，她不会无缘无故趴人屋顶凑此等热闹。

那就是没听见。

夏苏不瞒："鲁七之妻恐涉换画案，那名奸……鲁妻虽然新寡，毕竟已没了丈夫，能说奸夫吗？"

赵青河哈笑："那便说情人罢，总不能叫妹妹难受。"

夏苏哼他，继续说正事："鲁妻的情人是库房管事，五十出头，太阳穴有颗黑痣，耳垂后也有两粒黑痣。他帮鲁七夫妇换回真画，那幅《暮江渔父图》是没赶得及。鲁七夫妇听命于一个叫老鬼的人，鲁七本是杀人越货的通缉犯，加入山寨当强盗，鲁七的妻子骗婚毒夫，两人因此受老鬼要挟，不得不帮其办事。老鬼戴面具，不以真面目示人。"

"知道那么多秘辛，妹妹会否午夜睡不着觉？"赵青河语气调侃，脑中却已迅速吸收这些消息，"如此看来，鲁七夫妇与冯保那些人极可能是同一伙。冯保拳脚蛮横，招招夺命，是豁出命的打法，而船上胡子那一帮，同样彪悍，他们都似盗贼响马。这对董霖来说，可是大好消息，他能从历年通缉的人犯名单着手，也许是这些案子唯一的突破口。"

夏苏不评论，起身，推屋门进去，准备睡觉。

"九娘嫁了，想来妹妹突觉寂寞，夜里越逛越似孤魂野鬼，好像没了落脚之处。这种感觉，哥哥明白得很，但你要记得哥哥我一直在你身旁，有烦心的事，一定跟哥哥说，哥哥帮你找乐……"一只茶壶，从夏苏的屋子里狠狠飞出，赵青河接个正好，哈哈笑，"妹妹这手劲，还得多练。"

"嘭！"屋门紧闭。

赵青河回了书房，倒茶入壶，抽出那本《溪山先生说墨笈》，又将各种关于古字画的书册摊了一地，一会儿翻这本，一会儿翻那本。他看得无比认真，直到天亮时，热炉变冷，眼皮子累耷拉了，才想到回屋歇息。

清枫聆心

著

慢春风

（下）

中国出版集团 ｜ 全国百佳图书
中国民主法制出版社 ｜ 出版单位

图书在版编目（CIP）数据

慢春风/清枫聆心著.—北京：中国民主法制出版社，
2018.2

ISBN 978-7-5162-1530-2

Ⅰ.①慢… Ⅱ.①清… Ⅲ.①长篇小说－中国－当代

Ⅳ.① I247.5

中国版本图书馆 CIP 数据核字（2017）第 142412 号

图书出品人：刘海涛
图书策划：谭 军
文案统筹：高文鹏 崔 一
责任编辑：翟琰萍

书 名/慢春风（下）
作 者/清枫聆心 著

出版·发行/中国民主法制出版社
地 址/北京市丰台区玉林里 7 号（100069）
电 话/010–63055259（总编室） 010–63057714（发行部）
传 真/010–63055259
http://www.npcpub.com
E-mail: mzfz@npcpub.com
经 销/新华书店
开 本/16 开 710 毫米 × 1000 毫米
印 张/17.5 字数/234 千字
版 本/2018 年 2 月第 1 版 2018 年 2 月第 1 次印刷
印 刷/北京中兴印刷有限公司

书 号/ISBN 978-7-5162-1530-2
定 价/49.80 元（全二册）

目 录

第二十七章　搁浅死船

砰砰砰！有人拼命拍打着外门，连内园的他都听得见。赵青河一个箭步跨出屋，看天色就知太早，只有他能开门去。他走得并不慢，但那门越发大声，哐啷哐啷又要坏掉的动静，让他不由来火，开门就冲敲门人低吼："谁啊，大清早报丧？"

董霖两道眉毛发红，狐狸眼全无风流倜傥，头发还散一挼蓬一簇的，袍襟都没拢好："赵青河……赵青河……"他双手要往赵青河肩上放。

赵青河一闪，任董霖踉跄进门里，倚着门板冷眼瞧他："大老爷们，有话就说，要命就拼，别动手动脚千呼万唤的，爷我不搞断袖。你可拍坏我家一扇门了，怎么，还拍出念头来了？"

董霖骂："断袖个鸟！你想断袖，我还不肯呢！袭击你和苏娘的那只船，估计找到了！"

赵青河原本困顿的双目一凛："在哪儿？上面的人……"

董霖也正经了颜色："通往杭州的主河支流，浅滩上搁了一条漏底的货船，一舱的死人，文书描述与你报的案相合，我已经跟知府大人禀报，今日就出发，你跟我认船去！"

赵青河大步往内园走："等我一刻。"

夏苏站在拱门那边，晨风轻吹披肩乌发，容颜似雪，又带桃花的粉澈，道："我也去。"

董霖眼睛发光般赞夏苏："白光之下，妹妹更好看啊。"边说边偷瞥赵青河，见他身形不顿，暗叹自己勾他嫉妒失败，"但我和青河去看凶船和死人，不是游山玩水。"要拒绝。

"跟去可以，路上却不会因你是姑娘家就特别照顾，更不能拖慢我们的行程。"赵青河又打断董霖,对他道,"苏娘当日也在船上,或可帮忙。"

夏苏立刻转身,碎步子,人却去得飞快,好似一方被风吹起的白帕。

董霖即便见过夏苏的轻功,仍会为之惊艳,正想开口再赞几句,却让赵青河一记冷眼瞧闭了嘴。原来不是他勾不到嫉妒,而是有人当着夏苏的面,要坚持大方形象。等两人都走了,董霖才想起自己急着来报消息,行李也没收拾,实在不用纠结"一刻后就出发"这点。他犹豫要不要进园,又怕赵青河吼他大清早扰人清梦,这么过了好一会儿,忽听身后门响,转脸一看,嗬!皓雪肌肤明眸善,樱花纷落如云来,真能让大雁掉下来的大美人。

大美人微蹙眉,轻斜流云般的乌发,似因他的陌生困扰:"你是……何人?"那声音,似莺声出谷;那模样,似夏湖之莲。听之心动,入眼欲摘。

"敢问小姐芳名啊?"董霖自觉有点精神恍惚。

"放肆,我家姑娘之名是随便说与你听的吗?"大美人身旁一小美人,却是丫鬟的装束,眼睛精明打量着董霖,"你不是青园的人,却为何在此?"

"你家小姐不说,我自然也不说。"美人养眼,君子小人皆爱看,看着悦目,又不用交钱。

大美人气质出众,非狭隘丫头可比,落落大方行浅礼:"小女子姓岑,与三哥比邻而居,适才听闻撞门声,特来看一看。"

大美人,小美人,还有几个手脚粗壮的仆妇在后,好似真来助阵一般。董霖听到岑姓时,心里一点迷茫恍惚也没了,眼底刹那沉静,嬉笑浮于表面:"原来是岑姑娘,久仰了,青河从前常提起你。"咦,这姑娘的脸皮这么薄?说红就红?

"在下董霖,青河好友,粗人一个,拍门也没想到惊扰邻居,下回一定留意,岑姑娘走好。"

当年赵青河迷岑雪敏之时,他只听,不表达意见,却觉岑雪敏的姨母固然爱贪小便宜,但叫着三哥、对赵青河一直温和的这位,也有不对之处。不喜欢,就不要黏黏糊糊。况且,她姨母收了赵青河那么多好处,她难道真一无所知?总之,董霖对岑雪敏的好感度极低。

岑雪敏却似没听出赶她之意："你们要去杭州？"

董霖心里又疙瘩起来，语气明显讥嘲："岑姑娘耳聪目明，瞒不过你。"别人家的事，她管得是否太多？

岑雪敏仍是白白的一张脸，表情天真美好："董公子莫怪我多管闲事，若非听仆人提到你们要去杭州，我也不来这趟。"

岑雪敏的声音这才有稍稍委屈："昨日大太太才答应请三哥陪十一娘和我去杭州杨家，一来看看九娘，二来还能逛西湖……"

明明岑雪敏的语调挺自然，董霖却汗毛直凛，暗呼吃不消这种娇弱，一连往后退了几步，摆着手道："岑姑娘不必跟我唠家事，我管不着。你要找的人在里头整行李，我也不进去了，你帮我传个话，告诉他不急着出发，今晚酉时的船，我准点在北城码头候着。"

说罢，他就跑出大门，上马急催，等驰远了才自言自语："赵青河，不是我不够义气，俗话说得好，好事要多磨，今后才长久，你会感激我的。"

赵青河听岑雪敏传话的时候，心里却没有半点感激之情，恨不得立刻去暴揍某人一顿。

"……三哥，这样行不行？"岑雪敏杏眼清澈，向对面的人们友好微笑着。

赵青河一见岑雪敏的时候，就把园子里的人叫起来了，也不让她和她的丫鬟进屋，就在园里，站得远远地说话。所以，这会儿岑雪敏面对着秦氏夫妇、乔氏一家，还有大驴。

"什么行不行？"赵青河光想着揍人，没仔细听岑雪敏中间那段话。

大驴凑过来，想在少爷耳边提醒，却被少爷推直了，只好大声道："岑姑娘问少爷，能否带她和十一娘一道去，她保证不耽误咱们上船。"

赵青河本想说不能，心思转了又转，出口却是："能，只要大太太同意，今晚酉时一刻出发，自己到码头去，我过时不候。"

"谢谢三哥。"岑雪敏笑得很甜，唤上丫鬟走了。

赵青河不看岑雪敏的背影一眼，将大驴、乔生、乔连叫进正屋，半晌没出来。倒是夏苏换过衣服整理好行李，一出屋就让秦婶和乔大媳妇拉着，唠叨这事。

"不知打什么主意，非要跟你们一道去杭州。"乔大媳妇来的日子尚短,对大宅子里的那些事,仍处于摸索。

"我看哪,保不齐已知大老爷和大太太的心思。"泰婶的怀疑显然不输给那些老谋深算的人,"少爷要是认了赵家,就是长子长孙,大老爷当初给四公子说的娃娃亲,就顺理成章成说给少爷的了。这么着,少爷娶有钱家的小姐,四公子娶有地位的小姐,富贵全齐,双喜临门。"正月十五那日,赵大老爷来园子里提起这件事,泰婶已经去了广和楼,却仍能猜得八九不离十。果真,家有老,如有宝。

夏苏再想到自己的迟钝,过了那么久才明白,大太太与岑雪敏说对不住,与赵四郎婚事不成,还把自己也叫上的那回吃饭,其实大有暗示自己本分的意味,尤其最后赵家长子长孙的婚事"势必要门当户对,就算高攀,也得是赵家高攀"这句话,如同为她量身定做。赵青河若成了赵三公子,干娘与她说过的事就可以不作数了吧。夏苏笑了笑,没有沉心之感。

"我在屋里听到了岑姑娘的话,也未必是打什么坏主意。她和大太太确实提过去杭州的事,加上十一娘和九姑娘是亲姐妹,想去看看姐姐嫁得好不好,而我们本就打算四月到杭州访友,大太太便想着凑到一起出发,人多好照应。可如今我们突然要提前走,岑姑娘来议,实属情理之中。"其实,一颗心早已沉底,她认得清自己的命运,只求今生远离恶魔,平静度日。婚事且随缘吧,实在做不到积极进取,单从这一点来说,她还是挺佩服岑雪敏的果断。

不知是岑雪敏口才好,还是大老爷和大太太想借此机会将娃娃亲坐实,决定这般仓促,却也没有半句反对。这两位长辈将赵青河和夏苏叫去,分别嘱托一番。

夏苏不知赵大老爷吩咐些什么,自己则承载着大太太的千叮万嘱,因她年龄最大,要她当个长姐,出门在外,多多照顾妹妹们,一切以名节礼数为重。好在她个性偏私,对很多事情都看得淡然,一耳进一耳出,对大太太那些让赵青河和岑雪敏有机会多处的暗示,直接当作没明白。她对自己的婚事没打算,却也无意当别人的红娘。

夏苏和赵青河到码头时,赵十一娘和岑雪敏居然比他俩还早,已在船下等着搬行李了,而正同董霖说话的人竟是赵子朔,令他俩皆吃了一惊。赵青河低咒:"两个娇滴滴的千金还不够麻烦,再来一位公子哥儿。不信我,就别让我带着。"

夏苏自觉理解赵青河这话指赵大老爷,就说句公道话:"赵子朔跟船其实是好事。你这个尚未正名的赵家公子,加上董霖是外人,照顾两位待字闺中的大家姑娘,有点事都说不清楚。"

赵青河垂眼藏了笑意:"妹妹别落下自己。"

"我是小门户里的。"夏苏慢摇两下头,引用赵青河早前的说法,"大户人家的规矩放不到我身上来。"

"可在我眼里,妹妹比哪家名门姑娘都贵重。"赵青河眼底的认真被笑意遮掩,看着只是说好听话。

他的口无遮拦由来已久,从明化暗,从暗化明,夏苏都适应了,不会再轻易脸红,白他一眼:"那是。我这会儿若抽身,别说工坊和搬家,你得回去求大老爷给你一份差事做,从此抬不起头,要一直当孝子。"

赵青河想掐她脸,最终改从她身后拉发梢,不落对面那些人的眼,沉声笑道:"啧啧,这牙又尖了,只是妹妹别忘记,我可早把你当成摇钱树供着呢。"

他的这些小动作,她都习惯了不挣扎,横竖对方皮太厚,已是钉子敲不进的地步,夏苏转而问道:"你打算带他们看沉船死人?"

"我傻吗?"赵青河笑侃的神色忽然敛沉,"到时找个码头停靠,咱们跟董霖办事去。赵子朔当真来得好,在家带孩子吧。"

夏苏看着那位谦谦公子,不由说道:"这都快开考了,听说赵六过年后没回过家,赵子朔却还悠哉,真是人一聪明就省好多力气。"

赵青河双眼幽深,看不出他所想。后来赵子朔的说法,算给夏苏解了惑。原来并非天才倦怠,而是王爷舅父来函让赵子朔早些到京师。赵大老爷说,十一娘要到杭州,让他索性一道坐船,再从杭州入京,一来顺路照应,二来可以和赵青河培养一下兄弟感情。

当然,后头这话,赵子朔没有透露。

不说京师有赵氏的老宅老仆,王府也随时欢迎外甥住,赵子朔无须带太多行李，除了随身带些书看，也就一路上的换洗衣物，且早做好出门的准备，箱子一抬便能走。

穷家背家当，富家轻装行，正应此情此景，却让夏苏想起当年一件破衣服舍不得丢，大包小包投奔赵府的情形来。

虽然多了不请自来的人，一公子俩小姐，以及旅途照料他们的仆婢随从十二三人，搬行李，安排住舱，闹哄哄好一阵，船最终却没有耽误太久，子夜前就驶入大河，往杭州行去。那时，夏苏的心思还很简单，认船认尸找线索，再到杭州看赵九娘，游一游西湖。

苏杭水路畅通，快行也就一日余，只是今年雨季早来的缘故，急流增多，尤其夜间多险，故而赵子朔提出只在昼间行船。赵青河看过地图，那条支流就在赵子朔提到的码头附近，心想正好，怎能不同意？

于是，出发的第二晚，船在一个挺大的河镇歇脚，赵子朔带了十一娘和岑雪敏上岸用膳，赵青河说晚些时候就与他们会合，却同董霖、夏苏和乔生，换乘小船，上支流找浅滩去了。

董霖笑赵青河骗死人不偿命。赵青河却道："骗又如何？我已告诉船大，最迟明日下午，一定回转。想那赵子朔又不傻，不可能一直等到天亮，只要回船便知。我就烦他问得仔细，'说来话长'四个字打发不了。"

赵青河这回急着出来，也没对赵峰夫妇交代清楚，理由几乎敷衍，说什么难得知府大人肯出借官船，过了这村没这店。赵子朔却不知从哪儿听说董霖有官务在身，上船后就问起了，也不受糊弄，大有打破砂锅问到底的坚持。

如此一看，在倔强这点上，赵峰、赵青河和赵子朔的血缘关系就凸显了。

"要说烦，哪有你烦？苏州那几桩小偷案，都是你烦得我受不了，才重新翻出来的。"董霖忆及尚不算旧事的往事，扭头跟夏苏抱怨，"这位老兄总说有疑点，这不对，那不妥，让知府大人起先恨得牙痒，偏偏每回结案后还有后续，搞得如今离了他都不行，大人真是……"怎么说呢？

"对我又爱又恨。"赵青河一针见血。

董霖一拍大腿，喊道没错，然后就搓起手臂，浑身抖两抖："你恶心自己就行了。"

夏苏看两人说话堪比杂耍，扑哧一笑。

"到了。"乔生却从船头传声。

夏苏慢慢走上去，这夜运气不错，只是轻雨，因此火把不散，摆得出一条长龙，照亮浅滩上那只歪歪斜斜的破船。她一下子认出，正是那伙贼人的货船。

上了岸，两汉过来，皆穿捕衣，其中一矮敦汉说话老大不客气，却透露和董霖熟识："你小子再不来，我可就回衙门了。"

"算了吧，老郑昨日一早就跟我报了信，虽是你们杭州府地界，但此地离我们苏州更近。我便是耽搁了一会儿，你也没比我早到多久，回甚衙门。"董霖嘻哈拉来赵青河，"林总捕，认个脸，他就是赵青河。"又招呼那个老郑。林总捕是杭州府总捕头，老郑是管辖这片的县衙捕头。赵青河抱拳，该讲礼时，从不含糊。

"你就是赵青河？让苏州知府大人给咱们大人发函，要求巡船和码头严加搜索，料定贼人走这条水路。听说，苏州的行窃凶命案也是你破的。"林总捕回抱拳，满目欣赏，"久闻不如见面，当真是条顶天立地的好汉。到我杭州府来，我让你当副总捕，怎么样？"

董霖连忙挤进，冲林总捕喊："想都别想，赵青河是我们苏州府的！"

夏苏虽知赵青河挺受欢迎，却不知这么受欢迎，偷眼瞧他。

赵青河没有半点得意，只问老郑："郑捕头，死人不在船上了吧？"

老郑点头，示意他们跟自己走："这片本来船就少，先前还是冻住的，前些日子融了冰，才有船只走动，前夜里有船夫来报案。船底漏水严重，要不是水密隔舱，再加上老天帮忙，雨期水流变得快，让船搁浅，沉下去还找个鬼！尸体，呸，也不是尸体了，多数烂剩了骨头。"

赵青河忽然停住脚步，对夏苏道："妹妹别跟着了，原本还想你认尸，都烂了，应是没什么可看。若有需要，再唤你。"

林总捕和老郑这才发现赵青河身后居然有个姑娘，一齐惊讶。林总捕脾气稍急："嘿，稀奇啊，我经办那么些凶案，少见姑娘家往前凑的。这谁啊？"

董霖见缝插针捣乱："青河他媳……"脑后突然被轻扇一记，左右转，却没见"凶手"，只有夏苏静立在侧。董霖见识过夏苏的快，一吐舌头，马上改口，"青河的义妹夏姑娘，那日也被劫持到船上去了，所以带她来认一认船。"

身为经验丰富的捕头老大，自然不会漏过前头四个字，冲赵青河也笑得不怀好意："义妹啊，和你这个义兄般配，有江湖女儿的果敢无畏，能跟爷们上刀山下火海，比起会煮饭就嚣张起来的我家那口子，真是天地之差。"赵青河随林总捕调侃，只是笑，不承认却也不否认。

夏苏要给自己正名，四个男人倒似有志一同，步子一下子拉开了，只有乔生留下。

"你不去？"夏苏的负面情绪来得快去得快，总不能因这些人的玩笑话，和自己生闷气。

"少爷说了，不能让姑娘一人没有保护，你留，我留。"乔生是赵青河的好帮手，和乔连一样，拳脚功夫与日增进的同时，脑袋也好使得多了。

夏苏朝船那边张望，看到地上罩着一大片油布，就知下面是死人骨头，虽说不畏惧，却终究有些嫌厌，调转开目光。浅滩不远是大片农田，显然附近就有村庄，除了十来名官差，还有看热闹的百姓，距前夜已两日，所以人不多，三三两两，或蹲在田埂上说话，或背着农具经过，亦有小孩子的声音。

夏苏的目力和听力在夜间极好，忽然留心到野林边上一人，戴着大边草帽，不远处的火把根本照不出他的样貌，而身旁一匹高大青骢，听得到它蹬蹄喷气，似刚赶完急路。她正想看看仔细，却被董霖大肆的呕吐声一时分了神，再回眼看，林边已无人。

过了半个时辰，赵青河才回来："照衣物和武器来看，是那伙人不错。"

"那个胡子也在里面？"夏苏看一眼脸色发青，坐在滩上表情颓唐的董霖。好好的师爷不当，非要亲自管刑案，受打击了吧。

"我瞧见他的刀鞘还挂在腰，即使看不出脸。"比起吐得腿软的董霖，赵青河神情轻松，好似观景游客。

"他们怎么死的？"夏苏庆幸自己没去。

"仵作验尸之前，我还不好确认，但骨架基本保存完好，没有人为砍折的痕迹，皮肉尚存的地方也全似自然腐坏，据下巴骸骨，下颚和上颚的张合度，应无挣扎或大口呼吸，加之部分骨色呈青乌，推测遭人毒杀后再沉船灭尸。这等程度的腐坏，说明这些人约莫当夜上江面后就被干掉了，而且极可能是船上的某人下手，才做得到神不知鬼不觉，掌握天时地利。只是那人再怎么聪明，恐怕没料到今年雨季来早大半个月，水流湍急改向，能把沉船重新卷上了这处浅滩。有时，不信天命都不行。"

赵青河说这番话时，林总捕听得一字不漏，眼珠子瞪得倒大，语气不自觉质疑："猜猜谁不会，重要的是证据。"

"那就得辛苦仵作数数骨头了，看看有没有少个人。"赵青河淡笑回应。

夏苏问："你同他们面对面打过一架，可还记得缺了哪个？"

"妹妹高看我了，我可不是过目不忘，那晚又只顾保命，除了胡子和他身边的两三人，其他的脸实在想不起来。"赵青河不夸大自身能力，"若那人还是上头派来监视胡子的，只怕连胡子都不知其身份。有一点可以肯定，皆因胡子擅自为冯保报仇，事后不但没杀了我俩，反而还暴露更多情报，才被灭口。妹妹和我，要对这群人的死负点责任哪。"

夏苏却冷然回应："胡子说过，敢走这条路，脑袋别在裤腰上，绝不怕死。他们既有这等觉悟，想来化成白骨也无怨无悔，无须你我抢责任，一点点都不用。"

赵青河笑眯了眼："妹妹说的是，可惜船上没有搜出半片古董字画的物证能让你过目。"猛然睁起眼，"老郑，你确定船里的东西都在滩上了？"正在嘲笑董霖的老郑频频点头。

"我可能猜错了，也许没猜错，但绝不止一人犯案，还有卸货的接应点。林总捕，请你让人描下船样，派人沿河打探，是否有人见过两船在河面交接，或此船靠过岸，码头也可能。"赵青河道。

林总捕对赵青河的话十分信服，忙去吩咐仵作和手下人做事。

"妹妹可还记得前日夜里，鲁七媳妇切实说过把画换回来了吧？"赵青河问夏苏，眼里仿佛沉千丝万缕，等着连线。夏苏说声是，却不解其意。赵青河沉默好半晌，忽然对董霖喊，"回了。"

董霖状态不佳，但比夏苏好奇得多，软手趴脚挪过来，问得起劲："这就完事啦？有线索了没？到底谁干的？那么没人性！"

"你特意跑来，就给我带路，还是呕吐？"赵青河反问完毕，作答如下，"我只来认船认尸，所以一点没错，就是这船上这些死人劫持我和苏娘。他杀、自杀、事故，要由你们官家人操心。"

"我是头晕，又不是耳聋，你刚才交代林总捕的话，还有问苏娘的话，我可都听得清清楚楚。你有所发现就赶紧说，不然老子强行征召你当衙差！"董霖威胁。

赵青河不再逗他，一耸肩："算不上重大发现，还是一贯瞎猜。主谋就在苏州，到底有几成把握，要等苏娘的判定。"夏苏一怔。若是别人这么说，她不会当回事，然而赵青河的猜测奇准，并非无依据胡乱臆断。

林总捕见赵青河要走，赶紧又过来："怎么都不给我说话机会？你们让我查人口失踪，我自己的地界还没眉目，扬州那边倒传来了消息，证实那些被拐卖的女子说了真话。其实这两年出了不少瘦马失踪的事，各家妈妈一开始以为受不得苦跑了，那些姑娘多又是从老远的贫乡穷县买来的，谁也不愿再追到她们家乡去，更没想跟官府打交道，如今一知道是被人贩子拐的，个个嚷嚷花了多少银子养出来的，非吵着要把人讨回去不可。"

赵青河点了点头："这些人做的虽是无本买卖，有一处相通，都是奇货可居，转手暴利。依我看，那几个救出来的小孩子还要耐心些问，官差也不要在江南附近，再往更南方寻查，许有富户家里走失了的。"

唉，两三个月就这么点进展，老牛拉车的速度。

"这怨不得我，那几个孩子中最大也就八岁，要么哭，要么不吭声，问不出一句完整话来。"董霖表示没辙。

"送到千斤堂。"心才转，话已出，夏苏收口不及。

赵青河即刻明了，接过话："葛绍妻带过一堆弟弟妹妹，肯定比你们这群凶神恶煞的大老爷们强。"

董霖心想，他一张讨姑娘喜欢的桃花俊脸，怎是凶神恶煞，但哄不了娃已是事实，皱皱鼻子应下："那些女子怎么办？"

第二十八章　自荐为妻

按理，这样的事情无须请示赵青河，可董霖有点请示习惯了。

"想回哪里就送回哪里。"赵青河不觉得有何难办，当不当瘦马，未必都是自己的抉择，却一定是命运的抉择，他又不做善人，救了还管一辈子顺当，只能为他们再争取一回重新选择的机会罢了。

郑捕头又跑来："如今缺官，还缺仵作，我们县衙没有专人验尸，刚才那位只是马医，平时胆子挺大，这会儿却让太多腐尸吓着了，比董师爷还'厉害'，直接给我晕了。没了他，兄弟们不敢随便动手搬那堆东西。"

林总捕低咒："娘的，越是歌舞升平，谋财害命的案子就越多，衙门里的仵作老头趁势端架子。我跟他说命案，他却回我一句两个多月的死人不用当场验，搬回去多少是多少，他会看着办。"

赵青河一听，与夏苏说道："这仵作老头不像端架子，倒像高手。妹妹恐怕要再等会儿，我去瞧一瞧，不懂装懂虽然要不得，懂装不懂也是假清高，何况是我一直追着此案不放手，劳他们兴师动众。"

"我是不妨事，但你还是把乔生带着，这等场面难得，他要跟你多看，才能多学。"夏苏又指董霖，"这人不是闲着吗？"

赵青河瞧董霖敢怒不敢言又挫败的土鳖样，但觉好笑，只恨没闲工夫嘲笑，带上乔生，同林总捕和老郑一道过去了。

夏苏也不理董霖碎碎念，撑着油伞，往田埂踱去。夜沉了，看热闹的农人已经走得一干二净，那个戴草帽的骑客也没再出现。也许只是偶尔路过的人，她如是想。

此时的苏州尚喧哗，即便郊区也有几分热闹，乔连在一家很小很破的馆子独自吃酒。他是新客,而来这种地方的,多是老客熟客,所以他显得分外扎眼。酒馆老板是个精瘦的老头,编胡子,白头发一把抓在脑后如草窝,小眼睛贼精贼精的,但对人人会多看一眼的新客,他反倒视而不见,在柜台后面翻账本。

乔连喝完酒,也不叫伙计,自己走到柜台给银子:"这酒鸟淡,老板可有私藏的醇酒,贵一点也无妨。"

老头小眼上下打量:"哪来不知穷滋味的精小鬼,莫非馆子外头挂着广和楼的招牌?要好酒,客官进城找,小店伺候不起。"

乔连长得魁梧,肤色也黑,一笑森牙白齿,拿身板挡住,在台板上放一锭白花花的银元宝,压低了声:"俗话说得好,小庙才落天仙。老板放心,缺什么,我也不缺这个,事成之后,再给你一锭。"忽然拔高声气,"再给老子一坛好酒!"

老板小眼眯成了线,将银子往柜台下一扔,嘴上却吆喝:"放你娘的狗臭屁,我看你喝多了憋得吧,茅房在后头,自己撒泡尿照照去。"乔连粗口连篇,摇晃到馆子后头。

"哟,这位哥哥的身板惹人馋,老娘得夸夸我家那口子,让他今后多放哥哥这般的客进来。"素白的手搁上乔连的肩,紧接着身体也缠过来,原来这馆子深处有蛇寮。

此美人蛇寮,表面是夫妻店,丈夫却是摆设,做的是和青楼一样的买卖,但不向官府登记,也不缴税,是私寮。可不能因店小又穷而轻视它的攻击力,馆子里几个伙计,还有老板本人,都是会家子。而前头一有大动静,后头就闻风而逃。

乔连因而不动声色,任那女人带他进了屋子关了门窗,褪去遮不住春光的纱衣,上身不着一缕,坐到自己身上来。他跟着少爷开眼界,酒色财气全部沾过,早非抬轿子,看到姑娘就脸红说不出话的憨傻青年。大掌扣住水蛇腰,毫不怜惜地用力收紧,疼得女人变了脸色,他才嘻嘻笑:"这儿就你一个?哥哥我不能挑一挑?"

那女人乱扭腰肢,却始终挣脱不去,一时口没遮拦,抖出他想要听的话:"你想找不要脸的新寡妇,也掂量掂量自己的命。她吃男人的,为了财什么事都敢做,你不怕吗?"乔连暗道,果然不出少爷所料,鲁七的老婆不只偷情，更不是乖乖听话的，她提到的那个老鬼，大有问题。

　　乔连这边准备套出更多，而大驴已在两百里外的小客栈，两日来头一回沾枕，睡得雷打不动。两人都非常忠诚地执行着赵青河的嘱托。

　　第二日破晓，赵子朔一出舱门就找船大："董师爷和赵青河他们回来了吗？"

　　江南水路亨通，官家养船不新鲜，官船的船夫要跟普通船夫多些脾性，说实话也好似搭架子："不知道，我也刚起，好多事等着。公子闲，不如自己直接敲门哪。"

　　赵子朔正气结无语，忽听身后有人说话："回来了。"

　　他连忙转身，见一纤美的姑娘，鹅黄襦裙，春绿短衫，乌发如丝，一条绿缎的细辫垂在肩前，正是夏苏。"夏姑娘早。"夏苏淡然颔首，算是招呼过，侧回身，恢复刚才懒靠着船栏的姿势。

　　一个时辰前回来，她倒下就睡，却不怎么安稳，一扭头惊见赵青河趴在她舱房的桌上睡得香，顿时没了睡意，心浮气躁跑出来吹风。还好没有立刻弄醒赵青河来质问，脑中清醒之后，想起他说董霖不太舒服，他们的舱房又小，所以到她房里借桌子眯一会儿，而她竟是同意的，虽然现在想起来很不应该。

　　这姑娘在看什么好景致吗？赵子朔走到夏苏旁边，顺着她的目光，不过是码头上的布衣百姓日常忙碌，庸庸无为。"夏姑娘昨夜去了哪里呢？"不如聊聊。

　　夏苏目不斜视，盯着码头上的一个点："董师爷要办公务，请我义兄帮忙，我就跟着一道去了。"

　　"什么公务，还用平民百姓帮忙？"赵子朔陈述一个常识。

　　夏苏听来却觉刺耳："读太多书也不尽是好事，最起码的道理反倒不知了。天下为公，有几桩公务与平民百姓无关，又有几桩公务不是靠老百姓帮忙的呢？"夏苏自然不是忧国忧民之人，但追求仿画逼真的顶峰造诣，是必须要研究名家的心境和成就的，而历史上著名的大家多从仕途，连唐寅都不例外。故而，她懂得这些道理。

　　懂，却不喜欢论。

但这个赵家四郎一身天之骄子的优越感，让她忍不住要刮刮他的薄脸皮。从情事到国事，这位实在需要历练。

赵子朔果真赧然，神情微愠："夏姑娘懂得真多。"

"好说。"夏苏可不脸红。

"夏姑娘如此，想来你义兄也是不鸣则已，一鸣惊人了。"

她的义兄，却是他的亲兄，好不好？夏苏从中感觉出未来状元的醋酸意，不该回应，却脱口而出："同赵大老爷像极。"

她刻薄？嘿，没错。这件事上，最委屈的人莫过于赵青河，而赵子朔父辈不缺，祖辈疼爱，是没资格冒酸泡的，居然还暗讽赵青河张扬？夏苏全无意识到，曾让她讨厌的蠢狗熊，如今自己却能自觉为其反击防御，不容他人诋毁半分，那么坚定地并肩而战。

赵青河如影子，倚在门里的凹暗处。听夏苏说他像他爹，好笑地看着赵子朔的脸红一阵白一阵，刹那疲劳清空。他眸底沉着破晓，晨光慢慢浮起，攀上眼瞳，竟似正繁茂展叶扩枝的树形。他的世界荒芜了多久？以为一直会孤冷，他也愿意独自待着，不惹别人，人也别来惹他，然后就这么糊里糊涂地混日子。

但现在，他遇到了她。她有一半灵魂，像他的倒影，一样拼命逃避出身，畏惧过往。可她另一半的灵魂，光芒四射，在新生活里努力做自己，不似他轻易地放弃。他说她是乌龟，自己却还不如乌龟，乌龟慢也目标坚定，而他宅在壳里当懦夫，怨天尤人，愤世嫉俗，还觉得都是别人的错。只是，当他的道路走宽了，却贪心更多，想要放任自己去爱深一个人，可不可以？

"三哥？"一声唤。

赵青河睨住廊道里走来的美人身影，垂眼敛没光华，对打扰自己好心情的女子，风度仍在，语气却有一丝冷淡："岑姑娘起得早。"美人身后有丫鬟，很好。

岑雪敏娇柔问道："三哥何时回来的？"

"一个多时辰前。"他的身份公开后，他爹遭受的明暗指责最多，他其次。说他居心叵测，贪图富贵，野心家主之位，等等。唯有大太太不同，尽管有二太太这样携私心的冷嘲热讽，多数人都赞她大度隐忍，与夫君不知生死的发妻平起平坐，如今更是连自己儿子的继承权都愿意拱手让出。大太太无论出于怎样的心思而那么大方贤良，赵青河不掷一词，因对他而言，私心人人有，只要不是太过分，算不得太大的事。后妈和继子女，就跟婆媳一样，是千百年难以断清谁是谁非的错综关系。反言之，赵子朔有这么一个关心他的亲妈，挺好。不过他也不怎么羡慕就是，毕竟再拿孤儿套用自己身上，是很没良心的举动，会被泰婶拿着扫把追。在这点上，夏苏大概和他有相同感受。他们有家人，感情不比任何一家少。

"这么晚？"岑雪敏立刻关心，"三哥该多睡一会儿才是。"

"正要再去睡个回笼觉。"他似乎听话，但伸手，推开身侧的门。

岑雪敏变了脸，气质再好也难忍，声音稍尖："那是夏姐姐的舱室。"

"是又如何？"赵青河不以为意，亦不解释。

岑雪敏死死咬住唇，看着赵青河踏进去，开口叫住他："三哥若对夏姐姐真心，雪敏不介意你纳小。"

赵青河转身，一脸要笑不笑："岑姑娘说倒了吧，苏娘与我早有婚约，纳不纳小，她说了算。但我自己是不主张的，什么天仙美人，嫁与人做妾之后，多数变成相似的嘴脸，纳十个百个，男人就遭十倍百倍的罪，到头来气走了发妻，何苦来哉？男子选妻，往往头一个就是最好的，只不过大都不明白而已。我看赵大老爷那样，再看府里其他老爷们，便已十分明白了。"

"三哥与夏姐姐有婚约？"岑雪敏脸色煞白，同时因他那般直白不按常理的说话，吃惊地用帕子捂了嘴。

"要不然，我俩一个屋檐下住着？"他不愿意想自己曾怎么追过这姑娘，可现在肯定对这姑娘没兴趣，"我娘早相中了苏娘，偏我那会儿不成器，怕她看不上我，才先认她当干女儿，让我近水楼台呢。"

岑雪敏听到自己牙齿上下磨动："女子怎能如此轻浮？就算说定婚约，只要一日尚未成亲，就得守紧礼数。你娘即便有心，可如今你身份不同，选妻要门当户对，大老爷大夫人……"

"岑姑娘，"赵青河神情一怔，"我原以为你对赵子朔一心一意，非他不嫁，这么看来，倒是我小心眼了。"

岑雪敏耳根红了，想开口说什么。

"趁此机会说开也好。"赵青河却不想听她说,"听老友们说起我从前追着岑姑娘的那些行径,横竖我也记不得了,再怎么笑,不至于觉得丢人,就怕不了解的人还误会,当我痴傻,不撞南墙不回头。我这么说,岑姑娘可别觉得自尊有损,我如今对你确确实实没有半点非分之想。不管是因为失忆,还是因为过了年少轻狂的劲儿,总之与你的好坏不相干,是我自己不愿再干吃力不讨好的蠢事。你不必左右为难,直接跟赵大老爷和夫人说看不上我即可。他二人明明许了你和赵子朔的亲事,却不断推三阻四的,更离谱地随便给你换新郎官,欺人太甚。我要是你,定要双亲过来理论,婚事不成,交情也绝,从此自行择嫁,决不会便宜了赵家人。天下好男人不多,可也不少。"

岑雪敏喉头发干发苦,愣说不出一个字。倒是岑雪敏的丫头忠心,急道:"三公子,哪有你这么当面跟我家姑娘说婚事的规矩?拒绝还是答应,都是父母之命,媒妁之言,就算我家老爷夫人不在,那也要经过姑娘的姨母商量才对。再说了,大太太已经同我家姨夫人说定,我家小姐就算难过,也顾全两家这些年的交情点了头,愿意同你慢慢培养感情,故而待你和颜悦色。小姐尚忍得委屈,你倒好,与自己的义妹不合礼数,还自作主张……"

"住口!"岑雪敏看赵青河目光突然冷冽,连忙斥道。

"岑姑娘疼自己人,把不该说的都说完了,才道住口。"赵青河冷笑。

"……我……不是的。"岑雪敏眼中盈盈闪泪。

赵青河两眼翻上,说他品味怪也好,最见不得靠眼泪打赢的女人:"我娘已故,我长这么大,只知自己一出生就是没爹的孩子。死者为大,我娘遗愿要看我和苏娘成亲,谁能大过她去?岑姑娘,规矩不规矩,我都说清楚了,今后你非不死心,我就兵来将挡水来土掩,什么后果,要请你自己担着,别怨我。而我,可不是赵子朔,你那点小伎俩,挑拨不了我和苏娘。"

岑雪敏十分蒙懂,泣眼望着,苦苦问道:"三哥何意?"

"用李四害张三灰头土脸败走,又让李四心甘情愿退避,不动声色就清理了威胁到你的对手,岑姑娘自以为很高明吧。"那首艳情诗的真正主谋,岑雪敏是也。

岑雪敏走进舱室，命丫头守在外面，自己关上了门。赵青河抱臂退到一旁，靠墙，漠然观色。他可不在乎什么男女共处一室的破礼教，她要是蠢到用这点来要挟他，那他就让她身败名裂。

　　这个世道，对男人要偏心些，他未必觉得应该，却不会傻到不利用。

　　"赵青河，你有何证据？"岑雪敏的声音仍柔美。

　　有些人，天生在外表上占优势，作恶也是纯美的无辜模样，真的并非做作。

　　"没有证据，只有一些蛛丝马迹。周小姐直到临走时还对你赞不绝口，只骂胡氏女儿不知羞耻。你挺会交朋友的，专拣没脑子的姑娘，小恩小惠，愚了民又盲了目，为自己制造兴旺人气，一有针对你的言论或人物，立刻群起而攻之，你要做的，或许只是委屈抱怨一声。胡氏女儿被全诗社的人排挤已久，为了不让她娘担心，她一人独吞苦水。周小姐原先与她还好，后来她被排挤，立刻生分了，但在情诗事件发生不久前，忽然又装起闺蜜。都说周小姐对赵子朔有意，甚至本人都承认，可她三句里必提一句雪敏，对男子深恶痛绝的样子，就让我想到点别的事。"赵青河抬起剑眉，飒爽英俊，表情讥嘲之极，"岑姑娘应该也知道了吧？"岑雪敏抿紧唇，虽然同样也是弯下嘴角，夏苏扮相不起眼，她的扮相却还美，冷美。

　　"来投奔赵府的亲戚，哪家没有点道不出口的事，这周小姐原来早前让人退过亲，自此之后憎恨天下男子，她娘才带她来苏州住，想换个环境能好一些。不料，没好，还喜欢了女……"赵青河口下留德，"人都走了，不必再说。"

　　"还是这句话，你有何证据？"岑雪敏眼若月牙，清弱怜人。

　　赵青河摇头："岑姑娘你还是没弄明白啊。官府问案才需证据，看一个人的品性，需要什么证据呢？我只要心中有数，就可以了。"

　　岑雪敏想挤出笑脸，最终呈现苦楚："我不过真心交朋友，无意中说起娃娃亲，难免自怨自艾，但我并没让她去害别人，更没想到她会为我做到那个地步。"

　　"我不杀伯仁，伯仁却因我而死。"这样撇清真容易，赵青河眼底幽冷，"岑姑娘怎么交朋友，我管不着，不过岑姑娘绝对交不到我这样的朋友。而夫妻，是要从朋友做起的。"

"那是因为你还不了解我。"岑雪敏实在心焦无力，说开吧，都说开吧。大太太跟她说得那么明白，就在她以为银子这回真派不上用场的慌乱时候，却突然宣布赵青河的身世，同一刻她笃定，大太太有多在乎那份丰厚的嫁妆。赵青河虽不是她以前心中想要的那种丈夫，可他本性不错，又有大老爷的偏心，就算接任家主的路还很漫长，她却有信心能扶持他。

不，仔细掂量，赵青河也许是比赵子朔更好的丈夫人选，无钱无势的他，想要坐稳主子身份，怎能不巴着她这样的妻呢？他会乖乖听话，一切任她做主，然后家里就不会有妾有庶子庶女，不用她在那上面煞费苦心，以便保全名声。她不想当坏人，只想自己过得好。

"夏姐姐有什么？她可以给你什么，又能帮你什么？我便是有些小算计，父母不在身边，为自己打算难道不是天经地义？而你得承认，即便当了赵家的主子，下人仍会轻视你。大太太再如何大度接纳，也不会将本归她亲儿子们的财产给了你。我则能帮你掌家理家，日进斗金，也能帮你成为家主，管理家族各种事务，令亲戚们赞不绝口。钱财和智慧，美貌和贤良，我一样不缺，本来你高攀不上，现在我愿意下嫁，你也急需要我。至于感情，可以日后培养，世上多数夫妻如此。我不丑，也没你想得那么坏；你不傻，亦可赢得我的钦慕。"

少见这种开诚布公的自荐，赵青河神情不动："岑姑娘，你又说颠倒了。我的顺序是，成为夫妻之前要先有感情。你不丑，那是肯定的。坏不坏？如你所说，我还不了解你。你对我尚无感情，那最好，因我对你没有牵肠挂肚，没有忽喜忽悲，没有患得患失。听起来很像失心疯，我也刚刚开始体会，却肯定自己必须娶让我失心疯的姑娘。"

岑雪敏呆怔着，仿佛对着一个白痴，她自己也白痴了，完全听不懂赵青河说什么。

第二十九章　老马失蹄

赵青河打开门送客："那姑娘现在在外面跟你原本要嫁的男人说话，我吃醋，想过去拉开她，又怕她嫌我小气。岑姑娘好人，帮我过去插一足，让两人别站得那么近。以后我和她单独开府，请岑姑娘来当大管事，除了生娃这样的事不用你，会让你的才干得到发挥。"岑雪敏强调能力，但她不知道，男人要找能干的管家不难，找心爱的妻却很难。

那个了不起的丫鬟又来嚣张："不许你羞辱我家姑娘！不管你和你义妹同房还是同床，到头来她就只能给我家姑娘提鞋伺候！"

赵青河不打女人，但没说不能推，一只手过去，那丫头整个人就贴了廊板，别说开口，呼吸都快没了。

岑雪敏双眼迷蒙，步履姗姗，踩出门去："三哥，该说的，我都说了，你不认同，我却有自己的坚持，最后你我的缘分，还是听由天定。请你放开我的丫头，你不喜她多嘴，可她待我真心，我自然不能弃她不顾。"

赵青河收回手。丫头跌坐地上努力吸进几口气，又连忙起来扶住岑雪敏，急忙走回她们的舱房去了。

无人帮他插足，赵青河只好自己插足去，却已不见赵子朔，只有夏苏走上舰板。"白日不睡觉，非奸即盗。"他笑着赶过去，再累，一看她就不累了，也是失心疯的症状之一。

夏苏睨来一眼，有点刁钻的俏模样："我想睡，可有人堵着门口，也不好妨碍人说悄悄话。"

"确实。"赵青河不是喇叭嘴，也因他知道夏苏不是脆弱心，只道，"不过，显然岑姑娘知道了赵大老爷和赵大太太的意思，正努力适应夫君人选的变化。"

"听起来，岑姑娘的丫头还没适应。"早在意料之中，夏苏一笑。她对待婚姻大事的态度仍是不改，有人争取，有人放弃，无可褒贬，只看结果罢了。

"冲那丫头，我就避之不及，吓煞人。"赵青河表情装没出息，其实是不甚在意，更关心眼前这人，"你饿了？"

他说笑，她还真应是："我瞧见那边有家粥铺，生意好不兴旺，看得眼馋。"

"应该叫上赵子朔，姑娘家独行，易遭贼人惦记，何况已惹了贼。"不能怪他草木皆兵。

夏苏掀掀眼皮，慢条斯理，没他着急上火："四公子好品行，同我一齐听到岑姑娘的丫鬟大呼小叫，果断行君子风度，找船大问今日航程。"

"不是好品行，是吓到了吧！"赵青河咧嘴一乐，"这会儿他肯定觉得自己娘亲真好。"

"……"夏苏欲言又止。

"怎么？"赵青河是该问一定问。

"他似乎对突然冒出一个兄长有些不满，我就说你像大老爷，结果他半晌回一句，他也像父亲。总感觉，他可能要做些一鸣惊人的事。"女子八卦不是缺德。

赵青河沉吟片刻，开口道："他考上状元还不够一鸣惊人？"

这样吗？夏苏想想也是。

两人慢悠悠下船，慢悠悠上岸，在赵青河已经完全相信夏苏是冲着粥铺去的时候，夏苏却忽然停步转身，对着石台上一直在钓鱼的某个人说了句话："尊驾是喜欢钓鱼，还是喜欢看热闹？"

戴斗笠的钓鱼人顿时跃起，朝着夏苏挥竿子来，又急又劲。夏苏一边拉着赵青河，一边往后蹭步，躲开这一击，才说出目的："此人从沉船浅滩跟到这儿，十分鬼祟。"

赵青河又惊又气，要不是时候不对，真想打夏苏手心："你不早说？"

"我不确定，直到这会儿。"不心虚，怎会动手！

"妹妹跑远点吧。"赵青河挥挥手，挽着袖子，冲钓鱼人嘿嘿冷笑，"阁下又是冯保的哪位兄弟？还是胡子的兄弟？"

钓鱼人却比冯保和胡子懂得隐藏，一声不吭，从竿底默默拔出一支长剑，剑身吸收晨光，反射蓝寒。

"小心，是毒剑！"夏苏没有跑多远，因为她对逃跑很有自信。

赵青河眼中一亮："原来，干掉那船人的凶手是你。"恐怕不但是毒剑，还是快剑。

斗笠遮面，那人仍默然，剑却动了，化成一道笔直的蓝光，直奔赵青河胸口。赵青河没有武器，剑有毒，功夫再奇巧，也做不到空手夺白刃，下意识让开，打算回身旋空踢。谁知，转回来一看，那人竟没停步，噼里啪啦就往前跑，分明无心恋战，只想逃跑。

夏苏身形飘起，居然要追。赵青河想让她别追，却知他的声音大概快不过她的轻巧，眼见她离钓鱼人越来越近，他左右一看，立时抢上两步抄了一根撑河的铁篙，跟上去，将篙尖一送一推，同时喊夏苏。事到如今，他选择相信她的本事，助她一臂之力。

但那柄蓝剑朝夏苏回扫时，赵青河的心陡然停跳。夏苏却没让赵青河失望，她只会轻功，却聪颖不凡，借轻盈的身姿，巧妙接过篙竿，借力打力，以长制短。钓鱼人斗笠太大，视线瞻前不顾后，功夫高强，却对夏苏估计不足，一竿子被打弯膝盖，趴倒在地。他手中那道冷毒蓝光，忽顿，急慢，颓然，飞了出去，未伤到对手分毫。对夏苏而言，不过施展一回轻功。在赵青河眼中，那是天地灭了又生一回。码头上的人们看来，那是配合天衣无缝的漂亮接力，又是郎才女貌，好不赏心悦目。

就在夏苏争取到的眨眼工夫，赵青河已经赶至，一脚将欲爬起来的钓鱼人踩趴，却见夏苏很积极地摘了对方斗笠，不禁好气又好笑："妹妹好歹让我喘口气，此人既用毒剑，只怕身上还有……"

夏苏仰起脸，淡褐的眸里些许无奈："死了。"

斗笠下，白眼无神，乌青长脸，五官十分普通，嘴角一抹黑血。

赵青河双眉一竖，松了脚，看清之后不由火冒三丈："连猪都知道，好死不如赖活着，这人不但不如冯保和胡子，还不如猪，一招不出就把自己干掉了。"

夏苏直起身，退开两步，这么近看死人，仍有点心惊："算是有自知之明？"

赵青河看着夏苏过白的脸色："明明怕得要命，却非要追。"这是他关心的方式。

夏苏浅眸清澈，似没听出他的关心，慢道："我在甲板上瞧见他牵马进了一家客栈，青骢马，又戴大草帽，与昨夜的装束一样，但他半晌没出来。正以为是我多想，却发现石台那里停了一叶扁舟，跳下一个跟他身形差不多的人，不过换了斗笠和外衫，钓鱼却不管鱼竿动静，斗笠一直转向我们这边。"

"哪家客栈？"赵青河问，不在意她听得出，听不出。夏苏指给他瞧。赵青河将反复查看客栈和码头石台，不太明白的是，两个点既然都看得到他们的船，此人为何绕过小半个河湾，特意选石台来盯人呢？难道只是为了换装避人耳目？

"你俩又惹什么事了？我睡个觉都不得清静！"大概船大见势不妙，就把董霖叫醒，他因此匆忙跑上岸来。

赵青河往董霖那儿走几步，皮笑肉不笑："董师爷，你又要收尸了。"

董霖一脸不可置信的表情："你小子不会又要我给你擦……"瞄到夏苏，顿时换口，"又死人啦？"

赵青河摊开双手："与我和苏娘无关，不过问他今日钓鱼可有收获，他却拔毒剑来杀我们，没跑两步又服毒自尽，好似我们拿捏了他见不得人的把柄。"

"那你拿到把柄了吗？"董霖歪头一看，撇撇嘴，开始习惯死人。

"除了苏娘昨晚在浅滩边见过此人，别说把柄，连门都没有。"赵青河自以为幽默，却遭董霖翻白眼捧场。

"好笑吗？"不但翻白眼，董霖还问夏苏。

夏苏耷拉着眼皮，浅化了平常深邃的眼窝。晨光很亮，她的皮肤又特别白皙，翘挺鼻子也因此虚化，整张脸像只又白又滑的大桃子。

"她这是犯困？"董霖眨眨眼，桃子不见了，只见她蹲在那儿，胳膊撑着膝头，手掌托着脑袋，对他的话毫不理睬。

赵青河望着夏苏，不觉嘴角勾笑，无意与他人分享她的小毛病，打着抱她起来的邪心思，正要走过去，却突然，一阵惊天动地的急锣声传来。

"锵锵锵锵！锵锵锵锵！"还有人大喊走水。赵青河回头一望，不得了，他们的船上黑烟滚滚。

夏苏再如何能打盹，也经不起这么闹，立刻清醒，小步快如飞，惊讶问赵青河："怎么回事？"

董霖抬脚就跑："管它怎么回事呢，赶紧救火！"

赵青河没有跟上，反而皱了眉，目光沉沉。夏苏却不忘身后还有一具尸体，转过去瞧，已经惊讶的神色进而大骇，简直不敢相信自己的眼睛，拍着赵青河的胳膊喝道："赵青河！快看！"

赵青河听得夏苏语气不妙，连忙看去，也是大惊失色。原先伏着尸体的地方，却哪里还有尸体的影子？赵青河顿然想到蓝剑，一找之下，简直哭笑不得。捡蓝剑的那道影子，可不就是刚才的钓鱼人！他拾了剑就跑，本已离夏苏和赵青河有两丈远，钻进看火势的人群，眨眼间失去了踪影。

两人你看看我，我看看你，无法不面面相觑！他们都自觉做事谨慎仔细，却不料老马失蹄，居然完全没想到那人会是假死。赵青河更为懊恼，他引以为荣的敏锐直觉和观察力，在这一刻被打击得无以复加，耻辱感深深刺激了他，自然不想任对方轻松逃脱，拔腿要追。

夏苏却一把拉住他，摇摇头："追不上了。我刚刚几乎追上那人，知道他的脚力，隔了这么远，你并没有优势，而且还怕明枪易躲，暗箭难防。"

赵青河明白，夏苏是对的。她常常在关键时刻，显得异常无畏和决断，使他的好奇变成了心疼。他曾打听京师刘家，人人都说刘家名满都城，富贵双全，刘姓子女享尽极致荣华，即便是朝廷高官，也要给刘家三分面子。但透过眼前女子，他只见深不可测一泓虎穴龙潭。到底是怎样险恶的环境，才会养得出这样的女儿？总有防心，如履薄冰，咬牙慢行，仿佛已尝尽世间无数的艰辛。

此时锣声还在催人灭火，喊声换了，撕心裂肺："来人哪！快救我家小姐啊！"

夏苏松开他的衣袖，跑向着火的船。赵青河却反手拉了她的袖子，故意拖沉她的脚步："妹妹慢点儿跑。让你离远些，你肯定不会听，那就离我近些，一伸手碰得到。你只管为国为民，我只管为己为你，所以你好歹让我心安些，别不要命地往前冲。"

"我哪里为国为民了？不过担心乔生。"已经不止一次，发现这人鬼话连篇，书上都找不到他的用词，夏苏没好气。

"连这点小火都逃不出，乔生不如买块豆腐去撞死。"赵青河才说完，就见乔生拎着木桶从舢板跳下，"瞧，活着。"

乔生不知前言，当然搭不上后语，但也只知先顾自己人："少爷，姑娘，你们暂时别上船的好。无人知尾舱起火缘由，火势虽然不小，好在人多，已在控制之中。"

"尾舱有什么？"夏苏和赵青河同声。

"乔生，别偷懒，快拎水上去，就差你那两桶。"董霖一脚踩船舷，脸上黑一道白一道，看得出对灭火的贡献。乔生做个鬼脸，动作麻利，舀了水就冲上船去。

董霖又道："苏娘是女子，我不说什么，可是你赵青河，大难不伸援手，居然见死不救？"

赵青河抬手摇着夏苏的衣袖："怎见得我没伸？这不是援手？这不是救人？"

董霖一哆嗦，双手搓起胳膊："你可以再肉麻些，敢情除了苏娘，别人都不是人。"

赵青河竟是一脸不错的表情："谁及我妹妹的性命重呢？既然不及，是人，不是人，与我不痛不痒。"这下，连夏苏都起毛了。

免得赵青河继续拿她标榜自己，夏苏赶紧将钓鱼人诈死且趁乱逃跑的事说了一遍，表示这才是耽搁救火的主因。董霖不气反笑，而且哈哈笑到捧腹："赵青河啊赵青河，你平时一派狄公包公再世的模样，屁大点事都要缜密推敲，把我们差遣得团团转，动不动明嘲暗讽，可料到今日竟让人装死诈了你？哈哈哈！你也有今日啊！哈哈哈！笑疼我肚子！你不会没探他鼻息，也没探他脉搏吧？你平时怎么说来着？基本常识都不懂，一群光吃饭不拉屎的没脑子鸟人！"

夏苏瞧着董霖欢笑的模样，转向赵青河，好奇得很："他其实痛恨你。"

赵青河啼笑皆非："不是痛恨,是嫉妒。"看到船大也冒了头,他心知火势灭得差不多了,走上艟板,又不忘转身来扶夏苏,"随他笑,难道能笑掉我一块肉去? 更何况,他说得也不错,今日我犯了基本常识的错误。"

夏苏没有把手递给赵青河,自己走上艟板,经过仍然狂笑不止的董霖,对赵青河道:"这得多嫉妒你,才能笑成疯子。你以后口下留德的好,一个如此还行,个个都如此,看着就太可怜。虽然说真话是应该的,但伤到人自尊就不好了。"

董霖顿消了笑音,轮到赵青河哈哈大笑:"妹妹说的是,我今后注意口德。"

董霖口里翻唾沫,捧心倒下,干脆装死。赵青河抬脚要踩,装死的人就着甲板打滚,又嚷杀人啦。赵青河就说,没道理成了杀人犯还踢不到死人一脚,追着董霖不放。

夏苏已知这两人的兄弟交情是越吵越深越像无赖,自不去理他们胡闹,就问船大:"刚才听人喊救小姐?"

船大一头汗珠子,也不敢在夏苏面前解衫子凉快,用衣袖不断抹着额头:"我们只以为尾舱着火,其实旁边堆放行李的小舱也起了火,赵小姐和丫头去取物,被烟吓到,丫头自己跑了出来,才发现小姐还在里面。要说岑小姐也是千金,却十分了不起,一听说赵小姐被困,竟然奋不顾身冲入救人。这会儿两人已出来了,赵小姐只是吓呆,岑小姐有些擦伤,都无大碍。"

岑雪敏救赵十一娘? 夏苏先觉人不可貌相,再觉难怪岑雪敏被大家喜爱。进火里救人,可不比平素说话逢源、慷慨解囊,需要有牺牲自己拯救他人的觉悟,非大善不可为。

"尾舱何故着火?"同好兄弟打闹完毕,走过来的赵青河神情却无感慨。

"可能是哪个家伙忘了熄灯,亏得小的一遍遍叮嘱要小心火烛。所幸火势不大,灭得也快,人平安,船仍能行驶,只是损失了伙房食物,要重新补给。"船大回道。

"尾舱装的仅是食物?"赵青河又问。

"还有两张铺位，平时夜里供伙房的人睡觉，白日就给值夜的人轮休。"不知为何，回答这位爷的话，船大感觉又要冒汗了，"小的一定彻查，到底哪个王八蛋不长记性。"

"放行李的小舱也着火了，损失如何？"赵青河到达船尾，就看那乱成一锅粥的景象。

烟熏火燎中，船夫们累得坐在板上，水桶七倒八歪；另一边十几个仆妇丫头团团转，赵十一娘嘤嘤哭泣，岑雪敏咬唇坐靠着船栏，还时不时强行欢笑说着话，正安慰泪人般的十一娘。赵子朔立在包围圈外，身形笔直，正人君子目不斜视的姿态，一见赵青河，约莫对他泰然自若的神情感觉不满，马上紧皱双眉。

"发生这么严重的火情，你却下船用早膳？"

许是自己被董霖带坏，夏苏第一反应竟感觉赵子朔好似怨妇，有点想笑。

赵青河以眼角拐董霖，见他一脸坏，就知他故意误导，只是也不对赵子朔解释，还火上浇油："此话怎讲？既不是我放的火，又不差我一个灭火的，难道饿着肚子跑上来，跟你一样当柱子杵在这儿，就了不起了？"

赵子朔横眉："你……"

赵青河不给他机会继续怨，对那些只会团围的仆妇丫头们道："别愣着了，两位姑娘受惊受伤，早该扶回舱房上药休息。还是你们觉着星星簇月，画面挺美，所以故意要给人直勾勾看过瘾？"

女子们这才惊觉不妥，连忙扶起赵十一娘和岑雪敏。之前如一群呆鹅，现在如一群惊鸟，呼啦啦扑翅慌乱无章。人手太多也是祸，上一刻扶赵十一娘的有七八只手，下一刻又同时抽回去，竟让主子扑了地，重摔一记。赵十一年纪还小，有脾气就发，有疼痛就喊，立马吵闹起来，一锅粥炸了。

从夏苏身旁经过的岑雪敏，柔声柔气地说："夏姐姐，你是我们之中最大，麻烦你照顾一下十一娘吧。"

赵青河眯紧眼尾，冷笑着要替夏苏回绝。夏苏却抢先应了，上前扶住赵十一。那赵十一也有意思，碰到夏苏就停闹了，刹那又成乖乖女。赵青河敛眸瞧着，直到那群女人全上楼，哼了一声。

"哼什么哼啊？难道你还怕苏娘被她们吃了？"董霖这会儿来哥俩好，搭上赵青河的肩。

赵青河将董霖的爪子抖落，也不怕赵子朔听到："她们大可以试试，我正想瞧瞧，自己到底能不能当一回打女人的混蛋。"

赵子朔看赵青河处事有条理，而自己灾情前竟束手无策，全然没想到如何安排女眷。他原本还要反思，忽听赵青河打女人这句，心里方起的那点认同就全没了。

只是赵青河压根不关心赵子朔认同还是反感，也全不在意浓烟还熏，一头钻进了尾舱。

董霖一步不落跟着，捂鼻子捂嘴："你又怀疑什么？我告诉你，要是人为放火找咱们晦气，不会只烧了一间舱。怀疑得恰到好处是包公，疑神疑鬼是疯癫，你别每回都把小事怀疑大了，行不行？兄弟我跟着你，累啊！"

赵青河没说话，只环顾尾舱一周就重新走了出去。

董霖难得见赵青河不还口，反而不习惯，追出来问："你这就算看完了？"

赵青河顿步反问："今日这船还能走吗？"

"船大说尾舱需要修缮，但不影响行船，而且官船都有指定的船场修检，照这情形，要么回苏州，要么去杭州。"董霖答。

赵青河就问赵子朔："四公子想回苏州，还是继续往杭州去？"

赵子朔倒还想过这个问题："岑姑娘说她只是擦伤，十一妹不过受惊而已，两人皆同意行程照旧。"

赵青河点点头，对董霖说："听到了？一切照常。"

董霖看他走得快，急问："你干吗去？"

"睡觉。"赵青河已经不见身影，声音清晰传来，"到晚膳时候再叫我。"

不让他疑神疑鬼，他就不疑吧，横竖这一回交锋，他已大意失荆州，再多疑也是徒然。经过夏苏的房，赵青河反而比较犹豫，蹒跚半响，最终却没进去，回了他和董霖那间窄舱，就着混浊空气里某种不好道出的酸腐味道，和衣而眠。

两个之中，总要有一个，要能睡好。

第三十章　青河心事

　　在赵十一房里的夏苏，这时也快熬到极限了。

　　她知道自己睁着眼，看得见赵十一坐在岑雪敏身边，对着自己动嘴皮子，岑雪敏那个极其厉害的丫头边哭边给主子上药。只是画面感模糊朦胧，耳里也只听得到嗡嗡一片，直到赵十一忽然作出大喊的模样，声音方才清楚："三哥要是能娶到岑姐姐，真是十世修来的福气。"

　　称赵青河三哥的人，倒是越来越多了。夏苏眼珠子缓缓转动，一丝回魂，心想赵子朔和岑雪敏的娃娃亲定了十多年，没几个人知道；赵青河同岑雪敏的婚事八字没一撇，却连赵十一都来帮腔了。

　　"夏姐姐也一定会喜欢的吧？我要是能有岑姐姐这样的嫂子，那该多好，真羡慕夏姐姐。"赵十一的眼睛还红，脸上恬静，惊魂已过。赵十一是赵九娘的亲妹妹，却与聪慧沉静的九娘并不相像，娇气些，也不太有自己的想法，总在十七娘和岑雪敏的后头，这些亲近的人说什么，她就听什么，耳根子很软。十七娘不搭理夏苏，十一娘也就不同夏苏亲近，只按辈分保持着礼节。

　　"十一妹妹别胡说，夏姐姐会笑话的。"岑雪敏红着脸，却忽然倒抽口凉气，大概伤口疼。

　　"是有些好笑。"一幅自己融不进去的画面，不必强行融入，因为就算融入了，也只是添丑，"十一娘既喊了三哥，岑姑娘若嫁给赵青河，岂不就是你的嫂子，实在无须羡慕我。"

　　赵十一愣了愣，顿时面红耳赤。她娘亲说，赵青河一日未上族谱，就一日不是她兄长，所以她喊了三哥，心里却未当成亲三哥。结果，让夏苏捉了语病，好似她十分虚伪一般，怎能好受？赵十一讷讷道："岑姐姐，我不是这个意思。"

岑雪敏握了赵十一的手，亲切安慰："夏姐姐逗你呢，我自然明白你的好意。"

夏苏决定到此为止，就算有人出万金，让她到这幅画里去，她都一定拒绝。此画风，万分不适合她，简直戳眼。"你俩慢聊，我回房了。"她起身要走。

特意把她请来的人，哪会那么容易让她抽身？岑雪敏也站起来："夏姐姐莫急，我也要回去呢，你我搭个伴吧。"她随后叮嘱赵十一好好休息，仿佛没看到赵十一对夏苏的冷眼，笑吟吟来挽夏苏的臂弯。

夏苏挑眉，自顾自走出门去。

岑雪敏吐吐舌头，再跟上来时，没有作出挽手的举动，声音轻快地说："夏姐姐一直不喜欢我，我是知道的。"

夏苏神情淡淡，语速慢慢："岑姑娘多想了，我对你没有喜恶之好。"真话。

"既然没有喜恶，为何阻碍我与你义兄的婚事呢？"岑雪敏有些不信，有些委屈。

夏苏突然有点领悟，岑雪敏这个人为何总让自己感觉怪怪的了。顺着她的人，岑雪敏就对之温柔和善大方；不顺着她的人，岑雪敏就会以受害的可怜凄楚面貌出现，让所有人以为那人是恶的，坏的。而最厉害之处在于，岑雪敏表现得一点都不做作，是真心觉得对方待她坏待她恶，她为此感到无比委屈，又以她的大度和良善，想获得对方的认可。

赵青河说岑雪敏，煞是吓人。夏苏现在也觉得，她真吓人。她想到这儿，明智地闭紧了嘴，因为不管她怎么说自己清白，到头来都会变成对方控诉自己的罪源。

"夏姐姐，我跟三哥说过，愿与你姐妹同心，一起服侍他。三哥虽然不肯，皆因遵从他娘亲的遗命，无论如何不愿背弃对你的承诺，但我以为，我二人是可以说服他的。我自知出身家世财富这些比不得世家望族，却也强胜一般富家千金，性子还算温和，讨厌自己凶，而姐姐……"岑雪敏柳眉蹙得困扰，好像思考夏苏的优点是件非常艰难的任务，最后愉悦道，"一定是个好姑娘了。我们效仿娥皇女英，让三哥当上赵氏家主，好不好？"

要是应好，她那就得劝赵青河娶俩好姑娘；要是应不好，她就是赵青河没出息的罪魁祸首。说她傻笨也好，说她没用也好，夏苏在头疼欲裂中陡然加快脚步，连一向慢背的龟壳都不要了，三步并作两步窜下楼去，不管岑雪敏在身后如何柔婉呼唤，心里直喊要命。

深夜，睡饱之后重新恢复滞慢状态的夏苏，同赵青河一起吃完点心，说出对岑雪敏的一番领悟，惹得赵青河大笑："妹妹一语惊醒梦中人。明明在做坏事，却不觉得自己在做坏事，那是恶之最高境界。恶之极恶，不知己恶。妹妹实在精辟啊！"

夏苏一怔："我没说岑姑娘做坏事，只说她似乎把不顺着她就当成欺负她，弄得我反倒不是好人。"

"但你其实是好人，把好人冤枉成了坏人，她不就是坏人？"反反得正的道理。

"倒不至于恶之极恶，不过是被家里人宠坏的孩子罢了，以为自己想要的东西总能得到。"夏苏又道。

赵青河撇嘴笑，大不以为然："想要的东西，就要得到，这人还不走歪了路？妹妹也真是，埋怨不到两句，怎得又帮回去了？到底说岑雪敏好，还是不好？"

"……不是好不好的说法，"夏苏回道，"道不同不相为谋。"

"只怕你客气，别人却不客气，非但要跟你谋，还要跟你抢道，最后把你踩死，还说是你占了她的活路，让人人以为你咎由自取，死有余辜。"赵青河彻底融会贯通。

夏苏有些头皮发麻，越想越觉这样的结果未必是不可能的，不禁打个哆嗦。

赵青河意在说笑，见夏苏打战，才想起她不定时胆小防备的毛病来，便抬手捉正她的双肩，渐渐望深她的眼："妹妹莫怕，横竖有我。"

夏苏推着桌沿，离开某人能够动手动脚的范围，眯了眼："怕的就是你。"

赵青河笑得白牙灿烂，神情半真半假："妹妹这么懂我？我正有此打算。"

啊？夏苏再怔。

"这世上你最怕的人，我会比他们可怕十倍百倍，那你就无须再怕他们了，因为他们会怕我。"原来是这样的打算。

夏苏看了赵青河良久，轻声道："照你的说法，我怕他们，他们怕你，所以我还多怕了一个你，你这是帮我，还是害我？"他又胡扯，但她的心到底跳个什么劲啊？

"脑子不用就僵了。"赵青河好似自嘲，眼里却无反省之意，"妹妹知道我读书少，难免词不达意，你自己领会其中之意就好。"

什么其中之意？夏苏还没明白，见赵青河递来一张纸，因为全是画名，立刻勾起她的兴趣，看得目不转睛。

"这是赵家府库里存放的古画单，你当日在货船上可曾见过这其中的画？"

赵青河昨晚提到需要她帮忙，就是这个忙？夏苏想了起来，却问："你何以笃定那船上的画我都瞧过了？"

"妹妹能挑出《暮江渔父图》，让胡子咬牙入肉不得不受要挟，难道只是凭随手一抓的赌运？当时，哥哥我可是在上面苦苦撑着。"他应该庆幸这姑娘不爱鉴赏古玩，古字画的数量还是偏少的。

夏苏确实一幅幅瞧过了，但懒得说，因为顾虑到他，根本没有看第二眼，直接就将所有的画当成真迹，照价值选了最大的筹码。她点了几下画名，示意见过。

赵青河将画单重新收好："妹妹已经帮我确认了一件事，换画案的主谋可能不但在苏州，还可能与赵府密切相关。"

夏苏微愕："为何？"

"从冯保那儿搜出的古董书画经过查证，主要是苏扬一带的收藏品，但董霖联络失主之后，发现多数人竟还不知道画被调包，可见除非惊动了人，这伙贼才会布置为小偷窃财的障眼法。还有，这些调包均属单户调换单件，唯有赵府例外。"

夏苏习惯想一想，慢慢补充："应该说迄今为止才对。再者，我要是兔子，不会吃窝边草。"

赵青河眼中赞赏："不错，我的推断尚不充分，兔子不吃窝边草也是一般常理。鲁七当日送画上不系园，你识破那画是伪作，下午不系园靠岸，告知鲁七此事，鲁七回府就死了，几乎没有间隙。而鲁七娘子和另一名管事将其他的画及时换回，避免事件扩大到不可收拾的地步。还有，鲁七为何一定要死？他夫妻二人显然是调画的直接经手人，别的画能换回去，为何《暮江渔父图》不能？即便被人说成伪作，大不了再鉴一回，大老爷顶多以为是不系园弄错了，反正古画真假本由得人说。"

"因那幅画已有买家，应该不在鲁七夫妇手中？"夏苏记性很不错。

赵青河微微颔首："鲁七娘子提到老鬼是他们原来山寨的头儿，而其中有一点非常说不通，她说她不知老鬼的模样，而一群匪类，穷凶极恶，居然服从连面都不曾见过的首领，这又不是说书，未免可笑。"

夏苏没法再跟上赵青河的思路："你的意思是……"

"能下令灭口鲁七，换回真画，连带灭口胡子一船人，并将满船的货物搬空，送出买家订下的货，条条指令快速又直接，说明老鬼近在咫尺，与鲁七等人同在赵府，而鲁七娘子见过其真面目。这人正因为非常熟悉赵府的人和事，甚至皆在他的掌控中，才敢于吃窝边草，鲁七更可能是被杀，而不是自己吊死。"他的意思如上。

"是谁？"夏苏不禁问道。

"赵府一百多口人，其中之一，也许。"赵青河耸耸肩。

夏苏莞尔："难怪董霖见你被诈，高兴疯了。你也许大概一猜，他就一边提心吊胆配合你，一边又无奈自己不如你，因结果总能被你猜对。"

"猜，也是有讲究的，若没有六分以上把握，我不会随便说与人听。"赵青河扔了一粒梅子在嘴里，苏州的零嘴真是一绝，"斗笠人从客栈到石台绕过半个河湾，我一直在想为什么。看到尾舱的小窗，我就猜小舟停在下面，他从窗子进来点了蜡烛，算好火势，是为了让我们重补食物，好趁机加料，第三回灭我，也灭这一船子人。"

夏苏本来正吃芝麻核桃酥，立时嚼不动了，鼓着腮帮子睁大眼。

"再一想，证据都不用找，自己就推翻了自己。那人既然能上得船来，直接加料更好，何须打草惊蛇。像这般经不起推敲的猜测，我可一个字没同董师爷说。"赵青河吐出梅子核，所以才说话大喘气。

但夏苏却吃着至今最费劲吞咽的核桃酥，手里还剩半块，已全无食欲，不动声色放回碟中，伸手拿过酒壶，倒满小小瓷盏，对某人的凝视，漠视之，一口饮干。夏苏想，谁让赵青河害她噎着了呢？吃不到美味的点心，喝杯小酒补偿也可。

"慢些喝，我知你酒量不浅，只是有我盯着，就省得你边喝边当心，不好尽兴。"赵青河帮她倒酒，默数第二杯。

夜雨和涛声，沙沙作响，从漆黑的河上吹来暖冰的春风。夏苏捧杯抿着酒，垂眸静思。若半年前有人说她会和赵青河共坐一船，她大概嗤之以鼻，但如今，竟愈发习惯，同他共坐共饮共聊了。她突然有点怕，怕有一天这人又闭了窍，恢复了记忆，变回那只莽熊。

"咱们走时，老婶给你把脉，说了什么？"夏苏状似漫不经心。

赵青河却是察言观色的高手，狭眼眯弯了，挺愉悦的表情："说一切正常，应该不会再重新傻回去的。"

夏苏手一抖，速道："我并非担心你变回去。"

这姑娘越失常，他就越发爱逗她："哟，习惯妹妹慢吞吞说话，突然语速快了，我竟没听清，不妨再说一遍？"

意料之中，他接收她白眼一枚。他仍记得这张目瞪口呆玉莹莹的脸，然后一眨眼就消失掉，还记得她绕着柱子打转，小乌龟的慢步，气煞人的慢声。虽然好多记忆断断续续，要是给他时间，他能说上三天三夜"夏姑娘的故事"。

明明他密切观察着她，她也不像一本翻不到底的书，大致的性子已被他熟悉掌握，但他还保持着孜孜不倦的状态。他喜欢她，他早就心里承认了。他已经十分清楚，无论出于何因，他就想一直抓着她，不管是以义兄妹的身份，还是以夫妻的身份，一直，永远，没有第三第四者，长夜同行。

说到江南，苏杭苏杭，总放在一起，如苏州片之盛名，杭州也有它的独特之处。其中之一，当属西湖，比太湖之美，有过之而无不及。

因此，夏苏到杭州的第二日，杨夫人和赵九娘就带她去逛西湖。西湖有十景，这日只逛断桥附近，而且说是逛，也只稍微走了一下桥，然后就找一家水边馆子坐了。夏苏客随主便，也知赵九娘缠小脚，实在走不了远路，不过化在嘴里的糯甜莲子糕令她心满意足，眼睛也不闲着，兴致盎然地看外头的好景。

"等我家老爷得了空，咱们包条船到湖上逛去，今日只先为你们接风。水路虽近便，对不习惯坐船的人仍是累事。"杨夫人笑道。

这个"你们"，包括夏苏，还有赵十一娘和岑雪敏。十一娘的精神稍蔫儿，而岑雪敏正喝茶，翡翠浅月色的宽袖褪至手肘，露出小臂密密实实的裹伤纱布，有些触目惊心，但本人笑容柔柔，不甚在意的模样。

对岑雪敏，夏苏真没有一点点偏见或不喜，只是挺有自知之明，不认为能同这位富家大小姐做朋友，保持些距离，才是明智之举。

"昨日听说之后，我都替你们慌，好在平安到了，岑姑娘的伤也不会留疤。"赵九娘并没有像一般新媳妇那样在杨夫人面前立规矩，而与夏苏邻座。她原本端秀的容颜，如今好似春风化了雨，水灵灵得明润，神情再无当姑娘时的过分拘谨，多了几分自信，一看就知嫁进了好人家。

"在家千日好，出门一日难，偏生我们这些在江南住惯了的人，不出门也烦，尤其大好的春光不去踏青游绿，岂非浪费老天爷赐予的好山好水？"比起赵大太太的贤良宽厚，杨夫人更活跃随性些，且没有半点商家妇的势利，说话大方有度，十分讨小辈的喜爱。

她这么一说，她的一双女儿杨雨芙、杨雪蓉连连点头，九娘附和是，连十一娘都有了点精神，被这欢乐自在的气氛感染开怀。

杨夫人对夏苏的印象极深，不自觉就找她说话："上回寒山寺一行，夏姑娘救了九娘，那会儿我谢不得，今日补谢，记得等会儿让伙计来点菜，爱吃什么点什么。"

杨雨芙娇道："娘好小气，夏姐姐救了大嫂，一顿饭就算谢过了？"

杨夫人还受不得女儿一激："馆子旁边就有一家很大的珠宝铺，让夏姑娘随便挑，算不算得谢了呢？"

杨雨芙这才满意，对夏苏眨眼："夏姐姐等会儿可别客气，我娘说话向来算数，你一定要拣最贵的。要不要我帮你看？"

夏苏忙道："杨夫人不必客气，说来惭愧，我当时也是怕得脚软，若不是官差及时赶到，我和九娘都难保性命。"

"但你本来可以丢下我的。"赵九娘道。

"……"是她弄晕了赵九娘，尽管赵九娘不晕也于事无补。夏苏暗想，真要论救赵九娘的人，严格来说是赵青河。

"我那日正好病着，没能一道去，后来听说了，就觉可怕。"岑雪敏轻拍心口，"比起寒山寺苏娘和九娘的遭遇，我这点擦伤真算不得什么。十一妹妹，你别再长吁短叹，老说大恩无以为报这样的话了，夏姐姐对你姐姐的恩，才是无价呢。"

"一桩归一桩，如果没有岑姐姐，我指不定就死在火里了。"

杨夫人不愧是见惯场面的，处事八面玲珑，当下就道："夏姑娘要谢，岑姑娘也要谢，十一娘是九娘的亲妹子，那就得宠，三人都有礼可收，尽管挑贵的。"

杨雪蓉才张口，杨夫人伸出食指堵女儿的嘴："行啦，行啦，今日注定我要花钱买清静，你们六个，一人一件，这下，可以让我吃完点心了吗？"这话一说，大家都乐了。

吃罢饭，杨夫人还真不打诳语，带这群小辈们去那家珠宝铺挑首饰。

岑雪敏显然又讨了杨家姐妹的喜欢，加上十一娘，她一边簇着杨夫人，一边让伙计拿这拿那，颇有大家风范。夏苏是情愿落在后头，赵九娘是趁机落在后头，两人各选一支素雅的珠花，就坐在门边的客座说话。

"杨夫人待你好吗？"虽然一顿饭吃下来，只见杨夫人的和颜悦色，但夏苏仍是问了一声。不朝夕生活在一起，不能了解真正的品性。

"好！"赵九娘笑了笑，突然脸红，"你说得一点不错，杨家适合我。"

夏苏眼里尽是促狭："杨家适不适合你，我不知道，我知道杨琮煜肯定很不错，不然嫁过来才几日，滋养得你珠圆玉润。"来杭州最高兴的事，莫过于再见到赵九娘了，两人的友情开始得虽迟，莫逆这种关系倒不是靠时日长短来定义的。

赵九娘作势掐过去，脸更是熟透苹果般的红："好啊你，竟说我胖了。"她亦不是不会开玩笑的闷性子，而是没遇到能开玩笑的人罢了。

赵九娘打心底感激夏苏，不但因夏苏救她于危难，而且在好些人明里暗里讥讽这桩婚事时，夏苏对杨家中肯的评价，令她坚持了下来，所以母亲向她确认两回，她都是点头。当然，她很清楚，新婚的甜蜜不可能维持一辈子，家家都有难念的经，但这个良好的开端，让她有信心过好接下来的日子。

"你夫君昨日一看到我，就给我脸色看呢。"夏苏还会告状。

赵九娘已知前因："还不是因为他有眼不识你的本事，大伯父觉得他毛躁，让他在织绸作坊里从底做起。"

夏苏赞个好字，缓然说道："杨琮煜人品是不错，富家公子的习气却也不少，杨老爷练他，对你有好处，他会成为更有担当的丈夫。"

到底是新嫁娘，赵九娘的脸持续一层薄红，美得耀眼："说话老气横秋，不知道的，还以为你比我嫁得早，说不定已是孩儿他娘了。"

夏苏笑不出来，总不能说自己是逃婚出户，原本婚期要比九娘早三年。只不过，孩儿他娘？跟太监能生得出孩子吗？

娘死后，夏苏渐渐了解自己的处境和家里那摊乌七八糟的事。她装聋作哑，忍气吞声，用自己的能力换取每一线生机。这种生机，不是指食物，不是身体好坏，是一定会逃出那个家的希望。她不愿像姐姐妹妹们，只图眼前安逸富贵，活如傀儡玩物，而她曾毫无计划地逃过一回，让刘彻言从此警惕，不但对她严密监视，还逼她喝酒，令她染上酒瘾。讽刺的是，她那利欲熏心的爹居然成了唯一的平安符，刘玮不甘愿将他一生积蓄的财富双手奉给义子。虽然刘彻言优势明显——无论才智体力，还是后台，但刘玮几十年的经营，一旦惹麻烦，绝不那么容易解决。把夏苏嫁给刘公公，就是刘彻言巩固后台的策略之一，定下婚期的时候，他因矿山闹事而离开京师，她则决定放手一搏。那回，她成功了。

刘彻言以为她只会拿画笔，迫使她与其他姐妹们一起学习如何勾人，如何献媚，从波斯舞姬的娘亲那儿继承了出色舞技，却不知她咬牙苦练十年，已身轻如燕，只为一朝，飞出樊笼。

"苏娘？"赵九娘见夏苏神色黯然，担心自己说笑过了头。

夏苏立刻回神，微展笑颜："说不定你已是孩儿他娘了呢。"

赵九娘的脸白不了了，来撕夏苏的嘴："还说！还说！"

夏苏立起来躲，往后跳着，难得活泼欢脱："呀，杨少奶奶，别惊着肚里小娃娃睡觉……啊！"脚下踩到了什么，背部撞到了什么。

有男子声音微沉，似心情不佳："请小心走路。"

第三十一章　翩翩其晗

夏苏回头一瞧，脱口而出："吴二爷。"

翩翩公子，俊面若玉，一袭芙蓉白的水墨春湖衫，黑发束唐髻，以一支竹色铜簪穿了，铜簪头上盘青鸟，双翅欲振，而腰带上挂一只无绣无纹的荷袋，荷袋虽素，挂线却由五彩宝珠串起，摇曳生辉。

吴其晗走出江南，就是人杰地灵最好的明证。

"怎会是你？"再出声，他音色轻扬，双目顿然清亮。

夏苏悠然退身施礼："我与义兄昨日到的杭州，今日同杨夫人和杨少奶奶出来赏玩，打算过几日就给二爷递名帖拜访。方才一时笑闹，撞了二爷，二爷见谅。"

吴其晗还了礼。眼里的女子越发明美，即便适才的莽撞也转化成一种活泼可爱，哪能不见谅？他笑意深深："原以为夏姑娘清明之后才到，我还让人清理别馆，准备邀你们来住。如今却在何处下榻？"

"有些急事要办，就提早了行程。"想到身后赵九娘，夏苏又道，"这位是赵家九姑娘，新嫁杨府公子，因我们与九娘的妹妹一道来的，都住在杨府里。"

赵九娘也与吴其晗见了礼。

"杭州说大不大，赵杨结亲也算一件盛事，何况我还喝到杨大公子亲手斟的一杯喜酒。"赵氏名门的姑娘总不可能嫁给无名杨氏，而杭州谁不知道丝绸业的大儒商杨汝可呢？

要说赵家难得做一件像南人的事。杨家大地主的底子，却代代无官，如今又以经商闻名，实在说不上门当户对，然而江南风气不似北方拘束，名门巨贾攀亲蔚然成风，赵府老太爷迂腐，不喜欢子孙经营铺子买卖这些事，这回赵家与杨家结了亲家，暗示着赵府的某种变化。吴其晗作为一名商人，嗅到了赚钱的机会，但他这时想着不贪赵府名门这块牌子，却完全没意识到，自己早同赵家人合作了。赵青河是赵峰之子，此事尚未传出赵府，他纵然熟悉苏杭两地，也听不到一星半点。

三人在门口说话，引起那头杨夫人的注目。她同丈夫一样，喜交朋友，而女儿们也十四五了，该给她们慢慢看起丈夫的人选，像吴其晗这般玉中贵品的年轻人，立时就有好感。正想着，见门外又进来几人，这回居然是相识的，倒也不用再凑什么时机，直接上前招呼。

"吴老夫人，吴大太太，真巧。"杨夫人笑道。

吴老夫人银发一盘，保养得宜，脸上不见老，目光湛湛，与福敦敦的赵府老太太相比，更有一种说一不二的盛气威仪。夏苏后来才知吴老太爷过世早，吴府就靠老夫人当家，书香门第名望不落，同时还富甲一方，成为江南实至名归的一大望族。吴老太太生有三个儿子两个女儿，儿子做官，女儿做官太太。三个儿媳轮流来江南陪她，女儿们也极孝，但老太太并不偏心当官的子孙，反倒因吴其晗自幼在她身边长大，得她亲自教养，最重视他。

在吴老夫人的强大气质下，吴大太太显得黯淡些，儿媳的身份，竟比赵九娘这个新媳妇还要清晰，跟在老夫人身后，小心伺候。

"秀芝啊，"看似威严的老夫人一开口，全无盛气凌人，声音爽朗明快，"你这是当了婆婆心里得意，一定要显摆显摆，所以出来掏银子买小辈一声好？"

杨夫人笑得云鬓摇，礼数却做足，鞠弯了腰，才回道："老夫人火眼金睛，我这点小心思瞒不过您，就怕银子砸下去不见水花，如今的孩子刁着哪。"转头冲自家姑娘们招手，"且别挑了，快来给吴老夫人见礼。"

岑雪敏早跟着杨夫人过来了，最先作福礼，甜柔柔喊人。吴老夫人淡然点头，吴大太太却瞧着岑雪敏很是喜欢，问杨夫人这是她大女儿否。原来吴大太太京里杭州两头跑，平时又多与官太太打交道，不熟杨家，也不识杨夫人。夏苏分明见吴老夫人眉头轻蹙而过，显然对大儿媳这问法觉得不满。

杨夫人涵养却极好，简单又不失亲切，为吴老夫人和吴大太太一一介绍过去，最后说到夏苏："夏姑娘同她义兄也居赵府之内，她又与九娘十分知心，这回同来探望九娘。"

夏苏顿然发现自己被盯，吴大太太的眼神几乎生吞活剥了她；而吴老夫人的目光说不上严苛，也相当缜密，上上下下打量着自己，令她心里不由起毛。两人神情变化得厉害，引起杨夫人侧目，即便最迟钝的人，都能感觉出气氛僵滞，刹那冷场得莫名所以。唯有"罪魁祸首"吴其晗，含笑不语，立在夏苏身旁，半寸不移。

"夏姑娘哪里人？"吴大太太尖锐的音调虽打破了沉寂，却只让所有或好奇或疑窦的矛头都明明白白指向夏苏而已。

吴老夫人打断儿媳的尖锐，将目光从夏苏身上调开，与吴其晗的视线碰到又撞离，转瞬神情波澜不惊，对杨夫人笑道："瞧瞧你，一群漂亮女儿围绕，挑个首饰都能说笑半晌，好不热闹。不似我，孙女离得远，只得这个臭小子在身边，逛绸缎庄子成衣铺子首饰店，不到片刻就抱怨脚酸，烦得我赶人，简直正中他下怀，溜得飞快。"

杨夫人终知吴其晗身份，心思还在他和夏苏之间打转，说话却端稳了："这就是您的二孙儿吧？吴府二公子，闻名遐迩，我更听老爷提起过多次，每回都对他赞不绝口。您说他不爱逛这些铺子，我瞧着却比我家的耐心得多，这就陪着您不止片刻了。"

吴大太太忍不住："他哪里是陪着我们……"

吴老夫人再度打断，看长媳的眼神包含严厉，语气如常："当着人面，好歹要做个孝顺的样子。今日遇到杨夫人正好，你才挑过聘礼，帮我过过眼。如今时兴什么样式，小姑娘们又喜欢什么样式，你大概要比我知道得多。"

吴大太太脸色铁青："婆婆，您还当真顺着他……"让吴老夫人一眼削去尾话，但她脾性还挺大，"媳妇有些不舒服，容媳妇先回车上。"吴老夫人点头，吴大太太狠狠瞪过儿子，扭身走出店去。

杨夫人都看在眼里，神情仍温良，顺着刚才吴老夫人的话，问道："老夫人要选聘礼给孙媳妇吧？我记得吴府去年为六公子办过喜事，那这回是？"

吴老夫人坦然指一旁的吴其晗："此子。"答完又觉得太简洁引人误会，"算不得聘礼，难得是他拉着我来，可我要是最后就不送出去，他也只好眼巴巴干看着。婚姻大事，爹娘做主，他爹忙做官，他娘已经不理他了，那就该由我这个祖母做主。秀芝，你说是不是这个道理？"

杨夫人一听，大概是吴其晗看上的姑娘，长辈看不上，才来这么一出，但别人的家事，她不擅自加上主张，只当个劝好不劝恶的。"那是自然，而且咱们江南水暖人暖，对待儿女的终身大事多开明，当初我家琮煜也同九娘相看过后才定婚约。要是严谨一点的大户人家，成亲当日新郎新娘方能见面，喜欢不喜欢都得过一辈子。"

"听见没？"吴老夫人朝吴其晗掷去这问。

吴其晗一直笑着，任他娘甩袖都神情自若，对祖母始终显出尊重："听见了，别人我可不敢说，祖母您老人家却是最开明最睿智的了。"

吴老夫人不再理孙子，拉着杨夫人到前头去。大掌柜这回亲自出来接待，将一干人迎入里间。

夏苏没动，吴其晗没动。赵九娘想动，最后考虑到好姐妹的名声，毅然留了下来，哪怕完全被忽略也尽心。

"那间书画铺子是新开的。"从他娘问夏苏是哪里人士起，吴其晗就察觉夏苏走神了，她一直瞧着对面，然后他毫不诧异，顺着她的目光，找到一间书画店。这姑娘，说话慢，走路慢，与其说呆板，不如说不上心，什么都不上心，唯独对画成痴。他，无声叹息。

"好像很热闹。"夏苏不自觉微掂了脚，似乎这样就能看得更清楚。

"我带你过去瞧瞧？"尽管江南女子少拘谨，一个两个在外行走还是不太好的，有男子陪伴则无妨。

"有劳。"夏苏的语气很是雀跃。

赵九娘却好笑，人家是君子客气，夏苏却是老大不客气。可她回想到刚才吴家三代的尴尬气氛和隐隐冲突，脑中灵光乍现，暗道原来如此，见二人郎才女貌，就不禁存了瞧好的心思。只是，待他们走起来，她接着往下听两人说话，不过寥寥几句，令她啼笑皆非。

吴二问："夏姑娘可还喜欢吴某的年礼？"

夏苏表情白白的，当人不知道她脑袋空白似的，无比慢："啊……喜欢的。"

赵九娘想，若她是吴二，就不继续问了。偏偏传闻中很聪明的吴二，此刻脑筋也打了死结："那些珍珠不大，好在圆，缀上各种首饰发饰都不错，夏姑娘要是没有相熟的制宝匠，我可介绍给你，价钱公道，手艺一流。"

　　夏苏半晌没说话，让赵九娘暗暗点头，没错没错，不好说实话时，最好还是转移话题。

　　"吃了。"夏苏开口。

　　赵九娘继续点着头，说吃的话题好啊，民以食为天，江南更是美食遍地。

　　吴二居然重复问一遍："吃了？"

　　赵九娘心想，吴二好似也没有传言中那么善解人意，苏娘开了头，他直接聊西湖醋鱼就好，何须多问呢？但夏苏下一句，立刻叫她傻眼。

　　"珍珠磨成粉，养颜美白，"夏苏慎拣合适的表述，"滋味……也不是太差。"

　　"珍珠磨成粉……"这回赵九娘重复着。

　　她虽然没见过那份年礼，但吴二这等出身的富家公子所准备的，又能加工成体面首饰，想来不会是便宜珠子。磨成粉？磨成粉了！

　　吴二的回应却真正让她见识了什么叫君子名不虚传。他笑道："也对，是吴某考虑不周，夏姑娘手头不宽裕，哪有闲钱打首饰呢？再者，转卖了珠子却又辜负送礼人的心意。至少珍珠磨了粉，夏姑娘受用得到。"

　　夏苏一点不心虚："正是如此。"

　　吴二接着笑："那些珍珠粉如今吃完了否？"

　　离书画铺子几步之遥，夏苏自然心不在焉："早吃完了。"

　　"吃完了就好。磨珍珠粉挺费工夫和力气吧？"

　　赵九娘听到吴二这么说，不知怎么，头皮阵阵发麻。

　　"赵青河磨的。"夏苏漏出。

　　吴其晗眯了眼，原来如此啊！

　　出了珠宝铺子，吴老夫人与孙儿一起往马车走去，突然觉出他情绪不佳。今日巧遇那位夏姑娘，这小子连首饰都不挑，就跟蜜蜂看到了最爱那朵花一样，光顾着绕来绕去，这会儿应该抓紧磨着她，帮他求亲才对。怎么反倒像打蔫儿的叶子，耷拉了呢?

"那姑娘并非穷出身。"既然如此，就由她先来论一论吧，"她的一套礼数刻意做浅了，但看得出家中非富则贵，朝中必有靠山，所以恰如其分的举手投足，进退分明却不突兀，面上清冷，实则讲规矩使然，是经过严格教导的。亏你自幼跟我经商，这点眼力也没有，说什么小门户的姑娘。"

吴其晗并未被打蔫儿，只是兀自沉思，这时听到祖母的话，自然一怔:"可她和她义兄家境确实不好，为谋生计才抛头露面，"见祖母似笑非笑，他顿悟，"她定有不得已的苦衷。"

"那姑娘的品性显然不错，默然其实属于智慧，一双眼洞若观火，非时下喜争风头爱出挑、自作聪明的女子，而物以类聚，我看得出她与赵九娘友情真挚，杨夫人又夸赵九娘稳重，可见她也是沉稳人。我自希望你找个门当户对的姑娘，却也并非地位家世多么显贵。高配高，矮配矮，只要男女之间一碗水端得平，谁也不比谁差了多少，并非一时贪图美色家世而脑热昏目，就能互相尊重互相欣赏，过长久日子。能让你自己开口求娶，想来真心不假，我亦不是你娘，恨不得你娶个公主光耀门楣，却不知公主可不是咱们伺候得了的，我唯恐那姑娘身世纠葛难缠，将来招至祸事。你若执意认定了她，那就得查清她的来历身份，不要稀里糊涂，影响你父叔兄弟们的仕途，还有整个吴家的兴衰。"吴老夫人语重心长，客观，也主观，句句在理。

吴其晗有点吃惊，虽说祖母教他很多不一般的道理，也知祖母自身很不一般:"本以为祖母同我娘一样，只看夏姑娘出身就反对，想不到祖母十分公允。反倒是我自己眼界不开，但觉夏姑娘与众不同，兴许家道中落，却完全不曾深想。只是见她就欣喜，才生娶她之念。"

"谁说你绝对不能娶她了吗? 我老婆子发话，你爹娘反对不了。我只让你娶之前，不要对她一无所知。若只是寻常苦衷，而我们吴家能解决的，也能帮她，最好不过;若她的麻烦天大，要奉上吴家所有人的命，你就得带她私奔去吧。"吴老夫人不是说笑。

吴其晗苦笑:"您老人家开明，我却已无自信，既不能给您娶到这个好孙媳，也劝不动她心甘情愿与您孙儿私奔。"

吴老夫人何等厉害:"我看得出来,你虽见她欣喜,她见你却无别样情意。但凡正经好姑娘,就该有这等端庄的品德,即便天下最好的郎君在她跟前,也不心摇眼漾。喜欢一个人,并不意味轻浮,而她此时未对你动心,未必今后不会。所以,我猜你如此意兴阑珊,不是因为她待你一般,而是因为有情敌,且你自认争不过他。"

吴其晗可不是因儿女情就没了出息的男子,笑呵呵亲昵捉扶老人家的肩:"好祖母,您要是年轻个几十岁,也不是我祖母,我非你不娶。天下间的女子,能有哪一个,比得你大性情大智慧,通达明晓,又知情知趣。"

吴老夫人道声少来,脸上却笑,让她最喜爱的孙子哄得开心:"别给我来这套,我还瞧不得你不战而退的斗败公鸡相。你是我手把手教出来的,论人品论才智,足以让我自夸自得。再说,好姑娘自然有人争,乏人问津的姑娘,你稀罕,我还不稀罕。你呀,就认真去打一仗,输赢不论,千万不可丢脸。"

吴其晗正经作揖:"孙儿遵命。"

第二日,杨府门房给夏苏送进礼盒一只,红纸写明吴其晗所赠,整整齐齐六格珍珠粉。

虽说杨家也是大户人家,管教下人甚严,但口舌是非最难禁,尤其收礼的夏苏只是客人,送礼的吴其晗与杨府男主人们往来不多,下人们当成新鲜事来聊,一下子就在府里传开了。

赵九娘歇了午觉起来,正梳头,见杨琮煜笑得古怪走进来,当然要问:"今日这么早回来?"

"等会儿要同大伯会客,才进府门就听到与你好友有关的一则笑话,抢在丫头多嘴前,先来告诉你。"新婚半个月,杨琮煜喜爱他娴静体贴的妻,光看着便觉得心美。大伯父说,娶妻之后若还能安然做自己,那就是娶对人了。如今成了亲,杨琮煜除了多一肩养家的责任,没有感觉到别的不自在,九娘甚至支持他弃文经商,并非盲从,而是与他长谈之后才这么做。

赵九娘笑他:"都说好男不跟女斗,苏娘不曾说过你的笑话,你反而不肯罢休。"

杨琮煜一听，转足要走："我看来是笑话，你看来兴许是好事，不过你不想听，那我就不说罢。"

赵九娘拉住他的衣袖，见他仍眉开眼笑，不为她那句好男不跟女斗而恼，心中一放："哪有这样的？特意转回来，不说岂非憋闷？"她也嫁了个能让她十分自在的好丈夫。

杨琮煜本就是装的，一让自家娘子拽住，哪里还迈得动步子，转回来与她挤坐一张凳子。"今日一早有人给你好姐妹送礼，你猜猜是谁？"

赵九娘还真猜着了："莫非是吴府二公子？"不待杨琮煜问，她又道，"昨日逛珠宝铺时巧遇吴家，不及说与你知道。吴二公子与苏娘和三哥似熟识，原本他们四月来杭，吴二公子还准备张罗住处，可见交情不浅。既然如此，送礼有何大惊小怪？"

"吴二公子与赵青河也相熟，为何只送了夏姑娘礼物？"不用狗鼻子就闻得出暧昧。

"你又怎知只送她一人？礼盒上写明了？"赵九娘纯粹捍卫好姐妹，至于捍卫什么，她也一笔糊涂。

"不但写明夏姑娘敬纳，就算不写，难道赵青河还能用珍珠粉养颜？"

"珍……珍珠粉！"赵九娘手里的梳子掉到地上，暗道果然，昨日头皮发麻是先知先觉。她却仍有点不死心，想将吴其晗归为谦谦君子，"礼盒都是包好的，怎看得出里头是什么？哪个不懂规矩的仆人擅自拆礼？我要请婆婆查处。"

"要查处，就得找送礼的那位，居然拿薄如羽翼的绫绢当纸，盒子里每一小格上都清楚写了珍珠粉，生怕别人不明白他良苦用心。"杨琮煜笑声又起，"不过吴其晗最周到之处，在于珍珠粉可敷可食，用完就不留念想，不同私相授受。"

赵九娘嗔丈夫一眼，珍珠粉自有渊源，但她不饶舌，只道："授得光明，受得磊落，有何不可？再说了，窈窕淑女，君子好逑。"

"娘子说得在理，所以我嘴上虽说是笑话，其实却是一则好消息。说不定，夏姑娘会嫁来杭州，你与她就可常常走动。"

丫头道外园随从在请，杨琮煜这才起身走了。

赵九娘梳头的心思也没有，随意绾了一朵云髻，就往旁园偏厢去。那里原本是给十一娘准备的住处，地方不大，胜在离她住的园子近，但十一娘非要同岑雪敏住荷塘客楼，就同夏苏换了。如今看来，住得近确实好，走动方便。

只不过，夏苏与吴其晗？赵九娘暗叹，不是扑朔迷离，却是琴鸣瑟不鸣，而且看昨日吴老夫人和大太太的样子，也不是小辈两相情愿就能成的事，不然苏娘嫁吴其晗，她觉得好极了呢。

偏厢的两个丫鬟在厅屋打扫，见了女主人，忙来行礼。赵九娘看桌上果然摆着一只绫绢礼盒，里头贴着吴家生药铺子特有的菱花纸，清清楚楚写了六遍珍珠粉，感觉跟谁较劲似的。

"夏姑娘呢？"礼盒未拆，这里又四处冷清，她就以为夏苏不在。

丫鬟道："夏姑娘好像还没起。"

赵九娘一怔，此时已过晌午，苏娘居然还没起身？她不知夏苏的作息习惯，只觉异常，问那丫头："什么叫好像？"

丫鬟期期艾艾："昨夜敲过三更，夏姑娘还没歇，反让婢子们先睡，说她一向睡得晚，也不习惯旁人在。但婢子们今日一大早就起了，夏姑娘的房门却一直关着，所以才想夏姑娘仍在睡。"她们来伺候客人的，却比客人早睡，怕主母训责。

赵九娘见丫鬟不似偷懒遮掩，也不多说，只怕她们疏忽，人一早出门都不知，便走到夏苏房门前，正待敲门。

"九娘莫扰人好梦。"朗声轻落，神清气爽。

赵九娘回头，看到赵青河一身松墨广袖衫大步而来。那么单调平朴的衣式，经他肩宽体阔高大身材一撑，加之一副棱角分明的坚毅相貌，衣价顿增百倍。连她这个同父异母的妹妹，都会为有如此出色的兄长不禁骄傲。然而奇怪的是，四哥就不会给她这种感觉。

"三哥，这里是内园。"骄傲归骄傲，规矩归规矩，赵青河作为男客，住在外园客居，进内园需经仆婢禀报，赵九娘看他驾轻就熟的，真不知这位是来过几回了。

"我找自家妹妹，难道还要经过一层层通报？"赵青河眼角一扫夏苏的屋，并未停留，径直走入厅堂，"九娘来坐。"

倒像她是客。

赵九娘跟进去，遣开两个丫头，只留自己娘家的大丫鬟："我知你是自家兄长，别人却不知。三哥以护送十一娘和岑姑娘的名义来杨家，这么大剌剌跑入内园，实在不妥。"

赵青河双手捧着礼盒，歪来斜去地把玩："九娘，你能叫我一声三哥，认我这个半吊子的兄长，我其实……嗯……感怀于心。"这么说，不会用词不当吧？"不过，我刚说的自家妹妹，并非指你。"

赵九娘半张着口，好一会儿，哦了一声，满面尴尬薄红："你找苏娘……"

对于打击到自己亲妹妹这件事，赵青河似无所觉，还强调："对，我找的是苏娘。九娘若也找她，就请稍坐，她应该快起了。"

赵九娘乖顺坐了。不对啊！他跟自己可是亲兄妹，随人怎么搬弄，不怕闲话，但他和苏娘，管什么自家不自家，单单"义兄妹"三个字就足够让人浮想联翩，还这般毫无顾忌直来直往，一旦传出不好听的话，苏娘还要不要嫁人？

"找苏娘才更不对。"赵九娘坐直。

赵青河狭眼微弯，笑，却也淡漠，语调慵散："哦？为何不对？难道只因为没有血缘？"

赵九娘秉着为大家好的刚正信念："三哥与苏娘兄妹情深，且坐得直，行得正，无惧恶言搬弄，只是众口铄金，女子名节贵无价，一旦有损，一辈子难清白。三哥身正不怕影斜，却要为苏娘的将来多考虑些。苏娘早过成婚年龄，母亲曾同我提起，着急她的终身大事，应会帮她相看夫家。你二人即便在赵府，也该分开住，见面也需注重礼……"

赵青河笑声呵然，打断赵九娘："九娘错看了。"

赵九娘反应不过来："错看什么？"

"我影子固然斜，身也没坐直，行也不端正，苏娘的将来同我的将来，那是已经绑了死结，加了死锁，谁也解不开。这盒珍珠粉的旧主不能，你更不能。"盒子一落，啪一声，那张棱角分明的脸，冷傲至不近人情，然而他眼里汹涌的，是一腔柔肠。

赵九娘惊得站了起来，死死瞪住赵青河。三哥对苏娘的好，她曾羡慕过，却隐隐觉得不同寻常，如今三哥把话挑明，震惊之下，心底又出乎意料的平静。撇开苏娘与她同城而居的那一点点私心，她其实更喜而乐见这一对——吴其晗不是不好，只是三哥更好。

"三哥你……这样的心思，苏娘知道吗？"这两人，怎么说呢？不在一起，胜在一起；一人行动，如双人行。赵九娘虽有这样的感觉，又觉夏苏的心尚不明显。

赵青河不答，眉眼淡漠，并非答不出，而是不必答。他的心思是单向，暗地，还是怎样，不须别人关心。他亦无过剩的情感，应付七姑八婆一大堆亲戚，包括眼前这个一半血缘的亲妹子。

"知道他什么心思？"夏苏出现在厅堂外，春光剪出她纤细的身段，肌肤映光如盈雪，背着光的五官透出深刻明美。

赵九娘有点看呆，不曾见过夏苏这般隽艳的一面。

赵青河却点着礼盒，语气扬出纨绔的调调："妹妹有礼收，哥哥羡慕要命的心思。"

夏苏进来一瞧，再迟钝也知是昨日自己招惹来的，但道："这吴二爷怎地心窄，我说上回的年礼珍珠磨粉吃了，他今日就送来一大盒。"

赵青河合臂伏桌，搁着下巴，要笑不笑，全然心领神会的表情。

赵九娘只能自己问："吴二公子知你珍珠粉用完了，特意再送来，怎会心窄？"

"若非心窄，怎会没完没了？他并不因我爱用珍珠粉，而是将珍珠磨了粉，才有今日这出的。"夏苏的迟慢，不是愚钝，而是谨微，恰恰心思敏锐，"赵青河，都是因为你。"

赵青河咧开嘴："所以一听到消息，我就赶紧来给妹妹出气啊。"

夏苏哼了哼，对赵九娘道："怕吴二爷误会更深，我没尽说实话，让你三哥磨成的粉我一点都没用，全给家里婶婶了。我实在不爱吃不爱敷，这盒还请妹妹帮我消受了吧。"

赵九娘忙道不好。

赵青河帮腔："有什么不好？苏娘皮肤够白了，再用珍珠粉，岂不是跟死人脸有一拼？九娘不用客气，我们这回来得仓促，不曾有礼送你，厚着脸皮借花献佛，你再转送也无妨，总比让我扔了好。"

话都说到这份上，赵九娘只好点头。

赵青河眼望夏苏，见她神色淡然，对"死人脸"一说毫不纠缠，又笑言："妹妹也别怪吴二爷，坏心思肯定是不存的，更不可能针对你。"

"那是当然。"那串砸珍珠的咔咔咔嚓嚓，迄今余音荡耳，罪魁祸首不是她，她仍不认为吴其晗今日之举有君子之度，只觉送出手的礼，说句没心眼的话，扔进茅坑也不是送礼人能记仇的事。

"妹妹饿了吧？"赵青河问完，转眼瞧着赵九娘。

赵九娘学乖了，知道这声妹妹不是叫自己，唤丫头们摆下午饭，又不动声色转移了话题："苏娘何故睡那么晚？"

夏苏不说自己作息不同常人，只道绘画太专心，忘了时辰，故而晚起。

赵九娘就说回昨日："苏娘以为那家书画铺子真会出万两收购他们目录上的古画吗？"

赵青河抬眉，无声询问夏苏。

夏苏不会故意卖关子："昨日见一家书画铺子人声喧闹，就过去瞧了，原来是伙计卖目录册子，册里每幅画都明码标价，百两起购，总价超过万两，所以才引那么多人争相买册。但我只觉是噱头，一册一两银子，今后不用卖画，直接卖册子就赚够了。"

赵九娘有异议："也不是只写着画名和价码的简单册子，还有每幅画的粗摹和一些故事，好比经过了哪些人的手，最后一任主人是谁，流失前所在的地域。因为记载详尽，若有心寻访，比只闻其名的古画要好找得多。"

"册子拿来瞧瞧。"赵青河相当感兴趣。

"没买。"夏苏有些嗤之以鼻，"那册子上好些画，我从不曾听闻，也不知是否是杜撰的，实不可信。"

赵九娘摇头，只觉不对："哪有人杜撰假画，自己再高价收购？嫌钱多吗？"

夏苏则精通此道："沈周之《石泉图》，就是杜撰，根本凭空仿造，但说的人多了，便成为名画，一位位鉴藏大家认可之下，已不容后人辩驳。"

赵九娘知此画之名，大吃一惊："可……可你怎知《石泉图》是凭空杜撰？"

夏苏默默吃起饭来。

赵青河抬眼朗笑："九娘，古字画里的那些事，你当趣闻轶典听听便罢，不用想得太深。连苏娘这般天赋异禀，都只能摸摸鼻子认了，你还要替沈大师喊冤吗？"

赵九娘讪然："那倒不是，只是从前闻所未闻，今日才算长了见识。我一直以为古董字画这等死物，假的真不了，真的假不了，想不到竟也这么曲折复杂。"

"死物，却也是人造之物，自不会简单。"赵青河话里有深意，"苏娘，吃罢饭，你我出去逛逛。"

夏苏点了头，又问赵青河："九娘能一道去吗？"

赵青河耸耸肩："我们要去的昭庆寺，虽是杭府名胜，九娘却未必好出门。"

赵九娘看看天色，日光已偏过午后："我正跟大伯母学习掌理府中膳食，这时报备要出门，实在太迟。你们也别去了，昭庆寺来回费时，此刻出门，天黑也回不来，还是改至明日。"

赵青河用完饭，洗过手，等夏苏起身，全无改日的念头："九娘好好学习，要当大家主母，确实不能随便偷懒玩耍。但我与妹妹，逛得就是良辰美景，不夜不美。日光下白灿灿一片，哪有妙趣可言。"

夏苏歉然拉了赵九娘的手："若能得杨夫人许可，叫上你夫君，改日同我们夜里逛去，别有一番不同滋味。"

两人走了，赵九娘呆怔半晌，想到自己逢年过节也逛夜市，只觉他们说的妙趣和滋味，与自己的经历截然不同。但她实在缺乏想象，恍神要走，大丫头问那盒珍珠粉带不带，刹那又脑瓜子干疼起来。

三哥和苏娘？吴二和苏娘？为何感觉怎么配，都让她提心吊胆呢？

第三十二章　风水轮流

可怜赵九娘思前想后，忧左虑右，赵青河和夏苏却是毫无包袱，傍晚到了昭庆寺，悠哉闲逛。

昭庆寺，最鼎盛的不是香火，而是古玩书画的交易市场，只要眼光够锐，银子够多，绝不会让人空手而回。

韶春之季，无日夜之分，佛像脚下，众生不庸碌，来寻一片传今的古心。

夏苏同赵青河逛了近一个时辰，才走进昭庆寺大观阁，在临时增设的茶铺小憩。阁上几乎满座，倚栏可见半边夜市，而阁里有人展示他今晚购入的春秋周鼎，不但让大家凑近观赏，还邀有眼力的人再断真假。

这是一方自由天地，高谈阔论，低语轻谈，论真论假，说古说今，随便来。同意者，道是；附和者，喝彩；反驳者，争喧。但有自信，就可发言。这也是江南独有的景，令人钟爱。

上前观周鼎者十来位，断真者满十，买周鼎之人好不满意，多付半两茶水钱，兴冲冲走了。然后，再上一位老爷，让管事展开一卷画，道是唐寅真迹，请诸君欣赏鉴论。

"妹妹不上去瞧瞧？"赵青河看得津津有味。

多妙，闻唐寅，人人翘首，但没有拥挤上前的蛮象，自第一排往后，三三两两，等前头的人回桌，才离桌去看，自发自觉，秩序井然。

夏苏瞥去一眼，听不少人直道此作狂狷，非唐寅之笔莫属，但笑："真假已定，不用我再凑热闹。"

"我以为妹妹很喜欢凑热闹，逢假画必指正。"赵青河有点出乎意料。

"隔得这么远，怎看得出真假？"夏苏托着腮帮，"我更非逢假必指正，除非有人问我。至于不系园那回，皆因保证幅幅真品的缘故，眼里一时不容沙子。"

"妹妹原来还有这条原则。"赵青河发觉又了解她一分。

"不然一看到别人把假画说成真，我就要上前争辩吗？世间本来就是真迹少仿作多，人们投千金抛万金，十投却有九空，既然已经损失了大笔银子，何必再让人心里不痛快。买画，最珍贵是那份心头好，摧之残忍。"

要她说实话，昭庆寺这晚的集市中，十画里一真画的比例都没有。不过，本朝名师才士的画作倒是精品不少，值得收藏，就是没银子。至于这家伙，夏苏眼梢尾角挤出一丝冷光。

"妹妹这是鄙视我吗？"

她忘了，某人虽然鉴赏力差极，观察力却出色。"没，只是想起你卖了干娘那箱子画的事。"已经那么遥远了啊，随即轻声一句，"今后别再卖那只箱……"

"诸位且看，"一声清脆，阁上登来一位女子，头戴面纱笠帽，身穿布裙荆钗，手中展开一幅画，"谁若出过一千五百两，我便卖与谁。"

这么没头没脑，搁在别处，会被人当病，或起贼心，但在昭庆寺，"王婆卖瓜"是最不稀奇的情形了，还都是贵死人的瓜。

画上山水灵秀逼人，有人却问这是谁人之作。

茶座中顿有笑声："连《富春山居图》都不知道，尊驾还是免开口罢。"

赵青河眼睛冒光："难得来一幅我听过的画。"

夏苏哼笑："不得了。"

"妹妹别笑，《富春山居图》这名字太耳熟。"

夏苏扑哧笑出了声，作势拍手："能让你听过，此画要再传个百世千年。"

赵青河丝毫不脸红，拱手谢道："好说，好说，只不知这画又是真是假了。"

昭庆寺鉴藏能人多，不用夏苏这双好眼，只听有人道："这幅《富春山居图》是何人摹作呢？"

议论很少，不是很明白的人，就是装明白的人。

女子虽穿戴简朴，并不显得无知："诸位还未近赏，已言这幅画非黄公望之作，是看我一介妇人，想压画价，抑或不信妇人能拥有真迹，却可见这昭庆寺名过其实，在座实无君子。"

妇人正欲转身而下，离得她最近的数张桌子，有几人纷纷立起，直道且慢。

赵青河道："果真是想压价，看人要走又起急，可见东西不错。"

夏苏微微倾身，好似那样就能看得更清楚一些，道："但那妇人所言也不确实。黄公望为此画揣摩观察三四年之久，年近八旬方始作画，《富春山居图》是他一生最大成就。一千五百两，顶多买到名家摹本。"

如同应和夏苏的话，有人这般说道："若为沈周摹作，我愿出一千六百两。"

夏苏点头："正是，沈师曾得到过《富春山居图》，他的仿本是几十版里较为接近真迹的，哪怕是失去真迹之后背摹。"

"听妹妹十分熟悉此画典故，莫非你瞧过真迹？"即便知道了夏苏的身世，赵青河仍觉得她神秘，刘家神秘。

"嗯，"夏苏的回答真不让赵青河失望，"不但瞧过，还摹过。"她爹丰富的藏品，以及来往皇宫大内的便利，如今想来，是一种别人羡慕不了的机缘。

赵青河开玩笑："说不准，那妇人手上正是你的摹本。"

"怎么可能？"她不再关注鉴别《富春山居图》版本的人们，望向夜市，眼里灯火朦胧，"我的摹本已让我爹烧了。"

赵青河见她不再绝口不提从前，不由替她轻松："好吧，不管哪种版本，横竖咱们也买不起，茶喝完了，要不要下去再逛逛？"

但经过那妇人时，夏苏脚步一滞，神情万分诧异。赵青河正要问怎么了，她却又重新走起，直到离开大观阁，才听她冷冷且慢慢地道："赵青河，被你说中了，这张《富春山居图》，还真是我画的。"

赵青河一把拉住夏苏："什么？"

"那时觉自己摹得不错，如今再看，皴笔稚幼，临摹显着，难及黄公三分灵气。只是我那位了不起的父亲，造假的本事实在厉害，擅自加了黄公望的题款，还有大鉴藏家们的题跋。"她的好眼，自她父亲那里承继，她的造假技艺亦如此。不用挖空心思，每日从其师，为之打下手，自然耳濡目染，经年之后融会贯通。

阁台那里叫价，已过两千。

赵青河沉眸："你可认得那妇人？"或者，"她会认得你吗？"

"我看不出妇人的样貌，而她若认得我，刚才从她身旁经过，她又怎会毫无反应？"夏苏回道。

赵青河招近乔生，对他耳语两句。乔生转回阁台，往阶底墙边一靠，竟是要盯梢的架势。"并非不信妹妹的感觉，只是人心难测，会唱戏的人比看戏的人多，防着些好。"灯里乱飘起细茸，赵青河打起油伞，朝夏苏微倾，"既然来了名地，不如买幅画回去？我今日带了不少银子，百两以内，妹妹随便花。"

细茸转瞬成细丝，方才还人山人海的寺里，顿时客人少去一半。没有顶篷的书画摊忙着收起，有篷的临搭铺子也担心雨势不止，难免有再做一桩生意就好的心思，纷喊价钱好谈。只有那把伞、那对人，在一片匆匆的夜色中，悠闲无比，如鱼游水般欢畅。

夜市结束，两人意犹未尽，正商量再去哪儿逛，乔生却赶了回来。"那妇人就住昭庆寺的香客居，独身一人，听小僧人称她闵娘。那画卖了两千三百两银子，当场成交，只是小的跟在后面时，发现还有别人跟着她，样貌凶恶，恐怕不是什么好东西。"

"闵娘？"夏苏眼底微微浮光，"这姓倒是耳熟，我大姐乳母姓闵，年约四十五六，大姐出嫁时，她也跟了去。"

"同一人？"赵青河认为有相当的可能性。

夏苏不这么猜："大姐嫁在北方，闵氏又待她万分忠心，怎会一人到江南来？"

"看看不就知道了，"赵青河跃身上墙瓦，伸手作了邀请势，"妹妹，与我再比一回脚力？"

夏苏没理他，往旁边走两步，就重回昭庆寺中，回头看墙头赵青河，似笑非笑。她对乔生道："你要是练成了飞檐走壁，切莫学他，天一黑就蠢蠢欲动，有好路不走，非得学小贼爬墙上顶，怕别人不知道他偷鸡摸狗似的。"

乔生咧笑："姑娘别骂，我挺想跟少爷一样，学会攀檐踩瓦。月亮照千里，在高处乘风。"

赵青河翻下，冲夏苏眨眼："听见没？妹妹一身卓绝轻功，人人眼红，却非要藏着掖着，大夜下都不施展，实在浪费。"

"等人射你一个万箭穿心，你就知道何谓高处不胜寒了。"轻功可不是上屋顶赛跑的，夏苏往寺后走去，脚步不慢，转眼数丈开外。

"高处寒归寒，景色好啊，妹妹可以穿厚实些。"赵青河笑着跟上。

只苦了脚下功夫最普通的乔生，使出吃奶的力气跑，却始终与前方两人差着一大段距离。好不容易追上，也是因为夏苏和赵青河等他指路。

乔生气喘吁吁，指着不远处一间点灯的屋子。

夏苏的轻功比赵青河好，刚要奔出去，就让赵青河拽住了衣袖。

"跑得快可没用。"赵青河说归说，拽归拽，只是不让夏苏超前，自身速度并不慢。到了门前，忽闻里头有人呻吟，就一脚踹开屋门，见里头一名大汉翻箱倒柜，妇人捧着肚子滚地不起。

"佛门清静地，竟敢逞凶行歹！"赵青河沉喝。

汉子看着五大三粗，胆子却似不大，跳了窗欲走，哪知正碰上乔生的一记拳头冲来。

赵青河抱臂靠着门框，一边盯乔生同汉子的战况，一边盯夏苏与那妇人，随时准备出手帮形势不妙的。

"你可要紧？"夏苏的防心却也不轻，看妇人蜷曲身子背对着自己，并没有同情心泛滥，站离几尺远。

妇人翻转了身，豆汗满额，眼泪纵面，挤眯双目，努力望清了夏苏，突然惊得眼睛瞪圆："四……四姑娘！"

赵青河一听，这妇人恐怕就是夏苏说的闵氏了。他即刻警惕，虽不会作出杀人灭口之事，但在有能力护住夏苏周全之前，囚禁此妇并不涉及他的良心和道德。

夏苏反而神色冷清："真是你。"她一眼看清大汉翻过的箱子，很显然，闵氏已将最好的行头穿在了身上。人生际遇，风水轮流，闵氏仗着刘莉儿跋扈嚣张的记忆，刹那褪尽颜色。

而在闵氏眼里，那位灰扑扑、任太太姨娘姐妹们欺负、总是不吭不响的四小姐，这时容颜静美，明光难掩，几乎成了另一个人。再想到大小姐，她心头一酸，眼泪就掉了下来，咬紧牙关，匍匐上来磕头："四姑娘救命。"

　　夏苏双目闪寒星，她不记仇，可也不蠢："这话怎么说？你不是还在喘气，哪儿需要我来救你？"

　　刘府是个自顾自、人吃人、强者生存、弱者受辱的地方。刘莉儿长夏苏六岁，因亲娘是正室，以嫡大小姐的身份为所欲为，性子刁蛮至极，还野心十足，居然勾引刘彻言，意图招婿掌家，结果刘彻言反设圈套，被老爷捉她伤风败俗，慌忙把最宠的大女儿嫁了出去。

　　闵氏身子一缩："不是……不是救奴婢，而是……大小姐她……"

　　闵氏纵然借主子的势，当初对这位四姑娘没少难堪，并不代表她没脸没皮，更何况江山易主，青山不在："求四姑娘帮我把银票追回来，不然大小姐要卖身了啊！"

　　夏苏侧过头去，与赵青河看个正好。

　　赵青河姿势不变，但朝屋外喊一声："乔生，给我把那家伙的衣服扒光，貌似他身上值钱东西不少，一件也别漏。"随即转了脸来笑道，"妹妹可以安心，一文钱咱都不放过，回去再分。"

　　搞得她跟强盗头子一样，夏苏忍不住好笑。

　　闵氏也听出不还的意思来，连忙爬来捉夏苏的脚，却被夏苏躲开。她只好哭喊："四姑娘，我知道当年大小姐待你不好，但你们毕竟是同父的姐妹，大小姐新寡，那杀千刀的歹毒正室就将她卖入青楼，三个月内要是凑不出五千两银子赎身，她就……就……这辈子完了啊！四姑娘，瞧你如今这般好，定知好人有好报，求你将银票还我。"

　　夏苏没好气斜赵青河一眼："你装什么强盗，连带我都成打劫的了。"

　　赵青河耸耸肩："不是我装，是什么心想什么事，这位自己心思不正，就把别人都当成恶毒了。区区几千两银子，是她的救命草，却还入不了我的眼呢。"叫乔生拿来，他手里就多了几张银票，"妹妹数数，小心恶狗反咬一口，把两千多两说成五千两。"

　　夏苏接过去，数也没数，直接放在闵氏眼皮底下，冷眼削利："你敢反咬我吗?"

闵氏连连摇头,眼泪鼻涕一起流,十几声不敢。她怎么看都觉得,门边这位漫不经心的英武男子气势可怕,四姑娘如今既有这等靠山,她哪里还能挟怨呢!

"妹妹叙完旧没?该轮到我来问话了吧。"赵青河踏进屋。

夏苏奇怪:"你要问什么?"

赵青河拉来一张太师椅,讨好般语气:"妹妹坐着听,免得酸了脚。"

闵氏听得清清楚楚,心里别提什么滋味了。想她效忠的那位主子,论貌论智皆上等,如今却要沦为青楼女娘,而眼前这位,当年多孤零的卑微姑娘,如今却成了他人掌中明珠。所以,凡事真不能做绝,大小姐过狠,才落得这般无人施救的田地。

"你主子嫁在北方,你为何来南方卖画?"赵青河这一问,本是夏苏最先提及。

闵氏老老实实答道:"大小姐被卖到了扬州。"

扬州,离苏州不远。夏苏想着,却因身旁的赵青河,心跳安稳。

赵青河道:"你可向刘家求助?"

闵氏抬起头,目中满是愤恨:"当我们不曾求助吗?早在姑爷过身时,大小姐就每日送出家书,望娘家接回她,却如泥牛沉海,直至我离开大小姐来凑银两,尚无半点音讯。"

夏苏信闵氏这些话。她逃家时,刘彻言大权在握,爹说话已不怎么中用。刘彻言一直忌惮刘莉儿野心,确实不太可能把她接回去。

"今日你卖出的《富春山居图》从何而来?"很多信息看似无用,彼此不关联,但到了适当的时候,会有出人意表的结果。而赵青河此时,只是随便问问,解开心里的问号,并无特别意图。

"那画是老爷给大小姐的嫁妆,却想不到并非真品。"闵氏叹气,"四姑娘,别人不知,你却该知,其实大小姐对你那般也是迫不得已,若想在府里过得好,是绝不能示弱的。"

夏苏知道,却做不到——以欺侮家人换自己活好——她只能选择最没出息的做法,忍辱负重,积蓄逃跑的力气,等待逃跑的机会。她不想同闵氏多费唇舌,因为再论过去谁是谁非,已毫无意义。她亦不问闵氏有无凑足五千两，凑足自无须她关心，凑不足她也没能力帮，那位总是动着脑子转着心思的厉害大姐，定有法子脱困。

"可认识劫你的汉子？"赵青河又问。

闵氏下意识捉紧银票，神情惊惶："之前从不曾见过，想是我一路兜画，落了贼人眼。"

这时外头的动静引来了僧人，听说有贼入室抢银，赶紧去报官府。官差们来后，自然认得赵青河和乔生，热络打招呼的样子尽落闵氏眼底，心中自又一番唏嘘。而那贼汉，承认暗中跟了闵氏数日，见她独自一人兜卖古画，故而起了贼心，今日成交大笔银两，才最终动手。只是他运气十足差，不但闵氏顽强，还遇到赵青河和夏苏。

过两日，赵青河同夏苏说起那案子结了，闵氏已赶往扬州替刘莉儿赎身。他又道闵氏临走前，感激他们相助，因此发誓不对刘莉儿提及半点杭州之事。

夏苏淡然之极："闵氏待我大姐如亲女，你觉得她会帮我不帮大姐吗？这世上，亲人都不可靠，还是别指望不相干的人了。"

赵青河但笑："我也不过帮她转达。你大姐若是有脑子的，就该知道元气大伤之后，要找个好地方养着，否则寻人晦气，就是寻自己晦气，只会更倒霉。"

"随她吧。"夏苏自觉没那个脑力预测刘莉儿的动向，"你这两日都跑衙门，可是那桩沉船案有了进展？"夏苏觉得，比起陈年旧事，不如听些新鲜的。

赵青河也显得起劲："不错。杭府仵作确有些本事，拼尸结果证实少一人，死者皆被毒剑刺中要害，毒为七步倒。而林总捕沿岸部署也有发现，有人在年夜那晚目击到了货船，当时船上有灯光无人影，不远处却有一条摇橹，往苏州城的方向去。"

"你猜的都对了，"夏苏但叹，"只是竟还有比穷凶极恶之徒更狠的人，你今后……"顿时消音，暗道差点表露心迹。

赵青河的眉毛又抬起来："多谢妹妹记挂，我今后会更加小心的。"

夏苏撇撇嘴，这人皮厚，她也不是第一天见识，最好别理，越理越起劲。

"但我觉得这主谋之人似乎无意再杀我灭口,至少是不心急了。那冯保是自己吃不得亏,想拿你寻我晦气,而胡子是自作主张,自找死路。怎么看,都是他们自己人杀自己人,且毫不容情。我就奇怪一件事,干这无本买卖的主谋到底手下有多少兵,能让他这么辣手惩戒,一杀一船。"

夏苏想都不想,信口胡说:"许是钱赚够了,打算金盆洗手,过往的功臣反而碍手碍脚……"一路说到开国皇帝去。

赵青河一怔,渐渐地神情认真起来,来回踱起步子,一个人喃喃自语,也不知说什么,末了拍手一喝:"妹妹好聪明。"

"嗯?"夏苏反愣,不知道他怎么得出这个结论。

"先让我窥见一斑,灭口不成,又因妹妹一双好眼,破了他的障眼法,再来桃花楼命案,冯保败露,引得官府介入,案子不但结不了,反而越查越深。这时本该万分小心,偏偏蠢手下做蠢事,又主动把贼船奉到我们跟前,逼得他下定决心自断手脚。妹妹一语中的,恐怕那人真要收手了。试想,一伙穷凶极恶之徒难找,一伙训练有素的偷盗团伙更需要精心培养,就拿鲁七夫妇来说,两人蛰伏赵府多年,连他们都成了无用的棋子,再不全盘弃局,那人的真面目绝对藏不了多久。"赵青河说得好不激动,"妹妹真是太聪明了!"

虽然被连夸两回聪明,夏苏自知,这个聪明人可不是她。

"接下来麻烦了啊,"赵青河无意识地自言自语,"他一旦收手,如同死无对证,哪怕今后面对面,也难知他罪恶累累,就算知道,亦没有证据。妹妹说,如何是好?"

"……"夏苏觉得,她最聪明的做法,还是闭嘴。

"妹妹……"

夏苏又不好骂他把妹妹这个词念成了咒,弄得她脑瓜子都要裂开了,就从书架上拾起新买的那本册子,往桌上一放,同时摊开手心:"一两银子。拿来。"

她不聪明,不过忍耐了很多年后的现今,她决定,吃什么都行,就是不能吃亏,尤其面对好欺负的人。

第三十三章　撒网等鱼

月上柳梢头，人约黄昏后。

这日，黄昏近晚，柳梢倒是长齐全了，月却好似一片新叶，柔弱垂在枝头。西湖畔的涵画馆已下了门板，三月春好的后馆，花儿吐芳叶纷绿，平日人来人往，这时只有约客，正好一男一女。应得一时好景，应不了诗中真意，二人正说一桩交易。

女子面貌清秀，谈吐颇有大家风范，只是装束朴素，甚至看得出家境困窘："家祖生平无他好，倾尽家财收藏古画，前些日子他过世，我才继承了开箱钥匙，一经整理，竟发现他将《溪山先生说墨笈》里江南卷中所提到的八幅画都集全了。溪山先生是北方鉴藏大家，见识广博，他用十年走遍大江南北，将遗落在民间的珍画记载了下来。因其中多数作品不为人知，此书一出，就遭到了同行不少质疑。然，事实胜于雄辩，好几幅说墨笈中的画作现世之后，经鉴藏大家和名画家们的认定，确为沧海遗珠。故而，越来越多人认可了此书。"

男子四五十，黑髯一把，几分文气，双目炯炯有神："卞姑娘说得极是，溪山先生这本说墨笈中的几幅画还被收入了皇宫，深受皇上喜爱，且高价征着上头的画作。若卞姑娘的祖父真收齐了江南卷，那可了不得，价值难估啊。"

女子叫卞茗珍，是祖籍淮西的书香世家之后。同很多书香门第的命运相似，卞家已没落，再无有才气的子孙，更因祖父挥霍而失了财源，为一日两餐而犯愁。

"谁说不是呢。"卞茗珍这么道，却眉头舒展，神情悄愉，"本以为祖父散尽千金，父母又早亡，我要如何养活家中幼弟幼妹，不料老天有眼，祖父并未花光全部身家，还给子孙留着活路。"

"幸之，幸之。"男子姓方，涵画馆掌柜。

卞茗珍从竹管中倒出一卷画，轻轻铺展："这是其中一幅，请方掌柜验看。"

方掌柜不但主理涵画馆的买卖来往，自少年起，就在书画铺子里当学徒，几十年浸润，看古画的眼光怎能不老辣？

眼前这幅《天山樵夫遇仙图》，落着李思训的章款，笔法细致秀劲，山水活泼跃动，唐风浓郁华丽，山中一角仙宫神秘典雅，楼阁、平栏、弯廊、长阶、松鹤、人物，无一不细，生动入神。他可以一眼断定这是上好古画，却神色不动，目光丝毫不离画绢，足足看了两刻工夫。

《溪山先生说墨笈》中的每幅画都有小模图，方掌柜早已记得滚瓜烂熟。那些画多为私家藏品，除了溪山先生，无人知其下落，别说瞧不见真品，仿片也难造。今日，他头回见此画，却越瞧越笃定，确信是李思训无疑。

书画大家之作，能闻名天下，能流传后世，自然是因其独到之处。李思训父子为唐风表率，二人的笔法风格为后来者不断揣摩深研，干鉴师多年的方掌柜亦十分熟悉。此画不闻于世，然而每笔中都可见李思训，甚至包括微不足道的那一点点小缺陷，也能辨认出李思训。从起先的老谋深算，到这时的心涛汹涌，方掌柜脸上全然不动声色。见货心喜不眼喜，方能谈价。

他抬起头来，仍是客客气气的表情："卞姑娘，这画是古风，绢黄裱旧，乍眼瞧着，年代久远这点似乎是不错了。不过，到底是不是李思训之作，经我一人一双眼，还真不敢说。溪山先生是肯定见过真迹的，可咱也不可能千山万水请到他来鉴定。"

"我祖父不会收藏假画。"卞茗珍一调整坐姿，就显出局促不安了。

方掌柜瞧在眼里，心中却分明，穷得连下顿饭都不知在哪儿的卖家，最耗不起时间，也不可能拿到好价钱。他不着急，等对方低声下气："卞姑娘可知苏州有多少造仿片的作坊吗？虽然良莠不齐，也有了不得的画匠，可与真品仿得一般无二。而《溪山先生说墨笈》上的画，一来无真迹流传市面，可凭空伪造；二来传世名家的作品较多，容易被人揣摩得透。

你祖父说真,不算;我说真,也不算,实在难鉴得很。这么吧,我可当作质量上乘的古画收购,八幅画一一验看之后,给你纹银一千两。"

卞茗珍将画缓缓卷起,神情由局促转而倔强:"既然如此,我就不叨扰了。杭州书画铺子也不止涵画馆一家,若非你们目录册子上明价公道,我不会先考虑你们。"这姑娘还有一股穷志气。

方掌柜暗道失策,但架子还得继续端,不然变成他理亏了:"多谢卞姑娘先想到了涵画馆。你如此诚意,我也不好让你失望而回,不如姑娘多给我几日,容我禀报东家之后,再由东家决定,如何?"

卞茗珍略为难:"得等几日才有回音?我家中揭不开锅了呢。"

方掌柜当即掏出一锭二两银:"卞姑娘,就当是涵画馆买了你这则消息,听到咱们回音前,请你别找其他画商。短则三日,长则五日,五日之后不找你,银子归你,画卖给谁都自便。"

卞茗珍高兴道:"果然找你们没错,方掌柜做买卖还重人情,解我燃眉之急,感激万分。若你东家想购我家的画,只要价钱公道,比市面上叫价便宜一些,我也愿意卖给你们。"

方掌柜听了微汗,想这卞茗珍不傻,打听清楚才来的,而且恐怕也不能一直在画的真假上做文章,杭州书画商多着呢。想到这儿,他客气连连,将卞茗珍送出了后园的门。等人走得瞧不见影,方掌柜关上门,当步走过花园长廊,进了一间宽敞的屋子,喊声二东家。

帘子一动,内里走出一人。莲花步,细腰肢,金缕锦绣的小靴,水漾芙蓉罗的百褶裙,收高了腰身,珠串宝石坠的腰带流苏,短春绿的合衫,灯笼袖,白襟染了芙蓉花瓣。金枝牡丹压繁沉云髻,妇人容貌姣美,眼神轻佻,一张滟光薄唇,一抹天生妩媚笑,气质妖娆。此妇,刚死丈夫,暂保留夫家姓,人称鲁七娘子,不过她这身装束,已看不出半点未亡人的样子了。

"何事?"她往主座一坐,跷脚喝茶,姿势撩人。

方掌柜眼不斜心不歪,将卞茗珍来卖画的事说了。他知这妇人虽水性杨花,做正经事却从不耽误,心狠手辣,杀夫都不眨眼。

"那本什么书里说到的画很值钱?"不管是古画还是古董,鲁七娘子只知道货要够稀罕才卖得出价钱;再说,无本生意做了这么些年,一般好货还看不上眼。

"《溪山先生说墨笈》上的画，都有明市标价。以卞姑娘今日拿来的那幅为例，明市起价为三千五百两，专为人收购的私商价码更高。书画本来也不按一套套卖，说墨笈却不同，皇宫一直高价在征。江南一卷八幅，曾喊过六万两。"方掌柜这时说来，行市在心，滔滔不绝。

"六万两？"鲁七娘子先怔，再眯了眼，嘴角噙着冷笑，"墨汁莫非是金汁？画绢莫非是金镂？不过画些山山水水，有名无名，瞧着都差不多，怎能值了万两银？"

方掌柜不试图同牛讲牡丹为何价值千金的道理，只道："请二东家与大东家商量一下，看这件事要怎么办？若是有意购入……"

鲁七娘子一摆手："不用商量，从来只有我们赚钱的份，哪有倒贴银子的事？"她眼神一瞬犀利，声色俱厉，"不如，照老规矩办。"

方掌柜眉眼不抬："大东家已决心做正经买卖，不再用过去的规矩办事，二东家尽早习惯得好。要是二东家忙，我去禀了大东家也一样。"

她是二东家，他是掌柜，看似主从，其实地位齐平，一个管武事，一个管文事，大东家离了哪个都不行，故而他对她，能客气，也能不客气。

鲁七娘子自然清楚，娇声道："哎呀你这老古板，我随口说说都不行，没有大东家发话，什么规矩我也不敢用啊。不过心疼咱们的血汗钱，换个楼啊地的，好歹实在，换几幅破画，光看不能用，万一转不了手，那么多银子打水漂了。"

方掌柜面皮不动，只动嘴："大东家若想买入，我自会鉴定明白，同时将价钱压到最低，一万两摸到天了。而我干了这么些年，你何曾见过一件卖不出去的货？"

"这倒是。"鲁七娘子站起身，妖娆走到方掌柜身旁，伸手摩挲着他的肩头，整个人靠了上去，"方正，我又成寡妇了，这回嫁你可好？"

方掌柜腰板笔挺，什么话都没有，只是扫了她一眼，很轻，很淡。

鲁七娘子立刻拧身走开，羞恼骂道："杀千刀的臭男人，肚里有点墨水就敢瞧不起我，不想想自己也只是条看门狗罢了。老娘看上你，是你的福气，不过我这会儿还不稀罕要你了。仔细一瞧，当年好看的斯文郎，已成了干瘪老东西，不但不中看，也不中用了吧。"

方掌柜任她谩骂，垂着眼皮子如老僧入定。等鲁七娘子骂完才道："我答应了卞姑娘，最迟五日就给她消息，你尽快同大东家说。"说罢，头也不回，走了。

鲁七娘子跌坐在椅子里，茫然半晌，眼中终于清明，艳唇复勾一丝妖媚笑意，也走出屋子去。

卞茗珍走出老远，回头已经瞧不见涵画馆了，心还怦怦怦慌张跳动。

西湖的春日，暖好明亮，祖父在世时，常常给她一些碎银子，她就换上男装，选湖边一家茶铺看书，一壶好茶一碟点心，半日辰光就过了。祖父兴许败家，然而他并非只对他自己大方，对无父母的孙子孙女们亦舍得花钱。

祖父一去，变卖所有偿清债务之后，从大宅子搬到小院子的卞茗珍，仍发现前头的日子不好过。是人就要吃饭，院子再破也要交租，弟弟还要上学，而她连绣花都不会，光读书了。

祖父生前不拦，笑言书香之家自然出读书的小姐，要找能与她吟诗作对的富贵郎君配。然而，卞家落至如此光景，有媒婆上门，也是趁火打劫，帮色胚老财找美妾罢了。如今搬至贫区数月，媒婆倒是乖觉了，门前也清静了，家中米缸却一粒米都没了。好在春日万物长，挖野菜、土薯一顿顿往下撑着，她却清楚，这样的日子也很快会数到头。

这不，有人付银子让她当骗子，她毫不犹豫就答应了。再回想刚搬家那会儿，邻里大婶大嫂热心分洗衣的活计给她，自己却骄傲拒绝的模样，真是可笑至极。读万卷书，不如行万里路。她若知行路这般艰难，必定早早起行，学些过日子的本事，还读什么书呢。卞茗珍叹口气，忽闻耳边一声清咳，侧目瞧过就是一惊。不知何时，身边多了个衣衫褴褛的乞丐，戴顶破绒帽，大帽耳都盖不住那一脸污渍。

她连忙加快脚步，可乞丐嬉皮笑脸讨钱的声音一直不紧不慢跟着，令她浑身紧张。一着急，还选错了路，走上一条无人的小径。她吓得跑了起来，没娘，也没小脚，自觉跑得挺快，但肩上一沉，看到乞丐乌黑的手爪，不禁大叫出声。

"卞姑娘，你眼神不好使，嗓门却挺大，比乌鸦还聒噪啊。"乞丐摘去帽子，咧开嘴，一口白牙。

卞茗珍呼吸急促，仔细看清乞丐的样貌，对那双狭细目记得尤为深刻，顿时松口气："是你。"

"我一上来就自报家门了，你没听见？"乞丐拿袖子抹着脸，"你这姑娘看起来挺伶俐的，不会是聪明长相白木脑？千万别把我交给你的事办砸了。"

卞茗珍已懂得为了生计忍耐："没有办砸，都照你吩咐的做，方掌柜让我等他大东家的决定，少则三日，多则五日，还给我二两银子，叫我暂时别找其他画商。"她拿下背后竹筒，递过去，"董师爷，说好的银子呢？"

董乞丐，哦不，董师爷没接，反手掏出一张银票："这画既然是你要卖的，当然放你那儿，等事情了结，我再拿回去。"连方掌柜给她银子的事都说，这姑娘实诚，可以继续合作，"卞姑娘接了定钱，这事可就得做到底了，不能中途反悔。"

"我已说过，弟弟妹妹还小，我的命是绝不能丢的。除此之外，我什么也不怕。"卞茗珍看清银票的数额，手微颤，很激动。不管这事做得对不对，自己赚取的第一笔进项，远不止金钱上的意义。

"什么都不怕？"董师爷一挑眉，"那你刚刚跑得上气不接下气？"

"不是怕，是小心。倒是师爷没有师爷样，我还想问问可有官家凭证，免得自己助纣为虐了呢。"卞茗珍的书其实也没白读，不过初逢家变，思绪尚混沌，需要适应适应。

董师爷自腰带里拔出一块牌子，在卞茗珍眼前晃来晃去："敢情天下师爷都该长一个模样，真是笑话；再说，本师爷的样子怎么了？风流倜傥，貌若潘安，随便咧个嘴，能把姑娘们迷得不知东南西北。"

卞茗珍无话可说，直接捉住和主人同嚼瑟的牌子，一看："苏州府衙？你不是说自己是杭州知府大人的师爷吗？"

"我说我是知府大人的师爷。"不承认自己误导，董霖嬉笑，"哪个府衙的师爷，都是为朝廷当差。"

"那不一样，地方事地方管，杭州的案子理应由杭州官衙去查，你即便拿着官家牌子，也征不得我做事。"卞茗珍突然一股子倔劲上冲。

董霖却最不耐烦这些条条框框，面露嘲冷："卞姑娘是女状元，正经书上的东西全知晓，让我重温一回地方治理规矩。不过，卞姑娘是读规矩的人，我却是做实事的人。行了，卞姑娘要是得了涵画馆的信儿，就来翎雁居找我，我会告诉你接下来怎么做，你不要自作主张。不像师爷，就别喊师爷，我大名董霖，雨下林。"他一说完，转身就走，大步流星，留下卞茗珍呆怔。

董霖自觉不是君子，是市井混徒，想来就来，想走就走。赵青河再怎么嘲笑他，他仍初衷不改，在这个繁华已过的王朝，要以一份微薄绵力，为百姓留住一片净地，哪怕自己，浊了一身。熟眼的马车停在来时路口，董霖低咒一声，死小子算得贼准。他趴上车窗，见赵青河笑得古怪，又挑眉又白眼，全无跟着笑的心情。

"笑个鸟！"他骂，"挑谁不成，偏挑个读书读呆的姑娘家，叽叽歪歪好不啰唆。"

赵青河眼里促狭："我笑你这身乞丐行头，你却叽叽歪歪说一个姑娘。书呆好啊，你正好读不进书，可以互帮互助，没准还能帮你考上举人，不必委屈当个没前途的末品小官。"

"我就爱当没前途的末品小官。"董霖跟自己赌气，却不耽误正事，"涵画馆让那姑娘等三至五日，咱等还是不等？"

赵青河笑意淡下："你说呢？"

"不能等，杭州府去年开了七八家画铺子，一家等三五日，我们还回不回苏州了？依我看，找些人将卞姑娘手上有画的消息散播出去，不说得太明白，试探各方反应。"董霖有主张，不过赵青河俨然是查案的高手，让他不自觉就倚赖。

只是赵青河无给官府当差的大志。他一直揪着这件事不放，皆因对方挑衅在先，又杀人不眨眼，出手即想取命，而他非常当心自己的命，如今还带着一家子，就更要积极进取。对方赚饱了，杀够了，居然想收手？

不是没门，得给他等等。

"那就散播吧。"赵青河不负责任的语气。

"但林总捕顾不过来，单单涵画馆那两扇门，至少要派四个捕快轮守，如果每家画铺子都要盯着，把咱衙门的人都调来也不够。"董霖则必须负责。

"找你同道。"赵青河上眼下眼睨董霖，"集合全杭州的乞丐，每日包饭就感激涕零，再加份事后赏钱，还是比给官差的饷银便宜得多。"地方府衙由地方百姓来养，江南富庶，官差的饷银也高。

董霖直觉不可能："胡诌，那群认钱不认人的家伙，嘴不牢靠，稍稍一勾什么都招，咱还干得成事？找人假扮乞丐还差不多，得是吃官粮的，与咱们一条心，人嘛，"他一拍窗框，乐呵呵，"找杭府镇将啊。"

赵青河正经着神色："好主意，不愧是师爷。"

董霖狭眼眯成线，十分狐疑："我想得到，你想不到？绝无可能，你小子故意不告诉我！"

"董师爷要装孙子，我不拦着，"赵青河自觉够义气，就是嘴上说不了好听的，"只提醒你一点小事项，那位卞姑娘的家也要盯紧。我要是贪她画的人，明里暗里都得确认真假，才会决定怎么动手。"

"若那帮家伙真洗心革面了，走正道花银子好好做买卖，又当如何？"

"不如何，不过各府文库里多一件无头公案，从此生灰。"解谜案，由时机决胜负，错过就渺茫。这一点，赵青河比任何人都清楚，也不着急。

人心向善固然美好，可是做惯无本生意，看到珍货自然动心，又舍不得花大本钱，就忍痛干看着？真要是这样，他就死心了，彻底改好的人应该不会再到他跟前挑事，一生可平静。

董霖却不想白白辛苦撒网："让卞姑娘往高开价，逼得他们动邪心。"

感觉身后的姑娘翻了身，赵青河侧过身望她一眼，开始赶董霖："你自己看着办，横竖我心里猜的都跟你说了。再奉送你一句，卞姑娘如果因此惨遭不测，你要多准备些抚恤银两。她家弟弟妹妹几个来着？好歹给足，养得到他们独立。"

董霖骂声触霉头，眼里瞧见夏苏沉睡的白团子脸，陡然压低嗓门："我住她家隔壁去，十二个时辰盯着，跟你盯你家妹子似的，总行了吧。"他跳下车，又回头，咧嘴笑得怪异，"苏娘睡得不踏实啊，天也不热，额头怎能冒这么多汗？你盯也白盯。"

赵青河不甘示弱："我白盯，你不白盯，赶快去，让我开开眼。"

董霖食指直直点向赵青河，好像说"你给我等着瞧"，高抬下巴，大摇大摆走了。

第三十四章　旧景曾谙

午睡醒来，夏苏睁眼侧望。

天青雨后牡丹纹的丝镂帐，隔不开一室华丽明辉。

香木隔架，沉红一角桌案，精雕细琢的金器银器玉器牙器，好似多不值钱，满眼皆见，随处都是。屋里最贵重的，却是古画，墙上挂满，桌上铺展，地上滚落，连她的床架两边都垂了几幅。只有真品，只有名家，这里，除了她的仿作，再没有一卷师出无名。她看得眼累，想再赖会儿床，却见架子那头的丹鹤衔香小鼎，一缕青烟袅袅升起。助眠的半支香，怎么也烧不过整晚。

慢慢起身，已无处心惊，床下都是画，找不到鞋，就赤足踩上青砖。银粉的罗裙滑落垂地，仿佛瞬间铺开一层薄薄花雪。襟边百花结一粒不松，双袖收窄至腕，也有长带子打了死扣，她将它们套进手指。从床脚拿来长衫，哪怕全身只露着手脸，她仍穿得十分仔细，不厌其烦，扣上几十粒玉珠子，这回连脖子都罩住了。

所有的衣式都是高领密襟，长袖长边，无腰宽摆，故而不盼望暑天。然而，比起此时的不速之客，盛暑也清凉。明知那人没有多大耐心，她还是蹲下，翻过床边每一片画，找鞋。

"找鞋的话就不必了，我瞧它们太旧，让丫头们绞碎，再给苏儿制新鞋。"一双阴鸷的眼，透过堆珍积宝的香木架，冷森森望来。

她重新立直，裙边拖地，就不拎起，踢一脚走一步，慢吞吞的样子滑稽之极，能让寻常人瞧出一身汗。

架子后面那双眼，不属寻常人，几乎一眼不眨，盯着她每一步。她只当不知，坐到桌前，将头发成一束，开始磨墨。

"父亲这几日让你画什么？"他长相英俊，他自己也清楚，发挥得淋漓尽致。

她看着他青色的衣衫滑过桌线，心中惊悸，想嘲他装模作样，狠狠咬住牙，开口乖答："临摹李思训之作百遍。"

他嘴角一勾，果然漠不关心："百遍这么多，岂非不能跟我们去别庄避暑？真可惜，我本来十分热切，盼教苏儿骑马。"

胸口泛起一股令她作呕之气，冷眼将他的惺惺作态瞧明了："父亲说，我画完之前不能出门。"

"是啊，苏儿最听父亲的话，其次才是兄长的话。"他在她身旁站定，食指触她面颊，指尖往下，轻浮地刮过那片细腻肌肤，感觉她的畏颤，心情大好，"不像别的妹妹，懂得父亲老了，要找兄长依靠。"

外面传来噼噼啪啪的板子声，却无唤叫呻吟。

夏苏不断告诉自己，习惯了，习惯了，只是终究敌不过这人给她的恐惧，磨墨的手一抖，墨汁溅上了袖子、宣纸，还有手背。他的声音近至耳畔，他的呼吸那么野，吹得她一身寒栗，他的脸贴着她的颈，她却被他大掌按住肩头，跳不走逃不开。

"你瞧，你不依靠我，连丫头都敢欺负你。明明是主子，鞋旧成那样，也没人想到给你换一双。苏儿啊苏儿，你以为父亲还能撑住这个家多久？到时候你再来巴结我，我却是不稀罕了。"

她瞪着眼，看他抓了她的手。他起先用袖子擦墨，随后又自言自语道擦不干净，掏出一片铁皮砂。刘府，害人的东西应有尽有。他拿铁皮磨着她的手背，眼瞧着皮红了破了，渗出一颗颗血珠子。

她也瞧着，眼里干爽，无泪可流。

"苏儿皮肤真嫩，像婴孩一样，轻轻擦几下就破了皮？"他仿佛才看清自己手里拿着什么，神情淡然，"对不住妹妹，我把它当成帕子了。"

她冷冷抽出手，用袖子盖住，一点不觉得疼："父亲还在，子女自然听他的，此乃孝道。父亲若不在，长兄为父，妹妹自会尊重，稀罕不稀罕，是兄长的事。日落之前，我要交父亲四卷画，还得重新磨墨铺纸。"

他却重新弯下身，贴着她耳语："苏儿何不直说你可以滚了？"

她想喊，她想叫，她想拿砚台砸烂他的头，她想不顾一切，施展还没练到最好的轻功，离开这个鬼地方！

"啪！"她身上挨了一记，抬眼发现已不在自己的屋子。

一位妆容精致的华丽女子拿着象牙片子，柳眉倒竖，眼角吊起，破坏了那么美丽的容颜。

"刘苏儿，你好不要脸，竟然勾引男人。"

"大姐，我没……"

不让她辩解，象牙片又狠狠抽一记手心。

父亲出现，将象牙片抢了过去："莉儿，打哪儿也不能打手，我说多少回了。"

"爹，苏儿恬不知耻，居然与男子独处屋中调笑，她的丫头都听见了，因此还被她打去半条命。"刘莉儿摇着父亲的胳膊撒娇，"我是大姐，自然要管教她。"

"那也不能打手。"父亲对长女最宠爱，语气根本不带严厉，"今年年节前，说墨笈江南卷的八幅画都要放出，她每日都要练画三卷以上，连别庄都去不得，哪有闲工夫与人调笑。"

刘莉儿眼中微闪："她去不得，岂非爹爹也去不得？"

"你们自己玩得高兴些吧！"父亲似瞧不出大女儿的心思，"对了，我看着兼儿跟彻言过于亲密，你身为长姐，要多加管教。彻言虽与你们无血缘，既然认为养子，就是刘家人，你们与他就是姐弟兄妹，绝不可逾矩。"

刘莉儿不管不顾大叫："什么？兼儿！"握紧象牙片，拎裙飞快跑了。

"苏儿。"父亲冷唤。

"是。"她不怕父亲。

"连墨都磨不好，我怎能将……交给你？"父亲举高了方砚，重重扔向她脚边。

她一惊，慌不迭抬脚……

入眼暖光，偶有和风，从那张老草芦帘拍进，挟带着湖水的潮息，感觉身下悠闲地摇，一眨眼，两滴泪滑出眼角，夏苏抬袖遮去。江南好，风景旧曾谙。

她不在江南出生，却望在江南老去，山秀，水柔，人安逸，令惊惶不定的心一点点沉淀。北方的躁土烈尘和野心欲望无休无止的那些人，渐渐模糊，只敢在她梦里叫嚣。

北人说，南人贪逸图稳，诗词柔怀情长，曲乐无病呻吟，英雄气短，只能守，不能拓，总伏于北人战马蹄下，就算开国皇帝，起事于南，却迁至北，正是怕丧失了雄心壮志。

那么，对她而言，江南正好。她没有雄心，只图安逸，一支画笔，就想绘一生的柔暖情怀，如仇英的《清明上河图》，细细地描，慢慢地染，无须大起大落，无须英雄山河，但求舒畅夏日，云衣乘风。

她侧过身，那张让她近来心跳不受控制的脸，又无预备，闯进了眼帘。心跳，果然脱缰，似野马飞鬃。

赵青河，如今越看越是人如其名。她一眼不眨地瞧着他的睡相，视线描过轮廓分明的脸庞，感觉他身上热意，无声蹭得更近，眼睛直勾勾正对着他的嘴唇。不由得，她想起年夜船上那个亲吻，心怦怦跳跃，一仰头。她亲到他。

他是个硬棱钢线的男人，俊得冷酷，不好亲近，但他的唇那么柔软温暖。她贴着他，不敢动，脸像火一般烧起，很快烧遍全身，烫得好像骨头都化成了水，唯有唇上的触感，与心一起突突跳动，好似顺流碰到逆流。明知是幻觉，却那么真实。

从何时起喜欢他，她不知道，只知这一刻，心意是确定的。如果今后都像现在这么太平，她愿意和他，一起过日子。

偷亲，浅尝辄止，她也不知怎么继续，悄然退开，却见他睁了眼。

那双眼，没有刀般锋利，春光勾勒了她的影子，清澈隽永，仿佛两片琥珀琉璃屏，将里面的影像凝结，留住一世又一世。

"妹妹……"一开口，声音略嘶哑，赵青河微眯起眼，"做什么？"

他这算不算低估了她？以为她严防谨守，万分小心，走一步恨不得倒退两步，必须由他来当缠郎，到死不放。

方才，他学她打盹，正颠得一身难受，看她醒，他就装睡，结果唇上来香，蜻蜓点水，也回味无穷。不过，她要说是他的幻觉，他十之八九得接受。只可叹，事情发生得太快，身与心没出息，竟给他出现刹那麻痹，再想亲近纠缠，已错过最佳时机。赵青河心里悔得直叫唤，唯一能做的，就是事后清算。

"……"她蹙眉，红晕迅速褪去，眼睛转悠悠，一副事不关己，"……你没看见吗？"

"什么？"让他领教领教。

"猫咬你。"她一边说，一边点着头，"世上既然有熊咬嘴，猫咬嘴又有何稀奇呢？"

"……"他哑了。

被她亲，他可以撒泼耍赖，要她负责。她说是猫咬嘴，他还怎么清算？炖猫尾巴汤来喝？更何况，他是开动物咬嘴先例的人，炖猫尾巴之前，得先炖了熊掌。赵青河笑起来，从呵呵到哈哈，突然在夏苏面颊亲了一记。

夏苏这回反应提速，一掌扇来。

赵青河却更快，翻身而起，一脚踩住车门框，弯腰撑门，显出高大伟岸，神采奕奕："这是我亲你，不是熊咬，所以你千万记得，一定要这么报复回来，嗯？"

夏苏气结："谁报复了？"

"谁说谁报复，谁就报复。"赵青河绕完口令，又扯到别的去了，"妹妹适才睡得辛苦，可见噩梦里没有我。"

有他，还是噩梦吗？闹梦吧。夏苏心气未消，却禁不住一笑。

"但你这会儿笑了，却是因为有我。"赵青河说到这儿，见夏苏冷眼白他，不以为意，"妹妹可想知道不做噩梦的法子？"

"不想。"不会听到好话。

赵青河照说不误："古人云，日有所思，夜有所梦。你时刻思我，我自会入你的梦，就不再是噩梦了。"

夏苏心里那叫一个别扭，却只能哼笑："你自己不妨先试试古人云，再来教我。"

"我试过了，妹妹在我梦里美得很，又乖巧又温顺。春光里，你在我腿上……"

春梦？夏苏握了拳，蓄力待发。

"喵喵叫，翻着肚皮，四脚朝天，晒得好舒服。只不过，你的脸，猫的身，还有尾巴，梦醒之后再回味，有些古怪。然后，妹妹就为我开解了。"

"赵青河！"就在车里，夏苏单手撑，身体旋出一朵复瓣重楼的大花，眨眼就踢到赵青河面前。

赵青河人已蹿出门帘，在外大笑："妹妹醒了就好，快快整理妆容。不过，咱们可以猜猜，等会儿吴二爷瞧见你这副困倦的猫样，心喜或心厌？"

夏苏隔帘不动，略带好奇："他人的心思，可以猜，却难说对错。"

"这简单，"赵青河笑声大，话声低，"今日吴二爷若提亲事，就是心喜；若只字不提，就是心厌。妹妹猜哪一个？"

车里忽然静了，赵青河也不追问。

驾车的乔生听得字句清楚，却轮不到他开口。他听娘提起，才知少爷和小姐有婚约，不过一波三折，不是少爷糊涂，就是小姐不愿，一直以兄妹相称到如今。娘说，这么下去，也可能当一辈子兄妹。但他跟两人到杭州这些日子，看着实在不像兄妹情，就是儿郎追着自己心上人，死缠烂打无赖样嘛。

这么缠法，本来有两种可能，要么成了，要么分了。只是刚才两人车里那番对话，简直弄得他想跳车，什么猫咬嘴熊咬嘴，什么亲你等报复，什么思我入梦，连春梦都冒出来了，他觉得就只有一种结果。

"到了。"赵青河帮出神的乔生收紧缰绳，神情姿势一派轻松。

乔生连忙接过手，惭愧自己真是有得学。想少爷头回带他和乔连到青楼打探消息，他们兄弟俩被灌几杯白酒下肚，就头脑发昏，禁不起美色诱惑，失态还出丑。反观少爷酒照喝，美人投怀送抱也不慌，谈笑风生，达到目的便抽身，衣冠正目光清，丝毫不晕迷。

夏苏出来，大方扶了赵青河的手跳下，也是云淡风轻之色："我虽不觉吴二爷有求亲之意，若真有，请你帮我推了。"

赵青河道一声好，如得尚方宝剑："妹妹可还有别的话要我转达？"

"没有。"随他怎么说。

乔生却打断他们，奇道："少爷看，那是岑家女娘吗？"

吴其晗约赵青河二人吃饭的地方，是杭府名胜里的老酒庄，四代经营，外有多处古迹，内有名人字画，以及传代古董旧物。这等春光明媚的大好时节,怎不吸引了无数客?

酒庄外堂仿唐筑阙台,乌漆大梁高顶,四面敞风,造有椅槛。乔生之所以一眼就看到了岑雪敏,因她正坐门面方向的栏边桌位,身着鹅黄春丝衫子,容貌那般出众,气质典雅华贵,分外引人瞩目。

"巧了。"夏苏道。

"巧了就好了。"赵青河这话,意味不明。

夏苏因此多看两眼,见岑雪敏那桌还有两位女客,就觉赵青河多心:"听九娘说,岑家在杭州有一间皮货铺子,她爹娘远游,想来要掌家业,出门会客也平常。"

"我并无他意,妹妹多心。"

好嘛,她变成小人了。夏苏面色无异:"怪道岑姑娘有信心当长孙媳,原来也敢于走出家门,与客商斡旋,自有女儿胆色。"

"妹妹要不要跟她结拜?我竟不知你如此推崇她。"赵青河笑她不遗余力。

夏苏一向不让他:"我不过实话实说,倒是劝你别自以为是。岑姑娘一心一意要当主母,你却是扶不上墙的狗尾巴草,定要仔细掂量,莫耽误好姑娘一辈子。"

赵青河深有同感,嗯嗯点头:"我不认识别的好姑娘,就认识眼前这一个,要耽误也只耽误她。"

夏苏正想啐他,却已走进庄子,且望到吴其晗立身而起。

赵青河礼让一边,请夏苏走前。她打他身旁过去时,他不动声色又瞧了岑雪敏那边一眼,遂笑着跟她走去,同吴其晗寒暄落座。夏苏很敏锐,却有一种特质,尤为中他的意——无凭无据就不信口开河。

酒席过半,夏苏就说她吃饱了,看外面有个杂耍班开锣,就想去瞧热闹。兴哥儿自告奋勇陪着,乔生也去,一桌只留一客一主。

主人吴其晗终于说出正事,不算直接,不算太绕:"青河兄,夏姑娘过年二十,你这个兄长该着急她的婚事了吧?"

客人赵青河却打哈哈:"自古长幼有序,我尚未成亲,苏娘自然要等一等。与二爷也是老友了,我就打开天窗说亮话,这事已与苏娘商量过,她的婚事等明年再说。"

吴其晗抬眉又拢成川,再展开了,笑道:"可以先定亲。"

若夏苏是自己的亲妹妹,吴其晗会是最佳妹夫。他是真君子,尊重夏苏,也欣赏自己,合作迄今,商人精明是公对公,私人交往却诚心十足。这让原本想含糊过去的赵青河突觉,自己要是在这等事上藏心眼耍心机,有违朋友之道。

"不敢再瞒二爷,苏娘与我实有婚约。"赵青河诚恳。

吴其晗竟无半分诧异,笑意仍在,不依不饶:"你俩既有婚约,为何还未成亲?"义兄妹,同一屋檐下住着,互动默契,若说那两人之间什么都没有,他真有些不信。赵青河说穿了,他反而也能正大光明。

赵青河也笑,再不遮掩:"二爷不是知道吗?我从前有一笔糊涂烂账,惹恼了苏娘,婚约虽存,信誉却毁,如今一切从头,以一年为期,要观我后效呢。"

后半席的热菜上桌,伙计下去,吴其晗才道:"青河老弟既然实心实意,我再试探来去反倒无趣。我其实喜欢夏姑娘得紧,愿明媒正娶,许她为妻。"

"二爷好魄力,我以为说出与苏娘的婚约之事,你就不提了。毕竟,二爷若不亲口承认,谁也不能说你喜欢了苏娘,而我权当不知,今后可以照常往来,如好友一般。"

桌上新菜热气蒸香,两人皆不动筷,似谈笑,乌云无形,雷电无声。

"窈窕淑女,君子好逑。天下能动我心的姑娘,不说只有夏姑娘一人,却寥寥可数,但让我想娶为妻的女子,唯有夏姑娘而已。千金难买心头好,更何况是相伴一生一世的妻,怎能不战而退?"笑面温文儒雅,漆眸之中自信毅然。

"二爷大气,实在对足我脾胃,待苏娘的心意确定,我愿以命相交,引二爷为此生挚友。不知二爷可愿给这个机会?"男人友情,与爱情一样难得,吴其晗表面看来只是华丽家族的华丽公子,实则却是世家中的异类,具有跳脱这个世道的别样明睿。

吴其晗神情忽狡:"青河老弟,挚友之交可以等,当务之急是终身大事,而你稳操胜券的语气,我亦不以为然。依我瞧来,你虽有近水楼台之优,却也有烂账未清之劣,适才听你说到一年为期,想来苏娘若至年底还不点头，你今后也无望了。我固然失了先机，甚至苏娘对我尚无任何心思，只是谁又能预见一年后的情形。那边一位容貌出众的女娘对你偶有顾盼，莫非正是你早前的糊涂账？"

赵青河一眼不望，磊落朗声道："那位正是岑家女娘。"

吴其晗没再望过去，又不显惊诧，只是奇道："怪了，我听闻她对你无意？"

赵青河终究没说自己的身世，不过呵然一乐："我也如此听闻的。"

吴其晗看不出赵青河一丝迷惑留恋："岑姑娘美名苏州府，才艺出众，当初你求之不得，如今她垂青了你，你反而不要了，却是为何？"

"我已记不得。"赵青河想，自己恐怕得一直重复说失忆。

"是了。"吴其晗这才想起来，作扼腕叹息状，"青河老弟要是还记得，你我也不用争同一位姑娘，各得所求，作得挚友，也作得亲戚。"

赵青河听出吴其晗丝毫不让的暗示，心头苦笑。纵然夏苏让他帮忙推了吴其晗的心意，他也可说出与夏苏多亲密，吓退对方，只是他的名声无所谓，夏苏的名声却不能不顾。

"二爷，既然如此，你我各凭本事罢，苏娘一向有自己的主意，谁也不能左右。"

若非两情相悦，耍手段，施卑劣，只一心杀退情敌，丝毫无意义。

杂耍台上，一大汉开弓，一少女立靶。箭疾出，不偏不倚，射中少女头顶果盘上的面泥桃子，掌声即刻如雷雨，叫好声迭起。兴哥儿先前屏息，这时跳起，拍得手掌发红，仍不停喝彩。

"夏姑娘瞧见没？那是真箭！真箭哪！要是射技不高明，就出人命啦！话说杭州府里，没有二爷和我未逛过的地方，不过这么精彩的杂耍班子却是难得一见。看那汉子好不高大，可能是从北方来的，夏姑娘是不是在北面常见？"大汉和少女谢台，他才有空拐身旁一眼，谁知两边都换了生人脸，不由愕然，连忙踮起小个子到处找，同时喊，"夏姑娘……"

人头攒动，没有夏姑娘，也没有乔生。兴哥儿叫声娘呀，拔腿要报信去，却被里三层外三层的看客挤得大汗淋漓，不过从左移到了右。

不提那可怜的兴哥儿奋力游人海，夏苏并非故意甩了他，而是事出突然。兴哥儿聚精会神看杂耍，她又没怎么在意，想那么大个人，也不会迷路，就只带上了乔生。这时，她其实离酒庄不远，走得不紧不慢，因前头那辆马车也不紧不慢。没错，夏苏正在跟踪，不过与马车无关，与马车里的人有关。

"小姐，车停了。"乔生提醒着。

夏苏转到乔生身后，侧望过去。

车里下来一对年轻人，郎才女貌，气质皆佳。俊郎如兰中君子，对纤柔美人呵护至极，连走平地都要挽手挽臂，恨不能抱在怀里才能安心行路。两人这般亲密，虽引路人旁观，却全然无睹，走进一家制衣铺子。

谁也不能否认，这是天造地设的一双佳偶。不过，恩爱夫妻固然能让人羡慕，一旦揭穿那层男未婚女未嫁的关系，可就不得了。更别提，男方即将与别家女娘定下婚约。

刚才只是匆匆一瞥，这会儿再度看清了，夏苏反而有点不确定："乔生，那是赵四郎吧？"

乔生很确定："正是。"

夏苏叹口气："那姑娘……"

她住了口。

第三十五章　一鸣惊人

夏苏突然想起来情诗事件发生的时候，乔生还没进赵府。

"小姐？"乔生一路跟着夏苏，心里还奇怪一事，看似漫不经心的姑娘，怎会对赵四郎突然上心起来了？

那姑娘分明就是胡氏女儿。尽管夏苏只见过她一面，夜间光线不清，容颜并不太真切，但一个人走路的形态是很难改变的。那女子小脚莲步颇从容，身段婀娜也端庄，独有一番美丽韵味。

"数日前，我就听九姑娘说起，她四哥已经搭船上京。乔生，你跟我四只眼，会不会让西湖亮瞎，同时看错了人？"

乔生双肩往后掰，刻意立得笔挺："小姐，咱不会看错的。"

"那么，赵四郎跟一个姑娘刚刚确实进了制衣铺子？"夏苏仍不自信。

"是。"乔生则干脆。

"该去赶考的人，却在风光无限的地方，与一个姑娘在一起，"夏苏平铺直叙，情绪无波，"你说，我们该不该管呢？"头脑让她别管，心里却让她多管一下闲事。

"也说不上管，四公子与少爷是同父异母的兄弟，这回又是一船来杭州的，已经出发的人居然又回来了，于情于理，咱该关心关心。"乔生的回答正对夏苏的心意。

"没错，"她决定拿回鸡毛当令箭，"不然，今后出了事，论我们知情不报，逼得赵青河认祖归宗，也实在麻烦。"是了，赵青河作为一行人的老大，赵四郎的非正常脱队，会连累他，进而引发一连串后果。

"……"

大驴常说，家里嘴皮子最厉害的，不是少爷，也不是泰婶，而是苏娘，不经意间，磨刀霍霍架到脖子上，给你勒住喉咙不能发声的感觉。现在，乔生有了这种感觉，他完全不知她怎么想的，能从赵四郎带个姑娘逛铺子，跳到少爷认祖归宗的事上，而那明明是好事，她却说是麻烦。

"走，把赵四郎抓回去吧。"夏苏话音落，身一摇，就出半丈远。

"……"乔生正呆想，他不过眨了一下眼皮，发生什么事，这就成了抓人？

"小姐，抓人不必吧？你先回少爷那儿，我来跟着四公子，查出他落脚……"

人呢？乔生揉揉眼，发现人已立在铺子门口，暗骂自己猪头蠢，赶紧跑跟过去。

夏苏一进里面，就有伙计来接待，问她是做衣裳，还是看料子。她本想不理，在堂间看不到赵子朔，临了就改主意，开口道："我同刚才进来的那对客人是一起的。"

"来做喜服的那两位客人么？"伙计眉开眼笑的。

喜服？夏苏差点噎着。

乔生总算比夏苏快一回："是啊，他们人呢？"

"我家师傅带两人到后头量尺寸，应该很快就出来了，你们要坐着等，还是帮他们看看料子？"伙计不疑有它，热烈拉着生意。

"我们站着等。"乔生也回过味儿来，赵四郎如果同人私奔，少爷指不定被人说成图谋家产之徒，不是认祖归宗，而是要扫地出门了。

夏苏和乔生虽然所想所思完全不同步调，但所幸结论一致，都觉得直面相对，当庭对质之下，会令对方无法诡辩。

不过，好笑的是，喜滋滋的准新郎赵子朔，同心上人相看两不厌，从里堂出来时，全副心神仍没回身，压根没注意"黑白无常"前来捉拿自己。

"四公子，小心台阶。"直到"白无常"，不，夏苏，不识好歹地打破这对鸳鸯眉目传情。

夏苏的缓慢音速有神奇的说服力，赵子朔还真看脚下。倒是他一心一意护着的女子正过面容，与夏苏直视，随即盈盈一礼。

"夏姑娘好。"胡氏女儿的音色也美，与夏苏的柔声不同，温和轻扬，如煦风。

夏苏微讶，不知胡氏女儿怎会知道自己。

"夏姑娘或许不记得，前年盛暑的一夜，府里姐妹们起诗社，我曾瞧见过你一回。"那晚，身后明灯彩辉，姐妹们笑闹颇吵，她自觉融不进，独坐外面水亭子旁，却见塘边一个姑娘，手里拿着一盏千里江山的画灯。她因画看人，竟觉那姑娘容貌极好，待再看，已灯远影杳。

恰好有个守夜的婆子经过，嘀嘀咕咕说青河少爷家的仆人都古怪，她后来才打听出那家有个叫夏苏的大丫头。等过了两年，再从赵子朔的口里听到苏娘这个人，居然是赵青河的义妹。她也不知为何对夏苏的印象那么深，那位挑着画灯的女子一直在脑海中，黑夜中色彩鲜明。

"我也看到你了。"夏苏庆幸那晚她入赵府接泰婶，穿着正常。

两位姑娘好似旧识寒暄，找不到台阶的赵子朔，终于发现了事态严重，对胡氏女儿道："燕燕，你先上车等，我随后就来。"

"四郎，我就在这儿吧，想来夏姑娘是要对我俩说话。"胡氏女儿，姓秋，闺名燕燕，人称燕娘。

"我只对四公子有话说。"然而夏苏并不是随便被捏圆搓扁的人，她和赵青河都是。经历坎坷，内里极其坚毅，"姑娘还是听四公子的，先回车上的好。"

胡氏女儿没想到夏苏这么难讨亲近："以为夏姑娘通情达理……"

夏苏淡漠："我与你只见过一面，即便四公子提过我，也绝不会用到通情达理这个词。姑娘不必讨我亲近，我找四公子，只为问些事罢了。"

胡氏女儿双颊绯红，更想不到夏苏说话这么直接。她不知，夏苏在处处心机的环境中长大，直接关系到生存与清白，险恶万分，非一般内宅争斗可比。

夏苏不恶，最擅长夹缝求存，防心让她生出龟壳，坚硬难啃。她看出胡氏女儿虽无恶意，但对自己也无真正的相交之心，比赵九娘有城府得多。她无意与对方客套，故而一反常态，说话不留余地。

"夏姑娘请适可而止。"赵子朔见不得心上人委屈，挺身护花。

"适可而止的，该是你。"夏苏冷然，"四公子那日在船上，说我义兄一鸣惊人。我说他与他爹像，你说你也像你爹，我就觉得奇怪了。原来，四公子是准备如此一鸣惊人呢！"

赵子朔也不管掌柜伙计睁着大眼瞧："我负心不是，不负心也不是，早先夏姑娘言辞咄咄，到底为哪般？"

夏苏也不怕人听："四公子的书白念了，连什么该做什么不该做都搞不清楚。当初，这姑娘蒙受不白之冤，你冷眼旁观；如今，情深义重私允终身，却又置这姑娘何地？"

"妹妹同他啰唆什么！"赵青河大步跨入，冷笑道，"直接把他带回去就是。"

夏苏真是松了口气，退到赵青河身侧："你怎么知道是这里？"

"乔生留了记号，"赵青河低语，"却把兴哥儿吓坏了，以为你让坏人掳去。他和二爷在铺子外头等，你去报个平安吧，让他们好放心回府，这里我自会料理。"

夏苏应声，出去见吴其晗去了。

回府的路上，兴哥儿发现，比起他今日上蹿下跳的小心肝，二爷的心情显然不错。他知主子打算，就以为喜事有望，拍着自己的瘦胸膛，好似把心放回肚里。

"二爷跟准大舅子聊得那么欢，咱回去是不是能找媒婆提亲了？"不容易啊，虽然以他的脑袋瓜儿，想不通他家主子为何至今讨不着老婆，也想不通夏姑娘比别家姑娘好在哪儿。

吴其晗笑了。

兴哥儿眼一亮，果然有门。

"你小子欠揍是不是？"吴其晗这笑突然阴森，"哪儿来的准大舅子？分明是情敌，找最能说会道的媒婆去，也抵不过赵青河一分私心。"

兴哥儿大吃一惊："情……情敌？青河少爷不是喜欢……"谁来着？

"死里逃生，回过神来了。"吴其晗轻描淡写，"这事还得夏姑娘自己说了算，只是……"

夏苏望他的目光，太清澈，太坦荡，简直能让他对自己肃然起敬。这可不是他想要的。因为，任何男人，在心爱的姑娘眼里，绝不能以正经来论。反而，令她们心揣小鹿，辗转反侧，略显羞涩，才是对路。从尊敬到害羞？一向在男女之事上吃得开的吴其晗，竟觉长路漫漫。然而，每见夏苏，自己的心情又不受控，实在无法就此放弃。

兴哥儿比主子有信心："二爷不必忧虑，赵青河喜欢别家姑娘在先，夏姑娘那么洁身自好的人，未必瞧得上他。"

吴其晗却一点没得到安慰，手拍兴哥儿后脑勺，催马快行。

兴哥儿顿然省悟，哎哟，赵青河喜欢过别人，他家二爷又何曾是痴情种？这个楼那个馆的，也有愿意为之一掷千金的红颜知己。相比之下，赵青河还要单纯些，不过是自己一厢情愿，人家姑娘压根没搭理。

"二爷欸——"他追上自家主子，"媒婆可以不找，您的心意总得让夏姑娘知道吧，不然更没戏。"

兴哥儿越想越悬，赵青河可不是省油的灯。也不知道是否因为生在北方，赵青河的男儿气概好不威武，同二爷约见了几回，一到那种莺莺燕燕的场合，姑娘们的媚眼儿纷纷往他那儿勾，比二爷的桃花运有过之而无不及。

"你以为夏姑娘不知道吗？就算她不知道，赵青河也会让她知道。"就是那样的对手，占尽先机，还懂未雨绸缪，了解夏苏聪慧，耍小心眼不如以退为进。

刚才夏苏出来报平安，举止却愈发谨防，左一句赵青河说，右一句吴老板走好，连二爷都不道了，倒退到两人初识时。要说她不知道，哪会有这种反应？

偏偏他瞧她那样子，居然还是喜欢得很，心甘情愿自找罪受，唉，烦哪！

吴其晗烦着，赵青河不烦，从衣铺换到胡家，稳坐如山，气定神闲，显得赵子朔和胡氏女儿如砧板鱼肉，神情更加惶惶。

让夏苏另眼相看的，是沉静微笑的胡氏。

胡氏体弱多病，泰婶常去为她诊脉，只道大病没有，就是天生一副单薄身子。但这样一位羸弱的母亲，在女儿蒙受冤屈时成为强大支撑，果断离开是非地，而不是拿女儿的名节大做文章，即便家财万贯却低调地为人处世，无一不显出她的明智。

"青河，咱们又见面了。"胡氏开口，且不忘夏苏，"夏姑娘，我倚老卖老，直接以苏娘称你，你不介意吧？"

夏苏不语，对方并没有给她可以介意的余地，点不点头都一样。

"胡姨别客套了，跟我们说一说这回事，如何？"好在，赵青河也拥有强大的气魄，远远压得过胡氏，哪怕对方是长辈。

"有什么可说的，不都在你们眼前了吗？"胡氏的笑容居然亲切，"四郎请媒说亲，合过了八字，交换了信物，哪道礼数都不缺，如今就待三日后的婚期。做喜服，也是因四郎那边没准备。巧了，一出门让你们兄妹碰上，这样最好，喜堂上能有四郎家的亲人。"

不知怎么，夏苏想笑，嘴一抿，正让赵青河瞧见："妹妹别自娱自乐，也让我跟着乐乐。"

要论繁文缛节，别说私订终身，就是赵子朔把人肚子整大了，他也不惊不讶，所以不适合先论。

夏苏就道："四公子父母健在，却私自约婚，哪道礼数都不算。您是长辈，应该比我们这些小辈更明白其中道理，竟然将错就错，分明是私心使然，却说得冠冕堂皇，怎不好笑？"

赵青河附和："的确好笑。"喜欢他家妹妹对别人牙尖嘴利，但也不愿让她处于风高浪尖，免得被人攻击，于是他接过话来，"胡姨，就算小辈两情相悦，您开明想成全，也不该如此行事。四公子是要去赶考的人，十多年寒窗苦读，眼看一朝就要得志，这节骨眼上走歪了道，您要怎么跟尚健在的亲家老爷夫人交代呢？纵然，我十分明白您想当四公子孤儿的心情。"

胡氏再好涵养，听得也变了脸色："这话怎么说的？莫非你们以为我愿意让自己女儿这般不明不白嫁了人？"

这下，轮到赵子朔煞白一张脸。

胡氏女儿眼见着赵子朔这般，心尖儿疼："母亲，别这么说。"

胡氏对女儿苦笑："怪只怪你父亲死得早，又无兄弟能替你出头。我虽知成全你不对，苏娘却说得不错，确实是我一己之私，作为娘亲，不忍见你日夜伤心。罢了，这事既然让赵家的人撞上，实在是天意，趁此时还来得及，你与子朔到此为止吧，就当这几日美梦一场，从今男婚女嫁各不相干。"

"胡姨，万万不可。我对燕燕真心一片，今生今世不相离；况且，您已经答应的事，怎能反悔？"赵子朔满面恳切，"我再说一遍，我自己的婚事，自可做主，爹娘将来若不认燕燕，我也不认他们，老死不相往来便罢。此话天地可鉴，绝不食言。"他说完，转身面对赵青河和夏苏，怒气横生，"我与你二人又不相熟，何须你等多管闲事？"

夏苏心想，这是合伙唱戏呢吧。

赵青河没想法，很稀奇地看着同父异母的弟弟："谁说我要管你的事？分明我一直在同胡姨说话，眼珠子都不拐过你那儿，你不必特意冲着我来。"

赵子朔顿时哑了。

这位可怜的未来状元郎，自从人生中多出一个大哥，天之骄子就变成热锅里的饺子了，处处不顺心，随时颠来倒去，无所适从。

"不过，你既然要跟我讲道理，那我也就不吝赐教。"

不吝赐教可以这么用？夏苏又想笑。

赵青河却开始"赐教"："你学谁一鸣惊人？好的不学，非学不像样的。且你嘴上说得浓情蜜意，我只替这对母女抱屈，又不是不正经出身的姑娘，明明清白的良家好女子，你何故不能禀了父母明媒正娶，要偷偷摸摸成亲？有远走高飞的决心，无替心上人争取双亲点头的勇气，实为懦夫。你这么想学某人，看来最终还要学他抛妻弃子，到头来仍回家去当听话儿子，改娶门当户对的女子。只不知，胡姨的女儿将来会不会像我娘那么惨，要千里托孤，抱憾终生。赵子朔，教训别人之前，先管好你自己，究竟是真心，还是自私，搞清楚再当痴情种……"

赵青河越说越激愤，夏苏感觉如河堤决口，知是他经历过伤痛的一番肺腑之言。

但胡氏女儿哭着跑了出去，赵子朔被"教"得脸色变青变红，要不是惦记着心上人，大概下一刻就会化身豺狼虎豹扑来咬，而不是出去追姑娘。

夏苏拉拉赵青河的袖肘："每个人的命运皆不同，点到为止就好。"

赵青河瞠出红丝的双眼垂看袖上素手，淡淡一抹苦笑，即刻沉默。不过他说的已足够多，引得胡氏神情凝重，眸里沉思。

夏苏暗叹，就怕连唯一支持赵子朔的人都没有了。她认为赵青河说得在理，只是赵子朔也没那么坏。出生以来一直很顺当的人，敢于追回心爱的姑娘，敢于许诺一生情，敢于自己做主成亲，其实是值得嘉许的，尽管冲动有余，思虑不足。

胡氏却忽然笑了："青河，你这话说说阅历浅的年轻人或者可行，想说动我，却不容易。子朔与燕燕真心相许，我家财丰厚，几辈子都花不完，根本无须担心亲家，只要女儿开心就好。不知就里的人，以为赵氏名门望族高不可攀，我则十分不以为然，不过是一处龙潭虎穴，沼泥深潭。若非看在子朔必登科为官，不会常留本家……"话未完，意味深深，笑转了冷。

"胡姨怎得也不信我？"赵青河好似不曾激愤过，"我无意拆散一对良缘，甚至愿意助两人一臂之力。您上回已提及，赵府有不可见光的幽潭，一不小心都会被卷进去，离开兴许还是幸事，如今又说龙潭虎穴，沼泥深潭。果然不枉我来一趟，请教胡姨究竟是何意。"

胡氏眼角眯尖，神情顿然了悟："原来，你为此多管闲事。"

赵青河道声，好说。

夏苏一声不吭，坐下来，慢慢品茶，因画匠多爱旁观、围观，各种观。

第三十六章　真假如戏

夜空清朗，无月星明，风轻暖。

西湖某处的避雨亭上，开了一个卖面的摊子，灯火澄澄。客人刚走一批，此时才静。

白胡子老板不仅卖面，还卖画，那么一幅幅挂着，当作蓬荜，顿时风雅。

夏苏独坐一角，专心吃一大碗肉臊面。好面要好汤好浇头，这家看似普通的面摊子做得精道，实在是意外之喜。至于这些参差不齐的画卷，她却眼刁，看过一眼便罢。

面香自引人，不到片刻，又进来几名夜游的客，点完了吃的，再绕亭子看画，七嘴八舌笑评好坏。

有人奇道："各位来瞧，这面摊上还有溪山先生题跋的画，若是真的，还得了么？"

老板不在意地自嘲："哈哈，客人们瞧个热闹就是，要是真迹，小老儿还摆什么面摊？"

夏苏望去，原来这幅画与别的画叠在了一起，这时让那几人翻到前面，所以自己之前没看到。这会儿瞧见了，章印题跋和留字不怎么清晰，但画为宋风，青绿设色，远为苍山险水，近有绿坡小宅河边路岸，格局大气，色彩浓郁，华丽又热烈，似极那时皇家画院盛行的笔法。她仍只看一眼，继续低头吃面，不是真假易分，而是画面过于眼熟，不觉有趣。

另有人道："这是说墨笈上的画，能仿成如此，实属难得。"

"要说近年画市最热，便是《溪山先生说墨笈》上的画了吧？因皇上点了名，宫里年年抬着价往外征，民间画商跟寻宝似的。去年，江北卷里的一幅画现世，传闻黑白两道争抢激烈，还死了人，最后昙花一现，下落不明，只知叫价到三千金。"又有人道。

"真迹咱们是无缘瞧了，仿画也不错。"还有人道。

那人再问："老人家，这画你卖多少钱？"

白胡子爷爷挺会做买卖，识眼色，趁机坐地起价，用词都文雅起来："真迹贵无价，仿迹不便宜，五十两。"嘿嘿乐，"银子就行了。"

"通宝银号的票子，收不收？"大概是外地客，很是爽气，不讨价还价。

"不收，"老爷爷摆手，"小老儿老眼昏花，不识票子，只识真金白银。"

"得，"口音果然来自北方，"给您金子吧，谁身上能背五十两重的银元宝？"

夏苏斜睨，见一锭小小金裸子。

老板高兴极了，将金子收妥，摘下画，卷好了，双手奉给客人，喜滋滋煮面去。

夏苏只和那几人隔开一张桌，听买画的客说起京师有名铺子都在收说墨笈上的画，仿画若好，也出得了高价，五十两不算贵，云云。

这时，斜对岸的涵画馆让她分了心。馆里的伙计开始上门板，客人们陆陆续续走出来，直至夜色全然笼罩，铺子再不漏半丝灯光。生意不错。吃完一碗面的工夫，就有四五名客人卷轴而出，也没什么异样。

夏苏冷眼淡然，心思却不禁回到胡氏说起的事上。

胡氏夫家富有，子嗣凋零，丈夫一死，亲族贪念不断，打母女俩的主意。胡氏不得已，将所有田产铺面换成现银，带了女儿迁到苏州。

说到胡氏同赵大夫人的关系，其实压根不是远亲，不过娘家与赵大夫人的娘家同县，老一辈之间有些来往。胡氏帮赵大夫人娘家捎带书信，赵大夫人见孤儿寡母无依无靠，又见胡氏品德端良，就留她们住在赵府，仅此而已。

胡氏颇有经商之才，很快着手买了铺面，做回原先的珍宝古董买卖。她一面保持精明，一面装不精明，也存了给女儿找赵家儿郎为夫的心思，故而显露部分值钱家当，通过大夫人，寄放在赵府府库里。约莫一年半以前，铺里新货延误，胡氏急忙从库里取了一批古董，暂充门面，不料竟让经验老到的大掌柜看出其中有假古董。而当初寄放府库前，这些古董都经过大掌柜的眼，分明是真品。至少，大掌柜确信，自己一双眼鉴同一件古董，不可能看出两种结果来。

胡氏怀疑府库管事手脚不干净，自然将这件事原原本本告诉赵大夫人。

赵大夫人顾虑到库房有二房的势力，没有确凿证据之前，不想落二房话柄，决定先暗中查实。她也建议胡氏再找其他古董鉴师看一看，若确定东西变成假的了，她绝不姑息。

接下来就奇怪了。

隔日，胡氏请别人来鉴，那几件假古董居然又成真古董，连大掌柜也无话可说。真变假，假变真，让人摸不着头脑，胡氏也只好同赵大夫人赔不是，说成是她搞错。

事情虽说过去了，胡氏却觉不安，直至将寄放的东西分批取出，没再发生同样的情形，才真正放心。

时日一久，当胡氏开始相信是她家大掌柜瞧走了眼，到外地进货的大掌柜却带回几件东西。那些东西，正是早前真假变来变去，那几件古董的仿品。它们制作精良，七分似真，连小磨损都跟真品相似，怎么看都不是巧合。大掌柜说，极有可能有人调包，借真品制造更精良的仿品，牟取暴利。

胡氏就想到赵府银钱紧缺，又觉赵大夫人在此事上态度懈怠，便怀疑不是管事手脚不干净，而是赵大夫人铤而走险，做着见不得光的行当。

胡氏产生这种怀疑没多久，女儿就被情诗事件牵连，赵家暗示母女俩静悄悄离开苏州。胡氏就着女儿多留了一段时日，却怎么都不愿意替女儿力争，反而觉得这是远离赵家的机会，也不引任何人怀疑。

说赵府深潭那一番话，本是胡氏实在气不过，仅泄露了一丝疑虑。她不知，赵青河的眼和耳，跟普通人不一样，最能听看这些话外音心里事。

赵青河一直没忘，只以为没有机会再问清楚，却托了他家妹妹的好运气，将私订终身的赵子朔逮个正着，让他能顺藤摸瓜。他不但真对赵子朔的婚事没兴趣，而且还料定胡氏爱女心切，这桩婚事即是板上钉钉，但如果他能帮她女儿争取赵大老爷的点头，胡氏自然愿意和盘托出。

果真，如赵青河的预料，胡氏说出了一切。这回，她还直指赵大夫人就是操纵者，还道出有名有姓的三个关联人物，鲁七夫妇和涵画馆方掌柜。

鲁七娘子那时就在赵大夫人院里做事，胡氏和赵大夫人遣开堂中仆婢，说古董调换的事情时，胡氏的丫鬟曾见鲁七娘子立在侧墙窗下，此其一。其二，这批古董的经手人正是鲁七，虽然都说鲁七是二老爷安排在库房的人，可胡氏听女儿说起，鲁七娘子来凑诗社的兴时，曾唱过一句她家乡的小调，十分道地。鲁七娘子若和她同乡，也就和大夫人同乡。两人相识很可能在二老爷用鲁七之前，便有鲁七故意接近二老爷的嫌疑了。

胡氏的大掌柜买进假古董之后，用心查了一下，居然找到假古董的作坊，偷瞧见了那间作坊掌事的人。胡氏为了女儿隐居杭州，照做古董生意。涵画馆开张不到半年，吸引客人的花样层出不穷，不用胡氏说，大掌柜就打探过了。结果很是令人惊讶，假古董作坊的掌事竟成了涵画馆的掌柜，原来叫方正。

夏苏是知道赵青河一些推断的，胡氏所说让他的推断更为精确了。主谋与赵府之间的关系必然紧密，是否为赵大夫人，还要有事实凭据，并非直觉感觉，或偶然一句乡音就可判定。

夏苏放下筷子，起身倒了一碗茶，仍坐回老位子，抿着抿着，叹口气。她自不能说赵大夫人是慈悲大善。作为妻子和母亲，赵大夫人的私心只不过比别人藏得巧妙而已。对她，对赵青河，赵大夫人的温和宽容都带着前提和条件，她看得再清楚不过。只是，杀人越货，偷盗贩人，大规模造假，又大范围诈骗，大明律能判砍脑袋的罪，皆由赵大夫人策谋？

夏苏实在不能说服自己。

这夜，她独自出行，一来散心，二来想等夜深人静，探一探这座涵画馆。就像当初桃花楼芷芳之死，赵大夫人是否为主谋，其实并不关她的事，可是总觉得心里放不下。恰好都涉及古画，是她相当自信的地方，就想做些什么。

"是个姑娘家哪。"隔桌那几个客里,有人留意到夏苏。

"江南独有的风情。"一人道。

"这要在京师,又非大节小节的,夜里还跑出来,全不是正经女子……"

他们低笑着,议论起来。

夏苏不想被这些人注意,数了铜板放到桌上,同老板打过招呼,走下亭去。

客人里有风流大胆的家伙,追出去想搭讪,却挠着头发跑回来,直道奇怪,说那姑娘已经没影了。白胡子老板笑哈哈,凑趣说起西湖畔桃花精的传说。

那边传说还没讲完,这边"桃花精"已站在涵画馆里。

夏苏来过一回,铺堂挂的画她大致瞧过,多是当朝字画作品,若是古名画,均注明摹作,没有一幅以假顶真的赝品,是切切实实做正经买卖的书画铺子。不过,那回她未见到方掌柜,今夜不知能否看到本人。

夏苏步入后园,借假山树木隐藏身形,观察到园子不大,厢房分为两处,以内墙分隔。一边能听到絮絮叨叨的声音,大概是伙计们的住处;另一边灯色昏黄,园门落锁,似乎寂静。

她翻墙而入,见这边厢房要造得讲究些,就猜是方掌柜的住处,再上屋顶掀瓦瞧了瞧,挑一间看似处理公事的屋子,无声落地。

靠墙造了两面长柜,另一面整整齐齐摆放着七八只大木箱,无论柜子还是箱子,都上着重锁。南角那里有一张又宽又长的大桌,桌上好些卷轴,也叠得很好。桌后的置物柜上,好些短蜡,文房四宝一应俱全,还有数量可观的书籍,可见在这里做事的人不但勤勉,还孜孜学习。

夏苏选了几卷画,看过却无特别之处。画不错,出自当朝,只是书画这东西,永远古比今贵。她又在屋里摸索了一阵,既没找到可疑之处,也没发现暗格暗门,想来方掌柜这种惯走夜路的人,明面暗地都很小心。

忽闻园门响动,夏苏难得不惊不乍,听了一会儿脚步声,冷然再环顾这屋子一圈,跃身上去。

没过多久，屋门被推开，烛火照起两道影子，一道属方掌柜，另一道是高瘦如竹竿的男人，年纪三十出头。

"老纪，你去大东家那儿一趟，把我刚才同你说的事禀报给他。这是三月的账，顺带帮我交了吧。"方掌柜从抽屉里拿出一摞本子，不似只有涵画馆一家生意。

"鲁娘不是要禀？莫非你又不信她？"竹竿男声音阴沉。

"她做事狠劲有余，见财易起意，心计又不足。我一提卞家的画值几万两银子，她眼神就贪了，怕她跟大东家不好好说明白，还是由你跑一趟的好。"方掌柜摆起笔墨纸砚。

竹竿男狠道："女人做事凭情绪。就说那赵青河，到底还杀不杀了？依我看，他和他义妹皆棘手，最好还是干掉。碰上他们之前，咱一直做得顺风顺水，没出过岔子，如今由他们找了多少麻烦，官府就追在咱屁股后面跑，难道要改做正儿八经又不赚钱的买卖？"

"小心点总没错。再说赵青河记不得从前事，又是赵峰亲儿、赵氏长孙，真弄死了他，只怕赵峰不会善罢甘休。赵氏势力伸至京师，还有诚王爷撑腰，一旦成为朝廷的眼中钉，我们必将死无葬身之地。在转做正行这点上，我同意大东家，觉得是时候了。你却同鲁娘一样，爱舔刀尖寻刺激，赶紧改了吧。"搁在军中，方掌柜俨然是睿智军师。

竹竿男撇一抹冷笑："要是赵青河突然记起来了呢？"

"记起来也无妨，只要我们彻底收手，他没有证据又能如何？"方掌柜不笑，好似天生一张规矩的脸，"所以我才担心二东家，怕她又挑拨了大东家，走回老路上去。你快去吧，大东家若下定决心，谁也别想让她改主意。"

竹竿男拎了放账簿的包裹往门口走，忽然回身，挑眼抬头，往梁上一瞪。

方掌柜顺着他的视线也望上梁，却不知他瞪什么："怎么？"

竹竿男收回视线："没什么。老方，你真打算一辈子听那两人的话了？想当初，老大敬你如上宾，众弟兄尊你为二哥。老大一死，鲁娘都蹿到你上头去了。一个大东家，一个二东家，你连个老三都捞不上，当个狗屁掌柜，替人跑腿啊！"

"大东家十分信任我。至于鲁娘,她就这脾气,一向自以为是老二。大东家虽让着她,心里却是有数的,不然也不会交代我账本莫经鲁娘的手。你别乱动心思,大东家对你亦十分器重。"方掌柜话里忠心可表。

"话虽如此……"竹竿男似在斟酌该不该说,"只是,看大东家下令杀兄弟时的无情,真怕她哪天对我也……"

"老纪,莫说,"方掌柜冷然,"这事大东家跟我商量过。冯保跟我学了点皮毛,就敢自作聪明,结果弄出了人命,还打草惊蛇,引得赵青河穷追猛打。胡子中饱私囊不说,还胡作非为,欺上瞒下。老大死前就嘱咐过,无本买卖不能做一辈子,总要想办法拨正了它。不过,只要冯保、胡子这些蠢货在,终会坏了我们大计。既然如此,死在别人手里,不如死在我们手里。"

竹竿男没再说什么,转身走出门去。

方掌柜静坐桌前,听门外脚步声远了,才开始研墨写字。只是,他还没写几个字,就听外面伙计吵吵嚷嚷,他皱了眉,放下笔,走到外面去看究竟。

静悄悄的屋子,灯火忽然一飘。

夏苏竟从那些大箱笼后面现身,无声来到桌前,双眼眯得极细,端看方掌柜写的字。这是一封信,刚写了抬头四个字:宇美我儿。

方掌柜回来了。值夜的伙计在膳房外听到动静,闹半天却发现是另一个小伙计偷吃,根本虚惊一场。不过,宁可虚惊,不可大意,他还赞了值夜伙计机灵。

一推门,方掌柜感觉一丝微风,却只见烛光微摇,想是自己带了风进屋,遂没在意,重新坐回桌前写信。

机灵的伙计可能被掌柜一夸,有些得意过头,全然不见身侧那片深深浅浅的暗色中,一道更夜的影子滑溜如鼠。倒是在回铺堂之前,他突发奇想,要一招回马枪,举高灯笼照又照,学张飞哇呀呀做怪腔,园子却早恢复原样了。

夏苏落在涵画馆侧墙外,打眼瞧瞧四周,轻悄走回西湖湖畔。离面摊不远处,她看到亭中还挂着灯笼,大面锅冒白气,却是有客无主。

客，是独客，灰衣仆仆，背对涵画馆而坐。

白胡子老板上哪儿去了？夏苏虽生好奇，并无意近前去看，侧身要往杨府的方向走。

"姑娘大半夜挺忙，刚才那碗面肯定不够分量，小老儿再请你吃一碗啊。"白胡子老头的声音传来。

夏苏浑身一震，不转身，但转头，戒备打量着凭空出现的老头。好在老头离她有两丈远，若要脱身，应该不难。

"不用。"她尽力让自己听上去镇定。

"不要钱的。"老头笑呵呵。

她抠门抠自己，又非贪小便宜之人，然而，心头忽动："你和赵青河什么关系？"只有那家伙，动不动就笑她小气。

老头目露精光，眼珠子骨碌一转，就将方圆几十丈都扫过了一遍，确定无他人，仍谨慎压低了嗓门："夏姑娘什么眼神，挂个白胡子，便认不出我了？"

夏苏一言不发。

"上回咱在贼船搁浅的河滩上见过，我姓林。"

夏苏瞧了瞧老头的眉眼，终于认了出来，说话还是那么慢："林总捕头。"

"对啦！"老头一拍腿，"夏姑娘今晚自己行动，怎么也不知会我一声？本想早点问你，谁知面摊生意这么好，一直来客人，找不到机会说话。"

"林总捕头想多了，我虽是自己出来的，不过随处逛逛。"即便对方是官差，夏苏也无意说实话。挂了假胡子的林总捕，扮老相还真是入木三分，一脸褶子皮不知怎么弄出来的。

"夏姑娘见外了，还怕我问你个私闯民宅的罪吗？来，来，随我吃面去，再跟我说说你到底有何收获。"

这人怎么这样？夏苏冷然："林总捕，杭州这晚又不宵禁，我随处走走既不犯法也不犯你，又与你不熟，有何话可说？"这就返身要走。

"果然让赵青河说中，我请不动你。"林总捕见夏苏定身，更知自己输定，"夏姑娘，我请不动你，你义兄的面子，总要给吧？瞧见没，他在我摊上吃面，你不去，他就会赖我面钱。"

夏苏再望亭子的背影一眼，早觉得是他，却不愿意承认是他。如果一看背影就能认出那个人来，她岂不是无可救药了？

"林总捕是在卖面，还是在盯梢？"她不死心。

林总捕不明所以："当然是盯梢啊。"

"那么，就是林总捕打算改行卖面了？"

那道背影是与众不同的。肩那么宽，背那么阔，双臂撑展，天地山河，还不如他身旁一尺三寸地。而她，想在他那一尺三寸地里，转悠。

"当然不会。"林总捕反应不过来。

"可我看来，林总捕这么在乎一碗面钱，是真喜欢当卖面公了。"心，永远比头脑更忠实于主人。

林总捕哑然，暗道这姑娘说话慢，却能让人招架不住。然而，他以为请不动人的时候，这人反而自觉走向亭子去了。他想，女人心，真他娘的，海底针。

夏苏坐到赵青河对面，他一碗面正好吃完，抬头冲她就是一笑。

"妹妹晚上好。"

"我说没说过，怎么到哪儿都有你。"他跟鬼影似的，还要上她身怎地？

"先说好，我今晚不知道你会出来。"他越来越喜欢这姑娘，是铁一样的事实，不过他吧，真不会玩紧迫盯人、黏糊十足的那一套。

"我分析了一下，多半是咱俩八字合。我名字里有河，你属乌龟，乌龟离得了水吗？就算伸脖子喘气，四只爪子也得浸在水里不是？所以，这叫有龟就有河，是妹妹凑着我来的。"

林总捕终于知道，高手对话是什么情形了。

夏苏不瞅一旁竖直耳朵的林总捕，冷飕飕地说："我还有蜜就有熊呢！"什么乱七八糟的。

赵青河笑声朗朗："妹妹是花蜜，我就是狗熊呗，横竖不是我偷跟着妹妹。"他必须澄清这一点，然后对某位假老板道，"再来一碗面，我妹妹饿肚子的时候火气大，喂饱就好了。话说老板煮面真是一绝，要是开个面馆，我一定来捧场。"

林总捕低声骂一字屁，却老老实实煮面去了。伪装盯梢，就得做到完美，任何时候都不可掉以轻心。只不过他手脚轻拿轻放，耳朵仍往赵青河这桌微侧，听两人说什么。

赵青河都看在眼里，只当不知道，对夏苏道："妹妹可知，若胡氏的话是真的，涵画馆就是一群穷凶极恶之徒开的店。我有时候觉得，妹妹的胆小常常用得不是地方，该躲不躲，该跑不跑，让人头疼。"

夏苏仍坚持一贯的说法："我夜里习惯四处逛。"

"我知道，"赵青河应得十分干脆，"可我宁可你去逛个山水，要不集市也行，而非处处有秘辛的地方。"

这么说下去，要天亮了，夏苏问："你不想听秘辛？那我回去睡觉了。"

夏苏只是口头那么说，一动没动，赵青河却一掌盖住她的手："听！怎么能不听？不听睡不着觉！妹妹最知我了，我就喜欢听别家那些见不得人的事，跟下酒菜似的。刚吃一碗清汤寡面，嘴里淡出得鸟来……"

林总捕暗咒，娘的，刚刚谁说他能开面馆去了，唬他哪？

夏苏抽出手来，不动声色地深吸一口气，让脸上看不出心跳紊乱，才开口道："我在方掌柜的公事房逛了一圈，没有特别的发现，倒是碰上方掌柜和另一个男子进屋来，正好听到两人说话。"

林总捕又想，这姑娘偷偷跑到别人的地盘，偷偷搜过重要的屋子，偷偷听人说话，语气却平常得好像在说今日吃了什么一样。

"方掌柜叫那男子老纪。老纪五官长得很是阴沉，身材极像诈死的那人，脸虽不同，没准也是易了容的。方掌柜让老纪将卞姑娘的事禀报大东家。老纪则问方掌柜怎么忍得了，原来至少是二把手，老大死后，居然连鲁七娘子都爬到他上面去了，以老二自居。方掌柜对那大东家则赞赏有加，说大东家信任他更甚于鲁七娘子，凡事有商有量。"夏苏说到这儿，回头道，"老板，面要煮糊了。"

哥哥妹妹都不是省油的灯，林总捕赶紧捞面。

赵青河目中沉敛："也就是说，大东家继承了死去老大的位子，鲁七娘子成为二把手。"

"是这意思。"夏苏继续说道，"胡子那船人确实也是他们一伙的，老纪提到大东家太狠，怕自己哪日跟胡子一样下场，方掌柜却道大东家对老纪很器重，只要顺着上头的意思做事就行。不过，我听起来，鲁七娘子贪财狠毒，在那位大东家面前很是说得上话，方掌柜怕她撺掇大东家做回无本生意，所以又让老纪去禀报。"

"他自己为何不去？"赵青河出其不意问道。

夏苏语气略顿："不知道。"

林总捕送面上桌，汤清面白，浇头浓香："那还用说？他在同伙面前说得好听，其实还是存了私心，不想直接出面得罪了最上头。"

赵青河看着突然垂头去吃面的夏苏，冲林总捕龇牙一乐："方掌柜是私心还是野心，我们可以暂不理会，这些人显然已经决定洗白自己，等正经行当上了轨道，钱财源源不断，鲁七娘子这样的贪心也会变乖心，此时不能抓到他们的把柄，今后就只好随他们逍遥法外。"

林总捕也明白得很："那我们该怎么做？"

"要加大筹码，利用他们尚记得无本买卖的甜头，诱其最后干一笔。"赵青河聪明的地方，在于点到为止，不会让人觉得他自大。

林总捕稍加思索，果然上道："今年的贡单征单刚下到，我跟大人商量一下，能否把征价改一改。"

赵青河达到目的，举大拇指："不愧是江南道总捕大人。"

林总捕颜面生光，嘿嘿笑过，得意地刮蹭一下鼻子。这时，又有客来，他一声来啦，中气十足，动作更加利索了。

赵青河等夏苏吃得差不多，就一同离开面摊，在无人的街巷中走着。

"妹妹今晚所见所闻就这些了吗？"他问得十分随意。

夏苏不看他，只看脚下的青石板路："也提到你了。姓纪的想要杀你，不过上头似乎已经不是非要你的命不可，相当顾忌你是赵家子嗣的身份，怕你爹不善罢甘休。而且你失忆让他们松了口气，你想不起就最好，就算想起来，他们也已改做正行，笃定你找不到证据。"没提自己也在竹竿男想灭口的名单上。

"确实，到了这会儿，就看谁更快。"赵青河完全同意，"不过，两人完全没漏嘴大东家的真名实姓，可见小心。"

夏苏淡然点头："这等走夜路之人，必定处处谨慎，岂止是未透露大东家名姓，鲁七娘子也称呼含糊，老纪也只有姓氏，极可能为化名。不过，比起他们的谨慎，我更不明白你怎能一开始就选了涵画馆来设圈套。"胡氏告诉他们的事，发生在卞茗珍与方掌柜谈买卖之后。

乔生赶着马，不知从哪儿冒出来，等二人上车。

赵青河伸出手，牵了夏苏的手。夏苏握紧，一撑，落袖入车。赵青河竟牵住不放，借力一纵，也进车里去了。

两人之间那般自然，脸不红，无尴尬，反而乔生瞠目结舌，只觉这一对相处，今日必与昨日大不同。

"乔生，暂不用赶车。"

赵青河说完这句，单膝屈在夏苏面前："妹妹没觉得？"

他的眼，他的鼻，墨山的眉峰，笛叶饱满的双唇，近看之下仍俊好。

夏苏感觉心口几十双蝴蝶扑扇，呼吸再快也跟不上心跳，望着他两瓣唇起合，脑中一片空白："没觉得什么？"

"杭州的草长得特别长，够一窝兔子住。"他手指轻弹她的额头。

夏苏回魂，打开赵青河的手："你猜主谋也许在赵府时，我说兔子不吃窝边草，你是怎么回我来着？"

赵青河不以为意："我只能说，兔子不觉得赵府是窝，故而啃光草皮都无所谓。这些人在常州、苏州、扬州各处府县都做事，唯杭州不曾有过任何相似的案子。狡兔三窟，再加上这里丰土肥草，实在是理想的转行之地。而他们应该才着手不久，我就集中在新的书画古董铺子上，其中涵画馆营业的时日最短。"

"原来是运气好。"夏苏撇撇嘴。

赵青河笑道："是，这方面我运气一向不错。"说着，转脚往外走。

"还去哪儿？"夏苏问完，立刻抿紧唇。

赵青河听得出关心意，却知点破她也不会承认，但道："今夜当真不是跟妹妹出来的，帮林总捕盯一盯，还有董师爷那里。我不去，他会烦死。"

"……"夏苏看他要下车去，最终开口却是，"《溪山先生说墨笈》江南卷其他几幅画，还需我造吗？"

赵青河回过头来："不用了。这伙人分成两组，一组直接行事，一组后方支援,方掌柜显然属于鉴定行家,他既然不同意做无本买卖,鲁七娘子只能瞒着他行动,恐怕分辨不了真伪。"他成竹在胸,又道,"杭州虽不如苏州片盛名,但也有不错的书画工坊,董霖已准备好仿片。至于那幅《天山樵夫遇仙图》,因为要过方掌柜的眼,必须完美无瑕,唯有妹妹能做到。"

夏苏哦了一声,垂眼之间心思颇沉。

赵青河将她的神色尽收眼底:"妹妹直接回杨府吗?"

夏苏的笑颜有些俏皮,却不显突兀:"我还能接着逛?"

赵青河一副当然的口吻:"那是自然的。妹妹一人夜行,我倒是不担心,只要没有拖累,谁能跑得过你? 不过,要是遇到自己解决不了的麻烦,好歹跟我说一说,别一声不吭,独自瞎想。"

真好,她要是能一直跟他生活下去,不但自在,时不时他还会是最好的伙伴,明月清风下把臂同游。

夏苏道:"我还是回去了。清明将至,九娘新嫁,十分紧张自己做得不好,我虽比她更不懂那些琐事,哪怕在她身边鼓个劲,也算尽到自己一份力。"

赵青河反而轻轻嘲她:"妹妹当管家娘子,我可不看好。偏才当为偏才所长,否则就是添乱。妹妹不妨向九娘毛遂自荐,画上一卷《清明上河图》,可能还令人惊艳。"

"去你的!"夏苏起身推赵青河出去,将帘子挑了下来。

谁知赵青河笑呵呵伸进头来:"妹妹既然暂时改为昼出了,就帮我做件事吧。"

夏苏猜不出赵青河指什么事,听他说完之后,相当吃惊:"你打什么主意? 我以为你说要帮赵子朔和胡氏女儿。"

"帮,绝对帮。赵子朔和胡氏女儿私订终身,赵府还不炸锅,尤其是赵老太爷和赵大夫人。而赵家最有前途的儿郎都那样了,我这外来不亲的东西不听话,还算得了什么哪。"

帮! 绝对帮自己!

第三十七章　不速之客

清明时节，天高云朗，风鸢尾羽美丽飞扬，碧草绿水不见愁思。

杨家祖籍徽州，年前已回过乡，昨日虽在府中摆了一套正正经经的祭祖礼，到底还不算久居杭州，祭礼一过，清明就算过了，今日全家来凤凰山踏青。

凤凰山不高，南北各接西湖和钱塘江。山顶有个凤凰亭，也是历来名人爱驻足一游的地方，可眺望江河湖泊，甚至杭州城中景致也能览得大半。

杨府就住在西湖边上一带，西湖犹如自家门口的塘子，隔三岔五便逛一逛。倒是钱塘江离得稍远，故而在凤凰山近钱塘江这段风景线游春。

杨老爷约了几位生意上的朋友，都是带了子侄辈来，连带杨琮煜一起，爬凤凰山去了。女眷们多是小脚，就歇在钱塘江边的山坡上，有望江长亭，有观潮饭庄，吃吃喝喝，悠闲散步，已足够自在的。

还不到吃午饭的时候，杨夫人和另几位夫人坐在庄堂里说话，杨家姐妹，赵十一娘，还有别家几位小姑娘们到坡上放鸢，年长的只有赵九娘、夏苏和岑雪敏。

护院们守了各处，一有陌生人就直接呼喝开。要说这种态度还真倨傲，不过自古贫人避富人，又远远见到这么些夫人小姐，倒也不吭气，乖乖绕开去。

岑雪敏自打出发来杭州，就同赵十一娘焦不离孟，这日不知怎么回事，却一直跟着赵九娘。然后又说离午膳时候尚早，虽爬不得山，上坡望江观潮也不错。赵九娘说不知长辈们同意否，岑雪敏就自告奋勇去问杨夫人。

趁这时，赵九娘同夏苏说悄悄话："雨蓉、雪芙好像不甚喜欢她，而今日那群多只有十三四岁，十一娘十五岁都算老。我猜她八成是想，要是硬混在那堆就成老姑娘了，在咱们之中却还能当娇滴滴的小妹。"

夏苏瞧了瞧正同杨夫人撒娇的岑雪敏，就笑赵九娘："我发觉你如今真是什么话都敢说啊，真是有了丈夫就有了腰杆，挺得怎直。"

赵九娘捶夏苏一记空拳："去！跟你掏心掏肺，你倒起哄。我不说话了，等会儿让你和岑姑娘谈心去。"岑雪敏想嫁赵青河，赵青河和夏苏之间却无处插足，当她不知道吗？

夏苏讨饶："别、别，我错了，杨大奶奶是掏心掏肺，她是挖心挖肺，我委实应付不了，最后成了人干如何是好？"

赵九娘不过说说，见夏苏这般夸张，立刻扶了腰笑："要不要那么瘆人？"

"你跟她随便扯些闲话就是，不用三分实诚。"夏苏一向认为，跟聪明人打交道，要尽量少说话。

赵九娘朝岑雪敏瞧去一眼，止了笑："你可知，我从前跟她关系还不错，就同十一娘一样，觉得她为人大方真诚。直到有一回，我听到她同周二姑娘哭诉，说她与四哥有娃娃亲，而四哥对燕燕显然存好感，她不知该怎么办。周二姑娘当时就气了，信誓旦旦要帮她，她也不拒绝，只顾擦眼泪。当时只觉哪里说不上来的不妥，结果没过多久，就闹出那么一件事，胡氏母女被迫离开苏州，周二姑娘也搬了。我真是打了个寒战，庆幸母亲不喜欢我参加诗社，以至于没机会同她深交。"

看到岑雪敏走回来，夏苏在桌下拽拽赵九娘的袖子，给个眼色，示意噤声。

"两位姐姐说什么那么好笑，也不过来帮帮我。"岑雪敏勾进赵九娘的臂弯，"我这人嘴笨，好说歹说，杨夫人才允我们去望江亭。"如此这般，进入受害者委屈者的状态，引发他人内疚又感激的心，把自己放在大好人的定位。

不过，夏苏和赵九娘都看明白了岑雪敏，前者神色不动，后者笑得客气，其实皆平淡。

赵九娘更显圆融些，任岑雪敏挽自己的手肘："那就走吧，只不知这会儿能否看得见江潮。"

于是，赵九娘走中间，岑雪敏和夏苏一左一右，丫鬟们跟着，上了望江亭。三人组合虽然怪异，亭上风景却真值得一见。

浩瀚烟波，波涛粼粼，江水的一头好似伸延至天边。

坡下居然有个小小码头，入镇的、渡江的、远航中转的，忙得庸庸碌碌，又看着踏实心安。码头上最显眼的，是一艘崭新的走江客船，显然由大户人家包下了，挑夫们正往上挑行李包裹，一只只沉得他们驼了背。

甲板上立一对年轻男女，手牵手，笑得好不开怀。江亭不高，山坡不远，码头不大，能大致看得出两人的身材形态，还有郎才女貌的般配。

赵九娘同夏苏稍看片刻，就到另一边眺栏坐了，问赵青河近来忙什么。

夏苏的视线落向岑雪敏，见她有如一座石像，面向码头的美好侧颜，肤色冷白。她那个厉害的丫鬟，比她按捺不住，双目喷火，双手捉拳，同她咬着耳朵。看见了吧？那位俊雅的四公子，为了心爱之人，是敢于挑战长辈的殷殷期盼的。岑雪敏做人，方方面面都齐全，唯独没有好好"打点"赵子朔；反而遭受孤立的胡氏，以一片真情赢得了真心。

夏苏调回目光，对赵九娘笑道："我也几日没见着他人了，不知他忙什么。"昼出夜伏的人，碰不上昼伏夜出的人，这是常理。

赵九娘没留意岑雪敏那边的反常，真的关心夏苏："你对三哥到底是何想法啊？若有了心，我就算逆了孝道，也要助你一臂之力。"

夏苏心中感激，语气却淡："我跟他的事，别人插不上手，最终还要看缘分。"

赵九娘着急："你别想得太简单了，父亲母亲，还有老太爷，他们要是决定三哥的婚事，你跟三哥成得了吗？"但朝岑雪敏瞥去一眼，"母亲让我暗地里多撮合三哥和她呢。"

"九娘，我说这话，可并无轻瞧你的意思，只是赵青河这个人极有自己的主意，你爹娘，你祖父，恐怕都拿他不动。"夏苏笑容忽深，"男子当如是，顶天立地，做得自己的主。"

赵九娘有些诧异，有些沉思："听你这话，你是喜欢他了。"

夏苏想起自己亲赵青河的那一回，脸微微烧热，说话打弯："他那样的男子，是很能招姑娘喜欢的。"

"哦，"赵九娘眯眼促狭，"懂了，那我也只好不孝一回，将母亲的话当耳旁风了。"

夏苏神情坦然："你别把杨夫人的话当耳旁风，足矣。"

赵九娘喜欢夏苏的通透直白，当下笑而领会，再不多言这事。

岑雪敏终于过来加入她们，娇颜若花，神态自若，直道这里风光好，真希望能在杭州多待些日子。赵九娘自然担负起主家的责任，与之客套寒暄。

夏苏淡笑听着，眼角不经意一睨，见岑雪敏的丫头匆匆跑下坡去，招了她家一个男仆说话。男仆听完就走，很快转过山坡下的路，不见了。

那条路，是通往码头的。

踏青虽不是夏苏决定的，但踏青的日子和地点却是夏苏向九娘提议的。胡氏就在这钱塘江边凤凰山下租着宅子，这日要同女儿女婿一起挪窝，前往京师。赵青河让夏苏想办法，引岑雪敏看见那对新婚燕尔的小夫妻。不过，赵青河这是为了什么，夏苏不明白。照她所想，岑雪敏既然已转移目标到赵青河身上，对于赵子朔娶谁，应该不会太在乎。而且，就算在乎，岑雪敏又能怎么样呢？赵子朔的婚事未定时，没轮到岑雪敏，如今私订终身，就更轮不到岑雪敏了。

过了晌午，杨老爷他们下山来会合，席间说起杭州这几日画市好不吵闹，有八幅不出世的名家古画，引得行家们竞相打探开价，已报破十万两银。

杨夫人在女眷那桌骇笑："十万两八幅画，咱江南真是不缺有钱人。"

"可不是吗？听我家老爷口气，好像十万两是抓两把铜子儿似的，只恨便宜。虽不知卖家究竟是谁，据说穷得揭不开锅了，借此正好发一笔大财。"一位穿金戴银的妇人道。

夏苏看妇人这一身，也是只恨便宜。

但杨夫人应对得幽默："那咱们可得帮着自家老爷，别轻易抛出两把铜子儿去，千万要验得真又真才能松手。"

众妇笑言："是是。"

赵十一娘忽然问夏苏："苏娘，你不是很懂画吗？一上不系园，就不肯下船了。依你看，那几幅画真值十万两银子吗？"

夏苏正咽下一口干饭，闻言立刻瞪大了眼珠子，一字没说，就咳出两粒米。

九娘帮闺蜜，不帮亲妹："这有何稀奇？张版《清明上河图》迄今不落民间，仿片造不出一分像，若真品从宫中传出，价值无可估量，一卷开价十万白银亦可能。不出世的名师古画，就好比深藏宫中的《清明上河图》，八幅十万两，还算便宜了。"

岑雪敏好似终于回过神来，笑得娇艳："好画还要遇伯乐，若遇到的是我这双眼，好坏不分，别说十万两，十两银子我都不会掏。"

赵十一娘连忙点头附和。

这种情形，姐妹关系整个反了。

回到杨府，也许是赵九娘问起，夏苏不知不觉有点惦念，就想到要把岑雪敏今日的反应告诉赵青河，便去了杨府前园的客厢。

这时早过了晚膳的点，杨府已下门钥，不过这可难不倒夏苏。更何况杨家主人大方，府里格局也大方，墙高五尺，高个子踮脚就能探出半张脸来，翻过去很容易。

客厢坐北面南，没有隔墙，却以廊深园深为天然屏，明明眼前无路了，却突然有豁亮之感，十分妙趣。修竹在左，绿塘在右，一条高起的小径似路似桥。沉红木雕格门的一排屋子，立夜而安。

不像有人的样子。

夏苏仍入了廊往正屋走，哪怕只来过一回，该瞧的地方一处不曾漏，故而驾轻就熟。她脚下悄声无息，并非刻意掩藏，却是习惯使然。

然而，亏得这个习惯，才没能令鬼祟警觉，让夏苏抓住了门缝里漏出的一线可疑光影。

夏苏记得，赵青河住的屋子分里外间，里门装了碧纱帘，若有人点盏弱灯，从屋外看不太出来。她还记得，里屋有窗。

夏苏愈夜愈胆大，脚尖点上棂槛，准备一探究竟。她身姿轻如飞燕，十指张开，撑瓦无声，眨眼之间就掠过屋顶，落到屋后石板地。连换气的停顿都不留，往窗纸上戳个洞，猫腰往里看，光线不亮，却足够她看个清楚。

黑衣裹身，手持火信，一道影子趴在床前，正往底下照。

床上被褥叠放整齐，无人。待影子重新站直，不出意外，夏苏见他蒙着脸，身材细瘦纤巧，也不高。

女人？夏苏冷眼看她翻箱倒柜，大肆搜屋，却没有哪儿拿的东西放回哪儿的打算。是不怕屋主报官，还是把屋主当了死人？

想想自己几日没见过赵青河，连带乔生也无踪影，她心头一凛，原本只是旁观，瞬间改了主意，挑窗穿入，顺手捡起地上一个木画轴，朝黑衣人背上敲去。

那位"同道中人"背对着她，丝毫不觉身后来人，直到吃痛一记，才转过身来。这人双眼因吃惊而眯紧，声音又尖又细："你从哪儿冒出来的？"

夏苏见自己一棒头下去，对方居然还能站得好好的，真是想挖地洞钻了。赵青河会轻功，她也会轻功；赵青河一拳打得死老虎，她一拳打不动棉花，自己还惹了一脸灰。不过，她也没把木轴扔了，总觉着比赤手空拳好。

黑衣人扭动了一下身子，手伸到背后，似乎在揉。

夏苏有点被安慰，心想大概不是她力气小，是那人经得起揍。

"这点挠痒痒的力气，还敢打我？你找死！"黑衣人说话的音色又粗了。

夏苏眉头一皱，叹了口气，往后退开几步："你哪位？"她说话腔调天生慢，又不像跟赵青河对着干那样，此刻一丝火气也无。

奇怪的是，听者反而火冒三丈："死到临头还装什么神仙气，等我在你脖子上扎三刀，听着喉咙口漏气声，看你还能不能装冷静！"

夏苏脑袋歪着，悠悠问道："这位姑娘，为什么是三刀？"不管几刀，这人说话，和贼船胡子是一路货。

黑衣人噎了噎，想自己就那么一说，姓夏的居然还较真，是傻子吗？忽然，她一跳，声音嘎出来："你说谁是姑娘？！"

夏苏挑眉："姑娘声音变来变去，若不是想隐藏身份，就是想隐藏性别。"想当初，她在赵青河面前也是这般小家子气，上不了台面的女贼样吧。

黑衣人声音仍不男不女："总比兄妹变夫妻好，还无名无分，孤男寡女独处也不知羞耻。"

"原来你认识我和赵青河。"不知是不是近朱者赤近墨者黑，与看不到脸的人对谈，夏苏突然发现自己也在意起细节来了。

被揭穿女儿身，却还变声，或许是因为彼此照过面。黑衣人闷沉哼一声，知道自己说漏了嘴，同时暗暗咬牙，放在背后的那只手移到衣下，抽出一柄银亮短匕，蓄势待发。她早听说，夏苏可能有轻功的底子，虽不清楚到底多高，但对方一棒子也没能有多大力气，想自己应该可以一击就中，绝不容对方识破自己。

夏苏表情淡淡，好似全然不知自己即将面临的生杀危机，转头看看左右："你在找什么？"

黑衣人悄近两小步，在夏苏的视线回到她身上的瞬间，维持之前立姿，下巴往夏苏后面一努："找它。"声东击西。

夏苏果然上当，回头。

黑衣人大喜，右手极快抬高，左手握右手腕，蹬脚跃高。匕首冷光四射，如流星疾滑，朝夏苏细白的颈项落去。只是，不管黑衣人自以为动作多快，手中的匕首寒尖始终离着目标一寸。锵啷一声，刀子戳了地，差点从手里震飞出去，她双膝跪地，眼前却哪里还有夏苏的人？

黑衣人惊得无以复加，轮到她回头找，却见一片比夜还沉的影子压眼而来，随后感觉脑袋疼一下，肩膀疼一下，脖子疼一下，心里正想骂什么眼神，顷刻，失去了意识。

夏苏手发颤，但将画轴抓在身前，气直喘，竟往后跌坐在地上。眯眼看，一刹那希望那人再也别动，一刹那又恐怕那人断了气。她大口呼吸，好一会儿居然自言自语，慢吞吞来一句："老子吃奶的力气都使出来了，老子不信你不倒……"黑衣人的火信子滚落一旁，星星般的微光就要尽灭，她学着老梓叔的语气说话，到最后扑哧笑出了声。

"砰！"屋门被撞开的声音，脚步噼里啪啦，一道身影出现在门前。

对方还没开腔，夏苏就知那不是赵青河。身影、背影、侧影，某人每一面的影子，她已无法错辨。

"谁?"是乔生。

"我。"夏苏深深叹口气,撑着画轴立起来,脑中突生一幅诡异的画面:一只狗熊张大嘴,自己歪着脖子,一脸甘之如饴,等着它下口咬。

"小姐别吓我。"乔生拍拍胸口,到外屋找了蜡烛点上,重新走回来,"少爷不知跑哪儿去了,你可千万不能再下落不……"烛光一照,屋里刷刷清,他瞪着眼珠子大叫,"这……这……"

乔生不知道从哪里问起,最后指着最醒目的那团黑:"这什么东西?"

夏苏却问乔生:"你不是一直跟着赵青河吗?怎会不知他跑哪儿去了?"这种想给自己一巴掌,又无法忍耐的心焦,火烧火燎。

乔生踢了踢黑衣人,发现昏得透彻,这才放心,答夏苏的话:"到昨日傍晚,我还是跟着少爷和董师爷的。后来少爷让我先回府休息,早上再去换他,但等今早我去时,却没见着人。我扮成货郎,向卞姑娘的弟弟妹妹打听。他们说卞姑娘天不亮就出了门,要去画集逛逛。我就想,少爷和董师爷一定保护她去了。我也不敢乱走,在隔壁院子等到夜里,越想越不对,就回府来瞧,谁知听到动静,还以为是少爷,又看黑灯瞎火,直觉不妙。"

夏苏腿也不软了,气也不喘了,走到黑衣人那儿,手也不颤,稳稳将蒙巾摘去,道一声果然是她。

第三十八章　以画换命

乔生诧异:"鲁七娘子!少爷在卞家候着的人,怎么跑这儿来了?"

"这伙人做事极其小心,只怕已经察觉赵青河的意图。"夏苏对乔生道,"拿盆冷水来。"

乔生听吩咐,忙抱了一盆水进来,看见鲁七娘子已经被五花大绑吊在梁上。他禁不住咽咽喉头,想问夏苏究竟如何做到的,不管是打昏鲁七娘子,还是把这么大个人吊到半空。

"泼。"夏苏淡淡一声。

乔生只好将疑问暂放,举盆往空中泼去。

鲁七娘子一个激灵,迷迷瞪瞪睁开眼,突然凸大眼珠挣扎起来。不挣扎不要紧,一挣之下,发现自己处在半空,上身被绑得死紧,休想逃脱。她立刻咬牙切齿:"小贱人,我死,你情郎也是死。"

乔生来气:"臭女人,给我把嘴巴放干净点!"

鲁七娘子哟哟笑,一脸媚相:"小贱人本事不错,处处有情郎啊!真是对我的心思,就爱挑一个窝里的男……"

"啪!啪!啪!啪!"鲁七娘子的脸顿现五指红印。

她惊恐地往下望去,见打她巴掌的女子立若青松,仿佛压根不曾动过手,只有衣裙微起,似刚刚过去一阵清风。而她自认功夫不错,却连那女子的动作都看不清,只觉自己眨了一记眼。鲁七娘子终于明白一件事:夏苏不是速度快身子轻,也不是会些轻巧功夫,而是轻功绝顶!

"赵青河呢?"夏苏冷冷问道。

乔生感觉自己下巴掉了,他总觉夏苏有些神秘灵巧,想不到她除了一手以假乱真的画技,还有吓煞人的轻功。娘啊,连打四个巴掌,得腾在空中多久啊!

鲁七娘子虽惊诧,到底作恶多端,手上又有筹码,肿着脸笑:"还以为你多情,见一个爱一个,看来我高看了你。"突然敛笑,眼里一抹阴狠,"放了我,不然赵青河也别想活命。"

"放了你,赵青河就能活吗?"夏苏仍是慢慢吐字。

"听你说话,真能把人急死。"鲁七娘子只觉心里烧着一大片,不吐不快,"我干脆跟你说清了吧,赵青河、董霖、卞茗珍,三人就在我们手里。我们一向讲究和气生财,不过谁敢往死里纠缠我们,我们也不会手下留情。这会儿呢,我们就为了钱财,还可以不同赵青河那小子计较。他说卞家其余七幅画让他藏起来了,只要你肯老实交出,我就放人。"

"不好。"夏苏让乔生看紧人,转身往门口走。

鲁七娘子蒙了:"姓夏的,要怎么才算好?"这人竟不跟她谈条件吗?还要她求着!

"以命换命。"夏苏头也不回,"在我看来,鲁七娘子的命,比那七幅画更值钱。等天一亮,我就去报官,他们自有办法撬开你的嘴,让你乖乖招出老大。能将你们这伙人捉拿归案,相信赵青河会死得瞑目。"

鲁七娘子沉眼冷笑:"想得美!"见夏苏回身摊开手,掌心里正是自己用来自尽的毒药包,不由眦目,"你!"

夏苏眉眼不动:"要么死不成,活不成,生不如死;要么以命换命,各自逍遥。"

乔生眼珠子来不及转,忽左忽右,听着两个女子对话,感慨夏苏好像变成了另一个人,冷若冰霜,说话不带一点感情。哪怕他清楚,夏苏正设法救人,自己却依然遍体生寒。

"有三条命呢,你只换赵青河吗?"鲁七娘子怎么也料不到自己会栽在夏苏手上,只恨消息不准确,"不如我这条命再加那些画,如何?"

夏苏笑音清脆不歇,半晌才道:"我从没见过像你们这么爱财的人。"莫非这能算作是出生在刘家的好处?"好,你,加上七幅画,换赵青河、董霖和卞姑娘的命。不过,那些画让赵青河送回苏州去了,我需要几日工夫取回来。"

"杭州苏州往返只需两日,我给你三日。"鲁七娘子心里好不得意,暗道夏苏到底泄了底气，在乎赵青河生死。

"赵青河藏的画，我根本不知它们在哪儿，三日不够。"夏苏不应。

鲁七娘子掂量着，暗想夏苏耍不出名堂："五日，不可再拖。"

夏苏点头同意了，又问："如何知会你的伙伴？"

"我亲写一张字条，说明交换的时间地点，你送去西山别亭北脚一块活砖下，自有人取。只是，你若敢报官，玩什么暗地跟踪的花招，就得承担灭口的后果了。"鲁七娘子道。

夏苏没多说，等鲁七娘子写完字条，不待她再说废话，竟又一棍子将她打晕，吊回大梁上去。

乔生咋舌，不知夏苏在练手劲，心道这位主子绝对不比赵青河好惹，做起事来麻溜得很，因此说话语气都有点小心翼翼。

"小姐，对方真会在意这女人的命吗？"

"就算不在意她的命，大概也会在意那几幅画。"夏苏回想那伙人的行事风格，共同点之一就是死捞钱，连沉船灭口都想着把货物先运走，"乔生，你把字条放过去，再到卞家守着，以防赵青河他们其实没事，是鲁七娘子讹我们。"

乔生应得干脆，但道："只是这个妇人由小姐看着，我很难放心。"

夏苏睨着昏死过去的鲁七娘子："我会找九娘帮忙，请她派人护送我回苏州，鲁七娘子自然跟我走。一路由杨家护院看管，我不会有事。"

乔生糊涂了。他一直帮赵青河做事，知道近来轰动杭州的八幅古画压根就不存在，是诱鲁七娘子等人的香饵，可夏苏却说要回苏州取画，还五日之后就拿画换人。这是打算现画？想法一出，他自己就推翻了自己，心想怎么也不可能，顶多是拖延时日，到时再用少爷准备好的假画搪塞吧。

当下，两人各做各事。

乔生放出字条后，在卞家等了两日，仍不见赵青河三人回转，终是不能安心，到底知会了林总捕。林总捕当然布置了好一番，自认布下天罗地网，就等交换那日到来。

夏苏在好姐妹的帮助下，对外称病，押着鲁七娘子回了苏州。

那几日，鲁七娘子一直被囚在船底舱，咬牙数日子，将打昏她两回的夏苏骂个不停，却也无可奈何，只盼自由之后再报仇。

五日转眼过去四日，到了指定日子的前一晚。

涵画馆如常关了铺子，方掌柜回到后园公事房，见桌前有一人正看账本，老纪则立一旁。他连忙上前行礼："大东家来得正好，我跟您对一对账吧。"

那人笑道："方掌柜不必多礼。涵画馆生意红火，都是你的功劳，这点银两就算都给你，我还嫌送不出手，对什么账啊。"

方掌柜一怔，听出题外话来："这个嘛……正行生意来钱虽慢，好在稳固，细水长流。"

老纪笑了一声："那得先活久了。可惜，算命的说我命短，活不到七十古来稀，还是赚痛快银子爽心。"

方掌柜露出不甚赞同的神色："老纪，说好转走正道了，你怎么又变？咱们都是好不容易下定决心的，为此付出多大的代价，难道因你一句痛快，再回老路上去？"

桌后那人合了账本，语气和缓："老路是不能走的，但痛快银子好赚不赚，确实让人心痒。方掌柜，没经你同意，二东家和老纪对卞家的古画动了手，这不，二东家让人抓了，老纪才肯跟我说实话。"

方掌柜大吃一惊，顿足气道："卞家的画我有十足把握低价进，你们着什么急？"

"老方，你这是年纪大耳背了吗？满杭州城都在议论这八幅画，公然开价过了十万两，人家卞姑娘又不是傻子，你还低价进？"老纪阴沉撇笑，"行啦，我保证，这真是最后一回无本买卖，大东家都点了头，你就别光顾着找麻烦了，赶紧想办法，既能救了二东家，又能拿到宝贝。"

方掌柜听老纪说了事情经过，知道他手上有赵青河三人，神情却轻松不起来："大东家，这事对咱不利啊。"

桌后人兴致勃勃："你也察觉了吧。"

"明日交换，官差肯定设有埋伏，只怕人货两空，赔了夫人又折兵。"方掌柜深思熟虑，"还有，这赵青河怎么让老纪捉得那么容易？"

"放屁！哪里容易了？"老纪一拉上衣袖，白布赫然裹着半条手臂，

"那个臭小子差点没把我一条胳膊废了。"

"岂止如此，"大东家道，"老纪手下损兵折将，死了三四人呢。他练出来的手下，你我皆知，是咱们最后可用的一点武力。我本来也想忍了，但又咽不下这口气，好歹把这最后一笔买卖做成吧。真的就此一回，再出这等事，谁的生死我不管了，金山银山也不眼红。"

"只是这八幅画中有七幅尚未过眼，说老实话，我还怀疑有假。"方掌柜语气一转，"大东家一向谨慎，说到谋算，也远胜了我们这些人。既然您已有决定，就尽管吩咐，我听您的。"

"我曾怀疑那些画是假的。"声音轻扬，自信满满，"不过，托了赵青河没脑子的义妹之福，匆忙唱出一出真心救情郎的戏，倒让我信了七分。她对杨府谎称生病，几日不见人，实则带了二东家去苏州取画，今日晚膳时才露面，二东家连同七只画匣子由她家仆人和杨府护师看管。而以赵青河的行事风格来看，他不可能低估我们，就算拿假画来诱，手里也应有真品，以备不时之需，所以，我能再信两分。这最后一分，就要靠您一双利眼了。"

方掌柜张嘴又合，再张嘴，显见疑虑："看画自然不是问题，只是大东家可曾想过，赵青河以此计诱出二东家和老纪，说不定怀疑到我们在杭州转了正行？如果真是如此，涵画馆也许已被他盯上。你想，那位卞姑娘最先来找的，可是我们。"

那人沉吟："卞茗珍可不止找涵画馆一家，否则也不会全杭州都知道了八幅画的事。你的怀疑虽有道理，可我以为，赵青河选中涵画馆不过一时巧合。无论如何，我决定，明日事了，立刻将涵画馆转让出去，暂时什么买卖都别做了。"

老纪面色狠戾："那赵青河还杀不杀？"

"杀！"那道声音极冷，不屑，视人命如草芥，"明日，我要那对兄妹死在一起，成全他们。原本我还顾忌赵青河的身份，既然横竖赵府的继承者要换人，他是生是死，这事追究不久，更追究不到我们身上。"

"之前我在江北，不曾与赵青河打交道，就听你们说来，此人诡诈多狡，更是两次三番坏了我们的事，除掉也好，免得再生枝节。"方掌柜赞成，同时把心一横，"明日到底如何行事，还请大东家示下。"

鬼祟之灯，映得绵纸昏亮，在黑夜中那么醒目，从高处俯瞰，可以将窗上屈躬的身影一览无遗。

俗话说得好，纸包不住火。别说窗纸，再厚的墙也挡不住秘密，很快都要烧冲出来。

"赵青河！你个王八蛋！龟孙子！满口大话！"某间地屋，某位师爷，让地窗外的月光罩住半张脸，扭曲得有点像冤鬼。

赵青河靠墙盘坐着，两眼乌青，任凭董霖怎么骂，一字不还口，闭目养神。

"你看看，你看看！都让人打出黑眼圈来了！骄傲到脖子折的赵青河，你怎么能忍啊？当初是谁，跟人话不投机，把人从街头打到街尾，打完才趴下，葛绍还帮你接了三根肋骨。"

董师爷那根手指，眼看就要戳到赵青河的胸膛，却被两根手指夹开了。

"这里，可不是你小子能碰的地方。"要么不说话，要么……

董师爷一哼："难道还是专门留给苏娘的不成？"

乌青眼睁开，墨光澈透，然后两道锋眉一抬，赵青河做了个表情"知道就好"的表情。

"有本事，再给小爷我肉麻点。"董师爷搓着手臂，"成日里单相思，你觉得有意思吗？"

"好歹还有人让我相思。"赵青河要笑不笑，嘴角撇上天去，嘲讽之意如滔滔江水，往董师爷那张被打肿的脸奔去，"不像你，要是挨不过这回，就成无牵无挂孤魂野鬼了。"

董师爷骂道："屁！你才孤魂野鬼！话说回来，我真死了，你也别想开脱，小爷纠缠得你上天无路入地无门。娘的！平时把自己吹成武林高手，遇七八个壮家伙就被打趴下了，害得小爷受你连累……"

"这位董师爷，你有完没完？自己三脚猫的功夫，没挨几拳便晕死过去，比我昏厥得还早，居然好意思怪别人。"实在听不下去，另一同屋卞茗珍嗤笑。这是"遇人不淑"？想她从前知书达理，说话都不大声，如今却敢于争论对错，不知怎么，心里爽气极了。

"我们仨里，就你最没用。"不提还好，提起来，董霖一肚子气，"那会儿我让你装晕，你举个板凳算怎么回事？当谁不知道你是母老虎，非要发发雌威。你该不会是看上这小子了吧？我在你家旁边蹲了几日，没喝上你一口茶，他一来，你就给送饭。不过，我告诉你啊，你这辈子就别想了，人家苏娘比你强百倍，又温柔又聪明，又乖巧又伶俐，一双手有绝技……"

赵青河重新闭上眼，这几日虽过得慢，听这两人斗来斗去，倒也不算无聊。要说董霖，还真够义气，赞得夏苏天下无双，他喜欢！他放在心尖尖的人儿，当然得是独一无二，谁也代替不了的。

被关进来那日，鲁七娘子喂了他一顿鞭子，还放狠话隔日要剥他的皮。不过，第二日没见鲁七娘子来剥皮，反而是那个阴险的老纪来拷问，让他招出另七幅画藏哪儿。他假装撑不住，说出苏州赵府四个字，这几日就突然清静了，只有送饭的汉子露脸，让他的计划没法进行。

原本，赵青河就是故意被抓，混进来探对手大本营的。他有强烈的直觉，在冯保和胡子等人完蛋之后，自己离涵画馆的"大东家"只差一步。虽然并没料到卞茗珍也会被抓进来，但他做事，一向对自己狠，对别人也狠，到了这个地步，无心考虑他人安危，反正还有董师爷那"老百姓的官"操心。

今日来送早饭的家伙，无意透露一句"吃饱喝足好上路"，他思来想去，只有一种可能——他的利用价值即将实现。这伙人一直都唯利是图，如果没有他制造的香饵，不可能好吃好住供着，早在袭击他的那晚就往死里砍了。他也是仗着这一点，装孬被捉，陷自己于这间地牢之中。

从假人质变成了真人质，这要让他猜的话，多半是夏苏那里发生了变故。

除了他和董霖，就只有夏苏知道，卞家的江南卷八幅子虚乌有，而且她造的那幅《天山樵夫遇仙图》最具灵气，至于另外七幅，是像方掌柜那样的鉴定高手一定能瞧出破绽的普通仿片。夏苏自然比谁都清楚，那样的画，充个数填个匣子，骗骗鲁七娘子和老纪可以，真到了救人质的时候，根本不管用。

五日，比他预计的时日要久，却恰恰证实一点，夏苏争取到了时间。

这会儿，那份价值十万两的至宝应该已经装箱了吧。现在的问题是，他到底该信自己，还是该信夏苏？

何时何地逆袭反击，关乎这里三条性命，而且时机一旦把握精准，几乎就能直捣黄龙。

问头脑，头脑必定选自己，那姑娘偏才严重，不是干捕头的料，很可能天真认为照那伙人说的做，到了时间，拿画换人就好了。问心，心却没出息地选那姑娘。她跟他过了半年日子，没看过猪跑，也看过他跑吧，总能学到一点点处理危机。

忽听外头来了一串急促的足音，赵青河立时睁眼，正经对董霖作个噤声的手势。

董霖关键时候不糊涂，反见卞茗珍还要开口，干脆一把捂住了她的嘴，在她耳旁低道一字停。

这几日，卞茗珍也算经历了人生的大起大落，又天资不笨，已会看眼色，知道眼前这两人绝对正直，因此不惊不闹，马上冷静下来。她唯一做的事情，就是将董霖的手无声掰开，冷冷扫他一眼。

"头儿，这就出发去北河林子吗？"声音虽小，赵青河和董霖都是练家子，听得清楚。

"不，去万里阁。"老纪的阴沉腔。

"可是，二东家的留条上……"

老纪打断那人的话："北河林子被上百官兵和衙役捕头围得水泄不通，等着咱们上门，你想去，先把脖子洗洗干净。"

那人喝了一声："娘咧，二东家虽被那姓夏的捉了，但能传出讯来，对方应该也顾忌咱们拿着他们的人，怎么敢报官？"

"报不报官都一样，难道我们傻，鲁娘子说哪儿就去哪儿？反过来说，对方要真一本正经在北河撒下网，说明也是够蠢的，以为我们会听话呢。"老纪笑声冷冷，"大东家吩咐，今夜除了咱们自己人，一个活口不留，否则从谁手里逃掉的，谁赔出自己的命。"

没有抗议，抱怨，或嬉笑，只有一片沉默服从。

"都去换成常服，半个时辰后出发。"老纪说完，脚步声声，远去。

董霖又想骂人，这回声量放低："赵青河，你也听见了，难道真这么等死啊!"

"万里阁是什么地方?"赵青河反问。他听足音,和上回包抄他们的人数差不多,看来已是这个团伙的主力。

"鬼知道,我是苏州人。"董霖当真不清楚,就是语气好不了。

"万里阁是杭州最大的藏书阁。"好在有个本地人卞茗珍。

"万里阁无人看守?"赵青河再问。

"万里阁是朝廷所造,杭州知府起先将其拨到附近大寺下看顾,后因来访的学者络绎不绝,就在万里阁旁加建了行知学馆,不仅成为当地颇有名望的书院,也为文客们提供膳宿之便。如今,万里阁属行知学馆管辖。不过,这几日学生们应该在放假。"卞茗珍道。

董霖哼了哼:"卞姑娘真是读书人啊。"

卞茗珍气结。

赵青河直白道:"卞姑娘不用理会,有人吃不到葡萄就说葡萄酸,要不是朝廷缺官,也轮不上他一个落第的秀才当师爷。卞姑娘说学生放假,是过清明吗?"

赵青河损董霖的话,卞茗珍十分受用,待他的明显态度和缓:"赵大哥,不是的。万里阁共三层,第一层对所有人开放,上第二层要有馆长许可,然而这第三层多孤本珍本,没有官府的信引,自身名气多响亮也进不去。不过,每季行知学馆对外通宵开放第三层数日,以最多五十人为限,先到先入,满五十即止,接着就要排队看运气了,出来一个放进一个。"

董霖呛声:"这么喜欢被关在屋子里?我苏州府衙的大牢正空虚,不必排队,热烈欢迎。"

"书海学海,万里阁第三层是每个爱书之人的梦,岂是你这等把书屋当牢房的人能明白的?"卞茗珍呛回去。

董霖朝赵青河努努下巴:"说起读书,我好歹比这小子好得多,他一看到书,只有一个动作——撕。"

卞茗珍不信:"赵大哥看起来学识不浅,怎会撕书?"

赵青河淡笑,不想在这话题上多说:"如此说来,今晚那里会有很多人?"

卞茗珍点点头："去年超过千人在楼下等，故而还摆了不小的集市，从早到晚不歇市，非常热闹。"

人多的地方，不怕跟踪，不怕追击，进退方便，加之夜间视线不清，这伙人选了万里阁，显然经过深思熟虑。对方首领虽是作恶多端的家伙，也被他和夏苏堵了几回，却是因手下无能，自身则深藏不露，实有过人的智慧。

可惜，对手是他赵青河！

董霖还是很懂赵青河的，看他一脸沉思，眉宇之间皱了又松，知道他已有决定："赵大神捕，你要是再卖关子，我可当真烦了。"

"没关子，等吧。"赵青河再闭目。

董霖问："等什么？"

"美人救熊。"等一个叫夏苏的美人，来戳他的胸膛，骂声狗熊太蠢。

赵青河那边想得美，夏苏这里，有人却是要吐血了。

因着夏苏的信任而知道前因后果的赵九娘，瞒着丈夫和杨家上下，怀揣这个秘密，为夏苏提供了最大帮助。眼看就要大功告成，她能直起腰板，说自己做了有生以来最了不得的事，谁知突然门外飞来一柄飞刀。尽管这柄刀离她的脑袋还很远，却刹那将她那点飒爽心思抽干，顿时只有铺天盖地的不祥预感，后悔不该跟着夏苏胡闹，应同丈夫说了，交给官府去救人。

再听夏苏说对方改了地点，赵九娘心里咯噔咯噔几下，立刻劝道："苏娘，要不，还是让我同琮煜说吧？这种事，最好由男子出面担当。"

"杭州知府布置下去的事，要担当也该由官差来，何须你家相公？"

夏苏知道赵九娘能坚持到现在实属不易，可想到杨琮煜那位大少爷的脾气，大概只会把事情闹得不可开交，自己亦不愿意对杨家解释过多，尤其还牵涉赵府。

"乔生早就报了官，我们只要配合官府就行了。"

"那就好。"赵九娘松了口气。她虽是大族庶出的女儿，不比嫡女千金无忧无虑，但日子也算过得平顺，有识人的慧心，心思单纯，对好友的话尽信不疑，不晓得自己所知的秘密，在整串事件中只占很小一部分。

"时候差不多了，你回吧，不然你夫君会好奇的。"夏苏道。

"早好奇了。前几日你谎称病，琮煜就问东问西的，今早你露了面，他仍问我到底是什么霸道的病，要调府里护院看管隔离，对了，也问起三哥。我就说杭州总捕请三哥帮忙，不得不外出几日，他又问什么忙，还要三哥出面。真是的，嫁过来这些日子，还不知他是这般好奇的性子。"赵九娘笑了笑，起身要走。

夏苏送她到门口："性子活跃才好，否则多闷哪。"

赵九娘抿嘴："是，我已是闷人，再嫁个闷人，生生闷到老，怎么得了。"

夏苏呵然："你不闷，只不过要看对方是谁，这不，连欺上瞒下的事都敢为。咱俩不能老待在一起，时日一久，什么事都能做，你信不信？"

赵九娘连道没错，眼看就要踏出门，突然转过身紧紧抓住了夏苏的手，杏眼明睿："苏娘，你是我见过的最坚韧的姑娘，从你身上我学了很多，觉得好像什么事都不算事，只要心里能自在。真的。"

夏苏怔过就笑："你要听我遗言啊？"

赵九娘呸呸两声："想告诉你，你这个姐妹，我愿交一辈子。人生百年，沧海一粟，但我以为能持续几十年的交情，足够了。"

夏苏望了赵九娘一会儿："是，一辈子能有一个你这样的姐妹，足够了。"她的亲姐妹不把她当人，她更不曾想过会有手帕交，际遇却奇妙，放弃掉的东西，偏偏送回面前来，让她不要放弃希望。

"所以，明早陪我到外头吃好的去，嗯？"赵九娘眼里亮晶晶的，笑若芳兰，走了。

那道美好的身影远去，夏苏这才淡淡道声好。她一回头，却吓一跳，拍心口："梓……梓叔！"

"老子真是看不得你这怂样，一个印章都拓不像，说话还结巴，针尖大点儿胆子，娘的，居然还敢赎人质。"老梓踢踏着布鞋，瘸腿踩椅子，端了茶壶，就着壶嘴，咕咚咕咚喝了半壶水，好像渴很久似的。那张平常打理得十分整洁的脸，这时胡子拉碴，两眼黑眼圈。不是被人打出来的，而是睡眠不足的模样。

夏苏张张口，还没说话，又听到另一声音。

"阿梓，苏娘好歹是你侄女，别脏话连篇的。"周旭从内屋出来，一脸不甚赞同的表情，"苏娘胆子不小，谨慎罢了，我觉得这样很好。一个姑娘家，大大咧咧猛打猛冲，难道就是勇敢了吗？那叫没脑子。"

"老子不是那意思，"老梓将茶壶往桌上一放，袖子拭嘴，快快道，"怕也要看地方，这里都是自己人，她怕鸟啊？不是有老子和你给她撑腰吗？弄点动静就跳得跟个兔子样，弄得老子感觉自己是死人。"老梓语气一转，指指周旭，"你就知道宠她，她做什么你都说好。她亲生老子要不是姓刘，我也不操心，咱们造点假画，骗那群有眼无珠的土财主，太太平平过几十年，挺好。可是刘家，不，那个刘彻言，是吃素的吗？他和宫里那位大伯父联手，咱们就算傍上宰相也没用。老子是想，她真到躲不过的时候，横竖是个死，吓死自己不如吓死别人，来个同归于尽，两败俱伤，比兔子蹬腿就完蛋要好。"

周旭气笑："胡说八道什么，怎么横竖是个死了？你刚刚说给她撑腰，是寻开心瞎说说？"

"老子给她撑腰，她也得先直着腰不是？"老梓拿眼角扫着夏苏，"你瞧瞧她，她有腰吗？跟个小老太太一样，就差根拐杖。"

夏苏看看自己，慢声慢气道："我站得很直，梓叔这几日辛苦赶工，眼神不好使了。"

周旭哈哈笑出声，向夏苏跷起大拇指，又对傻眼的老友道："你眼神是不好使了，看不见当年不敢用力抱的软娃子长大啦，已有主见。咱当叔的，她能想着找咱帮忙，那是给咱面子。你呀，多干活，少说话，不然将来老了，苏娘不养你。"

老梓目光沉定，看夏苏片刻，照旧露出玩世不恭的神色："老子自己挣钱自己花，为什么要靠这丫头养？放他娘的狗臭屁！"甩帘进里屋，吼声传出，"最后半幅画墨迹才干，要是看不出假来，不是丫头本事大，而是对手瞎了眼。你们有空鬼扯，不如快想办法，怎么蒙混过关！"

周旭笑望夏苏："别听他嘴上凶，其实比我更疼你，你娘命运多舛又早逝，令他一直耿耿于怀，所以希望能护你平安。"

"我知道。"她并非一无所有。

第三十九章　羊入虎口

一辆马车驰出杨府，往万里阁方向，亦轻松闲定。

万里阁，万人游，丝毫不夸张。正值春季，清明冷雨也过了，说夏尚早，杭州最好的时节，无名小巷都多了人气，更别说名地胜景。

杭州第一的藏书阁，地处繁华，上有帝王廷供，下有地方支撑，可谓得天独厚，精藏万卷不嫌多。这日还是春季开放的最后一日，到处人潮汹涌，连轿子都挤不进去。

夏苏轻装步行，乔生押着鲁七娘子，瘸脚仆人背一筐画匣子，从人海中缓缓往万里楼靠近。

鲁七娘子服了软筋散，身穿男装，戴一顶遮去面貌的斗笠，右手与乔生共戴一根铁链，只有走路的力气，自然不去想着逃跑了。可是，她也不怕夏苏等人，还有闲情聊天："北河那里官兵估计在骂娘了吧，就算能赶过来，也没办法重新部署。我们要从上万人中脱身，易如反掌，难道还能设了关卡，一个个盘问？"

夏苏不回应，乔生低喝一声闭嘴。

鲁七娘子哪是那么乖的："我也没别的意思，就是告诉你，心里别瞎盘算了，等一下到了地方，就办踏实的事，把我和画换了你的情哥哥，千万不要想着出口气，回家好好过日子吧。"

夏苏刚刚听到万里阁第三层只能放进五十人的事，想了又想，还是决定问一问鲁七娘子："到了地方却进不去，当如何是好？"

鲁七娘子娇笑："放心，既能约在那里，当然有把握让你进去。他聪明非常，足智多谋，并非你这等傻姑娘能比。"

"他？"夏苏不迟钝，"你们大东家吗？"

"是啊，为了我，他一定会亲自出手，算你们有福气，折腾了半年，终于能有机会跟他直接过过招。"鲁七娘子语气好不得意。

夏苏想，若主谋是赵大夫人，这种语气委实不相称。

"听起来，倒跟你的情哥哥似的。"乔生试探。

鲁七娘子笑得媚极："下辈子重新投胎，我还真想当他的红颜知己。小子，别以为我不知道你是试探我，却早了八百年，我家老大的事，姑奶奶宁死也不会招！"

这么听来，这辈子下辈子的，嫌疑人是赵大夫人也算合情合理。夏苏蹙眉，心中实在困惑，又忽然想起以前被赵青河拉着聊天的时候，他曾说过，对于自己全然不清楚的事，最好就是以不变应万变。于是，她对乔生摇摇头，示意他别再多问，并牢牢记住，救人就是今日的目标，而不是干捕快的活儿。

鲁七娘子、老纪、方掌柜都不是普通人等，与暗地钩心斗角明里还要端着出身的刘家人不一样，是不会考虑面子好看的恶徒。

想着，挤着，夏苏终于来到万里阁门口。到了万里阁，才知因游客众多，一二层都增设了门限。不过，一般的读书人，想进第一二层并不难；而对第三层有兴趣的，多是求高深学问的文士，所以远没有集市里摩肩接踵的盛况。

夏苏精通古画典识，自然各方面都有涉猎，门限难不倒她，很容易就上到三楼。正以为要排队守运，却拿到了号牌。原来，和打听到的规矩又不一样，开放的最后一日实行抽牌叫号，皆凭运气，抽中的话，就可带一位随行。

鲁七娘子又得意翘起尾巴来："若我所料不错，你的号牌很快就会被叫到了。"

虽然不见得很快，将近子夜时分，从三楼跑下一个文库小士宣读号码，果真叫到了夏苏。

乔生道："真是对方耍花样，小姐小心。"

二楼两百多人里，不等运气等必然的，仅有夏苏。能抽到她，绝不可能只凭偶然；可以带一人上楼的规矩，也绝不可能无中生有。除了鲁七娘子，夏苏似乎也没别的选择，不过，她看似平凡，却总爱做些不平凡的事。

"乔生，你跟我上去吧。"她作出了别的选择。

拘着鲁七娘子的链子早就除去，乔生一放手，鲁七娘子就自由了，鲁七娘子惊愕之极："你放了我？"不敢相信。

"是。"夏苏踏上一级木阶。

"为什么？"鲁七娘子一把扯下斗笠，娇艳的容颜上完全无法理解的表情。

"因为我带着乔生，不用担心死得快；也因为在你和这七幅画之中，我想那位大东家会更在乎后者。"看鲁七娘子变了脸，夏苏依旧语气轻轻悠悠，"你心里应该比我清楚。"

鲁七娘子冷哼："这算挑拨离间？"她没注意，本来由瘸子背的筐，何时到了乔生的肩上，而且瘸子也不知哪儿去了。

"不是。"夏苏简短答过，与乔生上楼。

鲁七娘子咬牙恨声："你会死得很难看！"

夏苏顿足回头，一抹好笑："难道我带着你，能死得好看点么？"

乔生可没夏苏的软声和气，冲鲁七娘子一扯嘴角："刚才拿你当肉盾，也是够沉手的，这会儿你派不上用场了，赶紧有多远滚多远，要是再叫我们撞见，可就没这么好命了。"

鲁七娘子没忘自己挨了夏苏几棍子，又被乔生这般瞧不起，满眼仇意："小贱人可别得意，记住我的话，谁也不能在我们大东家手里讨得了好，尤其像你这种自以为聪明的女人。等你倒了霉，我一定会从你身上讨回那几棍子的债，一根整骨都不会留给你。"

乔生双眉一竖，火大要去拎鲁七娘子的脖子，却被夏苏挡住。

"我等着。"她那懒得说话的调调，并不在意会引起对方更大的愤怒，"你要是再不走，我就敲断你的每根骨头，再上楼去。"

鲁七娘子眼神恨不得吃人，转身扶住栏杆，走下楼去。

夏苏看了看不远处窗下的人，略一点头，就见那人自窗边隐去，她也再不犹豫，往楼上走。对方既是悍盗强匪，她就没有光明正大行事的打算——鲁七娘子，是放不得的。

三楼书阁只有一道门，叫到号的人纷纷插到夏苏前面，她也不跟着挤，就走在最后一个。一切看似的偶然都不是偶然，她比谁都清楚这个道理。所以，他们想要把她留在最后一个，她就没必要奋力冲杀到最前沿。果不其然，等那些人都进去了，门口突然摆出一张桌子，桌后立了一位中年人，与两名目光炯炯的年轻仆从。

"方掌柜，久仰。"

同走一条道，有正，亦有邪，博大精深，容纳各种人心各种品性。这条道，叫匠道。有天赋，有勤奋，都能走，走不下去就会消失，走到终点，就是千古名匠。名匠，奸、善、恶、德，皆有。不管夏苏承认不承认都好，眼前就是同道相会，同道切磋，不以良心论断，全看她背篓里的画是真是伪。凭的是技艺，拼的是眼力，无关善恶，由实力论胜负。

"夏姑娘，久仰。"单看外表，方掌柜具有文儒之气，"今日新规矩颇多，对不住啊。"

乔生可不客气，低咒一声："呸，坏人也不尽长着坏人脸，这位瞧着人模狗样的。"

年轻仆从双双咄道："嘴巴放干净点！"

乔生拍胸膛，瞪大眼珠子："怎么？难道你们干的事还光彩吗？杀人，贩人，偷人，什么没干过？真是笑话了，这世道再不好，还能把邪事说成正义不成？要不要夸你们？"

"乔生。"夏苏轻声轻气，"一事归一事，我想方掌柜和这两位只是负责验货的人，其他同伙是杀人还是抢劫，他们大概不会过问。毕竟，银子就是银子，不会写着脏字贪字。"

对面三人同时脸色不好看，还是方掌柜老道些，神情恢复得很快："夏姑娘说得对，世道艰难，能自食其力就不错了。而我想夏姑娘这会儿最耗不起的是时间，还是赶紧进入正题的好。"

夏苏一摊手掌，乔生就将一只画匣子放上，她即刻取出画轴，与乔生合力展开："请鉴。"

方掌柜有些为难："夏姑娘，画在你们手里，这样如何鉴哪？"

夏苏笑得很淡很定："方掌柜真是说笑了，画到你们手里倒是容易鉴，我还拿得回来么？"

方掌柜一拢胡髯："夏姑娘，若我保证还给你……"

夏苏摇摇头："我不能信。"她是让人骗大的，"方掌柜该清楚，你说这句不能鉴，已是在诓我。要不要你拿一幅画来，我站开三尺，鉴给你瞧瞧？"

方掌柜目光微冷，垂眸掩去："看来，我们都小看夏姑娘了。一直只知你懂画，不知你如此懂画，骗不过你。"

"好说。"夏苏挑眉，"你想边鉴边拿走也可以，每两幅放一人出来吧。"

方掌柜笑了笑，脸上却有些阴沉："哦？夏姑娘不想进去再谈交易么？"

夏苏笑得比方掌柜明亮："方掌柜岂止是小看我，根本当我是不懂事的女娃娃了吧？我要是进去，真就成了有去无回。"这时，里面除了赵青河三人，应该全是对方的人。

"乔生啊，准备了。"

乔生应一声，掏出火折子来，从篓里随便拿出一个匣子，拿火对着。

"方掌柜到底验不验？不验就算了，我救不了人，你们也拿不着画，不过十万两银子，不对，过几年，这批画的价值肯定高出两倍不止。方掌柜是行家，应该知道我并非说大话。"夏苏被逼学了这么多年的仿画，正是她父亲对古画收藏市场的看好，知道她能创造无尽的财富。

方掌柜帮人做无本买卖，专挑古董书画，也是明白人，立刻让乔生手里的火折子熏得紧张："夏姑娘，有话好说，其实我也不过是替人跑腿，怎么交易的事轮不到我做主。"

"那你就去找能做主的人商量吧！"乔生冷哼，"骗谁进老虎洞哪？"

方掌柜并没有去找："照夏姑娘的意思也不是不行，不过，你手上还囚了我们一个人，光有画可不好办。"

乔生来气："不是你们说只能带一人上楼吗？"

"夏姑娘可以带她，却选择不带她，这可怨不得我们。"方掌柜笑，终于显得有些奸诈。

"不怨。"夏苏才说完，从楼梯冲上来一个人，惊声尖叫。

"老方救命！"鲁七娘子自己跑上来了，噼噼啪啪拍打着头，"蚂蚁！蚂蚁掉在我头发里了！"

方掌柜脸色难看得很。按计划，夏苏会带鲁七娘子上来，单枪匹马，当然只能听话照做。谁知她带了乔生，乔生能打，拳头彪悍，一时不好制服，反而会引发楼外人们的注意。方才他灵机一动，用鲁七娘子为借口反驳以画换人，结果，鲁七娘子自己跑上来搅局。他沉眼看着神情淡然的夏苏，若这一切都是她的算计，他们可就大大低估了她。

"老方，你愣着干什么？还不帮忙！老娘要被蚂蚁咬死了！"鲁七娘子心狠手辣，全仗着男人们帮衬，本身再小女人不过，脾气却大得不得了。

方掌柜示意身旁的年轻人过去。

不料鲁七娘子重新让乔生捉了，脖子上顶一把尖刀，他撇笑："这叫地狱无门自来投。"

夏苏的脸上让人看不出一丝情绪，接画的动作却极快，声音缓得听者疲劳："方掌柜，我这边齐全了，你那边也让我看看人脸吧，死人我是没兴趣继续交易的。"

事情完全不能掌控，对方迟迟不跳进陷阱，方掌柜皱眉头："这个……"

"老方，你脑袋瓜不如从前好使了，"阴冷的声音，阴冷的脸，杀手一般的人物，老纪走了出来，"说半天都套不进一只小羊羔。娘的，她要看人脸，就让她看！"一挥手，身后一字排开，刀架在人质脖子上。

夏苏静眼一瞟，赵青河，董霖，还有那位卞家姑娘都在。卞姑娘算好，赵青河和董霖似遭了不少揍，衣衫破烂，血渍深浅不一。

董霖大叫："夏妹妹，快救哥——"肚子上立刻挨一记重拳，闷了声尾。

赵青河没说话，只是看着夏苏笑。尽管双眼乌青，嘴角渗血，一副惨不忍睹的模样，但笑得那么开怀，好像压脖的不是刀，而是大红绸带，当新郎官了。

夏苏别开眼："两幅画换一个人，赵青河可留到最后。"不是看不下去他的惨相，而是看不下去他那得意劲。至于心跳这东西，习惯就成自然，跳得再快，也不能跳出嗓子眼去。

董霖没被打乖，嘿嘿对赵青河笑："你混得也太惨了。"

赵青河却不以为意："留到最后，最值钱。"

夏苏冷冷道："你可以继续做梦。"留到最后最值钱？她这是照着对方的思路选出了正确的顺序而已！

鲁七娘子让一头发的蚂蚁爬得要疯："老方，你还愣着干什么？快给老娘验画！"

方掌柜进一步，夏苏马上退一步，画卷抖直："方掌柜，你也可以先放一个人，再拿过去慢慢看。"

方掌柜一想，对啊，最重要的人质在手，就算放两个人，她也跑不了，更何况，哼，她已不可能活着离开此楼。

"老纪，放了卞姑娘和董师爷！"同时，方掌柜朝夏苏伸出手，"夏姑娘，四幅画。"

一手交人，一手交画，情势变成夏苏这边四个加一个，方掌柜那边一加一。

方掌柜同他两个徒弟反反复复看着画，半点不马虎，只是老纪开始不耐烦眯眼，鲁七娘子痒得眼中充红，牙齿咯咯作响。老纪的六个手下，尤其是抓着赵青河的那两人，视线多多少少让方掌柜三个引了过去。

这时，夏苏和赵青河目光相撞，她无声吐字，他即时垂眸接收。

无人瞧见。

"老方，你快点行不行，绣花啊？"老纪忍不住催，"你看看鲁娘，也不知道有多少只蚂蚁在她头发里，我瞧着都头皮发麻。"

鲁七娘尖叫："闭嘴！"

"若是把假画当了真画，你跟大东家交代吗？"方掌柜却不着急，但直起腰，盯着夏苏道，"夏姑娘，请将另三幅画交出。"

"方掌柜，那四幅画可真？"夏苏亦不急。

"至少我和我徒弟看不出假来。"方掌柜语气从奸，模棱两可。

夏苏却非浅资历："那就是真的了。"

方掌柜面上十分淡然，不答话，然而心里正起惊涛。

《溪山先生说墨笈》中除了一些盛名的古画，最令人钻研的就是按照地域分门别类的不出世古画。沧海拾遗，本来可信度不高，但溪山先生编纂说墨笈之后就神秘隐遁，然后就出现一批知名的鉴赏家纷纷写书评，逐字逐句深究，认定了书中评画的中肯。后来，有人进献了书中一幅古画给皇帝，经宫中画技最高的画师鉴定，确实为名家手笔。皇帝珍爱至极，向民间高价征收，将这本书里的画推至国宝级。

方掌柜身为一个鉴赏师，对《说墨笈》所有相关书籍都熟悉非常，也有不错过真品的自信，却从未想到有朝一日，能看到《说墨笈》中的古画，而且不止一幅，是整个江南卷。

夏苏说，几年之后，这些画的价值会加倍。他认为，几年之后，这些画的价值会达到百万两之多。这是艺术的至宝，虽时间流逝，它们作为整体，将会超越金钱的意义。当然，他没有守护沧海遗珠之心，只有守护一个人的心而已。

方掌柜的目光迅速从老纪和鲁七娘子身上扫过，将惊涛压下，急切向夏苏索要其余三幅画，再道："只要我验完所有的画，你们就能离开。"

夏苏突然笑了，眼里清澈，如两泓泉水。

方掌柜刹那觉得她好像看穿了他，却又想不可能，冷然盯回去。

"方掌柜这样，感觉要独吞这些画似的。"夏苏状似无心，却立时让鲁七娘子和老纪神情一变，"要交其他的画，就得让卞姑娘和董霖先离开，而且叫你们的人放开赵青河，站在你我之间；同样，我也会放开鲁七娘子。"

方掌柜说好。

鲁七娘子则喊："老方，那四幅画给老纪保管。"

方掌柜目光一凛："你什么意思？"

大概头皮痒到极致就麻木了，鲁七娘子神情狠色："我能有什么意思？为大东家多想了一点点呗。怎么，你不肯交？"

赵青河满眼都是笑。啧啧，看乌龟展示急智，那般从容不迫，却搅得敌人窝里斗，真是一种验收成果的享受。可见，他平时没有白教她。

老纪走到方掌柜那里，将四幅画抱开，语气挺好："老方，她就那脾气，你对大东家的忠心谁不知道，不过这种时候还是顺着她吧，免得出了意外怪到你头上。"

方掌柜板着脸，却也无可奈何。

夏苏想起偷闯涵画馆那回，方掌柜义正词严维护大东家，倒是这个姓纪的不太服气,现在再看,真不知谁忠谁不忠。不过,不管怎样,情势又变化了。

中间站了赵青河和鲁七娘子,两人彼此离开一丈,而董霖和卞茗珍已下了楼,夏苏和方掌柜两面对立,最后三只画匣子送了过去。

赵青河瞧鲁七娘子转着眼珠子,抱臂冷笑:"劝你别打歪主意,我两丈之外就能取你性命,你信不信?"

鲁七娘子当真不敢动了,嘴里却撒娇:"青河小兄弟,姐姐我自打剥过你的衣服,就爱极那副好身板,还想事成之后找你共赴巫山云雨,你却那么凶,让姐姐心寒哟。"

老纪吐口唾沫,阴沉的脸上分外不屑。

赵青河挑挑眉梢,难得风流俊相,话却一点不好听:"姐姐老皮了些,我不好这口,要不姐姐重新投了胎再来找我,若我还没成亲的话。"

夏苏全神贯注盯着验画的方掌柜,手不自觉握成了拳,手心开始发汗,根本没听到赵青河和鲁七娘子说什么。她只知道这是最紧张的时刻,稍稍迟钝,全盘皆输。

最后一幅了,方掌柜的手也有些抖。验六真六,如果这幅也是真的,将是一笔巨大的横财。他自认没有半点掉以轻心,也嘱咐徒弟们放亮眼,然而随着画卷的打开,他的眼睛越来越亮,喜悦难以自禁。

眼看,画已铺开了一半,众人忽然感觉脚下楼板颤动。

方掌柜匆匆看过另半幅,紧张将画重新卷好:"老纪,行了。"

老纪面露一丝寒笑:"行了,赵青河,你们可以上路了。"

登时,从门里跑出十来个彪悍"书生",夏苏身后的楼梯也蹭上两列打手。

鲁七娘子披头散发,双目妖红,叉腰笑得猖獗:"姓赵的,这会儿你就算后悔不跟着老娘,老娘也不稀罕你了。天下珍宝不多,男人却有的是。别以为老娘不知道你跟你妹妹那点龌龊事,说好听是兄妹,说不好听就是姘头,老娘看在今日白得了这些宝贝的份儿上,就让你俩当同命鸳……"

楼板又颤了起来,只不过这回厉害,方掌柜验画的那张桌子都往一边歪了歪。

有人在楼下大喊:"柱子断啦! 楼要塌啦! 快逃命啊! "

鲁七娘子回头冲老纪吼:"怎么回事? "

老纪也正莫名其妙,但神色镇定:"小心上当——鲁娘! "

鲁七娘子见老纪向她身后凸出了眼珠,连忙转脸去看。赵青河的身影在她紧缩的瞳孔中突然放大,她还未及思考,就感觉自己的脑袋被他两腿夹住,往地板上急速旋下。不知道是楼歪,还是她歪,一切影像颠倒过来,脑袋碰撞地面的瞬间,脖断气绝。

赵青河一眼不看脚下死尸,慢慢站直了,高大身躯带起肃杀旋风,冷目似寒星,谁还敢笑他的乌青熊猫眼圈。他向老纪的方向跨出,食指轻悄一指:"下一个,是你! "

人,如箭离弦。

鲁七娘子的瞬间死亡让老纪惊得目瞪口呆,下意识就往门里闪,连那四幅画都忘了拿,只想引人入瓮。

"夏苏,你先走! "

赵青河的声音传进夏苏耳里,她的视线只来得及捕捉到他的一片衣摆,不由急喊:"楼要塌了! 你没听见啊! "

赵青河没听见,其他人听见了,在第三波强震来时,多数如鸟兽散。他们只是普通打手,收钱办事,却没打算把命赔进去。只剩十来个豁得出性命的,一半跟着老纪进了门,另一半人站得像尊尊门神,是要纠缠到死的气势。

"小姐先走! "乔生艺不高,人胆大,对面个个身经百战的打手,竟还想往前冲。

都让她先走,因为她没别的本事,最擅长跑路? 不过,这动静,一阵比一阵大得吓人,不太像吓唬人,梓叔真要拆楼? 他一个人怎么拆啊?

夏苏怎么想都不对,拉住乔生就往窗口跑:"你才学了几日功夫,就敢跟那些杀人不眨眼的家伙拼高下,居然还让我先走? 我走容易,却不想回来替你收尸! 踹窗! "

乔生自觉听话,抬脚就踹飞了窗子,却瞧夏苏往外轻飘一跃,吓得他连忙将她反手拉住:"小姐,这里可是三层。"

"难道你想回去走楼梯? "夏苏才说完,轰一声,一道火光,伴随巨大的轰鸣，从楼梯口炸上来，把那一半追兵震飞了。要不是夏苏眼明手快，用力拉乔生出了窗子，及时避到楼墙后面，乔生大概也会灰飞烟灭。

乔生吓得咋舌："这……什么呀？我刚才就想问了，老……老梓叔能弄那么大的动静出来？"

夏苏同样惊魂未定，让这一声炸得思绪混乱。

万里阁是全木楼，老梓叔说他会想办法弄颤了楼板，让她随机应变。她怕自己脑子不够机灵，还告诉了赵青河。

第四十章　背水一战

之前楼板第一回震，有人喊楼塌，夏苏就以为这是老梓叔的法子，正觉得不错，不过这会儿……

炸楼？

不说她和乔生差点让碎木片扎成刺猬，赵青河还在里头呢！这般不分青红皂白，一下子就要全灭的动静，好像有点过了啊。夏苏想到这儿，又听一声巨响。这回，从二楼的窗口炸出，焦灰、碎木像烟火一样在空中散开，火星四散。本来对第一声炸响尚迷惑的人们，这时终于知道惊慌，集市哗然退潮，混乱无序。

远处，一列快马，一行疾兵，赶得火急火燎的。

夏苏顾不得看地面上的景象，但觉脚下屋檐晃得厉害，知道楼身遭到了严重破坏。不过，万里阁是朝廷建造，用的都是好木，或许还能支撑住。然而，就好像老天爷在嘲笑她的侥幸心理一般，轰！轰！连着数声爆响，万里阁里似乎放着好多巨大的爆竹，炸个不停。

不会是老梓叔。炸药的威力，她只听过，没见过，只是水师用来对付倭寇的武器，仅仅能养活自己的老梓叔到哪儿去弄？

"娘咧，这哪里是声东击西，是要同归于尽啊！梓叔当我们是金刚不坏之身？"乔生站都站不稳，干脆趴檐。

夏苏眸中一凛，不，不是。

"你们怎么还在磨蹭？"说曹操，曹操到，老梓攀上檐来，一脸焦黑，身上衣物还有烧过的狼狈，呲着嘴，"格老子的，苏娘你事先准备了这等威力无比的玩意儿，好歹跟老子知会一声，老子眉毛都差点着了火。不过，倒是挺过瘾的。"

夏苏觉得好笑，却半点笑不出来："我们还以为是老梓叔你炸的。"

老梓反驳："老子就算想炸，一时半会儿上哪儿弄炸药去？不是你，也不是我，总不会是那群杀千刀的见钱眼开的家伙们吧？他们人多，至于豁出命给咱送葬吗？"他突然又叫，"赵青河呢？"

夏苏才想答他，三楼也炸起来了，火从隔壁的窗子升腾冲天，大风一吹，呼呼卷舌。

"梓叔，你先送乔生下去。"她说罢，点足就往另一边还完好的窗户跃。

老梓和乔生同声道不可。

夏苏真笑了："我不进去，就在外面接应。"

"楼都要炸飞了，鬼个接应！"老梓一手拉起乔生，猛然身体倾滑，原来是楼身歪了，幸好他抓住排水的陶管才稳住身形，"看吧，这楼撑不了多久了，咱们赶紧撤。至于赵青河那小子，比狐狸还精，比孤狼还狠，用不着你瞎操心。不然，我进去看看，你带这腿软没出息的东西先下去，到安全地方待着。"

腿软没出息？抱着老梓大腿的乔生苦笑，心想自己确实够难看了。

"我……"夏苏没说完，不远处的窗子刹那破开，这次却不是爆炸，而是蹿出一道人影。

那人蒙面，一身紧衣黑裤，手提一柄青锋剑，剑身流下一条血线，本已想往夏苏这边走，与她冷对一眼，立刻转向。

好浓的杀气！

那柄滴血的剑，触目惊心！

这时，窗里再出来一人，夏苏只望一眼，惊心已平。赵青河没事。

"夏苏，快找方掌柜，护他周全。"那双俊傲的刀眸，见到夏苏的刹那就含了笑，亦放下满心忧虑，"小心，你只要跟着他，我稍后就到。"话音落，赵青河高大的身躯也轻巧得不可思议，风一般往蒙面人跑开的方向卷去。

"娘的，当老子死人。"老梓嘀咕完毕，捉了乔生一只胳膊，对夏苏道，"我看到过姓方的，先下去再说。"

赵青河看到夏苏无恙就放了心，夏苏又何尝不是？哪怕也见他身上血色一大片一大片的，但人还撑着天地，神清气爽。

听了老梓叔的话，她一点头，双臂振袖，如蝶飞舞，明明双脚已离开屋檐，还能在空中优雅停留，再旋转着往下落。随着她轻盈的动作，所有野蛮的碎末和火星，仿佛都只是舞衣上的点缀，令她更加曼妙明艳。即使天外来仙，也不过如此。她其实，还是舞者，继承自她母亲，更超越她母亲。

她的父亲看中她的画技，她的养兄看中她的舞技，用酒瘾控制，也是为了迫她献舞邀宠。她对此憎恶至极，越到后来越抵死不从，出逃后，只是施展其中轻巧而已。然而，不知从何时起，她已无须再惶惶，身姿自然舒展。舞得美，画得美，虽引人觊觎，却也能够守护，她不是从前的刘苏儿，亦不再孤身一人。

这时，多数人忙于奔命，无缘得见她的轻舞，而少数瞧见的，又以为是自己眼花，眨过眼就只有烟尘恶火，哪来蝴蝶恋花。

唯一看清的人，只有老梓，落地垂眼，低声一句："紫姬，你可安心。"

飞天舞既已突破极限，足以守护自身平安。

老梓出身贫寒，自以为凭本事吃饭就能飞黄腾达，谁知诸事不顺，官场之中频频受挫。万般心灰意冷之时，他遇到紫姬，面对她的深情，感动却也无力付出，孑然一身离开京师，二十年后才知紫姬生前凄楚，痛悔亦迟，唯有补偿给她的女儿。

紫姬，夏苏之母，来自波斯，献于皇室，司乐局首席舞姬，因得罪权贵而遭陷害，下嫁刘玮为妾，再无自由。然，紫姬骨骼清奇，天赋异禀，老梓赠她一套飞天诀，她将其融入舞技之中，自创一门轻功，授予独生女。可惜紫姬自己身心俱创，无法练到最高。

夏苏听到那声低语，眼里微酸，却不揭人伤痛："梓叔，我找人去了。"

娘说，这辈子，可以笑念，就不要哭恨。娘亲从不流泪，笑也屈指可数，而梓叔，是能让她娘亲笑念的人之一吧。

老梓立刻瞪眼，一脚将立好的乔生踹开："老子就不明白，赵青河把你当小狗使唤，你怎么就能屁颠屁颠地照做呢？"大手挥空气，能拍出响动的掌风，"行，三条岔路，一人追一条，老子倒要看看，你跑得快有个鬼用。"

说行就行，老梓跑起来，根本看不出少了一条腿。

夏苏第二个奔出，见老梓叔选了那条她想走的窄巷，暗暗叹口气，转而上大路去寻。

乔生最后一个动，不料没跑出数丈，迎面碰上杀回来的董霖，就知道自己没功可领了。但他也算机灵，扭头就往夏苏方向追，丝毫不理董霖大叫大嚷。大驴常说，他仨加起来都打不过少爷一只手，不过无功也有劳，劳苦功就高。

只是，乔生没想到的是，第一，他怎么也跑不过夏苏;第二，大路再分岔，他还选错了路。这种情形下，连夏苏的影子都看不见。

夏苏没有一味往前赶，而是一边问一边走的。她跑得快确实未必有用，反而靠运气问出些端倪，得知方掌柜带着两个徒弟走下大路，往林子里去了。

林子是樟树林，南方水甜树茂，繁枝展叶，又值春好，树影密密重重。夏苏穿过整片林子，并没有任何发现，正想着可能失去了方掌柜的行踪，一条河流乍然横在眼前。河流不急却宽，几根木桩打了野渡，一叶扁舟刚离开两丈远。

舟上，不是方掌柜，又是哪个?

夏苏跺脚，疾步就上了渡板，却已赶不及。或者，这么说，她能跳上去，但跳上之后，又能如何? 就凭她一棍子都打不晕人的力气?

夏苏衡量的转瞬之间，扁舟又摇出去半丈，而立在舟尾的方掌柜回过头来，与她正眼相对。

方掌柜眯了眯眼:"夏姑娘脚步真快，居然能追上来。"

夏苏轻音随水声飞扬:"方掌柜跑得更快，虽然连自己人都顾不得，但不忘带走七幅画。不过，我看你不像去邀功，而是要独吞。"

方掌柜呵呵一笑:"这个嘛，他不仁我不义，他能炸楼灭我们这帮老兄弟的口，我还不能拿一笔辛苦费吗? 好歹兢兢业业帮他家干了多年的活儿，没我这双眼，他们能有数百万银子的进项? 能充富豪装乡绅，这么容易洗白?"

夏苏一怔："万里阁是你大东家炸的？"

"自然。赵青河还在楼里，你们也未撤，不可能冒险炸掉整座楼，而且安放炸药要事先做足准备，除了决定将交易改到万里阁的人，还能有谁呢？"方掌柜心中已明，冷笑道，"他做事一向狠毒，当初跟着他的兄弟只剩我们，我还以为至少他有点良心，诚意带着我们走正道，想不到，竟连亲……"

方掌柜的话没说完，也永远说不完了。

一柄剑，从他的后背穿过心脏，剑尖耀红芒，刹那滴出他心头之血。

方掌柜的两个徒弟也被船夫两剑划过喉管，踢入河中。

夏苏从渡桥上望着这一切，冷冷不动。

船夫身材小巧，斗笠戴得老低："姓夏的，算你好命，今日躲过一劫。"

夏苏要是刚刚不动脑子，冲动跳上船，大概也会成为新鲜鬼一名。

"好说。"夏苏话慢，性子也是骄傲的，"我要是在船上，至少能做明白鬼，看清你的真面目再死。"

船夫吃吃笑，声音尖锐："要不要我把船摇回，你上来试试？"

夏苏心念一转，嘴角翘起："好啊。"

船夫音色瞬变："姓夏的，你心里打什么主意，当我不知道吗？"

"奇了，我都不知道自己打什么主意，你怎么知道？"世上人人聪明，唯她笨拙不通，"顺着说话不行，逆着说话更不行，只恨自己长了一张嘴。"赵青河会赶来的，在那之前，她要帮他拖一拖。

"姓夏的，你如此嚣张，是笃定我不敢回来杀你吧。"船夫没有再摇橹，河面平静缓流，渡舟自横。

"难道你敢吗？"夏苏轻笑，"鲁七娘子看我极不顺眼，你也是，动不动就说要我命，可我活得好好的，知道了你们那么多事，害你们不停杀自己人，我实在好奇得很。为何呢？"

船夫开始摇橹，真朝夏苏而来："有本事你别跑，等我来杀。"

夏苏没跑，以自己当饵，总不能离鱼太远。眼看船到野渡桥不过一丈开外，她眯眼正盘算往哪边跑，突然传来一阵尖锐呼哨，长长短短。

船夫顿时改变了划桨的方向，拼命往对岸划去。

同伙示警! 夏苏几乎立刻反应过来, 与此同时, 又听一道长啸。

"夏苏——"赵青河来了。

他没有让夏苏做什么, 他只是喊了她的名, 她的胆气却似鼓起的帆, 呼啦啦吹展, 足尖不自禁点渡板, 身子飞了出去, 脑中仅有一件事—— 不能让船夫跑了。

落在舟尾, 三具死尸伴脚边, 夏苏尽力不望。她或许有勇气阻拦凶徒, 却并未不介意死人, 尤其视觉上的天赋, 对静态场景的记忆比普通人存得久, 情绪易受影响, 就是怕丑陋的事或物, 也从不遮掩这种真实感受。因此, 她曾被她的姐妹们欺负嘲笑, 即便如今长大了, 也只会不动声色而已, 无法表现得落落大方。她就是她, 有好有不好, 能改就改, 不能改就算, 只要不靠损人来利己。

像此时, 夏苏嘴唇紧抿, 情绪不佳, 说话慢来生趣:"船家, 我送命来了。"

船夫斗笠下蒙着面, 看不出半点神情, 但冷笑连连:"好, 你送, 我就——"一剑刺出, "收!"

如果, 连衣片都沾不到, 到哪里收命?

船夫见船尾没了人, 心中虽惊, 回身却也极快, 只见一道寒光直坠, 立刻反手抬剑去挡。

"锵啷!"短刀撞上长剑, 船夫及时挽救了自己的脖子, 而蒙巾下的表情讶异非常。虽早有消息传报, 这对义兄妹, 一个武艺高强, 一个轻功不赖, 然而亲眼见后, 才知晓那些笨蛋对夏苏的评价过低了。这等无影无形的轻功, 可磨成致命一击。

"好人不长命。"船夫讥嘲着, 身子打转, 刹那矮缩了一半, 横扫夏苏的双腿。

可是, 船夫的盘算再度落空, 就见那道轻灵的身影往上直升, 竟生出一种飞仙不落的错觉。铁了心要等到人掉下来, 夏苏却突然从她眼中消失, 迫使她转头, 才见船尾的人影。

当风而立, 乌发如丝, 那张平常无奇的脸, 肤色比雪还晶莹润美, 五官精致, 淡淡一抹似笑非笑。

船夫恼羞成怒, 手抖五朵剑花, 展开全力, 再不多说一句狠话, 誓要杀了眼前人，灭去这份闲定。她出生即贼，最看不得他人天生正气，不必像她一般，生活在光下，却怕极了光，恨不得太阳陨落，世道永夜，自己方可心安理得。夏苏凭什么自得？凭什么闲定？若她和她的出身换一换，她也能！

船夫的招式快若闪电。然而，夏苏的身形如烟如雾，总能比闪电更快，几个回合下来，不但毫发无伤，还在船夫胳膊上拉了一个小口子，隐隐见红。

"夏苏，回来！"赵青河的声音又来。

几乎同一刻，夏苏已落船尾，想都不想，准备往岸上撤身，她想放任自己去依靠赵青河。

船夫虽像无头苍蝇，脾性却大，见夏苏要走了，剑招就更加凌厉："想走？没门！"

夏苏双足仍立船上，但身子以不可思议的角度后倾，衣袖舞似飞升，声音轻轻柔柔，却清晰传出："船上本无门，而且你要觉得我的命比这些画值钱，只管来刺。"音收足出，啪啪啪，连踢三只画匣子。

船夫吓出一身冷汗，哪里还顾得上夏苏，手脚慌忙地接住两只画匣子，又眼睁睁看第三只匣子掉进河里，让夏苏当了点足借力的板。

夏苏漂亮上岸，鞋不湿，衣裙不乱，从容而冷漠地望着船夫拿网子，狼狈打捞那只落水的画匣。画是真是假，其实不重要，贪婪的心认为人命不值钱，这才最可笑。

"妹妹，水上好玩吗？"调侃的语气，爽朗的音色，明月下的影子并不清冷。

"十分过瘾。"她想，她从赵青河那里学到的，并非泰山崩于前而不动容，却是如何让自己活得舒心。

"妹妹何不毁了那七幅祸害？几万两银子打水漂，我觉得更过瘾。"看画匣子上船，船夫打开匣盖，立刻松口气的模样，令赵青河反觉不爽。

"人证已死，再毁了物证，是你傻，还是我傻？"夏苏反问。

赵青河呵呵沉笑，与有荣焉的语气，压了脑袋，贴近耳侧，好像非要弄出点暧昧才甘心："妹妹没白跟我这么久。"

夏苏不躲，一转脸，鼻尖几近顶了鼻尖。两人四目相接，一处情思擦出一处花火,五彩缤纷,随即消散沉寂,沉入彼此的幽眼星海,无边无际,有彼此陪伴,倒也无惧无畏。

"人跑了。"半晌,夏苏别开眼,望着空水寂流,已将扁舟推远。

"妹妹都知道留着物证,我难道还不懂留着人犯?"赵青河随夏苏的目光看去,一撇笑,"就剩两个,再死多一人,另一人就从此逍遥了,这种傻事我可不干。"

"你知道是谁?"夏苏惊讶,却又不那么惊讶。

"差不多了,就等大驴和乔连的消息。"赵青河的网撒得比任何人都深都广,现在已到网出水面的时刻。

"姓纪的和他手下们……"夏苏想起万里阁的爆炸,不觉身上发寒。

赵青河看在眼里:"万里阁都成废墟了,妹妹这会儿才知道胆战心惊。"笑她胆小太迟,"那些人全死了,虽说有几个是我料理的,不过大多都是被炸死的。当时,姓纪的和我正交手,却突然中了暗箭,毒发身亡。他死也不肯闭眼,大概明白是谁干的,又不明白为何。其实很简单,唯利是图的人没有义气,走夜路的时候可以共拥秘密,横竖皆在玩命,一旦想走正道,利益不够分,自己的命也金贵,察觉异心就灭口,然而疑心越重,干脆杀光才能安稳。妹妹和我,还有一大笔可能的财富,给了那人一个很好的借口,将最终要抛弃的家伙们集中在一块儿全灭。"

"你和我却还活着。"夏苏微蹙眉。

"两种可能。第一种,他觉得我们逃不出爆炸;第二种,我们只是他计划中的饵,无所谓生死。妹妹觉得是哪一种?"这时候,赵青河仍不忘教她。

"第一种吧,他没道理不想我们死。老纪这些人在前,炸楼在后,是双重确保我们必死无疑。但他低估了我们,不知梓叔厉害,不知我能跑,不知你能以寡敌……"

"格老子的!你俩!"老梓出现在林边,蹲腰撑膝直喘气,片刻抬起一张凶脸,"老子当人死了,想给你们收尸,结果你们倒好,跑河边卿卿我我。娘的,好歹给老子报个信!"

赵青河笑声朗朗,牵了夏苏的手往林子走去:"老梓叔,我冤枉,要是真能卿卿我我,我还高兴认了,偏偏连苏娘一根头发都没碰着,好不无辜。"

老梓则冷笑连连:"老子是少了一条腿,不是瞎了眼。你小子这会儿牵的,不是苏娘,是什么?猪蹄儿?"

夏苏黑了脸,不敢大声回嘴,耷拉着脑袋瓜,又开始模仿式地自言自语:"老子又不是猪,哪来的蹄子?到底是帮老子,还是帮外人,给老子弄弄清楚的好。"

老梓听不见,赵青河听得见。他曾见她,在桃花楼芷芳屋里老子老子的说话,如今终知出处,不由大笑,手牵得更紧。这么有意思的姑娘,他要是不抓紧,会一辈子遗憾的。

三人回到万里阁前,天色已经放亮,小小的火舌仍在吞噬,四处生烟。

那栋庄重华美的藏书阁,似顷刻覆没,成为一堆再无生命的焦黑残骸。春风过,夏风起,十万卷书,本该伴荷湖,本该伴香山,本该伴君子与明月,化作了灰飞。夫子们的哀号之声,不绝于耳,哭得人心凄楚。

第四十一章　重返苏州

杨府，客居。

"回苏州？"董霖不敢相信自己的耳朵，瞪悠哉喝茶的赵青河。

乔生进进出出，忙着收拾行李。

"我又没让你回去，你嚷什么？"赵青河自己喝还不算，拎着壶，起身给一旁的夏苏倒茶。

董霖瞧他那样子，斜嘴吐气，嘟囔一声没出息："你都回去了，我还有借口待这儿吗？"不对不对，"万里阁之事尚无眉目，林总捕整天火烧屁股似的到处打探，咱要是袖手旁观，今后还能指望杭州官府帮咱查案子？我的哥哥哎，你好歹帮把手。"

"怎么没帮？"夏苏细声细气说。

"就是，怎么没帮了？"赵青河腰杆立直，"我跟林总捕说了，你也在场的，是那伙凶徒起内讧，趁着抓了我们的机会，闹出这一台大戏，一箭三雕。一，杀了我们；二，杀了同伙；三，抢珍贵古画。说起来，官差都是吃干饭的，每回都是最后才赶到。"

"好歹是我同僚……"董霖自知问不出名堂，摸摸鼻子又道，"照你的说法，全死光了？"

"还有两个。"夏苏又帮腔，不自觉的。

董霖奇怪瞄夏苏一眼："大妹子不是该唱反调？怎么如今帮起腔来？"

赵青河剑眉双跳，神色得意："自然是如今知道谁最好。董师爷有空关心我妹妹，不如多关心关心自己。事情我都交代得很清楚了，方掌柜死了，他的两个得意门徒一起被杀，涵画馆关门歇业，其余几个伙计根本不知那群人的底细。杀手老纪死了，他的手下死无全尸。他们经伪装混入二楼，占领三楼，其经过十分简单。万里楼的掌书们本就手无缚鸡之力，而能逃出捡回性命的几个，简直有神钟罩体的好运数，要么就是被买通了，我也让林总捕去查证了。另外，与我照面的人，暗器和轻功了得；和苏娘交手的人，剑术了得。两人既然清除了所有障碍，短期内不会再有动静，我亦无可奈何。"

"没动静就不找了？那两人要是一辈子不动，就逍遥法外了？"董师爷突然义愤填膺，"赵青河，当初可是你设了这个局，说舍不得孩子套不着狼的。结果可好，你我白挨了揍，连累茗珍姑娘差点把命搭上，毁了杭州最大的藏书阁，你拍拍屁股就要走人。你说，对不对？"

"茗珍姑娘啊，"赵青河眯起一只眼，"这事，从浅了看，揍我们的人，绑了茗珍姑娘和我们的人，都死翘翘了，不必报仇；从深了看，人命比什么书都珍贵，而我方有惊无险，擦破点皮，流几滴血，也不叫损伤。我设了局，终于能与团伙首领面对面，至于对方心狠手辣要杀自己人，我又不是神仙，当然料不到。总之，自认行动取得了战果，可以功成身退。"

"董师爷要帮茗珍姑娘重建藏书阁，直说就好。"夏苏也是明白人。

董霖的脸立时红了："谁……谁要帮她？就算我想帮，她也未必领情。"心虚就结巴的人，当不了骗子。

"路遥知马力。"夏苏道。

"日久见人心。"赵青河同声。

"我就是觉得杭州这事咱有大责任，不应该留个烂摊子让别人收拾，能帮就该帮一把。"不说到某位姑娘，某师爷就不结巴。

"你只管收拾，身为父母官，就得为百姓服务嘛。我和夏苏寄人篱下，拿着别人的银两出来花费，也不能一直住在别人家里白吃白喝，都个把月了，不得不回苏州。"早说了，他回他的，他留他的。

"万一大凶徒还在杭州呢？你这一走，怎么办？"董霖想激赵青河。

赵青河却一笑："董霖，你想在杭州待多久都行，我保证，他和你绝不可能身处同城。"

嗯？董霖听出一点点话外音："你什么意思？"

"就是主谋绝不在杭州的意思。"夏苏眼角飞挑，大概把自己也说得一愣,偏头问赵青河,"你该不会认为那两人在苏州?"

赵青河眨眨眼:"还是我家妹妹蕙质兰心,比某师爷的脑袋聪明多了。"

董霖气得跳脚:"你不早说! 逗我玩吗?"

赵青河切一声:"董师爷,咱俩合作至今,有哪一回我非你不可?你不坏事,就不错了。所以,留在杭州追姑娘,是明智之举;否则,跟着我走,损了夫人又折兵,多没意思。"

夏苏扑哧笑出声,这话太伤人。

董霖果真把红脸憋到黑,一拳朝赵青河打去:"赵青河,你小子找死。要是没我,你能调得动官差查你自己的私案? 要是没我,你跑到人生地不熟的杭州,还能如鱼得水,撒豆成兵?"

赵青河可不等着挨揍,非但挡住董霖的拳头,还反击回去:"我的私案? 可笑哈,我不是百姓? 你不是官? 有人谋害我,你们查不出名堂,我自己查,怎么就成了私案? 真是,你小子当官这么久,其他地方没长进,反而沾了昏官气。来,来,哥哥我帮你发散发散。"

哥儿俩打得天昏地暗,连夏苏什么时候离开的,都不知道。

第二日,用过早膳他们就去了码头。因杨老爷、杨夫人觉得这也是九娘回门的好机会,就让杨琮煜小两口跟赵青河他们一道去苏州,所以赵九娘和夏苏不必依依惜别,倒似又出游一般,高兴得很。

看到董霖的脸又青又花,赵九娘问夏苏:"这人确实是咱苏州府的师爷吗? 怎么看着不稳靠,跟市井混混一样。"

"看惯就好。"夏苏心说,可不就是混棒子嘛。不过,董霖决定回苏州,真是个不错的师爷,凡事奉公为先。

"也对,是不能以貌取人。"赵九娘的语气忽然有些不满,朝船头努努嘴,"我从前虽觉得那位岑姑娘温婉过了头,却不知道她原来不是太矜持。从府里出来时,我就看到她找三哥说话,这会儿又凑上去了。"

夏苏看过去。相比董霖的新花脸,赵青河的脸上只有旧伤痕迹,背对船头,正同岑雪敏说话。他之前一见岑雪敏就冷脸,此时却耐心得多,不时点头微笑。夏苏心里没有酸滋味,只有怪滋味。

赵九娘见夏苏不表态，着急道："苏娘，你也主动些嘛！"

夏苏一听就笑了："当初你没成亲时，莫非对你家相公也主动过？"

赵九娘作势拍夏苏的手："我与你怎能相比？又不住一个屋檐……"只觉越说越错。

夏苏拍回去，却示意赵九娘安心："这种事，并非一方主动就行的，要看缘分。缘分若不归你，再主动也是空。纵使我喜欢了他，他却还是钟情于岑姑娘，强求不得。不过，两人只是在说话，我倒也不至于黯然神伤。"

赵九娘睁圆了眼："苏娘，你……你喜……"

夏苏把食指竖在唇上："九娘能帮我保密吧？"

以为自己不会钟情于某个男子，却钟情了；以为自己不可能分享这样的心情，却自然而然分享了。终有一日，她对赵青河，也可以水到渠成，坦诚自己的感情吗？夏苏看到赵青河望过来的目光，一触即刻调回，转看赵九娘。然而，赵九娘欢喜的神情，令她的心微微雀跃，还有报然。

"苏娘，我会帮你祈福的，你跟三哥……"有些话，不必言明，就能传达心意。

两人无言，却欢喜地站在原地，默默分享所有。女子的友情，或许不似男子直来直去，有事就帮，有仇便报。她们伴着的，是彼此的心，在絮絮叨叨中，甩开沉重的包袱，汲取面对困境的力量，独立，自强。

"苏娘，来的时候，船上不是着了火吗？岑姑娘刚刚说不敢一人睡独间，想跟你挤一挤，行吗？"赵青河过来问，神情自在。

赵九娘抢着拒绝："她不是有丫头吗？为何要跟苏娘挤？"

赵青河恍然大悟的模样："九娘，你想跟苏娘一间，早说啊。"回头就对走近的岑雪敏笑道，"岑姑娘，你看，九娘和苏娘先说好了。要不，你和十一娘一间？"

岑雪敏柔弱招怜："十一娘和雨芙、雪蓉一间了。"

"这有何难？我给你们换一间大舱就是。"赵青河说做就做，立刻吩咐去了。

岑雪敏两只大眼睛眨了眨，问夏苏："苏娘为何这般不喜我？"

无辜可怜的美颜，茫然无措的气质，让夏苏充分感受到了自己的

"歹毒"："岑姑娘，这种事，不随我愿，只随我心。我想，可能因为我和岑姑娘的性情截然相反，故而不亲近。"

已经这样了，不歹不毒，对不起自己。

岑雪敏瘪着嘴，真似在思考，依然维持着美貌："就像八字不合？"

夏苏点点头："或许。"

"嗯，我知道了，今后会尽量不打扰苏娘的。我以前觉得只要自己性子好，跟谁都能成为好友，原来却是一厢情愿，是我太讨人厌了。"岑雪敏温和笑着，继而对赵九娘说，"九娘，虽然我跟苏娘做不成姐妹，不过你是我俩共同的好友，这样也挺好的。"

赵九娘有点无言的模样，让夏苏暗地推了一把，缓过来，讪笑着回答："是……是啊。"

岑雪敏就显得很高兴，叫上丫头，嘻嘻说着话，踏上船楼的木梯。

赵九娘又愣了半晌，看向夏苏："她完全被你欺负惨了。"

夏苏不在意地笑了笑："我坏嘛。"

"不是。"赵九娘却若有所思，"原先我也没留心，当初胡氏女儿把岑姑娘说哭了，大家才开始排挤胡氏女儿的。现在想想，没人听到两人到底说什么，只一味瞧见岑姑娘楚楚可怜的模样，就如此时一般。"

夏苏推着赵九娘的双肩，到船边看景："过去的事了，还惦着作甚？我坏或好，自问无愧于心，不管别人怎么去想。你别想着这些有的没的，老话说心宽易受孕，我急着当干娘呢。"

赵九娘捶夏苏，羞得不行："你个云英未嫁的丫头，尽说些不害臊的话。"

夏苏笑得呵呵起劲，突然瞥见岸上的两人，连忙鞠了一礼。两人中的小个子，跳着挥手，示意夏苏下去。

赵九娘好奇瞧去，神情顿时促狭："又是吴二爷啊！他这是正巧经过，还是特地来送你？"

夏苏瞪她一眼，挽紧她的胳膊："到了吴二爷面前，你可别这么乱说话。"

赵九娘装作抽胳膊："怕我乱说话，你就别拖着我去。"脚步却紧跟着夏苏，"其实，三哥虽不错，吴二爷也挺好，对你一直很上心。他家里虽有长辈，可我瞧他却是做得了自己主的人，而这样的男子若娶心爱的姑娘，必待之极好。"

夏苏不语，心道要是看条件择爱，九娘说得就一点不错，无论从哪方面来比较，吴其晗都不输赵青河，甚至更优越。然而，心不动，也无可奈何。

"吴二爷。"到了那位神仙俊朗的公子面前，夏苏再施礼。

兴哥儿性子活泼，抢过话头："夏姑娘不够朋友，要不是昨日我给你们送帖子，还不知你们今日就回苏州，差点错过送行哪。"

夏苏双眸清澈，笑答："就算回了苏州，只要二爷的墨古斋还开着，仍能常见面，况且我还等着二爷给活儿做呢。"

兴哥儿瞄了瞄主子，见他光瞧着夏苏不开口，恨不得以下犯上，顶他一肘子。

"夏姑娘，可否借一步说话？"吴其晗其实不是瞧傻了眼，而是反复思量，终于在此刻下定了决心。

兴哥儿双目放光："夏姑娘，您和二爷一旁说话，我这儿还备了礼，请杨少奶奶帮着收一收，行不？"他有心帮忙主子，制造独处机会，又道，"杨少奶奶，东西就在马车上，您跟我来。"

赵九娘见马车停在不远，就算有护姐妹之心，亦有同情吴其晗之意，暗想说清楚对双方都是好事，因此就点了头，同兴哥儿收礼去了。

"夏姑娘，恕吴某冒昧。"吴其晗自知顺序不对，一般看中了谁家姑娘，当由媒婆上门去问，但夏苏无父无母，赵青河明说有私心，循着平常的礼法，自己一点希望也无。

夏苏隐约知道吴其晗想说什么，忐忑不安，却也不能在他没说之前就给答案，只好等他往下说。

"吴某今年二十有三，早过娶妻之龄，实不愿随便将就。"吴其晗的话很清楚很直接，"自上年与夏姑娘相识，心中常念常思，近来更是焦灼，方知自己心仪了夏姑娘。我这人从商奸猾，少讲真话，若能兜转迂回，绝不直表心意，然，无法不对夏姑娘坦言。"

夏苏才欲张口，吴其晗却突然加快语速："夏姑娘可愿下嫁于我？"这句话又快又准，直朝靶心，当真是无一字不诚。

"二爷……"她下嫁他？分明是高攀了才对！

"终身大事不可草率，夏姑娘最好多考虑些时日，待我五月到苏州，再答复可好？"吴其晗神情竟是紧张，微笑也僵，"但请夏姑娘记得，吴某真心实意，并非儿戏之言，无论你如何作答，还我一颗真心，我便心满意足。"

"二爷……"她不敢浪费他一点真心。

"夏姑娘，容我五月再听。"吴其晗目光坚持，声音中却有一丝微颤，"如我用了数月方确定对夏姑娘之心，也请夏姑娘不要拒绝得那么快。"

他知道她想拒绝他！

夏苏愕然："二爷……"

这日，吴其晗不让夏苏说出话来，哪怕那三声二爷，听在他耳里是一遍比一遍酥了心。他虽然慢了一步，也没有义兄义妹的优势，可让这份情意就此沉到心底，却非他的作风。

"万里楼坍塌那晚，我见夏姑娘进了楼，本想当时就与你打招呼，不料竟发生那等可怕灾祸，庆幸夏姑娘平安脱身，否则我心难安。"也因此，决意表明心迹。

夏苏一怔："二爷在万里楼附近？"

"但凡杭州城里的热闹，我一般都会赶，谈生意最佳的是天时地利人和。"吴其晗暗暗吁口气，心想自己成功转移了话题，"夏姑娘进去没多久，楼便炸开了，很多人从里面逃出来，混乱之景象当真前所未见，我居然挤不入内。"他祖母也在场，派随从们强行将他往外带，但他不说长辈的不是。

"楼塌之前我就跑出来了，劳二爷费心。"万里楼事件轰动全杭州，那么大的破坏阵仗，很明显不是天灾，尽管官府三缄其口，民众却臆想纷纷。

"不是从天而降吗？"吴其晗努力转化紧张心思。

夏苏抿住双唇，眼里戒备重重。

玩笑不好笑，吴其晗只好自己讪笑："夏姑娘敢从三楼往下跳，却没见地面上有无数人？即便他们忙着逃命，还有关心着夏姑娘安危的吴某呢，进不去，也不可能调头走人。"

他早先的直觉、他祖母的观察、出神入化的画技，还有火光中如蝶翩飞的身姿，都证实着夏苏的不凡。

"我只想告诉你，无论你有何难言之隐，过往又如何，便是钦命要犯，我的心意亦不会变。"

眸色复浅，夏苏感铭："苏娘虽有难言的身世和家事，钦命要犯倒不至于。二爷，墨古斋江南有美名，都说树大招风，客人必定来自四面八方，请千万小心烫手的宝贝。"

"多谢夏姑娘警言，我会关照下去。"吴其晗心思百窍，同时向一直往这儿瞄的兴哥儿招招手，与夏苏行君子之礼，"夏姑娘一路平安，盼五月再会。"

赵九娘走回来，正听夏苏道了声是，即便心里好奇得要命，但也等到走出够远才兴冲冲问："说什么？吴二爷跟你说什么？"

"没什么，"夏苏的语气十分寻常，"就是跟我求了亲，让我过些时日答复他。"

"哦，是没什么，嗯？"一脚已踩上甲板的赵九娘，猛地拽紧夏苏的袖子，瞪着大眼，忘了小声，"求亲？"

"求亲？"迎面而来，是杨少奶奶的相公，少爷脾气收敛不少的杨琮煜，还机灵不少，"谁家那么掐得准时候，赶在夏姑娘走之前送媒婆？"

就算是自己的相公，没有夏苏的点头，赵九娘也不好吐露："我们说别人的事呢，你莫瞎猜。行李都搬完了？帮我一道数，省得我粗心大意漏了箱子。"

杨琮煜唯命是从，一脸喜滋滋的模样，当谁不知他新婚，恨不得抱着媳妇走。

只是赵九娘走出几步，却回过头来，对夏苏努努下巴眨眨眼，这才真点行李去了。

夏苏当然明白赵九娘的暗示——身前无人身后有，悠然点足，不出意外，见到赵青河。

"妹妹啊，"赵青河神色平常，但无人可见他眼底的自信得意，"同吴二爷道过别了？"

"吴二爷瞧见我从万里楼跳下来了，心中有疑问，却并未多说。而我一时口快，让他小心碰上贼赃，以吴家的势力，大概查得出涵画馆、卞姑娘还有《说墨笈》江南卷的事。要紧吗？"夏苏想了想，吴其晗向她求亲的话在嘴边，就是怎么也说不出口。

赵青河一步上前，右手五指并拢，以拇指食指夹梳着夏苏的发丝，自觉维持良好习惯。

"不要紧，咱们用假画这件事，知道的只有你、我、董霖三人，连林总捕都以为我们是从收藏者手中借来，吴二爷查不出，贼人更不可能得知。你的仿画已是经过方掌柜鉴定，板上钉钉，确之凿凿的真迹。"

他以为她担心的是这个？

眼角余光尽是他的大手，夏苏眼观鼻，鼻观心："我只担心会打草惊蛇。"

"不会。"赵青河回答得很快。

"不会最好。"她不动，他就会一直梳下去？

夏苏按下赵青河的手，看过四周无人："至于那八幅江南卷，《溪山先生说墨笈》上所提假画本就出自我的手笔，自然真得不能再真。"

赵青河反抓了夏苏的手，闻言立刻翻上掌心，凑近细看："妹妹这手我得好好供着，不仅兜财，还生财聚宝，绝不能肥了外人田！"

夏苏一脚踢去，赵青河连忙闪。他身手敏捷，乐得欠揍的表情，再气笑了她。两人之间，其实已不容谁插足，彼此心里都明白，就差说明白。只是若不说明白，心里再明白，也很容易自我怀疑就是了。

船终于起航，从哪儿来，回哪儿去。

第四十二章　大戏开锣

苏州。

赵府因赵九娘的回门小住，到处都有些喧闹，大宴小聚不断，小夫妻俩成了各房向长房表示友好的纽带。杨琮煜人品出众，富有又大方，斯文俊俏，令那些曾暗地嘲笑赵九娘嫁商的人们转而眼红，改为巴结。

六太太和十娘母女最明显，三天两头往九娘的园子跑，送这个送那个的。十娘虽才十五岁，这年纪成亲不算小，而作为庶房嫡女，又不如嫡房庶女，婚事若再不定，往后更难有像样的人选。六太太憋着口气，要给闺女选个富的，却一直不敢往商户挑，怕惹老太爷不高兴。

当初大太太与杨家结亲，六太太也是那群看好戏的人之一，以为大太太装贤妻良母，实则苛待庶女。谁知如今数日相处下来，六太太发觉杨家公子虽不如四郎才气纵横，却另有一番出息，品性相貌没得挑，最让人眼馋的是，他将九娘捧在掌心里宠着，当人面也不吝好，实在是母亲理想的女婿。于是，她想着杨家大商，必认识不少同等大商子弟，要能从中给十娘牵个线，六房就跳进米缸里了。

因为有了这份心，六太太动辄就寻思，怎么才能又去九娘那里说话。这日，她恰巧经过二房，又恰巧听到婆子、丫头们窃窃私语，知道了一件大事。六太太压根没想二房压着喜事不宣扬的意图，只觉得能拿这消息当借口，立刻拜访九娘来了。

这时，夏苏也在，正让九娘拉着陪吃饭。

赵九娘听丫头报六太太来访，就让请进来，同时好笑又莫名，对好姐妹道："我这几日见六太太的回数，比出嫁前十多年加起来都多。不过，每回六太太都踩着饭点来的，今日却是过了时辰，不见还不好，没准真有什么急事。"

夏苏对六太太没太多感想，即便曾因困顿穷极而被六太太逼迫，甚至至今对方仍瞧不起自己，她却不打算对之一直保持强烈憎恶的情绪。

六太太进屋一瞧，居然对夏苏也笑得热切："哟，没打扰你们姐妹俩说话吧？"全府皆知，三少爷的义妹和九姑娘不知何时成了好友，感情要好。

"六太太好。"夏苏礼数从来周到，不过，让九娘的手桌下拽着，想起身，没能起身。

"好，好。"六太太不请自坐，巴巴瞧了桌上很贵的点心一眼，"你们吃过饭了吧？这些点心可是杭州带来的？倒是不输咱苏州的。"

"杭州家里送来的，用冰镇着，所以挺新鲜。六太太尝尝，要是喜欢，等会儿带一份走，也给十娘尝个鲜。"赵九娘与夏苏能做朋友，正在于相类，都非斤斤计较的人，没有那种发达之后就颐指气使的土财气，为了自己过得更好，知道什么该有所谓，什么该无所谓。

六太太当仁不让，白吃白拿，哪能说不好，再道几句闲话，所幸接着就是正题："你的喜事之后，本以为是四郎了，不料二房大概更快些。"

夏苏仍兴趣不高。

赵九娘这个主人尽地主之谊，接过去问："哦？莫非是八娘的婚事定了？可昨日听祖母提起，似乎还有待商榷。"

二太太给八娘找了一户人家，男方比八娘大十五岁，虽是鳏夫，然其父系为西南大族，本人当着外放的军镇副将，官运亨通。

老太太不甚喜欢，觉得赵家的千金配了大老粗的武将不说，还是给人续弦，也怕那人与亡妻之前无儿无女，故而只是贪八娘年轻好生养，不懂得疼人。总之，老太太一方面是过不去心高气傲的坎，另一方面却是真疼孙女的。至于二太太的心思，那就很好懂了——男方愿给一大笔聘金，长辈又有朝廷高官，对二房极其有利。

不过，二房的事，长房管不了，更别说九娘已嫁了出去。八娘找九娘哭诉过，说相看过后一点都不中意。这时，六太太突然说到二房将有喜事，九娘才立刻想到是八娘。

"老太太和二太太僵着呢，最后如何，要看老太爷的意思。"六太太嘴角微撇，"其实二太太算得尽心，便是亲生的女儿，也未必能找到十全十美的女婿，只要大处不坏，小处忍让，一辈子也就过去了。当然啦，大太太宽厚积福，九娘你随她，也是个有福气的孩子，这才挑得万般好的郎君哪。"

对方的话里，无论有多少酸溜溜、多少不甘心，皆是羡慕这桩婚事，赵九娘自然受用。

夏苏一反常态："听六太太的意思，难道是六公子……"为何突生一种分明不可能的念头？

六太太眼珠子瞪大："夏姑娘猜得没错，正是六郎好事将近啦。"

夏苏又问："定了谁家姑娘？"

"哎呀，二太太为这件亲事高兴得下巴都合不拢，连八娘给她的那点不顺心也不怎么在意了，自是心想事成。咱们府里几位太太，多知道二太太打哪家姑娘的主意，偏我没看明白。"六太太懊恼十分，"就上回年夜饭，送十娘断镯子，还傻乎乎想二太太瞧不起我家姑娘。原来，是借着送年礼的名义，专门讨好她未来儿媳妇的。"

赵九娘太惊讶，用帕子捂了嘴，仍堵不住愕然："这……岑……岑姑娘吗？"

夏苏已知答案，因此不惊不乍。

"正是。"六太太回得直截了当，只是还有后话，"不怕九娘笑话我眼拙，我早先还以为你和岑家姑娘会当姑嫂。你想啊，你母亲和岑夫人是姐妹，当年她回乡探亲，你父亲也去了，听说有小半年就住在岑家，那会儿四郎刚学着认字，岑姑娘还在褴褓之中，可不就能攀个娃娃亲嘛。后来，岑姑娘还特意投奔了大太太来，大太太待她跟亲闺女似的，偏又不是闺女，便是未来媳妇了呗。"

夏苏心想，难得六太太当一回明白人，但这话不好说出来。

赵九娘也知道："我母亲一向仁心仁善，又是好友的女儿，待之特别亲切，并没有旁的意思；再说，四哥的婚事是祖父帮看着的，父亲和母亲似乎也做不得主。"

"我就那么一说，其实要真是娃娃亲，早两年岑姑娘刚来时就该成家，怎会拖到如今过了嫁龄那么不厚道？"六太太不明就里。

赵九娘只得装糊涂："可不是嘛。"懒懒伸一下腰，打出半个呵欠。

能注意这样的细节，就不是六太太了，喷着点心末又道："二太太总算盼到好事了，岑姑娘出身不显贵，可也不输人。岑家虽无名望，官场无大势，却也是不能挑剔的乡绅。而且岑家富有，只有岑姑娘一个女儿，听说财产都已给了她，至少这个数。"竖起五根手指头，"公主的嫁妆还未必有这么多呢！"

夏苏瞧赵九娘打了另半个呵欠，心中好笑，干脆帮她点明："九娘乏了？"

赵九娘送去感激一眼："还是没习惯坐船，一连几日都要歇午觉。"

六太太不甘不愿起身，最后一句才是真真正正替自家说的："九娘啊，我没你母亲的好福气，也没二太太的好本事，但十娘是我心头肉，便是拼了命，我也想为她求一门好亲事。你平时得闲，就帮你十妹妹留个心，只要家世人品有你家夫君的一半，我便满足了。"

赵九娘不应不拒，只让丫头取来两份点心，又亲自送了六太太出去，回屋见夏苏一派惬意，笑道："终于没人跟你争三哥了，你这会儿是心花怒放吗？"

夏苏耸耸肩，微笑回应："还好，刚刚六太太说不是八娘，我就想到了六公子，然后就想到——"

"岑雪敏。"赵九娘接尾，仍没惊讶完，"咱回苏州才几日？她在杭州一有机会就同三哥说话，无论三哥摆什么脸，她都跟糯米团子似的没脾气，怎么一回来就改嫁六哥了？"

"她还没嫁，改什么嫁？"夏苏慢吞吞说来，笑话不好笑。

赵九娘敛笑蹙眉："她从前想嫁的是四哥，还对着周家姑娘哭得伤心欲绝，母亲后来说明白娃娃亲不作数，她因此大病一场，黯然神伤，连我都觉得怪可怜的。好吧，听母亲说三哥出事前一直向岑雪敏示好，就当她终于懂得三哥真心，没有对四哥死心眼，可才过了多久，三哥不搭理她，她一转身就能再选了别人？真瞧不出来这姑娘，喜欢一个人就如喜欢一盘菜，尝过新鲜就能换另一盘，这般洒脱。"

"她喜欢的，不是人。"夏苏道。她没说笑话，反而逗笑了人。

赵九娘就笑："不是人，难道是猫，还是狗？"

夏苏一语中的:"她喜欢的,只是赵家长媳的位置。"

赵青河安排岑雪敏看到赵子朔和胡氏女儿同舟北上,是为了让岑雪敏彻底死心? 可是,岑雪敏允嫁赵六郎,这中间,还差了一步——岑雪敏必须对赵青河也死心。

夜来花有香,五月五过端午,白日已经热闹撒过粽子,晚上还有一顿好宴。

宴,是家宴,因赵青河的缘故,夏苏也在受邀之列。

岑雪敏和赵六郎的婚事,二太太至今秘而不宣,除了那日六太太多嘴,夏苏再无听说过半个字。她估摸大太太也不知道,否则昨日去陪用饭,大太太不会还旁敲侧击问着赵青河同岑雪敏之间的进展。后来,九娘跟她论起,皆认为是二太太怕节外生枝,为保婚事顺利,这才暂时压着。

"我正找妹妹呢。"赵青河神清气爽,无声落在屋瓦之上,跟着夏苏的视线瞧,"你不是不喜欢走屋顶吗? 那里也没什么好看,怎地连防备都不要了?"

夏苏正坐望着岑雪敏的居园:"明明只隔了一条廊,感觉好远。那里平时就这么张灯结彩铺张浪费,恨不得点个大火堆,把园子烧亮。"

"谁知道呢。"斑斓的彩光照到这里已十分微弱,映不亮赵青河深深的眼,"不过那园子的主人不是富有嘛,烧园子也好,烧银子也好,都能随她心意。妹妹可羡慕?"

"她有一双好父母而已,我们则凭本事吃饭,各自心安理得就好。"山珍海味,金镂玉衣,华屋美宅,她不是没有过,却感受不到快乐。

"我们确实是凭自己本事,可她的父母好是不好,尚不好说。"赵青河这话意味深长。

夏苏听得出来,柳眉一挑:"此话何解?"

"家家有本难念的经,看别人家的事,其实都是雾里看花。"赵青河伸手过来,笑出一口漂亮的牙,"今晚是二房紧张时刻,妹妹别看夜彩了,早点到场,也好早点开锣。"夏苏早告诉了他,二房幸福的秘密。

夏苏盯着那只大手,半晌抓住了,借力起身,只当没看见赵青河那张咧得更大的嘴,心里泛甜也迅速消化:"莫非二房今晚要说出来?"

"明日六郎就要上京赴考,此时不说,更待何时?"赵青河觉得好猜,"必然要把亲事说定,等六郎一回来就成婚。"

夏苏一想有理:"大老爷、大太太要吓一跳了。听六太太说,岑姑娘得了父母全部财产,有这个数。"

赵青河看着眼前葱白细美的五根手指,心神略略恍惚,语气不由有些散漫:"五十万两?"

夏苏惊喝:"我以为是五万两!"

赵青河把魂收回来,瞧夏苏惊讶的白包子脸蛋,想捏不能捏,仍漫不经心:"五万两太少了,那姑娘很会敛嫁妆,十分能把握商机,做什么买卖都一本万利。"

"这般富有,为何她姨母那么在意你送的东西?"

"或许她姨母不知道她的家底。"赵青河眨眨眼,握紧了夏苏的手往下跳,落地后果真交代,"我瞎猜的,哪里知道岑家有多少财产。"

本来夏苏不信他,可他这么"老实",又让她反而不踏实。

"赵青河,你是不是瞒了我一些事?"好不古怪的感觉!

赵青河忍不住,伸手去夹夏苏的面颊,自己却是一脸得意:"不是我瞒了你一些事,而是很多事,之前你从不问,终于想关心哥哥我了?"

她就不该问,多问一个字他就能上房揭瓦。夏苏鼓起腮帮子,让那两只"爪子"滑脱掉,瞥他都懒:"关心不关心,你还不是照旧做你想做的事。"

"照旧是照旧,不过要是妹妹问我,我一定如实相告,绝不隐瞒。"

泰婶拾了灯过来,见两个她最疼爱的孩子越处越融洽,心中不禁高兴:"苏娘,待会席上看着点少爷,别让他喝太多酒。"

赵青河主动接过灯去:"老婶信我,这喝酒的事,要盯,也是我盯。"

夏苏只当听不懂,抱着泰婶的肩依靠,软软柔柔道:"瞧瞧,哪是我能看着点的人?凶神恶煞的。"

赵青河瞧着新鲜:"妹妹这是撒娇?美得很。你别偏心啊,对哥哥以后也常使一使,且多多益善。若那样,你就算要天上的星星,哥哥也能给你摘来。"

泰婶笑得不行。

大驴也蹦到拱门外："合着好东西只能由少爷送，不然就算是东海里的大明珠，也会落得粉身碎骨的下场。"

泰婶已知珍珠粉的典故出处，当然偏帮赵青河："是少爷考虑得周全。吴老板送苏娘珍珠虽是好意，但咱们不能仗着人家好意，坏了人家名声，珍珠粉吃了敷了都出不了自家的门，不会惹出闲话来。"

大驴朝天翻翻眼，私心就私心吧，非得往义正词严了说。

泰伯来提醒，时辰差不多了。

夏苏走到门口，见乔生、乔连也在等，不由一怔，问赵青河："你都带着去啊？"

今日家宴，庶出的六房都不在受邀之列，只有嫡出的五房老爷、夫人和成年子女出席，赵青河带了大驴和乔生兄弟，就显得有点夸张。

"让他们长长见识。"赵青河简洁回道。

见识什么？菜色？越来越感觉这晚诡异，夏苏却没再多问，慢腾腾随在赵青河身后。

老潭院里摆了两大桌两小桌，老太爷和儿子们一桌；老太太和儿媳们一桌；目前在家的两位嫡出儿郎赵青河和赵六，加上新宠女婿杨琮煜一小桌；而八娘，九娘，夏苏，岑雪敏四人一小桌。要说夏苏是傍着赵青河这位义兄受到邀请，岑雪敏的出席，对于不知情的人而言，意图就有些模糊。知情的九娘和夏苏互换眼神，彼此心照不宣。

内向的八娘蔫蔫儿的，似乎全然不知自己命运的好坏压根不在二太太心里。她那位母亲神采飞扬，在老太太那桌一直说个不停，谁都看得出二太太心情大好。相对的，岑雪敏的表现要平静得多，一如往常地恬美柔和，还时不时同八娘和九娘说话，不忘对夏苏保持美好微笑。

夏苏正自叹不如，突然打眼瞧见一个仆人从旁过，心中升起奇异之感，好像眼熟啊！等她再想细看，竟又找不到那人了。

这时进入饭后茶余，二老爷笑呵呵喊声父亲。二太太顿时收声，两眼冒光。赵六郎低了头，借抿杯子的动作，掩去开心的笑嘴。

九娘向夏苏无声道四字：好戏开场。

谁知，赵青河的笑声盖过了二老爷："佳节朗夜，我给大家讲个故事，助个酒兴茶兴，如何？"

夏苏想，这才是真正的好戏开场了呢。

二太太有点不乐意，正想表示没兴趣听故事，不过大老爷一声好，立刻封住了她的嘴。

"我要说的其实也不算故事，而是真人真事，只不过听起来很匪夷所思，而且还有点长，大家耐不住性子，就跟我直接抱怨，我便不说了。"赵青河开头。

九娘在桌下拉拉夏苏的袖子，拿眼神问她。夏苏略一耸肩，同时留意到岑雪敏瞧自己的目光，淡然对上，正要回以微笑，岑雪敏却垂了眸。她看不见岑雪敏的表情，但见那双手里的茶杯轻颤，水面漾起波纹，久久不平。

"这故事从两位同乡好友的姑娘说起，名姓省了，就道甲姑娘乙姑娘吧。两人自小熟稔，姐妹相亲，成年后，甲姑娘与江南大户人家的长子定了亲，可谓风光；乙姑娘的家世不如甲姑娘好，婚事暂无着落，因此去寺中求好姻缘。本来应该当日来回，却迟了几日，乙姑娘说好要给出嫁的甲姑娘送行，都没赶上。后来，乙姑娘给甲姑娘写了封信，说遇到高僧，为显心诚，才在寺中多住了一些时日，以至于错过甲姑娘出嫁。也不知是否心诚则灵，过了不久，有人向乙姑娘求亲。"

夏苏的眼睛瞄来瞄去，发现大太太的神色有些诧异。

赵青河一口酒一口菜，不管任何人的脸色变不变，接着道："男方虽然无父无母，与幼妹相依为命，又是远乡来客，却胜在钱财富裕，愿为乙姑娘定居同城，并大手笔在当地置下大片田地，婚事因此得到了乙姑娘父母的应允。乙姑娘父亲原是地方乡绅，他身故之后，女婿顺理成章，也得了大乡绅之名。这么一晃，几年过去，甲姑娘，应该是甲夫人了，与甲老爷一起回乡探亲，同昔日闺友重拾情谊，两位老爷也颇为投机。两对夫妇游山玩水，倒也不亦乐乎。"

这下，赵大老爷的脸色不对了。

赵青河的声音仍淡仍漠："恰巧，甲夫人生有一聪颖小儿郎，乙夫人身怀六甲，生产之际还有甲夫人帮忙，得了一位漂亮千金。甲老爷挺珍惜两家夫人的缘分，就道定个娃娃亲，把甲家长子和才出生的乙家姑娘的终身绑在一块儿。甲府是名士高门，等于高攀一门亲，乙家夫妇自然应下。"

变脸色的人又多了俩，这回是老太爷和老太太。

原本还有人低语自聊，这会儿却是鸦雀无声，大概隐隐觉得这故事并非无稽之谈。

夏苏就看到九娘的眼神往岑雪敏那儿拐，显然联想到了什么。然而，她虽清楚赵青河在说岑赵两家的渊源，但不懂他说故事的意义何在。她以为，他今晚若生事，必定和这大半年来的凶险有关，十之八九要抓出害他的凶手。

夏苏突然抬起眼，惊与疑的目光交织，望着同她邻座、一直垂眸抿笑的岑家千金。岑雪敏姣好柔美的侧面白若梨花，明明娴静如常，明明宁淑安然，却似有森冷寒气，自美好身影中张牙舞爪。

夏苏陡然一颤，又不可置信，只觉自己有些异想天开。

赵青河倒也不啰唆，很快说到十来年之后了："甲家夫妇回江南，与乙家夫妇保持书信来往，转眼两家的孩子长大成人。乙家按娃娃亲的约定教养着女儿，希望女儿能够成为令长辈疼爱并受人尊敬的长媳主母，乙家女儿也以此为目标，很努力地学习。反观甲家夫妇这边，却出现变数。首先，甲家夫妇的长子太优秀，优秀到大家长，也就是甲老爷的父亲，在这个长孙身上托付着一族繁兴的重望，自然婚事不可随意，非名门望族的千金不考虑。尽管甲家夫妇再三想将娃娃亲进行到底，无奈甲老太爷一力反对，他们也只好拖延，直至突然有一日，乙家女儿来投奔……"

"不要再说下去了！说书不像说书，唱戏不像唱戏！"赵老太爷一声叱责。

听到这儿，还不知道赵青河在说赵家的事，那就是白痴。

赵青河从未将这位祖父当祖父，嘴上说得不客气："老爷子别嫌我啰唆，一般要讲好故事，开端得理清脉络，不然后面听不明白。您别急，甲乙两家的渊源也好，甲家没有信用也好，都不是我这故事的主旨，接下来，甚至就快没甲家什么事了。"

"你到底要说什么？"老太爷居然被挑起了好奇。

"乙家的事啊。"赵青河一咧嘴，目光投向夏苏，还不忘朝她眨个眼，结果只得到一白眼，他却乐得跟什么似的，笑得更大。

"乙家女儿突来投奔甲家，带着父母的一封信，说是母病难、父求医，两人行踪不定，故而将女儿托付给甲家代为照顾。在一般人瞧来，乙家这么做，是提醒甲家莫忘承诺，也是孤注一掷，要推两个孩子一把。若孩子们互看对眼，反对的一方更加理亏，最终还得允了亲事。"

二太太沉了脸，不顾自己儿媳妇的身份，开口尖锐："说来说去，还是甲乙两家事，老太爷都道别说了，你还啰唆个没完没了。"她也回过味来，这乙家女儿说的是哪一个。

"二太太莫恼，跟谁抢了你财神似的，我可没那个意思。听完这故事，只要你仍稀罕，财神还是你家的，我保证绝不会有别人来抢。"如果夏苏的嘴是麻利，赵青河的嘴就是呛辣，"乙家姑娘一住近三年，乙家夫妇从未露过面，只偶有短短的书信。即使甲家夫妇已决定悔婚，再三恳请乙家夫妇来一趟，好当面道歉，两人也不曾出现。到这儿，大家是不是会奇怪，即便乙夫人得了重症，事关女儿终身，怎能完全不现身？为人父母，多能为了孩子豁出性命，是与不是？"

这一问，获得不少点头回应，而大太太和大老爷的神情开始出现疑惑。

"事实很简单，活人能来，死人却是来不了的。"赵青河在平铺直叙中，投下一块大石。

大老爷浑身一震，满脸惊色。大太太却没那么好定性，立时站了起来，不可置信地瞪着对桌的岑雪敏。

二太太尽力将赵青河的话当恶意，将大太太拉回座位，以岑雪敏能听到的声量说："大太太可别听一出是一出啊，且不说无凭据，便是真的，那姑娘也是怪可怜的。父母双亡，还能有谁为她的婚事出头，自然只好瞒着了，又没有害人，实在算不得大错，只是难言之隐罢了。"

大太太冷冷瞥二太太一眼，已看穿她说好话的用意，不再说话，脸色铁青。

夏苏不看别人，只看岑雪敏，以为她还会置之不理，不料见她终于抬了眼，并与自己对视。

"苏娘这般瞧我,莫不是我脸上沾了点心?"甜美的笑颜,一丝不安也无,岑雪敏摸了摸自己的脸颊,"我自己瞧不见,请苏娘帮个忙,不然就要出丑了。"

　　这是擅长伪装?不,不,真的一点做作也无。若是冷静,简直冷静得可怕,无人能敌。夏苏看了那双静眼半晌,回应亦冷然:"没沾到什么。"

　　两人皆冷,却不觉冷,冷到的是周围的人,终于激起一个受不了的,也是二房的,赵六郎重重拍下茶杯:"赵青河,你不要无中生有,血口喷人!"

第四十三章　引狼入室

"我说故事，大家爱听不听，不听者只管离场，我无所谓。"赵青河是铁了心要把故事说全，"现在，就来说说乙家夫妇身死之谜吧。"

赵六郎走了，甩袖而去的。这让夏苏觉得，至少赵六郎付出了一份珍惜和保护的真心，那恰恰，是赵四郎和赵青河都没有的。对被珍惜和被保护的人而言，应该感到幸福。只是，岑雪敏对赵六郎的甩袖而去，并没有表现得幸福，甚至连一丝丝情绪波动也不曾有，恬笑的模样一如刚才。她自始至终，目中无人，仿佛离开的人与她毫无关系，现在无，将来也无。

岑雪敏的神情不动，赵青河的语腔不变，就像在比谁能坚持得更久。

"乙夫人重病是假，乙老爷身死是真，夫妻二人同时身亡，当然不是巧合，也绝不自然。而这，要先从乙老爷的真正身份说起。"

到了这时，再无人愿意离场。

"乙夫人当年入寺祈福晚归，连好友出嫁都错过，其实是让响马劫了，乙家付了一笔赎金才换得乙夫人的平安。不过，这样的事情一旦张扬，乙夫人清白尽毁。正因如此，不久之后，既无双亲，还是异乡人的乙老爷派人求亲，乙夫人娘家才挑都不挑，就应允了亲事。按理，乙夫人娘家也算当地大户，未必及得甲夫人娘家的家世，但就女婿的人选，也非对方富有就会忙不迭点头的。"

赵青河讲故事，还不是自娱自乐，要拉听众参与："您说是不是，大夫人？"

大夫人脸白如霜，紧抿双唇，眼中尽是不能信，又惊愕，又怀疑。

赵青河耸耸肩，继续道："然而，乙夫人娘家父母到死都不知情的是，这位看似老实本分、待女儿很好的女婿有不能说出的过往……"

"够了!"赵大老爷沉喝,"青河,故事过于离奇,无须再讲。"

赵老太爷却唱起反调:"我倒要听听他能讲得多离奇,接着讲。"同时,他吩咐下去,厅中仆从一个不留。

"老爷子明智,有些故事,外人是听不得的,免得浮想联翩,以为是咱们家的事。"今日,天塌地陷也不能让赵青河住口,"那位乙老爷,正是当日挟持了乙夫人的响马头子,不知怎么动了真情,改头换面,装作外地富家子,上门求娶。"

赵大夫人用帕子捂住嘴,从不信到疑虑,再到半信半疑。

"从此刻起,三哥不妨将甲乙去了,改回赵姓和岑姓,直说是我爹我娘的事就好。"岑雪敏走到赵大夫人身侧,轻轻扶了大夫人颤不停的双肩,眼里微微泛红,却又十分坚强,"我竟不知自家还有这样的传闻,三哥从何处听来,一定要让我听全了,叫我瞧瞧同样是人,到底能有多坏多恶。"

夏苏望着岑雪敏娇弱又韧的模样,心道赵青河这个故事难讲。这时,九娘的手抓住了她的,她轻轻反拍,示意满是担忧的九娘安心。此事引起的最糟糕的结果,无非是一拍两散,赵青河和岑雪敏再不能在一个府里住着,有一方必须离开。这等结果,夏苏可一点儿不害怕。

"也好,省得甲乙甲乙的,稀里糊涂。"赵青河从善如流,"我还请了你姨母一道听,如你所说,是自家传闻,你在屋里听,总不能一直叫她立在窗外。毕竟,她是你娘的亲妹妹,也是你外公家仅剩的人了。"他一拍手,厅门打开,彭氏局促不安地跨了进来。

适才彭氏在窗下听,原本气得不得了,却在赵青河说到姐夫是劫持姐姐的响马头子时,刹那瘪了气。她不是瞎子,也不盲目,当年姐姐被劫再急嫁,她亦是知道的。而且,她还留意到姐姐新嫁时,同姐夫的关系确实有些古怪。只是没过多久,她嫁到外地去,再回娘家却见两人之间很恩爱,也就忘记了。

岑雪敏弱弱道:"太好了,姨母快来,我虽知身正不怕影斜,却痛恨有人说爹娘坏话,怕不小心哭出来,反而招了大家讨厌。"柔腔软调,轻而易举,成为被害者。

侄女委屈却坚强的样子，立刻将彭氏心中的自疑一扫而空，她快步带风往岑雪敏那儿走，还一边挽起袖子："我刚才在外面听得清清楚楚，真是一派胡言，笑掉人大牙！赵青河，别血口喷人！你小子是吃不着天鹅肉，也要拽着一起落粪坑怎么着？"

"彭姨这话说得，我好冤枉。"赵青河皮厚，这点嘴皮子仗根本不痛不痒，"一开始，我就说了，只是一个故事，饭后余兴，哪怕是真人真事，不愿理会的人不理会也罢。与我没啥关系的事，我还能拼死追究不成？你们说吧，还听不听？不听的，举个手，少数服从多数，我就到此打住。"

一只手都没举起来。

岑雪敏适时道："这会儿三哥要是不讲了，我可是不依的。"

"恭敬不如从命。"赵青河抬抬青峰眉，眼里不见半分惜情。

"不管岑夫人一开始情不情愿，她与岑老爷后来感情笃深，更何况连孩子都生了。而且，岑夫人生岑姑娘的时候受了些苦，岑老爷就决心不再要孩子了，可见对岑夫人真心实意。本来呢，岑老爷如果把过去的勾当留在过去，今日也无须追究，只是岑老爷山中盗贼出身，没学过别的本事，积攒的钱财为娶岑夫人就花去大半，手下多有不良习性，爱赌爱狎，他仗义担了开支，却又不善经营，渐渐坐吃山空，手头竟拮据起来。他不甘心妻儿跟他受苦，又动起了无本买卖的脑筋。岑老爷本姓陈，是西北山区大名鼎鼎的悍匪响马，杀人不眨眼，人称鬼山王，乃西北官府通缉的第一要犯，定居岑夫人的家乡后，鬼山王与他的一干兄弟也同时从西北消失得无影无踪。岑老爷盘算着干回老本行，也许是夫妻同心，让岑夫人察觉了。岑夫人聪明啊，比起明面打家劫舍的响马买卖，她向岑老爷提了个新的赚钱法子。"赵青河这话又令大家咋舌。

彭氏终是忍不住："胡说，我姐姐品性温良，怎会助纣为虐？"

"品性温良？"赵青河笑得微冷，"这我就不知道了，我只知岑老爷没有再干山道上杀人劫货的买卖，然而岑家所在附近的几个省出现了人贩子，绑架富家子索要赎金，仿造古董字画的作坊，都是一本万利的好买卖。因为这些事情做得周全绝密，若非官府重视展开追查，要么就成了无头公案，要么压根没人报案。岑老爷一改往日凶悍之风，难道不是有了贤内助之故？听说，岑老爷后来重用的二把手，亦是岑夫人举荐，是识古鉴古的大行家。"

这是说方掌柜了。

时至今日，夏苏对赵青河认真时说的话是十分相信的。当他一说乙老爷曾是响马盗贼，她已能将这些日子来发生的事连接起来，且清楚即将到来的结论。这个结论固然完全超乎她的想象，令她惊得无以复加，然而更多的，是佩服，佩服赵青河不只深谋远虑，还有不知不觉中的行动力。

彭氏愤怒："越说越不像话！"

"我想，三哥接着要说我了吧，"岑雪敏苦笑，"说我继承了我爹娘，也做见不得光的事。"

"那还不到时候，得先说清你爹娘是怎么死的。"赵青河很谦逊的样子，"一本万利的买卖做多了，手头也宽裕了，岑氏夫妇决定休息一阵，也许还想着就此收手，两人出门游山玩水。不管是强盗还是良民，都是爹娘生养，岑老爷也非石头缝里蹦出来的，夫妇两人回到了故里。也许天网恢恢，疏而不漏，在山下不远的县城，岑家夫妇巧识一位中年文士，得知他新近收藏了一件价值连城的古董，是唐宫名匠所制的千手观音像，就动了盗心。夫妇二人自以为计划周全，却不知文士并非一般人。对方表面看来任观音像被偷，却是将计就计，顺藤摸瓜，欲将真正的主谋捉拿归案。岑家夫妇自知无望逃脱之后，怕连累远方女儿，与一干同伙悉数自尽。只要到官府打听打听，无人不知三年前西北省府破获了一桩大案，鬼山王夫妇双双毙命。这也是我说，岑夫人是岑老爷贤内助的原因之一。两人一齐被围捕，要说岑夫人全然不知，实在可笑。"

脸色难看的人越来越多，望向岑雪敏的目光已与之前截然不同，连二太太这般贪富裕儿媳的人，也没有发出半点声响，面上明显有惧怕懊恼之意。

"自我十二岁起，我爹娘就常常结伴出游，两人相约游历大好河山，我又长大了，不以为这有何不妥。他们既然到处走，自然也去过西北。"岑雪敏神情怨怨，语气柔软，"可我听来，鬼山王夫妇身死，我爹娘遇到文士，除了都是一对夫妻，并无其他关联。究竟有何证据将我爹娘说成是鬼山王夫妇？莫非有人亲眼目睹？他们可画得出鬼山王夫妇的相貌，能证实与我爹娘相貌一样？"

"岑姑娘一向讲究证据，我早就领教过，只是今日说好是故事，要凭证做什么？而且我也不妨告诉大家实情，鬼山王夫妇蒙面行事，察觉中计之后，用一种霸道的化骨毒自尽。连骨头都能化，更别说脸了，唯有曾与鬼山王数次交手的捕头能确认鬼山王的身份。至于岑姑娘的爹娘，以真面目与文士见面。文士认为，他才对你爹娘说起宝物，随后就发生了宝物失窃，自然此夫妇就是彼夫妇。"赵青河还不怕死地加上主观意见，"毕竟，岑家夫妇巧遇文士之后没几日，消失十几年的鬼山王就犯案，而且身旁还多了一个无名女人，任谁都会联想在一起。"

岑雪敏伤心欲泣："我就不会想到一起。没人见过鬼山王的真面目，只因一些巧合，就将我爹娘说成是鬼山王夫妇，这也太荒谬了。"

"那么，岑姑娘，你爹娘究竟为何不露面呢？"这句话，是赵二老爷问的。

岑雪敏泪光闪烁，轻轻用衣袖点了点："我娘生了一种怪病，我爹带我娘四处求医，居所不定，多是他们写信来。你们不信，大可以派人去我家乡问，仆人、邻里都可证言。"

"就是啊，你们只管去问。"彭氏挺挺背脊。

"彭姨，你最后一回见你姐姐是何时？"赵青河笑问。

"嗯……我每几年总要回门，夫君早逝，婆家愿意留我……"

"不要顾左右而言他。"赵青河摆手示意彭氏少废话。

"……六年，不，五年前。"彭氏想尽量拉近。

"也就是说，你接到你姐姐托付照顾岑姑娘的信之前，已有三年，不，两年不曾见过你姐姐。"赵青河顺着彭氏分析道，"那你的话就不能作数了。字迹是可以仿的，没亲眼见过，不算。"

一句字迹可仿，又引得听者信一分。

"……"彭氏还想辩。

岑雪敏拉住她："姨母，事已至此，无须再言。我知三哥不喜我，却不知他竟会用这种方式，不惜诋毁我爹娘来赶我离开。想来我也真是寄人篱下太久了，连惹人厌都不自知，既然已经对我厌恶至此，留下亦无意义，我们这就离开吧。"

面对岑雪敏的伤心离意，二太太没动。大太太动了，却最终无言。人心已有倾向。

赵青河还不干呢："岑姑娘，别忙着走，你的故事我还没开始说呢。看大家好像比我这个讲故事的还累，我就简单讲了。岑姑娘不见爹娘回，便派人去找，一找之下就知道了前因后果，悲痛欲绝却不敢给爹娘收尸，只能编了母亲得病的谎言。你觉得长久下去也不是个事儿，就来投奔赵府。且不说岑家夫妇出游用了化名，无人能查得到他们与你的关系，就算日后有人起疑，只要你是赵家的长孙媳，谁还敢深究你的出身？不过，岑姑娘，你怎么跟你爹娘一样，方孔钱眼儿里钻不过，非要干那无本的买卖不可呢？本来，你爹娘犯法，你又不犯法；本来，你爹娘伏诛，你却清清白白。一开始不湿鞋，何至于日后杀自己人杀到眼红，弄出什么金盆洗手？"

众人眼珠子瞪得快掉出来了。

"行了，故事我也说完了，官府要带你回去问话，你清白也好，有罪也好，都跟他们说去。"赵青河一说完，厅门再打开，跃进二十来名刀客，其中就有夏苏觉得很眼熟的董师爷。

"啊，还有，你要的证据，我其实也有。"赵青河打算气死人不偿命，"人证是你姑姑，也就是鲁七娘子，她当年和鲁七被你爹娘派到赵家来，将来好为你嫁进来作接应。她没死，被我摔晕了而已，听说你把万里阁炸了，直骂你狼心狗肺。还有，那个老纪，也没死成，我正好带了家里自制的解毒丸，勉强保住他一条命，就是手脚从此瘫软无力，所以恨你恨得牙痒，什么都愿意招。物证，你也挺能藏的，一方面不给你姑姑管账，一方面给她开了寻欢的蛇寮，钱都藏在床下密库。一千根闪闪发光的金条闪瞎人眼，鲁七娘子要是知道，会不会再被气死一回？"

岑雪敏一直柔柔温温的神情终于显出一抹厉色，只是声音仍轻柔和缓："三哥，你有些冤枉我了。"

官差都身穿赵府仆人统服，却手持大刀，将四张桌围得水泄不通。赵家全部的主子们，已让这个阵仗吓傻，不知他们何时混入府中。

领头的董霖嘻嘻笑，冲赵老太爷抱了拳又道抱歉，着实却是插科打诨的调调："老爷子莫惊，一切都在我和赵青河掌握之中，恶人绝不能在此为非作歹。而且，这人虽住赵府，也安插了眼线，经我们查实，该捉的都捉了，与赵府各位老爷夫人无半点关联，真论起来，你们也是无辜受害者。"

赵老太爷不知说什么才好，深深叹了口气，看着大儿比自己更愕然的神情，怪也怪不得。如此匪夷所思之事，实在不是自己儿子、媳妇太笨。谁想得到，那位娴静的岑家女娘会有响马的爹、盗贼的娘，而且还接手杀人越货的买卖，连赵府的府库都让她手下混了进去，才有珍藏品变成假画的事情发生。要不是赵青河查出来……

赵老太爷看了看对面的大孙儿，心里终于对自己承认，这孩子真不错，与四郎全然不同的性子，气势如虹，非斯文儒士，却有大将之风，一肩挑天的果敢勇锐，又睿智非常。这么说吧，四郎继任家主还需很多磨炼，青河却是那种直接可以接了担子的男人，让他能安享晚年。这想法一跃入脑，赵老爷子开始发怔，望着赵青河的目光即刻转为深沉。

"我有些冤枉你了？"赵青河可没注意老太爷想什么，只觉岑雪敏的话好不可笑。这种人，坏事做尽，已经昭然若揭，还能摆出一副凄楚可怜的模样？

"人证物证俱在，还有我这个最直接的受害人。我同岑姑娘一起到常州，归途惨遭灭口。我一直在想，如果我看到了贼头真面目，为何没有死在常州，而是死在了回程途中？很简单，我大概顾念与岑姑娘的交情，没有立刻揭穿你，反而令你觉得自己有精心准备的时间，比起在热闹的城镇里杀人，在回程预先布下陷阱，更容易制造意外身亡的假象。不过，这就得精准地知道路线。我死，自然成了冤死鬼，不可能追究你什么，偏偏死里逃生，把细节琢磨琢磨，就能起疑。那日大雨，大驴提议改路线，我去问了岑姑娘，姑娘未允，说不能耽搁归期。我虽不记得，大驴却听我转述过。岑姑娘说冤枉，好似非你所愿，迫不得已，那我的冤枉要同谁去说？"

恶不知恶，真是极恶。

"是她害你？"赵大老爷一听，爱子之心大过于天，原本对岑雪敏还有几分疑虑和可怜之情，瞬时一扫而空。

"自然非我所愿。"岑雪敏青煞煞的脸并不慌张，丝毫不将赵大老爷放在眼里，只望赵青河，"你缠我不放，居然半夜守在房顶，我的行踪尽落你眼，才让你抓了把柄。你是顾念交情，却趁势要挟我嫁你，我怎能答应，这才不得已杀你。"

赵青河冷笑："我要挟你嫁我？明知你是飞天大盗？"他转眼瞧了夏苏，漠然的神情顿时化作一河暖流，"妹妹莫信她，我便是再蠢，难道会善恶不分？"

他总是当众喊妹妹，当她瞧不出"险恶用心"，夏苏哼了哼："这等事，还是要拿出人证物证才好，你跟岑姑娘都是一面之词，一家之言，我皆不信。"

赵青河拍手："妹妹明智。"

岑雪敏的厉害之处在于，坏人的常态她一概没有，居然承认："我挑拨你俩，却屡屡不成，罢了，我说实话。三哥给我两日，让我自首，否则就会报官。无论如何，我都因三哥逼迫而不得已为之，这总不错吧。难道谁是天生就爱杀人，就喜作歹？"

岑雪敏，天性使然，只觉天下人负她，她不负天下人。

"三哥说的故事，大抵不错，有些还拜你所赐，头一回知道。"认个干净，岑雪敏突然抽出一柄匕首，对准赵大夫人的脖子，见众人惊色，她好整以暇，"然，我爹娘死于非命，我一个孤女无依无靠，若不为自己谋好前程，谁为我谋？"

大夫人颤声道："雪敏……"

怎么会是如此呢？她一直自觉辜负闺中好友，却不料引狼入室。

第四十四章　唯我独活

"大夫人，你这时最好住口，我要是突然控制不了脾气，与你一起死了也说不准。赵府这些人中，我最不能原谅的，就是你。你口口声声说我娘是你亲姐妹，你可曾拿我当亲侄女对待？我与四郎一桩婚，若能早早成了，也不至于一条死路走到了底。我有今日，多是你自私而就，我想，你就算到了九泉之下，也无脸见我娘。"岑雪敏笑容苦涩，控诉得好似天经地义，对方才是十恶不赦之人。

大夫人眼泪直流。

岑雪敏以凄凉哀伤的目光望着赵府众人："父母不可选，我懂事之后，娘亲就说了爹的过往，并将家中钱财来源都说与我知。我娘并非一般俗人，她通透聪慧，看穿世事，教我世间无道，人们唯利是图，唯富是贵，唯贵是尊，便是名门赵府，我将来若嫁妆不丰，也必受委屈，甚至悔婚也未必不可。她教我，凡事靠己不靠人，那些不让我活好的人，必是自私自利的小人，无须与之讲良善。我越良善，小人越欺。我爹为人不似外传那般凶恶，他上山为盗亦是让小人迫害所致。他待我娘和我极好，是天下最好的丈夫和父亲。我爹娶我娘之后，再不杀无辜之人，再不劫金白之物，我娘为之另辟财源。调换古董书画，因它们传到今朝早已无主，本该能者得之，愚人鱼目混珠，怨得了谁？伪造更是无罪，苏州片、扬州刀可以闻名天下，何论我们有罪？那些贩人的买卖，瘦马已成为货品，别人卖得，我们卖不得？至于富家孩童，他们父辈的钱财难道就是干净得来，我们从不曾伤害任何孩童性命，拿钱就放人，不拿钱就卖了换钱，连亲爹亲娘都不要的孩子，我们总不能白白养着他们。"

桩桩罪，桩桩说成无罪。

"你说我爹偷画被捉，我说有人勘破他的身份，不管他是否改邪归正，设计害他，还连带害死我娘。世上到底什么是真什么是假，即便亲身经历都未必能断，更何况道听途说，还是过了这么久的往事。"岑雪敏不博取同情，却是真不明白自己何错之有。

"爹娘死得不明不白，尸骨无存，我不能问不能祭，流着血泪投奔未婚夫家，岂料你们装聋作哑，再不提当年娃娃亲，一句大明律不允，就抹杀这些年我一家人的诚意诚心。你们可知，我为学习掌家，受了我娘多少罚？长这么大，何时有过一样真正我喜欢做的事？自我懂事，我就是赵家妇了。人性自私，我已知根本不会有人关心这些。"岑雪敏苦笑一声。

"可我仍要为着爹娘的许诺而努力，一来尽孝，二来也真希望自己能有抛却过往的机会。你们说得轻松，一本万利？我要养爹带下山的兄弟，要养一家子人，哪样不花钱？且我是无奈接手，爹娘不在了，不能说不做就不做，下面的掌柜、伙计，他们也是人，也要养家糊口，可我并未将买卖做得无边无际，反而渐渐收手。即便如此，我的嫁妆还不够多到能引得赵大老爷和赵大夫人点头履诺呢！他人不贪，我不贪；他人自私，我自私。"

董师爷也是佩服："照你这么说，你最无辜，最无奈，被所有人逼到这步田地。"

"莫非是我天生贼种？"蹙了眉心，痛楚于面，岑雪敏泪落两滴。

董师爷喊声娘咧，表示无力："赵青河，你来，我说不过。"

赵青河敛了眸，讥诮道："我都说得口干舌燥了，她也是侃侃而谈，今晚难不成要通宵达旦？犯恶不知恶，难道就不恶了？你赶紧提走，让知府大人画押判罪就是，废话什么！"

"他人不义，我不义，你们好像忘了，赵大夫人的命在我手上。"刀尖往皮肉里一紧，岑雪敏柔声道，"大夫人请送我安全离开，我便不再计较你们的背信弃义。"

赵大夫人惨白着脸，颤巍巍立起，让岑雪敏往后拉。一干女眷畏缩成一团。

"雪……雪敏，"被这些对话吓傻的彭氏，好不容易打起精神来，只问得出一句话，"我……我该怎么办？"

"我姨母对所有事一概不知，请别为难她。"岑雪敏向步步紧逼的官差道，再同彭氏说，"姨母，我让你管的钱财皆为正当来路，如今皆归你，找个好人再嫁吧，恕雪敏不孝。"

彭氏两眼一翻，当场瘫软过去。

岑雪敏神情沉重，却咬住牙关，不让自己犹豫，催着赵大夫人走快些，但觉脑后来风，禁不住转头一瞧，只见一只疾劲的鞋尖，离太阳穴不过寸长。赵大夫人的命当然没有自己的命重要，岑雪敏连忙松手，也知此时只有拼快，不敢停留半分，飞身跃出厅去，同时怒喊："夏苏，好好顾着赵青河的命吧！"

岑雪敏虽没想到赵青河本事那么大，能查出她爹娘的底，然而她凡事留着后招，可保自己全身而退。

夏苏欲追的身形顿住，回身惊望赵青河，却见他安然坐着，正以为岑雪敏诓她，忽而想到一件事："赵青河，岑雪敏身边的那个丫头呢？"

赵青河看董霖。

董师爷摸不着头脑："你没交代的事，看我干什么？是你疏忽！"

赵青河好笑："敢情你的薪俸都到我口袋……"话未完，脸色突变，抿嘴一鼓，嘴角流下一股黑血。

董师爷呆了呆，连追岑雪敏的命令都不记得下了，干号道："赵青河，你要死了！"

赵青河想说董霖才要死了，一张嘴，却喷出一口血雨。然而，他的应变能力极强，耳力目力急速减退之下，仍抓开腰上香囊，将泰婶自制的药丸一股脑儿吞了下去。

"赵青河！"他最爱的声音，他最爱的容颜，那般急切地靠近了他。

他油腔滑调讨她无数次便宜，到这时方才深知已爱她入骨，愿为多见她一刻，用他拥有的一切交换。尽管他拥有的，少得可怜，而她就占了绝对分量。

他的夏苏啊，昼伏夜出，专心爱画，从不乱用她的智慧，小仙子般轻盈可爱，不任意傲慢，却也不轻易折腰，她有她的原则，所以既能安守又能开创，与他的缺项互补，与他的长项相投。

都说喜欢一个人没有理由。

扯淡!

没有这些理由，光看脸，他就能喜欢得跟傻子一样吗？

那叫肤浅!

他喜欢一个人，得先说服自己。当然，理由成不成逻辑，那是另一码事。

他若不死，抢亲也得抢她回家当老婆。

"别死，不然你会后悔的!"她的声音如瀑布疾落，到他心里只剩轰鸣，她的容颜已经化作一道轻烟，直直往屋梁上升去。

人死了，还能后悔吗？这姑娘语速如此快，是怕他活不了。

赵青河分不清那是自己的视觉还是幻觉，只觉身体不断沉下去，眼前仅剩比夜还深的深渊，最后一丝意识沉浸无底。

赵大老爷扶住儿子往后仰的身躯，抬头看着屋顶上的大洞，再望正探鼻息的董霖，声音发抖："我儿……苏娘……"语无伦次。

"还有气，大老爷赶紧找千斤堂葛绍，解毒这事，没人比他更能。"董师爷吓得汗都出来了，却不敢泄自己半分气，又冲几个平时和赵青河私交甚笃故而挪不动步子追岑雪敏的兄弟发火，"娘的，我脸上开花还怎么着？还不给我追苏娘去! 她要是出什么事，赵青河非扒了我们的皮不可!"

赵大老爷看那几人跑出厅去，不由自主开口："他们追的方向好像不对，苏娘是从屋顶上去的。"就跟神仙一样，飞到梁上，冲顶而去。

董师爷紧张要命的心情，居然还因此被大老爷逗得一乐："世伯，我们这群庸才笨手笨脚，哪能比得了苏娘轻功绝顶，只好绕远路。"

"轻……轻功？"赵大老爷蒙了。

倒是九娘和杨琮煜，关键时候显沉着，吩咐找大夫、请泰婶，镇定了慌张无措的人心。而董霖跑出去，权衡之下，决定效法赵青河对夏苏的放任自流，先捉拿本案最大凶徒岑雪敏，方能平定这场巨大的风波。

月出新牙，星光璀璨，灯火点点过万家，只是此时此刻，平时观不腻的夜彩在夏苏眼里褪成无尽黑暗，唯有前方那道奔逃的影子锋芒不却，令她发愤疾追。

岑雪敏并非诈她，却早安排那个丫鬟藏伏屋顶，施放蛛丝之毒入了赵青河的碟碗。

她气自己，怎么那么笨！除了仿画，真是别无所长！平时看赵青河如大军主帅，做任何事都有稳操胜券之感，而她跟了这些日子，学也学不像一分。哪怕，早一刻疑心岑雪敏丫鬟在何处也好。如果能及时告诉赵青河，他一定会有所防范，不至于中了对方毒手。

那毒，好像很霸道，也不知老婶的药丸有没有用……夏苏思绪如麻，赵青河喷血的瞬间就好似一把刀插心，但视线让眼里雾气弄模糊之前，她会立刻眨清。

她错失一次，不会错失第二次，抱着施毒之人必有解药之心追去。若毒药无解，则手刃对方，必杀之解恨！她从不知自己会有这般恨，就算在刘家受尽万般屈辱，也只想到逃走，现在居然有杀人之意，且丝毫不惧。

那丫头纵然得了先机，原本有数十丈远，却让夏苏越追越近。她见四周偏僻，黑漆漆一片无灯暗街，当即把心一横，不跑了，拔剑而出。

"贱人！你以为轻功好就能胡作非为了？姑奶奶今日教你，什么叫见好就收！"她也不多废话，剑花朵朵，在晃眼迷影中又狠又快，要刺夏苏心脏。

夏苏轻松闪避，剑尖尚远时，已移到丫头的左侧："你和你家姑娘说话一个调，别人都坏，你们委屈。"

丫头这一剑徒劳无功，却不着急："本来就是！"人性本恶，唯有独善其身，"有本事，你给我蹦到天亮去！"

轻功耗内息，练到再高也有时限，况且防御时固然无懈可击，一旦转为进攻，速度就会慢下，更何况夏苏的飞天舞是通过牺牲力量来达到轻盈极致的保身功夫，进攻之力甚至弱于普通女子。

这时，丫头虽暂不能把夏苏如何，夏苏亦奈何不了丫头，唯一可能转变僵局的，就是援兵。

丫头不着急，也不代表耗得起，剑收身前，冷笑道："你想怎样？"

"解药。"夏苏灵慧之极，那丫头所仗恃的和所忌惮的，心里一清二楚，却不显半分怯色。

丫头秀美的脸上露出狡诈："砍下右手，我就跟你交换。"

"你们做任何事似都讲究交换。"夏苏双手拢在袖中，玉白的面容在黑夜中清亮分明，"既然如此，不如用你改过自新，交出解毒，不再伤及无辜，来换取痛快一死，而非凌迟分尸，如何？"

丫头神情凄厉，掩盖一丝恐惧："你才被凌迟分尸呢！"

剑起，剑落，只划到空气。

夏苏之影魅幻，吐气幽幽："做无本买卖的，不是我；杀人如麻的，不是我；胡作非为，不知道见好就收的，更不是我。"

丫头突然往后一挥剑。夏苏急忙将身子掰回，低头望，衣裙被划开一个大口子。而她刚才，想趁对方不注意，贴近了袭击。不料，那丫头身手了得，能及时察觉她的来向。

"是你假装船夫，杀了方掌柜三人。"她因这柄快剑，想起万里阁炸毁当日。

"是又如何？"丫头以为自己已掌握夏苏的轻功步法，暗暗得意，"知道我的厉害了吧？我劝你别顾着男人啦，学学我们，保住自己最要紧。说实在的，赵青河除了姓赵，还有何出色之处？凭我家小姐的容姿、智慧和家财，配他实在委屈，赵六郎都比他强得多。"

夏苏冷着双眸："赵青河是没什么好，他只不过逼得你家姑娘原形毕露，别说赵六郎，哪个男人都不敢娶她了。有了钱，还得有命花，谁有胆子娶个吃人不吐骨头的母大虫？"

那丫头对岑雪敏忠心不二，听得母大虫三个字，立刻抖了剑花来砍，哪怕这回没沾到夏苏的衣片，她嘴里也不饶人："好歹我家姑娘有的是钱，没男人照样过好日子，不像你，不靠男人都吃不上一顿饱饭。"

夏苏就是要激怒她，人一怒，招式便有漏洞："你家姑娘要是听你的话多好，不会为了嫁给赵家儿郎而受这么多委屈，直到再也装不得良民，可惜即便今日逃出去，从此也是通缉犯了。"

丫头果真怒极，突然腾身而起："贱人还敢说！"

那一招，大概是她平生所学最厉害的绝招，剑影无数，虚虚幻幻，光芒凌厉成网，自夏苏头顶笼罩，势若惊涛，一旦拍中，岩石都会粉碎。夏苏没有掉以轻心，身子在原地打起转，一寸寸缩矮下去，且往剑芒网边速滑。对方有绝招,她亦有绝学,只要身无桎梏,已没有任何一张网能捉得住她。

正当夏苏贴地要滑出剑网,那丫头的动作却是一滞。一番惊险虎头蛇尾,居然露出老大一个缺口,令夏苏游刃有余脱了身。回头一瞧,她脸色变了又变,随即苦笑。

丫头口中黑血不止,滴滴答答打在手背,看呆自己,又茫然看向夏苏。这丫头和赵青河中了相同的毒。

丫头问:"为什么?"

夏苏摇摇头,目光怜悯。她智力有限,无法理解岑雪敏那种"积极求独活"的心态。

丫头用剑支住无力的身躯,一说话,血泡直冒:"她要我死,我绝无二话,为何暗害我?"

"解药。"夏苏问得第三回,心中已知答案。

"没有解药。"丫头冷笑,头微仰天,"哈哈,她说今日亲事不顺也不怕,她有准备。原来这准备是要弃我不顾,她自己从此海阔天空,找个地方从头开始,再无人知道她的过去。我在对赵青河用毒的刹那,就中了她的灭口之计。我,以为自己是特别的,其实却是垫底的,最后一个啊!"

夏苏看着丫头倒在地上抽搐,突然想到赵青河。自己这般回去,等着她的,是否会是一具尸身?

顷刻,心如刀绞。

"你来……"还有一口气,面色灰暗的丫头突然招夏苏过去。

夏苏纹丝不动。"人之将死,其言也善"这样的话,她是不信的。她只知,那将死之人,是非不分,盲忠盲狠,穷凶极恶。即使这会儿被主子灭口,心中可能不甘,却也可能自私自利成为习惯,临终还要拉个人垫背。

"你不想听她另一处藏钱的地方……"丫头气息奄奄。

"我听得见。"夏苏自觉防心减弱不少,不似从前风吹草动就缩头缩脑,然而也不至于变得毫无戒备。

"……想抓她的人可不是我……"气弱,音浊,却很有条理。

夏苏已不打算继续理会,转身就要走。

"你不为赵青河报仇……"也许是邪心加速毒性发作,丫头上身猛颤，两眼一翻，再说不出话来。

濒死之相，令夏苏无法再多看一眼，转回头，正见终于赶上来的几名官差。他们万般不好意思，她则表情冷冷，简单两句话交代了经过。

一名官差上前，怎么看那丫头都已毙命，蹲身一验，突然恨道："真是死到临头还不知悔改，手里掐了一把毒针，死都想拉个垫背的哪！"

夏苏闻言冷笑，一直收在袖中的手，将原先为那丫头准备的杀物放回暗袋之中，头不回脚步不停，往家的方向急奔而去。

赵府灯火通明，她在屋顶上疾走，见人影绰绰，匆忙无章法，无处不透露着慌张。她的心一直沉，一直沉，却毫不犹豫，跃入自家的园子。她若是赵青河，只要有一丝意识，定会回到这里。这里，有家人。

然而，园中分外冷清，还不如赵府其他各处，至少装也装出很慌张的情形来。刹那夏苏就想，八成是赵大老爷抢先一步，将儿子安顿在自己眼皮底下。她当下一点足尖，蹿高半丈。

"谁……谁？"乔婶子从外园走进来，见鬼魅的影子而惊呼。

又有一个女声喊："快来人！有贼啊！"

夏苏听出那声音是葛绍夫人江玉竹，单手拍一下屋瓦，落回地面："不是贼，是我。"

乔婶子看清后呼一口气："苏娘，你上哪儿去了？我们正担心得不得了，大驴、阿连、阿生都捉人去了，所以也找不到人打听。"她完全没问夏苏怎么能蹿那么高。

江玉竹就眼锐得多，却不刨根问底，只道："苏娘，有闲暇咱姐妹得好好说说话，让姐姐我多了解你一些，省得我吃亏啊。前一阵，家里突然多出一帮无家可归的臭小孩，听说是妹妹说我特别能带娃的缘故？"

江玉竹在，就是葛绍在；葛绍在，就是赵青河在。

"乔婶子，江姐姐，赵青河他……"话语一噎，夏苏咬住了唇，看出她们的神情压根不似声音那么轻松。

乔婶子正要说话，赵青河的屋里突然爆出大喝声："冷水呢？拜托各位手脚利索起来，行不行？姐姐妹妹要聊天，还请改个日子吧！"葛绍连媳妇都不给面子。

乔婶子忙提着水桶往里走。

江玉竹稍慢，走至夏苏身旁，神情虽肃，语气从容："妹妹且安心，那家伙自称从不医死人，他这会儿能出手，就说明被他医的人死不了。"

葛绍的声音又传了出来："娘子不要代为夫吹嘘，为夫怎么觉得这块从不医死人的招牌就要被赵青河砸了？这小子虽吞了大把药丸，但简直就是乱来，不知道药用错了更加毒。"

"我看你是野郎中的招牌吧！我特制的药丸绝不相克，若非少爷服用及时，此时还有命吗？"泰婶上火道。

夏苏听见泰婶的声音，几乎同时失了站立的力气，一下子蹲在地上，脸埋膝。只觉耳膜轰轰震，心脏咚咚跳，赵青河还有命，这样的好消息，却令她精疲力竭。原来，心比她诚实，在头脑百般抗拒，还自持冷静、沾沾自喜的时候，已经投入所有。只要想到，身边从此再也没有这个人，就觉得活下去都无意义了。

她自诩坚强，从丧母到看清自己在家里的处境，从逃婚出户到义母病故，一路撑下来，仍坚信自己可以过得好。只是这份自认坚强的信念，在今夜，一败涂地，败给了她想都没想过会输给的赵青河。她曾觉得，世上任何人都可能赢她，唯有赵青河，从前到现在，自己不会输他。可奇怪的是，这种输了的牵挂感觉，也没什么不好。

赵青河活着，长夜里仍有他伴行，很好。

输了也甘心，真的很好。

思及此，夏苏慢慢站了起来，心中的痛楚已沉淀，给神情微忧的江玉竹一个安然的眼神，拎过她手中的水桶，跨进门槛去。

外屋里，人挺多。除了守在里屋门帘前的泰伯和乔婶子，桌案两旁坐着赵大老爷和大夫人，从赵大老爷少年时就忠心跟随、什么事都一清二楚的齐管事，还有陪在大夫人身边的九娘。杨琼煜不见踪影，大概正忙着帮丈人家处理急务。夏苏知道自己该行礼，双脚却不自觉直接走向门帘，因为此时，她只想看赵青河一眼，其他人都要排在那之后。

"苏娘，我来吧。"泰伯却没让开，只是将水桶接了过去。

"泰伯？"夏苏有些疑惑。

泰伯天生严肃的脸上一抹僵笑，似想以此安抚夏苏："少爷这会儿正浸药桶，那样子不太方便让你瞧。"说罢，眼睛往赵大老爷那儿瞥了瞥。

夏苏咬唇，虽知泰伯是在保护她，不想赵峰夫妇觉得她轻浮，但她若在乎这些，今日就不会出现在这里了，仍想往里走。

"苏娘，你瞧过他就好了吗？"江玉竹却一个劲把夏苏往外拉，"不如多拎几桶水，才是救他的命呢。"

乔阿大提了空桶出来，泰伯提了满桶进去，帘子掀起，一阵浓郁的药味扑鼻，刹那间，夏苏看到里面的情形。

沐桶不冒热气，热炉烘药罐，葛绍满头大汗拔着针，泰婶侧面沉沉，动作却无迟疑，麻利地将沐桶里的水往脚下大盆里淘，盆盆水都深红发乌黑。赵青河浸在沐桶里，明明是一桶寒水，常年练武的铜肤却一直往外沁着热汗珠子。那些汗珠汇成线而流下，随着葛绍拔针，染上了黯红毒血的颜色，触目惊心。他的面色却苍白，嘴唇焦黑干裂，颓然闭着双目，气若游丝，胸膛几乎看不出起伏。要不是他的手还抓着沐桶边缘，说他死了，也不会有人怀疑。

夏苏紧紧抿了唇，眼睛死死盯住了仿佛随时会止息的赵青河，手一抬，阻住要落的帘子。

几声苏娘，个个在劝。

夏苏置若罔闻，但她也没硬往里闯，只是那么定定，远望着那人，眼都不眨。

泰婶听见动静，转头瞧来，立时也是安慰："苏娘别怕，少爷既能撑到现在，命肯定是保得住的。"

葛绍嘴毒："是啊，命好保，会不会毒成白痴傻子，再将从前忘得一干二净，从头识字识人，那可就不一定了。"

再变回不开窍的赵青河？夏苏一手捂住心口，疼得难以自抑。

那一声声诚朗欢乐的妹妹，那一回回哪儿都有他的夜行，那些星空下的烹茶煮酒的说笑，甚至那些只要想到他在家就能安心的独游，如同一个人拥有一双魂，却会重回从前的孤寂寥落吗？

突然，赵青河睁开了眼。

葛绍吓了一跳，终现兄弟情，抓住赵青河的一条胳膊："赵青河！你小子给我撑住！别砸我招牌！听到没有？"

泰婶忙去打葛绍的手："赶紧换针，扯什么乱七八糟的！"

赵大老爷按捺不住，也想到门前来看儿子的状况，却让泰伯和乔阿大有意无意挡隔开。他正要上火，却听到赵青河的声音。

弱，却不示弱；累，却不觉累。赵青河的眼神茫然失焦，聚不住一线灯光，却能对准夏苏的所在。他的话很短，只说给一个人听，嘶哑却坚毅不让："妹妹。"

就两个字，然而，任谁听了，都不会错过说话人的心中情长。

他视线涣散，夏苏就将它们一丝丝重拾，以双倍灼亮的目光回应，哪怕他瞧不见，也坚毅直视："赵青河，董先生的那一单，我知道怎么画了，等你好了就能送去。"

已用尽最后的力气，赵青河再也撑不住，重新闭住双眼，嘴角却弯了起来。

夏苏将他那抹笑尽收眼底，慢慢放下帘子，双手握拳，回身看着江玉竹："姐姐可缺拎水的人？"

江玉竹虽不知"董先生的那一单"出自哪里，只觉这两人刚才隔空对话，犹如神魂出窍，顷刻互道了千言万语一般。默契之至，无他人插足的余地。

江玉竹又心疼又欢喜，夏苏没哭，她倒眼里拼命发酸，用袖子擦了又擦，反身推了夏苏："不缺，不缺，你自管去。"

夏苏不再多言，快步出屋。

别人不知，她却知。赵青河许她一诺：她画完春暖花开小青绿，他就好了。

而她，要力气没力气，要医人又不会医。赵青河一开始就说得对，她是偏才，偏才就该做自己擅长的事，不要太贪心，才会有收获。

她现在，唯想收获一人——赵青河。

青绿，如今用于画中不多，因是上好的颜料，不仅价格高，更是难得。颜色不好，画工再好也无用，成不了佳作。而夏苏的青绿，是从刘府带出来的，十分稀罕的贡品，自然没有成色的问题。

此时她用青绿，如同抓着赵青河的命，用好，命便好。

第四十五章　养兄送礼

推开窗，明月的光，令累极的双眼眯了起来，夏苏转身将画绢铺平，把案上的颜料收好，笔砚放进桶里，小心踩过一地的纸，拎桶出门。

在门前，她驻足片刻，静望侧旁不远那间屋，这才转身往外园井台走去。

已经过了三日，她不曾再进过赵青河的屋子。

泰婶说，毒血已排，像野郎中的葛绍倒是用得一手好针，定穴逼毒，护住心脉，加上她的解毒丸，总算保全赵青河一条命。接下来，能否苏醒，全看赵青河的体质和心志。

醒，则活；不醒，则睡死。

园子静到死寂，夏苏脚步也无声。她瞧见大驴和乔生在外屋坐着，但不必问就能知道，赵青河还没挺过自己那一关，否则他们哪能这般垂头丧气？摇上井水，坐下洗笔洗砚。夏夜的水凉，令肌肤乍起寒栗，冷得眼酸泛泪，她用力吸了吸鼻子，手上也用起力来，硬生生洗秃一支狼毫，也不自知。

这时，大门传来两声轻敲。

夏苏有点恍神，飘过去下了门闩，看清来者，方觉一愣："婶婶？"

门外女子彩妆明面，眼神永远轻佻，身姿轻若柳絮。夏苏虽然从没喜欢过她，却因她是周叔之妻，至少称呼上还保持着应有的礼数。女人难得不凶悍，双眼楚楚，语调哀哀："苏娘，你周叔刚才突然晕了过去，我实在不知怎么办才好，只能来找你帮忙。"

夏苏一下子提起精神来，跨出门槛一步，急问道："请大夫了吗？"

"我哪来的银子！"女人自觉过于不客气，僵笑着缓和下来，"深更半夜，哪家大夫会白白出诊？"

"轴儿呢？"

女人浓粉的面皮上皱起道道细纹，似乎没想到过这个问题，随即又答得理所当然："小丫头那么胖，我怕背她不动，又耽误找你的工夫，就放邻居家了。"

"是吗？"夏苏与女人淡然对视，仿佛看不出她一丝闪躲心虚，"那你等等我。"收回了踏出门槛的脚，要关上门。

女人立刻慌张，伸手抓住夏苏的衣边，又在夏苏冷冷的目光中吓得松开："苏娘，我自是没脸当你长辈，你周叔却真心待你。小丫头是他二女儿，你是他大女儿，为你死，他眼皮子都不会眨，你可不能见死不救啊！"轻佻的眼珠子往身后不停地转，怕黑暗里冒出妖魔来。

夏苏神情不变，仍似无知无觉："婶婶想多了，我取了银子就来，你稍待。"

她阖门转身，碎步却快，听到女人的声音从门缝里钻来，催促她快些，她的双手不由微颤着蜷了起来。

夏苏径直走入赵青河的屋子。

乔生推推打瞌睡的大驴，大驴跳起来，咋呼道："苏娘？你不是说少爷不醒就不用叫你瞧吗？"

夏苏作了小声点儿的手势，笑得有些软乎："再不瞧，怕他醒来怪我没良心。"

大驴没想到别的，或者他本来可能会起疑的，不过在岑雪敏的身世大揭秘上，他千里追查，劳苦功高，难免有点自大自傲，还有点视力不好。他小声哼哼："没错没错，少爷尤其对你爱计较，我早觉不妥啦。没准你一进去，就能让少爷睁眼，瞧他平时盯着你的眼珠子，我总想，要不要在下面托个盘子？"嘿笑着一扭头，发现夏苏早进屋内了。

乔生反而敏锐些："小姐没事吧？脸色好像不太好。"

大驴不觉有异："苏娘天生肤白。再说，少爷都那样了，她脸色能好吗？就希望少爷熬过这回以后，万事大吉，两人凑成一双，不用我们再两头赔笑，还只能讨好一头。"

乔生就笑得刁滑："别把我说进去，要赔笑也是你赔笑，驴大姑娘但记得拿了赏，赐小的几个钱打酒喝。"

大驴一听，嘿，这小子当他是楼子里的姑娘了，气得一拳打过去。兄弟俩吵吵闹闹，平添乐观欢快。要知道，但凡衰事，自己越唱衰就越是衰，一笑而过，衰事快快了结，好事快快来到，才是正确消灾解难的法子。

那番欢乐，传到立在床头的夏苏耳里，笑容又浅浅浮现。

她干脆蹲下，双手扒上枕边，面对消瘦不少却呼吸安稳的赵青河，眼睛里亮晶晶的，并无忧意。食指伸出，戳戳那张棱角仍分明的脸，又慢慢改成轻描，沿着坚毅的颧骨，任短刺青髭磨过指腹。

多好看的男人啊！不仅好看，还力气大，铁骨铮铮，摸起来真叫人安心。她不怕岁月漫漫，因为只要她想要记住的画面，是绝不会褪色的。但她仍要来瞧他一回，还贪念着他的温暖。双足蹬地，手肘轻撑，上身前倾，在他的双唇无限放大时，她闭眼，用自己的唇，贴住。

如她期待，他虽昏睡着，体温仍让人舒服。从他的唇片染上的热意，熏红了她的面颊，连眼角也俏飞起来。

双手捂住心口，心里狂跳，她伸出舌头，舔舔他，骤然分离，一副自己吓到自己的模样。同时，脑海里竟闪过刘府里屡见不鲜的那些暧昧画面。那时对之厌恶，这时自己做来，却觉得害羞泛蜜，还有点意犹未尽。难道这便是她的姐姐妹妹们大大方方说在嘴边的，欢愉就好？她不只要欢愉，还要拘住他的一辈子，一直一直同行下去。

她退开身，指腹还在他面容上流连，不舍离开，觉得自己该说些什么，又不想自言自语像个痴傻，于是这么开口："老子走了啊，你也别睡了，把脑袋睡成石头，好不容易打开的聪明窍再堵死，那你就惨了。老子想来想去，只有日日照三顿打，才能重新开窍。老子力气是小了点，不过力气大的人一抓一把……" 只是这回学梓叔，逗不笑自己，到最后不得不咬住唇，还是哽咽了。

夏苏这时不想哭。哭了，就是向那个人示弱，她可不愿意。她深吸气，悠悠叹出，缩手回袖，走到门前仍禁不住回了头。

她喜欢的男子，并非真沉睡。她知道，这个男人有多强大，更何况打架这一项，他是不可能会输的。

她走了出去，如此信赖着他，神色轻快。

正打闹的大驴抢道："咦？苏娘这么高兴，莫非少爷醒了？"

"会醒的。"笑意虽浅，柔美音色中的坚毅不容置疑，"他醒时若我不在，就告诉他，我办好事即刻回来。"

大驴还以为夏苏这晚要出门，不觉得奇怪，横竖家里二主夜里横行，简直如出入无人之境，谁也挡不住。他就点头应承，如平常一样："也别太晚回家，少爷刚醒时的脾气我可领教过一回，眼珠子差点没被他打蹦出来，只有苏娘你镇得住。"

自己没能逗笑自己，却让大驴逗出笑声，夏苏一边走一边应："照你说的，我一进去他就睁眼，看到我他就没脾气，什么都得等着我来，倒也挺好的，咱家个个可以省心了。"

大驴直点头，咧大嘴，目送夏苏进入夜色之中。

夏苏一打开门，见周旭妻正来回踱步。地上那两行深脚印，谁都看得出心急如焚。

"苏娘，你可出来了，我还以为你不……"女人话音戛然而止。

夏苏已全然无视女人的鬼祟惶恐，淡然往周家的方向走去，一个字也不想与之多说。

对周叔而言，轴儿胜过一切，连带接纳了这个女人，包容这女人的贪欲和自私。但夏苏对这人不能接纳，不能包容，一声婶婶，喊得并不情愿，一切皆看周叔面子，所以明知这女人可能别有居心，她也不能拿周叔和轴儿的安危来赌。不过，既然是看别人的面子，别人不在眼前的时候，就不必过于客套。

也许因夏苏的沉默，平素吵闹无理的周旭妻一路也安静，而且与夏苏始终保持不疏远不亲近的距离。

到了周家篱笆墙外，夏苏停下脚步。屋里有灯，明晃晃的，大半夜里，无比刺眼。轴儿睡觉不爱光，周叔又怎会把灯点得满室生辉？

周旭妻这才出声："苏娘怎地不走了？"

"真是糊涂，你我都不是大夫，却只顾闷头走路，我更是揣了银子也没想起来，婶婶，"夏苏语气一顿，看清女人脸上的惊惶，眼底清澈寒凉，单手托去一锭银子，"麻烦你跑一趟吧。"

那张艳到疲老的脸顿时松了口气，笑得卑微："我马上去。苏娘啊，其实，有句话我早想跟你说了，你周叔是扶不上墙的烂泥，可你却是懂事孝顺的孩子，多亏你，这一年我手头才宽裕些。"

这算是谢谢她？夏苏收起银子，太可笑了！

"婶婶不用客气，想想还是我去请大夫的好，毕竟千斤堂的葛大夫也不是人人请得动的。"夏苏看不得这女人得了便宜还卖乖。

女人刹那有些面目狰狞，往夏苏面前紧张靠近两步，僵笑着："苏娘，还是我去请吧，你周叔若知我把轴儿交给邻居照看，肯定会生气，万一再晕，我也撑不住了。"

夏苏不依不饶："这样的话，咱就先将轴儿接回来，不知婶婶送了哪家？"说着，离开院门，往旁边踱去。

女人慌了，冲自家屋里喊："呀，人我已经带到了，还不快出来！要是从门口溜开的，跟老娘可不相干，银子一两都不能少给。"

她才喊完，不但院里蹿出数条黑影，就连院外也有数道影子包抄过来，行动静谧而诡异。

请君入瓮。瓮口很大，可放可收，专等夏苏这一道影子。

夏苏的脸色终于褪白了一层，垂眸压下惊骇的目光，紧紧抿着唇，却立在原地一动不动，呼吸平稳。

三年了，无时无刻不怕这一刻来临，然而，再不至于懦弱。

"四小姐莫惊，小的戚明。"黑影中的一道，稳然跨到风灯下，显出方正的面貌，随即单膝跪地，谨首俯腰。

女人看不明白了，讷讷道："既然相识，直接找上门去便罢，何须我费这番工夫？钱多没处使？"

"婶婶这会儿该说实话了吧。"夏苏抬了眼，眸底幽暗不明，"周叔和轴儿呢？"

戚明站起来："四小姐放心，周旭父女无事，不过让此妇骗出了门，要明日才返。"

夏苏的目光毫不停留，越过戚明，直盯着那女人："婶婶哄我走一遭，能拿多少好处？说来听听，也好让我领个教训，等我周叔再娶，我就知道该怎么孝敬。"

女人让夏苏一激，还嚣张跋扈起来了："不错，老娘就是冲着钱！把你骗过来这么容易的事，立刻能拿二十两金子，够我好吃好喝，开个铺子，找个年轻力壮的夫郎，生几个儿子，老了也是穿金戴银的老太太。可你叔能给我什么？住在这破院，以为有屋顶有被盖，一日两顿白饭管我饱，帮我养着赔钱货，老娘就得感激涕零吗？呸！要不是他，老娘也不会生下赔钱货，害得老娘的身段都走了形。老娘也没求着他赎身，他自己多管闲事。原本以为他好歹会门手艺，又能痛快拿赎身银子出来，手头应该挺宽裕，老娘这才闭眼答应了。早知今日，当初就算嫁财主为妾，也好过嫁给不像男人的男……"

女人飞了起来。让戚明一脚端飞的。

"四小姐，小的给您出气。"这般能看脸色。

夏苏看女人滚地呻吟，眼中没有一丝不忍："戚管事别忘了给金子，不然，只怕我这位婶婶没钱治伤，落下只能生赔钱货的病根。再让她给我周叔修书一封，自求下堂，从此男婚女嫁再不相干，且她需写明永远放弃轴儿母亲的身份，别看着女儿富裕，再厚颜来求养老。她要是做不到，金子也不必给，难道她还能告我们不成？本就是昧良心的黑心钱。"

戚明惊讶看来一眼。四小姐说话仍慢，却刻薄得很，与从前大不一样。

"戚管事！"夏苏挑眉，微微仰起脸。

戚明连忙低头道是，一招手，就有两名精干的手下要过去架人。

"还有，别再让她见到我叔叔的面，送得远点儿。"到底，她身体里流着刘氏的血液，生于极富之家，从不缺乏奢侈，所以要傲慢要刁蛮，信手就可拈来。

戚明再应是，对手下沉声一句："按四小姐说的办，若有差池，唯你二人是问。"随即，他站进门里，"四小姐，您的吩咐，小的都照做了，还请您别让小的为难，进屋去吧。"

刘家的千金们再傲慢刁蛮，也不过是纸老虎，是赏心悦目，还是悲惨可怜，全凭屋里那位真老虎的心意。

"我这不是进来了吗？戚管事，几年不见，你也变得啰唆了。"

戚明见夏苏嘴角一抹笑，还以为自己看花了眼。四小姐在刘家的主子中最为不同，性子静，又寡言，刘家千金那些毛病，她一概没有，却偏偏被欺负惨了。严厉暴躁、时常动棍子揍四小姐的老爷，无事生非、一天到晚相争、唯一在欺负四小姐时会默契联手的各位小姐，皆比不过屋里正等着她的那位恐怖。那位高兴了，什么稀世珍宝都能随手送她；不高兴了，各种折磨的法子用在她身上。而现在，明知谁在屋里，带着三年的怒意，四小姐居然还能笑，还能说笑。不知怎么，戚明有些怕这两人碰面，固然从前没少见他们相撕，但那时，四小姐始终是弱的。弱了，那位就会失去兴致。

"四小姐，容小的多嘴，您能像从前那般忍耐，其实就是最好的。公子的性子，您该很清楚，只要不惹狠了他，他自个儿便会消气；您越顶撞，到头来吃亏的，还是自己。"

戚明说罢，只听走在前头的夏苏一声轻笑，再无一字回应。不过那声笑，实在令他心惊，他甚至不知自己惊什么，就是不敢开口了。不见三年，笑声的主人已有不容他造次的威慑。

夏苏后脚走进屋去，屋门就从身后关上了。

外屋亮如白昼，点着十几根蜡烛。普通蜡烛就算了，连周叔裱画用的宝贝灯都拿来填充这片光亮，夏苏怎么也看不下去，上前弄熄掉，任方桌后的年轻男子目不转睛地瞧着自己。

"点这么些蜡烛，就好像要烧光了家底。"男子音色偏冷，相貌偏美，眼中无情，心更无情，"四妹妹连父兄姐妹都不要了，我还以为你过着多了不得的富贵日子，却因一盏舶来灯，还怕费了油？那么多人当舶来品是宝，就好比黄毛绿眼鬼捧着咱们的丝绸和茶叶一样，骗得了没见识的，骗得了我们刘家人吗？好比这制灯用的玻璃，听说在本土就是家常物什罢了。油，倒是真贵，也不过对小富之家而言。只要四妹妹想，兄长我可以定制十彩瓷缸，再装满油给你。"

刘家人，最不缺好东西，衣食住行没有不贵的，只有还不够贵的。而刘彻言这等语气，公道来论，也并非炫富，是真的忍受不了这间穷屋子。他能在板凳上坐下来，固然已垫了金缕片，也因夏苏仍立于屋中，他不好比她沉不住气。然而，夏苏迟迟不出声，终令刘彻言再开了口："苏儿不给兄长行礼？你一向讲究礼数。"

刘府里唯一讲足礼数的一个，却被一群视礼若无物的人践踏在鞋底。

夏苏淡施礼，不料才站直抬头，就见一道金光疾来。她可以躲得开，却一动不动，眼睁睁让金光击中左边眉额，一时痛得晕眩，便感觉热乎乎的液体流到睫毛上，且越滴越多，压落眼皮，左眼瞧不见了。

"当啷……"金光落地，铿锵乱滚，渐渐定住。

那是一只鎏金雕镂的手环，金丝之上镶了六颗绿猫眼石，猫眼杏仁状，两头尖尖。这种宝石，虽是舶来品，也是那边皇室贵族才戴得起的奢侈宝物。

刘彻言见夏苏眉额已血流如注，她还能不慌不惊，心头急聚怒意。他还怕下重了手，她如今竟是连委屈的模样都没有了，真是自己白白担心。想到这儿，他离开凳子，从手环上踩过去，走向夏苏，语气冰到极点："几年不见，兄长挖空心思备下的厚礼，四妹妹却这么任它砸了地，甚至哥哥都不叫一声，让我突然心情很糟。"

夏苏看着这个阴鸷的男子越走越近，诧异发现自己不惧。她抬起袖子，静静擦过左眼，重新睁开了，听见自己的心强有力地跳动，击打着一个名字——赵青河！她想陪伴那张棱角分明的酷脸离世，所以无论如何，要从这个阴险的男人手里存一口活气。

"多谢兄长。"她弯下腰，似在刘彻言面前重新卑微，拾起手环，乖乖套进左腕。

刘彻言的怒意虽未全消，但夹捏夏苏下颌的力气消减大半，眼中的不屑取代盛焰："差点让四妹骗过去，以为你翅膀硬了，有了义兄，就忘了养兄，结果我这位兄长还是更胜一筹。四妹还是想得明白，是不是呢？"

"……是。"她的翅膀确实长成，不过她会收好，免得被剪；而且这回要飞，必然再无后患。

刘彻言凑得愈发近，四唇之间只隔一层薄气，眸里变得幽暗无底。夏苏镌深的五官，明光之下无可掩藏，但神情呆板，如石雕死物，令那份天生丽质失去色彩。

"三年了，妹妹还用老法子对付我，不觉得腻烦吗？"刘彻言竟要再近。

夏苏终于退缩，双手立刻握住了拳，语气泄底："刘彻言，你敢！"

一听此言，刘彻言立时大笑，掏出帕子用力擦着夏苏眉额的伤口："我的好妹妹，就要这般长进，兄长才无须忌讳，将这三年来积的火好好发一发了。"

血，滴滴答答。

夏苏目光直视，分寸不让，眼中波澜不兴。刘彻言说她用老法子对付他，她倒觉得，他的法子才老，永远都是阴险和粗暴，仗势欺人。

三年前，她怕他，怕得要死。三年后，她回想从前在刘府的日子，发现这人其实可怜。十岁让刘公公从亲爹娘身边带走，还是个孩子，却过继到全无血缘关系的刘府当养子。那时，她的父亲仍康健，贪得无厌又小心眼，虽不敢忤逆刘公公，也顾忌刘彻言身边刘公公的亲信，仍暗地害过刘彻言，数番想弄死他。

她父亲如土皇帝，不见得有野心，但十分在乎自己的拥有。不能对外人言道的是，她父亲闻儿色变。与父亲在一起的时候远多于其他姐妹，夏苏再清楚不过。父亲常说，女儿总要出嫁，在那之前，宠得她们无法无天也无妨，儿子却是前世的仇，不但来讨债，还来要他的命。得知大姐想当家的野心之后，父亲就忙不迭把大姐嫁了出去，哪怕是他最宠爱的女儿。

夏苏有时候会想，刘家妻妾只生得出姑娘，或许是她父亲动了什么手脚。刘府有位老嬷嬷，只要谁有了身孕，必由嬷嬷照看。不然父亲妻妾成群，怀孕之事年年有，怎会多数生不下来，而能生下来的，就只是女儿？她十三四岁时，父亲也才四十多，老嬷嬷病故。也是奇，什么夫人姨娘，什么新人旧人，在那之后就再无所出了。

被当成眼中钉的刘彻言，没了亲爹亲娘，大伯在宫里，不能时时顾全，养父如虎，养母们整日风骚斗艳，上梁不正下梁歪的姐姐妹妹们多别有居心，他要是自己不狠不毒不阴不险，要是不摆出继承者的架势，大概已早夭。

逃出刘府以后，夏苏反而旁观者清。然而，这人虽可怜，她还不至于同情心泛滥，能够原谅他的所作所为。

刘彻言起初或因处境而被逼残忍，只是当他成为一家半主、与养父能分庭抗礼之后，并没有收敛，反而变本加厉，从欺压别人之中得到满足，放任自己彻底冷血无情。

他比刘玮更风流，更狠毒，更无耻，还有刘玮缺乏的老谋深算和诡计多端。卑微贫苦的出身，突如其来的鱼跃龙门，令他自卑又孤傲清高，令他多疑又擅用人心。

缺什么，就特别炫耀什么。

刘彻言对于财富的极致追求，与岑雪敏有本质区别，是来自童年的阴影。大概一直在逃避他自己可怜的幼影，逃得久了，明明将其甩出老远，仍觉得它紧紧跟随，只能一刻不停，折磨自己，也折磨别人。

夏苏已非深锁刘府战战兢兢的四小姐，行于夜，又有赵青河那样无畏的同伴，她也自有智勇。

"兄长但撒气无妨，只求将那件婚事作罢了吧。"任血流下左眼，她语气淡，控制声音中的微颤，却自然地泄给刘彻言知道。

刘彻言自以为看穿夏苏的恐惧，心情愈发好，同时想起她毕竟是要献给大伯的女子，不可过于亲近。于是，他转身打开屋门："四妹别为难兄长，别的事还好说，已经订了三年多的婚约，如何能悔？我们还是尽快赶回京师，也顺便借你和大伯的婚事为父亲冲冲喜。他身子近来大不好，大夫说可能过不去夏天，但我们为人子女，还是要尽到自己的孝道。"

他自说自话，没瞧见夏苏沉着于心、渐渐笃定的表情。

对夏苏来说，那不是急智，是近来反反复复设想着被捉，如何保住清白，最妥帖的计策之一。要说刘彻言忌惮的，那位刘公公处于首位，只要他还想着拿她换取利益，就不敢对自己过于放肆。

刘彻言过于自大，时隔三载，仍以为能掌控她，全然不觉那个总如惊兔的四妹正利用他的欲望和野心，静静地守护着她自己。

"戚明，为四小姐掌灯。"刘彻言对等在门口的亲信道，"虽说四小姐的本事大，伸手不见十指的夜里照样来去自如。"

夏苏不讶异刘彻言知道自己的轻功，也没打算同样的逃跑方法用上两回。不说刘彻言收买的随从功夫高强，硬碰硬胜算不大，而且她就另有主张，不想一辈子都让人追得喘不了气，一辈子噩梦连连。

戚明瞥见夏苏鲜血敷面，暗暗心惊，却不敢多嘴，连忙吩咐随从们点灯，又唤了马车在院外等。

刘彻言侧身让开，示意夏苏走前，但等夏苏走到院中，突然又道声："四妹止步。"

夏苏说停就停，回头望，刘彻言手里，不知何时多了两根长长的银链，且似宝石镶嵌其中。灯下，七彩芒光如千万根小刺，扎眼生疼。

"这么久不见四妹，我都高兴忘了，之前的手环实在不算什么，这两根捆珍绳才贵重。金铜太软，铁又丑又重，我以千金求到海外冶制之法，找了一年方集齐材料，花了一年才熔造成功，轻若绳，坚比铁，专给四妹无比会飞的翅膀佩戴。"

刘彻言边说边走上前，一根链子系了夏苏的手腕，用两把轻巧的锁扣住两头，又以近乎虔诚的姿势，蹲身将另一根链子系了她的脚踝，再将四把钥匙串金绳，当着她的面，挂上他脖子，贴里收好。

夏苏看着这一切，无言以对。她即便了解这个人残酷的一面，像这般屈身的温和模样，仍会令她有片刻恍惚，想到他其实可悲。

"四妹这么看我却是为何？难道这份礼物不够贵重，配不得你那双飞天遁地的翅膀？"

刘彻言捉住她手腕间的链子，故意一拽，迫使夏苏朝自己身前跌近："一定是觉得碍手碍脚了。不过，四妹妹啊，女儿家出嫁前爱玩些无妨，婚后就该安于室，再如何喜欢到处跑，也必须收心。兄长这是帮你。"

夏苏已料定刘彻言不敢真乱来，还当着这么多双眼，当即淡敛了眸，轻声轻气："兄长说得是。何况，我做错在先。"双手一抬，链子清脆作响，"仍能提笔作画就好。"

该逃的人，不是她。刘彻言的法宝出尽，可她，才刚出招。

刘彻言看似笑得欢，眼中却冷，又缓步退开："四妹最无欲无求，可惜有些本末倒置。士者学者虽从艺称雅，书画之作为世人推崇追逐，然，专门从画者自古位卑。四妹还是认真学好为人妻妾的本分，才是正经之道。父亲对书画痴迷，才偏心放任你，如今他时日不多，我又是极不赞成四妹再提笔的，这链子虽无碍于四妹寻常动作，像以往那般频繁作画实无必要。"

夏苏抿了抿嘴，垂眸显乖，踩上车凳，弯腰进车里去了。刘彻言一提袍角，正要踏凳跟上，却又想到大伯，终究还是收回脚，改为骑马。

夏苏坐在车里，听刘彻言吩咐戚明出发去码头，以为这晚就走。纵然有豁出去的心思，心里还是沉甸甸了大半个时辰。然而才上船，她就见仆从奔来，凑着戚明的耳朵说话，戚明再将刘彻言请到一旁。刘彻言的神情再冷，仍难掩一丝悦色，立即让丫头仆妇照看她，说天亮出发，就带着戚明和二十来名随从匆匆上岸，往城南驰去。

夏苏十分疑惑。她以为，刘彻言来苏州只为抓她，这么看来又不全是。刘家在苏杭一带无营生，最近的恒宝堂位于金陵，刘彻言说天亮就出发，可见他去得不远。

多看多听多想，赵青河教她的。

于是，夏苏借口不适，怎么都不肯待在内舱房里，在外舫和甲板上来来回回，其实是等着看究竟。

几个丫头、仆妇虽是刘彻言挑选的人，也受到严加看管的吩咐，然而她们头一回见夏苏，只知其一，不知其二，"四小姐"这个称谓仍令她们有所忌惮，对于吹风这样的小小要求，马上就满足了。

约莫过了丑时，马蹄声传来，夏苏走到甲板上，习惯夜视的双眼将船下的情形看得清楚，不由暗暗惊讶。轻装去，重载归，一行人数不少，却多了十来只箱子，而两人卸一箱，似乎还很沉。

赵青河说夏苏胆子该小的时候从不小，实在没错。夏苏退入舱内，不叫醒那几个睡得东倒西歪的丫头、仆妇，推开一条窗缝看甲板上的情形。也是她运气好，刘彻言和戚明都在船下盯着，不知道她还没睡。

夏苏这回连箱子的雕花和漆色都瞧得见，却大吃一惊。那箱子，她分明早见过，在胡子的贼船上面，装着贵重的古董和字画。

岑雪敏的箱子为何落到刘彻言的手里？

夏苏惊讶归惊讶，不好再窥，带着满腹疑问，回舱房去了。

第二日清早，刘彻言当着夏苏的面，教训没照顾好四小姐却贪睡的丫头、仆妇们，一不小心打得重了，竟个个起不了身。正好，有个丫头在码头上到处找活干，戚明临时雇下，这才开了船。

丫头挺机灵，叫禾心，除了有点过分崇拜狐仙，其他还好。

第四十六章　即刻回转

午光明媚，园子雪亮，无风，闷热，给人盛暑的错觉，甚至还传出一两声蝉鸣。

大驴睡饱起来，自个儿到厨房盛了一大碗饭菜，端着就立在赵青河的屋门口，稀里呼噜扒饭，又口齿不清地问："少爷怎么样了？"

里头，泰婶正同乔婶做针线活，瞥满嘴饭粒的大驴一眼，就有些好气又好笑："大老爷随时能来，你这样子要被他瞧见，又是没上没下，回厨房吃去。"

大驴不以为意："我不。大老爷瞧不惯，别瞧就是。过世的夫人说了，忠心不是低头哈腰。我还知道，吃饱了好干活，可又心急少爷，这样两全其美。"

"你怎么不说，从前家里小，才能端着饭碗到处走？"不着边际，泰婶摇头又道，"少爷的脸色倒是好了不少，就是不醒，你吃完饭跑一趟千斤堂，问葛绍要不要换个方子。"

大驴答应，顺眼就瞄到夏苏的房门，想起来说："苏娘昨晚进屋瞧过少爷，然后就出了门，老婶今早见她回来没？"

泰婶也是习以为常："没啊，八成早睡下了。"说到这儿，会心一笑，"这姑娘啊，说不醒就不瞧，结果到底还是关心着。"

这时，乔连捧着墨砚和笔进了园子，见夏苏的房门关着，就问："小姐昨夜里出门很急？井边放了这一堆，才洗到一半。"

泰婶有些奇怪了："苏娘做事一向有条理，文房四宝更是当宝贝收着，怎会洗一半就放在井边？"

乔婶道："许是还未回来？"

泰婶立刻回:"不可能,苏娘从未只身在外过夜。"喜欢夜行是不错,却守分寸。

"看来苏娘担心少爷到了魂不守舍的地步。"大驴还开玩笑,"老婶,等少爷一醒,估摸着咱家就能办喜事啦。"

泰婶皱着眉,心里不知为何感觉不太安稳,正打算去夏苏屋里,园子就来了客。这客大嗓门,顿时打断她的思路。

"糟了!糟了!一瞧你们这样,我就知道赵青河还没醒。"来的是董霖,熟门熟路,没脸没皮,就跟在自己家一样,"这位老兄还睡出念头来了,打算一回就补足还怎地?他是睡爽了,苦了我这个兄弟,要帮他擦屁股。"

大驴护主不偷懒:"董师爷,明明是我家少爷帮你们官府办事,到你嘴里反倒成了你们的累赘;再说了,我家少爷的屁股轮得到你擦吗?那该是我和乔连、乔生的活儿,你擦干净苏州府衙的屁股就好了。"

"本少爷的屁股,本少爷自己擦,不劳诸位费心。"沉声含笑,帘子一动,赵青河那张睡满青髭的脸乍现。人刚刚苏醒,身形却笔直峻拔,即便步子走不快,眼锋锐利,气势已充满整间外堂,全方位无死角。

众人心中一块大石落地,却没有表现出大惊小怪——对他们而言,赵青河醒来是迟早的事。

泰婶和乔婶连忙去厨房准备吃食。

大驴嘀咕:"这叫什么事儿?平时嘴上老疼的姑娘唤不醒,居然让个大老爷们唤醒了,这算口是心非呢,还是成了断袖啊?"

董霖没好气,骂道:"你个脑大没处使的笨驴,谁跟谁断袖?本师爷只爱姑娘,对五大三粗的男人一点兴趣也没有。"

大驴跳脚:"姓董的,除了我家的人,谁也不能骂我!"

谁知,他脑袋挨了赵青河一记狠拍。

"董师爷骂得没错,你脑袋白长那么大,鬼扯什么东西!我早醒了,有点乏力才没立刻起身。"也许被照顾得周到,醒来后没多久就有了些体力,并没有自己想象得那么虚弱。

赵青河转看乔连:"你说苏娘把笔砚留在井台?"他在屋里听得分明。

董霖不耐烦地插嘴:"别管这等小事了。赵青河,你猜怎么着?那位了不起的岑姑娘死了！"

大驴喊："什么？"

乔连也愕然。

只有赵青河，抬抬眉毛，一脸漠然不关心的表情："乔连？"

乔连有点回不过神，好半晌才答："是，我一早起来便瞧见了这些东西，以为小姐忘了，或是出门太仓促，不及收起。"

赵青河略一沉吟，吩咐他："你请老婶或你娘到苏娘屋里看一看，到底人在还是不在，再来回话。"老婶有句话说得不错，夏苏当文房四宝真是宝，每回洗得仔细，收得也仔细，他连碰一碰都难。

乔连应声而去。

赵青河再问大驴："苏娘来瞧我时说了什么？"

大驴的表情立时促狭："苏娘在里屋，我和乔生在外屋，如何听得到？少爷这般着紧，莫非是睡得昏昏沉沉之间听到了好话？果真如此，就不枉少爷你遭了这番罪，躺了好几日。"

"滚！我要是听到了，还问你干吗？"赵青河从不介意大驴的没大没小，甚至感谢智慧的母亲，给他如此亲近的家人。

"小姐说她办好事即刻回转。"乔生听娘说少爷醒了，兴冲冲赶来瞧，正好见赵青河问起夏苏，便连同心中的疑惑一道说了，"小姐原本说少爷不醒就不必唤她来瞧，这几晚一直在屋里作画。昨晚终于出屋子洗笔砚，可没一会儿，空着手进了少爷的屋。当时我瞧小姐脸色不太好，神情也不算高兴。"

大驴来一句："少爷躺着，生死不知，怎能高兴得起来？"

"除了少爷中毒的当夜，小姐就不曾沮丧过。"乔生道。

乔氏兄弟自跟着赵青河，长进飞快。乔连不但只身闯蛇寮，问出鲁七娘子的事，并挖出秘藏的银子，大功一个个立。而这时的乔生，靠着洞察力，说话条理分明。

董霖点头，眼睛还悄悄发亮，想赵青河不肯到官府当差，能挖到乔家兄弟也不赖。倒不是说大驴不能干，实在是那份经年累月的忠心不可撼动。

至于中毒那晚，赵青河不知夏苏如何沮丧，但能想起来的，只是那一瞬间，明亮到烫心的一对眸子，令他咬紧牙关要撑下去。

"赵青河，别婆婆妈妈好不好？一个园子里住着，就算几日不见，也没什么大不了的。你没听到我说吗？岑雪敏死了！死得离奇！死得凄惨！再也不能问出这些案子的真相来！"

赵青河轻笑："董师爷说话好不有意思，那晚在赵府家宴上的人都知道了真相。岑雪敏为首的这帮人，实在死不足惜，偏你还想让死人说真相。岑雪敏虽从未亲口承认杀我，我却不需要她认罪。她死得好啊，多行不义必自毙，这叫老天有眼。"

终觉体力流失得快，赵青河扶桌坐了下来，眼望门口，心道乔连怎么还不回转。

董霖不在意赵青河嘲讽的语气，唉声叹气道："你不吃官家这碗饭，怎知我的苦处？大明有律，岑雪敏纵然恶迹败露，要想定她穷凶极恶之名，仍需知府大人开堂设案，呈堂证供，由她亲口认下罪状，亲手画押，方能判得她每一桩罪。这人就算要死，也该死于秋后斩首，可如今死得不明不白，娘的，我就必须正经当成命案来查，不得不为她找凶手了。"

"我说你想太多，查不出来就是悬案，你家知府老爷不是最能干这种事？"过去一年来，赵青河经手的案子，只要一遇到瓶颈，那位大人就想当成悬案结掉。

董霖白赵青河一眼："也不知是谁屡破凶案，让我家知府老爷获朝廷嘉许，吏部考绩节节高，眼看升官有望，好了，明明只是泥瓦匠，急巴巴非要揽下瓷器活。他自然只需动动嘴皮子，却苦了我们这些末品当差跑腿的。既然这人由你招惹，我不找你，找谁呢？"

"你的意思，是让我给仇人报仇？"岑雪敏屡次害他，之前不提，这会儿他才下得了床，就想他调查她的死因？

"不是……"董霖想着怎么说才像话，"你确定岑雪敏就是这一系列的主谋，绝对不会另有黑手了？"

"我说确定，你能马上滚蛋？"赵青河的笑模样十足可恶。

"你真混蛋！"董霖觉着自己这一年，长进最快就是一张脸皮，"你连命案现场都没瞧过，就能说确定？"

赵青河正想驳回，见乔连来了，立刻等他开口。

乔连道："小姐不在屋里。"

这个答案果然不出他所料。赵青河当即站起，往夏苏那间屋子走。

董霖太知道夏苏在赵青河心里的分量了，嘟囔一句见色忘义，搓搓鼻子跟在后头："不用这么紧张吧？夏妹妹那身逃跑的功夫可是非比寻常，只要没人拖累她，几十号人也未必碰得到她身上一片衣裳。"

董霖说得很对，夏苏的轻功如臻化境，关键在于——没人拖累！洗一半笔砚就出门，说不看他又突然看他，从未彻夜不归却不归，而在苏州城里、赵府之外，能拖累她的人并非没有。

赵青河的心突突地跳，一急就想提气跑，眼前却发黑，脚下居然跟着踉跄。

董霖眼明手快扶住，见赵青河一口气提不上来，他也不由感觉不妙，嘴上却道："拜托你这会儿千万别瞎猜，没事都给你猜出点什么事来，而且还是张乌鸦嘴，一猜一个准。"

赵青河难得遵从董霖的建议，回一句不猜，但掰开董霖扶着自己的手，抬眉丢去嫌弃的眼神，调整呼吸和步子，走进夏苏那间屋去了。

"赵青河，本师爷好心扶你一把，你那是什么眼神啊你？"董霖没好气，手掌往布衫上擦了又擦，不甘示弱地表示，"我没嫌你，你倒嫌我？"

乔连从董霖身边过去，轻飘飘道："师爷不用伤心。"

接着，乔生阴阳怪气："师爷想多了。"

大驴嘿嘿笑："董师爷，咱北男不爱你们江南男人温嗒嗒的动作，跟小娘们儿似的。你要扶，就得学我，这么干。"一臂伸来，勾上董霖的脖子，将他掳到胳肢窝下，用力挤。

董霖身手不凡，只是一时不察，让大驴勒个正着，气笑又骂："格老子的，谁是江南娘腔男人？我生于北，长于北，天地男儿。"说着话，他要进屋。

不料，乔氏兄弟一左一右，把门守住了，不让进。

乔连道："我生于南，长于南，不娘腔，天地男儿。"

乔生道："横竖师爷进去也瞧不出名堂，还是等我家少爷出来吧。"

董霖叫："说江南男人温嗒嗒的，又不是我！"心知赵青河手下脚气不小，个个不把他这个当官儿的放在眼里。

"师爷眼睛长哪儿了？瞧不见我跟你一样，都被拦在外头吗？"痞气兮兮的大驴，靠着廊柱坐着，跷个二郎腿。

董霖以一敌三，正感吃力，却见赵青河走出来。那张坚毅的脸，以及周身不怒而威的气魄，莫名令他头皮发麻，心头大喊不对，又不敢开口，直觉这时好奇只会死得很惨。

董霖能看得出来，直属赵青河的那三位也看得出来，没一个人开口，神情都变得不太好而已。

"乔连，乔生，你俩分别跑周家和桃花楼一趟，问问苏娘到过没有。"赵青河说话的语气很冷静，再无刚才提不上气的焦灼，"大驴，去运河码头打听，近日是否有来自京师的富贵船。"

董霖突然想起，夏苏在寒山寺遇袭那回，赵青河也是这般调兵遣将，简直料定冯保会对夏苏下手，他实在憋不住话了："让你别瞎猜，你怎么还猜？苏娘又非堪怜娇弱的女子。"

"倒是宁可她娇弱些，多学学你，有点事就蹦我面前咋呼。"赵青河敛眸，那姑娘啊，绝对是装胆小，其实有一颗好胜心，"董霖，作为好兄弟，我再多教你一条，偶然连着来，超过三回以上，就存必然。你数数苏娘从昨晚起有哪些偶发事件？"

董霖掰手指，想一会儿说一会儿："她洗东西洗了一半……又说办事去……从不在外过夜却还未归……就算你说得对，存了什么必然呢？岑雪敏都死成那样了，难道还有谁会对苏娘不利？无缘无故的。"见赵青河突然皱眉，他脑中灵光一现，"你可别告诉我，苏娘跟你似的，身世不一般。"

"比起她而言，我那点破事不值一说。"且不说赵大老爷的顽固爹做派，至少出发点是好的，属于正常父母。

"啊？"董霖从没多想，"别告诉我，苏娘是哪家名门千金，抗婚偷跑出来，或是……"

"你原来也挺能猜，"乌鸦嘴几乎精准言中，"名门说成巨富更贴切些。"

董霖一张嘴合不上："到底是谁家？"用巨富而非名门来形容的话，多从商，且不是官商就是皇商，天下没几家。

"等她回来，你自个儿问她吧。"事关夏苏最深的秘密，赵青河不想当大嘴巴。

这时，泰婶双手捧了一卷画轴出来，比起赵青河深不可测的态度，她的担忧十分明显："老天保佑苏娘莫出事才好，便是我不懂这等雅艺，瞧着立时心酸。只是少爷，这画真要送去董先生那儿？分明画的是……"

"董先生布置给苏娘的功课，至少要给他过过眼。"赵青河对八道好奇的目光视若无睹，打断泰婶的话，再道，"烦请乔阿大送去，董先生留还是不留，先看他的意思。"

不是未被触动，看到画的瞬间，甚至双眼发烫，灵魂涤荡。然而眼下，他最想见到夏苏而已。人不在，画活了，只有无边恐慌。他可不想，已决心陪她夜行到老的这一世，仅能睹画思人。

原来，贪心如斯，一念执着，是这样的感觉。

八只眼睛好奇得要命，却没一人阻挠泰婶的脚步，都知此刻不是解决好奇心的时候。乔氏兄弟和大驴紧跟着出去，却是按吩咐办事。

董霖觉得自己好像被晾了："我能帮什么忙？"

"把马车给套上，我得坐车去。"赵青河不是逞强之人。

"去哪儿？"董霖兴奋。

赵青河喜欢调侃这位好兄弟："啧啧，越发痴呆了你，这么快就忘记为什么找我来？你要是不知道去哪儿，我又如何知道？"

董霖啊了一声："你要去岑雪敏的命案现场？那你刚才一副没兴趣的样子，摆给谁看的？耍我啊！"

赵青河不置可否，耸了耸肩："我改主意了。你到底带不带路，不然过了这村没这店。"

董霖还不算没良心："你家妹妹怎么办？"

"若她真下定决心去办自己的事，大概已经走远了，我这会儿着急也没用。"刘家远在北方，"即刻回转"这样的话，至少要有离开半年的觉悟。所以他觉得，这个"转"字十分不恰当。若说即刻回来，没有人会认为要等上两三月，甚至数年。

董霖知赵青河说话做事不打诳语，瞧着猜来猜去挺玄虚，其实心里十分有底。如此一来，他要再问下去，就成了瞎操心，于是不多说，摸摸鼻子，认命为这人当车夫去。

第四十七章　归家时节

命案发生在城南小山一座隐秘的小庄子里，而且现场实在不冷清。

前院中横陈二十来条尸体，亦不难辨认他们的职业。苏州第一大镖局"飓云"大大小小的镖旗插在一列马车上，风里威武飘扬，可惜它们的主人这日都成了纸老虎，虽非坐以待毙，反抗显然没起多大作用，剑中要害，少外伤，死得快。

庄后院的小门外，岑雪敏仰倒在不起眼的一辆乌篷车里，身中十来柄飞刀，如同刺猬。眉心一刀最致命，两眼惊恐瞪大，表情痛苦万分。她一身车夫打扮，手里紧握赶马皮鞭，而车里空无一物。

"怎么样？"董霖三两步凑近赵青河，"瞧出岑雪敏的仇人没有？我知道你最烦添乱，特地嘱咐不准碰尸体，不准进庄子，只能守在庄子外头。"

赵青河上前，探头进车里扫视一圈，又旁若无人搜过岑雪敏的袖袋、里袋和腰间各只香囊荷包，连靴子也拔下来看过。死的样子不凄惨，不过这么嗜财如命的一个人，身怀巨富，死后却连买棺材的银子都不剩，恐怕会化成凄惨鬼。

赵青河冷笑一声："都没了。"

"嗯？什么都没了？"董霖也算反应快。

"银子，银票，各种值钱的东西。"赵青河说到这儿，笑了一声，"这位姑娘若能早一点走上正道，其实可以过得很舒坦。到如今，原本替她卖命的人死光，自己就请了镖局押送身家，倒很光明磊落，却也太迟了。"

"可不是嘛！咱这几日尽在赌场码头等处转悠，水陆私运两道打探，谁知道她能找上镖局，还是咱苏州城最大的镖局。连你都没料得到，也算她略胜一筹了吧。"任何能打击赵青河脑力的人和事,分一分性质好坏之前,董霖心里会先暗爽一下。

"一山还有一山高嘛,"谁知赵青河油盐不进,"可惜爹娘没教好。"

董霖不能更认同,连连点头之后就道:"钱财肯定让仇家顺手牵羊了。"

"岑雪敏带领的这伙人行事隐秘,作案手法神不知鬼不觉,受害者要么财大气粗,要么弱贫无依,让人恨是一定的,只怕恨也无奈,压根都不知道恨谁去。"赵青河一直不说仇杀。

董霖终于有所察觉:"如今这伙人却已无所遁形,被你整锅端了,城中人人热聊此案,很快就会散播全国。"

"前几日才破了案子,这会儿仇家就能找上门来?再说,是让苏州府衙的你们整锅端,我只是配合官差,从旁协助,绝对不敢居功。"

董霖瞧赵青河的眼神十分了然:"你这调调,倒是跟知府大人一模一样,怕你抢功,一个劲儿说不干你的事。"

"这一点上,我还是很欣赏你家大人的,爱民如子,知道保护无辜百姓。"赵青河语气认真。

董霖道:"我欣赏你的是,黑与白皆任你翻嘴皮子,竟然还不招人反感。"

知府大人平常自私势利,却对赵青河言听计从,要不是赵青河只肯管这系列的案子,他这个师爷早一边歇着去了。知府大人如今跟他万事都聊,他很怀疑正是因为自己和赵青河私交甚笃,变相向赵青河寻求解决之道。

"我有什么说什么而已。"赵青河那张俊朗的脸上,没有一丝傲慢,正气浩然。

董霖才想嘲两句,却见赵青河蹲身去看车轮印子,知这人虽骨子里冷傲,做起事来还真不含糊。当下他也不好再说,乖乖跟着对方,将其在现场办案的那一套仔细记在心里。

赵青河也不吝啬,只要有六七成以上的把握,就把自己的想法说出来。董霖听着听着,最后对于赵青河得出劫财杀人的可能结论,也就不感到吃惊了。

董师爷问:"普通劫财多是盗匪所为,选在人烟稀少的山林荒原,此案虽明显是见财起意,行凶者如何得知岑雪敏藏匿处,并知她要运巨资? 莫非是相熟之人?"

夸董霖的话,赵青河无论如何也说不出,只是顺着接下:"也不是不可能。岑雪敏手下方大掌柜就曾有私吞名画之心,公然作乱。既然方掌柜敢这么做,也难保他或其他手下将岑雪敏藏匿财宝之处透露,计划这回打劫。如今方掌柜已死,但你抓到了另两人,均是岑雪敏左右手,好好审审,说不准露出蛛丝马迹。"

董霖道:"你不说,我还差点忘了那两位。对了,岑雪敏有罪无罪,由他俩再加物证就可判定。"一拍脑袋,懊恼自己傻了。

"真是服了你,白长一颗好看的脑袋瓜儿。"与其别别扭扭夸着,不如嘻嘻哈哈打趣,赵青河和董霖属同类相聚,不打不铁,不骂不义。

"都是因为聪明不得了的岑姑娘死得太突然,哎,你去哪儿?"董霖见赵青河大步往外走,赶紧跟着。

谁知赵青河忽地跃起,向后一个回旋踢,将董霖逼退:"岑雪敏死有余辜,她的案子到此为止。兄弟,接下来,你走你的,我走我的,暂时各顾各的吧。"

董霖并不笨:"你去追苏娘啊?"

赵青河眯了眼:"与其说追她,不如说去会一会她的兄长。"

董霖奇道:"夏妹妹既有兄长,为何还与你们同住?"

"哥哥不亲,亲姐姐亲妹妹倒有四个。"算是给董霖一个关于夏苏出身的暗示,赵青河没再回头。

董霖分得轻重,留在庄里慢慢整理,约莫过了半个时辰,拍脑门大叫一声:"刘——"他又顿时闭紧嘴,鼓着眼珠子看看周围的衙差,挥手粉饰太平,用无人能听见的声量嘟哝:"京师,抗婚,养子,四千金,巨富皇商……小气巴拉的夏妹妹居然是刘家女儿! 天下当真无奇不有。"

董霖祖家就在京城,他又长在那儿,崔、刘二姓如雷贯耳,是不输于任何高官显贵子弟的权富,由皇上、最有势力的娘娘们和厂公们直接罩着。

崔家男丁众多,反观刘家,则以又漂亮又刁蛮的千金们闻名。他甚至在不少热闹的场合见过四位刘小姐，一个个容貌姣美，身姿妖娆，言行举止皆别致迷人，引人注目。不过，他家的人都不喜欢她们。用他祖父的话来说，不正经。事实证明，这四位千金虽都嫁入了极富之家，夫君却非老即病，其居心明显，是以家族为先的婚姻联合。

刘四小姐则以神秘出名，养在深闺少有人识，借四位姐妹的光而已。董霖离开京城那年，刘四小姐与刘公公的婚事传扬得十分热闹。他娘还唏嘘，没准这是刘家唯一的好姑娘，就这么让父兄卖给了权贵，实在可怜。

不料，那位四小姐得了重疾出城养病，从此婚期变为遥遥无期。四小姐得病的消息传出来前，刘府那帮厉害的护师快进快出忙碌了好一阵，而城门盘查也突然密实，边郊和要道上官兵衙役到处走动，所以人们都说那位小姐不是得病，而是逃婚了。

"夏苏……刘苏……"刘家大名鼎鼎，自以为不输男儿的大小姐，叫刘莉儿？董霖想起来，"刘苏儿！"

刹那，他替赵青河感觉头顶压着一座大山。若真不幸让他猜中，夏苏就是刘公公要娶的人，赵青河纵为赵家之子，刘公公也绝不会顾忌。这年头，官不如贵，贵不如宦，就算是王爷，还得讨着公公的好呢。

董霖为了好兄弟的事绞尽脑汁，这头的赵青河还是很镇定的。

午后，大驴和乔氏兄弟来回话，赵青河一边安抚泰伯、泰婶他们，一边吩咐三人去收拾行李。他知夏苏的身份已有大半年，如今她被刘家找到，虽比他的预料发生得快，却也不至于慌了手脚。

等赵大老爷在外屋喊他时，他的行装整理完毕，干净利索一只包袱。然后，他将包袱拎给大驴，叫大驴先到门外等，这才理会黑脸老爹，对一旁的赵大夫人只是轻轻点个头。

"赵大老爷。"喊出一声爹，他相信需要一个相当漫长的过程。

"你毒才清，今早刚醒，这却是要出远门？"赵大老爷错过儿子二十年，显然没多大耐性再等这个漫长的过程，一脸急切关心的表情。

赵青河哦了一声，没有更多的字眼蹦出来。

"青河，别看你爹这样，其实是担心你。这几日你昏迷不醒，他也整夜不能合眼。"有人扮黑脸,就有人扮红脸,赵大夫人婉和道,"适才进来就一直没瞧见苏娘,她不在家?"

"苏娘出门了,我就是要追她去。"俗话说得好,伸手不打笑脸人。

赵大老爷脸更黑:"姑娘家家的,独自出门不妥当,而你一个尚未成亲的男子,追着她去亦不像话。真要找人照顾,就该禀了我夫人,派些丫头、婆子,还有府里武师。"

"苏娘是我未婚妻,不好劳大夫人操心。"赵青河自觉措辞客气。

"这事……"赵大老爷正要把话说绝,却见妻子朝自己使个眼色,缓道,"一日未成夫妻,就当避嫌。我瞧你精神不错,便跟我去见老太爷吧,多亏你平静解决了岑……岑氏之事,没让她连累赵氏声名,如今各房长辈都已认可你,连老太爷也说要早些认祖归宗。这月十六大吉,没剩几日,有好多事要抓紧办的。"

这对夫妻对他始终不弃的期盼,算不算不见棺材不掉泪?

赵青河笑了,留了坏心思:"赵大老爷确定这时要急办我的事,而不是另一个儿子的事?"夏苏捉私奔捉得大好!简直是他手中一张王牌,足够他暂时摆脱这对夫妻一心一意的关注。

赵大夫人闻之色变,到底是自己肚子里出来的亲生儿:"四郎有何事?"

"岑雪敏之所以在杭州对我痛下杀手,又突然转情于二房六郎,皆因她对我也好,对四公子也好,已断去嫁念。岑雪敏一直立志嫁为赵府长孙媳,其实不如说她的目标是未来当家主母的地位。也就是说,我和四公子当不了家主,便轮到六公子了。照她的计划,我死是迟早的事,而四公子……"他顿了顿,看着那位贤良的大夫人神情转为惊恐,"大夫人莫想过了头,四公子性命无恙,只不过岑雪敏对已婚男子兴趣缺乏罢了。"

赵大夫人半张着嘴:"……已婚?"

赵大老爷气得胡子都要飞起来:"四郎怎会?"

"就是啊。"赵青河自己乐见其成,却打算撇个干净,"董师爷不是抓了岑姑娘几个手下嘛,听他们说,岑姑娘亲眼瞧见四公子与胡氏的女儿共坐一船,一大堆家当,带着胡姨一道往北去了。后来打听下来,才知两人在杭州成了亲,办的桌席虽不大,邻里都吃到了喜酒。"

赵大夫人眼前一黑，跌坐在椅子里，不停唤着"我的儿"，又陡然质问："子朔不是由你送上船的吗？"

是的，这才是真性情，实在不必到他这儿来温婉贤淑。她端得累，他也不心存感激。就算认了这个爹，不一定非要显得一家和美。要知道，感情这东西，在人前越近乎，在心里越遥远。

因此，赵青河对这声质问并不当回事："四公子不无知，我更不是他爹，送他上船，还能包他一路顺风？"

"老爷，"赵大夫人听出赵青河的暗讽，知道自己并无理由质问他，讪讪然转向夫君，"这可如何是好？"

赵大老爷自然训得亲儿："你平素帮官府破案缉凶，自诩观察力一等一，自己的弟弟要做出这种有辱家门之事，竟然丝毫没有察觉？"

赵青河在这儿等着呢："四公子在船上倒是说起一句自己像极赵大老爷，也能一鸣惊人。只不过，我当时压根没想到，是违背长辈和婚姻自主，这样的一鸣惊人哪！"

赵青河话意分明：上梁不正下梁歪。

赵大夫人看丈夫的眼神里立即生出一丝怨怼。事关儿子，与丈夫那些表面礼节亦可以不顾，她等不到丈夫的喜爱，至少要守住儿子的。

"老爷别再怪谁了，赶紧找到四郎才是正经。"但终究，赵大夫人本性不坏，内心对赵青河的不满来得快去得也快。

所以赵青河也不自私："老爷夫人莫急，我已打听出四公子落脚之处，想来以胡姨慷慨宽厚的为人，应不会让自己的女儿躲公公婆婆一辈子。撇开两人情深似海不说，胡氏身家……"他记得与胡氏的约定，会帮着说服赵家人认可这门婚事。

"此事不由你一个小辈多言。"赵大老爷却打断了赵青河，问过赵子朔的落脚处，踏出屋门又想起来问，"你究竟要去哪儿？"

赵青河走到门边，望着在园子里立了不知多久的周旭和老梓，答他爹："北上都城。"见他爹张口欲言，"可惜我的事十万火急，等不了与老爷夫人同行，到京里再聚罢。到时，我与苏娘一道，拜见你们二位。"

赵大老爷听着，就觉儿子短短几句意味深长。他立感疑惑，却让他夫人催着走。尽管他想两个儿子一起顾，但无法同时同刻顾得到，思索再三，决定先解决已婚的那一个。当然，待他知道自己弄错，应该紧紧拘着未婚的这个儿子的时候，这个儿子也成已婚了。

这对夫妻走得太急，对于园中两位来客，也顾不上问。

"周叔，梓叔。"走掉的那两位，赵青河只敬在他们岁数大，眼前这两位才是自家长辈，打内心尊重。

"你家可真热闹。"老梓撇撇嘴，不用人请，自动走进正屋，跷残腿上桌，倒茶喝茶，"丫头不太好嫁你，她又笨又慢，被人骂一句，要半个时辰后才能回嘴，根本干不了伺候公婆的事儿。"

赵青河讨好笑着："这回把苏娘接回来，我们就搬走了，和她一早说好的，今后就过自己的日子。"

老梓哼哼："不过，你小子穷啊！"

"两人还年轻，又很有本事，就怕贪心而已，哪能穷得到他们？"周旭比老梓清楚这个小家的家底，"就这会儿，不算那间已有进项的画片作坊，青河手里少说有百两银票，用不着你这个吃光赌光的叔叔操心。"

"靠两位叔叔帮忙才开张，叔叔们便是吃光用光也不怕，有我们将来养老。"赵青河这话，不仅是说说而已。

世上所有的感情，都并非想当然，应该有得有报，尽力经营，否则就算亲如父母子女，一味向对方索取，也只会渐行渐远。血亲之情，纵然比其他感情宽容得多，却不可贪婪无边，否则最终可能全然失去。

真正的情，为彼此付出，彼此就不求而得，看似自然而然，其实皆需一颗珍惜对方的心。

"不必说大话，怕你养不起。"老梓总是嘴硬。

周旭一向温和，但论起疼爱夏苏，半点不比老梓轻："阿梓老来由我养，青河你只需把丫头带出来，今后别让她受苦就好了。"

赵青河毕恭毕敬道声是："恐要再借叔叔们一臂之力。"

老梓嘟嚷："个个小看老子，当老子败家子。"一搓手，又道，"你就算不借，老子这两只胳膊一条腿，外加一根铁拐，早已准备把刘府拆了。"

如此，才是亲情，不用靠血缘强加。

"说得容易，刘家之富可压死一城人。不过，三个臭皮匠顶个诸葛亮，我们一道上京去，总有办法可寻。"周旭道。

见乔婶子抱着宝轴进内园，而不是那位花蝴蝶婶婶，赵青河心思陡转："周叔若一同上京，轴儿要给周婶照顾吗？"

"轴儿娘诱苏娘被捉，大概已拿了钱财远走高飞，再不可能回来。轴儿暂请你家两位婶子照顾，我很放心。"

乔连、乔生来找夏苏，周旭赶回家中，发现院门敞开，屋里所有蜡烛点残，唯有自己那盏宝贝灯让人仔细熄灭盖住，而宝轴娘已不见踪迹，他就猜到了前因后果。

他待宝轴娘的夫妻之情虽淡，初衷着实不恶，想给她一回全新的生活。膝下有女，还有丈夫可依靠，如此互相照顾，过一辈子。她一直不甘平淡，他也不强求，任她像花蝴蝶一般飞展。蝴蝶之命天生，她自己活得开心就好。然，那女人实不该拿夏苏换取富贵。他从未阻止她追逐所求，她却不应该伤害他的家人，因此他决定就当轴儿有爹没娘，再不会让那女人靠近他们一步。

"是我过于放任她。"他承认是他的错。

老梓撇撇嘴："早说那女人会惹祸。"

赵青河一听，立即就把整个画面拼凑完整："恐怕周婶露出了破绽，苏娘已看出端倪，所以，才说办事去了。"

周旭怔道："既已看出端倪，为何……"

"因为她不想逃了。"纵能隐居山林，肆意寄情笔墨，以夏苏的性子，心病难消，惶惶不可终日。他和她，皆是只肯躲一回的人。

"宁为玉碎，不为瓦全，但老子宁可她是一片瓦。"老梓护犊子的心，自又不同。

"她舍不得江南胜景。"比起无人的清静山间，热闹的画集书市才是那位姑娘的所爱，且夜行精彩缤纷。

只要她一日不放弃画画，就难保画中不显她，引得刘家人找上门来。迟来，不如早来，还能放手一搏，争取早日安居于江南，心无旁骛。

赵青河目放长空。

初夏的天，高且清朗。

季节正好，到北方避暑，回南方过冬，夏不热，冬不冷。

他，就陪她走一趟。

第四十八章 沦落刘府

七月。京城。

表面上清静很久的刘府，近来喧哗。

喧哗的原因，半座城的人都知道：养病三年的刘四小姐终于痊愈，由刘大公子接回家了。而刘府四千金出嫁是全城津津乐道之事，这位因病早过了嫁龄的四小姐，已定四年的婚约应该迫在眉睫，就等刘公公定下婚期迎娶。

要说刘家五位姑娘，嫁得非富则贵，却偏偏连平民百姓都不会羡慕，只不过添加茶余饭后的精彩谈资罢了。好比四小姐，好好一个姑娘家，配了太监当妾，这其中的故事，足够众人发挥无限想象，说上一天一夜都没法说得完。

不料，人们感慨尚早，本来可以预见的一个女子凄惨后半生的结局，突然生出别样风波，变得扑朔迷离起来。

就在刘四小姐回府没几日，那么巧，有朝廷重臣上书，呈表宫里某位得势的公公欺霸民女，且三妻四妾，时时凌辱，万分不人道。皇帝怒，斥查此事，将那位公公杖毙，并开始约束内官娶妻纳妾之猖獗行为。那位公公虽非刘四小姐的未来夫婿，刘公公却为了讨好皇帝，不敢拿自己的地位冒险，连忙派人向刘府退了婚约，再无意娶刘四小姐。

这下，原本待嫁的四小姐，就成为无婚无约的老姑娘。又因她之前的婚约，哪怕刘家仍是钦定皇商，也无一家对她抱有好感，愿意求娶。

半个月过去，甚至连刘府的下人们都认为，四小姐是要赖在家里一辈子了。随着夫人姨娘们对四小姐的冷淡，这些人待她毕恭毕敬的脸色也变了回去，一如从前，明目张胆克扣吃喝用度。尤其，在刘大公子忙于同宫中打交道的时候，愈发嚣张。

这日晌午，禾心将食盒往桌上用力一放，端出一碟隔夜冷包子，怒气冲冲道："越来越过分了，今日连午膳都不给，用昨晚的包子打发我们。"

坐在窗口发呆的夏苏转过头来，看着那碟包子，面无表情，但起身拎了铜壶，放小炉子上烧水。

禾心见她打算热水就冷包子吃的样子，实在没办法消气："姐姐纵然不能飞檐走壁，难道还教训不得几个刁奴？你要是不忍心，就让我来。"

"能吃饱就好。再说，隔夜包子比馊包子强。"夏苏慢吞吞说。

回来近一个月，发现刘府还是老样子。虽然姐姐妹妹们都嫁了出去，父亲的妻妾仍各自逍遥，得宠的男仆当道，四下找乐子。那些貌美妖娆的丫鬟，再仗着她们的男人撑腰，整日无所事事，就知道你争我抢，为了多得一点宠，各种使绊子耍诡计。这些人数年如一日，仍用以前的花样欺负弱小，不疲吗？

禾心眼珠子一凸："还能给馊包子？"

"不吃就饿你三四日。"夏苏只觉这些人枯燥乏味。

"一群王八蛋！"禾心骂了出来，眼睛却刹那泛红，"姐姐……"她原本以为自己没爹没娘很可怜，还对那些娇滴滴的千金小姐特别看不过眼。

"别说我可怜，"夏苏打断禾心，"我这回回来，是自愿的，办完事就会走。"从此，与这个家再无干系。

禾心直点头："狐仙大人会保佑咱们，让那些坏东西吃坏肚子。"

夏苏瞥禾心一眼："你该不会做了手脚吧？"

禾心耸耸肩，无辜到可爱俏皮："没有，都是狐仙大人的法术高强。"

等水烧开，夏苏给禾心倒了热茶，自己再拿一个冷包子："你不必替我出头，那些小人等不到我生气，自然就觉没意思了。"

突然，见刘彻言走进园子，夏苏低眼瞧瞧手上的包子："禾心，装上余下的包子出去吧，在大公子面前假装遮掩些，能惹他疑心查看就最好。他若不问，你就送空碟子回厨房；厨子要问怎么都吃完了，你就说大公子来我这儿，让喂了鱼。"

禾心眼睛亮闪闪，利落收拾好，拎着食盒往外走。

夏苏将包子快快吃完，立在窗后，静瞧刘彻言与禾心说话。如她所料，禾心打开了食盒给他瞧。他神情不动，挥手让禾心走了。

这个家虽没变，她却变了，觉得不用去计较的小事，现在想去计较计较。即便是龙潭虎穴，也是她的家，不是吗？难道一声四小姐，是喊着玩儿的？

刘彻言进屋来，见到夏苏正在桌案后磨墨："四妹妹这下知道，这两根链子长短正好，照样可以自在。不过，为兄不明白，爹已经不会再拿铁板子逼你作画，你为何还想提笔呢？你可记得小时候，让爹打疼了哭，那会儿你愿意跟我亲近，哭着说最讨厌画画了。"

是。她记得很清楚。

八九岁天真的岁数，娘刚过世，不知道爹并非真心疼她，不知道这个兄长狼子野心，不知道刘府一片污秽。她只知，爹突然变得很凶，姐姐们总来欺负她，日子万般难挨起来。那时，她还以为刘彻言和她一样，都是无依无靠的可怜娃，所以曾找他说真心话。

夏苏淡然一笑："然后我每哭完一回，爹第二日就会知道，处罚得更厉害。"回想过去，遍体鳞伤，鼠胆和龟慢也从那时开始，"有意思的是，被逼的时候满心不愿意，没人逼了，却是一日都离不得笔墨。也许爹说得对，我实在像他，好眼，好笔，继承他的血脉，天生之才。说起来，兄长怎么都不爱画艺，读书也累，是像你的亲爹吗？"

刘彻言一手过来，掐住夏苏的脖子，将她整个人往墙上撞，面目狰狞："你好大的胆！"

他最忌讳他人谈论他的出身，哪有好人家的孩子会进宫当太监？同样姓刘，大伯飞黄腾达前，刘彻言是最低贱的家奴之子，亲爹是大户人家的账房，娘跟主子私通，被卖到不知何处去了。

夏苏不呼痛不变脸，双目直视："难道我说错了？"

刘彻言的自卑心，也从未消减过一丝一毫。十多年来，从被人敷衍，到胆战心惊，被尊称为刘大公子后，如今更是实质上的一家之主，他仍不能理直气壮，谈出身而色变。

"刘苏儿！"一只手揪扯她的衣襟，裸露半只白玉香肩，令他双目充斥血丝，不由倾身压上去，"你以为我大伯退了婚约，就能嫁给你那位义兄？想得美！你这条小命捏在我手里，只要我一句话，立刻让你生不如死！"

扭曲的脸庞，暴怒的气息，卑怯却不容人言的无谓自尊，明目张胆的践踏要挟，刘苏儿会惊吓若鼠，夏苏却不会胆怯。

"兄长为何如此惧论自己的身世？满城无人不知无人不晓，你是刘公公亲侄，是我爹的养子。当年认养，摆下三日流水宴，正是为了向全城通告，你如今连提都不让人提，莫非有杀光一城人的打算？"

自卑，皆因他的地位尚不稳，所以忐忑不安，怕又被打回原形。也因此，他将她爹施毒软禁，想杀又不能杀，无论如何要等他得到刘府的一切。三年时间，夏苏已然想得明白。

"别以为我不知道，你们表面上恭维我，心里却嘲笑我。"

润美的肌肤莹然有光，不施粉黛的容颜安然闲定，她满身香，却不浓，一如从前，无比诱人。刘彻言张开牙，咬住她的肩，直到品尝到温暖的血味，方才松口，退开半丈。

他要过那么多女人，真正想要的，只有眼前这一个。

从前，他爱她惊恐又倔强，爱她专注又勤奋，爱她出淤泥而不染，爱她独善其身的静默，爱她忍耐慢吞却不失智慧。现在，还得加上她勇敢而坚持，能顶嘴又不吵，沉稳却显出了自信。曾以为得到她轻而易举，却永远忘不了自己提出娶她时，那位养父哈哈大笑的表情。刘玮说，狗杂种不配，除非他死。

他不配，他就将她配给太监，但婚约一定，他成了最后悔的人。那种望而不得，心痒得咬牙切齿之感，如同刘玮藏起来的巨大家底，想到发疯也无法触碰，如万蚁噬魂。

她逃了，某种程度上，他松口气，甚至希望随着岁月流逝，大伯忘了她，他再把她找回来，从此私藏。这份私心藏得很深，他对漂亮女子多轻佻，所以即便对她孟浪，也没有人会起疑心，更不会觉得他待她特别。

但，她是特别的，一直都是。

大伯退婚，他出入宫廷，在别人眼里是失望沮丧，意图挽回大伯的心意，其实心中欣喜若狂，这才有了此时咬她的举动。他渴望与之相亲，又不能坦言心爱，唯有以粗暴惩戒的形式来满足。

要她的时机尚不成熟，然而这一回，已无须等太久。

夏苏收上衣襟，对鲜血淋漓太习以为常，根本不知道"兄长"出自"爱她"的心理，淡然道："别再这么做。"

"还想撕咬我一番？"

刘彻言不同以往的微笑面庞，让夏苏心生警觉："事到如今，你我不必装兄妹友爱，有话不妨直说。"

"好。"让他说，他就说，"我虽名义上是刘府之子，终究还差了一点名正言顺，外人看来，如同我霸占养父的家产一般。"

夏苏轻笑一声。

刘彻言只当听不出她笑中讥讽："原本你嫁给大伯，就是两家刘姓结为一家之意，如今婚约不再，你待嫁，我待娶……"

夏苏的眼睛睁大了，瞪着刘彻言，有些不敢相信。

刘彻言反笑："四妹妹一向聪慧，猜得正对。大伯的意思，是让我娶了你，将来你生个儿子，家产就不分你刘我刘，真正一家亲。"

夏苏僵直站立，仍然无言。

刘公公一向将刘府当作自己的金库，把亲侄子塞进来当她爹的儿子，任刘彻言不孝不伦，比她那风流爹，更加荒唐地搅污了这个家，觊觎财产还要弄什么名正言顺。让她嫁给刘彻言？生儿子？叫她说什么？

"无耻！"

"四妹是担心亲上加亲，惹人说闲话？"刘彻言爱看夏苏发火，真性情很可爱，"大伯也有此顾虑，所以打算禀了皇上，让他下道旨意，御赐的婚姻不但无人再嫌，还成美谈。"

夏苏这时，真恨自己嘴笨，满腹恨意说不出来。

"四妹放心，刚才兄长情非得已，一时欢喜才亲近你，今后，只要圣上旨意不到，兄长不会再乱来，免得落人口实，坏了四妹清白之名。"

刘彻言笑得难得俊朗，却引出夏苏一身鸡皮疙瘩。

"哟，我这是要说恭喜了？"一道傲娇的女声，紧随一位明艳女子入得园来。

夏苏愕然："大姐？"

"刘莉儿，你居然还活着？"刘彻言沉眼冷笑。

"是啊，托福。"刘莉儿扫过夏苏，目光落在刘彻言面上，露骨嗲笑，"弟弟长得更好了，看得姐姐心动。只是怎让姐姐伤心，你想要名正言顺，娶了姐姐亦同，何必非要娶下贱人生的下贱货？姐姐可是这个家里名正言顺的大小姐，嫡出嫡长。再说生儿子，有点眼力的接产婆子都说我必生儿子，多子多福。四娘瘦得跟竹竿子一样，就怕子儿都蹦不出一个。"

熟悉的刁蛮无理，分明欺辱她，却令夏苏莫名松快。她一人对付刘彻言，到底有点高看了自己。

"你不要脸，我要脸。我堂堂刘家大公子，娶世家名门都不在话下，怎可能娶寡妇进门？"想不到当年跟他对着干的刘莉儿跑回来，刘彻言一时头疼。

"这话也就骗骗不知情的。"刘莉儿笑得娇气，眼神却狠，"我爹那些貌美如花的妾，跟寡妇差不多，弟弟难道没当过入幕的夫郎，夜夜照样销魂？还以为你尝过姐姐的滋味儿，早该明白了才是，不懂人事的傻姑娘，怎比得姐姐……"

"住口！"刘彻言恼羞成怒。

夏苏一脸情绪无波，家里虽不是件件丑事她都知道，但大姐和刘彻言的事当年算得上轰轰烈烈。趁着刘莉儿同刘彻言纠缠，她绕出屋子去看爹。

走出不多会儿，听得刘莉儿在后面喊她："刘苏儿。"

好久没人用这名唤她，夏苏半晌反应过来，转身看向刘莉儿："大姐。"

"嫁给刘彻言这件事，你就别想了。"看上去也和从前一般无二，刘莉儿姿态嚣张跋扈，"也别以为你帮了我一回，我会帮你。"

"两件事，我一件都没想过。"她对赵青河说过，闵氏不会瞒住刘莉儿。不过，把刘彻言引到苏州来的，显然不是刘莉儿，否则刘彻言不该见刘莉儿就变脸。

"那就好。"刘莉儿撇一抹艳笑，"我是家中嫡长女，既然要当家长，家产自然归我。"

"的确如此。"看来她可以稍等，但夏苏并没有两手一摆坐山观虎，反道，"皇上忽对宦官态度不明，刘公公或会失势，大姐不妨利用。"

刘莉儿眼神微闪，扫过夏苏手脚上的链子："我自有主张，你也不用多管闲事，早点帮帮自己是正经。"

"此链宝剑难断，唯钥匙可解。大姐不必特意帮我，顺手的话，捡来让我用一用即可。"夏苏说得轻松。

刘莉儿失笑，啐夏苏一口："呸，我上哪儿顺手给你捡来啊？刘彻言精得跟鬼一样，当初也是少不更事，才让我拐了……"

这种话，刘彻言不想听，夏苏也没兴趣，打断她："大姐想要家产，没点志气可不行，我等大姐好消息。"才要转过身去，又想起来问，"大姐去不去看爹？"

"看过了。"刘莉儿顿时敛笑，"当年宁可把我赶出去，也怕我威胁到他。与其说恨刘彻言，我更恨爹，不过，瞧他如今这副模样，恨也无用，就当我是自作自受吧。倒是你，听闵氏说你有了男人。我们女人要是找对男人，可撒野撒娇撒欢，想做什么做什么。你找对了没有？"

找对了，所以全然不似以往，一身光华，一面明安，气定神闲，一丝胆怯也无。但夏苏眉梢一挑，暗想这叫她怎么答。她没撒过野，撒过娇，撒过欢，不过赵青河回来后，她还真是想做什么做什么。

"好了，该说的我都说了，你我今后各管各，别挡我的路，也别拖我的后腿，要是敢跟我抢东西，姐妹从此没得做。"刘莉儿扬起头走了。

七弯八绕，夏苏来到父亲院中。

别人还在把玻璃珠子当宝，这里装着玻璃窗玻璃门玻璃栏，看着奢侈，对刘府而言只是廉价物。

刘玮年轻时亲自带船队出海数回，直到最后一次差点死于海难，从此才不跟船了。但不管怎样，他对舶来品和异邦文化的通晓熟悉高于别商，加上天赋异禀的目力，书画之艺的精深修养，令他在珍宝这一行独占鳌头，受行家尊敬。

刘玮的前半生，用他自己的话来说，真是上苍保佑，无往不利。到了极致，就连先皇都赏识他，他白丁出身，三十岁便拿到皇商专营之权，采买珍宝和奢侈物，与内务大总管们打成一片，居然还能捞个编修的七品补吏，编一套书画史，史库收录，先皇时常捧读。

这样的父辈，子孙本可仰赖，偏偏心性狭窄，自私自利，享受无上荣华，却又怕任何人分薄富贵的草民劣根，导致整个刘府成了污水泥沼。同类相聚相竞，一个比一个自私，一个比一个狠戾，大欺小，强辱弱，一旦得势，立刻变本加厉，急功近利又短视。

"四小姐又来了。"坐在廊台上吃蜜桃的男仆，一如刘府挑仆的惯例，高大壮实，相貌不差，仆衣露怀襟，肌肉线勾勒胸膛，而一双眼直勾勾盯着夏苏，绝无主从之分，明晃晃勾引。

夏苏不认识此仆，来这里几回也不曾见过，但知他一定是家里哪位夫人的新宠。她惯常无视，正想进屋，却被一条伸过来的长腿拦住。

"小的是这座园子的管事，姓徐，请四小姐好歹认个脸。前些日子在外办差，一回来小子们就报我，四小姐成了这里常客，特来给你问安。"

"徐管事，"从善如流，夏苏别过头去，仔细瞧了瞧他，"这下能让我进屋了吗？"

徐管事却立到夏苏身前，笑得一口白牙闪烁："四小姐真孝顺，小的守了这园子大半年，没见别人来得这么勤快。只是老爷这疯癫迷症，大夫说可能会过人。四小姐正是花开明媚的好年华，千万别染上了，让小的无所适从。"说着话，手不老实，竟拽了夏苏的衣袖。

"你说你姓徐？"夏苏眼眯成线，她错了，这个家不是没变，而是彻底沦落了。

徐管事摩挲着夏苏的袖料，让她又白又细腻的肌肤迷恍了心神。

四小姐是刘府禁忌的话题，私下传闻却一直不息，他还以为是个怯卑无能的陋颜女，谁知一见惊艳。香气清爽，颜美若玉，眸深似海，身段纤巧无骨，无一处不美。虽知这位四小姐不受大公子待见，要是能让他享用一番倒也快活。

"我还以为你姓刘呢。"似冰天雪珠，叮当落下，让徐管事发热的脑袋一冷，视线对上夏苏，又陡然让寒霜双目打了个惊颤，不自觉缩回放肆的手。

"徐管事让我认住你的脸，我也说句实话。姨娘们如花似玉，虽爱漂亮年轻的身体，只是身体的主人若没有什么特别之处，宠爱难以持久，所以像你这样的仆人，来来去去不知凡几，我都懒得记。徐管事还是要凭些自身的本事，让这家的主人们真正重用了才是，而非靠枕头风。今日吹过，明日还吹不吹就难说了。"

徐管事立刻退到一边，给自己两巴掌："小的昨夜喝多了，胡言乱语，从今往后再不敢冒犯四小姐。"

这人，倒不蠢笨。

第四十九章　葛巾之谜

夏苏不再跟徐管事啰唆，进到里屋看昏沉沉睡着的父亲，打开窗，在书案上铺好纸，从书架上挑起颜料。

对外说刘玮得的是怪病，神志迷糊，记忆混乱，身体乏力，一日之中多昏睡，清醒时常发疯发狂摔东西，生活完全不能自理。大夫诊断他不完全是疯症，而是年久入花丛，酒色沾染过多，以至于六十不到就挖空了身子，脑力衰竭如此。这种病，无药可医，耗时耗银，只能等死而已。

这种诊断，十分符合刘玮在人们心中的风流形象，故而也无人怀疑别的可能。然而夏苏怀疑，这是她爹和刘彻言互相争斗败下阵的后果。爹要害刘彻言，反过来又被刘彻言所害。横竖刘府上下都已认刘彻言为一家之主，大夫也是刘彻言找的，爹的病自然由刘彻言来说。

不过，怀疑归怀疑，没有证据亦枉然。

徐管事上前来："小的给四小姐研墨？"

监视爹，也监视她？

夏苏点头，刚拿起花青，想着调出草绿，就要再拿藤黄，却发现颜料架上没有藤黄："藤黄用完了？"

徐总管道："藤黄有毒，不可入口，怕老爷发起癫来放进嘴里，大公子吩咐撤掉了。小姐要用，小的这就去拿。"

"不用了，花青也可作绿。"怕一下子吃死了人，就挖不出秘密？夏苏对自己心中所猜又笃定三分，"爹今日醒过了吗？"

徐管事答："一早醒来用过药，嚷嚷着累，又睡了，再过半个时辰，就得叫醒他用膳。这会儿小的要去厨房交代今日膳食，不知四小姐会待到几时？"

"你只管去，我暂不走，今日摹工笔花鸟，会耗不少工夫。"正好清静。

徐管事道是，退身出去，但一出院子，见戚明背手等着，忙上前行礼："戚大管事。"

戚明瞥他一眼："你这张嘴别太贪，小心撑死了。"

徐管事知道自己所作所为落在了这位眼里，一个扑通跪地："戚大管事饶命！"

戚明哼了哼："还算你有几分眼色，听得进四小姐的话，没继续放肆。记住，四小姐到底姓刘，你别自以为是，仗了点女人的宠，就不知道自己是老几。"

徐管事连连说记住了。

"吩咐你手下人，放亮眼珠子，把耳朵竖直，老爷跟四小姐若说话，一个字不漏转述给我。"戚明这才说正事。

徐管事回应已经吩咐过了，小心翼翼道："我听小子们说四小姐来过数回，老爷压根认不出她来，只像从前那样瞎嚷嚷。倒是四小姐耐心十足，每回一来，总要作完一幅画才走。那几幅画都留在老爷屋里了，要不要小的拿来给您过目？"

戚明一挥手："这些我已知道。"

并无异样，只是被摹过无数遍的名画。

戚明强调："最紧要，是老爷万一认得了四小姐，父女俩说什么话。"

徐管事唯唯诺诺，目送戚明走远，骂道："和我一样都是狗，装什么人模样！"

"虽然都是狗，他的主人比你的主人厉害，所以就能装人模样啊。"从旁闪出的人竟是刘莉儿，娇嗔嫣笑着，见徐管事瞧直了眼，扭着腰肢凑近他面前，葱指往他下巴一勾一抬，"怎么样？要不要换一个主人，让你也能摆摆架子？"

徐管事不认得刘莉儿，虽爱其美艳，心却纹丝不动，以为她是哪位夫人的娘家亲戚，横竖这种人刘府到处是："小的如今开了眼，不是姓刘的，就算不得我主。"

刘莉儿挺稀罕瞧着这人："真稀奇，想不到家里还有能说句真话的仆人，不过眼皮子太浅，连大小姐都不认识。"

徐管事一想，脱口而出："刘莉儿？"

刘莉儿本是个惊世骇俗的女子，思想不比一般，听他唤自己全名，不觉冒犯，反觉好玩："本小姐就是刘莉儿。你叫什么名儿？本小姐越瞧你越顺眼，就收你当了心腹吧！"这话看似任性，其实深思熟虑。

她看出这男人心大，有所图，正在择主，而刘彻言身边早就满员，不差一个聪明人，他想要出人头地，必须另选主子，才有飞黄腾达的机会。

诧异之后，徐管事垂眸，毕恭毕敬称道："能为大小姐做事，是小的福气，只怕小的地位卑微，不过听人吩咐办差，帮不了大小姐。"心潮涌起，却还要观察。

刘莉儿也明白："无妨，府里上下皆知我刘莉儿想要的东西，怎么也不能让刘彻言一人独吞了。我爹变成这样，不可能不是刘彻言动的手脚，我就想找出凭证，告他杀父夺产。你自己考虑清楚，若觉得我有胜算，尽管来投奔我。我说话算话，若是你立得功劳，等我当了家，你就是大管事。"这回，刘莉儿才真走了。

徐管事回身，静静推开拱门，从门缝里，能看到窗口的那位姑娘。她坐得那么端正，在纸上一笔一笔，丹青上彩。初夏的槐花枝头，落着一只翠鸟，啾啾轻唱，却引不得她抬眸。

这个府邸，他一直认定没有一块干净地，今日方知，人净，地就净。只是，纯净的人，在已经毒出沼气的深潭里，能生存多久？

耳里清晰听见门掩，夏苏低转眸。

她不能施展轻功，但耳力目力仍非同一般，门外人声虽弱，还可听个大概。虽没听到什么新鲜事，无非就是尔虞我诈，互相勾搭，可也知道看似清静的院子里，除了她和她爹，还有别人。庆幸自己之前没有轻举妄动，她再度专心，想将神思放在画里。

"嗒……嗒嗒……嗒嗒嗒……"

没过多久，忽闻极细小的敲打，夏苏一抬头，惊见躺在床上的爹瞪瞧着自己，手不由发抖，顿时画坏一笔雀翅。

与刘莉儿不一样，夏苏不找刘彻言毒害父亲的证据。以刘彻言作恶的能力，她自觉根本找不到他的错漏，她要找的，是刘彻言也在找的东西。用这东西，抓住刘彻言的把柄，换取她的自由。

她笑道："爹别吓人啊，害我画坏一笔，好好一只鸟飞不起来了。"说着就拿了画，坐到刘玮床边，"您瞧是不是？"

脚步声声入耳。

"紫姬，"刘玮的眼皮子耷拉下来，"苏儿又上哪儿顽皮去了？天分高，不用功，照样会成废物。我就这么个像我的孩儿，便是女儿家，我也想把这身本事全教给她。你这个当娘的，别只顾宠孩子，尽让她玩那些没用的，慈母多败儿啊！"

"……"夏苏本以为父亲清醒了，因他刚才的目光实在严厉，和她记忆中的一样，谁知听到这番话，突觉悲从中来，嗓子噎住了。

她才愕然，忽又听爹喊："刘苏儿！我虽是你亲爹，也不用白养着你！你姐妹们至少能嫁得富贵，你走路连头都抬不起来，天生奴婢相到底从了谁？还哭！哭什么？牡丹都描不像，你还能有什么用处？"

刘玮将夏苏手中的画夺了过去，疯狂撕成碎片："滚！给我滚！一只只都是白眼狼，吃我的，喝我的，还想喝老子的血，扒老子的皮？休想！休想……"

夏苏被推到了地上，怔怔望着她爹发疯，看他终因体虚而竭力，颓倒昏迷。

"来人。"好一会儿，她从地上爬起。

也许犹豫该不该露面，过了半晌，才有个小厮跑进来："四小姐，小的……小的……"还没想好理由。

"老爷发过一通脾气就晕了，你快去请大夫来瞧瞧，许是恢复了神智。"夏苏却没追究。

小厮松口气，回道："四小姐不知，老爷这两年一直这样，乱喊乱叫，抓着姨娘的手喊姑娘的名，也听不明白他的话，请大夫也没用。今日发作得厉害些，大概是肚子饿了，脾气大。"

"是这样？听到爹训我，还以为他省过神来了。"夏苏有些失望，但道，"既然你在这儿，那我就不等徐管事回来了，你照顾着吧。"

小厮巴不得夏苏赶紧走，立马应了。

夏苏回到自己的居所，正来回踱步的禾心赶忙迎上来。

"好姐姐，你去哪儿好歹也给我留个便笺，吓得我以为你让刘彻言捉了。"

"我不是已经让他捉了？"

"还没捉到他屋里啊。"禾心拍着心口，"真是急死我，这人到底什么时候来？"哎呀，说漏嘴了！

不料夏苏置若罔闻，往寝屋里走："禾心，我歇个午觉。"

禾心闷闷应了好，坐进太师椅里，蜷上两腿，只觉百无聊赖，捏了自己一只辫子，数着头发自言自语："狐真大人，夏姐姐疑心重，可我不怪她。有句话怎么说来着？对了！路遥知马力，日久见人心！她总有一日会相信我是真心当她姐姐的。"

夏苏的笑音传出："有那么委屈吗？那就进来看着我睡觉吧。"

禾心跑进里头，笑眯眯道："总比一个人待着强。"

夏苏也并非真午睡，而是从袖中拿出一片破破烂烂的葛丝，对光，背光，翻来覆去地瞧。

"这什么呀？"禾心问。

"我爹塞进我手里的。你帮我想想，可能会有什么含意？"夏苏一开始确实以为爹神志不清，谁知爹抢画去撕，同时往她手里塞了这片丝，那瞬间她感觉他的目光分外清明。

禾心想了不一会儿就愁眉苦脸起来："一片巾子扯下来的破丝条，能有什么啊？"

"巾子？"夏苏突然笑，"……原来如此。禾心，你可帮我的大忙了，一定记得要向赵青河邀功。"

禾心莫名："欸？"又猛地想起赵青河的嘱咐，大眼转悠悠，"姐姐，我真是碰巧上你船的。"

"碰巧就碰巧，只是在别人面前，我不能跟你太亲近。"当日禾心让戚明领到船上，万分出乎夏苏意料，自然不相信禾心的巧合说，又很难认为某人昏迷不醒中还能把禾心送来。

不过，某人的推断猜测，一直神准。

禾心讪笑："我知道的。姐姐的兄长说善不可，说恶也怪。我不是去厨房了吗？按姐姐吩咐，将大公子看过饭龛的事告诉了厨子，那厨子还挺不当回事，可没一会儿，就见几个武师跑进厨房，给每个人都来了一顿板子。大公子到底是关心姐姐，还是讨厌姐姐呢？"

"别说你不明白，我也不明白。"要说他的身世可怜，她的身世也不怎么样，却并没长成阴阳怪气。可见，天生的性子。

"禾心，你有没有想过办法出门？"

禾心叹气："想过，可我一近外墙，就有武师晃来，其他园子可能守卫松些，但都上了门锁。刘府是不是很有钱，养那么多武师护院？"

刘府巨富，府库好似金山，怎能不花钱养守财人？当初夏苏纯属侥幸，刘彻言不在家，各园夫人从暗斗转了明争，看管松懈，才能顺利逃出去。

"果然。"夏苏既能回来，这点觉悟还是有的，"罢了，你今后别再乱跑，若引人起疑，可能一点出门的机会都没有了。"

禾心应声："不怕，还会有人来救姐姐的。"

夏苏怎会不知禾心指谁，淡笑盈盈，不言语。

今日收获很大，谜题的一半已经解开，刘彻言急切想找的东西，就在"葛巾"之中。然而，夏苏现在又有新的疑惑。爹到底真病还是装病？就算他偶有神智，为何告知了她？

她不记得爹喜欢过自己。日复一日，年复一年，他是她最严厉的师父，却半点不是慈父。更何况，他还曾亲口告诉她，她只是帮他赚钱的工具，其他诸项不如聪明的姐妹们，唯有仿真的画艺，让他能够忍耐她的慢和怯。而她爹刚才那番言，却说自己是像他的女儿，夸她有天分，他要倾囊相授。

人之将死，其言也善？

京城丹青轩，门前车水马龙，宾客络绎不绝，正是出新彩的日子。

自盛唐之彩七十余种，经过宋元，颜料遗失大半，唯认黑与白，才生得出真正好画的大风，到了今时，仅有二十多种色彩存续。然而，用色轻，不代表颜料不重要，好的颜料更是难求。丹青轩一向业内皎皎，出色质量上乘，且仍坚持研发推广新品色彩，非一般颜料商可媲美。

丹青轩主的祖上，曾是翰林画院的副院史。轩主本人才高八斗，年方二十就金榜题名，入仕而官运亨通，还成为天下广知的大文豪，穷一生撰文修史，一手书法一手画，艺比天高。因此，即便其子孙从商之势大过官势，也不影响这门盛名。

丹青轩主，姓崔。

崔刘崔刘，崔在前，刘在后。前者百年传承，后者白丁起家；前者平素沉敛，后者张扬炫富；前者瞧不起后者，后者看不惯前者。总是你追我赶，是满城皆知的同行对手。可即便是对手，因丹青轩独占鳌头，刘家的鉴画师们想要跟上彩料的趋势，也得乖乖上门当个好客人。

丹青轩虽在崔老太爷名下，但年事已高的老人家将轩中事务交给孙子们轮流管，这段时日正好轮到崔岩。

身为主人，看到对头，虽不至于店大欺客，但想要找找口头的茬，绝对正常，更遑论崔岩和刘彻言这两位，平时就互相冲得厉害。所以，作为合格的掌事和伙计，从门口迎宾的，到出来接待的，个个打起十二分精神，像以往一样，准备这场不可避免的冲撞。

崔九公子也确实没让大家白准备，一见刘大公子就冷哼两声，挽上一只袖子正要上阵，却骤然偃旗息鼓。

众人都不用思前想后，目光齐刷刷盯住刘大公子身旁的娇客，一致认定是这位姑娘的功劳。事后，离九公子最近的伙计证言，九公子当时十分丧气地说了一句："今日算了。"

崔家老九，不达目的不罢休的主儿，见到对头从不清静，何故会说出这样的话来？不可能无缘无故，而那位娇客实在又很特别，让人一见难忘，所以顺理成章就把她当成了九公子平息的缘故。

娇客特别在何处？

"刘大公子真是与众不同，别人养家雀，你养金丝鸟，何不干脆打个纯金的笼子？"普通人问不出来的话，崔九公子问得轻而易举，天生不知道皮薄。

有人可能要说，这还算偃旗息鼓？

崔家人会答，算。因为，平常可不这么客气，直接就骂土财主了。

刘彻言阴冷脸色："九公子平时花丛里沉着，还以为你很懂姑娘家的首饰。"

"首饰？"崔岩盯着夏苏手腕上的细金链子，以及裙边摆动时乍现的光芒，分明就是束手缚脚的锁链。

他是告密者，也清楚能把妹妹嫁给太监的刘彻言是怎样的人，可这会儿，亲眼见到这姑娘被捉回来后的状况，居然有那么一点点懊恼。

"是啊，我家四妹大病痊愈，阔别三年方能归家，本是好事，但算命先生说她命根弱似浮萍，需用贵重之物佩戴于手脚，才可最终留稳性命。九公子难道以为我绑了自家妹妹？若真如此，怎又会带她出门来挑颜料呢？"刘彻言说谎一本正经，又转头对夏苏道，"苏儿，你能回得家来，也要谢谢九公子，多亏他赠我良方。"

夏苏望一眼就垂了眸，原来崔岩告密在先，周婶要挟在后，她想逃也难，不过，要她说谢谢却很荒谬。

"苏儿。"刘大公子则喜欢在外有面子。

崔岩欲打哈哈，但这个好人不由他做。

"四小姐，真巧！"声音惊喜又客气，一人上来作礼。明眸皓齿，谦谦君子，如流风，如星辰，绝大多数北男所欠缺的灵秀温雅，仿佛在此人身上发散着明光。

夏苏真止吃惊，动作比脑子快，已然回礼："吴二爷怎么来了？"

吴其晗的目光也扫过夏苏手上锁链，却似毫不在意："听说这回丹青轩作出一款古唐彩，我自然是来开眼界的。"

包括刘彻言，也架不住对这款失传唐彩的好奇，还带了夏苏出门，半讨好半宣誓主权的打算。遇到崔岩，他不担心，只是怎么也没想到还有认识苏儿的男子。他虽能对苏儿和赵青河的关系猜得八九不离十，但并不知吴其晗的存在。

此刻，刘彻言疑心汹涌，还不能发作，目光阴鸷盯着这个男人，却发现对方是心里无论怎么想要贬低，也贬低不了的贵公子。

刘玮曾骂他，天生贱种，穿金镂戴宝石也无法遮掩他的穷酸相。他一直想否认，却每每见崔岩而觉厌恶。眼前这个人，一看即知，和崔岩是同类，含金钥出生，自小到大，要什么有什么。

"这位莫非就是四小姐兄长？"吴其晗不为对方阴郁森冷的目光所动，泰然处之，"刘大公子，久仰。在下吴其晗，经营一家书画斋。"

刘彻言立刻知道这人身世："原来是墨古斋大东家，失敬失敬。我四妹在江南养病，又爱弄墨，想是由此结识。"吴家在京城不算极贵极富，却一门文官儿，四五六品的。江南祖宅那边，倒是听说买卖做得挺大。

"正是。"吴其晗答得顺，"偶遇见过四小姐几回，今日再见四小姐，身子竟是大好了，可喜可贺。敢问明日刘大公子方便否？我本要差人投帖，想登门拜访。"

夏苏这时正想，这两人皆为圆谎高手，三言两语打发周边看热闹的，却闻吴其晗要拜访刘彻言，不由脱口问道："所为何事？"

丹青轩此刻人来人往，吴其晗居然也不遮掩，大方回答："终身大事。"

夏苏神情不动。她本来就慢得迟钝，也不引人往别处想。

崔岩一听，吴其晗要和刘彻言说终身大事，刘府现在就一位没出阁的姑娘，自然是要娶刘苏儿的意思。他忽然心思七拐八弯，最后笑声朗朗，刻意嘹亮："哦，哦！吴刘若成亲家，郎才女貌，家世相当，真是京城佳话。"

那些原本没啥兴趣的旁听者，顿然竖直了耳朵。

谁？谁要娶刘公公退了婚的刘四小姐？吴二公子？吴尚书不爱读书的二儿子？

刘彻言简直目露凶光，恨不得当即拉着夏苏就回去，但他深知今日客人多有头有脸，自己面子上必须摆到最好看，冷冷呵笑道："九公子莫随意说笑，如此大事怎能信口开河？"

吴其晗已达目的，敛了朗气，沉声道："大公子说得是，我明日过府再详谈。南北礼数略不同，一切照北方的仪式走也可，定要做到圆满。"说得很稳重，也很保守，让人无法说他不合规矩，而其中意味更不容错辨。

吴其晗随即又对夏苏微施礼："四小姐，吴某先进去了，愿你挑得好青好绿，作得好画，改日再赏你的墨宝。"

吴其晗进轩园去之后，一批瞧过了热闹的人也入了园子，丹青轩门庭刹那清静下来。

崔岩冷望着森寒脸色的刘彻言，挥退自家的伙计们，当着夏苏的面，讥讽他："刘大公子何故心情不畅？都说南方规矩少，可依我看，吴公子还是十分懂礼数的。再者，四姑娘年纪不小，眼看婚事有了着落，还是上品的好儿郎，难道不是大喜？"

比起刘彻言，夏苏觉得这位面上带笑的崔九公子，突然多管闲事，帮忙撮合她和吴其晗，完全猜不透他的心思。难道还是内疚了不成？想完，她自觉好笑，往园里踏出一步。

"苏儿，回府了。"刘彻言哪里还待得住？

夏苏却不挪步："兄长这会儿走，岂非落人口实？还以为吴二爷与我有何见不得人的事。"

只要细想，就会感觉吴其晗今日之举十分怪异。

他向自己表过心迹，也说过给她时日考虑，但那时他还不知她的身世，只以为她是赵青河的义妹，小门户的女儿。如今他一上来就明确了她的原名本姓，虽说不是很直白，却在所有人面前暗示他对她有意。这么做，在她看来，就是向刘彻言挑衅。

吴其晗一直温文儒雅，砍价这样的事，都可以表现得温润，今日所为十分突兀，别人或许瞧不出来，她却是瞧得出来的。他这样，很像一个人，一个袖里乾坤、胸中丘壑、行动力绝不逊色于脑力的人，用不好听的话来说，很傲慢的人。

刘彻言想反问一句，她和姓吴的，是不是真有见不得人的事。然而，崔岩看好戏的那对眼珠子，令他感觉自己脖子上像掐了两只手，别说问不了，气都喘不上。他甚至，没有正常的敏锐，对夏苏的异常冷静全然不觉，到最后成了跟在夏苏身后走。

崔岩在后头，意味深长地看着夏苏的背影，告诉自己，他不是帮她，也不内疚，只是不想对头好过。

"阿九，"崔老爷子从偏厅出来，外面的热闹一点儿没错过，"如我所料，刘家四娘擅画，应该就是刘玮藏的宝贝。"

"会画画而已。"崔岩未被说服。

"到底如何，等会儿试试便知。"老爷子已打算好。

不过，计划不如变化，这场新色出品会，让天子一道旨惊了，草草收场。

第五十章　秘密财富

酷暑难耐的京城，随着朝中的风云突变，也是忽雷忽雨，让人摸不着头脑。其中，最大的消息是宰相换人，支撑着朝廷的栋梁多数也跟着换，不仅牵扯外官，还牵扯了内宦。

高相上台，出手就是重击，联合百官，将一位权倾朝野的大公公给参了。

皇上励精图治，又有皇太后全力相帮，下定决心，立刻将人关押，再拿凭据细数罪状。

一树倒，连根拔，藤草无依。这时虽只捉拿一人，迟早会查到裙带关系。

刘玮就算是钦命皇商，也是先帝那会儿的事，后来主要同公公们打交道，更因收养了刘彻言的关系，刘家产业几乎都成了刘公公的私产。这两年，新帝登基，刘玮又衰弱不堪，早就丧失他好眼好笔的优势，再不得帝王欢心。现如今，高相痛恨宦官专权，有心要拿之开刀，刘公公能不能安然无恙，实在不好说。

当然，和公公们关系密切的，不止刘府，京城里心慌的名门望族太多，自顾不暇，皆注目朝廷，随时准备撇清自己。

刘公公那边的情势尚不明朗，刘府却如一锅沸水。

各园夫人们，有娘家的，要回娘家；没娘家的，也要出府。探亲的、祈福的、装病的，花样出尽，无非都是一个目的，要支大笔银子脱身离去。

刘彻言似乎很忙，忙得没时间管家里的事，和戚明连影子都不见。也不知道是不是故意的，如此避开了本要上门求亲的吴其晗。

刘莉儿乘虚而入，乐得将那些女人统统打发走，就以大小姐的身份给账房施压。群龙无首之下，账房倒是想听她的，却也为难。等她知道他们为难之处，第一个来找的，就是夏苏。

　　禾心说四小姐在睡觉。

　　刘莉儿只以为搪塞她，直接冲进寝屋，才发现禾心没撒谎："哟，这算睡得哪门子觉？起了，起了，天塌了！"

　　夏苏其实早被刘莉儿吵醒："我以为大姐不会再找我。"

　　刘莉儿把夏苏拉起来，亲自动手给这位看似迷瞪的妹妹穿衣服，连拉带拽来到府中金库。刘莉儿立刻发现，让她惊讶的场景，夏苏居然一点都不惊讶。

　　"你早就知道？"刘莉儿愕然。

　　夏苏看着那些空空如也的银箱，目测也就几千两白银剩余。对一般人家而言，这是天数；对刘府而言，只供得一个月开销。是的，她知道，这个家里的金山已被挖尽，所以刘彻言才不敢对爹痛下杀手，才不遗余力找她回来，才干起杀人越货的勾当。

　　"刘苏儿，别给我装高深，还不快说到底怎么回事！是不是刘彻言把咱家的钱放进自己兜里去了？"刘莉儿虽凶悍，本质上却是个被宠坏的千金小姐，野心富余，洞察力不足。

　　"他没那个胆。"其实，她爹也好，刘彻言也好，都是小鬼。

　　"什么意思？"刘莉儿不开窍。

　　大鬼在宫里，血盆大口，贪婪无比。

　　"是啊，四妹什么意思？"数日不露面的刘彻言真会听风声，女人们吵着要分家这种八姑七婆的事不出现，金库露了底，他立马到。

　　到这时候，夏苏也不想隐瞒，而且刘莉儿虽不帮她，作为见证，还是不错的人选："兄长赚的银子都进了刘公公的口袋。"

　　刘莉儿合不上嘴，半响怒道："刘彻言你个吃里爬外的东西！"

　　刘彻言突然大笑："这会儿才当我是这个家的人？没有我吃里爬外，你们还能嫁到金窝窝里去？"顿然收了笑，阴飕飕盯住夏苏，"还有吴其晗那样的男子跟你求亲？"

　　"放你的狗臭屁！你把我刘家的财产搬空了，还要我们感谢你不成？"刘莉儿没听懂，只有一股大火。

"我想兄长是说，没有他拿银子讨好刘公公，维持刘府皇商的名头，这个家早不复风光，我们也不可能嫁得有钱有势的夫君。"夏苏却明白得很。

"苏儿果真聪慧不凡，难怪养父后来抱憾你不是男儿身，说若是由你掌家，不知比我能干多少。"刘彻言睬了睬眼，"只不过我想知道，面对我大伯填都填不满的胃口，又拿捏着刘家皇商的特权，除了喂银子，你还有更好的主意？"

夏苏难得答得很利落："不做皇商就是了。爹经营多盘营生，皇商虽为主营，如果入不敷出，不如舍了，将别盘做大。"

刘彻言哑然。

刘莉儿眼神复杂，望着夏苏。"不过，兄长到底是刘公公亲侄，不会如此想罢了。"刘莉儿说得并不错，刘彻言确实吃里爬外，就算有不情愿，也是因他不把自己当成这个刘家人的缘故。

"刘莉儿，你给我滚！"刘彻言双手握拳，眼底阴云迅速聚拢，是要实施暴虐的前兆。

这样的刘彻言，刘莉儿也怕，平时必定拔腿就跑。只是这回，她犹豫了，看看夏苏，用力咬白了唇。

"大姐自管去。"夏苏的神情很淡，声音很柔。

不知怎么，刘莉儿自以为够狠的心，十分酸楚。她从前怎么欺负这个妹妹的，都记得一清二楚，然而这时，她居然期望四妹能够挽救刘家破败的命运，哪怕需要将清白奉给恶鬼。她自觉不齿，又无可奈何，最终决心自私下去，掉头走了。

"四妹值得吗，为这种家人挽救这种家？"刘彻言步步上前。

夏苏不退，反而有点诧异："谁要救这个家？"

刘彻言以为她嘴硬，伸手抚上她的雪颈，那份细腻感令他烦躁的心顿然一荡："那你为何乖乖回来？"他不傻，稍过一些时日，就觉她这回太乖了，不吵，不闹，不反抗，从前那些激烈的行为，全然不见。

她或许想让他防心松懈？

"苏儿，"他转身将她拉进怀里，心贴背，凑在她耳畔，亲昵嗅香，把玩她的耳坠还不够，陡然伸入她的肩衣，再无一层隔阂，还欲往她心口放肆，"这回，我下地狱，你也得跟我一起下。"

"到此为止。"夏苏脚下一动，刘彻言怀中已空。她或许飞不高，却不可能坐以待毙。

刘彻言完全没看清她如何脱离自己掌控的，当下满面阴郁："看来非要我用强，苏儿方会就范。你莫非认为嫁得成吴家公子？即便人人道才子佳人，也要由我这个兄长点头，而我说了，这回死也要死在一起。"

夏苏实在听不下去："我只是告诉你，你想找爹藏起的东西，就不要对我轻举妄动。清白、名节、怎么死法，身为刘家女儿，你觉得我真会在乎？"

刘彻言越发看不清夏苏，但他不及想，就被她第一句话震到，以至于轻佻不下去："你如何知道？"

"刘家富极时，出入都自带明灯，何须点他家的蜡？刘家富极时，姨娘们悄悄卖了首饰古董就好，何须要向账房讨路费？刘家富极时，厨房山珍海味，便是过夜的包子，也用最好的白面。"在银两支不大开的赵府生活，夏苏培养出了这点眼风，"伴君如伴虎，你大伯父精明，将你放进我家，正是想要霸占我爹积攒的巨大财富，未雨绸缪。"

"巨大财富？巨大财富？"刘彻言连声反问，忽然仰面大笑，又忽然直视夏苏的眼，"你说得都对！那你告诉我，你爹把这笔巨大财富藏哪儿了？"

夏苏有些捉摸不定他的反应，但答："我怎么知道？"

"你怎么可能不知道？你爹那只老狐狸，就算不告诉你，也一定借你的手藏了。"刘彻言神情竟显得恳切真挚起来，"你不也恨你爹吗？他虽手把手教你画画，其实完全是利用你帮他赚更多的银子罢了。他就像这个家的皇帝，一切都归他所有，就算是子女，也不能有半点分他财产的意图。你有多少未出世的兄弟被他扼杀，还有你三个姐姐，草草嫁了出去，皆因他感觉到威胁。所以，即便是他最宠的女儿，也配给人渣。他的话，何曾可信？苏儿，你聪明，只要你仔细想，定找得出其中秘密。这笔财富到手，你我远走高飞，刘公公也好，这个家的人也好，皆可抛却，谁也不能阻挠我们。苏儿，我待你万分真心！"

他待她，万分真心？夏苏想笑，却笑不出来。

刘彻言有句话没说错。她爹老狐狸，话不可信。那么，爹给她葛巾的暗示，究竟是什么意图呢？

唉，要是赵青河在就好了，他才真聪明，弯弯绕绕，经过他的脑子，都捋得笔直，一眼就可以看到头。

长日过去，终于入夜，惯于夜间活动的夏苏，却已觉得心累。

家里来了贵客，刘彻言只好放过她，但以三日为限，让她说出爹的藏富之地。要是说不出来，他就跟她行夫妻之实，一辈子扣压着她，死活纠缠到底。显然，他对于她不在乎清白那样的话全不上心，仍以为这是最有效的要挟。

在乎不在乎，她都想彻底解决这个人。夏苏反复思量葛巾这条线索，最终决定再去看一回爹。只是这回，将多年练起的防备心层层包裹，不打算把那位当风烛残年的可怜老人。

到了爹的院子里，却无人。小厮们不在，那位颇有主意的徐管事也不在，阴影里不藏着鬼祟。不过，清静了，反而不是常态，夏苏的步子就成了龟步，身形就成了鼠形，蹭半天才踩进里屋去。

外面有些古怪，里面却一切如常。面色枯槁的爹坐在床上，靠着高叠的被子，歪头侧脸，昏昏沉沉的模样。旁边矮几上放着一碗药，还冒热气，药香扑鼻。她作画的桌案那儿，放下了千里江山的纱帘。大概窗开着，风吹帘动，时不时有轻微的拍打声。

她细细听过，确认没有他人声息，才走到父亲床前。

"爹，"她唤道，"不用装了，除了你和我，这里没有别人。"

刘玮的眼皮子动了动。

"为何是葛巾？"她不是玩得了心眼的人。

刘玮睁开眼睛，那双能从水墨色彩中分辨出真伪的眼瞳，此时失去了光泽，张口傻乐，流涎邋遢的样子再真不过，很难让人怀疑他是装疯卖傻。他不说话，直愣愣盯着夏苏，好一会儿却又无所谓地瞥开去，嘴里咕哝了一句。

夏苏没听懂他说什么，往前靠近一步，正想弯身，突然听得一声长叹："妹妹如此行夜怎么得了？再宽的夜路，只要自觉身处险境，就该如履薄冰，不可掉以轻心。我若是你，一，不会靠近神志不清之人；二，必探纱帘之后，看清楚有没有人；三，原本一直有人防守的院子，突然没人了，所以绝对进都不会进来。"

纱帘后，陡然亮起明光，一道影子现出，竟笼罩了大半江山图。

人未出，气势却如虹。

夏苏幽冷的双眼顿然一热，这个人的影、形、音、气，皆刻入她的骨，与夜相融，为夜添彩，只要她一息尚存，就不可能错过。

"……"心潮澎湃，不会撒娇，却成了嗔怪，"你居然闭息？"

"这时候，妹妹需要和我讨论人外有人天外有天吗？唉——"强大的气势，为心爱的姑娘频频缩水，"亏得哥哥日思夜想，又自我安慰，想你跟我学了不少，应该能够自保，谁知一见面，你这拖泥带水，不瞻前不顾后，还自以为防备有佳的小聪明，一点点也没改……"

江山拍浪风乱卷，青河磅礴夏炽烈。

赵青河低头望着紧抱自己的姑娘，嘴边的话暂时咽了下去，回抱住她，渐渐收紧双臂，不自禁亲吻她的发。待她仰面来瞧，他正好接收了小巧的莲唇，回以前所未有的狂潮，放肆自己，任她惊，任她躲，任她喘息，任她推拒，他寸步不让，直到心头堆满了蜜甜，方才重新抱紧她。

遥望，远想，魂牵梦萦，怎能解开思念的咒？

两人纵然个性不热，内心孤僻，因家人饱受痛楚，一旦有了心爱，却也与天下有情人没两样，想抱，想亲，想相拥不分，守到天荒地老。

早就动心，却挣扎；早就爱上，却不安。直至分离，才知相思噬骨，万般痛苦中滋养浓情。待到再相会，心意契合，别无扭捏，心动情动，热烈迸发就是。

这一抱，这一吻，将之前所有模糊不清的暧昧落实，真正情定。

夏苏不知亲个嘴还能这般放肆，感觉就像要被他吞进肚里，心里居然死都甘愿，不想放手。唇，火辣辣；身，紧绷绷；心，跳蜜蜜。发麻的手让他按贴在胸膛，听他心跳如擂鼓密集，红脸才稍稍褪浅。

"瞧你中气十足，想来毒拔干净了，脑袋也没闭窍。"这么说话，真好。

赵青河闻言,将夏苏推直了端详,一手拎起她腕上的锁链,撇撇嘴:"我知道妹妹最怕哥哥变回笨蛋,不过,在我看来,妹妹所作所为也不见得聪明,好好的日子不过,偏要回来当囚犯。手脚皆铐,怎么不干脆打个鸟笼子?"

夏苏道:"崔九也这么说。"

赵青河败给她了:"那是因为旁观者都知道替你不值,你还安之若素。"突然眼一明,"你这样也能跑。"

从刘玮的床头,到这张桌前,足有三丈远,然而他眨眼之间,她已抱住他。

"自然。"小步大步没差别,上房揭瓦也不难。链子,既然能让刘彻言松懈,夏苏就戴着。

赵青河拉拉她的发尾:"怪不得你胆子恁大,敢送上门去。"

"我胆子小,不过……"夏苏"谦虚"。

赵青河笑道:"你胆小,不过仗我先行,现在我来了,麻烦你让个位吧。"

夏苏这才正经了神色:"赵青河,刘彻言在找我爹藏起的财产,刘府已是空壳子了。"

"早知道了。"赵青河眼中自信,"你可知,你那位养兄杀了岑雪敏,吞下她最后一笔黑心钱。岑雪敏自视甚高,所有计划都有后招,却没想到输给了命,下场凄惨。"

"不是命。"夏苏并不惊讶。

赵青河眯了眼:"哦,莫非还是人算?"

"应是涵画馆的方掌柜泄密给刘彻言,刘彻言才能找出岑雪敏的藏身处,也是藏财处,将其劫杀。"一切有因有果,皆不偶然。

"你如何得知?"总觉得这姑娘瞒了什么,看来自己直觉不错。

夏苏有点心虚,看赵青河一眼就笑了,风水轮流转,也有她讨好的时候:"在西湖吃面那晚,我不是夜潜涵画馆?瞧见方掌柜写了一封信,抬头是'宇美'二字。宇美,是刘彻言的旧字,他从不提,我小时候却偶见过一回,在他家乡的来信上。"

赵青河立刻联想到了一起:"方掌柜是刘彻言的亲生父亲。"

夏苏点头："应该不会错，而且，离开苏州前的那日深夜，刘彻言收到消息后就带着一群武师下船，回来时我偷偷瞧过，亲见胡子贼船上的几只大箱子让他们搬上来，箱子上还有血迹。我就猜岑雪敏可能出事了。"

赵青河爱极夏苏的敏捷思维，关键时刻有惊喜，令他有如虎添翼之感："刘彻言如何处理箱子的？"

夏苏还真答得上来："那些箱子都是隔水防蛀箱，珍木定制，放置古董字画最好不过。箱子到府就进库，但今日大姐拉我去看库房，那些箱子已经不见了。我要是刘彻言，一面想着从刘府多捞金银，一面又要贡献给刘公公，是不会再换箱子的。"

赵青河再同意不过："很可能直接送给刘公公了，这样就好。"

岑雪敏虽死，还有两个帮手活着，为了减罪，巴不得作证。

"妹妹原本如何打算？"

"刘彻言怀疑我爹偷藏了大笔钱财，以我爹的精明，是极有可能的。而且，刘家富可敌国也并非夸大，自我有记忆起，家里穷奢极侈，金银已是俗物，更曾见库里堆满珍宝，每一件都价值不菲，绝非今日模样。而我爹从不相信任何人，与刘彻言斗了十年，无奈刘公公的势力，藏宝很是合情合理。"纱帘那头，父亲的影子虚弱无形，夏苏沉默片刻，"而最让我奇怪的就是《溪山先生说墨笈》。"

赵青河剑眉一挑："你说过，说墨笈上多数画都是假的，江南卷更是出自你手。"

夏苏笑得轻柔："溪山先生是我爹杜撰出来的人物，无人见过他的真面目，因为这个人根本不存在。我爹不仅是识画高手，也是造假高手，不然也不会有我这样的女儿了。他托溪山之名在画上留下鉴诗，不料让溪山声名大噪，他干脆造假到底，暗地购置一所宅院作为溪山居所，他神秘出入，再让仆从散播消息，凡要鉴画的人只管上门，画留下，数日取，他只留评留鉴。如此，溪山先生由虚化实。"

"你爹也算得上传奇。"高招。

夏苏可不这么认为："起初或许是无心插柳柳成荫，但就在刘公公要刘彻言接管矿山、我爹不得不双手奉上之后没多久，他开始筹备《溪山先生说墨笈》。说墨笈面世三年，不仅受到书画艺界的推崇，连先帝都爱不释手，向民间征找说墨笈中的古画。如今的皇上，虽不曾召见过我爹，却受先帝影响，也将那些画当成沧海遗珠，崇敬神龙见首不见尾的溪山先生，尊他为一代鉴赏大师。"

刘玮的造假，到此达到最高境界。

"当《溪山先生说墨笈》几乎成为收藏家们必备的书册时，我爹才让我将里面的小画临摹出来。"夏苏又道。

赵青河倒是没想到："也就是说，书先出，后成画。如此看来，不论利益，你爹对你的才能是确实肯定的，所以要等你长大，笔力成器。"

夏苏头回听到这种说法，微微一怔，半晌后又继续道："我爹平素就十分严厉，对于说墨笈上的仿画制作，简直吹毛求疵。每幅画，我至少画了百遍有余，整整两年工夫才全部完成。在之后的一年里，我被刘彻言约嫁给他大伯，我爹已无实权，整日在外流连，期间更是昏于花楼，让人抬回家来，身子就大不如前了。"

"你作的那些画呢？"真是因果循回，成王败寇。

夏苏摇摇头："我每作成一幅，不管好坏，爹就会拿走，过不久便当着我面烧掉。我那会儿以为他全烧光了，如今想来，只是他让我这么认为而已。我爹的防心，比我大得多。"

赵青河也同意："你爹很可能留了一手。"且思考更深一层，"刘彻言是接掌刘家全盘营生的人，少了一大笔财产，他肯定有所察觉。方掌柜是刘彻言亲爹，他带着江南卷八幅画想跑，就不是贪财那么简单。"

"我也这么想。画是我画的，刘彻言一日找不出答案，一日不会放过我。我回来，帮他……"话，不可说太满。

赵青河却有点好笑："妹妹心肠真好，帮他？哈哈，换作是我，可不敢受用。"

"他要财，我要自在，各取所需，和心肠好不好无关。"夏苏不以为然，自觉心诚就好，"我与刘彻言一样，都觉得秘密在江南八画上，因我爹最推崇南宋山水。但是，"夏苏蹙眉，"我爹以葛巾为暗示，让我一时难以决断。你来得正好，帮我想想，到底该不该信？"

"葛巾？牡丹吗？"赵青河问道。

"不错。前几日作画时爹突然塞给我一条葛色巾带，言辞之中提到牡丹，我才读为葛巾。爹一直教我作山水画，从不教花鸟，只挑选一些样画让我自己揣摩，葛巾就是其中一幅，并无特别之处。所以，我不明白爹的意思，反怕他利用我，耍什么同归于尽的诡计。他和刘彻言一块儿死不要紧，我却不愿陪上自己性命。"

"这态度好。"赵青河也算放下一半的心，掀起纱帘走出去，抱臂与神色茫然的刘玮对视，"你爹装傻？"

"听说神志不清，也难保一时清醒。"如果是这样，倒还好。

赵青河真瞧不出所以然，尝试引刘玮开口："刘老爷，此时只有女儿女婿，大可说真话。"

情定是一回事，名分又是另一回事，夏苏面皮厚不过赵青河："胡说八道。"

赵青河咧开嘴，冲夏苏抛出颗颗桃心："我却觉得正是良辰吉时，高堂在上，书画为媒，拜了天地就成真真正正的夫妻，谁再打你我的主意，都是歪不成理。"

夏苏以为他不过闹着玩的，岂料让他一把拉着跪到床前，方才意识到他说真的。

"赵青河！"她轻喝。

赵青河却从没如此正经，眼底锋芒定决心："夏苏，我赵青河今生今世只想与你相爱相守，无论江南昼或夜，永远携手同行。你，可愿为我妻？"

这番话，不是唱礼，像誓言。夏苏只觉千万斤重，心头沉甸甸，却美若醇酒，芳香四溢，甜愉到要流泪。

她想说，他还没找出她许干娘的婚约信物，这么拜堂，根本说不过去。然而，她一出口却是："我愿意。"

说罢，她立刻拭去尚在眼眶里打转的泪。因为她不想这么开心的时候哭，哪怕是喜极而泣，也不想。

夏苏笑了。她本就美，开心的模样更是明媚可人。

赵青河目光灼灼，摊开紧握的手。宽大的掌心之上，静躺一对毫不花哨的金指环。

"你有一双识宝的好眼，我想了很久，简单易戴，纯贵，就最好了。"

夏苏听到纯贵二字，扑哧笑了："你还能拿出多贵的东西？"他那点家底，是她帮兜着的。

"别小看，这金子我特意找人专门炼的，足足赤金——不对啊，妹妹，你知道心意无价吗？"赵青河说着，自己也笑了。

给夏苏戴上指环，又给他自己戴了，再拉夏苏起身，张开猿臂抱住她。大咧咧的动作，用力却十分小心，怕抱坏了，那么温柔。

随后才想起岳父来，放开夏苏，垂望病榻："小婿我出身不高，有爹等于没爹，由娘艰辛带大，暂时身无恒产，还要靠苏娘的手艺过活，除了一颗真心，没什么拿得出手。岳父您老人家要是反对，赶紧说出来，不然这婚可就真成了。"

刘玮眼神涣散，喉头滚动，一个音也出不来。

由此，情定，婚也成。

第五十一章　步步围局

赵青河直眼望了片刻，转头对夏苏道："你爹应该不是装傻，否则我都说成这样了，他怎会同意这桩婚事？"

夏苏听了，伸手去掐赵青河手臂，感觉却像是石头一大块，咬牙切齿也掐不动，只能打嘴仗："敢情你是试探我爹真傻假傻，逗着玩呢。"

赵青河的口才可不输她："妹妹嫌这喜堂简陋，想反悔却也不及，夫妻名分既定，就差洞房。"见夏苏凝脂般的玉颊染了鲜艳桃红，他自然也生绮思，不过仍要分一分轻重，干咳一声，"妹妹想要热闹风光，等我们回了苏州，再补办婚礼就是。"

夏苏一抬眼，望进赵青河灼目之中，刹那知晓他心渴。这份灼意，她并不陌生，刘府里常见。可是，同等热切的目光，由不同的心引领，便有了不同的价值。

她避开眼，讷讷言："倒不是……"

赵青河笑道："跟妹妹说实话吧，我瞧你爹这样，真不知能撑多久，万一突然……与世长辞，你要给他守孝，少则一年，多则三年，怎么得了。"

夏苏没好气："你这是实话吗？好了，你不可能没事来串门，有事快说。皇上这回彻查的大宦官，刘公公虽不属他手下，贪赃枉法的事也没少干，人人替刘公公觉得危机重重，府里姨娘们才闹着分钱走人。但她们不知道，夜深人静时，刘彻言把值钱的宝贝一箱箱往外搬，可他一点儿都不高兴。"夜，还是她的天空。

"是给刘公公跑腿。可怜，以为跳到米屯里，到头来不过一头耕牛，帮人干活帮人收割。"夜也是他的天空，"刘府的营生都在明面上，经过这些年，很难瞒过刘公公的耳目，要多少就得给多少。只有你爹藏起来的那一笔，可以尽归刘彻言自己。"

"刘公公真会倒台？"夏苏挺想看到这种结果。

赵青河沉吟："别说，这位公公比皇上正在查办的那位聪明多了，明里不出错漏。原先他在先帝跟前算得忠心耿耿，后来跟了皇太后，再派作内务大总管，掌管宫廷采买和制定岁贡，权倾朝野。你家被他掏空了，我们也明知他一定贪了巨资，偏偏查不出来。没有证据，就不能动他，他定然也是仗着这点，最后再搜刮一回。估摸等这回风波稍微平静，他就会提出告老，到时便动不得他了。"

夏苏慢慢咀嚼着这段话。

赵青河也不催，等她消化掉。

"抓住刘彻言就可以了。"片刻后，夏苏说道。

"对，抓住刘彻言就可以了。"赵青河笑瞧着夏苏，喜欢把她往自己那条路上领，希冀达到夫唱妇随的境地，"怎么抓？他做生意守法，纳税及时，接掌刘家家业之后十分勤勉，即便刘家败了，也可说成他经营不善，挥霍无度，却告不了他的罪。刘公公要告老，自然不会留人话柄，刘彻言也必须离开。这会儿两人在前园商量的大概也是这件事，不出几日就会有所动作。刘彻言若顺利离京，刘公公笃定能逃脱一切罪责。"让刘彻言不能忽略的贵客，非刘公公莫属。

"刘彻言杀人劫财，就是死罪。"夏苏那对宝石眼瞳冷冷敛起。

"又对。"赵青河实在钦慕极了这姑娘，总有心有灵犀一点通的妙感，"妹妹可信我？"

夏苏毫不犹豫，声音亦无畏："说吧，我该如何做？"

赵青河牵了夏苏的手，还不忘同痴呆呆的刘玮打招呼："岳父早些休息，待小婿办完了事，再来探望。"

两人走出屋去，一切恢复静谧，只是药碗已空，纱帘复卷，风惊不动。

刘府前园花厅。

便装潜出宫的刘公公丝毫不觉自己行踪暴露，珍酒佳肴，美人美舞之后，才交代刘彻言后日就离开京城。

刘彻言虽有准备，仍然诧异："这么快？"

刘公公答非所问："怎不叫四姑娘出来一舞？与她相比，天下舞姬皆平平，我迄今记忆犹新，那段月下醉舞，万物失色，光华夺心魂，愿折我寿，求得驾云同去。"

刘彻言答得小心："四妹久病，舞技早已生疏，大伯要看，等我让她重新修习一段时日，再献给您。"

"只怕到时成了你的内眷，你舍不得献出来了。"刘公公呵呵笑，却不让人觉得好笑。

刘彻言心惊胆战："侄儿不敢。"难道大伯还惦记着苏儿？如今即将告老隐退，之前退婚要不作数吗？

"你若真不敢，就不会用这么幼稚的谎言搪塞我。久病？哼！分明是她逃婚出户，你才把她捉回来。"刘公公阴阳怪气女人腔，"我不过懒得同小东西计较，又看在你兢兢业业，就当赏了你，睁一眼闭一眼罢了。"

刘彻言忙跪下："大伯，我……"

"起吧，不要为一个女人坏了大事。姓高的这回拿内官开刀，绝不会就此满足。他与皇后联手，而皇后身边的大公公常德是我对头，下一个必定对付我。只有你离开，他们就抓不住我任何把柄。"

刘彻言起身，坐于刘公公下首："侄儿明白，只是刘府杂务甚多，突然离京也引人起疑。不过，如今谣言纷纷，倒可借避暑的由头出城，但不好显得仓促，悠哉整理行装，约莫需个四五日。这一避，就是三两月，到那时，大伯也已离京，我再慢慢收了京城的营生。众所周知，刘家做得是宫廷采买，大伯告老，采买权收回，迁居别地也属常理。"

刘公公想了想："你说得不错，就这么办吧，先避暑出城。"

刘彻言应是，小心陪着，送刘公公出了小门。但他一转身，小心翼翼的神情就不见了，倨傲又阴狠，对戚明道："你那边可有进展？"

戚明谨首不抬："暂无。"

"又是暂无！饭桶！一群饭桶！"刘彻言压抑着怒气，"那八幅画到他们手上已有月余，个个夸得自己天上有地下无，竟解不出其中半点奥秘。"

"或许……"戚明权衡之下还是说了出来,"或许秘密不在其中?"

刘彻言不怒反笑,寒意森森:"你何曾见过刘玮做无用功?他在《溪山先生说墨笈》上下的功夫远远超过其他事,经年累月,将里头的画捧成瑰宝,而江南卷八幅画皆出自苏儿之手,耗时两年,对每一处细节都苛刻到极致,为何?"

"话虽不错,既是秘图,为何又要捧得人尽皆知,让人人争破了头?难道不该放在自己手里,才能保证钱财不失?"戚明问。

"刘玮最聪明之处在于,他不仅可以借这些假东西牟取暴利,也用了最安全的障眼法,以宝藏宝,放在你眼前都瞧不见。这只老狐狸,要不是贪杯好色,越老越糊涂,成就何止于此?"人最大的敌人就是自己,"看来,要解密就非苏儿不可了。"

戚明颇实在:"不过,老爷未必会告诉四小姐。"

"不是未必,而是一定不会告诉苏儿。"无论如何,刘彻言同养父生活了十多年,深知刘玮狭隘私心,"然,苏儿由刘玮亲手教出,画思显心思,不知刘玮的心思,又如何能画到令他满意。她如今还想不到说墨笈,否则只要她肯用心,必能解得出来。"

"大公子说得是,只是五日内就要离开刘府,您打算何时请四小姐帮忙呢?"戚明待刘苏儿不恶,至少在听命主子之余。

"帮忙?"刘彻言往幽暗的内宅走去,"她宁可帮一个贱丫头,也绝不会帮我,可只要她不够狠心,就逃不出我的手掌。你去,把那群没用的家伙打发掉,再把禾心那丫头捆了。原本我给苏儿三日,如今却由不得她任性,只好再当一回坏兄长。"

戚明应了,潜入夜色。

刘府某处屋顶上,云靴点瓦,无声速进,青燕振翅,很快飞离这座广深的宅邸,落入密集城区,准确钻进自家的马车之中。不待喘气,却见不速之客,比他这个主人还安然,居然侧卧着闭目养神。

赵青河喊声大驴,驴脑袋一来,就连连赏他毛栗子:"吴二爷何等身份,你也好意思请他进咱们的破车?"

大驴很冤:"吴二爷何等身份,他要进咱们的破车,我敢不让他进?"

"二位打住，这破车好像还是我家的。"吴其晗紧接着哈哈一笑，"有妙主，就有妙仆。赵三郎，你这是强将手下无弱兵，厉害啊。"

"怎么也比不得兴哥儿机灵，二爷要是不信，咱们换一换。"赵青河盘膝坐直，似笑非笑，"二爷为何而来？"

"不是你请我来的吗？"吴其晗也坐了起来，等得太久才放轻松，"吴某自十五岁起独立行商，就不曾照他人所言按部就班，只有赵三郎敢支派我，何时何地出现，连说什么话都要照搬。我如此合作，赵三郎不觉得自己也该拿出点诚意来？"

丹青轩遇夏苏，对刘彻言说那番话，均出自赵青河的授意，并非碰巧。

赵青河要从苏州出发的那日，吴其晗来拜访，得知夏苏入京就觉蹊跷。他也聪明，提到京城里父兄当着官，他也要去看一看墨古斋分号，问赵青河愿否同往，还可居于他的别院，不大，胜在清幽。

赵青河没犹豫，直接点头道好。他纵然觉得救一个人很容易，一劳永逸却不简单。夏苏想彻底解决她的事，他怎能图省力？把握既然只有七八分，就需要借他人之力。显然，吴其晗是最好的人选。

"二爷这话说得不对，我若不拿诚意，这会儿也不会住你的宅子借你的马车，更请二爷帮忙混淆视听，声东击西了。等顺利接出苏娘来，让她为二爷白作几幅画，权当谢礼，可好？"赵青河抱拳。

"听起来，我这辈子只有当你家客人的份了。"吴其晗抬眉，却一点不恼。

"二爷又生分，怎会只是客人？二爷不嫌弃，青河高攀你，从此就是好兄弟一家亲。至于苏娘，你当她妹子也罢，弟妹也罢，"眼中湛明，不掺虚情假意，"青河不敢瞒骗二爷，就在刚才，我与苏娘在刘老爷床前拜过天地，算是成婚了。"

吴其晗垂目，半晌抬起："输给你，倒也不丢人，不过若近水楼台的那个人是我，输的人就是你了。"

意料之中，不吃惊，但心里百般不是滋味，泛上苦涩酸楚。不过，看那些为情痛苦、不修边幅、夜夜买醉的风流之士，自己虽输了，似乎也不算痛苦。此时的吴其晗尚不知，情思剪不断理还乱，后劲十足，后遗症难愈，自我纠结绵绵无期。

吴其晗表现得大方，赵青河居然还不肯承让："那可未必，若两人心不契合，住得近也只是有缘无分。"

吴其晗的语气终泄三分气："记得赵三郎在我画船上时十分谦逊，如今身份显贵，分寸不让，咄咄逼人，哪里真当我是好兄弟呢？"

赵青河一笑："并非我咄咄逼人，只不过苏娘是我认定一生之伴，即便她远至天边，我也会将她找出来，并非就近才喜欢的缘故，而是唯一。有朝一日，二爷找到那样的一个人，自会明白我今日小肚鸡肠。"

吴其晗敛眸定瞧了赵青河片刻，也笑道："罢了，君子成人之美，我还记住你这话，等我小肚鸡肠的那日。"

赵青河正经神色："二爷特意找来，是张大人那儿有了消息？"

吴其晗言语之间似一直想拉开和赵青河的距离，其实却很难不欣赏这个人。赵青河有本事，在江南就领教了，绝非能武不能文的莽汉子，心细如发，有不放过蛛丝马迹的锐利，一出击就命中要害，是难得的好对手。再看今日张大人来函称赵侄，他方知，这个长相酷傲、话锋犀利的北男还长袖善舞，滑溜如鳅，竟能和张江陵叔侄相称。

张江陵是谁？

大名鼎鼎。前宰相的右手，今宰相的左手，党争之中稳坐江心浪尖，看两位相爷的人互相撕咬互相掐架，这位却是该干吗干吗。他能和皇帝谈心，受皇太后信任，二相怎能不看重，因为是真正的实力派，差事干得一级棒，谏言从来代表自己。这等对事不对人的态度，令其超然于党争之外，声名响亮，公认的贤臣，无数自发的追随者，不需要刻意拉拢。

而这样的人，称赵青河为侄，非亲非故，自然很不简单。

赵青河本来就不简单，早在不系园上就结交了张江陵，还从张江陵那里知道了鬼山王夫妇的事，因为张江陵正是设计捉拿鬼山王的人。

"张大人请你速去他府上。"帖上写的是吴其晗的名，就如同他去丹青轩与刘彻言照面，皆为藏住赵青河的行迹。

"正巧，我也要拜见大人。"赵青河点头，下一句却终让吴其晗感受到了诚意，"二爷随我同去如何？张大人对你相当好奇，说吴家还能出不爱读书的儿子，必有过人之处。"

赵青河说得如此巧妙，即便名贵如吴其晗，也无法抵挡这诱惑，欣然应允。

刘彻言走入夏苏的园子。

花台嵌在小小园子的一角，曾经种过奇花异草，如今肆长一大丛无名野花，生机盎然。青苔沿潮湿的台边铺下，爬过阴暗褪红的砖地，遇光干缩，只留淡淡青影。

他还记得，那个叫紫姬的女人，在他流连到这里时，总会给饥饿的自己一块糕点、一碗热饭、一只香喷喷的肉包子，以至于他后来会故意跑进来，说是说找四妹玩耍。

紫姬死后，偌大的刘府，他再无别处可获得同情，却突然发现有人代替他成了出气的倒霉鬼，就是刘苏儿。她被大夫人和姨娘们呼来唤去，被姐妹们欺负嘲笑，一顿饥一顿饱，连下人们都不遗余力踩扁她。

因为倒霉鬼刘苏儿，刘彻言发现，除了养爹，少了很多双盯着自己的恶毒眼睛。这让他可以吃得饱，专心对付爹之外，还能借着践踏小可怜的共同爱好，引起女人们的好感，由此走上一条康庄大道，再不复以往。

女人心，好操纵，尤其他越长越俊，轻易解读那些关在宅院里的荡漾情思，一经控制，刘玮的言行举止皆在他掌握，防范不再艰难，进攻只需等待时机。

都以为刘公公为他挡风遮雨，却是师傅领进门，修行在个人。大伯也在观望，看他够不够强大，一旦认定是朽木，立刻可以抛弃。他那个刘家虽贫苦，堂兄弟却有一大堆，随时有人愿意顶他进来当大少爷。他在刘府站定脚跟后，大伯才向刘玮施压，却也是借他搭着顺风，要由他先开出路来，再将九成的把握加到十成。

起先，他同情过苏儿。他并非天生冷血，对于苏儿娘亲的恩情，心底感激，也有过报恩之念。然而他很快切身体会到，弱者同情弱者，只能相互陪葬。如此心路走下来，他成为刘府无情的大公子，无法向任何人示弱，而苏儿恨他入骨。

进了堂屋，不见人影，他的心头猛跳，加快步伐，几乎怒掀门帘，却在见到纤美身影的瞬间，狂躁平息。

她还在！

"难得见苏儿梳妆。"他可以倾心爱她，只要她帮他完成在刘府的最后一件事，这样的心情，令刘彻言的声音充满愉快，"兄长虽不似苏儿擅画，画眉却是妙手，待我为你添美。"

长步当风，衣摆轻快。

"只怕要让兄长扫兴，我不曾修过眉。"她不知刘彻言的心境，哪怕同样记得小时候的一些事，这么多年过去，却已无波无痕。

银镜比铜镜照影清晰，刘彻言看着镜中的女子，视线慢慢扫过她一对天然美好的眉，"苏儿的眉要淡些，普通眉笔太深，确实会画蛇添足，等我买了淡色来，再画也罢。"

夏苏正想松口气，不料刘彻言与她挤在一张凳上坐，还不容她闪，拽住了那根半长不短的手链。他语气分外亲昵："苏儿虽不像紫姨那么明美，却十分耐看，让人越瞧越爱。"

夏苏眸色清澄，无话可说。

刘彻言习惯她的沉默，自说自话也高兴："我伯父前两日问起过你，说你当年一支醉酒飞天舞，天下无人可比。伯父却不知，苏儿的舞技能如此精湛，还多亏了我。我早说过，女儿家画画不但无用，还是累赘，不获男子青睐，反而是超然的舞技讨巧，醉人迷心。要不是我亲自督促小妹，请名师指点，她怎能让大盐商相中当了续弦。那位老爷年纪一大把，还巴着喊我大舅子。小妹不如苏儿有天赋，也算手脚灵巧，今后定比你三个姐姐好命。"

她自不会忘，他如何强迫她喝酒，日复一日染上酒瘾，不得不练媚舞换取酒喝。刘公公五十大寿那日，她身穿轻薄舞衣，手绘彩蝶，被打扮成妖娆的模样，最后也是灌足了酒，才会上场献舞。刘彻言说她天生舞骨媚姿，不经意就能吸引男子的心神。她逃出后就练成动作龟慢，鼠胆呆颜，尽量不把脸抬平。

至于小妹刘茉儿，大概是刘家五千金中最放得开也最会看眼色的一个，早早选了刘彻言当靠山，撒娇的本事很大，确实也得了最多好处。

这会儿听刘彻言把黑说成白，夏苏也懒得反驳，只道："你还是自重些好，若仍想我帮你解密。"

刘彻言眯起眼，笑道："只怕苏儿以此为借口，不让我亲近而已。"

"是不想让你亲近。"夏苏坦言，"不在意，也不代表不厌恶。"

刘彻言的脸色顿然青郁："刘苏儿，你可不要惹怒了我。"

"我不敢，只问你要钱还是要色。"这种话，换到从前，打死她也说不出来。

刘彻言虽讶异，终究还是钱财更诱人，立起身，退开两步："这样苏儿可满意？"

夏苏开始梳发，慢条斯理："我和兄长做个交易吧。我帮你，你放我，从此山水不相逢，各走各路。"

刘彻言淡哼一声："苏儿，我允你任性，但我俩这辈子死也要死一块儿了。"

夏苏不相让："既然我怎么做下场都一样，那我帮你有何好处？"

刘彻言被噎了一下："有我……"

夏苏没法听他说完："鱼与熊掌不可兼得，你还是再选一选吧。"

刘彻言目光寒冽："刘苏儿，你摆脱不了我！"

是吗？夏苏轻柔的音色偏冷："你是爹正式认养之子，你我兄妹名分不同结义兄妹，与血亲等同。你娶我，礼法不容，除非你想老死深山，再不出世。"

刘彻言似乎性情冷淡，其实却爱极俗世闹城，追享极致的物质生活。这一点，像足刘府里的每个主子，更像足刘玮，穷奢极侈，还嫌不够多不够好。

"礼法不容的是名分。"刘彻言之卑劣，由此更上一层楼。

夏苏却笑，干脆直呼其名："刘彻言，我分明警告你了，你要敢碰我，我不会要死要活，你却休想得到财富。刘公公已经掏空了刘府，你确定要我不要财？"

刘彻言一双眼越眯越紧。他怕夏苏要计让自己上当，其实根本不知刘玮的秘密，到头来自己赔了夫人又折兵；又怕她说得真，脾气倔起来，死也撬不开她的嘴。于是，他采取激将之法："刘苏儿，你根本一无所知。"

"总比恒宝堂新请的坐堂鉴师知道得多些，啊，或者是你请来解说墨笈江南八幅的高人？"拜刘彻言变态的炫耀感所赐，夏苏不但去了丹青轩，还去过自家的古董书画铺子。

刘彻言瞪圆了双目，全然不掩饰贪婪的嘴脸，阴森之中又显喜色："爹果然偏心，全都告诉了你。"

"错，爹没告诉我任何事。我若知道他藏了一大笔财产，早就拿了远走高飞，逃一辈子也心甘情愿。"夏苏太了解刘彻言的性子，说话必须滴水不漏。

刘彻言一想也是："那你如何知道地图在江南卷的八幅画里？"

"地图？"夏苏摇头，看着刘彻言自以为失言的神情，"谁告诉你的？"

刘彻言怔住，思前想后，还是老实道："藏财自然要有地图，标识藏匿之处，不是理所当然吗？"

夏苏笑得银铃般欢快："你以为这是民间传说吗？前朝古人留下巨大宝藏，谁能找到就归谁？"

刘彻言感觉到自己被嘲笑，却不敢发作，心里不知转了几转："不是地图，是什么？"

夏苏挑起浅叶眉，脚下锁链叮叮响，走到书案后拿出一张纸："你在上面按个手印盖个印，我就告诉你。"

刘彻言上前看了，竟是一纸少见的官方婚书，写明赵青河和刘苏儿两人名姓，男方下方有官印，女方还差户长同意。他几乎立刻想到一种可能性，并被这种可能掀起暴怒，神色狰狞："好一个不要脸的小贱人，怪不得开口闭口不在乎名节，原来已与男人搅和不清，做出下作之事。"早知如此，他根本不该怜惜她，白白便宜了别的男人。

夏苏随他想得龌龊："你同意这桩婚，我就告诉你图中秘密。你得财，我得夫，任谁瞧了都不会觉得你吃亏。你想清楚，再来找我。"她逐客。

"对了，你要想通了，这纸婚书就让禾心送到官府去。"禾心一日未出现，不用想，都知道是刘彻言的手脚。他的方法，老掉了牙。

"刘苏儿，你以为我耗不起？就算你脏了，只要我拘着你，你一辈子也别想痛快！"刘彻言还要口头威风。

"我不痛快，你也别痛快，穷到你喝凉水垫肚皮，还只能跟我这样的脏人一起苦熬。我不得不失，原本就没过过几天好日子。"

"你——"不知道她能如此无赖。

"刘彻言，我还能告诉你，八幅图就代表八个人，帮我爹看管财产的人。地图之说，纯属无稽。不过，我虽然告诉了你，却笃定你的帮手仍一筹莫展。"笑容渐敛，夏苏神情沉冷，"爹的构图，我的画笔，江南八幅与沧海遗珠毫无关系，是父女联手之作，你可访遍名山大川，也定天赋异禀的高人最终解读出来，不过你那时大概白发苍苍，穷困潦倒，享受不到几日富贵。"

刘彻言大步而出，随着夏苏这番话成了慢步、碎步，但为着骄傲的面子到底走了出去。

只是，夜星朗朗时分，这人又来了，按手印盖章，将原本用来要挟夏苏的禾心放出了府，还满心打着见不得人的小算盘，做出了自以为是的最好选择。

马车在行，原本还有灯光映入，渐渐漆黑一团，仿佛迷失了方向。

夏苏看着对面的人，再度叹口气，闭上了眼。

"叹什么叹啊？"刘莉儿却不让她眼不见为净，"怕我坏了你俩的好事不成？"

夏苏心想，以前觉得这位大姐手段挺狠，出游三年回来，才看清这些手段皆仗爹的势，爹倒了，自然也没有用了。刘莉儿根本是外强中干，怪不得斗不过夫家正妻。归根结底，刘家出名厉害的女儿们只是被宠坏的千金小姐，欺负弱者不留情，遇到心狠者，全不是对手。

"说话啊，哑巴了？"刘莉儿心气还特别高。

"我在想，二姐三姐和小妹的日子大概也不好过。"

"那肯定的，我都这样了，她们比我还蠢，难道好得过我去？"

瞧，这就是刘大姐的蛮狠，纯粹自我满足。

夏苏还能说什么，除了一句："等会儿要是觉着不对劲，你顾好自己就行了。"

刘莉儿撇撇嘴，手指弹夏苏的脑门，满不在乎看着她额头上那一点红印："这句话该我说才对，刘彻言想卷银子跟你双宿双飞，你别做梦。"

夏苏重新闭起眼，暗忖刘彻言什么心思，发现刘莉儿跟车，不但没有赶她走,还把她一块儿带上。刘彻言莫非以为能用刘莉儿牵制自己?她心头冷笑,放空思绪,小睡养神。

不知过了多久,夏苏忽听刘莉儿一声大叫:"刘苏儿!"

她立时睁眼,见刘彻言要笑不笑的一张脸,还有横眉竖眼的刘莉儿。

刘莉儿一副看白痴的表情:"你是猪啊?这样都睡得着还罢了,居然让我喊哑嗓子才醒!"

刘彻言温柔得多,只是语气非诚:"苏儿这是养精蓄锐呢?把我当成敌人,一直提心吊胆,是会体力不支的。"

"你说得一点不错,大敌当前,体力最重要。"是生是死,就待天明,夏苏再不求清静,出言又快又利,也不看刘彻言的老调子怒脸,径自钻出车去。

一江无声夏水,青山有色,不远处金瓦红墙,飞凤檐,蟠龙宇。

夏苏作画无数,对这处景致十分熟悉,脱口而出:"皇上的避暑山庄。"

"罩上斗篷。"刘彻言给夏苏和刘莉儿一人一件,"我可是为你们好,若惊动此处守卫的禁军,必死无疑。"

刘莉儿糊涂跟来,不知刘彻言和夏苏的真正目的,见夏苏出神看着身后来路,问她怎么了。

夏苏调回视线,神情戚戚:"千算万算,算不到刘彻言这么大胆。"随即苦笑一声,"罢了,若……我命也。"

刘莉儿还想再问,却被刘彻言催促着上前。

三人皆身着红斗篷,行至别宫小门边,然后刘彻言敲了敲门。出来两个全副武装的禁卫,张口就问腰牌。他递了一个玉制方牌,便顺利过了关。

皇家避暑之地不是普通别院,比刘府还大些,刘彻言却驾轻就熟,很快来到一座上锁的库房前,还发出咕咕几声唤。

刘莉儿往夏苏身旁凑了凑,终于意识到危险:"我不该来,是不是?"

夏苏一眼不眨,手紧握,目光随一朵昏黄的灯花移动,直至光里化出一道人形,瞧清那人穿着宫中统制衣,是一位年岁不大的小公公。

刘彻言显然认识他,掏出一锭金子:"麻烦公公。"

"不麻烦,师傅还让我告诉你,错过明日船期,就要等半个月了。"小公公收好金子,开了库房的锁,"近来风声紧,大公子早做决定,别连累我们。"

刘彻言瞥一眼夏苏,对小公公颇客气:"那就明日吧,有劳你禀报。"

小公公点点头,站到门边:"今夜轮值的禁卫都打点过了,不过还是老规矩,动静不可太大,别惊动其他人。"

刘彻言一手捉了刘莉儿,一手推着夏苏,进到库房中。

夏苏的心怦怦跳得紧张,却不忘打量四周。这是一间放置着夏日用品的大屋,还有一只只拢得整齐的箱子,皆是隔水密造,就放在门边靠墙,好像随时要上船一样。当她看到岑雪敏那十来只花纹独特的箱笼时,眼中发亮。果然,刘彻言没舍得丢。

"别看了,告诉你们也无妨,皇上下个月要来避暑,隔年用物多要重置,每十五日就有专船进出。主管此事的公公早被我买通,帮我将你们家库房里的东西运出京去。"

刘莉儿咬牙切齿:"刘彻言,你这条贪得无厌的狗……"话没说完,她闷哼一声,翻白眼,居然晕了。

刘彻言手里,多了一根寸长金针。

夏苏目不转睛盯着它,正暗暗吃惊刘彻言何时会用这等手法,却忽然视线模糊,感觉身子一歪,天旋地转。

刘彻言接住她:"你该明白,若非我疼惜你,你早就死了不下百回。睡吧,这也是我给你的最后一次机会,再敢算计我,就别怪我心狠手辣。"

"……"夏苏咬紧牙关,撑住一丝意识,"究竟是谁算计谁?"

刘彻言大手盖住她的眼:"的确,这世上没有不算计的事,没有不算计的人,只有算计到和算计不到的差别。"手挪开,望着已合眼昏睡的姑娘,神情奇冷,抱起她就往外走。

第五十二章　夏落青河

天微明，吴其晗的别园，花草郁郁芬芳。

刘莉儿怒瞪赵青河："你这话何意？"

虽是个冷酷相的家伙，她原本还挺感激他救了自己，不待他问，就把事情一五一十说得清楚。他不但面无表情，当她告诉他刘彻言一定上了宫船出城时，他居然问她怎知刘彻言昨夜会出府，明明与刘苏儿不合，为何又非要跟着。

"你不用妄加揣测，只需如实回答我的问题。"赵青河淡然道。淡然之下，却是一颗沸心。

料不到刘彻言带夏苏进了皇帝的避暑山庄，阻滞他的行动；料不到刘彻言离开京城，他布下的网没有派上用场，并失去夏苏的行踪。他并没有低估刘彻言，只是这一局刘彻言更胜他一筹。

"刘彻言带四妹出门，吵吵嚷嚷的，我怎能不知？他将我家财搬空，如今风声紧，说不准什么时候就要跑，我是盯紧他，而不是跟着四妹。如实回答，可以了吗？"

"赵三郎，照你这般问下去，定会错过宫船出发的时辰，还是赶紧想办法弄个搜船的文书。"一旁只听不言的吴其晗终于打破沉默，"你一句话，我也好去请父亲帮忙。"

刘莉儿心想，自从出嫁后，真是没顺利过，男人缘更糟糕透顶，但看四妹，一个不吝啬宠爱的情哥哥，一位温文尔雅的世家公子，让人羡慕的桃花运，莫非自己的性子确实惹人嫌？

人说，一念天堂，一念地狱。刘莉儿不带嫉妒的这一念，将改变她今后的人生。

赵青河想了又想，把刘莉儿看了又看，直到她的神情中再没火气，却仍能坦然与他对视，才转而对吴其晗道："也好，多谢二爷了。至于刘大小姐，还请二爷多收留她一日。"

刘莉儿虽然开始检讨自身，不过一时半会儿改不了，小姐脾气怎大："我要回府。"

"大驴，"赵青河比刘莉儿霸道，"送刘大小姐去东厢，你守着门口，没我吩咐，不准她出来。"

刘莉儿怎能不恼："你敢囚禁我？"

"刘大小姐这话不对，像你养兄对你四妹所作所为，才是囚禁。"对名义上的大姨子，赵青河不打算讨好，一招手，让大驴把人押了下去。

吴其晗走后，赵青河仍坐堂中不动。

乔连禁不住问道："少爷不去找张大人？"

"不急。"其实，急到慌张，若是对手期待的，他就要缓一缓。脑海中浮现夏苏原地踩龟步的画面，赵青河站起来，绕柱打起圈来，任乔连、乔生面面相觑。

朝阳蒸，万支笔齐齐渲彩，绘一卷江山如画。

刘彻言两夜好眠，即便对面的人儿精气神不足，显然是给他脸色看，也没影响他的好心情。

"苏儿可还记得？以前你娘亲尚在，每年来避暑，你们都住这里，虽然景致差了些，但这泓山泉清凉，上面的竹亭可以望夕阳赏明月，不受打扰。还有你我，荒草地里捉蟋蟀，爬老树捉松鼠，结果……"他一人嘟啵嘟啵地说。

夏苏默默吃完饭，搁好筷子，本不想打断这人的回忆，但等一刻钟也不见他停，只好道："刘莉儿到底在哪儿？"

一醒来，发现这是自家的避暑山庄，且彻底被看管，二十来个武师守住四面墙，过去两日来，她只可在这方小园里活动。虽然夏苏弄不明白刘彻言的心思，却知计划有变。若照赵青河与她说定的，前晚进皇帝的避暑山庄时，刘彻言就该被捉拿。如今，要怎么做？

"你何时这么关心家里人了？"不知是山里空气清新，还是心境轻松，刘彻言的表情难得明朗，"放心，她死不了，这会儿在家里绞尽脑汁，想着从哪里弄银子出来缴今年的税呢。免得你再问，我就一次说完，你那位义兄赵青河，已经出城追船去了。那船是宫里的，禁军随护，他没辙拦，只能偷偷跟着，就算有本事混上去，也要过三四日。那时，苏儿已离他千里之遥，今生都见不着面了。"

夏苏才悟："你故意说给刘莉儿听的。"让赵青河以为她被带上了船，其实却只是城南城北的距离，从皇帝的地方转到了自家的地方，仍在京中。

刘彻言十分得意："听说赵青河为了讨搜船令，把张大人都得罪了。"

赵青河并非知无不言，夏苏也不爱刨根问底，但她记忆力超群，想起上不系园那时，赵青河与一位叫张江陵的先生特别投契。难道赵青河早知那位先生的身份，才那般积极攀交，甚至为她回京建立人脉？若然如此，赵青河的谋略可是太惊人了。

刘彻言看夏苏恍惚，就当她心系情郎，不由一阵厌恶，恨不得虐她百般。她越痛楚，他越痛快，从来如此，他却不觉自己扭曲。

夏苏却一字不提赵青河，因她太明白要害，不必逞一时强。刘彻言在等她找出守财的八个人名，今夜就是最后期限，也是她给自己的最后期限。到时，那人来不来，她都会走，豁出性命。

刘彻言见夏苏丝毫不理会自己就要回屋，哪怕知道她可能去解画，心里仍烦躁得不得了，手扣一片薄刃，正想朝她脸颊挥去，戚明却来报信，说刘公公召见。

刘玮倒后，大伯反而成了自己最大的敌人。他鞍前马后，劳心劳力，为大伯做尽一切，却发现自己不过是大伯棋盘上一粒过河卒。刘家万贯家财尽入大伯之手，一群堂兄弟如狼似虎恶盯着，大伯竟对他们说，他的继承者还有待观察。这话落到他耳里，五雷轰顶，立刻清醒了。虽然大伯已掌握刘家所有财源，对刘玮那本账却疏漏过去，他才能瞒得风雨不透。

这会儿还是要应付着的，刘彻言想着，立刻出了门。

日月轮转，这夜闷潮，远处乌云蔽月，比夜空还暗，似墨将泼。

轰隆隆一声，夏苏猛地坐直，发现屋里全黑，便慢腾腾打开窗。月光没借到，忽迎来一阵大风，令她打个哆嗦，才知自己出了一身热汗。

点了烛，被风吹熄。再点，再熄。

夏苏眯眼看进园中，恰巧一道电光霹雳打落半山腰，刹那之间，将她视线里的一切映亮。

一地死尸！

夏苏倒抽一口冷气，咬牙未喊，但切切实实往后退了两步。

"把名单交出来。"森森寒音，传自夏苏身后。

夏苏慢慢转过头，另一道闪电让她看清屋中狼藉，而桌案不远分布数名黑衣。

然后众人清清楚楚听到她懊恼的声音："老子竟睡得这么死，不成毛病了吗？该改改了。"

一个姑娘，尤其还是个不难看的姑娘，自称老子？众人呆怔之间，姑娘就这么不见了。

杀手们大惊，纷纷蹿出屋子要找，却听一声怒吼。

"放开我！你们不要命，我还要命呢！"

众人皆见这样一幅画面：一姑娘双手抓檐边，地上却有一管事拽住她脚上链子，一华衣公子立旁边冷笑连连。

夏苏这次回来总摆着平淡到无趣的脸，此时破例，又惊恐又咆哮："刘彻言，你的人全死光了，还不放我逃命！"

刘彻言也刚回来，见园门没人看守，虽生疑虑，却没想到全军覆没，而经夏苏一嚷，他看到了屋门前的黑衣们。

"你们什么人？"刘彻言朝戚明使个眼色，后者急忙往门口跑。

门旁的假山花丛中，立刻直起十几道影子，将戚明逼到角落。

戚明没跑成功，夏苏也没跑了，因为链子落进刘彻言的手里。

夏苏一转念，松开手，保存体力。

刘彻言再开口时，语气沉冷，却是对夏苏说话："是那个赵青河吧？出手真狠，几十条人命，说杀就杀。不过如此比较的话，我有何处不如他呢？同样都是恶人。"

夏苏白他一眼："你说话前动动脑子，要是赵青河来了，我用得着上屋顶吗？"

刘彻言从不曾让夏苏这么抢白，一时愣住，不知这才是她的真性情。

"几年不见四姑娘，竟是伶牙俐齿，活泼得紧啊。"一人走进门里，身旁两个小小子打着灯，大红的袍子，锦绣宫帽。

"大伯父！"刘彻言惊得无以复加。

横竖都被牵连了，夏苏干脆施礼："刘公公。"同时她想，有意思了，狗咬狗。

刘公公冷眼望着刘彻言："学学四姑娘，宠辱不惊，礼不失，大家风范。我送你进刘府这么多年，你总是一副阴森森不讨人喜欢的模样。那也还罢了，至少你聪明识时务，跟我有些相像，都不服穷命，有一股志气。只是我料不到，这股志气变成忘恩负义了，居然敢欺瞒于我。"

"忘恩负义？"事到如今，再低头哈腰也是可笑，刘彻言面色铁青，与一直高高在上的大伯父正目相对，"若不是我，刘府家财能尽归了伯父？若不是我，伯父告老也能高枕无忧？我自认这些年对伯父忠心耿耿，从不曾有过二心，然伯父你呢？心里恐怕只当我是一条狗；或者，连狗都不如，叫我怎不灰心？怎不为自己打算？"

雷声动，电光闪，雨如豆，一颗颗打在园中，将灯光收映，交织出朦胧轻盈的一层金纱。

自有人给刘公公打伞，刘彻言没想避雨，被他紧紧拽着的夏苏也只好淋着。但是，眼前这场好戏精彩，淋雨也无妨。

"彻言啊彻言，我当你是狗又如何？没有我，咱们家如今能有这么好过的日子？我本以为你像我，终归你还是你爹的儿子，父子俩皆不知感恩。你爹自以为是，不甘居我之下，跑得不见踪影，而你说待我一心，却在背地算计我的银子。"钩心斗角多了，刘公公面容显老，眼浮皮垂，贪婪之色却盛。

"你的银子？"刘彻言笑一声。

"当然是我的银子。刘玮年轻时固然机遇不错，但他真正大富大贵却是全靠了我，没有我在宫中为他开路，他一介平民凭什么保得住皇商之位，早让人挤下去了。刘玮的银子自当归我，不管是明账暗账。而你，敢图我的银子，真是白日做梦。"人心不可信，唯金银之物简单又有用，

"从你对四姑娘有贪心，三年前搪塞我开始，我就不再信任你，要从你堂兄弟中另择义子。聪明如你，打个前阵还是可以的，最终却要老实本分的人才能孝顺我。我可不想跟刘玮落得一样的下场，让儿子毒得神智不明，如同活死人一般。"

刘公公看向夏苏："四姑娘，我图刘府之财，却不图刘玮之命，令尊被害成如此模样，全是刘彻言的歹毒心思。"

夏苏不及回应，就让刘彻言抢过话去："苏儿莫听他花言巧语。他原本就有下手之意，是恨不得你爹立刻死的，这回朝廷起风波，就怪我不够狠，怕你爹突然神志清醒，控诉其罪。"

夏苏脑中一闪，语气淡淡："我不信他，却也不信你，你将刘府府库搬空，难道不是运到了刘公公手中？分明是一丘之貉，这会儿却互相撕咬，谁能信呢？二位不必装腔作势。"

刘彻言想都不想："我大伯身为宫中内务大总管，手中数十条贡船，我只将那些东西运到中转码头，最后安置在哪儿，我却半点不知。"

刘公公冷笑连连："好你个吃里爬外的东西，曝我的财路，还贪我的金银，真是不杀你都不行！"

这一声如同下了格杀令，黑衣人围上来。

刘彻言皱眉要退，却觉手上一沉，让不躲不闪的夏苏拖累。眼看寒光森然劈来，他不得不先顾自己，放开链子，惊险避开杀招，并喊戚明。

那个让杀手们逼进死角的戚明，忽然身手大展，以迅雷不及掩耳之势，不但反要几名黑衣的性命，更护到刘彻言身前，手中多了一柄软剑，剑尖颤如蛇吐信，嗞嗞之音不绝于耳。显然，刘彻言这最后一道保命符，是强手中的强手。

园中局势一变，顿然势均力敌。

"抓住刘苏儿！"刘公公却不忘今日所为何来，那是一笔巨大的财富。

"想得美！"刘彻言更不可能让出。

夏苏立在大雨之中，发丝滴滴答答落珠串汇成溪，却丝毫不狼狈。她哈哈大笑，好像要将所见的龌龊、所闻的卑鄙、所受的痛苦，统统倾倒入这一场暴风雷雨，从此再不必介怀。

笑不止，眼泪雨水交混，湿袖抹过，目光明澈似泉，面对两边来捉她的手，突将一个火折子扔进身侧屋窗。桌案立时起火。

刘氏伯侄异口同声："灭火！"

价值连城的八幅画，还在屋里。

这时，刘彻言见夏苏跃起。她的手脚明明锁着链子，却轻盈仿佛如一片飞羽。他冲上去就想再拽人下来，感觉手上抓住了什么，自以为身手敏捷，心头还一喜。

"哟，你小子的手往哪儿摸哪？"

人，倒拽下一个来，却是个大老爷们，长得油头粉面，一身九品官衣。刘彻言不认识这人，自然大惊，却不死心，抬头往屋顶上看。

雨势不减，夏苏仍在，但她身上已淋不到雨。一把青竹铁骨伞，一个布衣灰白的男子，为之撑雨，为之撑天。

那个男子，刘彻言在苏州见过，名叫赵青河。因为心厌，他不情愿多看，此时对方却不容无视，气魄巍然，如山压顶，令他喘不过气。

"喂，别当我死人啊。"被拽的男子姓董，官居苏州府衙师爷，手持刑部捕令铁牌，"二位，今告你们强夺他人家产，阴谋杀人，贪赃枉法，嗯……"

"罔顾伦常，不忠君不孝父，不仁德不义富，其心诡狡，冷血害命。"赵青河提醒。

董师爷不感激，附送白眼一个："你个平民老百姓，一边看着，别插手本师爷官务。"

赵青河点头，表示明白："既然不用我插手，那我带苏娘走了。"

董师爷大叫："谁让你走了？让你看着，关键时候，"嘿嘿一笑，"捞一捞兄弟我。"

刘公公见势不妙，转身要逃。

四周墙上，齐刷刷竖弩，雨水浇得铁箭发亮。喊杀阵阵，铁甲兵士涌进小小园子，围得无缝无隙。大驴、乔连、乔生从屋顶上砰砰落地，与官兵们一起，同杀手们交战。

"刘公公悠着点儿，你们伯侄刚才一番话，不止我，刑部尚书大人，内阁张大人，全听见了。想不到，想不到啊，您老位高权重，还是巨贾，可惜来路不正，要吃官司。"董师爷抓人，罪状数落不清，说话却冷嘲热讽，气死罪犯。

刘公公吓得腿软，呆坐雨坑中半晌，突然喊起冤枉来。只是，无人理会。

戚明剑术卓绝，轻功也妙，这般铁箍的包围之下，一支剑如月华之轮，无箭穿透，将刘彻言带上半山小亭。

年久失修，亭里也下雨。然而，青伞在后，青河之侧夏舞天。

刘彻言双眼恨到发红，满腔怒火令他吞不下一口气，挥开戚明，回身瞪着对面一双人："赵青河，你居然没上当？"

这一晚，三年筹谋成为镜中花，输谁都无妨，为何偏偏是这个男人？而夏苏，双手双脚皆系链，又为何行走从容？

赵青河笑眼看夏苏："刘大公子不服，这当如何？"

心潮汹涌，夏苏的动作却静，接过赵青河手中的伞："那就说说清楚，让他死也瞑目。"她没信错他，他终于来了！

赵青河从善如流，向夏苏小行鞠礼，才对刘彻言道："苏娘让我说说清楚，她的话我不敢不听。就从一开始说，某公公欺民霸女的案子，是我送交衙门的，哪知后来闹得那么大，吓得你大伯父退婚，真是不好意思。不过，就此一件，之后高相上位，常大公公倒台，跟我一点关系没有，我只帮张大人打打下手，顺带提了提你大伯的事。"

刘彻言心惊，这么算下来，赵青河岂不是比他还早到京城？

赵青河可不管他什么脸色，继续玩心理刺激："我确实比你早到京城，心急火燎，没日没夜赶路，想来刘大公子明白。至于吴尚书的二公子，也是我请动他帮忙说亲，谁知那位老兄有私心，让你误会了，我已经说过他了，刘大公子见谅。"

夏苏一旁淡哼："怪不得吴二爷一番说辞糊里糊涂的，果真是你在背后指使。"

赵青河赔笑："妹妹聪明，今晚要不是妹妹与我心有灵犀，让伯侄俩互相揭短，我们还不好动手呢！"

刘彻言见两人旁若无人说笑，只觉刺眼。

戚明着急："公子，再不走，可就走不了了，他们人多。"

赵青河道："是，我们是人多，苏娘人缘好，一听说她被你抓回来，都敢来出力。所谓众志成城，必推倒城墙啊！"

夏苏笑了。

"妹妹别笑，我说真的。刘大公子故意引刘莉儿跟从，当她的面说箱子明日上船，其实就是想让她给我们传递假消息。且不说宫里专船不好搜，即使搜了却搜不出来，还会触怒龙颜，可谓高招。只不过，刘大公子忘了一件事，只要刘公公没让你走，你就走不了，而你不走，苏娘也不会走。我思来想去，你们应该还在京城。不得不说，刘大公子足智多谋，尽管我想通了，你也同时打乱了我的计划，因我原本与苏娘商定，由她用假线索引你上钩，让我们找出你杀人越货的物证，以此罪捉拿归案，再由你捉刘公公的短柄。好在苏娘拖延了这几日，让我重新布局。"

夏苏脱口而出："是你告诉刘公公刘彻言隐瞒了藏宝之事？"

"不是我说的，我让别人去说的。"谦虚，乃君子之道。

这不一样嘛？夏苏笑个不止。

"刘公公别的事不上心，刘大公子在他心上的分量却十分重，他一听此事，立刻派人查到此处，今晚更是亲自出面。我呢，就捡了个现成便宜。刘府在京城有多间铺楼宅院，一处处找，我没那么多人力，若让你知道我还在京城，又会打草惊蛇。"

轰隆隆，轰隆隆！一电接一光，刘彻言脸色惨白惨青。

"想来刘大公子也听得明白，我的计划就此倒了过来。"赵青河两手一摊，表明说清楚了。

"鹬蚌相争……"刘彻言苦笑。

是的，都清楚了，赵青河借藏宝之事引他大伯动手，等同大伯自己招认谋夺他人家产，再让大伯证实他毒害养父。

"其实并不复杂。"赵青河应道。

不，复杂！要洞若观火，明察秋毫，破解整个局，还需行动及时，心灵相通。

刘彻言咬得牙都快碎了，忽对戚明道声走。

赵青河喝道："哪里走！"

就在这瞬间，刘彻言陡然回身，抬起手，袖口对准了赵青河的心口，面目狰狞得意:"去死吧!"一簇暴雨梨花针。

距离这么近,赵青河绝对收势不及。然而,刘彻言才笑半声,就觉一阵疾风,赵青河便从他眼前消失了,暴雨梨花全部钉入亭柱。

"公子!"刘彻言听到戚明大叫,感觉戚明拉他,却不知为何声音凄厉,直到他的视线,缓慢地,落在亭外雨地。

那里火把繁若星辰,一双人,无可否认的一双璧人,袖飞,剑飞,仿佛起舞,雨再大,也遮掩不去绝世风华。

几乎同时,舞出的那道剑光没入刘彻言心口。甚至不觉得痛,他仰面倒亡,双目难合。眼见一幅年代久远的小画,小小四娘抓一只老大的笔正在挥墨,那时她还会对他笑,甜甜唤着兄长快来。怎能合?

这夜,雷雨转为淅沥,一直下到破晓时分,罪血净,青山清。

大结局

今夏，朝中大事频发，肃弊政，清君侧，人心鼓舞。新帝上位两年，终于有所作为，光辉载入史册。有些事情未载入史册，但市井街巷传得热闹纷呈，泰半与刘府有关。

刘彻言与其伯父谋夺刘府财产，功败垂成。刘玮于眠中长睡故去。刘府成为女户，由刘大小姐继承家业。脾气不好的女主人，一上来就打发了家里大小夫人和刁奴们，据说已经在为宅邸找买家，打算迁居南方。有好事者问起籍籍无名的刘四小姐，竟无人答得上来，好像这位姑娘从不存在一般。

秋麦转黄的这日，城郊码头上，一艘江船正准备出发，船夫们要收艞板。

“等等！”数匹快马，疾停在船下，一位身穿红斗篷的女子大步上船。

“赵青河，你一声不吭就带走我妹妹，小心我告你拐带！”刘莉儿的声音，泼辣不误。

“赵青河，你干脆和夏妹妹再借一回我的剑，让这位大小姐跟那位仁兄一样，永远闭嘴得了。”董师爷的声音，调侃不完。

那让刘彻言自食恶果的反击一招，董霖看得最清。

夏苏轻功超然，将赵青河拉开；赵青河借他长剑，朝刘彻言掷去；刘彻言却被戚明推开。这事到这儿本来就完了，不料赵青河摆出一个架势，夏苏反应极快，踩赵青河的手掌疾飞出去，凌空一脚，将长剑转了方向，正中刘彻言心口。

他不爱文绉绉用词，而事后有旁观的兵士夸大，称其天舞之剑，就差没把两人供成剑仙了。不过，真要他说实话，最羡慕的是，两人心有灵犀，只可意会，不可言传。

"我找我妹妹，关你姓董的什么事？滚开！"心境再不同以往，刘大小姐的性子却是难改。

"这会儿是你妹妹了，让我想想，你不会也以为，"董霖压低了声，"你爹真藏了一大笔银子吧？"

刘莉儿说什么，坐在窗后的禾心却听不清了，摇摇筛子，继续挑拣着陈色不好的肉脯干，又时不时瞧着舱房另一边的两人，好笑连连。

一人画另一人，不过拿画笔的是赵青河，被画的是夏苏。

夏苏听到刘莉儿的声音，就想出去看看。

"别动，"赵青河摩挲着下巴，浓眉蹙刻山川，"你姿势摆得不好，就不能怪我画得不好。"

夏苏哦了一声，却满满嘲讽："那我最好还是动一动。"话音未落，她已从桌前跃到桌后，看宣纸上一张妖怪脸，立即扑哧笑出来，"呀，真是我不好，坐了半个时辰，呼气吸气，动得厉害。"

赵青河把笔一搁："妹妹知道就好。"

夏苏挑眉："赵青河，你皮够厚。"

已是夫妻，称呼仍如从前，说话方式亦不变，深情相爱，自在相处。

两人牵了手，从侧边舱门出去，船头吵闹的刘莉儿和董师爷瞧不见他俩。

"周叔和梓叔跟我们一道走就好了。"以前夏苏怕人多，如今却不怕热闹。

"周叔、梓叔都有难言之隐，这回虽然暗中帮了不少忙，但终究不能光明正大露面。然而他们之所以先走，却是为了保护你。刘彻言虽死了，刘府却并不平静，你大姐一人未必整治得好。怕你今后还有麻烦，两位叔叔就不想让人知道他们和你的关系，别又被牵制了。"而且，每个人都有自己的故事，"周叔搬好家后会再找我们，梓叔不挪地方，不过禾心自己非要赖着跟我们一起回家，皮厚得不行，我想让大驴认她当妹妹得了。"

夏苏眼微红，又好笑，让大驴认禾心当妹妹？

"你自己怎么不认？"

"那不行，我这辈子已认了一个妹妹，就只负责这个妹妹的一辈子。本想让你认，又觉得你姐妹太多，还都是那样的，不大吉利。"

"你还欠我……"夏苏喜欢这般亲昵说话，不过该讨的东西，还是要讨一讨，以尊重她死去的娘亲。

赵青河抬起手，大袖一落，腕上一串红玉珠，他眨眼："谢妹妹赠情。"

"天下有你找不到的东西吗？"居然真让他找到了，她本来想告诉他的，她给干娘的定情信物在……

"多的是。"他挺自负，却没那么自负，"所以找到你，实在大幸。"

她瞄了瞄，四下无人。

"妹妹可曾仔细看过这串珠子？"他没注意她的小动作。

"怎么？"她心不在焉，掂起足尖，手轻放上他的肩膀，悄悄靠来。

"珠子上刻有葛……"一偏头，他窥破她的意图，无声大笑，将她抱进怀中，贴上那两片莲色润泽的唇，全心捕捉他的妻。

钱财乃身外物，够用就好。

风帆起，往江南，夜如昼，昼如夜，怎么都美。

番外

1.

江南，微雨。

苏城最近人人关注一桩大案，某家外资公司挂着羊头卖狗肉，打着销售化妆护肤品的旗号，其实从事古画私运海外的不法生意，被苏城公安局一举破获。

不过，人们最为关注的，不是将古画偷运出去的国际贩子，而是这件案子涉及的"苏州片"竟是苏城"土特产"，尤其对80后、90后、00后来说，听都没听说过，乍听之下还当成桂花糕片、芝麻糕片之类的美食。

苏州片，自唐宋开始，至明清繁盛，于近现代没落。苏州片也是古画，然而它又与普通的古画不太一样，专指仿画。说白了，就是由当时的画匠以工坊为单位所制造出来的名家字画的赝品。有人说，这不是造假吗，不打假？还大张旗鼓宣扬？

回溯明清时期，这么说确实不算错。当时制造苏州片也不是什么特别光彩的事，穷困潦倒的画匠、画师们以此养家糊口，狡猾精明的商人们将苏州片充作名家名作，销往各地，甚至海外，赚取丰厚利润。

然而，苏州片与当今社会无良商人的伪劣商品有本质的不同。几百年前的江南，人杰地灵，民风淳朴，优秀的画匠数之不尽，用以制作仿片的手法也相当原始，没有精湛的画技根本入不了这一行。"明四家"的仇英就曾是制造苏州片的画工，而画家因他们制造苏州片闻名的事迹不胜枚举，皆具一流的技艺。

明万历起，苏州片以高仿精致闻名全国，专诸巷和桃花坞的工坊林立，聚集着大批江南最好的画匠，令商人和买家趋之若鹜。苏州片比真迹更容易流传于民间，能够让普通百姓欣赏到书画艺术，而非限于富贵阶层，由此培养出大批后起之秀，令中国传统艺术生生不息，生命力旺盛至今。沉寂百年的古老工艺，沉积千年的文化宝藏，具有深远的意义和古风的优良传承，精良的苏州片在国际市场上也是受到收藏家和博物馆追捧的宠儿。自认鉴赏力极高的乾隆皇帝，收藏品中都有不少苏州片，苏州片的艺术价值可见一斑。

无论如何，这次古画走私案中截获的全是苏州片，因为互联网信息数据化的快速传播，引发大众热议，让年轻人大呼"长姿势"；相关部门也反响热烈，请求案子了结之后举办一场苏州片的专展，弘扬中华工艺。

言归正传。这件案子的被告方坚持，他们运送的只是现代高仿画，并非检方声称的苏州片，只是经营范畴的违规，而非走私文物这类级别的犯罪，应当可以通过罚款解决。然而，警方请来了溪山先生上庭作专家鉴定。被告方一听说溪山之名，顿时蔫儿了。

溪山先生不仅是古画鉴定专家，更是鉴定苏州片的专家，这个领域太专精，称得上专家的，全球不超过十个，还都神龙见首不见尾。本来，溪山先生的身份神秘，行踪成谜，却突然被某家传媒曝光是本城人，虽然没有拍到庐山真面目，但将一座老宅的照片放在了网上，任何人只要一搜地图，就能找出溪山住哪儿。警方立即勒令那家媒体删除照片，但为确保溪山的安全，以及考虑溪山不愿惊动邻居街坊的想法，将保护溪山的任务交给了非编制人员，也就是赵青河。

2.

赵青河住进去的第一天，才知道"溪山先生"只是一个称号，就像唐伯虎号称"桃花居士"一样，溪山先生根本跟老人家不沾边，本尊才二十四岁，是个真名叫夏苏的女孩。

第二天，赵青河就从夏苏的姐姐夏茉那里打听到，夏家父母早就离异，各自成立家庭，而姐妹俩随祖父生活，夏老爷子在世时是数一数二的鉴定大师，一身本事都教给了夏苏。夏茉酸不溜丢地补充道，别看夏苏年纪不大，已随夏老爷子去过很多国家，在拍卖会场里从小玩到大，任何高科技还不如她一双眼，光用看的就能断定真假。

"她就是个怪胎。"夏茉歪坐在太师椅里，鼻梁上挂一副紫框眼镜，叼着一根电子烟，感觉就是跟潮流，"跟这屋子里的老旧东西一样死气沉沉，和她住在一起会把人逼疯。"

"你可以搬家。"赵青河端了两份西红柿起司三明治出来。

夏茉眼睛一亮，手伸向盘子，却被赵青河打开。她责怪了声小气，道："等我分到老爷子的遗产，一秒钟也不多待。"

赵青河其实猜得到。首先，这屋子的老旧东西都是古董，还不算二楼上的画，他昨晚随便溜达一下，大部分落款他都不识，但有一幅是唐寅的，既然挂在鉴定大师家里，应该不是假的吧。其次就是夏茉一身打扮，每一件的价格按万字往上蹦，可见夏家绝对不穷。

"老爷子已经去世三年了，你还没分到遗产？"赵青河奇怪。

"都留给夏苏了，一分不给我，我跟她打官司呢！"夏茉吐掉电子烟，拿出手机，仰头打着字，"不分我一半，我就不走，吃她的，用她的，让她养一辈子。"

赵青河淡眼看着她手指忙碌，等她将信息发出去才收回视线："的确不太公平，毕竟都是亲孙女，可以厚此薄彼，一分不留就过分了。"

"就是啊。"夏茉坐起来，"赵青河，要不要跟我去夜店？我的朋友可比这间屋子里的人和东西有趣多了。"

二十六岁的夏茉，没有正经职业，同样是过夜生活的人，与赵青河这种夜猫子却有本质区别。她不考虑将来，只挥霍眼前，美其名曰活在当下。

"没空。"赵青河直截了当地拒绝后，带着三明治就往二楼走。

夏茉在赵青河身后喊："你房间不是在楼下吗？"

赵青河已经上了楼梯，探出头对夏茉一眨眼："我也是怪胎，怪胎对怪胎，物以类聚。"

夏茉盯着赵青河好一会儿，神情突然要笑不笑："看不出来你还挺有心眼，知道夏苏有钱，就打鬼主意了吧。"

"好说好说，没你会爆料，把自家祖屋的照片卖给狗仔。"赵青河点了点眼角。

夏茉大惊失色，下意识一摸自己的眼角，却摸到了镜框。反光！不对，她只发了一条信息，催对方赶紧转账而已！

"照片摄于三年前的春天，隔壁人家刚开始施工，梧桐树叶子刚抽芽，而那时溪山先生的名字出现在伦敦苏富比拍卖季的顾问名单上，五月才回国，你却过了年就搬进来了，准备和她打官司。"赵青河将手机屏对准夏茉，上面正是那张她卖给媒体的照片，"我看你挺聪明的，应该不会用杀了夏苏就能顺位继承这种笨方法。因为只要夏苏出事，警方第一个就会怀疑你，所以我猜你多半只是吓唬她，然后你趁机打感情牌，让她心甘情愿分一份财产给你。"

夏茉目瞪口呆，看着对面交谈不超过十五分钟，和陌生人几乎没两样的男子，将她自以为隐藏很深的心思一一说中，手心直发汗。

赵青河走上楼，一拐弯，就看见倚墙而立的夏苏。她似乎已经站了很久，足以听完楼下两人的对话，神情却半点不显惊讶。他心中一动，将三明治的盘子送到夏苏面前："看你的样子也不像守财奴，唐伯虎的画就那么挂在走廊里。所以干脆分她一份，打发掉得了，省得老在这儿晃，戳你的眼。"

夏苏看看三明治，没动手拿，反而转身往走廊尽头的门走去："你还老戳我的眼呢，怎么打发你啊？"

赵青河一边吃起自己那份，一边跟上，笑道："我跟她不一样，我是受警方委托保护你，你就算觉得戳眼也只能忍着。"

"我不觉得你和她有什么不一样，都是为了钱。"夏苏推开门。

赵青河不由踮起脚伸长脖子，才看一眼，夏苏突然把门用力合上。

"我楼上，你楼下。"她和他差一个头，必须仰起脸，才能同他对视，眼睛瞪得有些故意凶，"我要工作了。"

赵青河将嘴里的食物吞下去，才不急不忙开口："要工作，还是要出门？"

夏苏一怔："你怎么……"

"你屋里有面落地镜，镜子前面挂着一套黑衣黑裤，和我们头回见面那身一样。烫衣板虽然收好了，熨斗还竖在电源不远的地板上，显然你刚用过。"

夏苏看了赵青河好一会儿，没有太多情绪的眼里突然出现一点点好奇："我以为这里的侦探就做些老婆抓老公、老公抓老婆的事。"

"我也以为鉴定大师都是老头老太，开口闭口说历史背教科书。"赵青河再次送上三明治，"其实都是成见，缺乏沟通。有时候，开诚布公才能让彼此更好做事，戳多长时间的眼从根本上取决于受害人的态度。"

夏苏让他说动了，再次推开门，自己走了进去，却没关门。赵青河心里有数，跟进去一打量，吹一声口哨："你有没有收到过故宫的邀请？"看她没反应，接着说，"《我在故宫修文物》看过没？全中国火了，而且报考故宫博物院的人数猛增，突然成了抢手职业，一万个当中录用一个。"

这间屋子大约四十平方米，面积实在不小，看起来却很拥挤，一半地方立着七八排立柜，还有或卷或展、满满当当的画，有水墨，也有青彩，一看就是古风。另一半地方放着一张超级大木桌，上面全都是东西，乍看乱七八糟，感觉不知多少年没理过似的。靠墙角有一张单人床，倚墙竖起一列书籍，硬生生又把床切割掉三分之一。一看，就是专家的屋子。

但是专家仍没搭话，径自拿了那套衣服出去，再回来时已经换上，然后走到一排立柜前，双手加身体重量用力一推，后面露出一个黑乎乎的密室。

赵青河半张着嘴，问道："其实外面挂的都是赝品，真正值钱的藏在密室里，是不是？"

夏苏瞥他一眼，走了进去。赵青河三步并作两步，以为会来个"柳暗花明又一村"，谁知进去才发现不是密室，而是一个隐藏的楼梯间，直通小楼旁边的侧巷，这么一来就可以不用经过正门，神不知鬼不觉地出入。

"这设计有点儿鬼祟，会以为你家专干见不得人的行当。"赵青河随夏苏走出僻静的巷子，等招计程车。

"很早以前我家就是造苏州片的。"夏苏却答得相当坦然，"民国时，我太爷爷在上海找了活儿最好的一群人，摹画，裱画，挖补，做旧，成品卖到了欧美。我和爷爷后来在海外还见到了太爷爷造的苏州片，仿的是李公麟人物白描，除了我们，没人鉴得出真假。爷爷买这座楼以后加造了楼梯，不是要做回老本行，而是为了让我们小辈记住这段家族史，取精华去糟粕，将祖上的画风传承下去。"

赵青河听得兴起："什么画风？"

夏苏说起画来滔滔不绝："算是明清吴派，以细腻笔触描绘山水花鸟，但太爷爷在背景上喜欢用奔放式的泼墨，以形成远近虚实的对比，是早唐时期的画风。运用不好的话，会显得画质低劣，构图不佳，这完全靠天分。我就没这样的天分，只擅长摹画。"

"谦虚了吧。"赵青河不以为然。

"夏茉却很有天分……"夏苏戛然而止。

赵青河脑子里默默转几圈，说道："清官难断家务事，你家老爷子在世时一定是个很有意思的人。"

一辆计程车停下，夏苏钻进去，对话由此终止。

3.

半小时后，赵青河看着眼前一亮一亮的霓虹招牌："你也会来这种地方？"

夜店？！人不可貌相啊！乖乖女的模样，其实却有一颗野马心？

"你可以在外面等……"夏苏付过车钱，一下车却见赵青河已经抢步上前开了门，做了个请进的姿势。

"看你不食人间烟火的气质，我没好意思说，我曾荣获过本城所有夜店票选的镇店之宝称号。"夜店是夜猫子的聚集地，也是出墙的，跳墙的，食色男女最喜欢的幽会场所，是他干活挣钱的职场。

夏苏已经领教到赵青河的口才，自知说不过，直接往里走。

"不过我还是想问一下你来干吗，根据你的回答我需要作出相应调整。你要是来找帅哥，我就离你远点儿。你要是来喝酒放松，我可以陪酒……"

两句话不到，夏苏突然停步。赵青河眼明手快抓住了夏苏的肩，自己退后几步，避免一场相撞的事故。这女孩的双肩看上去又薄又弱，抓在手里却相当坚韧，还有一股暖流从他的掌心直冲上来，与她冷淡漠然的表象截然相反，身体中仿佛蓄藏着炽热张扬的生命力。

"……"夏苏嘴唇上下张合。

赵青河的意识有些游离："你说什么？"

夏苏重重拍一下赵青河的手，向一个角落努努下巴："我来看东西，你可以旁观，不可以说话。"

赵青河讪笑地抬起双手，做个 OK 的手势，但也就安静了几秒钟，看清角落里坐着的两个西装男，他说道："什么都行，嗑药不行。"

夏苏白他一眼，当她跟他一样，还镇店之宝呢！赵青河立刻解读出夏苏白眼的暗示："选在这种地方交易的人一定有问题。"

"像你一样，社交恐惧症，白天不能出门的心理问题？"夏苏边走边说。

赵青河立刻钳住她的手肘，逼她调转头来，冷凝了玩世不恭的双眼，露出他真正颜色。自嘲，狼狈，痛楚，看得透世界，却不想参与的凉薄。

"你调查我？"

夏苏不但没被他的本色吓到，反而笑了起来："我不需要人保护，我会保护我自己。赵大侦探以为我只会说不会做？"

赵青河望着她的笑脸，仿佛春风扑面——呸！他脑子进水了！明明就是穿着一身黑的小巫婆！

"放手！"夏苏收起笑容，"如果你还想继续跟着我的话。"

赵青河放了手，他突然意识到自己小看了夏苏。这个女孩敢于潜入客户家修画，敢于和陌生人相约夜店，敢于生活在充满古董的屋子里，夏茉说她是怪胎，他倒觉得她是披着羊皮的狼："好吧，我就再问一个问题。"

夏苏知道赵青河要问什么："那两人，一个是韩国人，一个是翻译，有一幅古画想让我鉴定。"

赵青河一想也是，除了古画，世上大概没有其他东西，能够引出这女孩上刀山下火海的胆色。

嘈杂的电子混曲，群魔乱舞的影子，丝毫没能动摇角落里的四个人，仿佛这里只是普通的商务会议室，神情认真，态度端正，又不失国际友好的礼节，互相握手。

来自韩国的男子叫金世玉，年纪轻得出乎意料，也就二十来岁，单眼皮画眼线，挑成凤眼，皮肤白皙细腻，唇红齿白，特意化过了妆。

这年头，韩国男人带起来的面膜风在国内已经屡见不鲜，公众场合化妆上阵也没那么吓人了。赵青河只是看不太惯，搞得好像回到魏晋，大男人覆着铅白粉搔首弄姿，整一个返古！也不是说男人应该邋遢，日常拾掇干净就得了，演员之类的人化妆那是职业需要。

金世玉和赵青河握过手，听夏苏介绍是朋友，也没多问，两道灼灼目光，全落在夏苏身上。

赵青河找个舒服的坐姿后靠，挑的位置却更好，一览无遗。

"久闻溪山先生大名，想不到是这么年轻的女孩子。"金世玉则换坐到夏苏的邻座，一开口竟说中文，没翻译什么事了。

夏苏表情冷淡，既不惊讶，也不客套，从背包里拿出文件夹："里面是我的印章，身份认证文件和苏富比聘书原件，包括了真名和溪山字号，请你检验。"

金世玉笑了笑，对她的直接不显反感，而且将文件夹里的每份东西都仔细看过，才从墙角拿出一个画筒，推到夏苏面前。

"我可以叫你夏苏吗？但请不要误会我对你不尊重，只是感觉面对这么漂亮的女孩子喊溪山先生，有些可惜。"

夏苏不置可否，也不碰那个画筒："空气中酒精含量高，不适合古画存放，还有光亮程度也可能影响到鉴定结果。我不知道你选这家夜店的理由到底是什么。"

赵青河暗暗叫好，不愧是专业人士，没被韩国帅哥迷得晕头转向，说话句句直中靶心。

"你说得很对，不过这家店装有德国制造的中央空气机，酒精含量高至少比雾霾含量高要好。光亮度的话……"金世玉指指上方的灯，"不带 UV，还可以手调光波长短，适合鉴定青绿。其实，这是我朋友开的店，他本人也是古画收藏家，所以才别出心裁辟出这一角落，专门接待卖家或鉴定家，墙上这幅画就是我国知名画家的仿古风作品。"

"朝鲜王朝金弘道的民俗画风。"夏苏早就留意到了这幅与酒吧夜店格格不入的画。

金世玉诧异:"想不到你对韩国古画也有研究。"

"略懂皮毛而已。我祖父教我宋元时期的绘画史时,曾提过高丽王朝的绘画达到很高的水准,对宋元画风相当推崇,不但派遣使者到书画院学习,而且从王室到士大夫都喜爱收集宋元大家的画,可惜高丽时期的画作几乎没有保留下来的,流传至今的多是朝鲜王朝时期的作品,数量也非常稀少。在这一点上很值得庆幸的是中国地大物博,绘画史数千年传承,尽管历史变迁,相比较之下,可供我们学习的古画的数目还是很可观的。"

夏苏这话自觉说得客观,而且中国人听起来大概都不会有什么问题,但金世玉是韩国人,韩国人和中国人在申请非物质文化遗产上产生过一些争议:"高丽王朝派遣使者到宋元交流,徽宗更是命翰林待诏王可训向高丽绘画大家李宁学画,其子李光弼绘有《潇湘八景图》,有诗为证。"

夏苏笑了:"你知道早在李光弼之前,有几位宋朝大家画过《潇湘八景图》?李光弼是第一位也是唯一一位画过《潇湘八景图》的高丽人,是佳作,但并不表示《潇湘八景图》是他首创的。至于他父亲李宁,确实非常杰出,来宋之后在书画院带学生,自己也学习宋画,所绘山水连高丽皇帝都以为是宋画,从宋商手里收购,后来李宁自己认出这幅画,高丽皇帝还不信,拆框揭裱,看到后面的署名才相信了。"

"说来说去,李宁擅长的还不是宋画吗?历史这东西都有蛛丝马迹,大事年表上很难打马虎眼,两国那么近,互相交流很正常。那个——"赵青河临时做的功课,有些记不太清,"对了,高丽扇,不就是你们特有的嘛,宋朝以后火得不行,贵妇人手一把。所以,没必要强词夺理,该什么是什么。比方说,虽然2005年韩国申报'江陵端午祭'非物质文化遗产成功后,国内网络误传韩国硬把屈原说成了韩国人,但只要钻研一下真相,就知道江陵端午祭和端午节还是很不同的,而且你们申请的时候也根本没提到屈原。我还听说,今年韩国政府又申遗儒家书院了,2015年申请过,但失败了。"

夏苏和金世玉同时惊讶地看向赵青河。

"其实,申遗就不是咱们普通老百姓操心的事,国家比咱们更上心,肯定不会吃闷亏。就像日本，总说什么什么是他们原创，谁盗了谁抄了，然后德国人就有话说了。当然，抄袭肯定是不对的，学习却是可以的，学习之后融合进自己的特色，从头踏实做，而不是照搬这里原抄那里，同时谦虚一点，讲点良心，不要抹杀前人的功劳，端正自己的态度——"赵青河突然顿住，咧嘴一笑，"两位，坐半天了，是不是应该开始干活了，咱这儿又不是联合国教科文组织。"

最后一句话，让夏苏扑哧笑出了声。

夏苏戴上手套，终于拿起画筒，将里面的画轻轻倒在自己手里。翻译拿起遥控器按着，降下三面隔屏，灯光也产生了变化。金世玉清理桌面，再铺上一块雪白的棉布，也戴上了手套，同夏苏一起展画，动作都十分小心。

赵青河对古画一窍不通，只知道玉轴有点像红玉，裱纸显旧，画纸也似乎很有些年头，比他见过的国画要宽长不少，画的是青绿山水，山路间一个樵夫正对着一位女子行礼，山顶云蒸雾绕，隐隐一角宫宇。

"软片四尺绢，加镜片五尺，立轴，"夏苏一顿，将口罩扣好，微微倾前，"木化玉？"

金世玉笑道："原本只是普通古木轴，我父亲说家传之宝怎么能在画轴上掉价，特地去缅甸找了木化玉做成画轴。用中国老话来说，就是旧瓶装新酒，翠绕珠围。"

赵青河忍不住调侃道："你确定不是狗尾续貂，画蛇添足，多此一举？"

"只要画没换就好。"夏苏要笑不笑，觉得这两人成语功底真厚，自己只想到一个形容词——财大气粗。

赵青河干看夏苏半天，突然恍然大悟："你刚刚是在开玩笑吗？"

这女孩，一出现像女鬼，一开口像古董，从头发丝儿理智到脚指甲，竟然会说笑？

夏苏没理他，虽然已经戴了白手套，但手仍小心背在身后，更加往画面倾近，看的是题诗："天山藏仙路，遇善缘于求，便是苦作人，也得见仙姑。"

赵青河也看题诗，只觉龙飞凤舞，能读出其中几个字而已。

金世玉看夏苏拿出一套鉴定工具,点点头:"唐风潇洒不羁,用色华丽,而李思训是后世很多名家的先师,画风大气,格局开拓,其笔触又有别具一格的细腻。《天山樵夫遇仙图》是他早期的作品,但巅峰时期的特色已经完全彰显,因此即便有些细小的技艺瑕疵,也是难得的佳作。夏苏你取号溪山,应该对这幅画十分熟悉吧。"

赵青河突然很好奇:"这两者有什么关系?"

夏苏挑了一个放大镜出来:"唯一记录这幅画的册子叫《溪山先生说墨笈》,作者号称溪山先生,正史上查无此人,但野史上有零星传说。传闻他走遍大江南北,寻访民间珍藏,最后绘成小画收录成册,全是不为大众所知、流落民间的名家作品。"

金世玉点头:"没错,我才专门请你来做鉴定。"

赵青河明白了:"我说一个女孩子叫溪山先生怎么这么怪,原来还有出处。不过你们艺术家不是很讲究标新立异嘛,你为什么用前人的称号?"

"是祖父开始用的,后来他年纪大了,事务渐渐由我接手,多数人只知溪山之名,不识本尊,就把我当作溪山先生了,我也懒得说明,反正就是一个业内称号,正式文件或合同还是要用真名。好了,现在起,请你们不要再和我说话,我需要专心。"夏苏再度摸摸口罩,确保没有缝隙,才低下头去。

足足三十分钟,夏苏把自己带来的工具一件件用过去,才直起身来。

赵青河能感觉出金世玉的站姿透出紧张,哪怕他的神情看上去相当自信。

"抱歉,我认为这不是真品。"夏苏的嗓音是柔软的,但绝不娇气,微沉,微沙,语调不扬。

而赵青河本以为这句话会激起金世玉那边的千层浪,却不料金世玉上一秒还紧张的肢体语言竟然全放松了,很微妙的反应。

金世玉双眼沉静:"能请你说一说理由吗?"

夏苏一点头:"我先说结论,这幅画极可能属于民国时期的苏州片。装裱得非常出色,裱褙用的就是唐宋纸,市面上交易的唐宋纸真品比一般古画还要贵。然后就是画绢,看起来早期保存不善,画面经过高手严谨修复。"

金世玉承认:"是的,我父亲得到这幅画时,破损相当厉害,请了我国顶级汉画专家进行修复,但这并不影响这件作品的真伪鉴定。"

"当然。"夏苏也是修复高手,"但我的认为是,这画有刻意挖补的痕迹,与修复的痕迹掺杂在一起,以至于很难分辨。"挖补,是造苏州片的重要工序之一,夏苏接着说道,"至于我为什么说它成品于民国,是因为其挖补的手法具有民国造苏州片的时代特征。"

金世玉一针见血:"也就是说你的判断基准就在于挖补还是修复的痕迹之上。"

"不止。就画风和笔触而言,李思训的一些小瑕疵有故意放大的感觉,令我觉得突兀。作为天才的李思训,即便是他早期的作品,观者也应该能立刻感受到他的才华横溢,而非几眼就会注意到瑕疵。然而毋庸置疑,这幅画作为苏州片,本身就具有很大的价值,是非常优秀的作品,多半托名以传,作画者很可能是当时有名气的画家。如果你想获得更多的细节,我可以向你推荐一家专做古画鉴定的机构,用仪器来——"

"谢谢你,不过不用了,类似的机构首尔也有。"金世玉突然打断夏苏,大概又觉得自己语气不太好,转而一笑,放平了语调,"不好意思,其实我父亲已经请韩国权威机构鉴定过,你是唯一鉴定为伪画的专家,所以我有些震惊。"

赵青河毒舌来了:"这幅既然是唐画,我倒建议你多请几家我国的权威机构鉴定鉴定,故宫博物院就非常专业。"

夏苏飞快睨他一眼,这人和故宫博物院有啥渊源,开口闭口宣扬一下,但她开口居然帮腔:"是的,故宫博物院有一套比较精确的鉴定方法,还集中了全国的专家。"

"以后有机会的话。"金世玉貌似不以为然,笑了笑就将画卷起,腾出桌面,"能否请你写一份鉴评?"

这是夏苏的饭碗之一,也是持证鉴定师的责任。她从背包里拿出鉴定书,把物件、结论、理由一条条写清楚,还盖上她的印章,签上了大名。

金世玉拿了鉴定书,对夏苏最初的炽热目光已经凉却,马上就道别走了。

赵青河随夏苏慢慢走出夜店，往两边找了找，不见金世玉和翻译的踪影，就问："金世玉怎么找上你的？"

夏苏则找着计程车："电邮。"

电邮？赵青河好笑："你有没有安全意识？一封电邮就能把你叫出来见陌生人？"

"他用的是韩国世玺文化集团的电邮地址，而且我上网搜了他的照片，刚才看见他的时候就确定是本人。"夏苏自觉安全意识挺强。

赵青河马上按照夏苏提供的信息，在手机上搜索金世玉和世玺集团，随后吹一声口哨："世玺集团的太子爷！夏苏，你确定鉴定没有错误？这种家世的人拿出来的古画会是假的吗？"

"确定。"夏苏却毫不犹豫。

"给我一个理由，不要用刚才那些专业术语。"赵青河坚持。

"……"夏苏想了想，"直觉。"

赵青河一听就笑，嘿，这不跟他办案一个样嘛！

"好吧，那我也说一说我的直觉。"他帮夏苏打开车门，眨眨眼，"我觉得金世玉醉翁之意不在酒，可能和你要做证的案子有关系。"

夏苏半张开嘴，突然明白过来的表情。

赵青河却是挖到宝的神情："我觉得和你真是合拍啊！等这件案子结束，咱俩把关系更进一步，怎么样？"

夏苏翻个白眼，上车去了。赵青河无声大笑，这女孩太酷了，一般女孩听到他这话，眼睛直往外冒星星，马上想歪。

4.

过了几天，正式开庭，检方和被告各执一词，半点意外都没有遇上的夏苏平安上庭，向法院提交她的鉴定意见，并呈述她的鉴定结论和依据。虽然还有另两家机构的鉴定意见，但基于溪山先生名动国际，夏苏的鉴定意见受到相当高的重视。

赵青河和刑侦队队长坐在一起，听刑侦队队长唠叨还好夏苏没出什么意外，就突然冒出一句："还不一定。"

刑侦队队长正想问，忽然听到被告方律师要求传召新的证人和证据，忙问道："怎么回事？"

赵青河看着那名证人走上来，立刻和夏苏交换了一个眼神。

"我方对检方请来的鉴定专家其专业性表示高度怀疑。这位来自韩国的金世玉先生就在几天前请她鉴定了一幅唐代画家李思训的画作《天山樵夫遇仙图》，当时鉴定为假画，但韩国多家权威机构的鉴定，确实为李思训的真迹。我方现在提交夏苏亲手所写的鉴定书和权威机构的鉴定书，请求法庭重新鉴定……"

全场哗然。

刑侦队队长急了："一旦夏苏的证词不被采用，板上钉钉的走私案可就变成糊涂案了。"

赵青河却非常冷静："不用急。"

金世玉做完供词回到听审席，被告方律师表情得意，一片议论声中夏苏也不着急，和检察官说了一会儿悄悄话。检察官精神大振，突然起立："我方专家有一个确定这幅画为伪作的重大理由，因为私人关系，当时没能立刻告诉对方，而且本来也与本案无关。现在为证明鉴定意见的可信度，我方请求追加证物。"

赵青河一直留意着金世玉，看他突然坐直。

夏茉从门外走进来，她身后跟进一列人，都是西装领带白衬衫，每两人扶着一副画框，上庭一字排开。总共八幅画，山水、花鸟、白描、水墨、青绿，风格各异，尺寸各异。但大家都发现了，其中有一幅和被告方刚刚投影出来的古画几乎一模一样。

被告律师反应很快："即便你们展出的也是《天山樵夫遇仙图》，也不能证实它是真品。"

检察官昂首挺胸："溪山先生是夏家的先祖，有族谱、信件和《溪山先生说墨笈》的手稿和初版等，足以考证。不仅如此，溪山先生还集齐了说墨笈中的江南八卷，代代传承，也就是庭上这八幅画。江南八卷是夏家家传之宝，溪山先生的后人所持不是真品，金世玉先生持有的是真品，这样的说法根本没有说服力。如果被告方不服，我方强烈请求，请国内权威机构对金世玉先生持有的《天山樵夫遇仙图》进行鉴定，毕竟这幅画是唐画，我国更具有鉴定资格……"

这样的大爆料，完全出乎所有人的意料，法官虽然宣布休庭，被告方却再也嚣张不起来了。

没过几天，检方又提交了被告方同客户谈及苏州片的电话录音，还有职员作为证人出庭，即便没有夏苏的鉴定意见，走私罪名也无法洗脱，此案顺利了结。不过，最新的人证物证是赵青河出力这样的事实，就没几个人知道了。

5.

这天，苏城微雨淅沥。

夏茉大白天就把夏苏吵起来，为遗产的事又大闹一番，气得跑了出去。有一辆大奔，停在她身旁，车窗摇下，露出金世玉的笑脸。

他优雅地送出一张名片："你好，我叫金世玉，是韩国世玺集团文化部部长，十分看重你的能力，是否有幸请你到韩国一游？"

夏茉接过名片，看都没看就直接上了车，因她知道，他是世玺集团太子爷。

大奔重新发动引擎，一个高大的影子从拐角走出来，一直看它驰远了，才大步走到夏家那栋老屋前敲门。

开门的夏苏看到人就是一怔："赵青河？"垂眼看到他手边一只大大的行李箱，顿生警惕，马上要关门，"案子已经结束了。"

赵青河一手推住门，咧嘴笑："夏苏妹妹，我工作室租约到期了，你这儿地方那么大，一个女孩子住不安全，不如租两间屋子给我，一间办公一间住。"

夏苏整个身体压门板："谁是你妹妹！而且我也不是一个人住！"

"如果你是指你姐姐的话，我刚才听到她跟金世玉说话，直接坐上他的车，答应跟他去韩国了。"赵青河笑得讨好，"不然我就借住到她回来为止。"

夏苏向身后望了望，昏暗的走道如同一张可怕的大嘴，感觉只要闭上眼就能听到各种古怪的声音，但因为夏茉和她一起住，她才不觉得怕……

赵青河敏锐察觉到她的犹豫，讲着条件："我给你包三餐？包洗碗？包洗衣服？"

夏苏转回头，凝视赵青河好一会儿，心里莫名信任这个人。于是，她转身往里走："家务全包，就租给你。"

"全包！全包！"赵青河拉箱走进去，目光状似无意，瞥过街角一辆黑车。

他自信一笑，抬手关门，阻断了那片细雨斜风。